Stephen Lawhead
Aidan

Zu diesem Buch

Irland im 9. Jahrhundert: Der junge, unerfahrene Mönch Aidan und zehn weitere Brüder werden vom Bischof auserwählt, das Book of Kells, eine reich verzierte, in Silber gebundene Handschrift von unschätzbarem Wert, auf einer gefährlichen Reise zu begleiten. Das Ziel ist Byzanz, wo sie diese Perle der mittelalterlichen Literatur dem Kaiser Basileios als Geschenk überreichen sollen. Doch im Traum erfährt Aidan, daß Byzanz ihm Schrecken und Tod bringen wird. Die abenteuerliche Reise führt zunächst in die Gefangenschaft feindseliger Wikinger und ins rauhe Dänemark, dann übers Schwarze Meer bis ins ebenso verderbte wie faszinierende Byzanz. In diesem historischen Epos verflicht Stephen Lawhead die Odyssee seines jungen Helden mit einem reichen Schatz an Mythen und Sagen zu einem fesselnden Abenteuerroman.

Stephen Lawhead, geboren 1951, ist als Autor von Fantasy- und Science-fiction-Romanen international bekannt. In Deutschland erzielte er seinen Durchbruch mit seinem »Pendragon«-Zyklus sowie der mehrbändigen »Saga des Drachenkönigs«. Der Autor lebt bei Oxford. Zuletzt erschien von ihm »Aidan in der Hand des Kalifen« (1999), der zweite Band um Aidans abenteuerliches Leben.

Stephen Lawhead
Aidan
Die Reise nach Byzanz

Roman

Aus dem Englischen von
Marcel Bieger und Barbara Röhl

Piper München Zürich

Von Stephen Lawhead liegen in der Serie Piper außerdem vor:
Taliesin (2611)
Merlin (2612)
Artus (2613)
Pendragon (2614)
In der Halle des Drachenkönigs (2721)
Die Kriegsherren des Nin (2722)
Das Schwert und die Flamme (2723)
Aidan in der Hand des Kalifen (3357)

Stephen Lawhead im Internet:
www.stephenlawhead.com

Für Sven und Margareta

Ungekürzte Taschenbuchausgabe
Piper Verlag GmbH, München
1. Auflage Februar 2001
2. Auflage Mai 2001
© 1996 Stephen Lawhead
Titel der englischen Originalausgabe:
»Byzantium«, Voyager/HarperCollins Publishers,
London
© der deutschsprachigen Ausgabe:
1999 Kabel Verlag GmbH, München
Umschlag: Büro Hamburg
Stefanie Oberbeck, Katrin Hoffmann
Umschlagabbildung: Transglobe
Foto Umschlagrückseite: Jerry Bauer
Satz: KCS GmbH, Buchholz/Hamburg
Druck und Bindung: Clausen & Bosse, Leck
Printed in Germany   ISBN 3-492-23266-3

*Gottvater begleite dich auf jeden Hügel,
Jesus gehe mit dir über jeden Paß,
Und der Heilige Geist sei auf jedem Wasser mit dir.
Ob Höhen, Senken, Feld und Tal,
Ob Meer, ob Gestade, ob Marschland, ob Wiese,
Wann immer du dich legst zur Ruh, wann immer du
beginnst den Tag,
Im Wellengrund, auf der Wogen Krone,
Bei jedem Schritt, wohin du auch gehst.*

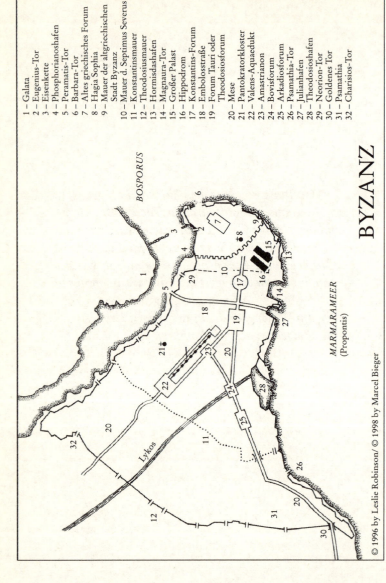

I

Im Traum sah ich Byzanz und wußte, dort würde ich sterben. Diese riesige Stadt kam mir vor wie ein Lebewesen, wie ein großer goldener Löwe oder ein gepanzerter, auf einem Fels zusammengerollter Lindwurm, schön und todbringend zugleich. Allein und schwankenden Schritts ging ich, das Tier zu umarmen, und vor Angst war mir, als zerfielen meine Knochen zu Staub. Ich vernahm keinen Laut außer dem Pochen meines Herzens und dem langsamen, zischenden Atem des Ungeheuers.

Als ich näher kam, öffnete sich das schwerlidrige Auge, und das schreckliche Wesen erwachte. Es hob das graueneinflößende Haupt und riß den Rachen auf. Ein Schrei wie das Heulen des Sturms im Winter zerriß den Himmel und erschütterte die Erde, und ein Schwall stinkenden Atems traf mich und wollte mich verderben.

Würgend und keuchend stolperte ich weiter und war unfähig zu widerstehen, denn ich wurde von einer Kraft vorangetrieben, gegen die ich machtlos war. Entsetzt sah ich, wie das gräßliche Untier brüllte. Der Kopf schwang nach oben und rasch, so rasch wieder abwärts – wie ein Blitz oder wie ein Adler, der auf seine Beute hinabstößt. Schreiend stand ich da und spürte, wie die fürchterlichen Kiefer sich um mich schlossen.

Dann wachte ich auf, doch der Morgen schenkte mir weder Freude noch Erleichterung. Denn ich erwachte nicht zum Leben, sondern mit der furchtbaren Gewißheit des Todes. Ich würde sterben, und die goldenen Türme von Byzanz würden mein Grab sein.

Und doch hatte ich mich noch einige Zeit vor dem Traum ganz anderen Aussichten gegenübergesehen. Nicht jeder erhält eine so wunderbare Gelegenheit, und ich war der Meinung gewesen, das Glück habe mich über alle Maßen gesegnet. Wie hätte es auch anders sein können? Für einen jungen Menschen wie mich bedeutete es eine außerordentliche Ehre, und das wußte ich nur zu gut. Nicht daß ich es leicht hätte vergessen können, denn meine Mitbrüder, von denen viele mich mit schlecht verhohlenem Neid betrachteten, erinnerten mich auf Schritt und Tritt daran. Ich galt als der fähigste und gebildetste unter den jüngeren Priestern und kam daher am ehesten für die Ehre in Frage, nach der wir alle strebten.

Der Traum vergällte mir jedoch die Freude, denn er sagte mir, daß mein Leben unter Furcht und Qualen enden würde. Dies hatte der Mahr mir gezeigt, und ich war nicht so töricht, daran zu zweifeln. Ich wußte mit unumstößlicher Gewißheit, daß das, was ich träumte, wahr werden würde. Wahrlich, ich gehöre zu jenen armen Seelen, die im Traum die Zukunft sehen, und meine Träume irren nie.

Kurz nach dem Christfest hatte uns die Kunde vom Vorhaben des Bischofs erreicht. »Elf Mönche sollen auserwählt werden«, hatte Abt Fraoch uns an jenem Abend mitgeteilt. »Fünf Brüder aus Hy und jeweils drei aus Lindisfarne und Cenannus.« Die Wahl, sagte er, müsse bis Ostern getroffen sein.

Dann hatte unser guter Vorsteher die Arme weit ausgebreitet, so als wolle er alle im Refektorium Versammelten einschließen. »Meine Brüder, Gott hat es gefallen, uns auf diese Weise auszuzeichnen. Laßt uns vor allem Neid und eitles

Wetteifern ablegen und in den kommenden Tagen darum beten, daß der Herr der Himmel uns leiten möge.«

Dies taten wir, jeder auf seine Weise. Wahrhaftig, ich war nicht weniger eifrig als die Frömmsten unter uns. Drei sollten auserwählt werden, und ich wollte zu ihnen gehören. So trachtete ich während der dunklen Wintermonate danach, mich vor Gott und meinen Brüdern als würdig zu erweisen. Ich erhob mich als erster und legte mich als letzter zum Schlafen nieder, ich schaffte mit unermüdlichem Fleiß, widmete mich den Aufgaben, die mir von selbst des Weges kamen, und tat dann ein übriges, indem ich die Arbeiten anderer auf mich nahm.

Betete jemand, so gesellte ich mich zu ihm. War jemand bei der Arbeit, so arbeitete ich mit ihm. Ob auf den Feldern, im Kochhaus, im Oratorium oder im Skriptorium, stets war ich ernst und eifrig da und tat alles in meiner Kraft Stehende, um die Bürde anderer zu erleichtern und mich als würdig zu erweisen. Mein Eifer war nicht zu stillen, und an Hingabe kam mir niemand gleich.

Wenn mir keine Arbeit einfallen wollte, erlegte ich mir die schwersten erdenklichen Bußen auf, um mich zu züchtigen und die Teufel des Müßiggangs und der Trägheit, des Stolzes, des Neides oder der Bosheit und all die anderen finsteren Geister auszutreiben, die mich zu behindern trachteten. Mit aufrichtigem und reumütigem Herzen demütigte ich meinen widerspenstigen Geist.

Dann, eines Nachts, war es soweit …

Ich stand in der schnellen Strömung des Blackwater-Flusses und hielt mit zitternden Händen eine Holzschale umklammert. Träge zogen Nebelschwaden über die Wasseroberfläche, trieben zart und geisterhaft im bleichen Licht einer schmalen Mondsichel dahin. Als meine Glieder fast taub geworden waren, tauchte ich die Schale in das eisige Wasser und goß es mir über Schultern und Rücken. Der Schock des kalten Nasses auf der nackten Haut ließ meine innersten Organe erbeben. Nur mit größter Mühe konnte ich verhindern, daß meine Zähne aufeinanderschlugen, und mein Kiefer schmerzte von der Anstrengung. Ich konnte Hände und Füße nicht mehr spüren.

An den ruhigen Stellen zwischen den Steinen am Flußufer und in meinem nassen Haar begann sich Eis zu bilden. Mein Atem hüllte meinen Kopf in weiße Schwaden. Hoch über mir standen die Sterne als flammende, silbrige Lichtpunkte, fest wie der eisenharte Winterboden und still wie die Nacht, die mich umgab.

Doch wieder und immer wieder goß ich mir das eiskalte Wasser über den Körper, um der von mir gewählten Buße größere Kraft zu verleihen. »Kyrie eleison ...«, keuchte ich. »Herr, sei mir gnädig!«

Auf diese Weise hielt ich meine Nachtwache und wäre damit fortgefahren, hätte mich nicht das Erscheinen von zwei Brüdern abgelenkt, die mit Fackeln herbeieilten. Ich hörte jemanden kommen, wandte den steifen Hals und sah, wie sie beide, die Kienspäne hoch über sich haltend, das steile Flußufer herabkletterten.

»Aidan! Aidan!« rief einer von ihnen. Da kam Tuam, der Schatzmeister, zusammen mit dem jungen Dda, dem Helfer des Kochs. Die beiden hatten Mühe, am Ufer zum Stehen zu kommen. Sie verharrten einen Augenblick und spähten über das bewegte Wasser. »Wir haben dich gesucht.«

»Nun habt ihr mich ja gefunden«, entgegnete ich mit zusammengebissenen Zähnen.

»Du mußt herauskommen«, sagte Tuam.

»Wenn ich fertig bin.«

»Der Abt hat alle zusammengerufen.« Der Schatzmeister bückte sich, hob meinen Umhang auf und hielt ihn mir hin.

»Woher wußtet ihr, daß ich hier bin?« fragte ich und watete auf das Ufer zu.

»Ruadh hat es uns gesagt«, antwortete Dda und reichte mir

die Hand, um mir zu helfen, die schlüpfrige Böschung hinaufzusteigen. »Er wußte, wo wir dich finden würden.«

Ich streckte ihnen die erstarrten Hände entgegen. Jeder der beiden nahm eine, und so zogen sie mich aus dem Wasser. Ich wollte nach meiner Kutte greifen, doch meine Finger waren gefühllos und zitterten so heftig, daß ich den Stoff nicht fassen konnte. Schnell breitete Tuam mir das grobe Tuch um die Schultern. »Ich danke dir, Bruder«, murmelte ich und kroch tief in den Umhang hinein.

»Kannst du laufen?« wollte Tuam besorgt wissen.

»Wohin gehen wir?« fragte ich verwundert und vor Kälte bebend.

»In die Grotte«, antwortete Dda mit einem rätselhaften Glanz in den Augen. Ich suchte den Rest meiner Kleider zusammen, preßte sie an die Brust, und die beiden machten sich auf den Weg.

Ich folgte ihnen, aber meine Füße waren taub, und meine Beine schlotterten so heftig, daß ich dreimal stolperte und fiel, ehe Tuam und Dda mir zu Hilfe kommen konnten. Schließlich nahmen sie mich in ihre Mitte, und wir gingen gemeinsam den Weg am Fluß entlang.

Nicht immer versammelten sich die Mönche von Cenannus na Ríg in der Grotte. Tatsächlich geschah dies nur bei höchst bedeutsamen Anlässen, und selbst dann kamen wir kaum jemals alle zusammen. Obwohl meine Gefährten mir nichts weiter verraten mochten, erriet ich aus ihrem geheimnisvollen Gehabe, daß etwas Außergewöhnliches bevorstand. Und darin irrte ich nicht.

Wie Tuam gesagt hatte, war jedermann gerufen worden, und bis wir die Sanctorum speluncae erreichten, waren alle versammelt. Schnell traten wir ein und nahmen unsere Plätze unter den anderen ein. Immer noch zitternd, zog ich Gewand und Umhang so schnell zurecht, wie meine unsteten Hände es zuließen.

Der Abt, der unsere Ankunft bemerkt hatte, trat vor und hob segnend die Hand. »Wir wachen, wir fasten, wir studieren«, erklärte Fraoch, und seine Stimme ertönte in dem Höhlengewölbe als rauhes Krächzen. »Und heute nacht beten wir.« Er hielt inne wie ein Schäfer, der zufrieden die vor ihm versammelte Herde betrachtet. »Brüder, wir beten um Gottes Führung und Segen für die Entscheidung, die vor uns liegt, denn heute nacht sollen die Célé Dé erwählt werden.« Der Abt schwieg erneut, als betrachte er uns ein letztes prüfendes Mal. »Möge Gottes Geist mit uns sein, und möge Gottes Weisheit unter uns aufscheinen. Amen!«

Alle, die wir versammelt waren, antworteten: »Amen! So sei es!«

Also ist es endlich soweit, dachte ich, und mein Herz schlug schneller. Das Warten ist zu Ende. Heute nacht wird die Entscheidung fallen.

»Brüder, zum Gebet!« Mit diesen Worten sank Abt Fraoch zu Boden und warf sich vor dem kleinen Steinaltar nieder.

Weiter fiel kein Wort, noch war es nötig, mehr zu sagen. Tatsächlich hatten wir die Worte durch endlose Diskussionen und Debatten schon längst ihres Sinns entleert. So suchten wir nun, nachdem wir die dunklen Monate hindurch gewacht und gefastet und studiert hatten, den Segen des himmlischen Throns. Wir warfen uns auf den bloßen Felsboden der Höhle und ergaben uns dem Gebet. Die Luft in der Höhle war erfüllt von der Wärme so vieler Körper und stickig vom Rauch und dem Geruch der Kerzen. Ich kniete vornübergebeugt, mit ausgestreckten Armen, die Stirn auf dem Steinboden, und lauschte den geflüsterten Gebeten, die die Höhle mit einem vertrauten Summen erfüllten.

Langsam verstummte das Stimmengemurmel, und nach einiger Zeit kehrte erneut eine Stille, die tief und ruhig wie ein Grabhügel war, in die Höhle ein. Kein Laut war zu hören außer dem leisen Knistern der flackernden Kerzen und dem langsamen, regelmäßigen Atem der Mönche. Wir hätten die letzten Menschen auf Erden sein können oder die Toten eines vergangenen Zeitalters, die auf ihre Auferstehung warteten.

Ich betete so inbrünstig wie noch nie in meinem Leben. Weisheit suchte ich und Führung, und mein Streben war aufrichtig, das schwöre ich! Ich betete:

»König der Mysterien, der Du warst und bist
Älter als die Elemente, älter als die Zeit,
Ewiger König, schön anzusehen,
Der auf ewig regiert, gewähre mir dreierlei:
Die Einsicht, Deinen Willen zu erkennen,
Die Weisheit, ihn zu verstehen,
Und den Mut, ihm zu folgen, wohin immer er mich führt.«

So betete ich, und mir war jedes Wort davon ernst. Dann bat ich, die Ehre, die ich suchte, möge mir zuteil werden. Dennoch war ich erstaunt, als ich nach langer Zeit Schritte neben mir vernahm, eine Berührung an meiner Schulter fühlte und hörte, wie der Abt mich beim Namen rief und sagte: »Erhebe dich, Aidan, und trete vor uns.«

Langsam hob ich den Kopf. Die Kerzen waren heruntergebrannt, und die Nacht war fast vorüber. Fraoch blickte auf mich herab, nickte feierlich, und ich stand auf. Weiter schritt er zwischen den ausgestreckt liegenden Männern. Ich sah zu, wie er sich hierhin und dorthin wandte. Kurz darauf hielt er vor Brocmal an, berührte ihn und hieß ihn, sich zu erheben. Brocmal stand auf und blickte sich um. Er sah mich und nickte, so als gebe er seine Zustimmung. Weiter ging der Abt, und langsam, fast wie ziellos, trat er über die betenden Mönche hinweg oder um sie herum, bis er Bruder Libir erreichte. Er kniete nieder, berührte Libir und befahl ihm aufzustehen.

Da standen wir nun, drei Männer, die einander schweigend

betrachteten. Dankbar und erfreut zeigten sich Brocmal und Libir, und ich selbst war voller Staunen. *Man hatte mich erwählt!* Mir war gewährt worden, was ich mir mehr als alles andere gewünscht hatte. Kaum konnte ich mein Glück fassen. Ich zitterte vor Triumph und Freude.

»Erhebt euch, Brüder«, krächzte Fraoch, »und sehet Gottes Erwählte.« Dann rief er uns mit Namen: »Brocmal ... Libir ... und Aidan, tretet vor!« Er winkte uns zu sich, und wir nahmen unseren Platz neben ihm ein. Die anderen Mönche sahen nach vorn. »Brüder, diese drei werden in unserem Namen die Pilgerfahrt antreten. Gelobt sei der Hochkönig des Himmels!«

Sechzig verblüffte Augenpaare richteten sich auf uns. In einigen Mienen mischten sich Erstaunen und Enttäuschung. Ich konnte beinahe hören, was sie dachten. Brocmal, ja, natürlich. Er war ein Meister allen Wissens und der Buchkunst. Libir, ja, tausendmal ja! Libir war berühmt für seine Weisheit und seinen ruhigen Glaubenseifer, und seine Langmut und Frömmigkeit waren bereits in ganz Éire zur Legende geworden.

Aber Aidan mac Cainnech? Das mußte ein Irrtum sein! Ihre ungläubigen Antlitze waren nicht schwierig zu deuten. Mehr als ein Mönch fragte sich, warum man ihn meinetwegen übergangen hatte.

Abt Fraoch jedoch schien mit seiner Wahl mehr als zufrieden zu sein. »Laßt uns nun Gott und allen Heiligen für dieses höchst befriedigende Ergebnis unserer langen Überlegungen danken.«

Der Vorsteher stimmte ein einfaches Dankgebet an, in das wir einfielen, und schickte uns dann zu unseren Pflichten zurück. Wir verließen die Höhle, krochen tief gebückt durch den schmalen Gang und traten in das Morgenlicht eines frischen, windigen Tages. In dem bleichen, rosigen Licht kam es mir vor, als seien wir von den Toten auferstanden. Nachdem wir eine Ewigkeit unter der Erde verweilt hatten, waren wir nun erwacht, erhoben uns und entstiegen dem Grab, um wieder in die Welt zu treten – eine Welt, die mir vollständig verändert schien, wie neu erschaffen und voll der herrlichsten Verheißungen: Byzanz wartete, und ich gehörte zu den Célé Dé, die auserwählt waren, jene Reise anzutreten. Weißes Martyrium nennt man eine solche Pilgerfahrt auch, und genau das erwartete uns.

2

Eine Hymne an den neuen Tag auf den Lippen, gingen wir am Blackwater-Fluß entlang und erreichten die Tore der Abtei, als die aufgehende Sonne auf der Höhe des Glockenturms stand. Nach der Prim versammelten wir uns in der Halle, um das Frühstück einzunehmen. Ich saß an dem langen Tisch und war mir meiner neuen Stellung nur zu bewußt.

Bruder Enan, der bei der Morgenmahlzeit aus den Psalmen vorlas, konnte vor Begeisterung darüber kaum an sich halten, daß unsere Gemeinschaft, wie er es ausdrückte »ihre ehrwürdigsten Mitglieder ausschickt, auf daß sie helfen, das große Buch über die Meere zum Heiligen Kaiser zu tragen«. Enan bat auch darum, ein besonderes Dankgebet für die drei Auserwählten sprechen zu dürfen – eine Bitte, die der Abt gewährte. Dann trug er in einer Stimmung jubelnden Glücks das Magnificat vor.

Als ich der Melodie der wohlbekannten Sätze lauschte, dachte ich: *Ja! Das ist es! So fühlt man sich, wenn man auserwählt ist und von Gott zu einem großen Unternehmen berufen: Meine Seele preiset den Herrn, und mein Geist frohlockt in Gott, meinem Erlöser, denn Er hat sich seines bescheidenen Dieners erbarmt. Ja!*

Für uns alle sei dies, wie der Abt sagte, eine hohe Auszeichnung, und darin teilte jedermann seine Meinung. Wahrlich, eine Ehre, nach der ich mit demselben glühenden Eifer gestrebt hatte wie alle anderen. Nun war sie mir zuteil geworden, und ich konnte mein Glück kaum fassen.

Während ich Enan lauschte, der Gott ein Dankgebet für diese hohe, gesegnete Gnade darbrachte, hüpfte mir das Herz in der Brust. Ich fühlte mich demütig, froh und stolz, alles drei zugleich. Mir schwindelte, und ich hatte den starken Drang, laut herauslachen oder sonst unweigerlich zerspringen zu müssen.

Einmal, als ich während des Essens meine Schale an die Lippen setzte, blickte ich zufällig an dem langen Tisch des Refektoriums hinunter und sah, daß eine ganze Anzahl der Brüder mich beobachtete. Der Gedanke, daß sie etwas Bemerkenswertes an mir fanden, ließ eine Woge schuldbewußten Stolzes in mir aufsteigen. Daher aß ich meine Suppe und mein Gerstenbrot und versuchte, meinen wohlmeinenden Brüdern zuliebe nicht allzu erfreut zu wirken, denn ich wollte in ihren Augen nicht hoffärtig erscheinen und so ihr Mißfallen erregen.

Als das Mahl vorüber war, winkte Fraoch mich zu sich. Ich beugte mich tief hinab, um ihn zu verstehen. »Ich nehme an, du wirst über vieles nachzudenken haben, Aidan«, flüsterte er. Seit er vor Jahren durch den Schwerthieb eines Seewolfs die Stimme verloren hatte, konnte unser Vorsteher sich nur noch durch trockenes Flüstern und heiseres Krächzen verständlich machen.

»Ja, Abt«, antwortete ich.

»Daher«, sprach er weiter, »entbinde ich dich von deinen Pflichten. Nutze diesen Tag, um zu ruhen, nachzudenken ... dich eben vorzubereiten.«

Ich wollte ihm widersprechen, doch er fuhr schon fort. »Du hast mit aller Kraft nach dieser einmaligen Gelegenheit gestrebt. Dein Eifer ist lobenswert, mein Sohn. Doch vor dir liegen noch viele Mühen und eine anstrengende Reise, denn das Wetter ist wendisch und schlägt gern um.«

Er legte mir eine Hand auf die Schulter. »Ein Tag für dich allein, Aidan, so etwas wird dir vielleicht sehr lange Zeit nicht mehr gewährt sein.«

Ich dankte ihm und verabschiedete mich, dann eilte ich über den Hof zu meiner Zelle. Gleich nach dem Eintritt zog ich den rindsledernen Vorhang vor die Tür. Dann warf ich mich auf meinen Strohsack, streckte die Beine in die Luft und lachte.

Ich war auserwählt worden. *Auserwählt!* Nach Byzanz würde ich reisen! Ich lachte, bis mir die Rippen schmerzten, Tränen in meine Augen traten und ich nicht mehr weiterkonnte.

Mein Freudenausbruch hatte mich erschöpft. Da ich in der vergangenen Nacht nicht geschlafen hatte, schloß ich die Augen und nahm mir vor zu ruhen, aber in meinem Kopf ging alles kreuz und quer durcheinander. *Denk dir nur, Aidan, Byzanz! Stell dir die Orte vor, die du sehen, die Menschen, denen du begegnen wirst. Ach, das ist herrlich, nicht wahr?*

Meine Gedanken schossen hin und her wie ein aufgescheuchter Vogelschwarm, und so müde ich auch war, konnte ich doch keinen Schlaf finden.

Also beschloß ich zu meditieren. Wie es der Abt schon angesprochen hatte, würde die Reise beschwerlich werden, und ich mußte mich geistig und seelisch darauf vorbereiten. Es schien nur richtig, mir alle Bedrohungen und Strapazen, die uns unterwegs erwarten mochten, vor Augen zu führen. Doch anstelle von Gefahren sah ich hochaufragende, in Wolken gehüllte Bergketten und fremde Ozeane, die unter einem fernen Himmel glitzerten. Menschenmengen, die sich durch die Straßen großer Städte und die Höfe schimmernder Paläste drängten. Statt Beschwernissen erblickte ich orientalische

Potentaten, Könige, Königinnen, Bischöfe und Höflinge, alle so herrlich angetan, als wollten sie mit der Pracht der Sonne wetteifern.

Da mir die Meditation auch nicht gelang, nahm ich mir vor, statt dessen zu beten. Zu Anfang bat ich um Vergebung für meine abwegigen Gedanken. Sehr bald fragte ich mich, wie ich vor den Kaiser treten würde ... wie ich ihn ansprechen, was ich zu ihm sagen könnte, ob ich seinen Ring küssen oder niederknien sollte ... kurzum, ich dachte an tausend andere Dinge als das Gebet, das ich begonnen hatte.

Da ich weder zu schlafen noch zu beten vermochte, beschloß ich, in die Hügel zu wandern. Die Einsamkeit und die körperliche Anstrengung, so sagte ich mir, würden meinem rastlosen Geist vielleicht Ruhe schenken und mich in eine ausgeglichenere Stimmung versetzen. Sogleich stand ich auf und verließ meine Zelle. Rasch überquerte ich den Hof, ging zum Tor, vorbei am Gästehaus und nach draußen.

Ich folgte dem Pfad jenseits der Mauer, stieg in den flachen Graben hinab und auf der gegenüberliegenden Seite wieder nach oben. Dann schlug ich den Weg zu den Höhen ein. Der zuvor strahlend helle Himmel hatte sich bezogen und seinen Glanz eingebüßt, aber der Wind war immer noch frisch, und ich genoß das durchdringende Prickeln der kalten Luft auf meinem Gesicht, während ich einherschritt. Wenn ich atmete, stieß ich weiße Wolken aus. Der Pfad stieg beständig an, und bald hatte ich die Erhebungen über der Abtei erklommen und begann, auf dem Hügelkamm entlangzuwandern.

Lange ging ich so und ließ mich von meinen Schritten tragen, wohin sie wollten. Es war eine Freude, den frischen Wind auf dem Gesicht zu spüren, während ich meine Seele mit der grünen Schönheit dieser Hügel erfüllte, die ich liebte. Endlich kam ich zum Rand des großen Waldes. Da ich nicht wagte, dieses schattige Reich allein zu betreten, wandte ich mich um und ging auf dem Weg, den ich gekommen war, zurück. Meine Phantasie aber streifte in der Ferne umher und war mir auf unbekannten Pfaden weit vorausgeeilt.

Gedanken an ferne Länder und exotische Bräuche füllten meinen Kopf aus, und ich stellte mir vor, wie es sein würde, fremden Boden zu betreten, andersartiges Essen zu kosten oder nie gehörte Worte in unbekannten Sprachen zu vernehmen. Und obwohl ich in meiner Vorstellung deutlich sah, wie ich kühn durch nie zuvor geschaute Lande streifte, vor dem Papst auf dem Bauch lag oder vor dem Kaiser kniete, konnte ich kaum glauben, daß der Mann, den ich da erblickte, ich selbst war.

Alles in allem gaben diese Überlegungen einen recht angenehmen, wenn auch eitlen Zeitvertreib ab, mit dem ich mich unterhielt, bis ich meinen bevorzugten Aussichtspunkt erreicht hatte, einen Felsüberhang gleich unterhalb der Hügelkuppe, von dem aus man tief unten das Kloster und das breite Tal mit dem dunklen Fluß sah. Ich ließ mich im Windschatten der Felsen auf dem grasbewachsenen Torfboden nieder, gerade als die Glocke des Klosters zur Sext läutete.

Obwohl es erst Mittag war, stand die spätwinterliche Sonne bereits tief und tauchte das Tal in sanftes, dunstiges Licht. Da lag die Abtei, wie ich sie aus meinen frühesten Erinnerungen kannte, unverändert und unveränderlich wie ihr Oratorium und das Skriptorium, ein Ort der Einsamkeit und Sicherheit, wo nicht einmal die Zeit, der große Verheerer, einzudringen wagte.

Cenannus na Ríg heißt das Kloster: das königliche Kells. Einst hatte es als Königsburg gedient, als ein Hügelfort mit Schutzwällen aus Erde und Holzpfählen. Aber die Könige hatten die Burg schon vor langer Zeit zugunsten von Tara aufgegeben. So schützten, während der altehrwürdige Sitz von Irlands Herrschern sich von neuem der Anwesenheit eines gekrönten Hauptes erfreute, die Gräben und Wälle von

Cenannus nur noch ein Kloster, und dazu das Volk mehrerer nahe gelegener Ansiedlungen.

Ich war schon als Kind in die Abtei gekommen. Mein Vater hatte gewollt, daß ich Priester wurde. Cainnech war König gewesen, und ich sein zweitgeborener Sohn. Da es einem Clan Glück verhieß, über einen Geistlichen von edlem Blut zu verfügen, wurde ich nicht wie üblich zur Erziehung in eine Adelsfamilie gegeben, sondern ins Kloster geschickt.

Erst fünf Sommer war ich alt, als ich mit der Stoffbahn, die meine Mutter für mich gewebt hatte, wie ein Bündel verschnürt und nach Kells gebracht wurde. Der Stoff sollte meine Kutte abgeben, wenn ich soweit war, die heiligen Eide abzulegen. Ich trug sie jetzt, obwohl sie grau war und nicht braun wie die der anderen Mönche, weil ich ein Edler meines Clans war. Auf jeden Fall endete jeder Anspruch, den ich auf den Thron hätte erheben können, in meinem zehnten Sommer, als mein Vater und mein Bruder zusammen mit dem Großteil des Clans in Dubh Llyn bei Atha Cliath im Kampf gegen die Dänen erschlagen wurden.

Mit ihrem Tod ging die Königswürde an einen Mann aus einem anderen Stamm über, an einen Vetter meines Vaters. An dem Tag, an dem mein Vater beigesetzt wurde, begrub ich alle Hoffnung darauf, jemals eine Stellung als Priester und Ratgeber eines Königs einzunehmen; auch würde ich niemals selbst regieren wie manche anderen Geistlichen. Die Welt des königlichen Handwerks und des höfischen Umgangs war mir nicht bestimmt. Zuerst, das bekenne ich offen, war ich bitter enttäuscht. Doch im Laufe der Zeit lernte ich das Leben im Kloster lieben, wo jede Hand von Sonnenaufgang bis Sonnenuntergang emsig war und sich alles im vollkommenen Einklang des Kreislaufes aus Arbeit, Gebet und Studium abspielte.

Ich widmete mich der Gelehrsamkeit, und als zwölf Sommer vergangen waren, trat ich ins Skriptorium ein und begann die Laufbahn eines Schreibers – obwohl sich ein kleiner Teil meiner Selbst immer noch nach einem weniger eng umgrenzten Leben sehnte.

Aus diesem Grunde beschloß ich an jenem frostigen Winterabend, da die Nachricht von dem Vorhaben des Bischofs unter uns bekanntgegeben wurde, mich der Teilnahme an einer solchen Pilgerreise als würdig zu erweisen. Und ich hatte es vollbracht, gelobt sei Gott! Ich war der glücklichste Mensch auf Erden, denn ich würde nach Byzanz gehen. Oh, allein der Gedanke machte mich trunken. Ich umschlang meine Knie, schaukelte auf dem Gras hin und her und lachte leise über mein Glück in mich hinein.

Als ich von meinem Platz auf dem Hügel hinabblickte, sah ich, wie die Mönche aus der Kapelle strömten und an ihre Arbeit zurückkehrten: Einige begaben sich in die Küchen, um das Mittagsmahl zuzubereiten, manche ins Skriptorium oder in die Werkstätten und Vorratslager und wieder andere auf die Felder oder an die Stapel von Feuerholz. Obwohl mir ein Tag des Müßiggangs gewährt worden war, tat es mir gut zu sehen, daß andere ihrer Arbeit nachgingen. Ich wandte meinen Blick der Welt jenseits des Klosters zu.

In dem Tal unterhalb des Ringwalls floß der Blackwater. Auf der anderen Seite des Flusses, am Berghang, grasten Rinder, die Nase am kalten Boden und den Schwanz in den Wind gedreht. Und dahinter stiegen kahle Hügel, gehüllt in das dunkle Grün des Winters, sanft gewellt gen Osten an. Eine schmale Rauchsäule, die sich mit dem Wind ausbreitete, bezeichnete die nächste Ansiedlung. Am Horizont stand, dicht unterhalb der stumpfgrauen Wolken, eine Linie vom blassesten Blau.

Ich sah zu, wie dieser farbige Schleier sich weitete. Sein Ton vertiefte sich und nahm ein leuchtendes Blau wie das eines Vogeleis an. Unten im Kloster rief die Küchenglocke zum Mittagsmahl. Ich beobachtete, wie die Brüder sich zum

Refektorium begaben, um ihr Mahl einzunehmen. Doch ich war zufrieden mit meiner eigenen Gesellschaft und verspürte nicht das geringste Verlangen, mich zu ihnen zu gesellen. Mir war nicht nach Brot und Suppe, statt dessen sättigte ich mich an der Schönheit dieses Tages, die mir durch meinen Erfolg noch größer erschien.

Nach einiger Zeit brach die Sonne durch die Wolkendecke, und über die Hügelkuppe breitete sich ein Licht von der Farbe blassen Honigs aus. Wo es auf mich fiel, wurde mir warm. Ich lehnte mich mit geschlossenen Augen an den kalten Fels, wandte das Gesicht dem Feuerball am Firmament zu und ließ mir die laue Luft über die eiskalten Ohren und Wangen streichen. Und endlich nickte ich ein …

»Aidan!«

Der Ruf war zwar undeutlich und noch weit entfernt, doch er weckte mich. Als ich die Augen öffnete, sah ich, wie eine hochgewachsene Gestalt den Hügel heraufkletterte und im Laufen noch einmal schrie: »Aidan!«

Dugal war bei weitem der größte von uns. Mit weit ausholenden, fliegenden Schritten erstieg er den Hügel und kam rasch näher. Er hatte das Kriegshandwerk ausgeübt, ehe er nach Cenannus gekommen war, und trug die mit Färberwaid ausgeführten Tätowierungen seines Clans: einen springenden Lachs auf dem rechten und einen Spiralkreis auf dem linken Arm. Als er die Gelübde ablegte, hatte er sich auch noch ein Kreuz über das Herz stechen lassen.

An Kraft und Geschick war ihm kaum jemand gewachsen. Dugal knackte Walnüsse mit der bloßen Hand und konnte drei Messer zugleich hochwerfen und sie in der Luft umherwirbeln lassen, solange er wollte. Einmal habe ich gesehen, wie er ein Pferd vom Boden hob. Gelernt hatte er den Waffengang, doch berufen fühlte er sich zum Klosterleben, und so mußte man ihn in vielerlei Hinsicht als einen der merkwürdigsten Christenmenschen ansehen.

Ich hatte ihn noch niemals kämpfen sehen, aber seine kreuz und quer mit Narben übersäten Arme zeugten von seinem Mut in der Schlacht. Als Mönch allerdings ... nun, laßt mich nur soviel sagen, daß ich keinen Lateiner kannte, der seinen Speer halb so weit schleudern konnte wie Dugal mac Caran. Er war mein bester Freund unter den Brüdern.

»Mo anam! – Bei meiner Seele!« rief er jetzt aus und stapfte auf mich zu. Als er vor mir stand, ragte er wie ein Turm vor mir auf. »Für einen kalten Tag ist dies eine ordentliche Kletterpartie. Ich hatte vergessen, daß es hier so hoch hinaufgeht.« Der Mönch blickte sich um, und langsam trat ein Lächeln auf sein Gesicht. »Ah, aber der Ausblick ist herrlich.«

»Sei gegrüßt, Dugal. Nimm Platz und ruhe dich aus.«

Er ließ sich neben mir niedersinken, lehnte sich mit dem Rücken an den Fels, und wir blickten gemeinsam auf das Tal hinaus. Eine Zeitlang sprach keiner von uns ein Wort. Wir waren es zufrieden, einfach nur die laue Wärme, die die Sonne schenkte, in uns aufzunehmen. »Als du nicht bei Tisch erschienen bist, hat Ruadh mich nach dir geschickt. Ich wußte, daß ich dich hier finden würde.«

»Und da bin ich.«

Dugal nickte und fragte nach einer kurzen Weile: »Was tust du hier?«

»Nachdenken«, antwortete ich. »Ich kann immer noch nicht recht glauben, daß ich auserwählt wurde, mit dem Buch zu reisen.«

»Das ist allerdings ein Wunder!« rief der Freund und stieß mich mit dem Ellbogen in die Rippen. »Bruder, freust du dich denn nicht?«

Ich grinste breit, um ihm das Ausmaß meiner Freude zu zeigen. »Wahrlich, ich glaube, ich bin niemals glücklicher gewesen. Was meinst du, ist das wohl unrecht?«

Wie zur Antwort darauf entgegnete Dugal: »Ich habe dir etwas mitgebracht.«

Er griff an seinen Gürtel und zog einen kleinen Lederbeutel hervor, den er auf seine Handfläche legte und glattstrich. Das Säckchen war neu, und darauf hatte er sorgfältig einen Namen eingebrannt: Dána. Das Wort bedeutete »der Kühne« – ein Name, den Dugal mir vor Jahren verliehen hatte und den nur er gebrauchte. Ein kleiner Scherz dieses Meisters unter den Kriegern gegenüber einem braven Schreiberling.

Ich dankte ihm für seine Gabe und bemerkte: »Aber du mußt lange gebraucht haben, um dies hier anzufertigen. Wie konntest du wissen, daß ich auserwählt werden würde?«

Der riesenhafte Mönch zuckte die Achseln. »Daran habe ich nie gezweifelt«, meinte er. »Ich wußte, wenn jemand gehen würde, dann du.«

»Dank dir, Dugal«, erklärte ich. »Ich werde dein Geschenk immer bei mir tragen.«

Zufrieden nickte er und wandte dann das Gesicht ab. »Man erzählt, in Byzanz sei der Himmel golden«, sagte er schlicht. »Und selbst die Sterne seien fremdartig.«

»Das stimmt«, bestätigte ich. »Ich habe auch gehört, die Menschen dort hätten eine schwarze Haut.«

»Alle?« fragte er erstaunt. »Oder nur ein paar von ihnen?«

»Zumindest einige«, erklärte ich ihm selbstbewußt.

»Auch die Frauen?«

»Das nehme ich wohl an.«

Dugal verzog das Gesicht. »Ich glaube nicht, daß ich gern eine schwarzhäutige Frau sehen möchte.«

»Ich ebenfalls nicht«, pflichtete ich ihm bei.

Eine Weile saßen wir schweigend beieinander und dachten über die vollkommene Fremdartigkeit eines goldenen Himmels und schwarzhäutiger Menschen nach. Schließlich konnte Dugal sich nicht länger zurückhalten und seufzte: »Bei Gott, ich wünschte, ich könnte mit dir gehen. Ich würde *alles* darum geben.«

Ich vernahm die Sehnsucht in seiner Stimme, und ein

Schuldgefühl durchzuckte mein Herz wie ein scharfer Schmerz. Seit ich von meinem Glück erfahren hatte, hatte ich weder einen Gedanken an meinen Freund verschwendet noch die Empfindungen derer, die zurückblieben, in Betracht gezogen. Tatsächlich hatte ich an nichts außer mich selbst und mein eigenes Glück gedacht. Ich erglühte vor Scham und wand mich angesichts dieses neuen Beweises meiner unendlichen Selbstsucht.

»Ja, ich wünschte ebenfalls, du könntest mitkommen«, erklärte ich ihm.

»Das wäre wahrlich eine feine Sache!« Er hielt inne und bedachte diese gewagte Möglichkeit. Als er feststellte, daß sie sein Vorstellungsvermögen überstieg, stieß er einen weiteren enttäuschten Seufzer aus. »Ach, meiner Treu ...«

Die Kühe auf der anderen Seite des Tales begannen zu muhen und machten sich langsam zum Fluß auf, um zu trinken. Die bleiche Sonnenscheibe sank tiefer herab und tauchte die Unterseite der Wolken in butterfarbenes Licht. Ich bemerkte, daß der Wind nachgelassen und sich gedreht hatte und jetzt den Rauchgeruch vom Kochhaus herantrug.

»Mo Croi«, brummte der kräftige Mönch nach einer Weile, »sieh dir uns beide an. Was, glaubst du, wird aus uns werden?«

Ich werde gehen, und du wirst hierbleiben, dachte ich und erkannte in diesem Augenblick zum erstenmal, daß ich alles, was mir je vertraut gewesen war, hinter mir lassen würde. Ich würde aufbrechen, und es würden Monate, vielleicht Jahre vergehen, ehe ich wieder einen meiner Freunde und Brüder in die Arme schließen würde. Der fest gewirkte Stoff meines Lebens würde auf eine Weise zerrissen werden, von der ich mir noch keine Vorstellung machen konnte. Nichts davon äußerte ich laut – was hätte ich auch sagen sollen? Statt dessen entgegnete ich bloß: »Wer weiß?«

Eine Weile schwieg Dugal, dann fragte er: »Bringst du mir ein Geschenk mit, Aidan?«

»Das werde ich«, versprach ich froh, ihm etwas zum Troste bieten zu können. Ich wandte den Kopf und sah ihn an. Er blickte immer noch über das Tal hinaus, doch seine Augen waren feucht vor Tränen. »Was immer du willst«, setzte ich hinzu.

»Ich habe gehört, die Messer in Byzanz seien die besten auf der Welt. Sogar noch besser als die, welche die Sachsen anfertigen.«

»Und solch ein Messer hättest du gern?«

»Ja, sehr gern sogar.«

»Dann werde ich dir das feinste Messer von ganz Byzanz bringen«, gelobte ich. »Und einen Speer dazu.«

Mein Freund nickte und blickte in dem schnell verblassenden Tageslicht über das Tal hinaus. »Ich muß zurück«, meinte Dugal und fuhr sich rasch mit der Hand über die Augen. »Ruadh wird sich fragen, wo ich geblieben bin. Zumindest einige von uns haben nämlich nicht die Erlaubnis, den ganzen Tag lang dazusitzen und nachzusinnen.«

»Ich komme mit dir«, meinte ich. Der Riese stand auf und streckte mir seine große Pranke entgegen. Ich nahm die Hand, die er mir reichte. Mit einem einzigen schnellen Griff zog er mich hoch, und wir standen einander wortlos gegenüber.

Schließlich drehte Dugal sich um und blickte ein letztes Mal in das Tal. »Wahrhaftig, es ist schön hier oben.«

»Mir gefällt es sehr.« Tief sog ich die Luft in die Lungen und blickte mich noch einmal um. Die Sonne ging jetzt rasch unter, und die fernen Hügel glitzerten frostig grün und wiesen eisblaue Schatten auf. »Ich werde all das hier gewiß vermissen.«

»Aber denk doch nur an all die neuen Orte, die du sehen wirst, Dána.« Dieses Mal schaute Dugal mich nicht an. »Bald wirst du alles vergessen haben … alles …« Ihm versagte die Stimme.

Über uns flog eine Krähe. Ihr einsames Krächzen hallte durch die kalte Luft, und ich dachte, mir würde das Herz zerreißen.

»Ach, könnte ich doch nur mit dir gehen«, murmelte Dugal.

»Das wünschte ich auch, Dugal. Und wie.«

3

Dugal und ich kehrten ins Kloster und an die alltägliche Arbeit zurück. Zwar hatte der Abt mir für heute meine Pflichten erlassen, doch ich hielt es für das beste, sie wiederaufzunehmen, ja ihnen sogar neue hinzuzufügen und mich auf diese Weise auf die Strapazen der Reise vorzubereiten. Dugal machte sich zum Brauhaus auf, und ich ging weiter zum Skriptorium in der Absicht, meine dortige Arbeit fortzusetzen.

Die Sonne hing über dem niedrigen Hügelkamm und warf ein sattgelbes Licht und blaue Schatten über den Hof. Als ich die Tür erreichte, schlug es eben die Non. Ich hielt inne und trat beiseite, und einen Augenblick später begannen meine Schreiberkollegen nach draußen auf den Hof zu strömen. Andere kamen von ihren diversen Aufgaben und unterhielten sich laut, während sie hügelaufwärts zur Kapelle strebten.

»So schnell zurück, Aidan?« Ich drehte mich um und sah, daß Cellach, der Vorsteher der Bibliothek, mich beobachtete, wobei er den Kopf zur Seite neigte, als bedenke er eine komplexe philosophische Fragestellung.

»Ach, Bruder Cellach, da ist noch eine Arbeit, die ich beenden möchte.«

»Natürlich.« Cellach wandte sich zum Gehen und hatte die Hände in die Ärmel gesteckt.

Als alle fort waren, trat ich ins Skriptorium und schritt an meinen Platz. Auf der Platte des Schreibpultes lag das unvollendete Manuskript. Ich nahm meine Feder, stand da und betrachtete die Zeile, an der ich zuletzt geschrieben hatte. Die sauberen schwarzen Buchstaben, so einfach und doch elegant, schienen perfekt dazu entworfen, das Gewicht ihrer von Gott inspirierten Botschaft zu tragen. Eine Stelle eines Verses, den ich schon häufig geschrieben hatte, kam mir in den Sinn: Himmel und Erde werden vergehen, doch mein Wort bleibt ewig ...

Wort von Gottes Wort, dachte ich. Ich bin das Pergament und Du der Schreiber. Zeichne darauf, was Du willst, Herr, auf daß alle, die mich sehen, Deine Gnade und Majestät erkennen!

Ich legte den Federkiel beiseite. In dem leeren Raum saß ich da, blickte mich um und lauschte, dachte an alles zurück, was ich an diesem Ort erlernt und geschaffen hatte. Ich betrachtete die dicht an dicht stehenden Tische. Vor jedem stand eine Bank, und beides war abgewetzt. Jahre des ständigen Gebrauchs hatten das eisenharte Eichenholz glattpoliert. In diesem Raum war alles wohlgeordnet und exakt: Pergamentbögen lagen flach und gerade ausgerichtet da, in der oberen rechten Ecke jeden Tisches befanden sich Schreibfedern, und auf dem Lehmboden neben den Bänken standen aufgestützt die Tintenhörner.

Blasses Licht fiel schräg durch die schmalen Windlöcher, die hoch oben an allen vier Wänden eingelassen waren. Pfeifend umkreiste der nachlassende Wind das Skriptorium und suchte nach einem Weg durch die Spalten zwischen den Balken, doch im Lauf vieler Jahre hatten zahllose Hände Büschel ungekämmter Wolle in die Ritzen gepreßt, die allem außer den heftigsten Stürmen widerstanden.

Ich schloß die Augen und sog die Luft ein. Die Bibliothek roch nach dem kleinen Feuer aus Torfsoden, das in der steinernen Feuerstelle in der Mitte rot glomm. Der stechende weiße Qualm zog durch das Rauchloch im strohgedeckten Dach nach oben ab.

Das war meine Aufgabe gewesen, als ich damals herkam. Ich hatte die Torfsoden zu holen, die Glut zu hüten und dieses Feuer während der kalten Wintertage zu nähren. In der ersten Zeit pflegte ich in der Ecke auf meinem Torfhaufen zu sitzen und die Gesichter der Schreiber bei der Arbeit zu beobachten. Scharfsichtig und eifrig sahen sie aus, wie sie Propheten, Psalme und Evangelien kopierten, und ihre Federn kratzten auf den trockenen Pergamentbögen.

Heute sah ich das Skriptorium fast so, wie es mir in jenen Tagen erschienen war. Mitnichten ein bloßer Raum, sondern eine Festung, in sich geschlossen und selbstgenügsam, ein Fels gegen die Winde des Chaos, die jenseits der Klostermauern tobten. Hier regierten Ordnung und Harmonie.

Nach dem Gebet kehrten meine Schreiberkollegen an ihre Arbeit zurück, wobei sie auf den üblichen Plausch an der Tür verzichteten. Im Skriptorium sprach nie jemand lauter als im Flüsterton, und auch das kam nur selten vor, damit niemand gestört oder abgelenkt wurde. Ein Nachlassen der Konzentration für einen kurzen Augenblick konnte bedeuten, daß eine Seite verdorben und tagelange sorgfältige Arbeit dahin war.

Von neuem nahm ich meine Feder zur Hand und machte mich daran, den vor mir liegenden Absatz zu vollenden. Fröhlich arbeitete ich bis zum Vespergebet. Dann räumten wir unsere Arbeit für die Nacht fort, verließen das Skriptorium und gesellten uns in der Kapelle zu unseren Brüdern. Nach dem Gebet versammelten wir uns bei Tisch, um das Brot für unsere Abendmahlzeit zu brechen, einen wäßrigen Eintopf aus braunen Linsen und gepökeltem Schweinefleisch. Während wir aßen, trug Bruder Fernach aus den Psalmen vor, und Ruadh las aus den Ordensregeln des Ordensgründers. Dann entließ er uns zur Meditation und zum Gebet in unsere Zellen.

Ich las gerade den Lobgesang der drei Jünglinge, dem ich mich aufmerksam widmete, und mein Eifer wurde belohnt, denn mir schien, als hätte ich gerade erst die Kerzen angezündet, als es zum Komplet läutete. Vorsichtig legte ich das Buch beiseite, trat aus der Zelle und machte mich mit den anderen Brüdern auf den Weg zu Kapelle. Ich suchte unter den Betenden nach Dugal, aber die Nacht war dunkel, und ich erblickte ihn nicht. Auch später sah ich ihn nicht mehr.

Gebete für die bevorstehende Reise wurden gesprochen, und mir kam in den Sinn, ich könnte selbst eine besondere Fürbitte aussprechen. Daher suchte ich nach der Messe Ruadh, unseren Secnab, auf, um ihn um die Vigilia zu bitten. Als Stellvertreter des Abts oblag es Ruadh, täglich die Vorleser und die Wachen zu bestimmen.

Ich überquerte den Hof und ging zu einer kleinen Hütte, die ein wenig entfernt von der Wohnung des Abtes stand. Dort blieb ich am Eingang der Zelle stehen, zog den rindsledernen Vorhang beiseite und pochte an die Tür. Einen Augenblick später hieß Ruadh mich eintreten. Ich stieß die Tür auf und kam in einen Raum, der von Kerzenlicht erhellt war. Die Luft roch nach Bienenwachs und Honig. Ruadh saß in seinem Lehnstuhl, und seine nackten Zehen berührten fast das Torffeuer auf der steinernen Feuerstelle zu seinen Füßen. Als ich vor ihm stand, legte er die Schriftrolle, in der er gerade las, beiseite und erhob sich.

»Setz dich zu mir, Aidan«, sagte er und wies auf einen dreibeinigen Schemel. »Ich werde dich nicht lange von deiner Nachtruhe abhalten.«

Ruadh war, wie ich schon sagte, der Secnab unserer Gemeinschaft. In der Klosterhierarchie stand nur noch Fraoch als Abt über ihm. Zudem war er mein Beichtvater und geistiger Führer – mein Anamcara, mein Seelenfreund, und somit verantwortlich für mein spirituelles Heil und meinen geistigen Fortschritt.

Ich zog den Schemel ans Feuer und hielt meine Hände über die Glut, während ich darauf wartete, daß er sprach. Der Raum war, wie die meisten anderen im Kloster, eine Zelle mit kahlen Steinwänden, einem einzigen kleinen Windloch in einer Wand und einem Strohsack auf dem Boden. Ruadhs Bulga, seine lederne Büchertasche, hing mit dem Riemen an einem Haken über dem Strohsack, und am Fuß der Bettstelle stand eine Schüssel Wasser. In hohen, eisernen Kerzenhaltern und auf Steinen am Boden brannten Kerzen. Die einzige weitere Ausschmückung im Raum bestand in einem steinernen Bord mit einem kleinen Holzkreuz darauf.

So manches Mal hatten wir, in ein Gespräch über eine theologische Frage vertieft, zusammen in dieser kleinen Hütte gesessen, oder wir hatten einen der zahlreichen Knoten im verwickelten Geflecht meiner launischen Seele entwirrt. Jetzt wurde mir klar, daß ich heute vielleicht zum letztenmal mit meinem Seelenfreund zusammensaß. Augenblicklich ergriff mich tiefe Melancholie, und wieder spürte ich den Schmerz des Abschieds – ach, und dabei sollten noch so viele Abschiede vor mir liegen.

»Nun, Aidan«, meinte Ruadh, als er nach einer Weile vom Feuer aufblickte, »dein Herzenswunsch hat sich erfüllt. Wie gefällt dir das?«

»Gewiß, ich bin froh«, erwiderte ich, doch mein plötzlicher Mangel an Begeisterung mußte sich ihm mitgeteilt haben.

»Wirklich?« fragte mein Anamcara nachdenklich. »Mir scheint, du verleihst deiner Freude auf eine sehr ernste Weise Ausdruck, Aidan.«

»Ich bin hoch erfreut«, beharrte ich. »Wie du sehr wohl weißt, ist diese Pilgerfahrt mein einziger Gedanke gewesen, seit ich von dem Plan des Bischofs erfahren habe.«

»Und nun, da du deinen Willen bekommen hast, beginnst du zu erkennen, daß die Sache noch eine andere Seite besitzt«, meinte Ruadh.

»Ich habe Zeit gehabt, die Angelegenheit genauer zu bedenken«, sagte ich, »und bin gewahr geworden, daß die Entscheidung des Abtes mich nicht so glücklich gemacht hat, wie ich erwartet hätte.«

»Hast du dir vorgestellt, sie würde dir das Glück bringen? Hast du deswegen so heftig danach begehrt?«

»Nein, Beichtvater«, widersprach ich schnell. »Die Sache ist nur ..., langsam verstehe ich, wieviel ich zurücklasse, wenn ich fortgehe.«

»Das steht zu erwarten.« Er nickte mitfühlend. »Wahrhaftig, ich habe sagen hören, wenn man reist, müsse man zuerst fortgehen, damit man anderswo ankommen kann.« Der Secnab schürzte die Lippen und strich sich übers Kinn. »Ich bin zwar kein Weiser in solchen Dingen, doch ich bin überzeugt, daß daran etwas Wahres sein könnte.«

Sein leiser Humor machte mir das Herz ein wenig leichter. »Deine Weisheit ist wie immer unanfechtbar, Beichtvater.«

»Denk immer daran, Aidan«, sagte er und beugte sich ein wenig nach vorn, »bezweifle nie in der Finsternis, was du im Licht geglaubt hast. Und noch etwas: Wenn der Pilger das, was er sucht, nicht mit sich trägt, wird er es am Ziel seiner Reise nicht finden.«

»Ich werde es nicht vergessen.«

Er lehnte sich wieder zurück. »Nun denn, welche Vorbereitungen wirst du treffen?«

Ich hatte bisher keinen Gedanken auf irgendwelche besonderen Vorkehrungen verwendet. »Mir scheint«, begann ich langsam, »daß Fasten das richtige wäre – mit einem Trédinus, meine ich, könnte ich mich ...«

Ruadh gebot mir Einhalt. »Ein dreitägiges Fasten ist auf jeden Fall löblich«, pflichtete er mir rasch bei. »Doch wir befinden uns ohnehin in der Fastenzeit. Dürfte ich eine andere Buße anregen, anstatt noch strenger als vorgeschrieben zu fasten? Eine geistige Bußübung, wenn du so willst.«

»Ja?«

»Mach deinen Frieden mit den Menschen, die du zurückläßt«, sagte er. »Falls dir ein anderer ein Leid getan hat oder du einen Groll gegen jemanden hegst, so ist es jetzt an der Zeit, diese Dinge zu bereinigen.«

Ich öffnete den Mund, um einzuwenden, daß ich niemandem übelwollte, aber mein Anamcara fuhr fort: »Hör auf mich, mein Sohn. Dies ist keine Sache, die man auf die leichte Schulter nehmen sollte. Ich möchte gern, daß du dich eingehend mit diesem Thema auseinandersetzt.«

»Wenn du darauf bestehst, Beichtvater«, entgegnete ich, etwas verwirrt durch seine Eindringlichkeit. »Trotzdem meine ich, daß ein Fasten durchaus nützlich wäre. Ich könnte beides zugleich tun.«

»Du hast nicht nachgedacht, Aidan«, rügte er. »Überleg doch! Alles hat seine Zeit, das Fasten wie das Feiern. Du wirst eine höchst strapaziöse Reise antreten. Mühen und Entbehrungen sind noch die geringsten Gefahren, denen du dich gegenübersehen wirst.«

»Gewiß, Secnab, ich bin mir der Gefahren wohl bewußt.«

»Wirklich?« fragte er. »Da bin ich mir nicht so sicher.«

Ich gab keine Antwort.

Ruadh beugte sich vor dem Feuer zu mir. »Jetzt ist die Zeit, da du Kräfte für die Reise sammeln mußt, mein Sohn. Iß gut, trink reichlich, schlaf und laß alles langsam angehen, solange du noch kannst. Bewahre dir dein Ungestüm für den Tag auf, an dem du seiner dringend bedarfst.«

»Wenn du meinst, daß es so am besten ist, Beichtvater«, sagte ich, »dann werde mich daran halten.«

Als habe er nicht gehört, fuhr Ruadh fort: »Bald wirst du diesen Ort verlassen. Vielleicht für immer, das läßt sich nicht beschönigen. Daher mußt du innerlich frei und leichten Herzens reisen. Wenn du aufbrichst, dann geh mit Frieden in der Seele, auf daß du dich allen Fährnissen, die auf dich zukommen, mit ungeschmälertem Mut und Kraft stellen kannst, geborgen in dem Wissen, daß du keinem Menschen feindlich gesinnt bist und niemand dir ein Leid will.«

»Wie du wünschst, Beichtvater!«

»Pah! Du hast nichts von dem, was ich sagte, wirklich verstanden. Tu es nicht für mich, mein Sohn – *ich* bin nicht derjenige, der nach Byzanz geht.« Der Secnab betrachtete mich mit milder Ungeduld. »Also, denk über meine Worte nach.« Er nahm seine Schriftrolle von neuem auf und gab mir so zu verstehen, daß unser Gespräch beendet war.

»Sei versichert, daß ich nach deinem Rat handeln werde«, antwortete ich und stand auf.

»Friede sei mit dir, Aidan.«

Ich ging zur Tür. »Gott behüte dich heute nacht, Secnab«, sagte ich. Plötzlich überwältigte mich die Müdigkeit. Ich gähnte und beschloß, doch nicht um die Nachtwache zu bitten.

Ruadh wandte den Kopf, sah mich an und meinte: »Ruhe aus, solange du noch kannst, Aidan, denn es kommt die Nacht, da kein Mensch wird schlafen können.«

Ich schritt ins Dunkel hinaus und hob den Blick zu einem Himmel, der mit leuchtenden Sternen übersät war. Der Wind hatte aufgehört, und die Welt lag still und schweigend da. In einer solchen Nacht schienen Gespräche über Gefahren und Strapazen wahrhaftig übertrieben. Ich kehrte in meine Zelle zurück und legte mich auf meinen Strohsack nieder, um zu schlafen.

4

Der nächste Tag war der Karfreitag, an dem keine Arbeit verrichtet wird außer der, die für den Unterhalt der Abtei und ihrer Bewohner unbedingt notwendig ist. Die meisten von uns erneuerten ihre Tonsur, um am Sabbat, dem Tag der Auferstehung, frisch rasiert zu sein.

Die Tonsur der Célé Dé ist unverkennbar: Der Vorderkopf wird von einem Ohr zum anderen geschoren, bis auf eine schmale Linie, die einen Kreis, die Corona genannt, bildet. Sie symbolisiert die Krone, die wir eines Tages aus der Hand unseres Herrn zu empfangen hoffen. Diese Rasur muß natürlich von Zeit zu Zeit aufgefrischt werden, da das Haar in stachligen Borsten nachwächst. Die Erneuerung der Tonsur ist ein Dienst, den wir uns häufig gegenseitig leisten. Daher sind wir alle miteinander ausgezeichnete Barbiere.

Da ein warmer Tag herrschte, setzten Dugal und ich uns abwechselnd auf einen Melkschemel im Hof, während der jeweils andere die Zeremonie mit dem Rasiermesser vollzog. Unsere Brüder waren auf dieselbe Weise beschäftigt, und der Hof erfüllte sich mit fröhlichem, wenn auch müßigem Geplauder. Ich trocknete mir eben den frisch rasierten Kopf mit einem Tuch ab, als Cellach mich rufen ließ.

»Brocmal und Libir verlangen nach dir«, sagte er, und ich bemerkte, daß seine Stimme müde und resigniert klang.

»Vergebung, Meister, aber ich dachte, wir wären fertig.«

»Das habe ich auch geglaubt«, seufzte er. »Aber sie werden keine Ruhe geben, ehe sie nicht zufrieden sind. Geh zu ihnen, mein Sohn, und sieh zu, was du ausrichten kannst.«

Nun, unser Teil des Buches war abgeschlossen. Dennoch rangen Libir und Brocmal immer noch mit ihren längst vollendeten Seiten und bestanden darauf, das gesamte Werk ein letztes Mal zu überprüfen. Sie hatten Meister Cellach mit solchem Eifer bestürmt, daß er einwilligte, nur damit sie Ruhe gaben, und ich war genötigt, ihnen zu helfen.

Als ich im Skriptorium eintraf, stellte ich fest, daß die beiden Schreiber sorgfältig alle Seiten ausgelegt hatten, zwei oder drei auf jedes leere Schreibpult. Dann schritten sie, von oben beginnend, von Tisch zu Tisch und inspizierten die Seiten.

Mit gesenktem Haupt und die Nase beinahe auf dem Pergament, untersuchten sie mit scharfem Blick die Texte und Illustrationen auf unsichtbare Fehler. Ich folgte ihnen, die Hände auf dem Rücken verschränkt, betrachtete die herrliche Arbeit und mußte immer wieder leise Freudenschreie unterdrücken. Wahrhaftig, dieses Buch war gesegnet!

Die beiden überkritischen Schreiber waren jedoch noch nicht weit mit ihrer Inspektion gekommen, da fanden sie einen Makel.

»Aidan!« brüllte Brocmal. Er fuhr mich so heftig an, daß mein erster Gedanke war, dieser Fehler, worin auch immer er bestehen mochte, stamme von mir. »Wir brauchen Tinte!«

»Dies kann noch gerettet werden«, intonierte Libir feierlich, das Gesicht fast auf den Tisch gepreßt. »Eine oder zwei Zeilen ... Siehst du? Hier ... und da.«

»Christus sei Dank«, pflichtete Brocmal ihm mit dick aufgetragener Erleichterung bei und beugte sich über die beargwöhnte Seite. »Ich werde eine Feder vorbereiten.« Er wandte sich um, bemerkte, daß ich ihnen zusah, und schrie: »Was soll das, Aidan? Der Bischof wird jeden Augenblick eintreffen. Wir brauchen Tinte! Was stehst du da wie ein Zaunpfahl?«

»Ihr habt nicht gesagt, welche Farbe ihr benötigt.«

»Rot natürlich!« zischte er.

»Und blau«, setzte Libir hinzu.

»Blau und rot«, befahl Brocmal. »Fort mit dir, Faulpelz!«

Auf diese Weise arbeiteten wir den größten Teil des Tages, denn wenn die beiden einen Makel ausgebessert hatten, fanden sie schon bald einen neuen, welcher der sofortigen Aufmerksamkeit bedurfte – obwohl ich nie einen der angeblichen Fehler sah, die sie so freudig entdeckten. Wir ließen die üblichen Tagesarbeiten – und auch das Mittagsmahl – fahren, um die Schäden zu beheben.

Kurz nach der Non stand ich am Mischtisch und zerrieb in einem Mörser Mennige und Ocker, als die Glocke läutete. Ich legte meine Gerätschaften beiseite, zog eilig mein Übergewand an, nahm meinen Umhang und eilte ins Skriptorium.

»Der Bischof ist eingetroffen!« verkündete Brocmal, obwohl Libir und ich bereits zur Tür rannten. Draußen auf dem Hof mischten wir uns unter die Menge, die auf das Tor zuströmte.

Wir stellten uns zur Rechten und zur Linken des Eingangs auf und begannen eine Hymne zur Begrüßung unserer Gäste zu singen. Bischof Cadoc führte die Gruppe an, und er schritt forsch aus, obwohl er ein sehr alter Mann war. Aber trotzdem waren sein Gang sicher und sein Auge so scharf wie das des Adlers auf der Cambutta in seiner Hand. Dieses heilige Symbol, das, in Gelbgold ausgeführt, die Spitze seines Bischofsstabes zierte, schimmerte in der Nachmittagssonne in einem heiligen Licht und zerstreute die Schatten, wo Cadoc vorüberging.

Viele Mönche begleiteten ihn, insgesamt dreißig. Ich sah mir jeden an, der durch das Tor schritt, und überlegte, wer von ihnen zu den Auserwählten gehören mochte. Auch fragte ich mich, wer wohl das Buch trug, denn obwohl ich mehr als eine Bulga sah, die an Schulterriemen baumelte, erblickte ich keine, die meiner Meinung nach prächtig genug für das Buch von Colum Cille gewesen wäre.

Fraoch erwartete unsere Besucher diesseits des Tores und hieß den Bischof mit einem Kuß willkommen. Auch dessen Begleiter begrüßte er herzlich und sagte: »Tretet ein, Brüder! Im Namen unseres gesegneten Herrn und Erlösers Jesus heißen wir euch in Cenannus na Ríg willkommen. Möge Gott euch Frieden und Freude schenken, solange ihr bei uns weilt. Nun ruht euch aus und macht es euch bequem, und wir wollen euch alle Annehmlichkeiten bieten, über die wir verfügen.«

Darauf erwiderte der Bischof: »Du bist sehr freundlich, Bruder Fraoch, aber auf dem Acker des Herrn pflügen wir Seite an Seite. Also erwarten wir nichts, das ihr euch nicht selbst gönnen würdet.«

Er blickte sich um und breitete weit die Arme aus. »Der Friede unseres Herrn sei mit euch, meine lieben Kinder«, rief er mit wohltönender, kräftiger Stimme.

Wir antworteten: »Und mit deinem Geist!«

»Noch einmal so viele, wie jetzt zu euch gekommen sind, hätten mich gern begleitet«, fuhr der Bischof fort. »Ich bringe Grüße von euren Brüdern in Hy und Lindisfarne.« Er unterbrach sich und lächelte voller Freude. »Und ich bringe einen Schatz.«

Darauf reichte Bischof Cadoc seinen Amtsstab an seinen Stellvertreter weiter und bedeutete einem der ihn begleitenden Mönche vorzutreten. Als der Mönch näher kam, zog er den Riemen seiner Bulga über den Kopf und reichte seinem Kirchenfürsten die Tasche. Cadoc nahm sie, öffnete den Riegel, schlug den Deckel hoch und nahm unter den erstaunten und bewundernden Rufen der Umstehenden das Buch heraus.

Oh, welche Herrlichkeit! Selbst aus der Entfernung schien es mir wie ein Wunder, denn das Cumtach des Werks war nicht aus Tierhaut gefertigt, nicht einmal aus dem gefärbten Kalbsleder, das für ganz besondere Bücher Verwendung fand. Der Einband des Buchs von Colum Cille bestand aus Silberblech, das zu phantastischen Ornamenten getrieben war: Spiralen, Schlüssel, Keile und Triskelen. An jeder Ecke des Einbands saß ein Feld mit Knotenornamenten, und in der Mitte eines jeden war ein andersfarbiger Edelstein eingefaßt. Diese Tafeln umgaben ein Kreuz aus Knotenwerk, das mit Rubinen besetzt war.

Im Spiel des Sonnenlichts erschien das Cumtach wie ein lebendiges Wesen: Es tanzte, glitzerte und bewegte sich im Rhythmus der Schöpfung des Herrn der Herrlichkeit.

Der Abt nahm das Buch in beide Hände, hob es an die Lippen und küßte es. Dann hielt er es über den Kopf und drehte sich bald hierhin und bald dorthin, auf daß jedermann einen Blick darauf erhaschen konnte. Das Buch von Colum Cille, dessen Verfertigung zwei Jahre gedauert hatte, erschien als eine seltene und herrliche Kostbarkeit, ein Geschenk, das eines Kaisers würdig war. Mein Herz schwoll bei seinem Anblick vor Stolz.

Nachdem das Buch wieder in seinem bescheidenen Behältnis verstaut war, gingen der Abt und der Bischof Arm in Arm den Hügel zum Oratorium hinauf, wo sie sich bis zum Vesperläuten zu einem vertraulichen Gespräch zurückzogen. Viele von uns Mönchen hatten zuvor entweder in Hy oder Lindisfarne gelebt und unterhielten enge Freundschaften zu etlichen der Brüder, die uns heute besuchten. Einige waren auch miteinander verwandt. Sie fielen einander um den Hals und faßten sich zur Begrüßung bei den Armen. Alle begannen gleichzeitig zu reden. Nach einer Weile rief Bruder Paulinus, unser Pförtner, nach den Besuchern, ihn zu begleiten, worauf er sie zu den Gastquartieren führte.

Brocmal, Libir und ich kehrten ins Skriptorium zurück, wo wir bis zum Abendbrot weiterarbeiteten. Dann konnten die beiden Schreiber beim besten Willen kein Jota mehr entdecken, an dem etwas auszusetzen war, und erklärten das Werk endlich für abgeschlossen.

»Es ist vollbracht«, sagte Libir. »Wir haben unser Teil getan. Der Herr Jesu sei uns wohlgesinnt.«

»Gebe Gott, daß das Buch das Wohlwollen des Bischofs findet.« Brocmal erlaubte sich endlich ein zufriedenes Lächeln, während sein Blick über all die vollendeten Seiten auf den Tischen glitt. »Fürwahr, meinen Segen hat es.«

»Ihr seid wahrhaftig die Barden des Pergaments«, erlaubte ich mir zu bemerken. »Obwohl mein Beitrag gering war, bin ich stolz darauf, euch zu Diensten gewesen sein zu dürfen.«

Die beiden Mönche betrachteten mich eigentümlich, und ich dachte, sie könnten in ihrer Freude über die Vollendung ihrer Arbeit ruhig auch meinen Anteil erwähnen, aber sie wandten sich ab und sagten nichts. Anschließend gesellten wir uns zu unseren Brüdern, um die Osterfeier zu beginnen, aber nicht, ehe wir die wertvollen Seiten sicher verwahrt hatten.

Bischof Cadoc las als Ehrengast die Beati und predigte. Ich lauschte ihm mit gespannter Aufmerksamkeit und versuchte, mir schlüssig zu werden, was für ein Mann er sein mochte. Zwar war ich ihm schon einmal begegnet, doch damals war ich kaum älter als ein Kind gewesen und besaß fast keine Erinnerung mehr an diese Begebenheit.

Cadoc war keltischer Brite, ebenso wie mein alter Lehrer Cybi. Es hieß, als Knabe habe er in Bangor-ys-Coed unter dem berühmten Elffod studiert. In seiner Jugend hatte er ganz Gallien bereist und dort gelehrt und gepredigt, bevor er nach Britannien zurückkehrte, um die Gemeinschaft in Candida Casa zu leiten, wo er häufig mit den gelehrtesten der Eruigena diskutierte. Der vortreffliche Sedulius – oder Saidhuil, wie er bei uns genannt wurde – hatte einmal ein Gedicht zum Gedächtnis an eine besonders schöne Debatte zwischen ihnen beiden verfaßt.

Als ich jetzt den nicht besonders hochgewachsenen Bischof ansah, schien es mir nur angemessen, daß berühmte Männer sich seiner Freundschaft rühmten. Klein von Gestalt und fortgeschritten an Jahren, besaß er dennoch das Auftreten und die Würde eines Königs und wirkte so gesund wie ein Mann in der Blüte seiner Jugend. Und falls jemand sich trotz Cadocs Energie noch unsicher war, dann brauchte der Bischof nur das Wort zu ergreifen, und jeder Zweifel verschwand, denn er besaß eine machtvolle Stimme, wohlklingend, voll und laut, und neigte dazu, jeden Augenblick in Gesang auszubrechen. Diese Eigenschaft teilte er wohl, wie ich es mir denke, mit seinen Stammesbrüdern. Echte Cymry hören nichts lieber als ihre eigenen Stimmen, wenn sie sich zum Gesang erheben. Damals hatte ich noch nie den Schall einer Posaune vernommen, aber wenn mir jemand gesagt hätte, sie klinge wie der Bischof von Hy, wenn er eine Hymne singt, ich hätte es sofort geglaubt.

Nach dem Mahl wurden Brocmal, Libir und ich selbst Cadoc vorgestellt. Der Abt rief uns in seine Kammer, wo er und der Bischof mit ihren Secnabs zusammensaßen und einen Becher Ostermet tranken. Nun, da das Fest begonnen hatte, war solch ein Luxus gestattet.

»Willkommen, Brüder. Tretet ein und setzt euch zu uns.« Der Abt bedeutete uns, auf dem Boden zwischen den Stühlen Platz zu nehmen. In Erwartung unseres Eintreffens hatte man drei weitere Becher gefüllt, und als der Abt diese unter uns verteilt hatte, begann er in dem schwachen Flüsterton, den er mit seiner zerstörten Stimme fertigbrachte: »Ich habe Bischof Cadoc eben von eurem Beitrag zu dem Buch berichtet. Er ist sehr begierig zu sehen, was ihr geschaffen habt.« Darauf forderte der Bischof uns auf, unsere Arbeit zu schildern. Brocmal hob zu einem weitschweifigen Bericht über das Unterfangen an und erzählte, wie die Arbeiten unter den verschiedenen Mitgliedern des Skriptoriums aufgeteilt worden seien. Libir fügte von Zeit zu Zeit Bemerkungen an, und Bischof Cadoc stellte den beiden viele Fragen. Ich lauschte und wartete darauf, daß auch ich zum Sprechen aufgefordert würde, doch dazu kam es nicht.

Zweifellos ist es ein Zeichen für meinen hochmütigen Geist, daß ich begann, mich zurückgesetzt zu fühlen – und zwar nicht als einziger. Meister Cellach, unter dessen kenntnisreicher und gewissenhafter Leitung das große Werk abgeschlossen wurde, wurde nicht einmal erwähnt, noch einer der anderen Schreiber, und deren waren viele. Wenn man Brocmals und Libirs Bericht hörte, hätte man glauben mögen, die beiden hätten das ganze Buch allein verfertigt. Dabei hatte ich mit eigener Hand nicht weniger als achtunddreißig verschiedene Passagen kopiert, die über zwanzig Seiten umfaßten. Und ich war nur einer unter mehr als zwanzig Schreibern, die in drei Skriptorien auf drei Inseln arbeiteten. Tatsächlich waren die Männer, die die Kühe aufzogen, die wiederum die Kälber hervorbrachten, die ihre Haut ließen, um das Pergament herzustellen, gewiß auf ihre Weise nicht weniger bedeutend als die Schreiber, die diese Häute mit ihrer großen Kunst schmückten. Aber andererseits, überlegte ich, zogen ja auch keine Viehhirten mit nach Byzanz.

Nun, dies war eine Belanglosigkeit, ein Versehen vielleicht. Doch ich konnte nicht umhin, darin den Stachel einer Beleidigung zu spüren. Ich glaube, der Stolz wird noch einmal mein Untergang sein. Aber Brocmal und Libir, so meinte ich, ernteten ihren Lohn auf Kosten all der anderen, die niemals Anerkennung empfangen würden. Ich beschloß, diese Ungerechtigkeit wettzumachen, sobald ich konnte. Jedoch mußte ich mir Zeit lassen und auf die günstigste Gelegenheit warten.

Also saß ich zu Füßen des Abtes auf dem Boden, schlürfte

den süßen Honigwein und hörte zu, wie Brocmal das Buch schilderte, das ich so gut kannte, von dem ich aber jetzt mit einemmal keinen Begriff mehr zu haben schien. Auch über die Reise dachte ich nach und überlegte, wer wohl die anderen Peregrini sein würden. Falls sie in irgendeiner Weise Brocmal und Libir ähnelten, schloß ich, dann würde dies ein sehr mühseliger Zug werden.

Nach einiger Zeit kam Brocmal schließlich zum Ende, und der Bischof wandte sich an den Abt. »Du hast eine gute Wahl getroffen, Fraoch«, sagte er und lächelte dabei wie jemand, der ein kostbares Geheimnis kennt. »Diese Männer werden uns bei unserer Unternehmung äußerst nützlich sein.«

Seine merkwürdige Wortwahl erregte meine Aufmerksamkeit. Sprach er von der Reise oder ... hatte er ein anderes Unterfangen im Sinn? Sein verschmitzter Gesichtsausdruck deutete darauf hin, daß er etwas anderes meinte, als das Buch zum Kaiser zu bringen.

Aber der Abt erwiderte nur sein Lächeln. »Daran, Cadoc, hege ich nicht den leisesten Zweifel.« Er hob den Becher. »Ich trinke auf den Erfolg unserer Mission, Brüder. Möge Gott euch segnen und beschützen, jetzt und immerdar.«

»Amen!« erwiderte Cadoc, und wir alle erhoben zugleich mit dem Abt unsere Becher.

Es läutete zum Komplet, und wir wurden zu unseren Gebeten entlassen. »Wir sprechen uns wieder«, versicherte uns der Bischof. Dann wünschten wir Fraoch und dem Bischof gute Nacht, verließen die Wohnung des Abtes und begaben uns in die Kapelle. Brocmal und Libir waren wohlgestimmt und sangen vor sich hin, während sie den Hügel hinaufstiegen. Ich folgte ihnen niedergeschlagenen Blickes, war verärgert über die beiden und zürnte mir selbst, weil ich so empfand.

Ich trat in die Kapelle und suchte mir einen Platz an der Nordwand, so weit wie möglich von Brocmal und Libir entfernt. Dugal kam, ließ sich neben mir nieder und stieß mich mit dem Ellbogen an, um mich wissen zu lassen, daß er da war.

Ich hob den Kopf, sagte jedoch nichts, denn ich war tief in Gedanken versunken. *Wieso bin ich nur immer so überempfindlich?* fragte ich mich. *Was geht es mich an, ob die beiden dank des Lobs des Bischofs die Ehre davontragen? Sie haben es schließlich verdient. Es ist ja nicht so, daß sie das Buch gestohlen hätten oder mehr für sich beanspruchen würden, als ihnen zusteht. Was stimmt nur nicht mit mir?*

Das Gebet war vorüber, und ich ging in meine Zelle, um mürrisch einzuschlafen. Am nächsten Morgen, nach den ersten Gebeten, frühstückten wir mit unseren Besuchern, und da anläßlich der Osterfeiertage die üblichen Pflichten ruhten, versammelten sich alle im Hof, um zu singen. Der Tag war kühl und hell heraufgezogen, und der Himmel hatte voll weißer Wolken gehangen. Während wir unsere Hymnen zum besten gaben, zogen die Wolken sich zusammen und rückten näher. Ein Regenschauer setzte ein, der uns schließlich in die Halle zurücktrieb, wo wir uns in kleinen Gruppen niederließen, um an den langen Tischen mit den Brüdern, die bei uns zu Gast waren, zu plaudern.

Im Unterschied zu den meisten Mönchen in Cenannus kannte ich niemanden aus Hy oder Lindisfarne. Dennoch rief mich, als Dugal und ich zwischen den Tischen umhergingen, einer der Fremden an: »Aidan mac Cainnech!«

Ich drehte mich um und erblickte einen kleinen Mann mit kantigem Gesicht, braunem Haar und dunklen Augen, der mit zwei weiteren Fremden zusammensaß. Alle drei beobachteten mich mit unverhohlener Aufmerksamkeit.

»Geh zu ihnen«, drängte Dugal. »Sie wollen mit dir reden.« Er verließ mich und ging zu einem anderen Tisch.

»Ich grüße euch herzlich«, sagte ich beim Näherkommen.

»Setz dich doch zu uns«, bot der eine Besucher an. »Wir möchten mit dir sprechen, falls du nichts dagegen hast.«

»Ich stehe euch zu Diensten, Brüder«, entgegnete ich und nahm an ihrem Tisch Platz. »Mit Vergnügen würde ich euch meinen Namen nennen, doch mir scheint, den habt ihr schon von jemand anderem erfahren.«

»Halte uns nicht für aufdringlich«, meinte einer der beiden anderen. »Wir sind Cymry, und bei uns ist die Neugierde wahrhaftig eine Seuche.« Die zwei Männer, die bei ihm saßen, lachten. Ihre Wißbegier war offensichtlich eine angenehme Krankheit. Ich mochte die drei sofort.

»Ich bin Brynach«, sagte der Fremde, der mich angerufen hatte. »Dies sind meine Brüder, nein, mehr als das, meine Anamcari.« Er hob die Hand, um seine beiden Begleiter vorzustellen. »Diese lange, dürre Bohnenstange hier heißt Gwilym.« Er wies auf einen hochgewachsenen, schmalen Mann, dessen blondes Haar bereits dünn wurde. »Und dies ist Morien«, sagte er und deutete auf einen jungen Mann mit dichtem, lockigen schwarzen Haar und blauen Augen. »Obwohl«, meinte er warnend, »er nicht antworten wird, wenn du ihn bei diesem Namen rufst, denn er ist jedermann als Ddewi bekannt.«

»Brüder«, sagte ich, wobei ich sie um ihren ungezwungenen Umgang miteinander beneidete, »ich freue mich, euch kennenzulernen. Ich bete darum, daß euer Osterfest bei uns Speise und Trank für eure Seele sein möge.« Dann hielt ich inne, denn ich spürte, daß die Frage peinlich war, noch bevor ich sie aussprach, doch ich konnte nicht anders. »Bitte nehmt es mir nicht übel, aber ich habe weder Hy noch Lindisfarne je besucht und würde gern wissen, welcher dieser beiden schönen Orte eure Heimat ist.«

»Keiner von beiden«, entgegnete Gwilym fröhlich. »Wir stammen aus Ty Gwyn, aber die letzten paar Jahre haben wir in Menevia und Bangor-ys-Coed verbracht.«

»Tatsächlich?« gab ich zurück. »Ich wußte nicht, daß das Buch auch dort geschrieben wurde.«

»Dem ist auch nicht so«, antwortete Brynach. »Wir haben

zu spät von dem Buch erfahren, um einen praktischen Beitrag zu diesem Teil des Unternehmens zu leisten.«

Wieder horchte ich auf bei dieser Andeutung, die Reise könne noch einen weiteren Zweck verfolgen – einen, den viele hier zu kennen schienen. »Ihr scheint über diese Dinge sehr gut unterrichtet zu sein«, forschte ich weiter. »Gehe ich recht in der Annahme, daß ihr zu denen gehört, die für die Reise auserwählt wurden?«

»Ja, so ist es«, bestätigte Brynach.

»Aber ihr seid keine Schreiber«, platzte ich verblüfft heraus. »Vergebt mir, das habe ich nicht so gemeint, wie es vielleicht geklungen hat. Ich wollte nicht respektlos erscheinen.«

»Keine Sorge, Bruder«, meinte Gwilym begütigend. »Die Wahrheit ist stets eine Freude für die, welche sie lieben. Solche Schönheit kann niemals beleidigend wirken.«

»Die Wahrheit ist«, gestand Brynach, »daß wir keine Schreiber sind. Und doch hat es dem großen König des Himmels in seiner unendlichen Weisheit gefallen, uns in eure erhabene Gesellschaft zu schicken. Ich hoffe, ihr werdet uns freundlich aufnehmen.« Er neigte leicht das Haupt und legte dem hochgewachsenen Mann kameradschaftlich die Hand auf die Schulter. »Gwilym hier ist ein Kunsthandwerker, für den Gold und Edelsteine wie geschaffen zu sein scheinen.« Der Mönch nickte leise und nahm das Kompliment erfreut an.

Brynach wandte sich dem schwarzhaarigen Jüngling zu. »Ah, und dieser Grünschnabel, den du vor dir siehst, ist ein Leighean von seltenen und außerordentlichen Talenten.«

»Die Männer in meiner Familie sind seit sieben Generationen Ärzte«, erklärte Ddewi und ergriff zum erstenmal das Wort. »Und ich bin der siebte Sohn meines Vaters, der ebenfalls ein siebter Sohn war.« Seine Stimme und sein Gebaren waren ruhig und geheimnisvoll, wie man es vom siebten Sohn eines siebten Sohnes erwarten durfte.

»Leider«, meinte Brynach, »kann ich selbst solche Talente

oder Fähigkeiten wie meine Brüder hier nicht für mich in Anspruch nehmen. Meine einzige Beschäftigung ist seit jeher das Studium gewesen, und heute stelle ich fest, daß ich für etwas anderes nicht mehr geeignet bin.«

Obwohl seine Bescheidenheit echt wirkte, bezweifelte ich, daß man ihn erwählt hätte, wenn er so ein einfacher Mensch gewesen wäre, wie er vorgab. Ehe ich weiter in ihn dringen konnte, meinte Brynach jedoch: »Nun denn, Aidan, ich höre, du bist einer der besten Schreiber, deren Kells sich rühmen darf...«

»Und nicht nur Schreiber, sondern auch Gelehrter«, warf Gwilym ein.

»Kells besitzt in der Tat viele gute Schreiber«, gab ich zu, »und es stimmt, daß ich zu ihnen gehöre, obgleich ich der jüngste und unerfahrenste von allen bin. Mein Beitrag zu dem Buch ist nur gering, verglichen mit dem von Brocmal, Libir und einigen anderen.«

»Aber deine Feder hat das heilige Buch berührt«, meinte Gwilym. »Deine Hände haben daran gearbeitet. Ich wünschte, ich könnte dasselbe von mir sagen.«

Brynach nickte, als sei dies der höchste Ehrgeiz auch seines Lebens. Die drei sahen sich an. Sie mußten einander ein Zeichen gegeben haben, denn der Mönch beugte sich zu mir herüber, als wolle er mir ein Geheimnis verraten. »Kann ich dir etwas anvertrauen?« fragte er.

»Sicherlich, Bruder Brynach«, entgegnete ich.

»Die, die ich mir zu Freunden erwähle, nennen mich Bryn«, sagte er und bedeutete mir näher zu rücken.

Ich neigte meinen Kopf zu ihm hinüber, doch bevor er weitersprechen konnte, erschien Bruder Diarmot. »Ich bin sicher, unser Bruder hat euch im Namen des Klosters willkommen geheißen«, erklärte er steif. »Der Gedanke würde mir nicht gefallen, daß er es in seiner Pflicht gegen euch, unsere lang erwarteten Gäste, hat fehlen lassen.«

Brynach richtete sich wieder auf, und augenblicklich kehrte sein Lächeln zurück. »Sorge dich nicht um uns«, erwiderte er gewandt. »Wir sind mehr als freundlich aufgenommen worden.«

»Wahrhaftig«, warf Gwilym ein, »uns ist, als hätten wir unsere Heimat nie verlassen.«

»Ich bin Bruder Diarmot und stehe euch zu Diensten. Wenn ihr hungrig seid, wäre es mir ein Vergnügen, euch etwas zu essen zu bringen.«

»Wir danken dir, Bruder«, antwortete Brynach. »Aber wir brauchen nichts.«

»Vielleicht etwas zu trinken?« beharrte Diarmot. Er sah mich an und lächelte säuerlich. »Ich dachte, Aidan hätte euch vielleicht etwas angeboten, aber ich freue mich, euch dienen zu dürfen.«

»Nun«, meinte Gwilym, »du könntest mich vielleicht zu einem Schluck von dem ausgezeichneten Ale überreden, das wir gestern abend bei Tisch getrunken haben.«

»Natürlich«, sagte Diarmot. »Aidan und ich werden euch die Becher bringen. Das ist das mindeste, was wir für unsere Gäste tun können.«

»Bitte erlaubt mir, euch behilflich zu sein«, sagte Gwilym und erhob sich rasch.

»Nein, nein«, entgegnete Diarmot hartnäckig. »Ihr seid unsere Gäste. Ich kann unmöglich zulassen, daß ihr euch selbst zu trinken holt. Aidan wird mir helfen.«

Unbeirrbar und drohend ragte Diarmot über mir auf, so daß ich rasch aufstand und ihm in die Küche folgte, wo ich einen Krug füllte, während er Becher suchte. Als wir an den Tisch zurückkehrten, hatten andere Mönche sich zu den drei Briten gesellt, und mir bot sich keine weitere Gelegenheit, allein mit ihnen zu sprechen. Den ganzen Tag über behielt ich sie im Auge und wartete auf eine Möglichkeit, aber die Ereignisse entwickelten sich nicht nach meinem Wunsch.

Als ich mich an diesem Abend in meine Zelle zurückzog, war ich neugierig, enttäuscht – und verärgert über Diarmot, weil er zur Unzeit zwischen uns getreten war. Bevor ich schlafen ging, bat ich Christus um Vergebung für meine Abneigung gegen Diarmot, und dann lag ich noch lange wach und überlegte, was Brynach mir wohl hatte mitteilen wollen.

5

Im Dunkel kurz vor Morgengrauen klettern wir auf den Hügel, steigen hinauf wie Christus, der aus dem Tal des Todes auffährt. Auf dem Gipfel drängen wir uns zusammen, als zitterten wir im kalten Hauch des Grabes, und harren des wahren, nie versagenden Lichts der Auferstehung. Schweigend warten wir, die Gesichter gen Osten gewandt, woher das rettende Wort erscheint. Weit fort, jenseits des Randes der Welt, sammelt das Tageslicht seine Kraft, wächst und wächst, bis es endlich – die Mächte der Finsternis können es nicht länger zurückhalten – in einer herrlichen, lebenspendenden Flamme hervorbricht. Siegreich steigt die Sonne auf, Sol Invictus, erneuert wie der auferstandene Christus, so wie alle Menschen am Jüngsten Tag aus ihren Gräbern auferstehen werden. Als die ersten goldenen Strahlen den Himmel entflammen, holen wir tief Luft und erheben unsere Stimmen zum goldenen Thron: »Halleluja! Hosianna! Ehre sei Gott in der Höhe! Halleluja!«

Angeführt vom Bischof von Hy mit erhobener Cambutta, zogen wir in einer Prozession den Hügel hinab und sangen im Schreiten das Gloria. Da der Gäste und Besucher so viele waren, bot das Innere der Kirche keinen Platz für alle, so daß angesichts des guten Wetters der erste Teil der Messe unter dem Dach des Himmels abgehalten wurde. Die verschiedenen Teile der Messe wurden begangen: die Gesänge, das Kyrie, die Epistel, das Graduale, das Evangelium, das Credo, die Psalmen und schließlich die Opferung.

Während der Gebete knieten die Besucher im Hof nieder. Anschließend erhoben sie sich, um sich an der Tür in Doppelreihen zur Prozession von Hostie und Kelch zum Altar aufzustellen und die heilige Kommunion zu empfangen. Am Altar spendete Bischof Cadoc mit Hilfe des Abts die Sakramente. Ich befand mich unter denjenigen, die außerhalb der Kirche standen, aber wir hatten keine Schwierigkeiten, alles zu hören. Cadocs kraftvolle Stimme trug bis in den Hof und über die Klostermauern hinaus.

»Quanda canitus«, rief der Bischof, als er Gott den Kelch darbot, »accepit Jesu panem ...«

Wir knieten im Leuchten der österlichen Morgensonne, und unsere Herzen erglühten in Liebe zu Gott. Einer nach dem anderen traten wir in die Kirche und schritten zum Altar, wo wir aus der Hand des Bischofs die Sakramente empfingen und dann zum Segen an unsere Plätze zurückkehrten.

Der Gottesdienst war herrlich und voller Freude. Als er vorüber war, sangen wir, bis es zur Terz läutete, worauf der Abt all unsere Besucher einlud, an unserem Festmahl teilzunehmen.

»Jesus lebt!« krächzte Fraoch und erhob die Stimme über sein übliches Flüstern hinaus. »Jauchzet und freuet euch, meine Freunde, denn alle, die auf Christus vertrauen, besitzen das ewige Leben. Und so, wie wir uns eines Tages in der großen Halle des Himmels versammeln werden, so laßt uns den Segen von Gottes herrlichem Überfluß an diesem schönen Ostertag genießen – ein Vorgeschmack auf das große Festmahl zum Lob des Lamms Gottes.«

Mit diesen Worten war die Tafel eröffnet. Um all unsere Gäste unterzubringen, schleppten wir Bänke und Tische aus dem Refektorium heran und stellten sie im Hof auf. Frauen aus den umliegenden Dörfern halfen den Köchen und den Küchenhilfen, die Tische mit allen Arten von Speisen zu beladen. Da gab es braunes Brot, das zu besonderen Osterlaiben gebacken war – rund, mit dem Umriß eines Kreuzes, das in die Oberseite eingeschnitten war; kalte gekochte Eier – Symbole für die Macht und Verheißung des Lebens; Lachse und Hechte – frisch, eingesalzen oder geräuchert – auf hölzernen Schneideplatten; Miesmuscheln und Austern; feines Mehl und Kiefernkerne, mit Eiern und Honig in Milch gekocht; dampfende Berge von gebratenen Rüben; gewaltige Kessel mit geschmortem Lamm; Schweine-, Rind- und Hammelfleisch, mit Fenchel, Zwiebeln und Knoblauch geröstet; Gans in Kräutertunke; Hasen mit süßen Kastanien darin; Hähnchen, gefüllt mit Korn und Salbei; Lerchen in Holunderbeeren; Kompotte aus Pflaumen, Himbeeren und Äpfeln und vieles andere mehr.

Aengus mac Fergus, der Fürst des Reiches, hatte einige seiner Männer mit Ostergaben geschickt: vor allem dicke Reh- und Wildschweinkeulen, die unser Festmahl zieren sollten. Die Knechte vergeudeten keinen Augenblick und steckten das Fleisch zum Rösten an die Bratspieße über den Feuern im Hof. Sobald sie sich dieser Aufgabe entledigt hatten, unterstellten sie sich alsbald dem Kellermeister. Sie erklärten sich zu seinen willigen Sklaven und mühten sich mächtig mit den Eichenfässern, in denen sich köstliches dunkles Ale und süßer gelber Met befanden. Die Fässer stellten sie auf Dreifüße vor den Eingang zur Halle. Zur Ehre der Osterfeiertage gab es auch Tonkrüge mit Wein.

Als alles bereit war, bat Secnab Ruadh um Ruhe und betete um Gottes Segen für unser Festmahl. Dann nahmen wir unsere Holzschalen und brachen unser langes österliches Fasten. Jeder nahm sich von den Speisen, die ihm am meisten zusagten. Der Tag gehörte dem Schwelgen in Essen und Trinken und dem harmonischen Gespräch mit Freunden und Verwandten. Und alle, die im Kloster versammelt saßen, waren wie Bruder und Schwester, wie Vater, Mutter und Kind füreinander.

Nachdem die Schmerzen des Hungers wahrhaftig und gründlich verbannt waren, veranstalteten wir Spiele. Angestachelt von den Kindern unserer Gäste, beteiligten wir uns an Kraft- und Geschicklichkeitswettkämpfen: Man warf den Wellstein, schleuderte Speere, übte sich im Armdrücken und dergleichen. Einige der Männer des Fürsten, sämtlich Krieger, erdachten ein Pferderennen, bei dem die Reiter rücklings im Sattel sitzen mußten. Dies erwies sich als ein so herrliches Spektakel, daß das Rennen mehrere Male durchgeführt wurde, um jedem, der teilnehmen wollte, Gelegenheit dazu zu geben. Am besten gefiel der letzte Lauf, denn viele der größeren Kinder bestanden darauf, daß man ihnen erlaube zu reiten. Damit nun die jüngeren nicht betrübt wären, beteiligten sich einige der Mönche an dem Rennen. Jeder nahm ein Kind vor sich auf den Sattel, so daß den Kleinen nichts zustoßen konnte. Dies sorgte natürlich für noch mehr Tumult, und es wurde so gelacht, daß das Tal davon widerhallte. Ach, was für ein Ergötzen!

Während der ganzen Festlichkeiten wich ich nicht von Dugals Seite, denn mir war schmerzlich bewußt, daß unsere Trennung immer näher rückte. Aber da ich nicht wollte, daß unglückliche Gedanken sich in diese herrliche Osterfeier schoben, bemühte ich mich sehr, nicht darüber zu brüten. Falls Dugal ähnliche Gefühle hegte, so ließ er sich nichts davon anmerken, sondern unterhielt sich prächtig und lief vom Bierfaß zum Rennen, wieder zum Tisch und zurück. Brynach, Gwilym und Ddewi, die drei geheimnisvollen Gäste, bekam ich kaum zu Gesicht. Sie schienen sich immer im Schatten des Bischofs aufzuhalten und waren oft in intensive Gespräche mit dem einen oder anderen unserer älteren Brüder versunken. Obwohl um sie herum das Fest seinen munteren Lauf nahm, hielten die drei, insbesondere Brynach, sich fern. Die drei sahen zu und lächelten, aber selten nahmen sie selbst an den Lustbarkeiten teil.

So verging der Tag, und die Sonne begann zu sinken und tauchte den Himmel im Westen in rotgoldene Flammen. Unser guter Abt rief alle Leute, ihm zu folgen, und wir zogen in einer langen Prozession um das Kreuz im Hof herum. Einmal, zweimal, dreimal machten wir die Runde, und dann versammelte er jedermann in einem Kreis um das Kreuz und stieß in dem ihm eigenen kratzigen Flüstern hervor: »Sehet dieses Kreuz! Gewiß, jetzt ist es leer, doch dem war nicht immer so. Ich möchte, daß ihr, meine Freunde, euch an jenen schrecklichen und grauenhaften Tag erinnert, an dem der Sohn des großen Königs die Last der Welt auf seine Schultern genommen hat, da Er am Baum von Golgatha hing!

Weh und Schande, sage ich! O Herz von meinem Herzen, Dein Volk hat dich ergriffen. Man hat Dich geschlagen, mit grünem Rohr auf bloßes Fleisch, mit der häßlichen Faust gegen Deine rosige Wange! Scharfe Dornen wurden zur Krone für das heilige Haupt. Ein geliehenes Gewand spottete den Schultern, die den schrecklichen Schandfleck der menschlichen Sünde trugen.

Und dann war des Blutdurstes noch nicht genug! Sie nahmen Dich und durchstachen Deine Hände und Füße mit kalten, grausamen Nägeln. Sie zogen Dich hoch über den Boden, um in bitterer Qual zu sterben, und Dein Volk stand hilflos und sah zu.

Was für eine entsetzliche Tat: Man spie auf den Schöpfer der Welt, während der Tod das Licht aus Seinen Augen stahl.« Fraochs Stimme brach, und Tränen rannen ihm über die Wangen. »Donner und Sturm geboten ihnen keinen Einhalt, sie gaben nichts auf Regen und Hagel – noch auf die gebrochene Stimme, die ausrief: Abba, Vater, vergib ihnen! Sie wissen nicht, was sie tun!

Hinauf fuhr der scharfspitzige Speer und bohrte sich tief in Dein verwundetes Herz. Wasser und Blut rannen an Deinen schweißnassen Seiten hinab – der Wein der Vergebung, für alle Menschen vergossen –, und Gottes geliebtes Kind atmete nicht mehr.

Dann heißt es ›herunter vom Kreuz‹! Sie können es nicht erwarten, Dich aus den Augen zu bekommen! In einen Sack verschnürt hat man Dich durch die Straßen gezerrt! Gemeine Leichentücher für den Körper des erhabenen Himmelskönigs, nicht von feinem Linnen oder weichen Pelzen.

Das in den Fels gehauene Grab wird Dein Heim, Geliebter. Die Einsamkeit des Hauses unter dem Rasen ist Dein neues Reich, dort im Knochenhain. Am Türstein stehen des Cäsars Soldaten Wache, damit nicht die Mörder Deinen Todesschlaf stören.

Fürchten sie Dich immer noch? Sie haben Dich zu Tode gebracht, Herr von allem, das da ist, und sie bewachen Dich, blicken mit zitternden Händen nach rechts und links. Finsternis senkt sich über die Erde. Wie könnte es auch anders sein? Das Licht des Lebens ist in einem Grab eingeschlossen, und die gierige Nacht erfüllt von grinsenden Dämonen.

Freunde«, flüsterte der Abt, und seine Stimme klang betrübt in der Betrachtung jener furchtbaren Nacht, »die Feinde des Lichts und des Lebens hielten darob ein großes Fest ab. Ihr Jubel hallte laut in den Hallen des Himmels wider. Und Gottvater blickte in seiner tiefen Trauer hinab. ›Sieh doch, Michael‹, rief er seinem Erzengel zu. ›Sie haben meinen geliebten Sohn getötet. Das ist schlimm genug, doch sie sollten nicht derart frohlocken. Kann dies denn recht sein, daß das Böse über den Tod des einzig Gerechten frohlockt?‹

Und Michael, der Diener des Lichts, antwortete: ›Herr, Du weißt, daß es nicht recht ist. Sag nur ein Wort, mein König, und ich werde sie alle mit meinem Flammenschwert erschlagen.‹

Oh, doch der immer Gnädige legte einen Finger an die Lippen, und Er sagte: ›Geduld, Geduld, alles zu seiner Zeit. Ich wäre nicht Gott, wenn ich meiner Aufgabe im Unglück nicht gewachsen wäre. Warte nur ab, und sieh zu, was ich tun werde.‹

Dem erhabenen König des Himmels brach das große Herz, als Er in jenen traurigen Hain hinabblickte. Eine einzige Träne fiel aus Seinem liebenden Auge in dieses dunkle Grab, wo der Körper Seines gesegneten Sohnes, des Friedensfürsten, lag. Jene Träne traf Christus mitten in sein zerschlagenes Gesicht, und köstlich strömte das Leben in ihn zurück.

Der große König wandte sich an seinen Erzengel und sagte: ›Was säumst du noch, mein Freund? Du siehst, was geschehen ist. Roll diesen Stein beiseite und befreie meinen Sohn!‹ Michael fuhr wie ein Blitz zur Erde nieder, legte die Hand an den verwünschten Fels und schleuderte mit einem Fingerschnippen den großen Mühlstein beiseite.

Und dann bist Du auferstanden, Christus der Siegreiche! Du warfst den Sack beiseite und erhobst Dich. Der Tod, jenes schwache, verächtliche Ding, lag zerschmettert zu Deinen Füßen. Du tratest die Scherben beiseite und schrittest aus dem Grab, und tapfere Soldaten fielen wie gefällt nieder, geschlagen durch den Anblick solch reiner Herrlichkeit!«

Weit breitete Fraoch die Arme aus. »Tausendmal willkommen, o gesegneter König! Tausendmal willkommen, ewiges Leben! Heil und willkommen, Herr der Gnade, der Du alles gelitten hast, was der Tod Dir antun konnte – für Adams mutwillige Rasse hast Du gelitten, ja, und bist gern für sie gestorben. Erstgeborener des Lebens, wir selbst sind es gewesen, die Du aus dem Grab errettet hast, jeder einzelne von uns hat sich an Deinen breiten Rücken geklammert.

Also blicket auf das Kreuz und frohlocket, Freunde. Denkt darüber nach, und lobet Ihn, der die Macht besitzt, die Toten zum Leben auferstehen zu lassen. Amen!«

Und jedermann blickte das hohe Kreuz im feurigen Sonnenuntergang an und rief: »Amen, Herr!«

Brüder mit Harfen hatten auf diesen Augenblick gewartet und begannen zu spielen. Wir sangen: Hymnen natürlich, doch auch andere Lieder – uralte Gesänge, älter als jeder der Stämme oder Clans, die sie als die ihren in Anspruch nahmen, älter als die bewaldeten Hügel selbst. Wir sangen, während die Nacht uns umfing, und lauschten noch einmal den vom Alter geehrten Erzählungen unseres Volkes.

In jener Nacht gingen wir befriedigt an Körper und Seele zur Ruhe, und am nächsten Tag erhoben wir uns, um unsere Feier fortzusetzen. Während der drei Tage des Osterfestes versuchte ich, mich auf meine Abreise vorzubereiten. Dugal sah ich nur selten. Hätte ich ihn nicht besser gekannt, hätte ich glauben mögen, er ginge mir aus dem Weg.

Spät am dritten Tag waren alle Besucher fort. Zur Vesper traf ich zum letzten Male meine Brüder zum Gebet. Die Sonne war untergegangen, und es herrschte Düsternis innerhalb der Klostermauern. Doch über uns wies der Himmel immer noch ein blasses Blau auf. Fern im Osten glommen zwei helle Sterne. *Man erzählt, in Byzanz sei der Himmel golden,* hatte Dugal gesagt. *Und selbst die Sterne sollen fremdartig sein.*

Mein Herz krampfte sich zusammen, weil ich mich danach verzehrte, ein Wort mit ihm zu sprechen. Morgen würde ich aufbrechen, und wenn ich einmal den Ringwall des Klosters durchschritten hatte, würde ich meinen teuren Freund nie wiedersehen. Der Gedanke bestürzte mich so sehr, daß ich beschloß, die Nachtwache zu übernehmen, um meinem Herzen Ruhe zu bringen.

Daher ging ich zu Ruadh und bat um diese Pflicht. Er schien erstaunt über mein Ersuchen. »Ich würde meinen, daß es besser für deinen Körper und deine Seele wäre, wenn du ruhtest«, meinte Ruadh. »Daher rate ich dir, heute nacht gut zu schlafen.«

»Ich danke dir für deine Sorge«, entgegnete ich. »Und ich bin sicher, daß dein Vorschlag sehr weise ist. Doch dies ist auch meine letzte Gelegenheit, die Nachtwache am Altar des Klosters zu halten. Daher bitte ich mit allem Respekt um deine Erlaubnis.«

»Und ich erteile sie dir gern«, meinte Ruadh nachsichtig. »Doch dies ist heute nacht Diarmots Pflicht. Du mußt ihn aufsuchen und über die Veränderung in Kenntnis setzen.«

»Selbstverständlich«, pflichtete ich ihm bei und schickte mich an, die Wohnung des Secnab zu verlassen. »Danke, Beichtvater.«

»Du wirst mir fehlen, Aidan«, sagte Ruadh, während er mir zur Tür folgte. »Aber ich werde jeden Morgen für dich beten. Wo immer du dich befindest, du sollst gewiß sein, daß zu Beginn des Tages dein Name vor dem Thron des erhabenen Königs ausgesprochen wurde. Und jeden Tag beim Vespergebet werde ich die Gnade des Herrn auf dich herabflehen. Derart wirst du wissen, daß der Tag, wo immer du in Gottes weiter Welt weilst, mit einer Fürbitte um deine sichere Heimkehr zu Ende gegangen ist.«

Diese Worte bewegten mich so, daß ich nicht sprechen konnte. Und das um so mehr, als ich wußte, er würde seinen Schwur halten, gleich, was geschehen würde. Der Bruder legte mir die Arme um die Schultern und zog mich an seine Brust. »Geh mit Gott, mein Sohn«, sagte Ruadh. Ich nickte, schluckte heftig und verließ ihn.

Ich suchte nach Dugal, doch ich fand ihn nicht. Einer der Brüder teilte mir mit, Dugal halte sich im Nachbartal auf, um beim Lammen zu helfen. So kehrte ich unglücklich in meine Zelle zurück und warf mich auf meinen Strohsack. Ich ignorierte den Ruf zum Abendessen und döste eine Weile. Als es zum Komplet läutete, wachte ich auf, aber ich konnte mich nicht dazu bewegen, mit den Brüdern zum Beten zu gehen. So lag ich in meiner Zelle und lauschte den Geräuschen des

Klosters, das sich zur Nacht bereit machte. Und als ich schließlich meinte, jedermann sei zur Ruhe gegangen, löschte ich die Kerze und eilte von neuem in die Dunkelheit hinaus.

Der Mond war aufgegangen und leuchtete am Himmel wie eine harte, helle Eiskugel. Der Wind, der den ganzen Tag über geweht hatte, war jetzt eingeschlafen, und im Dorf auf der anderen Flußseite hörte ich die Hunde bellen. Als ich lautlos über den Hof schritt, zeichnete mein Schatten sich scharf umrissen vor meinen Füßen ab, und ich sah keinen Menschen.

Die Kapelle ist ein einfacher, schmuckloser Rechteckbau aus Stein mit dicken Wänden und einem hohen, spitzen Schieferdach. Ein Ort des Friedens und der ruhigen Kraft, die aus tiefer Andacht herrührt. In dem grellen Mondlicht erschien der dunkle Stein wie in gehämmertes Metall verwandelt, in Bronze oder vielleicht Silber.

Ich trat an den Eingang, hob den Riegel, drückte die schwere Tür auf, zog den Kopf ein und betrat den spartanisch eingerichteten Raum. Der gedrungene Steinaltar befand sich unter einem hohen, schmalen Windloch. In einer Ecke stand ein massives Lesepult aus Holz, das jetzt leer war, denn für die Nachtwache ist kein Buch erforderlich. In den hohen Kerzenständern knisterten leise die Wachslichter und erfüllten die Kapelle mit ihrem warmen, leicht ranzigen Duft.

Ich zog die Tür hinter mir zu, legte den Riegel wieder vor und ging auf den Altar zu. Erst jetzt bemerkte ich Diarmot. »Es wird mir ein Vergnügen sein, die Nachtwache mit dir zu halten«, erbot er sich steif und förmlich. Mir wurde das Herz schwer.

»Bruder, das ist nicht nötig«, erklärte ich. »Ich habe diese Pflicht übernommen und werde ihr mit Freuden nachkommen. Vergib mir, ich hatte vor, dich früher zu unterrichten, aber jetzt darfst du dich gern zurückziehen.«

»Es sei, wie es mag«, entgegnete Diarmot selbstzufrieden. »Mir wird es guttun, heute nacht mit dir zu wachen.«

Seine Gesellschaft war mir nicht angenehm, doch mir fiel kein weiterer Einwand ein, so daß ich ihm seinen Willen ließ. »Dir dies zu verwehren, steht mir nicht zu«, erklärte ich und nahm ihm gegenüber meinen Platz am Altar ein.

Die Nachtwache ist ein einfacher Gebetsdienst. Sie wird von keinerlei Zeremonien begleitet außer denen, die jeder Zelebrant mit sich bringt. Viele sagen die Psalmen auf, wobei sie nach jedem einen Kniefall vollführen. Manch einer verharrt die ganze Nacht im Gebet, auf dem Boden ausgestreckt, die Arme entweder über den Kopf langgestreckt oder wie zur Kreuzform zur Seite ausgerichtet. Andere dienen dem Herrn einfach schweigend und meditieren über den göttlichen Namen oder einen Aspekt der Gottheit.

Selbst entschied ich mich meist für das Gebet. Ich ließ meine Gedanken umherschweifen, wie sie mochten, und brachte dem erhabenen König des Himmels diese Kontemplation als Gabe dar. Manchmal jedoch, wenn meine Seele aufgewühlt war, kniete ich einfach nieder und gab mich dem Kyrie eleison hin. Das tat ich auch jetzt. »Herr, erbarme dich«, betete ich und wiederholte, neben dem Altar kniend, diese Bitte mit jedem Atemzug.

Diarmot jedoch hatte anscheinend beschlossen, den Psalter zu rezitieren. Murmelnd intonierte er die Psalmen. Zu Beginn eines jeden verbeugte er sich tief, und wenn er zu Ende war, ließ er sich auf beide Knie herab. Diarmot war, wie viele der Brüder, ernst und aufrichtig – weit mehr als ich selbst, wie ich offen bekenne. Dennoch fand ich ihn schwer zu ertragen, denn ich hatte bemerkt, daß es vielen dieser Mönche trotz ihres Eifers mehr auf die äußere Erscheinung einer Sache ankam als auf ihren tieferen Sinn. Gewiß mußte doch ein einziger, von Herzen kommender Kniefall mehr wert sein als einhundert, die nur vollführt werden, um eine Rezitation zu begleiten. Aber sehr wahrscheinlich täusche ich mich darin, wie in so vielen anderen Dingen.

Ich fand mich mit Diarmots lautstarker Gesellschaft ab, kniete gebeugten Hauptes nieder und flüsterte mein einfaches Gebet: »Herr, erbarme dich! Christus, erbarme dich!« Beim Beten richtete ich den Blick auf den sanft flackernden Lichtkreis auf dem Boden vor mir. Licht und Schatten schienen um die Vorherrschaft auf den Steinplatten vor dem Kerzenhalter zu ringen. Ich wünschte, das Licht würde triumphieren, doch ich war von soviel Dunkelheit umgeben.

Diarmots Psalmen ähnelten inzwischen eher einem Sermon denn einem Gebet. Was er da herunterleierte, waren nicht einmal Worte, sondern nur Geräusche, ein bedeutungsloses Plätschern wie das eines Baches, der Hochwasser führt. Das Geräusch erfüllte mein Bewußtsein, so wie der sanft wabernde Lichtkreis meinen Blick gefangennahm.

Ich geriet in einen Wachtraum. Da geschah es, daß ich Byzanz sah, und meinen Tod.

6

Der Kreis aus Kerzenschein vor mir auf dem Boden verwandelte sich in ein Loch, durch das ich eine verschwommene, formlose Weite erblicken konnte, die sich in alle Richtungen bis zum Horizont erstreckte; ohne Gestalt, ohne Farbe, oben Wolken und darunter wabernde Nebel. Einsam an diesem leeren Firmament kreiste ein großer Vogel mit ausgebreiteten Schwingen – ein Adler. Seine scharfen Augen hielten nach einem Platz zum Ruhen Ausschau. Aber es war weder Baum noch Hügel noch Fels zu sehen.

Weiter und weiter flog der Aar, suchte und suchte, und doch fand er nichts. Über Wildnis und Ödland schwang sich der Vogel. Ich hörte, wie der Wind dumpf durch die weitgespreizten Federspitzen heulte, die durch den leeren Himmel fegten, und spürte die bis in die Knochen schmerzende Müdigkeit, die an jenen breiten Schwingen zerrte. Immer noch flog der herrliche Vogel weiter, während sich zu allen Seiten leere Ausblicke erstreckten und nirgends ein Rastplatz zu finden war.

Dann erhaschte ich, als jene tapferen Flügel bereits zu erlahmen begannen, weit, weit im Osten einen Blick auf das blaßrosige Glühen der Sonne, die über dem Nebel aufging, der die Welt einhüllte. Höher und höher stieg das Tagesgestirn, wurde immer heller und leuchtete wie die rotgoldene Glut eines Schmiedefeuers.

Geblendet von diesem grellen Schein, konnte ich dem Anblick nicht standhalten und mußte die Augen abwenden. Und als ich wieder sehen konnte ... Wunder über Wunder! Ich erblickte nicht länger die Sonne, sondern eine riesige, leuchtende Stadt, die sich über sieben Hügel erstreckte, und jeder Gipfel strahlte vor mehr Pracht und Reichtum, als ich mir in meinen kühnsten Träumen vorgestellt hätte. Glänzend im Lichte ihrer Schönheit, illuminiert durch das Feuer von Reichtum und Herrlichkeit, glitzerte die goldene Stadt wie ein Edelstein von nie gesehener Pracht.

Als der ermattete Adler diese Stadt vor sich aufsteigen sah, faßte er wieder Mut und hob mit neuer Kraft die Flügel. Endlich, dachte ich, ist der tapfere Vogel gerettet. Gewiß wird doch der Adler in solch einer Stadt einen Platz zum Rasten finden. Näher und näher flog der Adler heran, jeder Flügelschlag brachte ihn weiter zu der Stadt und enthüllte ein Feuerwerk von Wundern: Türme, Kuppeln, Basiliken, Brücken, Triumphbögen, Kirchen und Paläste, alles aus blitzendem Glas und Gold.

Der Anblick eines derart köstlichen Lohns für seine lange Standhaftigkeit ließ das Herz des stolzen Vogels schneller schlagen. Eilig hielt er auf die goldene Stadt zu, diesen sicheren Hafen, sank tiefer und breitete weit die Schwingen aus, um auf dem höchsten Turm zu landen. Doch als der Aar hinabstieß, verwandelte sich die Stadt. Mit einemmal war sie keine Ansammlung von Gebäuden mehr, sondern ein riesenhaftes, geiferndes Untier mit dem Unterkörper eines Löwen und dem Oberkörper eines Lindwurms, einer Haut aus goldenen Schuppen, gläsernen Klauen und einem ungeheuren, gähnenden Rachen, der mit Schwertern statt Zähnen besetzt war.

Der Adler drehte sich in der Luft, kreischte entsetzt und schlug heftiger mit den Schwingen, um zu entfliehen. Doch dafür war es bereits zu spät, denn das goldene Monstrum reckte seinen langen, schlangengleichen Hals und riß den erschöpften Vogel vom Himmel. Die Kiefer schlossen sich, und der Adler war verschwunden.

Mit einem scharfen Knall schnappten die Zähne des großen goldenen Untiers zusammen, und ich erwachte zitternd aus meiner Vision. Der Raum lag im Halbdunkel, und der Geruch von Talg stach mir in die Nase. Auf dem Boden vor mir lag der Kerzenständer, so, wie er umgestürzt war. Die Lichter waren teilweise verloschen oder flackerten in Wachspfützen vor sich hin. Diarmot fand ich lang ausgestreckt auf dem Boden neben dem Altar liegend. Seine Arme waren seitwärts ausgebreitet, und er schnarchte leise. Der Bruder war über seinen Gebeten eingeschlafen.

Ich erhob mich langsam, trat zu dem umgefallenen Kerzenständer und stellte ihn wieder auf. Der Lärm, mit dem er umgestürzt war, hatte mich aus meinem Traum gerissen, doch wie war dies überhaupt möglich gewesen?

Die Tür schlug im Wind. Zweifellos hatte ich vergessen, den Riegel richtig zu befestigen, und ein Windstoß hatte den Kerzenständer umgeworfen. Ich ging zur Tür, zog sie mit dem Lederriemen zu und vergewisserte mich, daß der hölzerne Riegel in die Rille rutschte. Dann kehrte ich an meinen Platz zurück, nahm wieder Gebetshaltung ein und begann von neuem, das Kyrie zu sprechen. Doch der Traum stand mir noch lebhaft vor Augen und quälte mich mit seiner schrecklichen Vorwarnung, so daß ich nicht zu beten vermochte. Bald gab ich es auf, blieb einfach sitzen und dachte über das nach, was ich gesehen hatte. Meine Träume irren nie, aber manchmal muß man gründlich nachsinnen, um ihre wahre Bedeutung zu erschließen. Diesem Ziel wandte ich meine Gedanken jetzt zu, aber die Deutung wollte sich nicht fassen lassen.

Als das erste schwache Tageslicht durch das hochgelegene Windloch schimmerte, stand ich auf, reckte mich und überlegte, ob ich Diarmot wecken sollte. Eben beugte ich mich über ihn, da läutete es zum Morgengebet, und er fuhr zusammen und wachte auf. Ich ging zur Tür und trat nach draußen, wo ich von einigen Brüdern angerufen wurde, die den Hügel hinauf zur Kapelle gestiegen kamen. Ein steifer Nordwind ließ die Kutten um ihre Beine flattern. Wohlwollend gab ich ihre Grüße zurück und sog tief die kalte Luft in die Lungen, einmal, zweimal, dreimal.

Gerade, als ich mich zum Morgengebet wieder in die Kapelle begeben wollte, ging fern im Osten die Sonne über dem nebelverhangenen Tal auf. Bei diesem Anblick zog sich mir das Herz in der Brust zusammen, denn im selben Augenblick wurde mir die Bedeutung meines Traums klar. Die Erkenntnis ließ mein Blut zu Wasser werden: Der Adler war ich selbst, und bei der Stadt handelte es sich um Byzanz. Das Untier stellte demnach meinen Tod dar.

Ich sank gegen die Mauer der Kapelle und spürte den rauhen Stein gegen Rücken und Schultern. *Herr, erbarme Dich! Christus, erbarme Dich! Herr, erbarme Dich!*

Was ich gesehen hatte, würde so geschehen. Die Gewißheit war so leuchtend und klar wie der Sonnenaufgang, der noch mein Gesicht mit Licht überflutete, und ließ keinen Raum für den geringsten Zweifel. Alle meine Visionen besaßen die tiefe Gewißheit der Wahrheit: Was ich gesehen hatte, sollte eintreten. Die Zeit würde es weisen. Der Tod stand ebenso gewiß vor mir wie die aufgehende Sonne. Ich ging nach Byzanz, und dort würde ich sterben.

In einem Tumult ungläubiger Furcht stand ich die Morgengebete durch. Immer wieder mußte ich denken: *Warum? Wieso ausgerechnet jetzt? Warum gerade ich?* Doch es war sinnlos. Ich wußte aus langer Erfahrung, daß ich keine Antwort erhalten würde. So erging es mir immer.

Nach dem Gebet ging ich mit den anderen ins Refektorium, um Gerstenbrot und gekochtes Rindfleisch zu frühstücken, ein kräftiges Essen, ehe wir unsere Reise antraten.

»So, so, Aidan, deine letzte Mahlzeit, ehe du zu den Vagabundi gehst, wie?« witzelte Bruder Enerch, der den Hirten vorstand.

»Vorsicht, Bruder«, meinte Adamnan, der neben ihm saß. »Wenn wir das nächste Mal zusammenkommen, wird einer von uns mit dem Kaiser gespeist haben. Vergiß das nicht.«

»Dünkt dich, der Kaiser ißt mit jedem zerlumpten Wanderer, der sich am goldenen Tor einstellt?« warf Bruder Rhodri neben mir ein.

Oh, ihre Worte waren scherzhaft gemeint, doch sie erfüllten mich mit unguten Vorahnungen. Meine Brüder versuchten, mich in ein heiteres Gespräch zu ziehen, doch ich konnte mit ihrem Geplänkel nicht mithalten und stand, nachdem ich nur ein paar Bissen zu mir genommen hatte, unter dem Vorwand, meine Habseligkeiten packen zu müssen, vom Tisch auf.

Ich verließ das Refektorium und ging rasch über den Hof zum Skriptorium. Der Himmel über mir hatte ein tristes Grau angenommen. Ein kaltes, trübes Licht drang aus einem dunklen Firmament, und ein böiger Wind wehte über die Steinmauern gen Abend. Ein trostloser Tag, der zu meiner finsteren Stimmung paßt, dachte ich.

Einige der gefleckten Klostergänse watschelten mir über den Weg, und ich trat, wie um meinem Elend Nachdruck zu verleihen, nach der nächstbesten. Die Gänse stoben auseinander und brachen auf ihrer Flucht in ein heilloses Geschnatter aus. Schuldbewußt blickte ich mich um und bereute sogleich mein unbedachtes Handeln. Da kam auch schon der Gänsebursche mit seinem Stock angelaufen und trieb die Tiere unter Zischen und Pfeifen in seine Herde zurück. Im Vorbeirennen warf er mir einen finsteren, mißbilligenden Blick zu.

»Paß bloß auf! Sieh zu, daß deine Gänse den Leuten nicht zwischen die Füße laufen, Lonny!« rief ich ihm nach.

Als ich in meiner Zelle allein war, sank ich verzweifelt auf die Knie. »Christus, erbarme Dich!« stöhnte ich laut. »Herr, wenn es Dir gefällt, nimm diesen Fluch von mir. Schenke mir mein Glück zurück, o Gott. Rette Deinen Diener, Herr.«

Ich ließ meiner Seelenqual freien Lauf und schlug mit den Fäusten auf meine Knie ein. Nach einer Weile hörte ich draußen im Hof Stimmen, stand auf und blickte mich ein letztes Mal in meinem Raum um. Wer würde wohl nach mir diese Zelle erhalten, fragte ich mich. Diese Vorstellung nahm mich gefangen, und ich sprach ein Gebet für den Mönch, der mein kleines, kahles Zimmerchen bewohnen würde. Wer immer es sein mochte, ich bat Gott, ihn reich zu segnen und ihm nichts als Gutes widerfahren zu lassen.

Dann nahm ich meine Bulga und streifte mir den Riemen über die Schulter. Ich verließ die Zelle und ging zu der Reisegruppe, welche im Hof wartete.

Das ganze Kloster hatte sich versammelt, um uns Lebewohl zu sagen und uns nachzuwinken. Der Abt und Meister Cellach, die uns bis zur Küste begleiten würden, standen da und sprachen mit Ruadh und Tuam. Der Bischof und die durchreisenden Mönche waren versammelt und zum Aufbruch bereit. In der Nähe sah ich Brocmal und Libir, und ich glaubte, mich zu ihnen gesellen zu müssen. Brocmal betrachtete mich mit säuerlicher Miene, als ich neben ihn trat, dann wandte er sich Libir zu und meinte: »Man sollte meinen, daß ein Mönch, der das Glück hat – wohlgemerkt gegen alle Vernunft und Wahrscheinlichkeit – für eine solche Reise auserwählt zu werden, wenigstens dafür Sorge trägt, daß er die anderen nicht warten läßt.«

Ich nehme an, dieser scheinbar an niemand Bestimmten gerichtete Tadel sollte mich beschämen. Aber da ich inzwischen gelernt hatte, von diesen beiden selbstgerechten Schreibern kein gutes Wort zu erwarten, ließ ich Brocmal seine Bemerkung durchgehen. Ich nahm mir ihre Verachtung nicht zu Herzen, sondern suchte in der Menge nach dem einen Gesicht, das zu sehen ich mich am meisten sehnte. Aber Dugal war nicht da. Eine gräßliche Angst überfiel mich, als mir klar wurde, daß wir jeden Moment aufbrechen würden und ich gehen müßte, ohne meinem teuersten Freund Lebewohl gesagt zu haben. Und wenn ich einmal fort war, würde ich ihn nie wiedersehen. Die Endgültigkeit dieses Gedankens erfüllte mich mit unsagbarer Trauer. Ich hätte weinen mögen, wären nicht so viele Menschen um mich gewesen.

»Also beginnt die Reise!« rief Fraoch, hob seinen Stab hoch, wandte sich um und ging zum Tor voran. Die Brüder riefen uns Lebewohl und erhoben ihre Stimmen zum Gesang. Singend folgten sie uns zum Tor.

Ich trat durch das Portal auf die andere Seite der Mauer, und hinaus ... hinaus ... Nun schritten meine Füße auf dem Pfad, und ich ließ die Abtei hinter mir. Ich ging weiter und sagte mir, ich würde nicht zurückschauen. Doch nach kaum einem Dutzend Schritten schien mir der Gedanke fortzugehen, ohne einen letzten Blick auf Cenannus na Ríg zu werfen, unerträglich. Ich schaute über meine Schulter und sah den geschwungenen Rücken des Ringwalls, über dem sich der hohe Glockenturm erhob. Über die Mauer hinweg waren die Dächer der Refektoriumshalle, der Kapelle und der Wohnung des Abts zu erkennen. Der Torweg war von Mönchen bevölkert, die zum Abschied die Arme schwenkten.

Als ich zur Antwort die Hand hob, sah ich, wie eben der Ochsenkarren mit den Vorräten für unsere Reise durch das Tor rollte. Und wer anders hätte diese Ochsen führen können als Dugal selbst? Bei dem Anblick blieb ich wie angewurzelt stehen.

»Ach, nun komm schon weiter«, brummte Libir ärgerlich

und stieß mich von hinten an. »Wenn du bei jedem zweiten Schritt stehenbleibst, kommen wir nie nach Konstantinopel.«

»Vielleicht ist er ja schon müde«, stichelte Brocmal. »Bleib du ruhig hier und ruh dich aus, Aidan. Ich bin gewiß, daß wir den Weg auch ohne dich finden.«

Ich ließ sie vorbei und wartete darauf, daß der Wagen näher kam. Dugal, Gott segne ihn, hatte einen Platz in der Begleitmannschaft ergattert, damit er mit mir wandern konnte. Tatsächlich waren uns so noch mindestens zwei Tage geschenkt – denn so lange dauerte der Weg zur Küste –, ehe wir für immer auseinandergingen. Dieser Gedanke verlieh meiner Seele Flügel.

Dugal erblickte mich. Verschlagen und selbstzufrieden grinsend begrüßte er mich, und ich fiel neben ihm in Gleichschritt. »Du hast doch wohl nicht geglaubt, ich würde dich weggehen lassen, ohne Lebewohl zu sagen, Bruder?«

»Der Gedanke ist mir nie in den Sinn gekommen, Dugal«, antwortete ich nicht ganz wahrheitsgemäß. »Warum hast du mir nichts davon erzählt?«

»Ich dachte, so sei es besser«, erklärte er, und das hinterhältige Grinsen kehrte zurück. »Cellach war außerordentlich froh, mich mitkommen zu lassen. Schließlich muß auch jemand den Wagen zurückbringen.«

Wir sprachen über die Reise, während wir ins Tal hinunterwanderten, den Blackwater-Fluß an der Furt überquerten und dem Fußpfad folgten, der nach Osten in die Hügel führte. Dieser Weg war eine uralte Landstraße, die am Rand durch aufrecht stehende Steine markiert wurde. An jeder Wegkreuzung standen kleine steinerne Schreine. Von dem Hügelpfad aus überblickte man das Tal, das tief unten lag, und sah schließlich den Fluß Boann. Dieser floß am Hügel von Slaine vorüber, wo die Könige gekrönt worden waren, seit der Tuatha DeDanaan nach Éire gekommen war.

Noch andere Hügel erhoben sich da, und jede Erhebung an

diesem uralten Wanderweg war beseelt, jede besaß ihren Stein oder ihren Grabhügel. Die Götter, die dort in alten Zeiten verehrt worden waren, gab man besser dem Vergessen anheim. Die Célé Dé überließen die Hügel und ihre sterbenden Götter sich selbst.

Auf dem Wege zog sich unsere kleine Prozession in die Länge. Die Brüder gingen in Gruppen zu zweien oder dreien, angeführt von dem Bischof und dem Abt. Ich schlenderte fröhlich neben Dugal her, der seinerseits die Ochsen führte. Brynach, Gwilym und Ddewi, die geheimnisumwitterten Briten, hatten sich unmittelbar hinter dem Bischof und dem Abt eingereiht.

Bis Mittag marschierten wir ohne Unterbrechung und legten dann an einem Bach eine Rast ein, um zu trinken. Dugal brachte die Ochsen an eine Stelle, die flußabwärts lag, um sie zu tränken, und ich überlegte, ob ich ihm von meinem Todestraum erzählen sollte. Ich war beinahe soweit, daß ich zu sprechen begann, als der Abt uns bedeutete, uns in Bewegung zu setzen, und so zogen wir weiter.

Der Tag war zwar verhangen, aber trocken, und alle außer mir hatten es eilig, weiterzukommen. Ich blickte auf die grünen Hügel und dunstigen Täler hinaus und trauerte darüber, daß ich ging. Weh mir, ich verließ nicht nur Éire, sondern auch das Leben. So war mir sogar die Freude darüber, Dugal bei mir zu haben, verdorben, vergällt durch das furchtbare Wissen aus meinem Traum.

Ich sehnte mich, meine Bürde mit ihm zu teilen, konnte mich jedoch nicht dazu durchringen. So ging ich schweren Herzens vor mich hin, allein in meinem Elend, und jeder Schritt führte mich näher an mein Verderben.

Nach einer Mahlzeit und einer Rast kam der Hügel von Slaine in Sicht. Hoch und stolz stand er über dem Boann-Tal, einer breiten, sanft abfallenden Niederung. Die Wolken wurden dünner und gestatteten der Sonne, sich ab und an zu zeigen. Manchmal sangen die anderen Mönche, doch mir war nicht danach. Dugal mußte meine gedrückte Stimmung bemerkt haben, denn er sagte: »Und hier haben wir Aidan, der einsam und ohne Freunde einherwandert. Warum gebärdest du dich so?«

»Ach«, antwortete ich und zwang mich zu einem traurigen Lächeln, »nun, da es soweit ist, bin ich betrübt, dieses Land zu verlassen.«

Er nahm die Antwort mit einem wissenden Kopfnicken hin und sprach nicht weiter davon. Wir gingen bis zur Abenddämmerung weiter und schlugen unser Lager am Wege auf. Als das letzte Tageslicht verglomm, konnte man fern im Osten das dunkel schimmernde Meeresufer erkennen. Nach einem Mahl aus gekochtem Rindfleisch und Gerstenbrot rief der Bischof uns zum Gebet. Anschließend hüllten wir uns in unsere Umhänge und schliefen am Feuer. Mir kam es seltsam vor, einen Tag zu beenden, ohne daß mir das Läuten der Klosterglocke in den Ohren klang.

Wir erhoben uns vor Sonnenaufgang und setzten unseren Weg durch das Boann-Tal nach Inbhir Pátraic for. Die Siedlung gleichen Namens lag ein wenig weiter zurück, hinter den Küstendünen. An dieser Stelle, so wurde erzählt, sei der heilige Pátraic nach Éire zurückgekehrt und habe die frohe Kunde mit sich gebracht.

Obwohl viele daran zweifeln – denn zahlreiche andere Orte erheben denselben Anspruch –, schadet es nicht, daran zu glauben. Schließlich mußte der von Glauben erfüllte Heilige ja irgendwo an Land gegangen sein, und dort, wo der Boann ins Meer mündete, war das Flußbett breit und tief und gab einen guten Schiffshafen ab, jedenfalls einen besseren als Atha Cliath, das jetzt ohnehin von den Dänen beherrscht wurde.

Als wir zu einem aufrecht stehenden Stein kamen, der eine alte Wegkreuzung bezeichnete, rasteten wir, um zu frühstücken und zu beten. Nach dem Gebet folgten wir weiter dem Pfad, der aus den Hügeln hinaus nach unten führte, in das Flachland an der Küste. Der Wind hatte während der Nacht die Richtung gewechselt, und ich roch Salz in der Luft, etwas, das ich erst ein- oder zweimal zuvor erlebt hatte.

So zogen wir auf Inbhir Pátraic zu, achtundzwanzig Mönche, von denen jeder seine Hoffnungen und Ängste mit sich trug. Niemand allerdings, so glaube ich, war zerrissener als ich.

7

Das Schiff lag im Fluß vor Anker und wartete auf uns, um uns fortzutragen – dasselbe Gefährt, mit dem der Bischof und seine Begleiter aus Britannien hergekommen waren. Es war ein flaches, schmales Boot mit einem hohen, schlanken Mast. Da ich nichts von der Seefahrt oder von Schiffen verstand, erschien es mir als ein hübsches Ding, wenn auch ein wenig klein für dreizehn Mönche.

Als wir den Ort erreichten, erwartete uns der Dorfvorsteher und hieß uns im Namen seines Lords willkommen. »Wir haben Wache gehalten, wie Ihr uns gebeten habt«, erklärte er Bischof Cadoc. »Ich werde jetzt Männer ausschicken, die das Schiff herbringen.«

»Meinen Dank und Segen an Euch, Ladra«, antwortete der Bischof. »Wir werden unsere Vorräte bereithalten und Euch auf dem Kai erwarten.«

Inbhir Pátraic bestand aus kaum mehr als einer Handvoll Lehmhütten, die nahe der Küste unsicher auf dem steilen Nordufer des Boann thronten. Die Siedlung war klein: Die Frauen hielten in den Flußauen Schweine, und die Männer fuhren in zwei stabilen Booten zum Fischen aus. Gelegentlich segelten sie die Südküste hinab, um Handel zu treiben, und wagten sich dabei manchmal sogar bis nach Atha Cliath. Daher sprach man diesem Dorf einige Wichtigkeit zu. Selbst der König wußte um seine Bedeutung und hatte von seinem Geld eine schöne hölzerne Landungsbrücke bauen und instand halten lassen. Während der Dorfvorsteher und einige seiner Söhne mit ihren kleinen, runden Booten aus lederbezogenem Flechtwerk zum Schiff hinausruderten, machten wir jüngeren Mönche uns zu sechst daran, den Wagen abzuladen.

Wir hatten eben damit begonnen, als Lord Aengus mit seiner Königin und zehn seiner Krieger eintraf. Rasch sprang er vom Pferd und umarmte den Abt und den Bischof, wobei er ausrief: »Ich bin froh, Euch noch anzutreffen, ehe Ihr segelt, meine Freunde. Meine Männer haben mir von Eurer Reise und deren Ziel berichtet. Ich bin gekommen, um Euch Lebewohl zu sagen und Euch um eine Gunst zu bitten, denn auch ich möchte, daß Ihr dem Kaiser ein Geschenk bringt.«

»Gewiß!« krächzte Fraoch heiser und zeigte sich erfreut, daß König Aengus das Unternehmen auf diese Weise ehrte. »Eure Gabe wird eine höchst willkommene Ergänzung unserer Unternehmung sein.«

Nun bedeutete der König seiner Frau, näher zu kommen. Anmutig stieg sie vom Pferd, denn Königin Eithne war eine wunderschöne Frau, dunkelhaarig und hellhäutig, wie es sich für eine Schwester Brigids geziemt. Sie gab einem der Krieger ein Zeichen, und dieser zog eine kleine, flache Holzschatulle hinter seinem Sattel hervor, die er in ihre schmalen Hände legte. In kerzengerader Haltung und hocherhobenen Hauptes trug die Königin das Kästchen vor den Abt und den Bischof.

»Ehrenwerte Herren«, sprach sie mit sanfter, leiser Stimme, »man hat mir berichtet, der Kaiser der Römer sei ein Mann von großem Wissen und ebensolcher Weisheit. Doch selbst solche Menschen bedürfen von Zeit zu Zeit der Zerstreuung.« Mit diesen Worten öffnete sie die Schatulle und enthüllte ein kleines Brett von der Art, wie man es gebraucht, um Brandub zu spielen. »Die Figur des Königs«, erläuterte sie und nahm einen kleinen Stein heraus, »ist aus Gold gearbeitet, die für die Jäger sind aus Silber.«

Sowohl bei der Schatulle als auch bei dem Spielbrett handelte es sich um eine exquisite Handarbeit, und die einzelnen Steine waren fein geformt und sehr kostbar.

»Lady«, antwortete Fraoch, »mit Vergnügen werde ich dieses Geschenk in die Hände des Kaisers legen und die erste Partie zu Euren Ehren spielen.«

Der König stand daneben und strahlte vor Freude. »In Anerkennung Eurer Dienste«, erklärte Aengus, »möchte ich Euch ein Zeichen meiner Wertschätzung überreichen.« Er rief drei weitere seiner Männer herbei, die sogleich näher kamen. Sie schleppten drei große, mit Schafsfell umhüllte Bündel, die sie ihrem Herrn zu Füßen legten. Das erste wurde geöffnet, und der König zog eine Kapuze aus feiner schwarzer Wolle hervor. »Eine für jedes Mitglied der Reisegruppe«, erklärte er.

Das zweite Bündel wurde aufgeschnürt, und eine Auswahl breiter Ledergürtel kam zutage, und der letzte Packen enthielt neue Lederschuhe von der Art, wie wir sie im Kloster herstellten: Ein Stück guten, dicken Leders wird so zugeschnitten und gefaltet, daß eine stabile, geschlossene Sandale entsteht, die mit einer geflochtenen Lederkordel gehalten wird. Wieder war die Auswahl so groß, daß jeder Mönch die Reise mit einem neuen Paar Schuhe würde antreten können.

»Eure Großzügigkeit, Lord Aengus«, sagte Bischof Cadoc, »wird nur noch durch Eure Aufmerksamkeit übertroffen. Wir stehen in Eurer Schuld.«

»Kein Wort, Ihr schuldet mir nichts«, entgegnete Aengus, und Königin Eithne setzte rasch hinzu: »Sprecht nur ein Gebet für uns, wenn Ihr jene heilige Stadt erreicht.«

»So soll es geschehen«, gelobte Cadoc.

Darauf gingen die wollenen Kapuzen, die Gürtel und die Schuhe von Hand zu Hand, und jeder Mönch wählte das, was ihm am besten paßte. Was mich selbst anging, so war ich froh, einen festen neuen Gürtel und neue Schuhe zu erhalten. Und auch die Kapuze würde mir nicht weniger willkommen sein, wenn ein kalter Wind wehte. Ich zog mir die Kappe über den Kopf und legte sie um meine Schultern; dann schnürte ich den Gürtel um meine Hüften und zog die Schuhe an. Die Kleidungsstücke waren ausgezeichnet gearbeitet und saßen gut. Merkwürdigerweise fühlte ich mich allein schon dadurch besser, daß ich sie trug. Wenn ich schon sterben mußte, dann wenigstens mit einem Paar guter neuer Schuhe an den Füßen.

Und das Verteilen von Geschenken nahm kein Ende! Fraoch gab Dugal ein Zeichen, und dieser brachte eine Anzahl lederner Wasserbeutel und Wanderstäbe herbei – für jeden Mönch einen neuen Wasserbeutel und einen Stab. »All unsere Hoffnungen gehen mit euch«, sagte der Abt. »Also ziehet aus, seid kühn und erweist euch eurer Aufgabe als würdig, denn ihr seid für jedes gute Werk gerüstet. Fürchtet nichts, meine Freunde. Gott schreitet euch voran.«

Dann machten wir uns daran, die Vorräte zum Steg hinunterzutragen. Das Ufer war, wie ich schon sagte, steil und steinig, und die moosbewachsenen Steine waren glitschig, was den Fußweg recht gefährlich machte. Dugal hob die Bündel vom Wagen und reichte sie an uns weiter, und wir rollten sie zum Wasser hinunter.

Als der Haufen von Bündeln und Kornsäcken schrumpfte, sorgte ich mich, daß ich Dugal vielleicht nicht würde Lebewohl sagen können. »Wir haben nicht mehr viel Zeit«, erklärte ich und trat zu ihm, während er den letzten Kornsack vom Karren lud. »Ich möchte mich verabschieden.«

»Aber noch sind wir beisammen«, antwortete er ziemlich kurz angebunden, wie mir schien. Außerdem sah er mich nicht an. Statt dessen wandte er sich rasch ab, hievte den Sack einem der wartenden Mönche auf den Rücken und rief dann dem Abt zu, der Wagen sei leer.

Fraoch nickte und flüsterte dann so laut, daß alle Umstehenden es hören konnten: »Laßt uns zum Steg hinuntergehen. Das Schiff wartet.«

Die meisten Brüder waren bereits auf dem Kai versammelt. Nur der Bischof, der Abt und einige der älteren Mönche waren zurückgeblieben, um mit dem König und der Königin zu sprechen. Ich nahm mir einen Packen und trat den Weg zum Schiff an, wo eben die letzten Vorräte an Bord gereicht wurden.

Nun war die Sache so, daß der Pfad eine besonders heimtückische Stelle aufwies, und zwar dort, wo er eine enge Schleife beschrieb und zwischen zwei Felsen hindurchführte. Durch den Morgennebel war der Weg hier äußerst schlüpfrig, aber da ich diese Stelle bereits zweimal passiert hatte, wußte ich, daß ich behutsam auftreten und mich mit der Hand an dem größeren der beiden Felsen abstützen mußte.

Mit einem Kornsack unter dem Arm war dies nicht leicht zu vollbringen, aber ich ging vorsichtig und konnte ein weiteres Mal ein Unglück vermeiden. Dann blieb ich in der Absicht, denen, die hinter mir kamen, eine Warnung zuzurufen, stehen und wandte mich eben um, als ich einen spitzen, erstickten Schrei vernahm. Jemand war auf dem Pfad gestürzt!

Ich tastete nach einem Halt, warf einen Blick zurück und sah, daß Libir ausgeglitten und zu Boden gegangen war. Glücklicherweise war Dugal gleich hinter ihm. »Bruder!« rief Dugal. »Hier! Nimm meine Hand!«

Mit diesen Worten streckte der muskulöse Dugal den Arm aus, packte Libir und zog ihn hoch. Mit knapper Not hatte er eine Tragödie abgewendet. Bleich und zitternd kam der ältere Mönch wieder auf die Füße und fuhr heftig vor Dugal zurück. »Nimm deine Hand fort!« brüllte Libir. Ich glaube, sein Ungeschick war ihm peinlich.

Ich drehte mich um und wollte weitergehen, doch ich hatte erst einen Schritt getan, als ich ein lautes Krachen hörte, so, als schlage ein Zweig gegen einen Felsen. Einen Augenblick später schrie Libir auf. Als ich wieder hinsah, lag er zusammengesunken auf dem Ufer, ein Bein in einem unnatürlichen Winkel verdreht.

»Libir! Libir!« kreischte Brocmal, der hinter Dugal ging, und stürzte herbei.

»Bleib zurück«, rief der kräftige Mönch warnend. »Willst du auch noch fallen?«

Der ältere Schreiber stöhnte. Er hatte den Kopf zurückgeworfen, und seine Augen waren geschlossen. Dugal ließ sich vorsichtig neben ihm nieder und nahm den Mönch behutsam auf die Arme. »Ruhig«, sagte Dugal. »Ganz ruhig, Bruder. Ich werde dich tragen.«

Dugal richtete sich auf und hob den leise stöhnenden Mönch hoch. Dann schob er sich halb im Sitzen das Steinufer hinauf, bis er oben war. Die von uns, die dem Unfall am nächsten gestanden hatten, kamen rasch herbei, um festzustellen, was geschehen war.

Brocmal schob Dugal zur Seite, kniete nieder und beugte sich über seinen Freund. »Ich habe dir gesagt, du sollst aufpassen!« schimpfte er. »Ich habe dich gewarnt!«

»Das war gewiß nicht seine Schuld. Der Weg ist sehr rutschig«, bemerkte Dugal.

Brocmal fuhr zu ihm herum. »*Du!*« brüllte er. »Du hast das getan!«

Zu seiner Ehre ließ der hochgewachsene Mönch diese Bemerkung durchgehen. »Ich habe versucht, ihm zu helfen«, antwortete er nur.

»Du hast ihn *gestoßen!*«

»Er hat sich von mir losgerissen.«

»Friede, Brüder«, krächzte der Abt und trat schnell zwischen sie. Er kniete sich über den gestürzten Libir. »Du bist böse gestürzt, Bruder«, meinte Fraoch sanft. »Wo bist du verletzt?«

Libirs Haut wirkte grau, und er schwitzte stark. Der Mönch murmelte etwas Unzusammenhängendes, dann flatterten seine Augenlider, und er verlor das Bewußtsein.

»Ich glaube, es ist sein Bein«, erklärte Dugal.

Cellach kniete sich neben den Abt und zog das Untergewand des Mönchs hoch. Viele der Umstehenden keuchten erschrocken und wandten den Blick ab. Libirs rechtes Bein war unterhalb des Kniegelenks entsetzlich verdreht und aufgerissen. Aus der Wunde ragte das zersplitterte Ende eines gebrochenen Knochens.

»O weh.« Der Abt stieß einen tiefen Seufzer aus. »Lieber Gott im Himmel.« Er hockte sich auf die Fersen und fuhr sich mit der Hand über das Gesicht. »So können wir nicht aufbrechen«, erklärte unser erster Bruder. »Wir müssen ihn ins Kloster zurückbringen.«

Lord Aengus, der mit dem Bischof zusammengestanden hatte, drängte sich jetzt nach vorn und rief: »Bitte, laßt ihn doch in meine Festung bringen. Sie liegt näher, und Eurem Bruder wird die allerbeste Pflege zuteil werden. Sobald er reisefähig ist, schicke ich ihn zur Abtei zurück.«

»Ich danke Euch«, entgegnete Fraoch zweifelnd. »Aber so einfach ist die Sache nicht.«

»Kann nicht ein anderer seinen Platz einnehmen?« meinte der König überrascht.

»Schon«, pflichtete der Abt ihm bei. »Wir müssen einen anderen erwählen. Aber eine solche Entscheidung ist schwer zu fällen. Viele Umstände müssen abgewogen und in Betracht gezogen werden.«

»Gewiß verhält es sich so, wie Ihr sagt«, meinte Königin Eithne. »Dennoch dünkt es mich eine Schande, einen einzigen Moment länger als notwendig zu säumen.«

»Kommt«, versetzte Lord Aengus jovial, »Ihr macht die Sache schwieriger, als sie ist. Ich maße mir nicht an, Euch in derlei Dingen zu belehren, aber ich will Euch doch daran erinnern, daß die Flut jetzt ausläuft. Wenn Ihr sofort jemand anderen auswählt, könnt Ihr Eure Reise fortsetzen.«

Fraoch sah den Bischof an, doch dieser meinte: »Ich überlasse dir die Wahl. Ich für meinen Teil wäre froh weiterzukommen, wenn wir einen anderen finden, der Libirs Stelle einnehmen kann.« Er wies auf einige seiner eigenen Mönche, die in der Nähe standen. »Unter meinen Begleitern befinden sich gute Männer, die uns ausgezeichnet dienen würden. Aber da Libir einer von euch war, überlasse ich die Entscheidung dir.«

Fraoch zögerte, blickte sich in dem Kreis von Gesichtern um und überlegte, was am besten zu tun sei.

»Ich sehe nicht, was es schaden könnte«, pflichtete Cellach dem König bei. »Wenn jemand bereit wäre, Libirs Platz einzunehmen, bräuchten wir nicht zu warten. Vielleicht will ja der Teufel unsere Pläne vereiteln. Das würde mir ganz und gar nicht gefallen.«

Obwohl er logisch argumentierte, konnte ich erkennen, daß der Meister der Schreiber in der Wendung, die die Ereignisse genommen hatten, eine Gelegenheit sah, sich selbst vorzuschlagen.

»Nun gut«, entgegnete der Abt zögernd und betrachtete Libir, der ohnmächtig dalag, mit einer Mischung aus Kummer und Mitleid. »Wir werden jemand anderen auswählen, auch wenn das für diesen braven Mönch eine bittere Enttäuschung bedeuten wird.«

»Ich wüßte nicht, was wir sonst tun könnten«, meinte Cellach.

»Fraoch«, sagte Dugal leise, »würdest du mir gestatten, an seine Stelle zu treten?« Bevor der Abt eine Antwort geben konnte, fuhr Dugal fort: »Ich fühle mich für Libirs Unfall verantwortlich ...«

»Du hast Libirs Unfall *selbst verursacht!*« schrie Brocmal. Er begann schon wieder. »Abt Fraoch, hör mich an: Dugal hat Libir auf dem Pfad gestoßen. Ich habe ihn beobachtet.«

»Bruder, bitte«, sagte Cellach, »dies ist weder die rechte Zeit noch der rechte Ort für solche Vorwürfe.«

»Aber ich habe es mit diesen meinen Augen gesehen!« beharrte Brocmal. Er deutete mit dem Finger auf mich. »Fragt doch Aidan – der war ebenfalls Zeuge.«

Mit einemmal stand ich im Mittelpunkt dieses Disputs. Ich blickte von Brocmal, dessen Gesicht vor Zorn rot angelaufen war, zu Dugal, der immer noch ruhig und gelassen bei dem unglücklichen Libir kniete. Mein lieber Freund wirkte unbewegt. Brocmals Anklage schien ihn nicht zu beeindrucken.

»Aidan«, flüsterte der Abt heiser, »ich brauche dich wohl nicht daran zu erinnern, daß wir es hier mit einer ernsten Angelegenheit zu tun haben. Hast du mitbekommen, wie es geschehen ist?«

»Ja, Abt.«

»Erzähle mir jetzt davon. Was hast du gesehen?«

Ich antwortete ohne Zögern. »Ich hörte einen Schrei und wandte mich um. Libir war ausgeglitten. Dugal half ihm auf und versuchte ihn zu stützen, doch Libir wollte nicht. Er machte sich von ihm los und wollte halsstarrig aus eigener Kraft hinunter ans Ufer. Und da ist er gestürzt.«

»Er ist zweimal gefallen?« fragte Fraoch.

»Ja. Zweimal.«

»Und du hast das gesehen?«

»Zuerst habe ich den Schrei gehört und sah, wie Dugal ihm zu helfen versuchte. Libir hat sich losgerissen, das kann ich bezeugen. Ich glaube, ihm war es peinlich, daß er gefallen war. Dann mußte ich selbst darauf achten, wohin ich trat, und hatte mich gerade eben abgewandt, als er wieder stürzte.«

»So nicht!« brüllte Brocmal. »Lügner! Ihr steckt beide unter einer Decke. Ich habe doch gesehen, wie ihr zwei ohne Unterlaß miteinander getuschelt habt!«

»Bruder Schreiber«, wies Fraoch ihn sanft zurecht, »du bist überreizt. Mir scheint, daß du in deinem Urteil irrst.«

Brocmal schwieg still, fuhr aber fort, uns wütend anzustarren. Der Abt wandte sich an Dugal. »Brocmal ist erregt, Bruder. Nimm ihm seinen Zorn nicht übel. Er wird es wiedergutmachen, wenn er sich besser fühlt. Was mich angeht, so bin ich überzeugt, daß du alles versucht hast, Libir beizustehen.«

»Ich wünschte nur, ihm wäre überhaupt nichts zugestoßen.«

»Bestimmt hat Euer rasches Handeln den alten Mann vor einer schlimmeren Verletzung bewahrt«, warf Lord Aengus ein. »Ihr habt recht getan.«

»Dennoch wünschte ich, es wäre nicht geschehen«, sagte Dugal. Er stand auf und wandte sich an Fraoch. »Guter Abt, obwohl ich kein Schreiber bin, stelle ich mich zur Verfügung, um seine Stelle einzunehmen. Wenn du mich haben willst, dann soll es so sein.«

»Bruder«, sprach Cellar ihn an und trat herbei, »dein Angebot ehrt dich, aber du sprichst weder Latein noch Griechisch. Und wie du selbst sagst, bist du kein Schreiber ...«

Ehe er den Satz beenden konnte, schritt jedoch der König ein: »Vergebt mir, meine Freunde, aber in meinen Augen seid Ihr für diese Reise überreichlich mit Schreibern und Gelehrten ausgestattet. Mir scheint, Ihr braucht einen Mann, der zupacken kann. Und wer wäre dazu besser geeignet als ein Krieger?« Er legte Dugal eine Hand auf die Schulter, wie um ihn besonders auszuzeichnen. »Verzeiht mir meine Einmischung, aber wir leben in gefährlichen Zeiten. Ich täte nicht recht, wenn ich Euch in dieser Sache nicht nach bestem Vermögen raten würde.«

Der Bischof nickte zustimmend und ergriff das Wort: »Was der König sagt, leuchtet ein. Ich meine, wir sollten seinen Vorschlag ernsthaft in Erwägung ziehen.«

»Vielleicht hat Gott ja zugelassen, daß dies geschah«, warf Königin Eithne nachdrücklich ein, »damit Ihr unser Heimatland nicht ohne den Schutz eines starken Kämpfers in Eurer Gesellschaft verlaßt. Hätte *ich* Männer für eine solche Reise auszuwählen, so würde ich leichteren Herzens reisen, wenn ich wüßte, daß wenigstens einer von ihnen in der Truppe des Königs gedient hat.«

»Ich kann mir keinen besseren Krieger für eine solche Aufgabe denken«, setzte der Lord hinzu, »und ich weiß sehr wohl, wovon ich rede.«

Unten auf dem Landungssteg erscholl ein Schrei. »Die Flut läuft aus!«

»Wir müssen jetzt wählen«, sagte Bischof Cadoc, »oder einen weiteren Tag warten. Ich überlasse die Entscheidung dir, Fraoch.«

Der Abt traf seinen Entschluß sofort. Er wandte sich an Cellach. »Es tut mir leid, Bruder. Ich weiß, daß du gern mit uns kommen würdest, aber du wirst im Kloster gebraucht.« Dann sah er den ehemaligen Krieger an, der vor ihm stand, und sagte: »Tapferer Dugal, wenn du Libirs Stelle einnehmen willst, so hat vielleicht Gott selbst dir diesen Wunsch eingegeben. So sei es. Ich beschließe, daß du gehst. Gott segne und behüte dich, Bruder.«

Ungläubig schaute ich zu. Dugal nickte. Beinahe zögerlich nahm er die Entscheidung des Abtes an. »Bei meinem Leben, ich werde alles tun, um zu einem erfolgreichen Abschluß unserer Reise beizutragen«, gelobte er.

Vom Steg klang ein weiterer Ruf herauf. »Das Wasser fällt! Ihr müßt Euch eilen!«

»Dann ist die Sache abgemacht«, sagte der König. »Brecht jetzt auf. Ihr reist ab, und wir werden uns um Euren Bruder kümmern.« Dann meinte er, an Dugal gewandt: »Die Welt ist groß, mein Freund, und jeder Tag voller Gefahren.« Er zog sein Schwert und bot es seinem einstigen Krieger. »So nehmt denn diese Klinge zum Schutze Eurer guten Brüder.«

Dugal griff nach der Klinge, doch der Bischof trat dazwischen. »Lord Aengus, behaltet Eure Waffe«, sagte er. »Gottes Wort ist unser Schirm, und einen anderen brauchen wir nicht.«

»Wie Ihr wünscht«, meinte der König und steckte das Schwert wieder ein. »Und nun eilt Euch, sonst kommt Ihr nicht mehr aus der Flußmündung heraus.«

Wir ließen den armen Libir in der Obhut Cellachs und der Männer des Königs zurück und begaben uns zum Schiff hinunter. Die letzten Vorräte waren verladen und die meisten Mönche bereits an Bord gestiegen. Der Bischof schob sich höchst würdevoll über die Bordwand und nahm am Mast Aufstellung. Dugal und ich schifften uns als letzte ein.

Ich hatte noch nie zuvor ein Schiff betreten. »Dugal«, rief ich aufgeregt, »das Boot ist nicht groß genug. Bestimmt, es ist zu klein für uns.«

Der Freund lachte. »Sorge dich nicht. Dies ist ein stabiles Gefährt.« Er ließ die Hand an der Reling entlanggleiten. »Es ist gebaut, um nötigenfalls dreißig Männer zu befördern, und wir sind bloß dreizehn. Wir werden nur so vor dem Wind herfliegen.«

Ich starrte ihn mit offenem Mund an, denn ich staunte immer noch ungläubig über die Wendung der Ereignisse, der ich eben beigewohnt hatte. Ich hätte nicht verwunderter sein können, wenn der Erzengel Michael selbst vom Himmel heruntergegriffen, Dugal vom Steg gehoben und neben mir auf dem Schiff abgesetzt hätte.

»Du kommst mit, Dugal!« rief ich plötzlich.

»So ist es, Bruder.« Er lächelte offen und strahlend.

»Aber das ist wunderbar, nicht wahr?«

»In der Tat«, sagte er.

Auf einen Ruf eines der britischen Mönche hin nahmen vier der Brüder, die an der Reling standen, lange Ruder und stießen das Schiff vom Steg ab.

Der Abt hob seinen Krummstab gen Himmel und schlug damit das Kreuz über uns. »Ihr zieht aus mit einem Schatz,

Brüder. Möget ihr mit zehnfachen Reichtümern und unermeßlichem Segen heimkehren.«

Dann erhob er seine arme, zerbrochene Stimme und begann zu singen:

»Ich gebe euch in die Obhut Christi,
Ich stelle euch unter Gottes Schutz,
Auf daß Er euch helfe und behüte
Vor Gefahr, Bedrohung und Verlust.
Ihr sollt nicht ertrinken auf See oder
Erschlagen werden an Land,
Von keinem Manne besiegt
Und keinem Weibe untertan.
Steht fest zu Gott,
Dann steht Gott zu euch.
Er schützt deine beiden Füße
Und hält beide Hände über dein Haupt.
Michaels Schild schwebt über euch,
Jesu Schirm ist über euch,
Colum Cilles Harnisch behütet euch
Vor allem Ungemach und
Vor der Heiden verderbter List.
Die Liebe Gottes sei mit euch,
Der Frieden Christi sei mit euch,
Die Freude der Heiligen sei mit euch.
Mögen diese euch stets beschützen,
Zu See, zu Land,
Wo immer ihr auch schreitet,
Euch segnen,
Euch behüten,
Euch helfen,
Jeden Tag und jede Nacht in eurem Leben,
Jetzt und immerdar.
Halleluja, Amen!«

Ich stand an der Reling, lauschte seinem schönen Gesang und wußte, ich würde mein Heimatland nie wiedersehen.

Langsam schwang sich das Schiff in die Mitte des schnell fließenden Stromes hinaus. Die Flut trug uns rasch davon, und ich stand da und beobachtete, wie die grünen Hügel vorbeiglitten. Die Menschen auf dem Steg winkten uns Lebewohl und sangen zum Abschied einen Psalm. Ich hörte das Lied immer noch, lange nachdem wir eine Flußbiegung umrundet hatten und sie nicht mehr zu sehen waren. Um meine Tränen zu unterdrücken, preßte ich die Handballen auf die Augen und hoffte, daß mich niemand sah.

Die hohen Uferbänke wichen auf beiden Seiten zurück, und wir liefen in eine breite, flache Bucht ein. »Hißt die Segel!« rief der Bruder, der am Steuerruder stand. Vier Mönche sprangen zum Mast und begannen, an Leinen zu zerren. Im nächsten Augenblick hob sich das lohfarbene Segel, kräuselte sich in der Brise und schüttelte sich. Dann blies es sich mit einem Knall auf. In die Mitte des Segels war in Weiß das Symbol der Wildgänse gemalt: Bán Gwydd.

Mit einemmal schien das Schiff Anlauf zu nehmen und einen Satz auf dem Wasser zu tun. Ich hörte, wie die Wellen an den Bug klatschten. Ehe ich wußte, wie mir geschah, befanden wir uns auf dem offenen Meer. Nun waren wir auf großer Fahrt! Ich warf einen langen, nicht enden wollenden Blick zurück auf die grünen Hügel von Éire und sagte meiner Heimat ein letztes Lebewohl. Die Reise hatte begonnen.

8

Erregung bemächtigte sich meiner, als das Schiff schneller wurde und vor dem Wind auf die ruhigen, spiegelglatten Wogen hinausglitt, schnell und kraftvoll wie eine schwarzflüglige Möwe. Vor dem Boot breitete sich das Meer aus, und als ich es sah, riß ich ehrfürchtig die Augen auf. Da lag eine unendliche und rastlose blaugraue Wasserfläche, die bis zum Horizont und darüber hinaus wogte, weiter und ungezähmter, als ich sie mir je vorgestellt hatte. Wie anders die See von der Reling eines schnell segelnden Schiffes aus erschien!

Keuchend, denn der beißende Wind preßte mir die Luft aus den Lungen, bestaunte ich die Geschwindigkeit des Bootes und die Kraft der Wellen, die an der Reling vorbeiglitten. Von Zeit zu Zeit schlug eine Woge gegen die Schiffswand und trieb mir salzige Gischt in die Augen.

Ich spürte den Wind auf meinem Gesicht, schmeckte das Salz auf der Zunge, und mir wurde klar, was es hieß, zu leben. Tief atmete ich ein und berauschte mich an dem Rasen meines Herzens und der kühlen Luft in meinen Lungen. Wir flogen!

Benommen vor Staunen starrte ich in die gischtverhangene Ferne und brachte das Gebet des Fischers dar: *Rette mich, o Herr! Dein Meer ist so groß, und mein Boot ist so klein. Gott, erbarme Dich!*

Beinahe zu eingeschüchtert, um mich zu rühren, stand ich an meinem Platz im hinteren Teil des Bootes und sah zu, wie meine seefahrenden Brüder ihrer Arbeit nachgingen. Flink und tüchtig gingen sie zu Werke und bewegten sich ganz natürlich mit dem unablässigen Auf und Ab des Schiffes, während sie mit den Tauen hantierten, sie zogen, verknoteten, lösten und umherwarfen und einander die Worte mit einer Vertrautheit zuriefen, die zeigte, daß sie sich schon lange kannten.

Sie waren insgesamt zu sechst: Connal, Maél, Clynnog, Ciáran und Faolan, fünf Muir Manachi, Seemönche. Sie trotzten dem tiefen Ozean unter der Führung eines Bruders namens Fintán, eines hageren, knorrigen Burschen, des Steuermannes. Die scharfen Augen zusammengekniffen, stand er da, das Ruder in der Hand, beobachtete das Segel und rief scharfe Befehle, denen die übrigen augenblicklich nachkamen. Offensichtlich waren sie schon früher zusammen gesegelt und wegen ihres großen Geschicks in der Kunst der Seefahrt auserwählt worden.

Ich sah mich nach meinen anderen Gefährten um. Bischof Cadoc hatte sich mit seinen Beratern, den drei Briten Brynach, Gwilym und Ddewi, am Bug plaziert. Im Heck des Schiffes standen, neben Fintán am Steuerruder, Brocmal, Dugal und ich selbst.

Alles in allem zählten wir also dreizehn Seelen – eine heilige Zahl, die Anzahl Christi und seiner Jünger. Dreizehn Peregrini, Auserwählte Gottes und jeder einzelne ein treuer Célé Dé.

Trotz meiner Todesahnungen konnte ich mich des Stolzes darüber, zu dieser vorzüglichen Gesellschaft zu gehören, nicht erwehren. Und da ich noch niemandem von meiner Vision erzählt hatte, beschloß ich, dieses Geheimnis auch in Zukunft für mich zu behalten und seine schwere Bürde allein zu tragen. Dieser Entschluß verschaffte mir eine seltsame

Befriedigung. Ich hatte das Gefühl, daß er auf irgendeine Weise meinen stummen Beitrag zu dem Unternehmen darstellen würde. Der Gedanke machte, daß ich mir heldenhaft und würdig vorkam, und dieses überschwengliche Gefühl genoß ich.

Wie um meinen tapferen Absichten ein Siegel aufzudrücken, brach mit einemmal die Sonne durch die Wolken und übergoß die windgepeitschten Wogen mit flirrendem Licht. Ich blickte hinaus auf die weite, sich endlos ausdehnende See und dachte: *Komm, Welt, spring mit mir um, wie du willst. Aidan mac Cainnech ist bereit.*

Nach und nach gewöhnte ich mich an den Rhythmus, in dem das Schiff stampfte, und lernte, sein plötzliches Heben und schwindelerregendes Absacken vorwegzunehmen. Das Auf und Ab war nicht schwer zu beherrschen, aber das unberechenbare und abrupte Hin- und Herwerfen fand ich zermürbend. Wann immer dies geschah, ergriff ich mit beiden Händen die Reling und klammerte mich daran fest, um nicht Hals über Kopf ins Meer zu stürzen.

Dugal, der über einige, wenn auch geringe Erfahrungen in der Seefahrt verfügte, lachte angesichts meiner ersten taumelnden Schritte.

»Steh gerade, Dána«, belehrte er mich. »Du humpelst ja wie ein alter Mann. Fang die Bewegung mit den Beinen ab.« Er beugte leicht die Knie, um es mir zu zeigen. »So, als säßest du auf einem Pferd.«

»Ich bin aber noch nie geritten«, klagte ich.

»Ein Kelte, der niemals ein Pferd oder ein Boot bestiegen hat? Nun habe ich wirklich alles gesehen.« Wieder lachte er, und etliche der seefahrenden Mönche fielen darin ein.

»Manch einer unter uns ist eben nicht so weltläufig wie andere«, gab ich zurück.

»Du wirst es schon lernen, mein Freund«, rief Fintán vom Steuerruder aus. »Warte nur ab, du verstehst es schon noch.«

Unsere Lehrzeit begann sogleich, denn die Seemönche unterwiesen uns im Gebrauch der Taue, des Segels und der Ruder. Auf ihr Geheiß arbeiteten wir Seite an Seite mit ihnen, und ich gelangte bald zu der Erkenntnis, daß die Seefahrt eine harte, aber höchst präzise Beschäftigung war und auf ihre eigene Weise ebenso anspruchsvoll wie alles, was einem im Skriptorium begegnen mochte.

Als endlich die Kisten und Säcke mit den Vorräten gesichert waren und alles auf dem Schiff seinen Platz gefunden hatte, machte ich mir einen Winkel zwischen den Kornsäcken frei und ließ mich dort nieder. Dugal gesellte sich zu mir.

»Die Wege Gottes sind seltsam, nicht wahr?« bemerkte ich. Er beobachtete das Segel, das sich im Wind blähte. »Anscheinend ist uns doch bestimmt, zusammenzubleiben.«

»In der Tat«, stimmte er mir zu und unterzog die Segel einer eingehenden Betrachtung.

»Vergib mir, Bruder, aber ich muß wissen ...« Ich zögerte, denn ich mochte die Worte nicht aussprechen.

»... ob ich Libir gestoßen habe?« warf er ein. Er hatte meine Gedanken erraten.

»Brocmal glaubt, daß du es getan hast.«

»Was Brocmal denkt, ist mir ziemlich gleich, soll er doch sagen, was er will. Was glaubst du?« fragte er und blickte mich an. »Hast du etwas gesehen?«

»Ich habe nicht gesehen, daß du etwas getan hast«, antwortete ich. »Und ich kann mir auch nicht vorstellen, daß du ihn niedergeworfen hast.«

»Dann laß uns einfach dabei bleiben, daß Gott uns eine große Gunst erwiesen hat«, meinte Dugal. »Wahrhaftig, ich glaube, er wollte uns nicht voneinander trennen.«

»Und ich hatte schon gefürchtet, ich würde dich nie wiedersehen. Wer hätte das für möglich gehalten?«

»Wir sind Freunde«, erklärte der ehemalige Kriegsmann einfach. Er schien noch mehr sagen zu wollen, doch dann wandte er seine Aufmerksamkeit wieder dem Segel zu, holte tief Luft und rief aus: »Ah, mo croí. Das Meer, Aidan. Das Meer! Ein Schiff ist doch ein herrlich Ding, nicht wahr?«

»Du sagst es.«

Eine Weile unterhielten wir uns, dann verfielen wir in Tagträumereien und sahen dem sachten Auf und Ab des Seegangs zu. Ich lehnte mich auf meinem Thron aus Kornsäcken zurück und schloß die Augen. Eigentlich hatte ich nicht vor einzunicken, noch war ich der Meinung, daß es schließlich doch soweit gekommen war. Dennoch fuhr ich erschrocken hoch, als Clynnog, ein Ire aus Dál Riada, schrie: »Land in Sicht!«

»Schon?« fragte ich und erhob mich erstaunt. Wir waren erst wenig mehr als einen halben Tag gesegelt, oder jedenfalls erschien es mir so.

»Der Wind hat sich uns als guter Freund erwiesen«, sagte Fintán und fuhr sich mit der Hand über sein ergrautes Haupt. »Betet, daß dieses Wetter sich hält.«

Ich trat über Dugal, der schlummernd dalag, hinweg und wurde an die Seitenwand des Schiffs geworfen. Die Reling umfaßt, ließ ich meinen Blick über den fernen Horizont schweifen, doch ich sah nichts als die weite, graue See, die an einigen Stellen – dort, wo durch ein Loch in den tiefhängenden Wolken die Sonne einfiel – leuchtete.

»Ich sehe kein Land«, rief ich, an Fintán gerichtet, zurück.

»Dort!« meinte er und streckte die rechte Hand aus. »Tief hinten am Horizont.«

Mit dem Blick folgte ich seinem Fingerzeig, doch immer noch konnte ich nichts als das wogende Meer erkennen. »Wo?« schrie ich.

Der Steuermann lachte. »Sieh noch einmal genau hin.«

Über die Reling gebeugt, spähte und suchte ich, und endlich begann ich undeutlich einen vagen Umriß in der nebligen Ferne auszumachen, wie von einer Wolkenbank knapp oberhalb der festen Linie, welche die Grenze zwischen Meer und

Himmel bildet. Ich betrachtete dieses unscharfe Etwas eine Zeitlang, ehe ich eine merkliche Veränderung sah, doch endlich begann ich eine geringfügig andere Farbgebung zu erkennen.

Das Schiff flog auf dieses flache Ufer zu. Es sprang mit straff gespannten Tauen von einem Wogenkamm zum nächsten. Die Mastspitze bog sich, die Segel barsten beinahe und trieben den spitzen Bug des Schiffes durch das tiefgrüne Wasser. Langsam, aber stetig nahm die dunkle, ferne Bank Gestalt an und wandelte sich zu einer sanft gewellten, grau und grün gesprenkelten Erhebung. Nach einiger Zeit lösten diese sanften Umrisse sich in schärfere Formen auf: rauhe, am Fuß geröllbedeckte Klippen.

Dugal erwachte und stellte sich neben mich an die Reling. »Ynys Prydein«, sagte er und wies auf die vor uns liegende Landschaft.

»Bist du schon einmal dort gewesen?« fragte ich.

»Ein- oder zweimal«, meinte er. »Doch da war es Nacht, und ich erinnere mich kaum an das Land.«

»Nacht?« verwunderte ich mich. »Warum solltest du bei Nacht anlanden?«

Mein Freund zuckte die Achseln. »Wir sind fast immer nächtens gefahren.« Dugal hielt inne und betrachtete die Küstenlinie beinahe wehmütig. »Ach, aber das war vor langer Zeit, als ich noch sehr jung war.«

Während Dugal noch sprach, riß der Himmel auf. Licht strömte durch eine Lücke in der Wolkendecke herab und übergoß die zerklüftete Küste mit herrlichen goldenen Strahlen. Das Meer blitzte silbern und blau, die schroffen Felsen schimmerten schwarz wie Krähenschwingen, und die sanft gewellten Hügel glühten wie Feuersmaragde. Diese wie aus dem Nichts erstandene Schönheit bestürzte mich in ihrer Intensität. Benommen blinzelte ich und stand ehrfürchtig staunend vor diesem Schauspiel.

Und als ich davon gesättigt war, lenkte ich meinen Blick auf das Wasser und erhaschte aus dem Augenwinkel einen schimmernden Blitz. Noch einmal schaute ich hin und sah eine anmutige Gestalt blitzschnell durch das Wasser schießen.

Kurz kräuselte sie die Oberfläche und war dann fort. Ich wollte mich Dugal zuwenden, da sah ich es wieder: einen glatten, braunen, hellgetupften Körper mit einem Gesicht und Augen, die mich direkt ansahen.

»Dugal!« brüllte ich erschrocken und gestikulierte mit beiden Händen in Richtung Wasser. »Sieh doch! Sieh doch!«

Unbekümmert spähte Dugal über die Reling und durchforschte die Tiefen. »Was war das, ein Fisch?«

»Ich weiß nicht, was das war«, keuchte ich und beugte mich vor, um besser sehen zu können. »Aber wenn, dann habe ich einen solchen Fisch noch nie gesehen.«

Mein welterfahrener Freund nickte bloß und wandte sich ab.

»Da!« schrie ich, als das schnell dahingleitende Wesen unter dem Schiff hervorkam. »Da ist es wieder! Hast du es gesehen, Dugal? Hast du es gesehen?«

Er breitete die Hände aus.

»Was war das?« verlangte ich zu wissen.

»Ich habe nichts gesehen, daher kann ich es nicht sagen, Aidan.« Wieder hob er die Hände, gelassen wie jemand, der bekundet, nicht Zeuge gewesen zu sein, daher nichts zu wissen und darum erst recht weise zu sein.

Fintán, der Steuermann, der am Ruder stand, lachte laut und fragte: »Hast du denn noch nie einen Seehund gesehen, Aidan?«

»Niemals«, gestand ich. »War das ein Seehund?«

»Ja, das war einer. Gescheckt, sagst du?« Er zog die Brauen hoch. »Dann war es ein junger. Halte die Augen offen, Bruder. In diesen Gewässern wirst du viele und verschiedene Dinge sehen.«

»Seehunde, Dugal«, wiederholte ich und schüttelte staunend den Kopf.

Brocmal, der in der Nähe stand, schnaubte verächtlich und ging davon. Seit wir an Bord des Schiffes gekommen waren, hatte sich an seiner herablassenden Haltung mir gegenüber nichts geändert, und er starrte mich mißbilligend an, wann immer ich ihm unter die Augen kam.

»Für gewöhnlich treten sie in Herden auf«, klärte Faolan mich auf. »Wenn du solche Robben siehst, weißt du, daß Land in der Nähe ist.«

Innerhalb weniger Augenblicke schien es, als wimmelte das Wasser vor Seehunden – zwanzig oder mehr dieser anmutigen Tiere. Wir alle versammelten uns an der Reling, um zuzusehen, wie sie unter dem Schiff hinwegtauchten und in den Wellen am Bug tollten. Manchmal kamen sie an die Oberfläche und sahen uns an.

Ihre feuchtglänzenden Köpfe hüpften knapp oberhalb der Wellen, wobei ihre Augen wie polierter Jettstein glitzerten, ehe sie uns den Schwanz zuwandten und wieder verschwanden. Ein- oder zweimal ließen sie uns ihre rauhen, bellenden Rufe hören, während sie im Wasser umherschnellten und planschten.

Fintán rief einen Befehl und wendete das Schiff. Als ich mich umsah, ragten die Klippen über uns auf, und ich hörte, wie die Wellen gegen die Felsen und an den Strand brandeten. Wir schickten uns an, gen Süden an der Küste entlangzusegeln. Dieser Teil des Landes schien verlassen. Ich sah keine Siedlungen oder Gehöfte, nicht einmal einen einzigen Bauernhof oder die einfache Klause eines Einsiedlermönches.

»Früher haben hier Menschen gelebt«, berichtete Gwilym mir, als ich ihn danach fragte. »Aber heute sind sie fort, schon seit vielen Jahren sogar. Die Dörfer haben sich ins Landesinnere zurückgezogen. Jetzt mußt du sie in den großen und kleinen Tälern suchen.« Liebevoll betrachtete er das Land seiner Geburt. »Vom Meer aus kann man nur noch Ty Gwyn sehen«, setzte er stolz hinzu. »Komme, was da wolle, diese Feste des Glaubens wird niemals weichen.«

»Werden wir den Ort sehen?«

»O ja, morgen«, antwortete er. »Wir werden dort anlegen, um zusätzliche Vorräte aufzunehmen.«

Als die Sonne begann, im westlichen Meer zu versinken, steuerte Fintán, der zunächst nach einer geschützten Bai für die Nacht gesucht hatte, das Schiff auf eine Stelle zu, die zuerst nicht mehr schien als ein Spalt zwischen den Klippen. Doch als wir näher heransegelten, öffnete die Lücke sich weiter, und ich sah, daß sie in Wirklichkeit eine kleine Bucht darstellte.

Das Wasser war tief und ruhig, so daß wir nahe ans Ufer heranfahren konnten. Bischof Cadoc benutzte das kleine Ruderboot aus Flechtwerk, das Coracle, um an Land zu gehen, doch wir übrigen stiegen einfach über die Bordwand und wateten ans Ufer. Während die seefahrenden Brüder das Schiff festmachten, begannen wir, das Lager aufzuschlagen. Dugal und ich wurden ausgeschickt, Feuerholz zu sammeln, während die anderen Wasser suchten und sich daranmachten, das Essen zuzubereiten.

»Auf diesem kahlen Fels werden wir nichts finden«, bemerkte Dugal und blickte sich auf dem schiefrigen Geröllstrand um.

Also kletterten wir die Klippe hoch in der Hoffnung, dort reichere Ernte zu halten. Oben wuchsen zwar keine Bäume von nennenswerter Größe, doch wir trafen auf eine Anzahl dichter Büsche, deren viele tote Äste sich leicht abbrechen und zu Bündeln von ansehnlicher Größe binden ließen. Diese schleppten wir zum Klippenrand und warfen sie nach unten auf den Strand. Innerhalb kurzer Zeit hatten wir so viel gesammelt, daß wir die Nacht hindurch damit auskommen würden.

»Komm«, meinte der ehemalige Kriegsrecke, »wir wollen ein wenig das Land auskundschaften!« Und so gingen wir auf dem Rand des Felssturzes entlang, um soviel wir konnten über diese Wildnis zu erfahren.

Soweit ich erkennen konnte, unterschied Britannien sich nicht von Éire: Hier wuchsen das gleiche grüne Gras und der gleiche Ginster auf dem gleichen Fels, und das war alles. Trotzdem genoß ich es, nach einem Tag an Bord des Schiffes die Beine zu strecken und guten, festen Boden unter den Füßen zu spüren.

Wir kehrten zum Schieferstrand zurück, nahmen das Feuerholz, das wir gesammelt hatten, und machten uns wieder auf den Weg zum Lager. Fintán und seine Mannschaft hatten, statt an Land zu gehen, vom Schiff aus Angelleinen ausgeworfen und fast mühelos in kurzer Zeit genug Makrelen gefangen, um uns alle zu sättigen.

Während Connal und Faolan den Fisch ausnahmen, machten Dugal und ich Feuer. Wir steckten den Fisch an Stöcke und setzten diese Spieße schnell zum Garen an das Feuer. Bald stieg silbriger Rauch in den Abendhimmel hinauf, erfüllt von dem Duft bratenden Fisches.

Ich lauschte den Gesprächen um mich herum, während ich gemächlich die Spieße drehte und zusah, wie die untergehende Sonne das blaugrüne Wasser mit flüssigem Gold übergoß. Der Fisch brutzelte, der Himmel verblaßte zu einem bleichen Gelb, und ich hörte zu, wie die Möwen auf den Felsklippen über uns krächzten, während sie sich zur Nacht niederließen.

Als die Makrelen endlich gar waren, nahm ich mein Stöckchen, löste mit den Fingern einen Streifen Fischfleisch ab, pustete ein wenig darauf und steckte es mir in den Mund. Wahrhaftig, ich glaubte, nie im Leben etwas so Gutes gekostet zu haben. Und zudem fiel mir auf, daß ich seit dem Frühstück am frühen Morgen nichts gegessen hatte.

Waren wir erst heute morgen abgereist? überlegte ich, während ich den Spieß über den Flammen drehte. Jetzt schon schien mir, als sei der Aidan, der mit Jammer im Herzen aufgebrochen war, nicht derselbe, der jetzt Fisch vom Stock aß und sich die Finger leckte.

Nach dem Mahl leitete Bischof Cadoc unsere Gebete. Einem Mönch auf Pilgerfahrt sind die täglichen Pflichten erlassen, da die Reise selbst als eine Form des Gebetes gilt. Dennoch versäumten wir keine Gelegenheit, uns auf diese Weise zu stärken.

Während die Sterne aufgingen, sangen wir Psalmen, und unsere Stimmen hallten von den Felsen wider und auf das schimmernde Wasser hinaus. Als die letzten Töne in die Nacht aufgestiegen waren, hüllten wir uns in unsere Umhänge und schliefen auf dem Schieferstrand unter den Sternen.

Beim ersten Tageslicht erwachten wir und sahen Nebel und tiefhängende Wolken. Während der Nacht hatte der Wind gedreht und kam jetzt als böige, tiefe Brise aus dem Osten. Der Steuermann stand mit Maél am Ufer. Kleine Wellen leckten an ihren Füßen, und sie betrachteten den Himmel und berieten sich. Cadoc trat hinzu, wechselte ein Wort mit ihnen und wandte sich dann an uns. »Erhebt euch, Brüder!« rief er. »Der Tag bricht an!«

Während Clynnog und Ciáran, jeder auf einer Seite des Flechtbootes, den Bischof durch das Wasser schoben, brach der Rest von uns das Lager ab und watete zum Schiff zurück. Sobald alle an Bord waren, nahm Fintán das Steuerruder und bedeutete Connal, den Anker zu lichten. Die übrigen setzten die langen Ruder in Bewegung und begannen das Schiff zu wenden.

»Wir wollen ihnen behilflich sein«, schlug Dugal vor. »Es wird uns guttun, das Seemannshandwerk zu erlernen.«

Er nahm ein Ruder und legte es mir in die Hände, dann

suchte er eines für sich. Dugal stand auf der einen Seite des Schiffes und ich auf der anderen. Clynnog zeigte mir, wie man das Ruderblatt mit dem langen Schaft im Wasser vor- und zurückbewegt.

»Eher, als würdest du Holz sägen«, erklärte er mir, »und weniger so, als rührtest du Haferbrei, Aidan. Lange, entspannte Züge. Und winkle dein Handgelenk nicht so ab.«

Langsam drehte sich das Gefährt im Wasser, und wir glitten wieder aus der kleinen Bucht und aufs offene Meer hinaus. Sobald wir die Felsen ein Stück hinter uns gelassen hatten, ließ Fintán das Segel aufziehen. Der schwere Stoff schüttelte sich einmal, zweimal, fing dann den Wind ein und blähte sich. Weich glitt das Schiff in tieferes Wasser, und wir befanden uns wieder auf großer Fahrt.

Der Steuermann schlug einen Kurs parallel zum Land ein und fuhr in südlicher Richtung die Küste entlang. Den ganzen Morgen segelten wir in einem feuchten Dunst- und Nebelschleier, der an den Klippen hing und die Hügel einhüllte, so daß wir wenig zu sehen bekamen.

Unser Frühstück bestand aus Gerstenbrot und dem Fisch, der von der letzten Mahlzeit übrig war. Ich brachte etwas zu Fintán ans Steuerruder, der mich gleich einspannte und das Ruder halten ließ, während er aß. »Wir machen schon noch einen Seemann aus dir, Aidan«, meinte er schmunzelnd. »Faß einfach das Steuer fest und behalte das Segel im Auge.«

»Gwilym sagte, wir würden bei Ty Gwyn anlegen?« fragte ich.

»Jawohl«, antwortete der Steuermann und brach das Brot. »Vorräte aufnehmen.«

»Ist es noch weit?«

Fintán kaute bedächtig. »Nicht sehr.«

Der Seefahrer schien zufrieden mit seiner Auskunft und nicht geneigt, sie weiter auszuführen, so daß ich fragte: »Und wie weit genau?«

Der Steuermann verzehrte langsam sein Brot, als bedenke er den tiefschürfenden Charakter meiner Frage. Endlich kniff er die Augen zusammen und meinte: »Du wirst schon sehen.«

Fintáns Prophezeiung erwies sich jedoch als falsch: Ich sollte die Abtei mit Namen Ty Gwyn niemals zu Gesicht bekommen.

9

Der Wind frischte auf, drehte nach Südost und blies den ganzen Vormittag hindurch immer stärker. Er rührte das schiefergraue Wasser zu steilen, gezackten Brechern auf, die gegen den Bug und die Seiten krachten, als wollten sie uns gegen das Ufer werfen. Folglich sah sich unser scharfäugiger Steuermann genötigt, das Schiff aufs offene Meer hinauszusegeln, fort von der Küste, damit wir dem Land nicht zu nahe kämen und an die Felsen geweht würden.

Die See wogte, hob das Schiff hoch und hielt es fest, um es dann seitwärts ins nächste Wellental stürzen zu lassen. Für mich war diese Bewegung aus Steigen, Schwanken und Fallen mehr, als ich ertragen konnte, und ich zog mich ans Heck des Bootes zurück, wo ich ungestört die Zähne zusammenbeißen und vor mich hin ächzen konnte.

Gegen Mittag war der Wind zu einem heulenden Sturm angewachsen, der die schwarzen Wellen hoch auftürmte und alles mit weißer Gischt überzog. Ich saß zusammengekrümmt in meinem Schlupfwinkel zwischen den Kornsäcken, hielt mir den Magen und wünschte mir verzweifelt, ich hätte den Fisch nicht gegessen. Dugal, der mein Elend sah, holte eine Kelle Wasser aus dem Faß, das am Mast festgezurrt war.

»Hier, Aidan«, rief er. »Trink das, dann wirst du dich besser fühlen.« Er mußte gegen den Wind und das Donnern der

Wellen anbrüllen, denn obwohl wir weit vom Land entfernt segelten, hörten wir immer noch das entsetzliche Donnern des Wassers, das auf die Felsen niederstürzte.

Er gab mir die Kelle in die Hand und sah zu, wie ich das hölzerne Behältnis an die Lippen hob, wobei ich durch die heftige Bewegung des Schiffs den Großteil des Inhalts über mich schüttete. Das Wasser schmeckte auf meiner Zunge wie Eisen. Der Geschmack ließ mich erschauern. Dann wurde dieses Zittern zu einem heftigen Schütteln, und ich spürte, wie sich mir der Magen umdrehte. Ich schaffte es gerade noch bis zur Reling, und dort spie ich den unseligen Fisch ins Meer zurück, aus dem er gekommen war.

»Keine Sorge, Aidan«, riet Fintán. »Das ist am besten so. Jetzt wird es dir bessergehen.«

Dieses Versprechen erschien mir jedoch äußerst fragwürdig, als ich seibernd und keuchend auf die Kornsäcke zurücksank. Dugal blieb bei mir sitzen, bis er weggerufen wurde, um den Seefahrermönchen beim Einholen des Segels zu helfen. Dadurch würde, wie man mir darlegte, das Schiff zwar weniger leicht zu steuern sein. Aber, so erklärte Maél, »wir müssen das Segel herunterholen, sonst verlieren wir den Mast«.

»Ist das denn schlimm?« fragte ich, denn ich fühlte mich unwissend und hilflos.

»Nein«, entgegnete Maél stirnrunzelnd, »nicht so schlimm, daß es nicht noch ärger kommen könnte.«

»Du meinst, es kann wirklich noch fürchterlicher werden?« wollte ich wissen, und ungute Vorahnungen beschlichen mich.

»Sicher, es kann immer noch ärger werden. Fürwahr, verglichen mit einigen Stürmen, die ich überstanden habe, ist dies hier nichts weiter als eine Sommerbrise«, entgegnete er selbstbewußt. »Ich sage dir die Wahrheit, Aidan, ich habe schon viermal Schiffbruch erlitten.«

Mir kam der Umstand, daß ein Seemann sich einer solchen

Sache rühmte, höchst eigenartig vor, aber Maél schien beinahe stolz darauf zu sein. Gerade da rief ihn der Steuermann, er solle das Ruder übernehmen, und ich sah zu, wie Fintán sich an der Reling entlangzog, um sich am Mast zu Brynach und dem Bischof zu gesellen.

Die drei berieten sich kurz, woraufhin der Steuermann zum Ruder zurückkehrte. Dugal hatte dies ebenfalls bemerkt und ging zu Brynach und dem Bischof, die einander die Arme um die Schultern gelegt hatten, damit sie nicht stürzten.

Sie sprachen miteinander, und dann kehrte Dugal zu mir zurück und sagte: »Wir können nicht in Ty Gwyn anlegen. Die Küste ist zu tückisch und die See zu rauh, um jetzt dort zu landen.«

»Wo denn?« stöhnte ich. Im Grunde war mir ziemlich gleich, wohin wir fuhren.

»Wir segeln nach Inbhir Hevren«, klärte er mich auf. »Das ist eine sehr große Flußmündung mit vielen großen und kleinen Buchten, und nicht ganz so felsig. Brynach meint, dort würden wir Unterschlupf finden.«

Schon lange war in dem Wirbel aus Nebel und Wolken kein Land mehr zu erkennen. Ich fragte mich, woher der Steuermann wußte, wo wir uns befanden, aber mir fehlten die Kraft und der Wille, danach zu fragen; ich konnte nichts weiter tun, als mich an dem Sackleinen festzuklammern und den Kopf oben zu halten.

Ich hielt mich an den Kornsäcken fest und betete: *Großer Gott im Himmel, Dreieinigkeit, Allmächtiger, der Freude daran empfindet, Menschen zu retten, höre mein Gebet und errette auch uns. Von dem tobenden Meer, von den furchtbaren Wogen, vor großen und entsetzlichen Winden, von Böen und Sturm, errette uns! Bewahre, behüte und heilige uns. Mögest Du, König der Elemente, an unserem Steuerruder sitzen und uns in Frieden in Sicherheit führen. Amen, Herr, so sei es.*

Die Nacht brach rasch herein, und der Sturm flaute nicht ab, sondern wurde immer stärker. Der Wind nahm zu, als beziehe er Kraft aus der Dunkelheit. Die Seile, straff gespannt, um dem Sturm zu wehren, sirrten kläglich, während der Mast knarrte.

Unser schmales, kleines Schiff wurde von einem Wellental auf den nächsten Gipfel und wieder zurückgeworfen, und mein Magen tat mit jedem Auf und Ab einen Satz. Die Kornsäcke gaben einen einigermaßen sicheren Halt, und wir alle, die nicht gebraucht wurden, um das Schiff über Wasser zu halten, versammelten uns dort und drängten uns zusammen.

Das letzte Tageslicht verglomm, und Fintán verkündete: »Im Dunkeln können wir nicht landen. Selbst wenn wir die Flußmündung sehen könnten, wäre das bei diesem Sturm zu gefährlich.«

»Was sollen wir tun?« fragte Brocmal mit vor Angst zitternder Stimme.

»Wir segeln weiter«, antwortete der Steuermann. »Keine Sorge, Bruder. Das Schiff ist stabil. Diesen Sturm überstehen wir mit Leichtigkeit.«

Mit diesen Worten kehrte er an sein Ruder zurück, und wir nahmen leise murmelnd unsere Gebete wieder auf.

Während der langen Finsternis beteten wir und standen einander nach bestem Vermögen bei. Endlos zog die Nacht sich hin, um nach und nach in einen nur wenig helleren Tag überzugehen. Ob es Tag war oder Nacht, die Dunkelheit lastete schwer auf uns, während die Wogen von allen Seiten hoch über uns aufragten.

Diesen ganzen entsetzlichen Tag über hielten wir Ausschau nach Anzeichen von Land. Doch die Nacht kam von neuem über uns, ohne daß wir auch nur den kleinsten Hinweis auf eine Küste oder ein Ufer gesichtet hätten. Wir krochen am Heck des Bootes zusammen und hielten uns fest, der eine am anderen und alle miteinander an den Kornsäcken.

Durchgefroren bis auf die Knochen, zitternd und bebend, betete Bischof Cadoc eine ununterbrochene Litanei von Psalmen und Fürbitten. Wir Leute von Éire sind ein seefahrendes Volk, und wir besitzen viele Gebete, die sich auf das Meer beziehen. Der gute Bischof kannte sie alle und sprach sie zweimal, und dann sagte er noch viele weitere, die ich noch nie gehört hatte.

Von Zeit zu Zeit löste einer der Muir Manachi Fintán am Ruder ab, doch den größten Teil der Last trug unser Steuermann allein. Er war ein wahrer Fels im Schlund des Sturms. Der Stein von Cúlnahara war nicht standfester als Fintán, der Steuermann. Meine Achtung vor diesem Mann wuchs mit jeder Woge, die über die Reling krachte.

Die ganze sturmdurchtoste Nacht hindurch zitterten und beteten wir, und das Jaulen des Windes und das Donnern des Wassers hallten laut in unseren Ohren. Doch auch in dieser schweren Bedrängnis richteten uns der Glaube an Gott und die Hoffnung auf Erlösung auf.

Selbst als das Ruder brach, verzweifelten wir nicht. Maél und Fintán zogen das zerbrochene Holz an Bord und zurrten es an der Seitenwand des Schiffes fest. »Nun sind wir der Gnade des Windes ausgeliefert«, teilte Maél uns mit.

»Möge Er, der den Polarstern ans Firmament gesetzt hat, uns leiten«, erklärte Cadoc. »Herr, wir sind in Deiner Hand. Führe uns, wohin Du es wünschst.«

Ob mit oder ohne Ruder, mir fiel kaum ein Unterschied im Gebaren des Schiffes auf. Weiterhin wurden wir von einer Woge zur nächsten geschleudert und von jedem Windstoß durchgeschüttelt. See und Himmel schienen ständig die Seiten zu wechseln. In eiskalten Kaskaden brach das Meerwasser über uns herein.

Wir hätten nicht nasser werden können, hätten wir unser Quartier unter einem Wasserfall aufgeschlagen.

Drei Tage und drei Nächte ertrugen wir dieses Leiden. Wir

konnten weder essen noch schlafen; jede derartige Annehmlichkeit blieb uns verwehrt. Als nach drei Tagen kein Ende des Sturmes abzusehen war, erhob Bischof Cadoc seine Cambutta und stand auf.

Diejenigen, die ihm am nächsten saßen, umfaßten seine Beine und seinen Leib, damit er nicht von Wind und Wellen über Bord gerissen werde, und dann rief der Bischof von Hy ein Seun hinaus, um den Sturm zu besänftigen. Und dies war die Beschwörung, die er sprach:

»Möge die Dreieinigkeit mich umgeben,
Möge die Dreieinigkeit mich trösten,
Möge die Dreieinigkeit mich schützen,
Rette mich jetzt und immerdar!
Hilf mir in meiner tiefen Not,
Steht mir bei in meiner Bedrängnis,
Stütze mich in jeder Gefahr,
Hilf mir jetzt und immerdar!
Kein Wasser soll mich ertränken,
Keine Flut soll mich ertränken,
Keine Gischt soll mich ertränken,
Hüte mich jetzt und immerdar!
Fort mit Stürmen!
Fort mit Böen!
Fort mit grausamen, tödlichen Wogen!
Im Namen des Vaters des Lebens
Und seines Siegreichen Sohnes
Und des Allerheiligsten Geistes,
In immerwährendem Frieden.
Amen, Amen, Amen!«

Cadoc wiederholte dieses Gebet dreimal und setzte sich dann nieder. Wir warteten.

An die Kornsäcke und aneinander geklammert, die Ohren

erfüllt vom wilden Jaulen des Sturmes, harrten wir aus. Steuerlos drehte und wendete sich das Schiff und wurde in dem hohen Seegang hierhin und dorthin geschleudert.

Dann hob Ciáran durch einen Zufall den Kopf, blickte sich um und rief: »Die Sonne!« Er sprang auf. »Sol invictus! Die Sonne hat obsiegt! Gloria Patri!«

Mit einemmal rappelten sich alle auf, deuteten auf den Himmel, riefen: »Ehre sei Gott!« und priesen den Allwissenden und seine Heiligen und Engel für unsere Erlösung.

Ich sah in die Richtung, in die Ciáran wies, und erblickte einen schmalen Spalt in der alles bedeckenden grauen Wolkenmasse. Durch diesen Riß ergoß sich ein breites, vielstrahliges Band goldenen Lichts und durchdrang den nachtdunklen Himmel mit Speeren aus hellem Morgenlicht.

Der Spalt riß weiter auf und ließ noch mehr Sonnenlicht über die stürmische See rinnen. Mir schien beinahe, als sei das honigfarbene Licht ein Balsam, der auf den Sturm gegossen wurde, um die aufgewühlten Wasser zu beruhigen.

Wir starrten die leuchtende Säule an und wünschten uns, sie werde wachsen und breiter werden. Doch der Himmel schloß sich wieder. Die Sturmwolken zogen sich erneut zusammen und sperrten das Licht aus. Als der letzte Strahl verglomm, erloschen unsere Hoffnungen.

Frierend und erschöpft von unserem langen Leiden blickten wir verzweifelt und betrübt auf die Stelle, an der wir das Licht zuletzt gesehen hatten. Zitternd hörten wir, wie der Wind von neuem auffrische. Und dann, gerade als wir uns zusammenkauerten, um dem neuerwachten Sturm standzuhalten, riß über uns der Himmel auf.

»Seht doch!« schrie Clynnog und sprang auf. »Gottes Bogen!«

Ich wandte mich um und erblickte einen weiten Bogen glühender Farben, der am Himmel leuchtete. Gott hatte seinen Bund mit uns erneuert! Blauer Himmel und ein Regenbogen sind doch zwei der herrlichsten Anblicke seiner Schöpfung. Wir waren gerettet. Alle wandten wir unser Antlitz dem Himmel über uns zu und begrüßten die Rückkehr der Sonne mit lauten Rufen der Freude und Dankbarkeit.

Fintán, der Steuermann, der am Ruder stand, rief aus: »Schaut! Der Sturm hat uns über den Ozean geweht.«

Er hatte recht. Die Wolken und Nebel waren verschwunden, und fern im Süden konnte ich den hügeligen Umriß von Land ausmachen, das auf dem Horizont zu treiben schien.

»Kennst du diesen Ort, Fin?« fragte Cadoc hoffnungsvoll.

»Fürwahr, das tue ich«, erwiderte der Steuermann und gestatte sich ein breites, zufriedenes Lächeln.

»Wärest du dann so gütig«, meinte der Bischof gelassen, »uns mitzuteilen, welches Land wir dort sehen?«

»Das will ich tun«, versetzte Fintán. »Brüder, dies ist Armorica. Die Wogen haben uns zwar übel mitgespielt, doch sie haben uns einen kleinen Dienst erwiesen. Wir haben die Überfahrt, wenn auch von den Wellen umhergeworfen, in der Hälfte der Zeit vollbracht. Wahrhaftig, wir sind naß und frieren. Aber Gott ist gütig, er hat uns an unser Ziel geführt.«

»Und das ohne Ruder?« verwunderte sich Connal.

»Ja, Con«, entgegnete Fintán, »die Hand Gottes selbst war mit uns und hat uns geleitet. Nun liegt es bei uns, das übrige zu tun.« Darauf begann er, Befehle zu rufen.

Rasch stürzten sich die Muir Manachi an ihre Aufgaben. Die Ruder wurden hervorgeholt, und wir alle legten uns in die Riemen. Ohne Steuerruder wäre der Einsatz des Segels selbst in dem schnell abflauenden Wind nutzlos, wenn nicht gefahrvoll gewesen, und es war leichter, über die Ruder zu lenken.

Inzwischen nahm der Steuermann ein Ersatzruder und band es an den Ruderpfosten, um es als Steuer zu gebrauchen, jedenfalls so weit, daß er unseren Kurs korrigieren konnte. Immer noch herrschte schwerer Seegang.

Ich beobachtete Rücken und Schultern der vor mir sitzenden Männer, die sich im Rhythmus des angegebenen Taktes krümmten, wiegten und duckten, und gab mein Bestes, um ihnen nachzueifern, indem ich mit dem Ruder ausholte und es wieder an mich zog. Bald hatte ich diese Aufgabe einigermaßen gemeistert und war froh, einen Beitrag leisten zu können.

Wir ruderten eine ansehnliche Weile, und nach den drei zurückliegenden Tagen, in denen wir uns kaum bewegt hatten, bekamen wir von dieser Anstrengung bald Hunger und Durst. Gwilym und Ddewi ließen das Pullen und begannen, eine Mahlzeit vorzubereiten.

Und dabei bemerkten sie, daß wir den Großteil unseres Trinkwassers verloren hatten. Denn als Ddewi zum Faß ging, fand er es fast leer vor, und der kleine Rest war durch Salzwasser verdorben. Während des Sturms war der Deckel abgesprungen, und die schweren Wogen hatten das Süßwasser herausgespült.

Dies stellte kein großes Problem dar, da wir noch ein kleineres Faß und mehrere Schläuche voll Wasser besaßen, doch da diese für unsere Weiterreise zu Land vorgesehen waren, hieß das, daß wir sie so bald wie möglich auffüllen mußten.

Bischof Cadoc, Brynach und Fintán steckten die Köpfe zusammen, um zu entscheiden, was zu tun war. Da ich am letzten Ruder saß, befand ich mich nahe genug, um zu hören, was sie sagten.

»Wir müssen bald an Land gehen, um das Steuer zu flicken«, erklärte Brynach, »wenn möglich in der Nähe eines Flusses.«

»Vielleicht finden wir eine Ansiedlung«, meinte Cadoc.

»Ja, gut möglich«, pflichtete Fintán bei und schürzte die Lippen.

»Erkennst du denn die Küste nicht?«

»Nein.« Der Steuermann schüttelte den Kopf. »Gewiß, ich

weiß, daß dies hier Armorica ist«, setzte er schnell hinzu, »doch ob wir uns nördlich oder südlich von Namnetum befinden, kann ich nicht sagen.«

Dies war das erste, was ich von einer Zwischenstation hörte, und doch mußten wir auf einer so langen Reise zwangsläufig verschiedene Bestimmungsorte haben. Etwas bekümmert erkannte ich, wie wenig ich tatsächlich über die Reise wußte, die ich angetreten hatte.

Nicht, daß es sehr darauf angekommen wäre. Wenn ich Byzanz erreichte, würde ich sterben. Soviel stand fest, und das war mehr als genug, um meine Gedanken zu beschäftigen.

Trotzdem war ich verwundert. Wieso Namnetum? Nach dem wenigen, das ich von den gallischen Abteien gehört hatte – und das war sehr dürftig –, unterschieden die Klöster Galliens sich vollständig von denen, wie man sie in Britannien und Éire kannte.

Oft sagte man, die Mönche auf dem Kontinent seien keine Fir Manachi, keine wahren Mönche, und erst recht waren sie keine Célé Dé! Warum sollten wir dann von solchen Menschen Hilfe bei unserem Unternehmen erwarten? Welches Interesse könnten sie an unserer Reise haben?

Darüber grübelte ich beim Rudern nach, doch ich konnte keinen Sinn hineinbringen. So gab ich mich mit dem Gedanken zufrieden, daß sich alles sehr bald aufklären würde. Bischof Cadoc und seine Ratgeber hatten zweifellos einen guten Grund, diese Dinge vertraulich zu behandeln. Ich beschloß jedoch, die Ohren offenzuhalten, damit mir kein zufälliges Wort entging, das Aufschluß geben könnte.

Als das Essen bereit war, verstauten wir eilig die Ruder und hieben gewaltig ein. Ich setzte mich neben Dugal, und wir aßen unsere Gerstenlaibe und unser Salzfleisch, während wir auf das Land im Osten blickten. Die Küste von Armorica oder Kleinbritannien, wie es auch genannt wird, war jetzt viel näher gerückt.

»Bist du schon einmal in Armorica gewesen, Dugal?« fragte ich.

»Nein, niemals«, antwortete er. »Obwohl man sagt, dort gebe es inzwischen mehr Briten als in Britannien.«

»Tatsächlich?«

»So heißt es jedenfalls. Samson von Dol hat sie dorthin geführt, verstehst du. Und die, die er nicht mitgenommen hat, sind ihm dennoch gefolgt. Sie wollten der Plage durch die Angeln und Sachsen entkommen.« Er zuckte mit den Achseln. »So sagt man.«

»Dann ist unser Ziel vielleicht eine britische Abtei«, überlegte ich und berichtete ihm, was ich aus dem Gespräch, dessen Zeuge ich geworden war, erfahren hatte.

»Möglicherweise hast du recht, Bruder«, pflichtete er mir bei, während er von Maél den Wasserkrug in Empfang nahm. Dugal stürzte einen langen Zug hinunter und reichte mir dann die Kanne weiter.

»Wir werden noch einen Muir Manach aus dir machen, Aidan«, meinte Máel schmunzelnd. »Wenn alle so ernsthaft wären wie du, könnten wir das Imperium regieren.«

Das Wasser schmeckte süß und köstlich. Ich schluckte so viel, wie nur hinunterwollte, und gab den Krug an den nächsten weiter. Kurz darauf rief Fintán uns an die Ruder zurück.

Den ganzen Tag hindurch pullten wir und legten nur ab und zu eine Pause ein, um auszuruhen und zu trinken. Den Seefahrermönchen schien die körperliche Arbeit nichts auszumachen. Sie unterhielten einen unaufhörlichen Sprechgesang und gaben mit dem Rhythmus ihres Liedes das Schlagen und Ziehen der Ruder vor.

Wir, die wir an solche Strapazen nicht gewöhnt waren, umwickelten unsere geschwollenen Hände mit Zeugstreifen und taten an den Rudern das wenige, das wir vermochten. Aber ach, das war schwere Arbeit! Unsere Schultern waren verkrampft, und unsere Bauchmuskeln schmerzten von der Anstrengung.

Mit jedem Ruderschlag ragte die Küste höher vor uns auf: gelbbraune Hügel, überhaucht vom ersten Frühlingsgrün, und ein paar graue Felsen, die aber nicht so zahlreich waren wie an der Südküste Britanniens. In den Einschnitten zwischen den Hügeln konnte ich dunkleres Grün erkennen, ein Zeichen für Baumland oder Wälder, obwohl ich dies auf die Entfernung nicht klar ausmachen konnte.

Dieses Land schien mir vollkommen verschieden von Éire. Selbst das Wasser hatte eine andere Farbe angenommen, einen blassen, graugrünen Ton. An der Oberfläche trieben große Mengen von Seegras. Der Tang, den der Sturm aus seinem feuchten Bett gerissen hatte, verfing sich in den Rudern und machte das Pullen schwer – erst recht für jemanden, dessen Hand kaum daran gewöhnt war, etwas Widerspenstigeres als eine Schreibfeder zu führen.

Fintán richtete seinen scharfen Blick aufmerksam auf das Ufer und suchte die Küste nach Anzeichen für eine Siedlung ab. Wir glaubten nicht, daß wir eine menschliche Wohnstatt finden würden, die von See aus zu erkennen war, doch wir dachten, vielleicht könnten wir zumindest weiter landeinwärts eine Rauchfahne ausmachen. Ansonsten würden wir an der Küste entlangfahren, bis wir zur Mündung eines Flusses oder Wasserlaufes kamen, wo wir landen konnten. Dort wollten wir Trinkwasser aufnehmen und Ausbesserungsarbeiten durchführen.

»Wohin, Fin?« rief Brynach nach hinten zum Steuermann. »Nach Norden oder Süden?«

Fintán überlegte einen Moment. »Richtung Mitternacht!« entschied er und zog heftig an dem Behelfssteuer. Langsam drehte sich das Schiff, und wir fuhren die Küste hinauf. Das Rudern wurde jetzt anstrengender, denn weiterhin herrschte schwerer Seegang. Die Wasser wogten wild, und wir erfreuten uns nicht länger der Hilfe des Windes, der uns bislang vorangeschoben hatte.

Wir wichen nicht von unseren Rudern und kämpften gegen die Wellen, die drohten, uns mit jedem seitlichen Aufschlagen zum Kentern zu bringen.

Ich spürte den Zug der Ruder tief in meinen schmerzenden Muskeln. Meine Handflächen waren aufgescheuert und pochten. Bald hatte ich guten Grund, das Fehlen unseres Segels zu beklagen und wußte genau einzuschätzen, wie schwer uns der Verlust unseres Ruders getroffen hatte.

Im Westen sank die Sonne über dem Meer, und immer noch hatten wir weder eine Siedlung noch einen Fluß gesichtet. »Laßt uns noch ein wenig weiterfahren«, schlug Brynach vor. »Vielleicht entdecken wir ja noch etwas, das uns zum Vorteil gereicht.«

Ich kann nicht sagen, was er zu finden hoffte. Das Land hinter der Küste lag weiterhin, so weit das Auge sah, in alle Himmelsrichtungen eintönig und gesichtslos da. Falls sich in der Nähe Ansiedlungen befanden, so waren sie gut verborgen. Ich ruderte und warf sehnsuchtsvolle Blicke auf das Ufer, das anscheinend größtenteils aus Kieseln bestand. Einige größere Felsen lagen am Strand oder erhoben sich aus dem flachen Wasser.

Als das Tageslicht zu schwinden begann, sah es so aus, als seien wir gezwungen, unseren Plan aufzugeben. »Bald wird die Dunkelheit uns ereilen«, bemerkte Brynach. »Laßt uns landen und unsere Suche morgen früh fortsetzen.«

»Nun gut«, meinte der Steuermann zustimmend. »Ich will nur noch sehen, was hinter diesem Kap dort liegt«, sagte er und wies auf die hohe, breite Landspitze, die unmittelbar vor uns aus der Küste vorragte.

Langsam umrundeten wir die Halbinsel. Als das Land dahinter immer besser zu erkennen war, erblickte ich eine langgestreckte Bucht mit einem Sandufer. Am Strand brachen sich die Wogen und wirbelten Schaum und Dunst auf. Hinter dem Ufer erhoben sich flache Klippen, die wiederum drei dunklen Hügeln Platz machten.

Jenseits des entferntesten Hügels stieg ein weißer Rauchfaden auf. Brynach sah ihn sofort und stieß einen lauten Ruf aus. Wir alle starrten auf den dünnen Schleier, der in der Abenddämmerung trieb, und dachten an warme Herdfeuer und ein freundliches Willkommen ... Da rief Fintán: »Schiff in der Bucht!«

Ich wandte meinen Blick wieder dem wogenden Meer zu und bemerkte ein flaches, schwarzes Schiff mit einem hohen, schlangenköpfigen Bug, das auf der Brandung ritt und sanft in die Bucht hineinglitt. So beschäftigt waren wir mit dem Rauch aus der Siedlung gewesen, daß keiner von uns das andere Boot wahrgenommen hatte.

Aber die Fremden an Bord des Schiffes hatten uns gesehen.

Das schwarze Boot änderte seinen Kurs und kam auf uns zu. Das Segel wurde eingeholt, und eine doppelte Reihe Ruder begann, das Wasser aufzuwühlen. »Gut«, meinte ich zu Dugal, der in meiner Nähe stand, »die können uns helfen, uns wenigstens sagen, wo wir uns befinden.«

Als Dugal keine Antwort gab, sah ich ihn an. Sein Gesicht war hart, seine Augen waren zu schmalen Schlitzen zusammengezogen und sein Blick war finster. »Dugal?« fragte ich.

»Die einzige Hilfe, die wir von denen da erwarten können«, knurrte er, »ist die Beförderung in ein frühes Grab.«

Ich wollte ihn gerade fragen, was er mit seiner Bemerkung meine, als Fintán Alarm gab: »Seewölfe!«

10

»An die Riemen!« brüllte Fintán und drehte das gebrochene Steuer, um das Schiff zu wenden. »Rudert um euer Leben!«

Ich stand mit offenem Mund da und konnte es nicht glauben. *Seewölfe* ... Mein ganzes Leben hatte ich dieses entsetzliche Wort im Ohr gehabt und es gefürchtet. Nun, da ich mit der Wirklichkeit dieses Schreckens konfrontiert war, konnte ich es kaum fassen.

»Los, mach schon!« brüllte Dugal und stürzte an seinen Platz. Er packte sein Ruder und drosch damit wie ein Wahnsinniger auf das Wasser ein.

Fintán gab schreiend den Takt vor, und wir nahmen den Rhythmus auf. Die Bán Gwydd wendete und gewann langsam an Fahrt. Der Takt erhöhte sich. Immer rascher erfolgte er, und immer schneller ruderten wir.

Ich hielt den Blick auf Dugals breiten Rücken gerichtet, denn ich wagte nicht, die Augen zu heben oder den Kopf nach rechts oder links zu drehen, aus Angst vor dem, was ich dann sehen würde. Statt dessen schlug ich mit meinem Ruder auf das Wasser ein und betete bei jedem Zug: *Herr, erbarme Dich! Christus, erbarme Dich! Herr, erbarme Dich!*

Auch Cadoc tat seine Arbeit. Er erhob seine schöne, kraftvolle Stimme zum Schutz seiner Herde, und sie wurde zu einer scharfklingigen Waffe. Mit dem Rücken an den Mast gelehnt, hob er seinen Stab und rief Michael den Kühnen an, den Führer der himmlischen Heerscharen, uns zu halten und unter seinen schützenden Schwingen zu bergen. Er schleuderte seine Gebete mit mächtiger Stimme gen Himmel, und alle, die ihn hörten, faßten neuen Mut.

Irgendwo hinter uns vernahm ich schnelles Ruderklatschen und Gebrüll. Ich zog den Kopf ein und ruderte um mein nacktes Leben. Alle Müdigkeit war vergessen.

Der Schweiß rann mir in die Augen. Mein Atem ging schmerzhaft und stoßweise, und das Ruder war schlüpfrig geworden und schwer zu fassen. Als ich auf meine Hände blickte, sah ich, daß das Holz blutverschmiert war.

»So rudert doch, um der Liebe Gottes willen!« brüllte Fintán.

Einen Augenblick später vernahm ich einen schrillen Schrei, blickte über Dugals Schulter und sah das schwarze Schiff gefährlich nahe bei uns. Ein bis zur Hüfte nackter Mann stand mit einem Seil in der Hand am hochaufragenden Bug und hielt sich dort mit der anderen Hand fest.

Am Ende des Taues hing ein dreizinkiger Haken. Der Mann schwang den Arm einmal, zweimal und noch einmal um den Kopf, dann stieß er einen weiteren lauten Schrei aus und ließ sein Seil los. Über den Kopf des Steuermanns hinweg schlängelte es sich durch die Luft und sauste abwärts. Mit einem dumpfem Knall traf der Enterhaken die Reling und bohrte sich tief hinein.

Das Seil spannte sich, und unser Schiff tat einen Satz auf dem Wasser. Die Mannschaft des schwarzen Schiffes begrüßte dies mit wildem Beifallsgeschrei. Wir standen an unseren Riemen, doch das Rudern war sinnlos. So sehr wir uns auch bemühten, wir konnten das Schiff nicht vorwärts bewegen.

Dann vernahm ich ein Rumpeln und Klirren. Ich blickte auf und sah, daß auf beiden Seiten des feindlichen Schiffes die ersten drei Reihen der Ruderer die Riemen eingezogen und Äxte und Schilde ergriffen hatten. Alle feindlichen Seeleute kreischten jetzt und erhoben ein ohrenbetäubendes Geheul.

Dugal riß seinen Riemen aus den Halterungen und stürzte zum Steuer. »Zieht den Haken heraus!« brüllte er. »Schnell!«

Jetzt sah ich, daß die Seewölfe an dem Seil zogen und das feindliche Schiff näher kam. Fintán, Clynnog und Faolan sprangen zu dem tief eingegrabenen Haken und versuchten, ihn herauszureißen. Dugal hatte sich am Steuer postiert und schwang sein Ruder wie eine Waffe. Die Seewölfe heulten und fuchtelten erregt mit ihren Streitäxten.

Cadoc stand am Mast und rief die Hilfe der Engel herab. Wir anderen kämpften mit unseren Rudern und versuchten verzweifelt, nicht in die Reichweite der Krieger von dem schwarzen Schiff zu kommen. Die Brandung hob die Bán Gwydd hoch, drehte unser kleines Boot auf die Seite und drohte, uns alle ins Wasser zu werfen. Aber die Woge rauschte vorüber, und das Schiff richtete sich wieder auf.

Die Seewölfe hatten die ganze Zeit über heftig an dem Tau gezogen und uns jetzt erreicht. Der Bug des schwarzen Schiffes berührte beinahe unser Heck. Sechs feindliche Krieger drängten sich am Bug und standen auf der Reling bereit, zu uns herüberzuspringen.

Dugal schwang sein Ruder im hohen Bogen und hielt die Angreifer solcherart in Schach. Währenddessen mühte sich Fintán, den dreizackigen Enterhaken zu entfernen. An seinem Hals und auf der Stirn traten die Adern hervor.

»Aidan!« schrie Dugal. »Hierher!«

Ich nahm mein Ruder und stellte mich zu Dugal ans Heck. Gegen die Reling gestützt, tat ich mein Bestes, um den Feinden mit meinem Holz ins Gesicht zu fahren. Hierhin und dorthin stach ich, doch der Riemen drohte ständig, mir aus den blutverschmierten Händen zu rutschen, während die

Seewölfe, auf der Reling balancierend, mit ihren Äxten darauf einhackten und nach der ersten Gelegenheit suchten, an Bord zu springen. Alles schrie und stolperte in der allgemeinen Verwirrung übereinander.

»Rudert!« brüllte Maél, der versuchte, sich in dem Geschrei Gehör zu verschaffen. »Bleibt an euren Riemen! Los doch!«

Einer der Seewölfe – ein breitgebauter Riese, unter dessen Helm rote Zöpfe baumelten – holte aus, hielt sich an dem schlanken Hals des Schlangenbugs fest und schlug mit einer massigen Keule zu. Der Hieb traf mein Ruder und ließ das Holz in meinen Händen erbeben, so daß ich es beinahe fahren ließ.

Schon holte der Seewolf zu einem weiteren wuchtigen Keulenschlag aus. Maél senkte hart das Ruder und traf den feindlichen Krieger von oben auf die Schulter. Der Mann kreischte vor Wut und Schmerz auf, schwankte und wäre fast ins Meer gestürzt.

Seine Kameraden zogen ihn jedoch im letzten Augenblick zurück. Und schneller, als man blinzeln konnte, nahm ein anderer Seewolf seinen Platz sein.

Die beiden Schiffe berührten einander jetzt fast. Das Meer hob sich unter der Bán Gwydd, hob eine Seitenwand gen Himmel und tauchte die andere in die Wogen. Wasser schwappte über die Reling ins Boot. Als das Schiff sich wieder aufrichtete, war es halb voll Wasser gelaufen.

»Helft mir!« schrie Fintán.

Die Spannung des Taus hatte nachgelassen, als das Boot auf die Seite gedrückt worden war, und einen flüchtigen Augenblick lang war es dem Steuermann gelungen, den Enterhaken ein wenig zu lösen – doch dann hatte der Feind die Leine wieder festgezogen, und Fintáns Hand war zwischen dem Eisenhaken und der Bordwand festgeklemmt. Ich ließ mein Ruder los und rannte, um ihm zu helfen.

Ich ergriff den Haken, stemmte meinen Fuß gegen die Reling und zog mit aller Kraft. Das Eisen bewegte sich nur wenig.

Da vernahm ich einen schrillen Schrei, blickte auf und sah, wie ein Seewolf auf die Reling sprang. Seine Axt sauste über meinem Kopf durch die Luft, und ich wich zurück. Fintán schrie vor Schmerzen, als der eiserne Haken sich von neuem fest um seine Hand schloß. Ich rollte mich auf die Knie, packte den Haken und zerrte wild an dem einen freien Zacken, während der Seewolf auf der Reling das Gleichgewicht wiederfand und sich anschickte, seinen Schlag zu führen.

Ich sah, wie die Axt am Himmel schwebte und sich herabsenkte. Im selben Augenblick hörte ich ein Sirren in der Luft, und ein Ruder sauste nach oben, um die herabsausende Klinge aufzuhalten. Die Streitaxt grub sich tief in das Ruderblatt und blieb stecken. Dugal riß heftig an dem Ruder und zerrte seinen Widersacher auf sich zu.

Als der feindliche Krieger ins Taumeln geriet, holte Dugal weit nach hinten aus, traf den Mann gegen die Brust und ließ ihn rücklings über die Reling gehen. Das Ruder, in dem immer noch die Axt steckte, polterte auf den Schiffsboden. Dugal trat auf die Holzstange, packte die Axt am Griff und versuchte sie freizubekommen, während eine neue Woge anrollte, das Schiff hochhob und auf die Seite kippte.

Die Axt löste sich, und Dugal schlug auf das Seil, an dem der Enterhaken hin, ein. Ich sah, wie er darauf einhackte, als plötzlich ein weiterer Seewolf erschien.

»Hinter dir, Dugal!« schrie ich. Der feindliche Krieger legte einen Arm um Dugals Hals und zog ihn zurück. Doch der riesenhafte Mönch hörte nicht auf, an dem Seil herumzuhacken. Noch einmal ... und noch einmal ... und dann ... riß das Tau krachend. Die Bán Gwydd war mit einemmal frei von dem schwarzen Schiff und schoß in die nächste Woge hinein.

See und Himmel hatten ihre Plätze vertauscht. Das Schiff

drehte sich um sich selbst. Ich fühlte, wie ich davonglitt, und streckte die Hände aus, um mich abzustützen, doch da war nichts mehr, woran ich mich hätte festhalten können, und ich stürzte mit dem Kopf voran in die tosenden Wellen. Der Geschmack von Salzwasser im Mund unterbrach meinen Schrei.

Die Kälte des Wassers traf mich wie ein Schlag. Ich trat mit den Beinen, ruderte mit den Armen und versuchte, an die Oberfläche zu kommen. Mein Umhang und mein Gewand klebten an meinen Gliedern und zogen mich nach unten. Panik stieg in mir auf, und ich strampelte verzweifelt. Meine Lungen brannten.

Über mir erkannte ich einen dunklen Umriß. Das Schiff, dachte ich. Wild um mich schlagend schwamm ich darauf zu und durchbrach mit einer letzten Anstrengung die Oberfläche. Ich hatte allerdings nur Zeit, einmal kurz nach Luft zu schnappen, ehe eine weitere Welle über mich hereinstürzte.

Während ich wieder unterging, traf meine umherschlagende Hand auf etwas Hartes. Ich packte es und klammerte mich daran fest. Einen Augenblick später war ich in der Lage, den Kopf über Wasser zu halten und entdeckte, daß ich mich an der Schiffsreling festhielt. Das Boot war gekentert und trieb, kieloben und halb unter Wasser, dahin.

Die Woge, die uns umgeworfen hatte, hatte die Seewölfe weit davongetragen. Ich hörte, wie sie uns verhöhnten, und ihr rauhes Gebrüll klang derart vulgär, daß es eine Beleidigung für den Himmel war.

Ich hievte mich etwas weiter die Schiffswand hinauf und wischte mir das Salzwasser aus den Augen. Da die Wellen sich auf allen Seiten hoch über mir auftürmten, konnte ich nur wenig sehen. Aber als eine neue Woge anschwoll und das halbgesunkene Schiff anhob, erhaschte ich einen Blick auf das feindliche Boot, das langsam davonglitt.

Anscheinend versuchten die Seewölfe, ihr Schiff zu wenden, um uns von neuem nachzusetzen, aber die Brandung spülte uns rasch auf das Ufer zu und trieb die Feinde gleichzeitig davon. Bis sie gewendet hatten, überlegte ich, würden wir in Reichweite des Strandes sein. Die Woge rollte vorüber, und die Ban Gwydd versank im Wellental. Als die nächste Welle mich wieder hochhob, hatte das schwarze Schiff sich noch weiter entfernt. Ich sah es nicht mehr.

»Aidan … Hilfe!«

Ich vernahm ein Platschen hinter mir, und als ich mich umdrehte, erblickte ich Brocmal, der im Wasser um sich schlug. Ich umklammerte die Bordwand, lehnte mich hinaus, packte den Saum seines Umhangs und zog den Bruder auf mich zu. »Hier, Brocmal … halt dich fest.«

Spuckend und zitternd fand er einen Halt an der Schiffsverkleidung und zog sich an der Wand des gekenterten Bootes hoch. Ich wandte meine Aufmerksamkeit jetzt der Suche nach den anderen zu. »Festhalten, Brocmal«, rief ich und ließ mich zurück ins Wasser sinken.

»Wohin willst du, Aidan?«

»Nach den anderen suchen.« Ich klammerte mich an die unter Wasser liegende Reling und umrundete das gekenterte Schiff. Als ich den Bug erreichte, tauchte ich darunter hinweg und zog mich an der gegenüberliegenden Seite entlang. Dort klammerten Clynnog, Faolan und Ciáran sich an die Schiffshülle.

»Aidan! Ciáran!« rief Clynnog, als er uns erblickte. »Habt ihr die anderen gesehen?«

»Nur Brocmal«, gab ich zurück. »Er befindet sich auf der anderen Seite des Schiffes. Was ist mit Dugal?«

»Ich glaube, Brynach habe ich gesehen«, antwortete Ciáran. »Aber niemanden sonst.« Er warf einen Blick auf die hohen Wellen, die uns umgaben. »Keine Ahnung, was aus ihm geworden ist.«

»Was sollen wir jetzt tun?« fragte ich.

»Wir können nichts weiter unternehmen, ehe wir das Ufer erreichen«, entgegnete der seefahrende Mönch. »Aber wenn wir Glück haben, werden der Wind und die Wogen uns bald an den Strand spülen.«

Ich konnte nur darüber staunen, wie gelassen er unsere wenig angenehme Lage hinnahm. Glück? Ich glaube nicht, daß ich dieses Wort gewählt hätte, um unsere Not zu beschreiben.

»Ich will zu Brocmal zurückkehren«, erklärte ich, »und ihm von unserem günstigen Geschick berichten.«

So setzte ich meine Umrundung des gekenterten Schiffs fort und kam, da ich niemand anderen fand, wieder zu Brocmal. Er hatte sich auf dem Rumpf hochgezogen. Ich rief ihm zu, er möge mir helfen, doch er wollte mir aus Angst, sonst wieder ins Wasser zurückzugleiten, nicht die Hand reichen.

»Du kannst selbst hinaufklettern«, erklärte er mir barsch. »Ich kann nicht riskieren, noch einmal abzurutschen.«

»Clynnog, Faolan und Ciáran sind auf der gegenüberliegenden Seite des Boots«, sagte ich, während ich mich neben ihm die Schiffswand hinaufschlängelte. »Clynnog meint, wir werden dank dem starken Wind und den Wellen bald an Land sein.«

»Wie steht es mit den anderen?« fragte Brocmal. »Was ist mit Bischof Cadoc?«

»Das kann ich nicht sagen. Ciáran hat Brynach gesehen, aber niemanden sonst.«

»Alle ertrunken, nehme ich an«, bemerkte Brocmal. »Einschließlich deines teuren Dugal.«

Ich wußte nicht, was ich darauf erwidern sollte, daher gab ich keine Antwort.

Je weiter das Boot auf die nahe Küste zutrieb, desto heftiger wogte die Brandung auf und ab. Wenn das Schiff sich jetzt hoch auf einen Wellengipfel erhob, konnte ich die gestaffelten Reihen von Schaumkronen erkennen, die sich auf den Wellen bildeten und weiß und stürmisch auf den Strand aufschlugen, und ich vernahm ihr dumpfes Dröhnen. Und bald schon brachen diese Wellen von allen Seiten über uns hinein.

Ich hörte einen Schrei und blickte auf. Die Seefahrermönche waren höher auf den Rumpf geklettert und hielten sich am Kiel fest.

»Hier herauf!« schrie Clynnog noch einmal. »Kommt her, ihr beiden. Hier ist es sicherer.«

Ich stieß Brocmal in die Rippen und bedeutete ihm, wir sollten uns zu den anderen vorarbeiten. Er mochte sich jedoch nicht von der Stelle rühren und hielt den Blick ängstlich auf die laut krachenden Wogen geheftet.

»Er sagt, da oben sei es sicherer«, rief ich. Brocmal bewegte zur Antwort den Mund, aber durch das Donnern der See hindurch konnte ich ihn nicht hören.

»Er will sich nicht bewegen«, rief ich Clynnog zu.

»Dann gib wenigstens auf dich selbst acht«, riet er mir.

Ich sah den Schreiber an, der zitterte und sich verzweifelt an den Schiffskörper klammerte. »Besser, ich bleibe hier bei ihm«, antwortete ich.

»Dann halte dich gut fest«, brüllte Clynnog, der sich Mühe geben mußte, das Krachen und Donnern zu übertönen. »Es wird ungemütlich werden. Und wenn du Sand unter den Füßen spürst, renn so schnell du kannst vom Schiff weg. Verstanden?«

Da Brocmal nicht einmal den Versuch gemacht hatte, Clynnog anzusehen, schickte ich mich an, ihm die Warnung des Seemannes zu wiederholen. »Ich habe ihn vernommen«, brummte der unsympathische Mönch. »Noch bin ich nicht tot.«

Ich hatte keine Zeit, eine Antwort darauf zu geben, denn in diesem Augenblick brach eine Woge über das Schiff, und von da an konnte ich nichts weiter tun, als mich fest anzuklammern. Das Meer warf die glücklose Bán Gwydd hin und her wie ein Stück Treibholz, hob sie hoch und schleuderte sie wieder hinunter, zuerst mit dem Bug und dann mit dem Heck, wirbelte das Boot herum und toste darüber hinweg.

Mit schmerzenden Fingern und vor Kälte zitternd klammerte ich mich an die Verkleidung und betete um Erlösung.

11

Auf allen Seiten brodelte weißschäumendes Wasser. Ich hörte nichts anderes mehr als das Dröhnen schwerer Wellen, die zusammenkrachten, während sie auf den Strand stürzten. Mit jedem Brandungsstoß glitt ich weiter an der Schiffsseite hinunter. Schließlich konnte ich mich nicht mehr halten, und als eine letzte große Welle über uns hinwegdonnerte, wurde ich losgerissen, wirbelte umher und wurde unter Wasser gezogen.

Schwindlig und verwirrt zappelte ich herum und schlug mit Armen und Beinen um mich. Dann stieß ich mit dem Knie an etwas Festes: Sand!

Ich zog die Beine an, stand auf ... und erhob mich zu meinem eigenen Erstaunen halb aus dem Wasser. Das Ufer lag unmittelbar vor mir, fünfzig oder sechzig Schritte entfernt. Eingedenk Clynnogs Rat, schnell vom Schiff fortzukommen, setzte ich die Füße, so rasch ich konnte, in Bewegung und fing an zu rennen. Ich hatte jedoch noch keine drei Schritte getan, als etwas mich von hinten traf und niederwarf. Das Wasser trommelte auf mich ein und drückte mich zu Boden. Als die Welle sich zurückzog, kämpfte ich mich auf die Knie, richtete mich auf und spuckte Sand. Ich machte zwei Schritte, bevor die nächste Woge mich traf. Dieses Mal war ich jedoch in der Lage, mich rechtzeitig dagegen zu wappnen und auf den Beinen zu bleiben.

Die Bán Gwydd, so sah ich, lag fünfzig Schritte weiter am Strand. Die drei Seefahrermönche befanden sich immer noch an Bord und klammerten sich am Kiel fest. Ich bewegte mich auf das Schiff zu, wobei ich nur noch ein weiteres Mal stürzte, und schleppte mich aus der schäumenden Brandung an den Strand, um dort zusammenzubrechen. Einen Augenblick lang lag ich da mit geschlossenen Augen und pochendem Herzen und sammelte das wenige, das mir an Verstand und Kraft geblieben war.

»Gott sei gelobt! Bist du am Leben, Aidan?«

»So eben«, antwortete ich hustend. Ich öffnete die Augen und sah, daß Gwilym über mir stand. Das Haar hing ihm in die Augen, und er triefte aus jeder Pore.

»Ich habe Aidan gefunden!« rief er jemand anderem über die Schulter zu. »Er ist nicht verletzt.« Zu mir sagte er: »Oder bist du verwundet, Bruder?«

»Arghh!« antwortete ich, spie Salzwasser aus und rang nach Luft. Dann fiel es mir wieder ein: »Brocmal war bei mir! Er befand sich auf der Seite des Schiffes. Ich weiß nicht, was aus ihm geworden ist.«

Ich rollte mich auf Hände und Knie. Gwilym half mir beim Aufstehen. »Das Schiff liegt dort drüben«, meinte er, »weit kann er nicht gekommen sein.« Der hagere Brite begann, mit großen Schritten am Strand entlangzuschreiten.

Die Wogen hatten den Schiffskörper weit den Strand hinaufgeschoben, und dort war er zum Halten gekommen, nicht mehr als dreißig Schritte von uns entfernt. Als wir uns näherten, kletterten Clynnog, Ciáran und Faolan über den Rumpf auf den Boden.

»Ist Brocmal bei euch?« rief ich, wobei ich versuchte, das Donnern der Brandung zu übertönen.

»Leider nein«, antwortete Ciáran. »Wir haben ihn nicht gesehen.«

»Wen habt ihr gefunden?« fragte Clynnog.

»Brynach und Cadoc sind in Sicherheit«, erklärte Gwilym und wies auf einen Felshaufen, der in einiger Entfernung lag. »Ddewi und ich suchen nach den anderen.«

»Damit sind wir bei acht«, sagte Faolan.

»Mit Brocmal neun«, setzte Gwilym hinzu, »falls wir ihn finden.«

Irgendwo unten am Strand erscholl ein Schrei. Wir wandten uns um, blickten am Ufer entlang und sahen, daß vier Gestalten auf uns zustolperten. Selbst auf diese Entfernung konnte ich erkennen, daß einer der Männer Dugal war. Er und ein weiterer Mönch stützten einen dritten, der zwischen ihnen ging. »Da ist Dugal«, rief ich. »Und Fintán ist bei ihm.«

»Er hat auch Con und Maél«, sagte Clynnog und legte die Hände über die Augen. Er und Ciáran eilten ihnen entgegen.

»Das macht zwölf«, bemerkte Faolan. »Nur Brocmal fehlt noch.«

»Er kann nicht weit sein«, meinte ich und watete ins Wasser hinaus.

Die Sonne stand jetzt tief; ich beschattete meine Augen, um sie vor dem grellen Licht zu schützen, und durchforschte die Wellen nach einem Hinweis auf den Schreiber. Auf dieselbe Weise suchten die Seemönche die heftige Brandung ab.

Dabei wurden wir durch Gwilym unterbrochen, der schrie: »Da! Ddewi hat ihn gefunden!«

Mit diesen Worten begannen er und Faolan den Strand hinaufzurennen zu der Stelle, wo sich Ddewi über eine halb im Wasser liegende Gestalt beugte. Ich schickte mich an, ihnen zu folgen, aber da stieß etwas gegen mein Bein. Ich sah nach unten und erblickte Kopf und Schultern eines Mannes, die in der Brandung auf- und abhüpften.

»Hierher!« schrie ich verblüfft. »Ich habe noch jemanden gefunden!« Aber niemand hörte mich, denn alle rannten weiter am Ufer entlang, um Ddewi zur Hilfe zu kommen, und ich war allein.

Ich packte einen bloßen Arm, zerrte den Körper so weit ich konnte auf den Sand und drehte ihn um. Ich brauchte weder die silberne Halskette noch den dicken Silberreif am Arm zu sehen, um zu erkennen, daß ich auf einen Seewolf gestoßen war.

Der Mann war hochgewachsen, mit langem blonden Haar und ebensolchem Bart. Am rechten Oberarm war ein schwarzer Keiler eintätowiert, und um die Hüfte schlang sich ein breiter Ledergürtel. In dem Gürtel steckte ein langes Messer mit goldenem Heft.

Der Krieger war weder mit Hemd noch Umhang ausgestattet, sondern trug nur Beinlinge aus feinem dünnen Leder und Halbstiefel aus Schweinefell. Er schien vollständig leblos; doch ich hielt es für besser, mich zu vergewissern, daher kniete ich nieder und legte das Ohr an die Brust des Mannes.

Ich versuchte noch immer, einen Herzschlag zu entdecken, als eine Woge mich von hinten erfaßte und der Länge nach über die Leiche schleuderte. Diese kalte Umarmung war so abstoßend, daß ich mich aufrappelte und davonrannte. Doch dann blieb ich stehen und kehrte um. Ich konnte den Körper nicht einfach dort liegenlassen, wo die Wogen ihn vielleicht wieder in die eiskalte See hinaustragen würden.

»Christus, sei mir gnädig«, murmelte ich mit zusammengebissenen Zähnen. Ich holte tief Luft, packte den Mann bei den Handgelenken und zerrte den Körper auf den Sand, ein ordentliches Stück – gut und gern fünfzehn Schritte – über die Wassermarke hinweg. Dann sank ich schwer atmend daneben zu Boden.

Meine überhastete Tat hatte dem Mann anscheinend neues Leben eingehaucht, denn als ich mich auf die Fersen hockte und die bleiche, kalte Gestalt vor mir in Augenschein nahm, krümmte er sich zusammen und spie einen Schwall Meerwasser aus. Darauf begann der Barbar so heftig zu husten und zu würgen, daß ich dachte, er würde noch ersticken. Also legte ich ihn auf die Seite.

Aus seinem Mund schoß noch mehr Seewasser, er tat einen langen, zittrigen Atemzug und ächzte leise. Ich stand auf, um wegrennen zu können, falls er hochspringen und mich angreifen sollte. Aber er lag einfach stöhnend und mit geschlossenen Augen da. Mein Blick fiel auf das Messer, das in seinem Gürtel steckte, und mir ging auf, daß ich die Waffe vielleicht an mich bringen sollte.

Geduckt näherte ich mich ihm und streckte vorsichtig die Hand nach dem Griff aus.

In diesem Augenblick öffnete der Barbar die Augen.

Ihr eisblauer Blick, in dem sich Verblüffung und Entsetzen mischten, ließ mich innehalten. Ich erstarrte, und meine Fingerspitzen verharrten kurz vor dem Griff. Er bemerkte, daß ich nach seinem Messer fassen wollte, und verkrampfte sich.

Rasch zog ich die Hand zurück und setzte mich wieder. Er blinzelte, und auf seinen Zügen malte sich offenes Erstaunen. Ich sah ihn an, er sah mich an, aber keiner von uns rührte sich. Ich glaube, einen kurzen Moment lang schwang zwischen uns ein unausgesprochenes Einvernehmen, denn er wurde ruhig und schloß wieder die Augen, die Wange in den Sand geschmiegt.

»Was hast du da entdeckt, Aidan?« rief jemand. Ich blickte auf und sah Dugal und die anderen auf mich zukommen.

Fintán stand mit schmerzverzerrtem Gesicht und zusammengezogenen Schultern zwischen Dugal und Connal und umklammerte seinen Arm. Das Handgelenk des Steuermanns war rot und angeschwollen, die Hand hing schlaff herunter. Während die anderen sich um uns versammelten, kauerte Maél neben mir nieder und betrachtete den Mann, der ausgestreckt im Sand lag.

»Ist er tot?« fragte Clynnog.

»Das war er«, antwortete ich. »Aber dann ist er wieder zu sich gekommen.«

»Was sollen wir mit ihm anfangen?« fragte Maél, und wir begannen zu beratschlagen. Wir standen kurz vor einer Entscheidung, als Gwilym zurückkehrte.

»Brocmal ist nicht ertrunken«, teilte er uns mit.

»Ich schätze allerdings, er hat ungefähr die Menge seines eigenen Körpergewichts an Wasser und Sand geschluckt. Brynach und Cadoc sind bei ihm.«

»Also haben wir alle überlebt«, meinte Clynnog. »Alle dreizehn – und noch einer«, setzte er hinzu und stieß den Barbaren mit einem Zeh an.

Durch die Berührung erwachte der Seewolf von neuem und zuckte zusammen, als er die ihn umstehenden Mönche erblickte. Dugal, der ein Mann von anderer Art ist als ich, beugte sich herunter und riß dem Barbaren mit einer einzigen schnellen Bewegung das Messer aus dem Gürtel.

»Du gestattest wohl, daß ich dies für dich aufhebe, mein Freund«, sagte er.

Der Krieger wollte nach der sich entfernenden Klinge greifen, doch Dugal war schneller. »Ganz ruhig. Bleib still liegen, dann wird dir nichts geschehen.«

Nach der ängstlichen und verwirrten Miene des Barbaren zu urteilen, hatte dieser offensichtlich kein Wort verstanden. Um ihn zu beruhigen, vollführte ich eine behutsame Handbewegung. Er ruckte mit dem Kinn und sank wieder zurück.

»Wir müssen weiter«, sagte Gwilym. »Bryn glaubt, daß es nicht weit bis zum Dorf ist, hält es aber für das beste, wenn wir es vor der Dunkelheit erreichen.«

»Schiffe und Siedlungen!« ereiferte sich Connal. »Mann, willst du uns immer noch nicht sagen, was aus dem verflixten Buch geworden ist?«

Gwilym schien unbesorgt. »Ich denke, es ist unversehrt.«

»Wir vergeuden nur wertvolle Zeit bei Tageslicht, wenn

wir hier stehenbleiben«, bemerkte Dugal. »Die Sonne wird bald untergehen.«

»Um die Bán Gwydd kümmern wir uns schon, Fin«, sagte Clynnog. »Kommt, Brüder, wir müssen uns beeilen.« Er und seine Seefahrermönche eilten zu dem kieloben daliegenden Schiff und begannen, im Sand neben der Reling zu graben. Bald war das Loch so tief, daß Maél sich hindurchzwängen konnte. Einen Augenblick später erschien auf dem Sand ein Stück Tau, gefolgt von einem Hammer und einer Anzahl Holzpflöcke.

Wir überließen ihnen die Aufgabe, das Boot festzuzurren. Dugal half dem Barbaren auf die Beine, löste dessen Gürtel und schlang ihn dem Krieger um die Arme, wodurch sie an seinen Körper gefesselt wurden. Dann machten wir uns auf den Weg zu der Stelle, wo der Bischof und die anderen warteten.

Ddewi kniete neben Brocmal, der mit ausgestreckten Beinen an den Stein gelehnt dasaß. In der Nähe standen Brynach und der Bischof und unterhielten sich leise. Als wir näher kamen, wandten sie sich um und bekundeten ihr Erstaunen darüber, daß unsere Reisegesellschaft sich um ein weiteres Mitglied vergrößert hatte.

»Aidan hat ihn gerettet«, erklärte Dugal einfach. »Wir wollten ihn nicht am Ufer liegenlassen.«

»Das sieht Aidan ähnlich. Einen Barbaren aus dem Wasser zu ziehen!« knurrte Brocmal.

»Und ich dachte schon, ich hätte *dich* gerettet«, sagte ich zu ihm.

Der Schreiber hustete und wischte sich den Mund mit seinem feuchten Ärmel ab. Dann sank er gegen den Fels, als sei diese Bewegung schon zuviel für ihn gewesen.

»Ist er in der Lage, zu gehen?« fragte Fintán, auf den sichtlich leidenden Brocmal deutend.

Als der Steuermann sprach, blickte Ddewi hoch, sah den

Arm seines Kameraden und sprang auf. »Er ist weniger schwach, als er tut«, meinte der Heilkundige. »Aber ich würde mir gern einmal deine Hand ansehen, Fin.«

»Mach dir um mich keine Sorgen, junger Ddewi«, sagte der Seemann. »Wenn ich muß, kann ich ein Schiff auch mit einer Pranke steuern.«

Mit sanftem und zugleich beherztem Griff untersuchte Ddewi das geschwollene Glied. »Kannst du die Finger bewegen, Fin? Versuch einmal, sie zu krümmen.« Dies tat der Steuermann, doch der Schmerz ließ ihn so zusammenfahren, daß er schwankte.

»Nichts von alledem hätte geschehen können«, klagte Brocmal verbittert, »wenn Dugal nicht gewesen wäre. Dies ist Gottes Urteil gegen uns alle, weil wir zugelassen haben, daß das von ihm begangene Unrecht straflos geblieben ist. Solange wir den Missetäter unter uns dulden, wird sich das Unglück weiterhin an unsere Fersen heften.«

»Bruder, schweig still«, befahl der Bischof streng. »Die Auseinandersetzung über Libirs Unfall ist ein für allemal beigelegt. Hör mir gut zu, Brocmal: Du wirst dieses Thema nicht wieder aufrühren. Andernfalls hast du mit einer Bestrafung zu rechnen.«

An Dugal gewandt, sagte der Bischof: »Lord Aengus hat recht getan, als er dich empfohlen hat. Ich muß gestehen, daß ich mich weit sicherer fühle, seit ich weiß, daß ein Mann von deinem Geschick unter uns weilt. Darf ich dich bitten, nicht von meiner Seite zu weichen, Bruder?«

»Wenn du das möchtest, Bischof, gern«, entgegnete der Krieger.

»Mir wäre es sehr lieb, mein Sohn.«

»Dann sag nichts weiter«, antwortete Dugal glücklich. »Der Schatten, den du neben deinem siehst, wird der meinige sein.«

Brocmal schloß die Augen und sank aufstöhnend zurück.

Während der Arzt fortfuhr, die Verletzung des Steuermanns zu untersuchen, trat Brynach zu mir und dem Barbaren. »Wir werden ihn mit in die Siedlung nehmen«, sagte Brynach. »Die Leute dort werden sich um ihn kümmern.«

»Sie werden ihn töten!« rief ich.

Brynach nickte. »Sehr wahrscheinlich«, pflichtete er mir grimmig bei.

»Dann hätte ich ihn wohl besser ertrinken lassen«, wandte ich, zornig und bekümmert zugleich, ein.

»Allerdings«, meinte Dugal unverblümt. »Der Mann hat versucht, dir mit seiner Streitaxt den Schädel zu spalten, und das wäre ihm wohl auch gelungen, hätten die Meereswogen uns nicht alle überwältigt.«

Ich runzelte die Stirn. Was Dugal sagte, stimmte, doch diese Wahrheit schmeckte bitter, und ich hatte schwer daran zu kauen.

»Aidan, deine Besorgnis ist lobenswert. Doch wir haben keine andere Wahl«, meinte Bischof Cadoc. »Wir können keine Gefangenen machen. Und allein erginge es ihm auch nicht besser. Wir werden ihn dem Führer der nahe gelegenen Ortschaft übergeben, und die Entscheidung liegt dann bei ihm.«

Die Seefahrermönche gesellten sich wieder zu uns. Sie hatten nicht lange gebraucht, um das Boot festzupflocken. Connal erspähte den Krummstab des Bischofs, der an Land gespült worden war, und legte ihn in Cadocs Hände. Der Bischof nahm ihn entgegen, wandte sich an Brynach und schwenkte den Stab. Brynach lächelte, hob seinen Umhang und enthüllte die lederne Bulga, die das Buch barg.

»Unser Schatz ist in Sicherheit, Brüder«, sagte Bryn. »Gott hat es gefallen, uns und unserer Kleinod zu bewahren und zu erretten.«

Als Cadoc dies vernahm, brach er in überschwengliche Dankesbezeigungen aus. »Brüder«, rief er, indem er seinen mit einem Adler gekröntem Bischofsstab hob, »Gott ist groß, und wir wollen ihn preisen. Er hat uns von dem Sturm erlöst und aus den Händen des Bösen befreit.«

Wir halfen Brocmal auf und machten uns auf den Weg zum Dorf. Im Gehen sangen wir ein Dankgebet. Die Sonne war schon untergegangen, ehe wir die Uferfelsen überschritten, doch es war noch so hell, daß wir die weiße Rauchfahne ohne weiteres wiederfanden. Sie schien zwischen den ersten beiden der drei vor uns liegenden Hügel aufzusteigen. Brynach faßte die Richtung ins Auge und übernahm kräftig ausschreitend die Führung. Alle anderen folgten ihm nach. Mir fiel, da ich als letzter ging, die Aufgabe zu, unseren Barbaren zu bewachen.

Ich wußte nicht recht, was ich mit ihm anstellen sollte, daher ließ ich ihn ein kleines Stück vor mir hergehen und behielt ihn im Auge, damit er nicht versuchte fortzulaufen, obwohl ich bei mir dachte, angesichts des Empfangs, der ihm in dem Ort bevorstand, wäre das vielleicht auch nicht übel. Da der Boden uneben war und seine Arme an seine Seiten gefesselt waren, stolperte er dann und wann, so daß ich ihn auffangen mußte. Und als es so dunkel wurde, daß man den Weg kaum noch erkennen konnte, führte ich ihn am Ellenbogen, damit er nicht stürzte.

Beim ersten Versuch schüttelte er mich ab und brummte mißmutig. Beim fünften oder sechsten Mal jedoch wandte er den Kopf und sah mich an, und das Weiße seiner Augen schimmerte im Zwielicht. Von da an leistete er keinen Widerstand mehr, wenn ich ihn anfaßte.

Sobald wir die mit Felsbrocken übersäten Dünen hinter uns gelassen hatten, wurde der Weg einfacher, und wir kamen schneller voran. Die Hügel waren dicht bewaldet, doch als wir uns dem ersten näherten, stieß Brynach auf einen Pfad. So konnten wir schnell gehen, ohne zu befürchten, bei jedem Schritt zu stürzen. Der Hügel war steiler und höher, als es in der Abenddämmerung den Anschein gehabt hatte, und bald war ich schweißüberströmt. Dies sorgte, zusammen mit meinen feuchtkalten Kleidern, dafür, daß ich mich immer unbehaglicher fühlte. Außerdem juckte das Salzwasser auf der Haut, meine Hände schmerzten vom Rudern und meine Augen fühlten sich zugleich trocken und wäßrig an. Beine, Schultern, Rücken und Rippen waren wund von der Ruderarbeit. Ich war hungrig, durstig, durchgefroren bis auf die Knochen und naß.

Wir erklommen den Kamm des ersten Hügels, und Brynach blieb auf der Kuppe stehen, um noch einmal nach dem Rauchfaden Ausschau zu halten. Im Osten hing die helle Sichel des Mondes über den tief dahinziehenden Wolken. »Die Ortschaft liegt direkt unter uns«, sagte er, als wir uns um ihn versammelten. »Ein ziemlich großes Dorf, glaube ich. Da hinten seht ihr den Rand eines Feldes.«

Er wies in das Tal hinunter, doch obwohl ich den Rauch durch die Bäume aufsteigen sah, konnte ich weder das Feld noch einen anderen Hinweis auf eine Ansiedlung erkennen. Wir stiegen ins Tal hinab, immer noch auf dem Pfad, der uns, daran zweifelte ich nicht, geradewegs zu unserem Ziel führen würde.

Nachdem wir die Hügelkuppe überquert hatten, ließ der Wind nach, und ich konnte die nächtlichen Geräusche des uns umgebenden Waldes hören: Auf einem Ast über uns rief ein Kuckuck, und ein anderer, etwas weiter weg, gab ihm Antwort. In dem vom Winter übriggebliebenen Laub um die Baumwurzeln raschelte es leise und verstohlen. In den frischen Blättern der Zweige schlugen plötzlich unsichtbare Flügel.

Man konnte nur noch schwer weiter als einen oder zwei Schritte sehen, und ich streckte von Zeit zu Zeit die Hand nach dem Barbaren aus, um mich zu vergewissern, daß er noch bei uns war, und zugleich, um ihn zu führen. Jedesmal war ich erstaunt, ihn warm und fest zu fühlen, denn ich rechnete fast damit, daß er verschwunden sein würde.

Als wir uns der Siedlung näherten, standen die Bäume weniger dicht und der Pfad verbreiterte sich. Schließlich traten wir aus dem Wald auf eine Lichtung – das Feld, das Brynach von oben erblickt hatte – und sahen nicht weit vor uns eine Ansammlung niedriger, reetgedeckter Hütten liegen. Ehe wir weiterzogen, hielten wir an, sahen uns um und horchten, doch im Dorf blieb es friedlich und ruhig. Man hatte unser Ankunft noch nicht bemerkt.

Doch diese Ruhe währte nicht lange, denn als wir die Mitte des freien Feldes erreichten, begann ein Hund zu kläffen. Augenblicklich fiel jeder Hund im Tal in das Gebell ein. Der Höllenlärm weckte die Bewohner der Siedlung, und sie kamen herbeigerannt. Im Dunkeln waren sie schwer zu zählen, aber ich kam auf mehr als zwanzig Männer und Knaben, die mit Fackeln, Speeren und Heugabeln bewaffnet waren. Sie schienen alles andere als erfreut zu sein, uns zu sehen.

12

»Bleibt ganz ruhig stehen, Brüder«, warnte Brynach, während er beobachtete, wie die Fackeln rasch über das Feld heranrückten. »Sprecht kein Wort, bis wir nicht wissen, wie sie uns empfangen werden.« Er bedeutete Dugal, neben ihn zu treten, und der riesenhafte Mönch bezog vor uns Stellung.

Als die erste Reihe der Dörfler näher kam, hob Brynach die Hände, um zu zeigen, daß sie leer waren, und schritt ihnen langsam entgegen. »Pax, frater«, rief er auf lateinisch. Dies sollte ihnen, zusammen mit seiner Kleidung und seiner Tonsur, zeigen, daß sie es mit einem Mann der Kirche zu tun hatten.

Der Bursche an der Spitze warf einen Blick auf Bryn und rief seinen Kameraden zu: »Gemach, Männer. Das sind bloß ein paar Mönche.«

Er sagte dies in einer Sprache, die, obwohl sie sehr ähnlich wie die von Südéire klang, auch viele britische Wörter enthielt und andere, die ich nicht kannte. Aber die Briten unter uns verstanden sie ausgezeichnet. »Sie sind Cernovii«, erklärte Ciáran später. »Jedenfalls sind sie es einmal gewesen.«

»Wir sind in Not geratene Kirchenmänner«, sagte Brynach, an den Anführer gerichtet. »Wir sind Peregrini und haben in der Bucht Schiffbruch erlitten. Habt ihr Essen und einen Schlafplatz für uns?«

»Ja, das haben wir«, nickte der Mann. »Und ihr seid hier willkommen. Seid ihr von Dyfed?«

»Ja ... das heißt, einige von uns kommen von Dyfed. Die anderen«, er wies auf uns, die wir uns hinter ihm zusammendrängten, »sind Priester aus Lindisfarne und Cenannus in Éire.« Die Dörfler schoben sich heran, um uns besser sehen zu können.

Nun bedeutete Brynach dem Bischof, zu ihm zu treten. Als Cadoc näher kam, sagte er: »Ich möchte, daß ihr unseren Prior begrüßt. Meine Freunde«, rief der wortgewaltige Brite so laut, daß alle ihn hörten, »ich stelle euch Cadocius Pecatur Episcopus vor, den heiligen Bischof von Hy.«

Darauf reagierten die Dorfleute sogleich und auf die erwartete Weise. Viele der Talbewohner keuchten verblüfft auf. Etliche unter denen, die sich um uns drängten, ergriffen die Hand des Bischofs und drückten sie ehrfürchtig an die Lippen.

»Friede sei mit euch, Freunde«, sprach der Bischof. »Ich grüße euch im Namen Jesu, unseres gesegneten Heilands. Erhebt euch und steht aufrecht. Wir sind keine Männer, die man auf diese Weise verehren sollte.«

»Ihr seid in unserem Dorf willkommen«, sagte der Anführer und gebrauchte dabei ein Wort, das ich noch nie gehört hatte. »Kommt, wir geleiten euch dorthin.«

Der Dorfvorsteher hob seine Fackel in die Höhe und führte uns über das Feld in die Ortschaft. Sie war größer, als ich zuerst vermutet hatte, und bestand aus fünfzig oder mehr Hütten, Scheunen, einer schönen großen Gemeindehalle und einem Viehgehege. Ein Wall oder Wassergraben fehlte. Ich nehme an, der Wald diente den Dorfbewohnern als Schutz. Und sie schienen äußerst wachsam zu sein.

Man brachte uns gleich in die Halle, wo auf einer weitläufigen, großzügig angelegten Feuerstelle helle Flammen loderten. Wir traten über die Schwelle und begaben uns eilig zum

Feuer, um uns zu wärmen. Da niemand mich etwas anderes tun hieß, nahm ich den Barbaren mit hinein und blieb neben ihm stehen. Er betrachtete mich neugierig. Mehrmals schien er sich äußern zu wollen – ich spürte, wie die Worte geradezu in ihm brodelten –, aber er preßte die Lippen zusammen und sagte nichts.

Wir alle entledigten uns unserer Umhänge und breiteten sie ringsum auf den Steinplatten vor der Feuerstelle aus. Dann stellten wir uns so nahe wie möglich an die Flammen und drehten uns langsam hin und her. Ich legte mein Übergewand auf die steinerne Einfassung, und bald dampften meine feuchten Kleider in der Hitze. Das Feuer wärmte herrlich.

An der einen Seite des Herds stand ein gewaltiger Tisch, der aus einem einzigen gespaltenen Baumstamm gefertigt war. Auf der Platte lagen immer noch die Überbleibsel einer Mahlzeit verstreut, aber auf einen Befehl des Anführers hin wurden die Reste schnell entfernt. Frauen eilten herbei, um alles für ein weiteres Essen vorzubereiten.

»Bier!« rief der Dorfvorsteher. »Holt Bier! Tylu ... Nominoé, Adso! Bringt Krüge für unsere durstigen Gäste.«

Während kleine Jungen davonhuschten, um die Bierkrüge zu besorgen, wandte der Gastgeber sich uns zu und sagte: »Freunde, setzt euch nieder und macht es euch bequem. Ich kann mir vorstellen, daß ihr einen aufregenden Tag hattet. Ruht euch jetzt aus. Nehmt an unserer Mahlzeit teil.« Die breite Hand an die Brust gelegt, setzte er hinzu: »Mein Name ist Dinoot, und ich bin der Anführer dieses Tuath, wie ihr sagen würdet. Meine Leute und ich sind froh, daß ihr den Weg zu uns gefunden habt. Fürchtet nichts, meine Freunde. Hier kann euch kein Leid geschehen.«

Mit diesen Worten führte er den Bischof zum Tisch und nötigte ihn, sich auf den Ehrenstuhl zu setzen. Wir anderen suchten uns einen Platz auf den Bänken, und da niemand mir etwas anderes sagte, nahm ich meinen Barbaren mit an die Tafel.

Als wir uns jedoch anschickten, unsere Plätze am unteren Ende des Tisches einzunehmen, entdeckte Dinoot, daß der Mann bei mir kein Priester war. »Bischof Cadoc«, sagte er und streckte die Hand aus, um auf den Seewolf zu zeigen, »vergebt mir meine Neugierde, doch mir scheint, daß sich unter uns ein Fremder befindet.«

»Äh ja«, entgegnete der Bischof. Plötzlich fiel ihm der Krieger wieder ein, und er war einigermaßen peinlich berührt. »Du besitzt ein scharfes Auge, Meister Dinoot.«

»Nicht so scharf wie manch anderer«, räumte der Anführer ein, und das besagte Auge zog sich leicht zusammen. »Aber trotzdem erkenne ich einen Seewolf, wenn ich ihn sehe.«

»Wir hatten im Sturm unser Steuerruder verloren«, erklärte Brynach, »und trieben auf das Ufer zu ...«

»Und wir hätten auch eine herrliche Landung vollbracht«, fiel Fintán ein, »wären wir nicht auf feige Weise angegriffen worden.« Der Steuermann berichtete von den Wikingern und schüttelte in tiefer Trauer den Kopf. »Die arme kleine Bán Gwydd liegt unten am Strand vertäut.«

Dinoot runzelte die Stirn. »Von dem Sturm haben wir gehört. Aber ich ahnte nicht, daß die Barbaren an unserer Küste auf Beutezug gehen.« Er rieb sich das bärtige Kinn. »Fürst Marius muß davon erfahren.«

»Euer Herr«, fragte Brynach, »lebt nicht hier?«

»Sein Caer liegt nur einen halben Tagesmarsch entfernt«, erklärte Dinoot. »Fünf Dörfer stehen unter seinem Schutz.« Der Anführer wandte seine Aufmerksamkeit dem Barbaren zu, der stumm und ergeben neben mir stand, und fragte: »Was soll mit diesem hier geschehen?«

»Eigentlich wollten wir die Sache euch überlassen«, meinte Bischof Cadoc. »Wir sind fremd hier und dachten, euer Herr würde am besten wissen, was zu tun ist.«

»Dann werde ich jemanden schicken und ihm sofort

Bericht erstatten.« Mit diesen Worten rief das Dorfoberhaupt einen der Jünglinge des Stammes herbei. Nach einem kurzen Wortwechsel verließ der junge Mann die Halle und nahm noch zwei andere mit. »Der Machtiern wird morgen früh von diesem bedauerlichen Zwischenfall erfahren.« Der Anführer verzog den Mund zu einem grausamen Ausdruck. »Seid versichert, daß dieser Abschaum von einem Dänen euch nicht länger belästigen wird.«

Dinoot erhob sich, klatschte in die Hände und rief nach seinen Helfern. Drei Männer eilten zu ihm, und er befahl: »Werft diesen Hund in die Müllgrube und bewacht ihn, bis Fürst Marius eintrifft.« Zwei der Männer ergriffen den Barbaren und schickten sich an, ihn grob davonzuzerren.

Der Seewolf gab keinen Laut von sich und leistete nicht den geringsten Widerstand, blickte aber sehnsüchtig auf den Tisch, der jetzt mit Brotkörben und Bierkrügen gedeckt wurde. Ich sah das, und mein Herz zog sich schmerzhaft zusammen.

»Wartet!« rief ich. Das Wort war heraus, ehe ich mir Einhalt gebieten konnte.

Die Männer zögerten. Alle Blicke in der Halle richteten sich auf mich, und mit einemmal stand ich im Mittelpunkt einer eingehenden Musterung. Schnell trat ich an den Tisch, nahm einen Brotlaib von der Platte, die mir am nächsten stand, und reichte ihn dem Seewolf. Seine kindliche Freude über diese einfache Tat war rührend anzusehen. Er lächelte und drückte das Brot an seine Brust. Einer der Männer, die ihn festhielten, streckte die Hand aus, um ihm die Nahrung fortzunehmen.

»Bitte«, rief ich und fiel ihm in den Arm.

Der Mann sah seinen Anführer an. Dinoot nickte. Der Dörfler zuckte die Achseln und ließ das Brot los. Der Barbar wurde abgeführt. Ich nahm meinen Platz am Tisch wieder ein und wünschte mir verzweifelt, ich könnte mich unsichtbar machen.

Sobald der Barbar entfernt war, erwachte die Halle wieder zum Leben. Der Bischof und der Dorfvorsteher saßen zusammen am Kopf der Tafel. Dugal hatte, Cadocs Wunsch entsprechend, zur Rechten des Bischofs Platz genommen. Neben ihm saß Brynach, und alle unterhielten sich angeregt. Daß Dugal ein wenig Anerkennung fand, freute mich. Ich hatte immer gewußt, daß er ein äußerst fähiger und tüchtiger Meister auf seinem Gebiet war, nur waren dies zu Dugals Pech Fertigkeiten, die im täglichen Leben eines Klosters nur höchst selten gebraucht werden. Und so hatte er nie die Gelegenheit erhalten, sich auszuzeichnen. Bis heute.

»Das hast du gut gemacht«, flüsterte Ciáran und ließ sich neben mir nieder. »Darauf wäre ich nie gekommen. Ich muß dich loben.«

Brocmal, der zwei Plätze weiter saß, hatte, wie mir schien, diese Bemerkung gehört und verzog den Mund zu einem höhnischen Grinsen. Faolan neben ihm sah das und meinte: »Ein Laib Brot, Bruder. Das ist alles. Willst du einem hungrigen Menschen ein Stück Brot mißgönnen?«

Der überhebliche Mönch warf Faolan einen eisigen Blick zu, starrte ihn böse an und wandte dann wortlos den Kopf ab. Er streckte die Hand aus, nahm einen Laib Brot von der Platte, die vor ihm stand, brach ihn und biß hinein.

»Lasset uns danken«, rief Cadoc und erhob sich von seinem Platz. Er sprach ein einfaches Tischgebet und einen Segen für unsere Gastgeber.

Brot wurde herumgereicht, und aus den Krügen wurde Bier in hölzerne Becher und Schalen gegossen. Man tischte einen heißen, sättigenden Eintopf aus Pökelfleisch und Gerste auf. Da die Dörfler anscheinend keine Löffel besaßen, setzten wir die Schüsseln an den Mund, schlürften die Suppe und tunkten dann die Neige mit dem weichen, dunklen Brot auf. Das Ganze spülten wir mit großen Schlucken schäumenden Bieres hinunter.

Hatte man mir je Besseres vorgesetzt? Nein, noch nie hatte ich etwas genossen, das dieser einfachen, nahrhaften Mahlzeit gleichkam. Ich aß wie ein Verhungernder, was ja auch beinahe zutraf.

Und während wir speisten, berichtete Ciáran, was er auf dem Fußmarsch zum Dorf erfahren hatte. »Ihre Vorfahren kamen aus Cerniu. Das ist allerdings schon lange her. Das Land hier heißt heute An Bhriotáini«, setzte er uns kauend auseinander. Lautlos sagte ich mir das Wort noch einmal vor: Bretagne.

»Wir befinden uns nördlich von Namnetum«, fuhr Ciáran fort, »wie weit, ist nicht gewiß. Fin meint, der Sturm habe uns eher gen Osten denn gen Süden geweht. Dinoot meint, Fürst Marius könne uns sagen, wie weit wir bis zum Fluß zu gehen haben.«

Wir gingen dazu über, die Ereignisse der vergangenen Tage zu bereden, und ein angenehmer Nebelschleier schien sich über das Mahl zu legen. Ich weiß noch, daß ich aß und lachte und sang ... und dann beugte sich Ciáran über mich und rüttelte sanft an meiner Schulter. »Aidan, Bruder, wach auf. Erhebe dich, wir wollen zur Nachtruhe gehen.«

Ich hob den Kopf von der Tischplatte und blickte mich um. Einige der Mönche wickelten sich bereits vor der Feuerstelle in ihre fast getrockneten Umhänge. Andere gingen zur Tür. Ich holte meinen Mantel und lief hinter Ciáran her. Man führte uns zu einem überdachten Viehunterstand, wo frisches Stroh für uns aufgeschüttet war. Mir war gleich, wo ich schlief. Ich stolperte in eine Ecke, gähnte und sackte zusammen. Meinen klammen Umhang zog ich über mich, und dann legte ich den Kopf in das süß duftende Heu und war wieder eingeschlafen, kaum daß ich die Augen geschlossen hatte.

Möglicherweise weckten mich die Schreie aus tiefem, traumlosen Schlaf, vielleicht war es auch der beißende Rauchgestank. Ich erinnere mich, daß ich hustend erwachte. Der

Stall war von Qualm erfüllt. Im Dunkel die Augen weit aufreißend, rappelte ich mich auf, ohne zu wissen, wo ich war.

Die Hunde kläfften. Von draußen vernahm ich lautes Füßestampfen. Ein scharfer Schrei hallte über den Hof und wurde von einem anderen beantwortet. Ich verstand kein Wort.

Ich schüttelte den Schlaf ab, schlich zur Stalltür und schaute hinaus. Im Mondschein huschten Schatten umher. Rauch trieb in der nächtlichen Luft. Als ich zur Halle blickte, sah ich, daß lange Flammen über das Strohdach züngelten. Eine Gestalt erschien in der Tür der Halle, blickte sich schnell um und verschwand. Wieder hörte ich Schritte und wandte mich in diese Richtung. Ich sah, wie das Mondlicht kalt auf einer nackten Schwertklinge glitzerte, und wich in den Eingang zurück, während der Mann vorbeilief.

Das Kreischen einer Frau, durchdringend wie das Klirren eines zerberstenden Kruges, zerriß die Stille.

»Erwacht!« brüllte ich. »Steht auf! Wir werden angegriffen!«

Ich eilte von einem Schlafenden zum anderen und schüttelte meine Brüder aus dem Schlaf. Draußen bellten die Hunde wie von Sinnen. Schreie drangen durch die stille Nachtluft. Das Gebrüll wurde lauter. Die ersten Mönche, die ich wach gerüttelt hatte, taumelten zur Tür und weiter nach draußen. Ich weckte noch zwei, folgte dann den anderen und rannte aus dem Stall.

Auf der anderen Seite des Hofes stand ein Haus in hellen Flammen. Von drinnen vernahm ich Schreie und das Jammern von Kindern. Ich stürmte zu der Hütte und schlug den Ledervorhang beiseite. Rauchschwaden quollen aus dem Eingang. »Schnell!« schrie ich und stürzte nach drinnen. »Ich werde euch helfen! Eilt euch!« In der Mitte der Hütte stand eine junge Frau, deren Antlitz von den heftig flackernden Flammen erhellt wurde. Sie drückte ein kleines Kind an sich, und ein weiteres Balg klammerte sich, den Mund weit aufgerissen, an ihre Beine. Tränen strömten über sein entsetztes Gesichtchen. Ich riß das Kleine hoch und rannte, die Frau mit mir zerrend, nach draußen. Aus der brennenden Hütte entronnen, drückte die Mutter ihre Kinder an sich, versuchte sich zu sammeln und rannte dann ins Dunkel davon, in den Schutz des Waldes.

Von neuem wandte ich mich dem Hof zu, in dem jetzt ein Aufruhr zorniger, schreiender Männer brodelte, von denen viele miteinander kämpften. Eine höllische Schlacht, beleuchtet von den Flammen brennender Dächer und Wohnhütten. Jemand hatte die Hunde losgelassen, und die Tiere, die vor Angst wie verrückt waren, griffen Freund und Feind gleichermaßen an. Aus der Halle strömten die Menschen. Ich sah, wie Dinoot, Befehle brüllend, ins Freie raste. Unmittelbar hinter ihm erschien Dugal, der einen Speer schwang.

Bischof Cadoc, Gott habe ihn selig, stürzte mit erhobenen Händen vor und rief: »Friede! Friede!« Hinter ihm kamen Bryn und Gwilym gelaufen und versuchten verzweifelt, sich zwischen ihn und die Angreifer zu werfen. Cadoc jedoch stürmte ohne einen Gedanken an seine eigene Sicherheit ins dichteste Kampfgetümmel und wurde sofort bedrängt.

In dem unsteten Licht blitzte, grausam schnell, eine blanke Axt auf. Ich vernahm das widerliche Krachen von Eisen auf Knochen, und der Bischof sank in sich zusammen wie eine Stoffpuppe. Ich wollte zu der Stelle laufen, wo ich den guten Kirchenvater hatte fallen sehen, doch der Kampf wogte auf mich zu, und ich konnte nicht zu ihm gelangen. Das letzte, was ich sah, war Gwilym, der sich über den reglos Daliegenden beugte. Dann wurde er von derselben Streitaxt gefällt.

»Gwilym!« schrie ich, so laut ich konnte, und rannte los. Kaum hatte ich jedoch drei Schritte getan, da wuchs mit einemmal brüllend ein riesenhafter, breitschultriger Kerl mit Armen wie Schweineschinken vor mir aus dem Boden. Mit einem einzigen Schlag seiner gewaltigen Keule streckte er einen der Verteidiger nieder. Darauf stellte er sich breitbeinig über den Körper und holte aus, um den tödlichen Schlag zu führen. Als er die schwere Waffe über den Kopf hob, setzten sich meine Füße wie von selbst in Bewegung.

Ich streckte die Hände aus, rammte sie dem Barbaren ins Kreuz und stieß ihn nach vorn, gerade als die Waffe herabsauste. Sein Schlag wurde abgelenkt, und die Keule krachte neben seinem Fuß auf den Boden. Der feindliche Krieger stieß einen ohrenbetäubenden, erstickten Wutschrei aus und wirbelte herum, um auf mich loszugehen. Erst da erkannte ich, daß ich diesen muskelbepackten Riesen schon einmal gesehen hatte. Damals hatte er am Bug des Schiffes der Seewölfe gehangen.

Dieser Gedanke beschäftigte mich länger, als ratsam gewesen wäre. Wie angewurzelt stand ich da und starrte den bezopften Barbaren an, während dieser mit erhobener Keule näher kam und sich anschickte, mir den Schädel zu zerschmettern und mein Hirn über die blutgetränkte Erde zu verspritzen. In dem gespenstischen Licht sah ich, wie die Adern an seinem Hals und seinen Armen hervorquollen, während er die Keule in einem engen Kreis über dem Kopf schwang und langsam auf mich zuschritt, entschlossen, mich zu töten.

Jemand schrie meinen Namen. »Aidan!« Das war Dugal, der mir zur Hilfe geeilt kam. »Lauf, Aidan! Fliehe!«

Dugal rannte hinzu, um mir beizuspringen, doch da stellte sich ihm ein weiterer Gegner in den Weg. Dugal versuchte, dem Angriff auszuweichen, indem er die Schulter senkte und dem Mann das stumpfe Ende seines Speers ins Gesicht rammte. Der Barbar ging zu Boden, trat aber weiter um sich und brachte Dugal ins Straucheln. Ich sah meinen Freund fallen. Ein zweiter Barbar sprang ihn von hinten an und schlug mit einer Axt nach dem Kopf unseres Hünen.

»Dugal!« schrie ich und wollte zu ihm. Schnell tat der Riese mit der Keule einen Schritt zur Seite und verstellte mir den Weg. Das Licht fiel auf das feuchtglänzende Ende der Keule. Ich sah sie rot aufleuchten, als er sie herumwirbelte und zum Schlag ausholte.

Hinter mir tönte ein wilder Schrei, doch ich konnte den Blick nicht von der schrecklichen Waffe wenden. Die Keule sauste herab, so schnell, daß mir fast das Herz stehenblieb. Im selben Augenblick spürte ich, wie sich Hände auf meinen linken Arm legten und mich beiseite rissen. Die Keule traf neben meinem Ohr ins Leere. Kurz erhaschte ich einen Blick auf ein schmutzverschmiertes Gesicht, und dann zerrte mir jemand die Kapuze über den Kopf.

Der Riese brüllte, und eine laute Stimme neben mir schrie zurück. Ich wollte den Mann, der mich angegriffen hatte, abwehren, doch meine Arme steckten in meinen eigenen Kleidern fest. Man riß mir den Mantel herunter und wickelte ihn mir um Kopf und Schultern. Ich taumelte vorwärts, um fortzurennen, und prallte mit dem Kopf gegen etwas Hartes.

Ein bläulicher Lichtblitz loderte vor meinen Augen auf, und als ich fiel, hatte ich ein merkwürdiges lautes Summen im Ohr.

13

Der Boden hob und senkte sich unter mir. Das Surren in meinem Ohr war einem dumpfen, bleiernen Klingen wie von einer schlecht gegossenen Glocke gewichen. In meinem Kopf pochte ein rasender, vernichtender Schmerz. Ich konnte weder meine Beine noch meine Hände spüren. Der Himmel war noch dunkel, und Stille herrschte ringsum. Irgendwo in der Nähe vernahm ich leises Gemurmel, doch die Stimmen klangen wie das Glucken von Enten, und ich konnte keinen Sinn hineinbringen. Die Luft war stickig und warm, und das Atmen fiel mir schwer.

Ich versuchte aufzustehen. Der Himmel zerbarst in flammende, gezackte Fragmente gleißenden Lichts. Eine Woge der Übelkeit überrollte mich, und ich sank, vor Anstrengung keuchend, zurück.

Eine Erinnerung arbeitete sich mühsam in mein träges, noch halb betäubtes Hirn vor, eine winzige Luftblase, die in einem großen schwarzen Kübel aufsteigt, nur um in dem Moment, da sie die Oberfläche erreicht, zu zerplatzen. Was war das nur? Was?

Ich vernahm einen schrillen Schrei. Dieser Laut brachte mich zur Besinnung, und mit der Wucht einer Meereswoge, die auf einen Felsen niederstürzt, brach die Erinnerung über mich herein. Ich erinnerte mich wieder an den Überfall.

Die Augen vor Schmerz fest zusammengepreßt, kämpfte ich mich in eine sitzende Haltung. Meine Schultern und Arme waren mit dickem Stoff umwickelt. Ich schüttelte die Arme, wand mich hin und her und warf endlich die Fesseln ab – meinen eigenen Mantel und mein Übergewand. Dann schob ich die Kapuze zurück.

Helles Tageslicht strömte in meine Augen. Ich hielt mir schützend die Hand vors Gesicht und stellte fest, daß ich in die rotglühende aufgehende Sonne schaute. Wieder erscholl das Kreischen, und als ich zu dem klaren blauen Himmel aufschaute, erblickte ich eine weiße Möwe, die hoch über mir friedlich dahinglitt. Schwankend kam der Mast in mein Blickfeld.

Ich befand mich auf einem Schiff! Rasch faßte ich die Reling, die über mir lag, und kam taumelnd auf die Beine.

Von neuem tat mein Magen einen Satz, und ich erbrach mich über den Schiffsrand. Als ich fertig war, wischte ich mir den Mund mit dem Ärmel und hob dann, langsam und dieses Mal von unsäglicher Furcht erfüllt, den Blick, um meine neue Umgebung in Augenschein zu nehmen: ein Barbarenschiff voller Seewölfe als Reisegefährten. Sie waren mit Rudern beschäftigt und schenkten mir keine Beachtung. Ein Scheusal mit braunen Halbstiefeln, ebensolchem Gürtel und einem ärmellosen Übergewand aus Schafsfell stand einen oder zwei Schritte von mir entfernt und wandte mir den Rücken zu. Mit tiefem Interesse schien der Mann den fernen östlichen Horizont zu betrachten, wo jetzt die Sonne, nachdem sie rotglühend aufgegangen war, langsam Kraft für den Tag sammelte und den Himmel mit Licht erfüllte.

Einer der Ruderer blickte von seiner Bank auf, sah mich und rief dem Burschen mit dem braunen Gürtel etwas zu. Dieser drehte sich um, warf einen Blick auf meinen weit aufgerissenen, mit Erbrochenem verschmierten Mund, grinste breit und nahm seinen Posten wieder ein. Ich wandte den

Kopf, um festzustellen, wohin er sah, und erschaute in weiter Ferne die zerklüfteten grauen Felsen der Küste von Armorica. Doch brauchte ich einen Augenblick, um mir darüber klarzuwerden, daß wir uns auf der graugrünen, schweren See in Richtung Norden bewegten.

Das Schiff der Seewölfe war lang und schmal und an Bug und Heck hochgezogen, ein kräftiges Fahrzeug mit flachem Kiel. Das Boot war mit etwa zwanzig Ruderern bemannt, doch auf den schmalen Bänken hätten noch mehr Platz gefunden. Hinter dem schlanken Mast hatte man eine Plattform errichtet, die von gebogenen Pfosten überwölbt wurde. Dieser ganze Rahmen war mit Ochsenhäuten bespannt, so daß eine Art abgeschlossener Raum oder Zelt entstand. Unter den Häuten drang eine Rauchfahne hervor, die in dem frischen Ostwind waagerecht davonzog.

Der Schmerz ließ mir den Blick verschwimmen, doch es war ohnehin nicht viel zu sehen: eine stumpfe schiefergraue Wasserfläche zu meiner Rechten, und links von mir eine öde, gesichtslose Küste. So setzte ich mich wieder und sog tief die Luft in die Lungen, damit mein Kopf klar wurde. Ich versuchte zu überlegen. Mein Hirn weigerte sich jedoch, die kleinsten Anforderungen, die ich ihm stellte, zu erfüllen. Ich konnte nur daran denken, daß ich ein Gefangener war.

Gefangen. Das Wort beschäftigte mich, ich weiß nicht, wie lange. Ich wälzte jede einsame, ohnmächtige Silbe auf meiner Zunge hin und her und wiederholte sie ein ums andere Mal, bis das Wort jede Bedeutung verloren hatte. Was würde mit mir geschehen? Was stellten die Seewölfe mit ihren Gefangenen an? Höchstwahrscheinlich abschlachten, vermutete ich trübsinnig.

Bei eingehender Betrachtung waren die Männer, die mich entführt hatten, ein schmutziger, lärmender Haufen. Sie waren mit Schlamm und Blut beschmiert und rochen noch schlimmer, als sie aussahen. Wenn die Meeresbrise auffrischte, trug sie mir ihren Gestank zu, und dieser Brodem ließ mich würgen.

Ich zählte die Barbaren durch. Zweiundzwanzig konnte ich ausmachen. Sie waren in Felle und Tierhäute gekleidet und trugen verschiedene Arten breiter Gürtel, meist ebenfalls aus Leder. Doch ich sah auch einige, die mit kupfernen und silbernen Scheiben besetzt waren. In den meisten Gürteln steckten Messer oder Dolche. Zwei oder drei der Männer trugen kurze Siarcs, eine Art Kittel aus blaßgelb oder braun eingefärbtem dickem Webstoff.

Maßlos stolz schienen die Barbaren auf ihre zottigen Haarmähnen zu sein. Lange Bärte trugen sie alle. Einige hatten sich Zöpfe geflochten, andere hielten ihr Haar mit Lederbändern zusammen, und wieder andere ließen ihre Locken offen herabhängen. Mehr als die Hälfte von ihnen trug Schmuckstücke im Haar, ein wenig Golddraht, einen aus Horn geschnitzten Kamm oder irgendeinen Flitterkram aus Silber in Form eines Blattes, Fisches, Vogels oder einer Hand.

Eine erstaunliche Zahl von ihnen hatte Goldketten um den muskulösen Hals hängen, und jedermann, ob hoch oder niedrig, stellte weitere kostbare Schmuckstücke verschiedener Art zur Schau: Ringe aus Gold oder Silber, Reifen, Armbänder, Gewandfibeln und Ketten.

Alle waren von hünenhafter Statur. Der kleinste von ihnen war größer als ich, und die hochgewachsensten hätten selbst Dugal überragt.

Dugal! Was war mit ihm geschehen? Was mochte aus meinen Freunden geworden sein? Ich war so sehr mit meinen eigenen Sorgen beschäftigt gewesen, daß ich keinen einzigen Gedanken an die, die zurückgeblieben waren, verschwendet hatte. Soweit ich wußte, waren bei dem Überfall alle, die sich in der Siedlung befunden hatten, niedergemacht worden. Vielleicht lagen sie in diesem Augenblick sämtlich in ihrem Blute, und die Sonne ging über ihrem Todestag auf.

Kyrie eleison, betete ich inbrünstig. *Herr, erbarme Dich!* Zieh die, die in der Not Deinen Namen anrufen, an Dein liebendes Herz. Heile ihre Wunden, und beschütze sie vor allem Übel. Gott, ich flehe Dich an, sei Deinem Volke gnädig. Und verzeih mir meine Selbstsucht und meinen Stolz, o Herr. Rette Deine Diener ... Erbarme Dich, Gott, erbarme Dich ...

Jemand brüllte einen barschen Befehl. Ich unterbrach mein Gebet und blickte auf. Ein hellhaariger Seewolf mit blondem Bart stand auf der Plattform. Er rief noch einmal, und drei oder vier Barbaren zogen rasch ihre Riemen ein und hasteten zu ihm. Der Steuermann stieß einen Schrei aus, und zwei weitere Männer stürzten zu den Tauen und begannen, das Segel aufzuziehen. Ich vermutete, das bedeutete, daß wir nun aufs offene Meer hinausfahren und uns weiter von Armorica entfernen würden. Sobald das Schiff unter Segel stand, verstauten die Seewölfe ihre Ruder und versammelten sich dann um die zeltüberspannte Plattform.

Währenddessen hielt das Schiff den Kurs und lief parallel zur Küste. Nach einiger Zeit jedoch bemerkte ich, daß meine erste Mutmaßung falsch gewesen war, denn tatsächlich hielten wir schräg auf das Land zu und kamen mit jeder Woge, die vorbeirollte, ein wenig näher.

Zusammengekauert saß ich auf meinem Platz am Bug und beobachtete die Küste. Mir fiel ein, daß ich vielleicht über Bord springen könnte. Ich hegte keinen besonderen Wunsch zu ertrinken, doch ich überlegte, daß ich, wenn ich die Stelle sorgfältig wählte, vielleicht in der Lage war, in die Freiheit zu schwimmen. Ich könnte über die Reling gehen und davon sein, noch ehe mich jemand aufhielt.

Der Steuermann der Barbaren – der Hüne mit den braunen Stiefeln und dem Wams aus Schafsfell – brüllte ein Wort in seiner Sprache, das sich für meine ungeübten Ohren wie Wik anhörte. Daraufhin wurde sofort das Segel eingezogen, und die Ruderer kehrten auf ihre Bänke und an ihre Riemen zurück.

Obwohl ich gespannt die näher kommende Küste beobachtete, konnte ich keinen Hinweis auf eine Ansiedlung entdecken und auch nichts anderes, das der Aufmerksamkeit wert gewesen wäre. Dennoch gab ich acht, während das Schiff näher heranfuhr, und wartete auf eine Gelegenheit, die Flucht zu ergreifen.

Diese ergab sich weit eher, als ich erwartet hatte, denn das Schiff näherte sich dem Land, und das Wasser wurde rasch seichter. Bald konnte ich den kieselbedeckten Grund unter den Wellen erkennen, obwohl wir immer noch ein gutes Stück vom Ufer entfernt waren. Eine bessere Möglichkeit würde sich mir nie bieten.

Ich holte tief Luft, erhob mich schnell und stürzte mich, ehe jemand etwas bemerkte, über die Reling. Mit lautem Klatschen schlug ich auf dem Wasser auf und bedauerte meinen voreiligen Entschluß sofort. Das Meer war kalt. Ich ging unter wie ein Stein und stieß bald mit dem Knie auf den Grund. Ich zog die Beine an und stieß mich ab. Unglücklicherweise schätzte ich dabei meinen unbesonnenen Sprung falsch ein und kam unmittelbar neben dem Schiff an die Oberfläche – ausgerechnet zwischen dem Rumpf und den Ruderblättern.

Als ich meinen Fehler erkannte, holte ich kräftig Luft und tauchte. Ich weiß nicht, ob ich nicht tief oder nicht schnell genug untertauchte, aber ich spürte, wie mich etwas festhielt. Obwohl ich mit aller Kraft mit Armen und Beinen schlug, konnte ich mich nicht befreien. Als ich keuchend hochkam, sah ich, daß einer der Seewölfe den Saum meiner Kutte fest im Griff hatte. Der Barbar hatte sich einfach über die Bordwand gebeugt und mich an dem hinter mir herflutenden Kleidungsstück herausgefischt.

Er zog mich ein Stück aus dem Wasser und ließ mich dann,

zur großen Freude seiner Barbarenfreunde, auf halber Höhe baumeln. Sie alle brüllten vor Lachen, als sie mich wie einen Fisch an der Schiffsseite zappeln sahen. Ihr Gelächter war ebenso grob und ungeschliffen wie ihre Sprache und tat mir in den Ohren weh.

Das Schiff lief in eine kleine, flache Bucht ein und wendete in der Nähe des Ufers. Als das Boot sich drehte, erblickte ich, was der Steuermann bereits gesichtet hatte: einen Fluß, nicht breit, aber so tief, daß er dem Kiel Platz bot. Ohne innezuhalten oder zu zögern, glitt das Schiff durch die kleine Bucht und in die Flußmündung hinein.

Die Männer zogen ihre Ruder ein und gebrauchten sie, um das Schiff flußaufwärts zu staken. Ja, die Seewölfe waren wirklich gewitzt. Und stark. Erst als das Boot auf einer breiten, mit Kieseln bedeckten Sandbank zum Halten kam, ließ der Barbar mich los – das heißt, er schleuderte mich ins Wasser zurück, als habe er einen Fisch gefangen, der ihm zu klein war.

Der Wikinger, der mich an der Flucht gehindert hatte, sprang zugleich mit mir ins Wasser. Er riß mich an meinem Gewand hoch, bis ich aufrecht im Wasser stand, und drehte mich so, daß ich ihn ansehen mußte. Während er langsam mit dem Kopf schüttelte, sprach er eindringlich auf mich ein und drohte mir mit seinem tropfnassen erhobenen Zeigefinger. Obwohl ich kein Wort von dem, was er sagte, begriff, machten sein Gebaren und seine Handbewegung mir klar, daß er mich vor einem erneuten Fluchtversuch warnte.

Ich nickte, um zu zeigen, daß ich ihn verstanden hatte. Der Barbar lächelte. Und dann schlug er mir, meine Kutte immer noch fest gepackt, mit dem Handrücken kräftig ins Gesicht. Mein schmerzender Kopf ruckte zur Seite, und die Wucht des Schlages warf mich ins Wasser. Er faßte meinen Umhang und zerrte mich hoch. Mein Mund brannte, und ich schmeckte Blut auf der Zunge.

Immer noch breit und vergnügt lächelnd, holte der gutgelaunte Barbar noch einmal aus.

Ich schloß die Augen und wappnete mich gegen den Schlag. Doch statt dessen vernahm ich ein scharfes Knurren. Sofort ließ der Seewolf mich los, und als ich die Augen öffnete, sah ich, wie ein anderer Barbar auf mich zuwatete und zugleich ärgerlich auf seinen Kameraden einredete. Dieser zuckte mit den Achseln, drohte mir noch einmal mit dem Finger, gab mich frei und ging davon.

Der zweite Wikinger schritt auf mich zu, faßte mich grob am Arm und ging mit mir, mich halb schiebend, halb hinter sich herzerrend, ans Ufer. Dort riß er mich herum, so daß ich ihn ansehen mußte, und schlug mir mit der flachen Hand ins Gesicht. Die schallende Ohrfeige erregte die Aufmerksamkeit aller Umstehenden, doch sie klang weit schlimmer, als sie sich anfühlte. Und obwohl der Schlag mir Grinsen und Gelächter von den zuschauenden Seewölfen einbrachte, von denen einige den Barbaren anriefen und eine strenge Antwort erhielten, konnte ich mich des Gefühls nicht erwehren, daß in seinem Schlag kein echter Zorn und keine Böswilligkeit steckten.

So seltsam das klingt, erst in diesem Augenblick erkannte ich, wer da vor mir stand: Das war *mein* Barbar, derjenige, welchen ich am Strand angespült gefunden hatte, den wir mit zu der Ansiedlung genommen hatten und dem ich den Brotlaib gegeben hatte. Nun standen wir einander wieder gegenüber, doch unser Verhältnis war gründlich auf den Kopf gestellt.

Ich betupfte meine aufgeplatzte Lippe mit dem Handballen und spie Blut auf den Strand. Der Barbar nahm von neuem meinen Arm, zog mich zu einem der größeren Uferfelsen und stieß mich darauf nieder. Er vollführte eine warnende Handbewegung und stieß ein einziges gutturales Knurren aus, mit dem er mich anwies, still zu sitzen, mich nicht zu rühren und erst recht keinen Fluchtversuch zu unternehmen.

Er hätte sich die Mühe sparen können; für den Augenblick war ich vollauf damit zufrieden, auf dem Felsen zu sitzen und meine Kleider in der Sonne trocknen zu lassen. Gewiß, ich würde wieder zu fliehen versuchen, so sagte ich mir, doch ich mußte abwarten, bis sich eine bessere Möglichkeit bot, und durfte nicht einfach unbesonnen die erste Gelegenheit ergreifen, die mir des Weges kam. Dieser Gedanke, zusammen mit dem Wissen, daß wir uns immer noch in Armorica befanden und nicht irgendwo draußen auf einem unbekannten Meer, tröstete mich und gab mir das Gefühl, das Beste aus einer schweren Notlage zu machen.

Die Seewölfe schickten sich inzwischen an, eine Mahlzeit zu bereiten. Sie zündeten ein kleines Feuer an und brachten vom Schiff Essen herbei, das sie untereinander austeilten, ohne auch nur einen Blick in meine Richtung zu werfen.

Ein riesenhafter Barbar mit rotem Zopf, in dem ich jetzt das Scheusal mit der Keule aus dem nächtlichen Überfall erkannte, kletterte aufs Schiff zurück und ergriff ein Faß, das er auf die Arme hob und auf den Strand hieven wollte. Doch sofort gebot ihm ein anderer mit einem Schrei Einhalt, ein hellhaariger Mann mit einem langen, zu einem Zopf geflochtenen Bart und einer Goldkette um den Hals. Das war der Mann, der auf der überdachten Plattform gestanden und den Männern Befehle erteilt hatte.

Gelbhaar, so dachte ich, war wohl der Anführer dieses Barbarentrupps. Doch obwohl seine Männer ihm eine gewisse Beachtung schenkten, schienen sie nicht allzuviel auf ihn zu geben, ja, sie begegneten ihm nicht einmal mit besonderer Aufmerksamkeit. Dennoch zollten sie ihm wohl einigen Respekt oder zumindest widerwilligen Gehorsam, denn der rothaarige Riese setzte mit einem Grunzen die Tonne ab, stieg vom Schiff und kehrte an seine Mahlzeit zurück.

Nachdem die Männer gegessen hatten, schliefen sie. Wie Schweine in der Sonne ließen sie sich einfach umfallen, schlossen die Augen und dösten ein.

Ich überlegte schon, mich leise davonzuschleichen, solange sie schliefen, doch der Gedanke verflog, als mein Barbar plötzlich aufwachte. Er erinnerte sich wieder an mich, kam zu mir und fesselte mir Hände und Fußgelenke mit einem Stück geflochtener Schnur. Wenigstens ließ er mich im Schatten des Felsens sitzen, wo ich meine Entführer im Auge behalten konnte. Dies erwies sich allerdings als äußerst eintönig, denn sie blieben den größten Teil des Tages untätig liegen und erhoben sich erst wieder, als die Schatten über dem Kieselufer länger wurden.

Sie erwachten, reckten sich und erleichterten sich am Fluß. Einige nutzten die Gelegenheit, um sich zu waschen: Sie stellten sich vollständig angekleidet an eine seichte Stelle und bespritzten sich mit Wasser.

Mein Barbar kam, mich loszubinden, zog mich auf die Füße und zerrte mich zum Schiff. Ich watete zum Boot hinaus und blieb nur stehen, um eilig ein paar Handvoll Wasser zu trinken. Dafür wurde ich, wenn auch halbherzig, mit der Schnur geschlagen, und mein Bewacher überhäufte mich mit unverständlichen Beschimpfungen, von denen ich kein Wort begriff.

Dies belustigte die Seewölfe, und sie lachten, als sie mich in dieser Verlegenheit sahen. Ich machte mir jedoch nicht viel daraus, denn von neuem spürte ich in dieser Tat keine wirkliche Feindschaft. Immer mehr gelangte ich zu der Meinung, daß mein Barbar versuchte, eine Pflicht, die man von ihm erwartete, zu erfüllen, aber nicht wirklich mit dem Herzen dabei war. Als Mönch verfügte ich über reichliche Erfahrung mit solchem Verhalten und erkannte solches schnell, wenn es mir begegnete.

Wir kletterten über die Reling. An Bord stieß der Mann

mich an meinen Platz am Bug und befahl mir – jedenfalls verstand ich ihn so – mit einem Knurren, dort zu bleiben. Doch er fesselte mich auf keine Weise.

Weder an diesem Tag noch am nächsten erhielt ich etwas zu essen. Das einzige, was man mir erlaubte, war das Wasser, das ich mir selbst suchte, wenn wir anlegten. Doch dies bereitete mir keine große Sorge. Ich war das Fasten gewöhnt und betrachtete daher diese Einschränkung einfach als eine Art Trédinus, das ich Gott, unserem Erlöser, mit Freuden darbrachte. Wenn die anderen aßen, betete ich, für unseren armen dahingeschiedenen Bischof (mochte Gott ihn reich belohnen!), für meine Brüder, von denen ich nicht wußte, ob sie verwundet oder tot waren, für die Rettung des gesegneten Buches und für mich selbst, der ich mich in grausamer Knechtschaft befand.

Jeden Tag betete ich lange und inbrünstig, obwohl ich bald lernte, daß ich besser darauf verzichtete, mich niederzuwerfen oder auch nur zu knien. Meine Bewacher sahen es nicht gern, wenn ich eine betende Haltung annahm, und traten mich zusammen, wenn sie mich dabei ertappten. Ich fand diese Unterlassung nicht so schlimm, denn Gott sieht nur das Herz des reuigen Sünders, und meine Hingabe war aufrichtig. Wahrhaftig, der Mangel an Nahrung bedrückte mich nicht. Der Umstand jedoch, daß wir mit gleichförmiger, schneller Geschwindigkeit gen Norden fuhren, erfüllte mich mit unendlicher Furcht. In dem Maße, wie wir uns Tag für Tag weiter aus der Gegend von Namnetum entfernten, schwand auch alle Hoffnung, jemals einen meiner Brüder wiederzusehen. Immer inbrünstiger betete ich daher und wappnete mich, indem ich zahllose Male die Psalmen rezitierte.

Als ich eines Tages von meinem hochgelegenen Platz am Bug Ausschau hielt, sah ich, daß die vertraute graue Küste ganz und gar verschwunden war. Zwei Tage lang sollten wir nichts außer dem Meer sehen. Ohne Unterlaß suchte ich den leeren Horizont ab, und als endlich das lang ersehnte Land erschien, hatte es sich vollkommen verändert.

Flach, braun und gesichtslos lag die Küste da. Doch die Seewölfe segelten nicht so nahe an der Küste wie zuvor. Sie suchten nicht länger die Wiks auf, um zu rasten und Wasser zu fassen, und stellten Tag und Nacht Wachen auf.

Ein Ergebnis dieser Veränderung war, daß man mir ein bißchen zu essen gab – dasselbe, was die Barbaren zu sich nahmen, wenn auch viel weniger. Grobe Kost war das: zähes, fades und unsachgemäß getrocknetes Fleisch. Dennoch erfüllte es seinen einfachen Zweck, nämlich diesen Gefangenen am Leben zu halten, bis er seinem Schicksal zugeführt würde – ob dies der Tod war oder noch ein übleres Geschick, konnte ich nicht einmal ahnen.

Ich stand oder saß an meinem gewohnten Platz, blickte auf das fremde, namenlose Land hinaus und betete, ob im Sitzen oder im Stehen, glühend darum, Gottes schnelle, sichere Hand möge vom Himmel herabfahren und mich aus meinem furchtbaren Elend hinwegheben. Nun, dies geschah leider nicht, sondern das schmale Boot eilte weiter über das Meer. Immer weiter segelten wir gen Norden. Nur einmal sahen wir ein anderes Gefährt, und vor diesem ergriffen wir die Flucht.

Als er das Schiff sichtete, rief Braunstiefel nach Gelbhaar, der zu ihm an den Mast trat. Schulter an Schulter standen die beiden da und musterten kurze Zeit eingehend das fremde Boot, und daraufhin begann Gelbhaar Befehle zu brüllen, woraufhin die sonst so trägen Seeleute an ihre Ruder hasteten. Alle legten sich mit unglaublicher Kraft in die Riemen, obwohl das Segel sich immer noch blähte und der Wind kräftig blies. Bald erwies es sich, daß die Fremden zurückblieben. Nach einiger Zeit gab das andere Schiff die Verfolgung auf, und die Seewölfe brachen in Jubel aus.

In ihrer Freude, einem möglichen Angreifer entkommen

zu sein, waren sie wie verwandelt. Ich spürte ihre überschäumende Stimmung und mußte wider Willen lächeln. Wie kindlich sie waren, dachte ich, so erpicht darauf, all ihre Begierden sofort zu befriedigen. Und wie Kinder nun einmal sind, sorgten sie sich nur um den Augenblick. Sie waren einer unerwünschten Auseinandersetzung aus dem Weg gegangen, und nun kannte ihre Seligkeit keine Grenzen. Sie sprangen von den Ruderbänken auf die Reling, schwangen ihre Speere und klapperten mit den Schilden. Nun, da ihr vermutlicher Feind von ihnen abgelassen hatte, schäumten sie vor Wagemut.

Alles in allem war das Ganze höchst lehrreich für mich – eine Lektion, die ihre Wirkung nicht verfehlte.

Danach rechnete ich nicht länger damit, daß wir nach Armorica zurückkehren würden. Mir schien, daß die Barbaren auf ihren Heimathafen zuhielten. Ich wandte meinen Blick nach Norden und durchforschte jene kalten, schwarzen Wasser nach einem möglichen Ziel. Das Wetter verschlechterte sich von neuem, eine schwere Brise rührte die Wogen auf. Die Wolken hingen tief über dem Meer, und dichter Nebel verbarg die Küste. Wir gingen jedoch nicht an Land. Anscheinend fühlten die Seewölfe sich bei dieser gräßlichen Witterung wohl!

Als gegen Abend des zweiten Tages die Sonne wieder schien, hatte das Land von neuem seine Gestalt verändert. Da lagen tief eingeschnittene Buchten, deren Wände wie mit Schindeln aus hartem Stein bedeckt schienen, und dunkelgrüne Wälder, die sich dahinter auf steilen Hängen erhoben. Die Hügel waren nicht hoch, aber trotzdem verschwanden ihre oberen Regionen häufig in dichten Wolken- und Nebelschleiern, die in jenem ungastlichen Klima allenthalben aus dem Boden zu quellen schienen. Ich sah keine nennenswerten Ansiedlungen, ja selbst Einzelgehöfte gab es wenig genug. Dennoch fürchteten die Seewölfe, hier nicht unbehelligt passieren zu können. Dies erkannte ich, da wir, als wir diese dunklen Meere erreichten, nur noch bei Nacht segelten, ein seemännisches Meisterstück, auf das die Barbaren sich gut verstanden.

Der Gedanke, daß auch sie vielleicht Feinde besaßen, war mir nie zuvor gekommen. Aber als ich sah, wie argwöhnisch und bange sie sich ihrer Heimat näherten, verriet mir dies, daß sie zwar jeden angriffen, den sie für schwächer hielten, sich selbst aber durch andere, die stärker waren als sie selbst, bedroht fühlten. Diese fürchteten sie ebenso, wie sie selbst gefürchtet wurden. Wahrhaftig, auch darin waren sie wie Wölfe: ungezähmt und wild, brutal und auf Schritt und Tritt von jedermann gejagt.

Auf diese Weise lernte ich, um nicht zu verzweifeln und bei Verstand zu bleiben, soviel wie möglich über ihre primitive Lebensart. Je mehr ich über die Barbaren erfuhr, desto größer wurde mein Mitgefühl mit ihnen, denn sie befanden sich jenseits aller Erlösung und waren ohne die geringste Hoffnung auf himmlische Rettung. Gott helfe mir, ich begann mich ihnen aufgrund meiner Bildung und meines zivilisierten Auftretens überlegen zu fühlen. Die Hoffart packte mich mit ihren gierigen Fängen und rüttelte mich durch, und ich schwoll vor Stolz an. Ich stellte mir vor, daß ich, wenn ich die Möglichkeit bekäme, gewaltige Arbeit an ihnen leisten könnte, indem ich ihnen Jesu Frohe Botschaft verkündete. Denn von solchen Dingen war mir zu Ohren gekommen.

Fürwahr, hatte nicht der heilige Pátraic genau dies unter denen vollbracht, die ihn einst gefangen hatten? Dies, entschied ich, würde auch ich tun. Ich würde der Pátraic dieser Seewölfe werden und mir ewigen Ruhm erwerben.

14

Das Land, das wir so eilig zu erreichen suchten, war von grauen und grünen Farbtönen beherrscht: Da gab es Buchten mit kaltem Wasser und schwarze Felshügel, von hohen Kiefern und Birken bestanden. Dem alles überwuchernden Wald hatte man kleine Felder abgerungen, die auf dem dünnen, unfruchtbaren Boden gewiß in mühsamer Knochenarbeit angelegt worden waren. Die Siedlungen waren klein, nichts weiter als Ansammlungen von ein paar Holzhütten, die an der Küste, an Waldsäumen oder auf bewaldeten Inseln verstreut standen.

Einige Tage, nachdem wir in das nördliche Meer eingefahren waren, gelangten wir, verstohlen an zahlreichen Inseln und Buchten vorbeisegelnd, endlich an das Ziel unserer Reise, eine breite, hochaufragende Halbinsel, wo, tief in einer ausgedehnten Bucht mit Kieselstrand verborgen, ein Dorf lag. Umgeben von einer hohen Holzpalisade, konnte man die Siedlung inmitten des Waldes, aus dessen Baumstämmen sie mit viel Mühe errichtet worden war, kaum auszumachen.

In der Bucht und auf den harten Stein hochgezogen lagen andere, kleinere Schiffe und Kähne. Als unser Boot erschien, stürmten sämtliche Bewohner zum Wasser herunter und blieben dort unter lautem Willkommensgeschrei stehen. Jeder brannte darauf, die Heimgekommenen zu begrüßen. Selbst die Hunde liefen am Strand auf und ab und kläfften glücklich, weil ihre Herren zurückkehrten. Alle lachten, schrien und redeten zugleich und machten den Empfang zu einem einzigen fröhlichen Höllenspektakel.

Begierig, endlich wieder mit ihren Familien vereint zu sein, sprangen die meisten der Seewölfe über die Reling ins Wasser und schwammen an Land, wo sie mit großem Jubel und großer Freude empfangen wurden. Frauen umarmten ihre Ehemänner, Kinder rannten ihren Vätern entgegen, alte Männer humpelten kreischend und gestikulierend über den Kieselstrand herbei, Knaben fuchtelten mit angespitzten Stöcken, und junge Männer reckten ihre Speere in die Höhe. Offensichtlich war die Rückkehr der Wikinger sehnlichst erwartet worden.

Ich stand auf meinem Platz am Bug und schaute zu. Dies hier war wie überall, wenn Familien ihre Ehemänner, Väter und Söhne, die von hoher See heimkehren, willkommen heißen. Nur, daß diese Männer fort gewesen waren, um zu plündern und zu rauben, statt Fischernetze auszuwerfen, und Elend und Tod gesät hatten.

Gelbhaar ließ das Schiff auf Grund laufen und sah zu, wie es an zwei massiven Pfosten, die am Strand eingelassen waren, festgemacht wurde. Als der Anführer zufrieden war, befahl er seinen Männern, die Beute herbeizubringen. Rasch wurde die überdachte Empore hinter dem Mast von ihrer ledernen Bedeckung befreit, und siehe da, fünf hölzerne Schatullen oder Truhen und ein wahrer Berg an Waffen – Schwerter, Speere, Schilde und dergleichen – kamen zutage.

Der rote Riese bückte sich und nahm eine Truhe auf seine mächtigen Arme. Er stemmte sie bis über seinen Kopf, stieß ein gewaltiges Ächzen aus und schleuderte sie nach unten auf den Kieselboden. Die Schatulle splitterte und barst, und Gold schimmerte im Sonnenlicht. Während zwei andere Seewölfe sich mit einer zweiten Kiste mühten, nahm der Riese eine dritte Schatztruhe und warf sie neben die erste ans Ufer. Die vierte, die angeflogen kam, traf auf die anderen, brach auf und ergoß ihren goldglitzernden Inhalt auf den Strand.

Die Dorfbewohner drängten sich um den Schatz und betrachteten staunend den Reichtum, der dort vor ihnen lag. Doch nicht einer, nicht einmal die Männer, die die Truhen heruntergeworfen hatten, erkühnte sich, das Gold auch nur mit einem Finger zu berühren. Statt dessen warteten sie darauf, daß Gelbhaar herabkletterte, um sich mit dem Schatz zu zeigen.

Noch nie, dachte ich bei mir, hatte ich gesehen, daß die Barbaren ihre Gier so lange bezähmten. Sie alle traten nahe heran. Ihre Gesichter leuchteten in gespannter Erwartung, in ihren Augen spiegelte sich der Goldglanz des Schatzes, und sie flüsterten einander hinter vorgehaltener Hand zu.

Der Anführer breitete eine Ochsenhaut am Strand aus und ließ dann zwei der restlichen Truhen öffnen und ihren Inhalt auf das Leder schütten. Die letzte Kiste blieb, wie ich bemerkte, verschlossen und wurde beiseite gestellt. Aber der Inhalt der zerbrochenen Truhen wurde gewissenhaft eingesammelt und gesellte sich zu dem Haufen aus Gold, Silberschmuck und Münzen. Und der Berg war nicht eben klein. Noch nie hatte ich so viele Wertgegenstände auf einmal gesehen. Wahrhaftig, eine solche Beute konnte es mit den Schätzen der Tuatha DeDanaan aufnehmen.

Daraufhin kniete Gelbhaar ehrfürchtig vor diesen Reichtümern nieder und begann, den Haufen zu durchwühlen, wie er es, glaube ich, wohl viele Male in der Zurückgezogenheit seiner Schiffshütte getan hatte. Er fand einen großen Goldkelch und hielt ihn in die Höhe – zur Freude der Zuschauer, die bei dem Anblick wie erstaunte Tauben zu gurren begannen. Der Anführer setzte den kostbaren Kelch neben sich auf den Boden und wandte sich von neuem dem Berg zu, aus dem er nach kurzer Suche eine hübsche Schale hervorholte, die ihren Platz neben dem Kelch einnahm.

Als nächstes zog er eine Goldkette heraus, deren Glieder so dick waren wie der Daumen eines Mannes. Der Barbarenführer erhob sich, die Kette zwischen den ausgestreckten Händen haltend, und wandte sich hierhin und dorthin, während er ruhig zu seinen Leuten sprach. Dann warf er mit einem wilden Gebrüll die Kette unvermutet dem roten Riesen zu. Das runde Gesicht des Mannes verzog sich zu einem breiten, zahnlückigen Grinsen. Er schrie vor Freude und schüttelte sich am ganzen Körper wie ein Bär.

Der rote Riese, entschied ich, war wohl der Favorit Gelbhaars. Daher wurde er vor den anderen ausgezeichnet und erhielt das erlesenste Beutestück. Einer nach dem anderen wurden auch die übrigen von ihrem Befehlshaber auf die gleiche Weise belohnt – eine silberne Gewandnadel für den einen, ein Paar Armbänder für den nächsten. Einige erhielten Becher und Schalen, und wieder andere Ketten und Armreifen. Jeder wurde, so vermute ich, entsprechend dem Wert seiner Dienste entgolten. Daß sie so hohen Lohn für ihre Mordtaten erhielten, empörte mich. *Jesus*, betete ich, *erlöse mich aus diesem Hort des Lasters!*

Aber ach, mein Leiden hatte erst begonnen.

Welcher Jammer! Unter dem angehäuften Gold erkannte ich den feingearbeiteten Adler von Cadocs Bischofsstab. Der stolze Vogel war von seinem rechtmäßigen Platz gerissen worden und breitete nun seine Schwingen zum Vergnügen seiner Entführer aus. Als ich das heilige Emblem erblickte, wurde mir das Herz schwer wie ein Mühlstein. »Armer Cadoc«, flüsterte ich, »ein solcher Tod war deiner nicht würdig.« Wenigstens befand sich das unersetzliche Buch nicht unter der Beute, was ich als gutes Zeichen deutete.

Als das letzte Stück goldenen Schmucks vergeben war, machte Gelbhaar sich daran, die Münzen und das Silber aufzuteilen. Rasch hackte man, ohne Ansehen ihrer Schönheit oder ihres handwerklichen Wertes, die größeren Silbergegenstände in Stücke und schlug diese dem großen Haufen zu. Ich zuckte zusammen, als ich sah, wie eine schöne Vorlegeplatte und etliche feingearbeitete Teller der Axt anheimfielen, gar nicht zu reden von zahlreichen Gewandnadeln, Fibeln, Ringen und Armreifen.

Immer noch auf Knien schob der Anführer die Münzen und anderen Teile nach Größe und Gewicht zu kleinen Bergen zusammen, die er dann peinlich genau in gleiche Häufchen aufteilte – eines für jeden Seewolf. Darauf zogen die Barbaren Lose und konnten je nach ihrem Glück beim Ziehen unter den Stapeln auswählen. Der letzte blieb für den Anführer übrig, der ihn schnell aufnahm und die Münzen in seine Schale schüttete.

Auf diese Weise wurden die Schätze verteilt. Vieles davon, so bemerkte ich, wanderte gleich weiter in andere Hände. Tatsächlich verblieben erstaunlich wenige Wertgegenstände im alleinigen Besitz ihrer Empfänger. Denn kaum hatte einer der Seewölfe sein Beutegut in der Hand, da erhob schon seine Ehefrau Anspruch darauf, die für gewöhnlich, nachdem sie den kostbaren Gegenstand gierig den Klauen ihres Gatten entrissen hatte, den unrechtmäßig erlangten Besitz ihrer Familie fest in eine Ecke ihres Umhanges einknotete.

Gelbhaar, der den Schatz bis auf den letzten Rest verteilt hatte, nahm nun die Huldigung seines Volkes entgegen. Lärmend jubelten sie ihm zu, schlugen ihm auf den Rücken und die Schultern, und einige der Frauen zupften liebevoll an seinem langen, geflochtenen Haupthaar und seinem Bart. Inmitten all dieses Tumults trat mein Barbar an seinen Anführer heran. Sie wechselten rasch einige Worte, und mein Herz tat einen Satz, als sie sich beide umwandten und mich eingehend in Augenschein nahmen.

Ich sah, wie Gelbhaar gleichgültig mit den Achseln zuckte und sich dann der Menge zuwandte. Er rief etwas und wies direkt auf mich. Dies rief eine gespaltene Reaktion in der

Menge hervor. Einige lachten laut, während andere drohend vor sich hin brummelten. Ein paar schoben sich näher an das Boot heran, um mich neugierig zu betrachten.

Einer, ein Mann mit dicken Augenbrauen, sprach den Anführer an und erhielt eine wohlwollende Antwort. Daraufhin wandte Gelbhaar sich an meinen Barbaren, der mit zusammengepreßten Lippen nickte.

Wieder ergriff der Barbar mit den wuchernden Augenbrauen das Wort, wies auf mich und hielt zwei Finger in die Höhe. Einigermaßen bestürzt erkannte ich, daß sie um mich feilschten.

Wieder sprach der Anführer, und mein Barbar nickte von neuem. Der andere Mann warf einen Blick auf mich, schüttelte dann den Kopf und ging fort. Gelbhaar streckte die Hand aus. Mein Seewolf griff in seinen Gürtel und zog drei Goldstücke heraus, die er in die Hand des Anführers fallen ließ.

Gelbhaar befahl, die letzte Schatztruhe an Bord des Schiffes bringen zu lassen, und nahm dann, seinen Kelch in der einen und seine Schale in der anderen Hand, mit gekreuzten Beinen auf der Ochsenhaut Platz. Sogleich faßten die Wikinger das Leder am Rand, hoben es an, und der Anführer wurde auf den Schultern seines Volkes, das ihm unter lautem Jubel folgte, in das Fort getragen.

Mein Barbar winkte mir vom Schiff, zu ihm zu kommen. Ich stand immer noch da und beobachtete alles, was am Ufer vor sich ging. Rasch kletterte ich über die Reling und begab mich zu meinem neuen Herrn. Dieser legte eine Hand auf seinen Oberkörper und sagte: »Kuu – nar.« Er klopfte sich an die Brust, wiederholte dieses Wort mehrere Male und nickte mir mit einer Miene gespannter Erwartung zu.

»Ku-nar«, wiederholte ich und sprach den seltsam klingenden Namen so gut ich konnte aus.

Er lächelte, erfreut über meine Bemühungen, sagte noch

einmal »Gunnar« und tippte dann erwartungsvoll an meine Brust.

»Aidan«, erklärte ich. »Ich bin Aidan.«

Gunnar schien nachzudenken. »Ed-dan«, sagte er.

»Aidan«, verbesserte ich ihn vorsichtig und nickte. »Aee-dan.«

»Aedan«, antwortete er.

Schon wollte ich ihn ein weiteres Mal verbessern, als er plötzlich die Hände hob, mich an der Kehle packte und fest zudrückte. Ich versuchte mich aus seinem Griff zu lösen, doch er quetschte nur noch stärker, und ich fürchtete, er wolle mich erwürgen. Meine Augen quollen hervor, und ich rang nach Luft. Gunnar zwang mich in die Knie. Mir wurde schwarz vor Augen, und ich krächzte: »Gnade!«

Erst da ließ er mich los. Keuchend sog ich Luft in meine Lungen. Gunnar, der über mir stand, nahm ein Stück Lederkordel, wie man sie vielleicht gebraucht, um einen Hund anzuleinen, und machte sich daran, sie mir um den Hals zu binden.

Er schlang das Band zwei- oder dreimal herum und knotete es fest. Dann streckte er mir mit einem Brummen die rechte Hand hin. Ich dachte, er wolle mir beim Aufstehen helfen, und griff danach. Er schüttelte mich jedoch ab und hielt mir die Hand noch dichter vors Gesicht.

Als ich keine weiteren Anstalten machte, hielt er mit der anderen Hand meinen Kopf fest, während er den Handrücken seiner Rechten an meine Stirn legte. Ich nahm an, dieser ganze merkwürdige Vorgang sollte besagen, daß er sich als meinen Herrn betrachtete und mich als seinen Sklaven, der ihm sein Leben, das er in seinen Händen hielt, verdankte.

Gunnar wandte sich ab und marschierte auf die Festung zu. Nach ein paar Schritte blieb er stehen, um sich zu vergewissern, daß ich ihm folgte. Als er sah, daß ich immer noch auf den Knien lag, stieß er einen scharfen Befehl aus, woraus ich schloß, daß ich mit ihm gehen sollte. Ich erhob mich und folgte meinem Herrn zur Siedlung.

Als wir uns den mächtigen Toren näherten, zitterte ich vor Angst und Schrecken. Ich bekreuzigte mich und betete um göttlichen Beistand, indem ich sprach: »Beschirme mich mit Deinem mächtigen Schild, o Herr. Laß Michael, den Herrn Deiner Heerscharen, mir an diesen furchtbaren Ort voranschreiten. Ich lege meine Seele in Deine Hände, König des Himmels. Mögen Deine Fittiche mich in diesem Meer der Sünde umgeben. So sei es!«

Solchermaßen gestärkt, schlug ich über meinem Herzen das Kreuzzeichen und betrat die Festung. Durch die riesenhaften Tore gelangte ich in das Reich der Heiden.

Ich hatte noch nie eine Wohnstätte der Wikinger gesehen, aber ich hatte andere von der Siedlung in Dubh Llyn erzählen hören. Abgesehen davon, daß der Fluß fehlte, hätte dies der gleiche Ort sein können. Die Seewölfe lebten in großen, gedrungenen, aus Balken und lehmverputztem Flechtwerk errichteten Hütten mit spitzen Strohdächern. Sieben dieser Häuser standen da, und jedes mochte fünfzehn oder zwanzig Bewohnern Platz bieten.

Etwas abgesetzt von den anderen Hütten, in der Mitte des von Holzwällen eingeschlossenen Platzes, erhob sich ein größeres Gebäude. Zwei schlanke Birkenstämme standen vor diesem Bauwerk. An der Spitze waren sie mit Kränzen und frischen Zweigen geschmückt, die mit weißen und gelben Stoffstreifen befestigt waren. Aber selbst ohne die Birkenstämme hätte ich erkannt, daß dies Gelbhaars Halle war.

Gunnar und ich gingen zwischen den Häusern hindurch, über den weitläufigen Hof, und folgten der Menge, die zwischen den Birkenstämmen in die große Halle strömte. Der Raum drinnen war halb dunkel, und man gewann den Eindruck, sich in einem Wald zu befinden. Die dicken Stützbalken wirkten wie Baumstämme, deren Äste in der raucherfüllten Düsternis unter dem Dach verschwanden. Diese Stämme waren rot, weiß und gelb angestrichen, und einer – der an der westlichen Ecke, wo des Königs Gemach lag, das allerdings nur wenig größer war als eine Bucht, in der man ein Pferd einstellt – war in leuchtendem Blau gehalten.

In eisernen Haltern flackerten rußige Fackeln und tauchten die Halle in ein schwaches, ungewisses Licht. An den Längswänden befanden sich die Koben gleichenden Schlafnischen, von denen einige Trennwände oder Ledervorhänge besaßen, um die Bewohner notdürftig vor fremden Blicken zu schützen. Von den oberen Balken hingen über Speerbündeln runde Holzschilde herab. Der Feuerstelle gegenüber standen zwei lange, von Holzböcken gestützte Tische, und auf beiden Seiten derselben niedrige Bänke. Der Boden war mit Schilf und Stroh bestreut. Hunde räkelten sich träge darauf oder umschnüffelten die Beine der Neuankömmlinge.

Alle Herrscher gleichen sich in ihrer Prunksucht, und die Barbaren neigen ganz besonders dazu, ihren Reichtum über Gebühr zur Schau zu stellen. So zeigte sich Gelbhaars Sessel als ein gewaltiger Thron aus Eichenholz, geschmückt mit eisernen Ringen und buckelförmigen Beschlägen. Die Feuerstelle war breit und tief, mit Steinen abgesetzt und mit riesigen eisernen Kaminböcken ausgestattet, um die dicken Holzblöcke, die Gelbhaar Tag und Nacht brennen ließ, zu halten. An einem Dreifuß hing an einer doppelgliedrigen Kette ein riesiger Bronzekessel, in dem es brodelte und zischte.

König Gelbhaar hielt mit großen Schritten geradewegs auf den Kochtopf zu, nahm eine lange Fleischgabel und fuhr damit hinein. Er fischte ein dampfendes Stück Fleisch heraus, hielt es vor seinen Mund und riß mit den Zähnen ein ordentliches Stück ab. Gelbhaar kaute herzhaft und schluckte den Brocken herunter. Dann drehte er sich zu den Zuschauern um und brüllte mit lauter Stimme. »Bier!« schrie er. »Schafft Bier heran!«

Einige Knaben huschten davon, um kurz darauf mit Schalen voll schäumenden braunen Biers zurückzukehren, dem Lieblingsgetränk aller Dänen. Gelbhaar trank gierig; er schüttete sich den Inhalt der Schale in den Mund und ließ die starke Flüssigkeit in großen, geräuschvollen Schlucken durch seine Kehle rinnen. Als der Anführer fertig war, wischte er sich den gelben Schnurrbart mit dem Ärmel ab, reichte die Schale an seinen Favoriten weiter und wankte zu seinem Thron. Er wandte sich der Versammlung zu und nahm übertrieben feierlich Platz.

Dies war, glaube ich, ein sehnlichst erwartetes Zeichen, denn kaum hatte sein königliches Hinterteil das polierte Eichenholz berührt, da geriet die ganze Halle in Aufruhr. Augenblicklich stürzten die Männer an die Tafel und rangelten um die Plätze, während Frauen hin und her liefen, und alles unter großem Geschrei. Was für ein Radau! Ein Tohuwabohu brach aus, und mir schwirrte der Kopf.

Gunnar nahm seinen Platz unter den anderen Seewölfen ein, die sich an die Tafel gesetzt hatten. Mir bedeutete er, hinter ihm stehenzubleiben, während sich um mich herum die Dorfbewohner daranmachten, ein Festmahl aufzutragen. Keine schlechte Warte, denn so konnte ich das geschäftige Treiben in der Halle beobachten, ohne dabei niedergetrampelt zu werden.

Bierkrüge und Trinkschalen erschienen auf dem Tisch, aufgetragen von den Dienstknaben, die durch die Halle liefen. Die Seewölfe stürzten das schäumende Gebräu hinunter, stießen einander ungeduldig in die Seiten, schlugen mit den Händen auf den Tisch und schrien nach mehr. Becher, Krüge und Trinkschalen kreisten, von Hand zu Hand weitergegeben, durch die Halle.

Ein paar Männer kamen mit einem gewaltigen Faß, das sie auf ein eisernes Gestell neben den Thron ihres Herrn setzten. Sie tauchten leere Schalen in den Bottich, zogen sie gefüllt und schäumend wieder hervor und übergaben sie dem Pandämonium. Als ich zusah, wie die Männer so fleißig zechten, wurde mir mein eigener quälender Durst bewußt, aber man gab mir nichts zu trinken, worauf ich aber auch nicht zu hoffen gewagt hatte.

Während die Seewölfe sich zum Trinken niedersetzten, eilten die Frauen und Mädchen mit Körben voll schwarzem Brot hin und her. Der Anblick all dieser schönen runden Laibe ließ mir das Wasser im Mund zusammenlaufen, und ein scharfer Schmerz durchfuhr meinen armen leeren Magen. Ein Korb nach dem anderen wurde auf den Tisch gestellt, und die Männer nahmen die Laibe – manchmal zwei oder drei zugleich! –, brachen sie und stopften sich das Brot in den Mund.

Währenddessen machten einige Männer sich am Herd zu schaffen. Rechts und links der Feuerstelle wurden zwei eiserne Gestelle in den Boden gerammt, und als dies vollbracht war und die Flammen hell loderten, verschwanden die Männer, um bald darauf mit einem ganzen Rind an einem langen Eisenspieß wiederzukehren. Drei Schweine und zwei Schafe am Spieß folgten, und alle wurden auf die Gestelle gesetzt und langsam über dem Feuer gedreht. Bald vereinte sich das Knacken und Brutzeln brennenden Fettes mit dem Prasseln der Flammen, und die große Halle erfüllte sich mit dem köstlichen Duft garenden Fleisches.

Mir war, als müßte ich ohnmächtig werden.

Um mich von meiner mißlichen Lage abzulenken, blickte ich mich in einem anderen Teil der Halle um. Auf einem Stuhl in einer dunklen Ecke sah ich einen gebeugten alten Mann sitzen, der mich zudem noch durchdringend anstarrte. Als er bemerkte, daß ich seinen Blick aufgefangen hatte, stand er auf und kam herangeschlurft. Mehr wie ein Bär als ein Mensch wirkte er, denn er war in schmutzige Lumpen gehüllt und wiegte im Gehen den Kopf vor und zurück.

Sein Gesicht war mit Ruß und Dreck verschmiert, und die

paar Haarsträhnen, die er noch besaß, bildeten ein verfilztes Gewirr voller Stroh und Dreck. Gebückt und lahm kam er aus seiner Ecke geschlichen, trat vor mich hin und betrachtete mich aus so weit aufgerissenen, glasigen Augen, daß ich vermutete, er müsse dem Wahnsinn anheimgefallen sein.

Die erbärmliche Kreatur stand einige Zeit da und glotzte mich an. Dann lehnte der Alte sich nach vorn, steckte mir die Nase ins Gesicht, hob die schmierige Hand und strich über meinen Schädel, worauf er laut auflachte und dabei einen so übel riechenden Atem von sich gab, daß ich würgte und mir Luft zufächelte. Er lachte nur noch lauter, und ich neigte mich so weit zurück, daß ich fast nach hinten überfiel.

Der Elende tätschelte ein letztes Mal meinen rasierten Kopf, riß den Mund zu einem zahnlosen Grinsen auf und fragte: »Wie ist dein Name, Ire?«

Verblüfft starrte ich ihn an. »Man nennt mich ...« Ich unterbrach mich, während ich versuchte, mich an meinen Namen zu erinnern. »Aidan!« sagte ich dann. »Ich heiße Aidan.«

Der Greis grinste zufrieden und drehte sich um. Er zeigte auf Gunnar, der einen Schritt entfernt am Tisch saß. »Hat dich gefangen, was, Junge?«

»Das hat er«, antwortete ich.

Der Fremde erbebte am ganzen Körper vor Lachen, als bereite ihm diese Mitteilung außerordentliches Vergnügen. »Fürwahr, fürwahr«, meinte er, immer noch lachend, und begann auf lateinisch zu singen:

»Die Seewölfe fahr'n aufs Meer,
rauben irisch' Fleisch und Blut.
Gold und Silber lieben sie sehr,
doch Wölfen schmecken auch Steine gut!«

Staunend starrte ich ihn an und fragte mich, wie dieser widerwärtige Bursche dazu kam, Latein zu sprechen. Gewiß, seine Rede war fehlerhaft und sehr abgenutzt, aber dennoch die Sprache der Kirche.

»Wer bist du, Mann?« fragte ich.

»Scop bin ich«, antwortete er, »und Scop bleibe ich.«

»Scop?« wunderte ich mich. Ein ungewöhnlicher Name für einen höchst seltsamen Mann.

»Das bedeutet Wahrsager, mein Junge. Skalde, sagen die Nordmänner. Du würdest mich einen Barden nennen.« Wissend legte er den schmutzigen Finger an die Nase. »Ich bin der Hellseher von Rägnar Gelbhaar.« Dabei wies er ehrerbietig auf den Mann, der auf dem Thron saß.

»Sein Name ist Gelbhaar? Wahrhaftig?« staunte ich laut.

»Das ist er. Sieh ihn dir an. Er herrscht über die Geats und Oskingas.« Er hob beide Fäuste und ließ sie zusammenkrachen. »Zwei Stämme, wohlgemerkt. Viele Messer sind ihm durch Blut verpflichtet. Er ist ein höchst achtbarer Goldgeber.« Scop kniff ein Auge zu und betrachtete mich eingehend. »Bist du Sklave oder Geisel, Ire?«

»Sklave, glaube ich.« Ich berichtete ihm von dem kurzen Handel am Strand.

Der Alte nickte und legte seinen rußigen Finger an mein ledernes Halsband. »Ein Sklave bist du wahrhaftig. Aber du hättest es schlimmer treffen können, Ire, wirklich. Mancherorts sind die Geschorenen immer noch einen guten Preis wert.«

In diesem Augenblick sah Rägnar den Alten und winkte ihn zu sich. Grinsend schlurfte Scop davon. Ich blickte ihm nach und fragte mich, was für einem Mann ich da wohl eben begegnet war. Allerdings hatte ich wenig Zeit, darüber nachzugrübeln, denn Gunnar rief nach mir.

»Aedan!« brüllte er und reckte den Hals.

Ich trat näher, und er stieß mir seinen leeren Becher in die Hände. »Bier!« befahl er und wies auf das Faß.

Ich nahm den Becher und machte mich auf den Weg zum Faß, wo die Jungen damit beschäftigt waren, die Trinkgefäße zu füllen. Ich beobachtete, wie sie die Schalen und Krüge in den Bottich tauchten, und tat es ihnen nach. Dann ging ich an meinen Platz zurück und gab meinem Herrn den Becher in die Hand. Gunnar lächelte selbstzufrieden und schien hoch erfreut, daß sein Handel so schnell Früchte trug.

Von neuem nahm ich meinen Platz hinter ihm ein, um dem Festmahl zuzusehen. Beim Anblick von so viel Essen und Trinken, das sich alle mit solcher Hingabe einverleibten, wurde mir schwach vor Hunger. Mit offenem Mund glotzte ich die Körbe an, in denen das Brot hoch aufgehäuft lag, und das fettglänzende Fleisch, das sich langsam über dem Herdfeuer drehte.

Schwermütig betrachtete ich die schaumbekränzten Becher und Trinkschalen, die am Tisch ohne Unterlaß kreisten. Ich vernahm den immer lauter werdenden Mißklang von Schreien, grobem Gelächter und Fäusten, die auf den Tisch geknallt wurden. Während in der Halle die Hölle ausgebrochen zu sein schien, stand ich einsam da, mit nichts als der Erinnerung an einen langen Tag, an dem ich nichts getrunken hatte, und der Aussicht darauf, die lange Nacht hungrig zu verbringen.

Als das Fleisch gar war, zerteilte man die Tiere und trug die besten Stücke zur Tafel, wo die Barbaren wie Wölfe darüber herfielen. Ich sah zu, wie sie sich ihrem Festmahl hingaben: Tief gebückt, das Haupt gesenkt, hingen sie über dem Tisch. Gierig rissen sie das Fleisch auseinander und schlugen die Zähne in den saftigen Braten, so daß ihnen köstliches, heißes Fett über Hände und Kinn troff. Sie fraßen und fraßen, bis sie voll waren, und noch weiter, und dann sanken sie, mehr als gesättigt, vornüber auf den Tisch, um zu schlafen. Wahrhaftig, kein Wolfsrudel hätte lauter schnarchen oder tiefer schlummern können.

Und als sie aufwachten, widmeten sie sich von neuem Speis und Trank. Nachdem ihr erster Hunger gestillt war, stürzten sie sich jetzt weniger unmäßig auf ihr Mahl. Nun wünschten sie unterhalten zu werden, um ihren Genuß zu vergrößern, und begannen nach ihrem Skalden zu rufen, damit er ihnen seine Lieder vortrug.

Rägnar Gelbhaar erhob sich von seinem Thron und schrie laut: »Scop! Sing, Scop!«

Als die Zecher dies hörten, begannen sie mit Händen, Bechern und Krügen auf die Tischplatte zu donnern. »Scop! Scop!« brüllten sie. »Sing! Sing!«

Aus seiner schmierigen Ecke kam der Wahrsager geschlurft. Den Kopf hin- und herwiegend, humpelte er zum Thron, wo er sich niederbeugte, um die Beine seines Herrn zu umarmen. Rägnar versetzte ihm einen nicht unfreundlichen Knuff und stieß ihn fort. Der alte Scop stand auf, richtete sich gerade und schüttelte seine dreckigen Lumpen wie ein schmutziger Vogel, der die Schwingen ausbreitet und sich anschickt, in die Lüfte zu steigen.

Schweigen legte sich über die Halle, und gespannte Vorfreude breitete sich aus. Die Festgäste leckten sich die fettigen Finger und reckten sich erwartungsvoll auf ihren Bänken. Und dann öffnete der zerlumpte Alte mit vor Anstrengung zitternder Kehle den Mund und begann zu singen.

15

Gott, unserem Herrn, gefällt es oft, seine wertvollsten Gaben an den unwahrscheinlichsten Orten zu verbergen – schließlich weiß der Volksmund, daß man in irdenen Gefäßen häufig die edelsten aller Schätze findet. Obwohl ich seither zahllose Lieder gehört habe, von den besten Stimmen der Welt vorgetragen, habe ich nie wieder etwas vernommen, das dem Klang aus dem Munde des alten Scop gleichkam. Sein Gesang war nicht eigentlich schön, im Gegenteil; aber er war wahrhaftig. Und in dieser Wahrheit lag eine Schönheit, die allen Goldschmuck, den König Gelbhaar verteilt hatte, übertraf.

Man sagt, wenn einer, den der Bewahrer der Worte gesegnet hat, singt, stehe die Zeit still – dies glaubten zumindest die alten Kelten. Nun, jetzt bin auch ich davon überzeugt. Solange Scop sang, nahm er jeden in der Halle gefangen, fesselte alle wie Sklaven mit der zarten Kette seiner Kunst, und die sonst stets rastlos davoneilende Zeit verhielt und verharrte reglos.

Die Worte, die in der rauhen, unschönen Sprache der Dänen gesungen wurden, verstand ich nicht; aber den allgemeinen Sinn seiner Ausführungen begriff ich ebensogut wie meine eigenen Gedanken, denn seine Stimme und seine Miene waren unglaublich ausdrucksvoll und wandlungsfähig.

Als der Skalde von Heldentaten sang, begann mein Blut zu brodeln, und ich sehnte mich danach, blanken Stahl an Hüfte und Schenkel zu spüren. War das Lied fröhlich, lächelte er so strahlend, wie man dies sonst nur von denjenigen kennt, die unseren lieben Herrn Jesus in himmlischen Visionen erblicken. Wenn er von Trübsal sang, dann schien er so gebrochen von seinem Kummer, daß ich fürchtete, er werde zugrunde gehen. In Strömen rannen die Tränen über die ihm zugewandten Gesichter der Zuhörer und, Christus sei mir gnädig, auch ich weinte.

Das Lied war vorüber, und als ich meine Augen getrocknet hatte, war Scop verschwunden. Blinzelnd kam ich zu mir und blickte mich um wie jemand, der aus einem Wachtraum gerissen worden ist. Langsam schwoll der Tumult in der Halle wieder an. Die Feiernden schüttelten die Zauberbande ihres Barden ab und ergaben sich von neuem der maßlosen Völlerei.

Ohne Unterlaß wurden neues Bier, Fleisch und Brot gebracht und vor die Festgäste hingestellt. Nun tauchten auch andere Gerichte und Leckerbissen auf: in Honig gebackene Äpfel, gedünsteter Fisch mit Zwiebeln, fette Kochwürste, Schweinefleisch mit Linsen und in Bier eingelegte Trockenpflaumen. Dann und wann erhob sich jemand vom Tisch und stolperte zu einer der Schlafnischen, oder einer der Zecher entfernte sich torkelnd von der Tafel, um sich zu erbrechen oder sich zu erleichtern, und ein anderer nahm den frei gewordenen Platz ein.

Immer wieder wurde die Lustbarkeit durch Händel belebt, wenn die Krieger, erregt und aufgestachelt durch den Trunk, von Wut übermannt wurden. Diese Auseinandersetzungen wurden immer handgreiflich, und zwei davon endeten damit, daß beide Gegner ohnmächtig liegenblieben – zur großen Freude der schwerbenebelten Zuschauer, die aus voller Kehle grölten, wenn endlich Blut floß.

So nahm das Festmahl seinen lärmenden Verlauf: ein trunkenes Spektakel in einer schwülheißen Halle, die nach Qualm, Blut, Urin und Erbrochenem stank. Ich hätte nicht sagen können, ob wir Tag oder Nacht hatten oder ob ich vor allem müde, hungrig oder vielleicht durstig war. Mir war inzwischen alles gleich. Sehnlichst verlangte mich danach, in eine der zahlreichen Schlafnischen an den Wänden zu kriechen, aber jedes Mal, wenn ich versuchte mich fortzuschleichen, rappelte Gunnar sich auf und befahl mir, ihm neues Bier zu bringen.

Als ich auf meinem Weg zum Faß vorsichtig um die abgenagten Knochen und die Scherben zerbrochener Trinkgefäße herumtrat, die jetzt den Boden übersäten, bemerkte ich, daß die Dienstknaben häufig verstohlen einen Zug von dem eben gefüllten Becher nahmen, ehe sie ihn an die Tafel zurücktrugen. Auf diese Weise, so schien mir, kamen sie zu ihrem Essen und Trinken. Sie bedienten sich einfach, wenn niemand hinsah.

Angestachelt durch diesen Gedanken trat ich an das Faß, beugte mich vornüber und tauchte den Becher in die kühle braune Flüssigkeit. Ich roch die berauschende Süße des Biers, und dann überwältigte mich der Durst. Ehe ich mir Einhalt gebieten konnte, hatte ich den Becher an die Lippen gesetzt, und das Bier rann durch meine Kehle. Oh, welche Wonne! Nur ein- oder zweimal in meinem Leben hatte ich so herrliches Bier gekostet und stürzte dieses hier gierig hinunter.

Gott helfe mir, ich vermochte mich nicht zurückzuhalten und leerte den ganzen Becher. Hastig füllte ich ihn dann von neuem und wollte mich schnell davonmachen. Doch ein bulliger Däne vertrat mir den Weg.

Er starrte mich böse an und rief etwas, das ich nicht verstand. Ich beugte das Haupt und schickte mich an, um ihn herumzugehen, aber er ergriff meinen Arm, drehte ihn mir um und wiederholte, noch lauter schreiend, sein Ansinnen. Ich hatte keine Vorstellung, was der Unhold wollte, doch er blickte auf den Becher in meiner Hand, also reichte ich ihm diesen.

Der Mann brüllte etwas, das wohl »Nein« heißen sollte, holte kräftig aus und schlug mir den Becher aus der Hand. Der metallene Kelch flog durch die Luft, wobei das Bier weithin spritzte, und knallte in ein paar Schritten Entfernung auf den Tisch. Die Umsitzenden hielten inne und sahen uns neugierig an.

Noch einmal schrie der wütende Barbar mich an, und als ich keine Antwort gab, packte er mich und riß mich in die Höhe. Mit einem einzigen schnellen Schritt stand er am Faß, stieß mich brutal gegen die Eichentonne und drückte meinen Kopf in die schäumende Flüssigkeit hinunter.

Zu meinem Glück war der Bottich nicht mehr voll. Mein Schädel berührte den Schaum, doch ich vermochte wenigstens mein Gesicht aus dem Getränk herauszuhalten. Alle, die diesen ungleichen Kampf mit ansahen, lachten.

Der Seewolf brüllte vor Zorn, umfaßte meine Beine und hob mich hoch. Er hatte vor, mich vollends in das Faß zu stoßen. Ich faßte den eisernen Rand und klammerte mich mit aller Kraft daran fest. Holz und Metall waren jedoch klebrig und schlüpfrig, und meine Hände glitten ab. Immer tiefer rutschte ich, während die Zuschauer sich angesichts meiner Not vor Lachen ausschütteten.

Ich konnte mich nicht länger halten. Tief holte ich Luft, und dann wurde mein Kopf unter die schäumende Flüssigkeit gedrückt. Die Bläschen prickelten in meinen Nasenlöchern und Ohren. Indem ich heftig den Kopf hin und her warf, vermochte ich einen weiteren Atemzug zu tun, ehe mein Kopf von neuem, und dieses Mal noch tiefer, untergetaucht wurde. Ich konnte mich nicht befreien, obwohl ich mich wie ein Aal wand, mit den Armen um mich schlug und mit den Beinen austrat. Schließlich hörte ich zu zappeln auf, um die wenige Luft, die ich noch in den Lungen hatte, zu sparen, und flehte um Erlösung.

Gott im Himmel, errette mich, dachte ich. *Welch gräßliche Schmach, Deinen Diener in Bier ersaufen zu lassen!*

Noch während ich so betete, wurde ich mit einem Ruck nach hinten gerissen. Das Faß stürzte um, und das gesamte Bier floß aus. Nach Atem ringend, fiel ich auf den Rücken. Ich krümmte mich auf dem Boden zusammen und versuchte, mit Händen und Armen meinen Kopf gegen die Schläge zu schützen, die auf mich niederprasselten.

Ich erhaschte einen Blick auf ein rot angelaufenes Antlitz, das über mir schwankte, und vernahm einen Wutschrei. Dann schien dem Seewolf ein zweiter Kopf zu wachsen, denn hinter seiner Schulter erschien ein weiteres Gesicht, das von Gunnar. Mit einemmal stürzte der betrunkene Barbar vornüber und fiel der Länge nach auf mich. Auf seinem Rücken hockte mein Herr.

Die beiden wälzten sich wie ineinander verknäulte Schlangen auf dem Boden und schlitterten, aufeinander eindreschend, in der Bierlache umher. Ich kroch aus dem Getümmel und richtete mich in einiger Entfernung auf. Schnell bildeten die Männer in der Halle, die aus verschiedenen Stadien dumpfen Rausches gerissen worden waren, einen Kreis um die Kämpfenden und feuerten sie mit höhnischen oder beifälligen Rufen an.

»Hrothgar!« brüllten die einen. »Gunnar!« schrien die anderen.

Rägnar sprang von seinem Thronsitz auf. Er ließ einen Speer auf einen Schild klirren und lenkte damit die Aufmerksamkeit der Menge wenigstens so lange auf sich, daß er sich Gehör verschaffen konnte. Er rief einen Befehl, und die lärmende Masse setzte sich in Bewegung. Die beiden Gegner wurden von dieser Woge mitgerissen und nach draußen auf den Hof geschwemmt, wo sich die Männer unter Jubel und Geschrei von neuem zu einem Ring aufstellten.

Der Däne, den sie Hrothgar nannten, war zwar der größere von beiden, aber Gunnar war schneller und vollkommen furchtlos. Auge in Auge mit dem hünenhaften Barbaren stand er da, steckte dessen furchtbare Hiebe ein und zahlte sie ihm mit gleicher Münze heim. Wieder und wieder krachten ihre Fäuste dem anderen gegen Gesicht, Hals, Schulter, Leib. Beiden rann das Blut aus Mund und Nase, und immer noch tauschten sie Schläge aus, von denen jeder einzelne ein Pferd hätte fällen können.

Hrothgar, der keinen Vorteil über seinen Gegner erlangen konnte, ließ unvermutet von meinem Herrn ab. Er trat zurück, senkte den Kopf und raste unter lautem Gebrüll wie ein Stier auf Gunnar los. Dieser blieb reglos stehen, die Füße fest in die Erde gestemmt. Hrothgar erreichte ihn und schien ihn zu überrennen, aber die Arme des Barbaren griffen ins Leere. Denn Gunnar war, schnell wie ein Blitz, auf die Knie gefallen und packte Hrothgar in derselben fließenden Bewegung um den Hals. Verblüfft stieß der Barbar einen erstickten Schrei aus und krachte mit dem Kopf voran zu Boden.

Hrothgar wollte aufstehen, aber da saß mein Herr schon auf seinem Rücken. Gunnar brachte die Hände zusammen, erhob sie über den Kopf und ließ sie kräftig auf den Nacken seines Gegners hinabsausen, genau zwischen die Schulterblätter. Hrothgar grunzte wie ein abgestochener Stier und fiel mit dem Gesicht in den Staub. Einmal versuchte der Riese noch aufzustehen, aber seine Beine wollten ihn nicht tragen, und er blieb mit ausgebreiteten Armen auf der Erde liegen.

Gunnar stand auf und wischte sich das Blut aus den Augen und vom Mund, während die Menge seinen Namen schrie. Er blickte sich im Kreis um und hob triumphierend den Arm. Mit einemmal drängten die Männer auf Gunnar zu, hoben ihn auf die Schultern und trugen ihn in die Halle, um seinen Sieg zu feiern.

Ich schaute den Barbaren nach, machte aber keine Anstalten, ihnen zu folgen. Denn die Sonne schien, der Tag war hell und strahlend und ich mochte nicht in jene düstere, stinkende Halle zurückkehren.

»Sie haben sich deinetwegen geschlagen, Ire.«

Ich drehte mich um. »Scop!« Sein Anblick verblüffte und erschreckte mich. Hager und mit blutunterlaufenen Augen stand er vor mir, und der Schweiß rann ihm in Bächen den Hals hinunter. »Warum sollten sie meinetwegen kämpfen?« fragte ich. »Was habe ich denn getan?«

»Du hast aus Jarl Rägnars Bierfaß getrunken und den Becher dann Hrothgar angeboten.« Er schüttelte in gespielter Mißbilligung den Kopf. »Äußerst flegelhaft war das.«

Der Sänger wandte sich ab und wollte davonschlurfen, aber ich rief ihn zurück. »Bleib doch. Bitte, Scop. Ich habe Ausschau nach dir gehalten, denn ich hatte gehofft, du würdest noch einmal singen.«

Langsam drehte der abgerissene Skalde den Kopf, zwinkerte mir verschlagen zu und grinste. »Nur mit äußerstem Widerwillen werfe ich meine Perlen vor diese Säue«, entgegnete er mir. »Ich singe, wann es mir paßt.«

»Mißfällt das nicht Rägnar, deinem König und Herrn?«

Scop runzelte die Stirn und reckte das Kinn vor. »Jarl Rägnar ist mein König, doch er gebietet nicht über mich. Ich singe, wann ich will.«

»Bist du denn kein Sklave?«

»Das war ich einmal, aber jetzt nicht mehr. Zwanzig Jahre sind darüber vergangen, aber heute bin ich ein freier Mann.«

»Vergib mir, Bruder, aber wenn du frei bist, wieso bist du hiergeblieben? Warum kehrst du nicht zu deinem Volk zurück?«

Der heruntergekommene Barde zuckte die Achseln und

warf seine Lumpen zurück. »Das hier ist meine Heimat. Dies ist mein Volk.«

»Das scheint mir nur schwer vorstellbar«, versetzte ich.

»Glaub mir nur, Mönchlein, es ist die Wahrheit«, fuhr er mich zornig an. »Gott hat sich von mir abgewendet und mich zum Sterben liegengelassen. Doch ich bin nicht gestorben. Ich habe überlebt, und solange ich lebe, gehöre ich nur mir selbst und diene niemandem als mir allein.«

»Dann sag mir doch, wenn nichts dagegensteht, woher du das Latein kannst.«

Scop wandte sich ab und hinkte davon. Ich lief mit einem Schritt Abstand hinter ihm her. »Bitte«, beharrte ich, »ich möchte wissen, wieso du die Sprache der Priester sprichst.«

Ich dachte, der Sänger würde nicht antworten, denn er humpelte weiter, ohne mir Beachtung zu schenken. Aber nach ungefähr einem Dutzend Schritten blieb er mit einemmal stehen und fuhr herum. »Was denkst du denn, wie ich dazu gekommen bin?« fragte er. »Meinst du, ich hätte mein Latein auf dem Boden meiner Metschale gefunden? Oder stellst du dir vielleicht vor, ich sei mit den Seewölfen auf Beutezug gefahren und hätte es von einem armen, schutzlosen Priester geraubt?«

»Ich wollte dir nicht übel, Bruder«, beruhigte ich ihn. »Mich dünkt die Sache nur sehr rätselhaft, das ist alles.«

»Ein Rätsel?« fragte er und rieb sich mit einer schmutzigen Hand den schwärzlichen Hals. »Gerade du mußt mir von Rätseln sprechen, Ire.« Er starrte mich zornig an. »Ach, vielleicht hältst du ja deine eigene Rede für geheimnisvoll.«

»Nichts weniger als das«, entgegnete ich. »Ich bin schließlich Priester. Das Latein hat man mich im Kloster gelehrt.«

»Nun, ich habe meine Sprache gleichermaßen auf diese Weise gelernt.«

»Wahrhaftig?« Ich konnte mein Erstaunen nicht verbergen.

»Warum so verwundert?« erwiderte er trotzig. »Ist das so unwahrscheinlich? Übersteigt dies deine geringe Glaubenskraft?«

»Ich finde es jedenfalls höchst merkwürdig«, bekannte ich.

»Dann sag mir doch«, meinte er herausfordernd, »was von beidem seltsamer ist. Der Umstand, daß du dich als Sklave unter den Dänen befindest, oder der, daß ich als Priester zu ihnen entsandt wurde?«

Mit diesen Worten raffte er seine Lumpen und watschelte davon. Die Fetzen flatterten hinter ihm her wie die verdreckten Federn eines riesenhaften, unansehnlichen Vogels.

Ich sah ihn nicht wieder, denn nach noch mehr Essen und Trinken und verschiedenen Zerstreuungen – die Barbaren warfen mit Hämmern und Äxten um die Wette und, Gott behüte, sogar mit Schweinen, die sie einfingen und unter dem lauten Jubel ihrer Kumpane in die Luft hievten – nahm Gunnar Abschied von seinem Herrn, sagte all seinen Verwandten Lebewohl, verstaute Waffen und Beute in einem Ledersack und verließ die Siedlung. Mich nahm er mit – durch ein langes Seil, das um meine Hüfte geschlungen war, an ihn gefesselt.

Den ganzen Tag über wanderten wir durch dichten Wald. Wir kamen äußerst langsam voran, denn Gunnar schmerzte der Kopf, und er blieb häufig stehen, um sich niederzulegen. Während einer dieser Unterbrechungen bereitete ich ein Mahl aus den Brot- und Fleischstücken, die er in seinem Beutel mit sich führte.

Mein Herr konnte keine Nahrung bei sich behalten, doch er erhob keine Einwände, als ich davon aß. So brach ich mein langes Fasten mit hartem Brot und ranzigem Fleisch. Schmale Kost, aber dennoch war sie mir höchst willkommen. Nachdem ich gegessen hatte, band ich mich los und suchte im Unterholz nach ein paar Ffa'r gos, die ich zerstampfte und mit dem klaren Wasser aus einem nahen Bach vermischte. Ich goß die Flüssigkeit ab und gab sie Gunnar zu trinken, was er auch tat, jedoch wohlgemerkt nicht, ehe ich zuerst davon probiert hatte. Wieder legte der Wikinger sich schlafen, und als er erwachte, schien er viel besserer Laune.

Nachts schlugen wir unser Lager am Wege auf. Gunnar zündete ein Feuer an, und wir schliefen rechts und links davon. Im Morgengrauen, als die Vögel uns weckten, zogen wir weiter. Als Brot und Fleisch aufgebraucht waren, hatten wir nichts mehr zu essen, doch wir hielten häufig an, um von dem köstlichen Wasser der Bäche, von denen es in diesem Land unzählige gab, zu trinken. Ich hielt nach Beeren Ausschau und fand auch ein paar, doch diese waren noch nicht reif.

Bei Tag marschierten wir. Gunnar ging mit großen Schritten voran, den Beutel über die Schulter gehängt. Obwohl der Sack schwer war, wollte Gunnar mir nicht erlauben ihn anzurühren und zog vor, ihn selbst zu schleppen. Ich dachte bei mir, daß wir wohl ein ungewöhnliches Bild abgaben: Der Herr, der sich mit seiner Last quälte, während sein Sklave mit leeren Händen hinter ihm herschlenderte. Doch er mochte es nicht anders haben.

Da mein Herr sich nicht herabließ, mit mir zu sprechen – nicht daß ich ihn verstanden hätte –, blieb mir reichlich Zeit zum Nachdenken. Vor allem erinnerte ich mich meiner Brüder und fragte mich, ob wohl ein paar von ihnen überlebt hatten, und wenn dem so wäre, was aus ihnen geworden war. Würden sie ins Kloster zurückkehren oder nach Konstantinopel weiterziehen? Da das geweihte Buch nicht unter der Beute gewesen war, vermutete ich, daß vielleicht einige der Mönche hatten entkommen können und unser Schatz unentdeckt geblieben war.

In diesem Glauben fühlte ich mich geborgen, denn ich schloß, wenn das Buch gefunden worden wäre, hätte man es gewiß mitgenommen, und dann hätte ich miterlebt, wie es als Lohn für ihre abscheulichen Taten unter den Barbaren verteilt worden wäre. Da ich dies nicht gesehen hatte, nahm ich an, daß das Buch nicht geraubt worden war. Das gab mir die Hoffnung, daß die Pilgerfahrt vielleicht weitergehen würde – ohne mich, gewiß, doch sie würde fortgesetzt.

Unterwegs machte ich dies zu meinem Gebet, daß, ganz gleich, wie viele aus unserer Reisegesellschaft noch lebten, ob viele oder wenige, diese weiterziehen und mit dem Geschenk für den Kaiser Byzanz erreichen möchten. Mir bescherte das ein merkwürdig gemischtes Gefühl aus Trauer und Erleichterung. Trauer um die Leben, die das rote Märtyrertum auf dieser Pilgerfahrt gefordert hatte, und Erleichterung, daß ich nicht hatte dazugehören müssen.

Denn trotz meines gegenwärtigen Sklavendaseins, welches allem Anschein nach die Erfüllung meines Traumes vereitelte, zweifelte ich dennoch nicht daran, daß ich in Byzanz sterben würde. Allerdings will ich den Himmel nicht versuchen, indem ich abstreite, daß in meinem Herzen möglicherweise die Erleichterung die Trauer überwog. Wie ich offen gestehe, bin ich schon immer ein widersprüchliches Geschöpf gewesen.

In der Abenddämmerung des vierten Tages bemerkte ich, daß sich die Bäume ein wenig lichteten, und als die ersten Sterne am Himmel zu leuchten begannen, traten wir aus dem Wald auf eine weite, grasbewachsene Lichtung. In der Mitte erhob sich ein gewaltiges Holzhaus. Gleich daneben befanden sich eine Scheune und ein Viehgehege. Auf zwei ordentlich gepflügten Feldern, die westlich und südlich des Hauses lagen, schimmerten grüne Triebe im letzten Tageslicht golden auf.

Gunnar warf einen Blick auf das Haus und stieß einen wilden Jubelschrei aus, der weithin über die Wiese hallte. Hunde begannen zu kläffen, und drei Herzschläge später sah ich zwei schwarze Hunde auf uns zurasen. Im nächsten Augenblick folgten drei menschliche Gestalten, von denen, nach der Kleidung zu urteilen, zwei Frauen waren.

Die Hunde erreichten uns zuerst, und Gunnar nahm sie so überschwenglich in Empfang, als seien sie seine verlorenen, lange totgeglaubten Kinder. Er drückte sie an sich, küßte ihnen immer wieder die Schnauze, rief ihre Namen und streichelte ihr glänzendes Fell. Riesenhafte Hunde waren das, mit großem Kopf und mächtigem Kiefer. In diesem Moment war ich von Herzen froh, daß Gunnar bei mir war, denn ich zweifelte nicht daran, daß dieselben Tiere jedem Eindringling mit Freuden die Kehle durchbeißen würden.

Ebenso innig wie seine Hunde begrüßte mein Herr seine Familie. Die Frauen, von denen eine, wie ich jetzt erkannte, noch fast ein Kind war, waren offensichtlich froh, ihn zu sehen. Viele Male umarmten sie ihn, küßten ihn auf Gesicht und Hals und umfaßten seine Arme und Hände.

Die ältere der beiden war, wie ich bald erfahren sollte, Karin, Gunnars Ehefrau. Das Mädchen hieß Ylva, war eine Verwandte seiner Gattin und ging ihnen als Dienstmagd zur Hand.

Das dritte Familienmitglied war ein Knabe, groß und schmal und jünger, als er auf den ersten Blick aussah. Als der herbeikam, ließ Gunnar ab, seine Frau zu küssen, und zog den Jüngling in eine ungestüme Umarmung. Ich fürchtete schon, er werde den Jungen zerquetschen, doch der Knabe überlebte die Tortur, lachte und drückte seinen Vater. Eine weitere Runde Küsse und Umarmungen folgte, doch dann wandte der Junge sich um und sah mich staunend an.

Sein Vater, der sah, wie er mich mit weitaufgerissenen Augen anstarrte, schlug mir kräftig auf die Schulter und sagte: »Aedan.«

Gehorsam wiederholte der Knabe den Namen, worauf Gunnar dem Jungen die Hand auf den Arm legte und sagte: »Ulf.«

Als nächstes stellte er mir die Frauen vor und nannte sie bei ihren Namen, die ich wiederholte, bis ich sie zu seiner Zufriedenheit aussprechen konnte. Karin, Gunnars Gattin, war eine stämmige Frau mit rundlichem, gütigen Antlitz. Ihre flinken Bewegungen entsprachen, wie ich bald erfahren sollte, vollkommen ihrer entschlossenen Art. Sie war eine äußerst zupackende Frau und beherrschte das Handwerk ihres Geschlechts vollendet. Fürwahr, kein Tyrann hat je gelassener geherrscht als sie. In ihrem Haus übte sie die absolute Macht aus.

Ylva, ihre junge Verwandte, war ein zierliches Mädchen, strahlend wie der Sonnenschein, schlank und schön wie eine Waldblume. Ihr Haar war hellblond und ihre Stirn offen. Sie besaß wohlgeformte Arme und Brüste und Hände mit langen, schlanken Fingern. Und sie war eine Freude für den Geist wie für das Auge, denn im Laufe der Zeit lernte ich sie als ruhig, bedachtsam und umgänglich kennen.

Ulf war ein richtiger Junge, ein fröhlicher Bursche, der gern angelte, schwamm und Beeren pflückte, das alles voll jugendlichen Überschwangs. Seinen Vater betete er geradezu an, und wäre da nicht der Fischteich gewesen, so wäre er Gunnar kaum je von der Seite gewichen.

Diese drei also wurden mir, einer nach dem anderen, vorgestellt, und alle nahmen mich nicht wie einen besiegten Feind auf, sondern wie einen Gast und Verwandten.

Trotz der unsanften Behandlung, die mir auf der Reise zuteil geworden war, hatte ich nun, da wir auf Gunnars Gehöft angelangt waren, das Gefühl, seine Familie ziehe mich herzlich an ihren Busen. Vielleicht ist ja das Leben in den kalten Wäldern des Nordens zu hart, um sich noch unnötige Bitternis aufzuladen.

Mit einem Händeklatschen und einem Ruf hieß Gunnar die Hunde über die Wiese und zurück zum Haus laufen. Er lachte, als er sah, wie sie seinem Befehl gehorchten. Ulf konnte sich nicht länger zurückhalten. Er stieß einen Freudenschrei aus und stürzte hinter den Tieren her, während Gunnar den Arm um Karins Schultern legte, seine Gattin an sich zog und schnellen Schrittes auf das Haus zuging. Er warf den Kopf zurück und begann zum Ergötzen der Frauen, die lachten und in sein Lied einfielen, laut zu singen.

Gunnars Lederbeutel lag vergessen zu meinen Füßen am Boden. Wie ein guter Sklave warf ich ihn mir auf den Rücken und folgte meinem Herrn nach Hause.

16

In dieser Nacht schlief ich im Stall bei Gunnars Ochsen und Kühen. Er machte sich nicht die Mühe, mich anzuketten oder sonstwie zu fesseln, und bald erfuhr ich auch, warum. Als der Mond hinter den hohen Kiefern aufging, begannen die Wölfe zu heulen. Gewiß hatte ich schon früher Wölfe vernommen, aber noch niemals so viele oder aus solcher Nähe. Nach ihrem klagenden Jaulen zu urteilen, schätzte ich, daß der Waldsaum nur so von ihnen wimmeln mußte. Im Stall war ich vollkommen sicher, denn der war, da Gunnar nicht den Wunsch hegte, seine kostbaren Tiere zu verlieren, eine wahre Festung. Doch das Geheul hielt mich bis spät in die Nacht wach, und als ich endlich einschlief, hallte es mir noch immer in den Ohren.

Ylva, die Magd, kam am Morgen, um mich zu wecken und in die Küche zu führen. Die Dänen bauen ihre Wohnstätten so, daß die Küche einen Teil des Hauses bildet, und keinen kleinen dazu. Tatsächlich sah Gunnars Haus Rägnars Halle recht ähnlich, nur daß mein Herr zwischen den Dachbalken, genau über dem Tisch, eine Schlafplattform errichtet hatte, die man über eine Leiter erreichte und von wo aus man auf die Feuerstelle herabsah. Gleich neben dem Herd befanden sich eine Ecke, in dem das Bier und die Wasserschläuche aufbewahrt wurden, und eine niedrige Tür, die in eine kleine

Speisekammer führte. Am anderen Ende der Halle war ein Platz eingerichtet, wo bei schlechtem Wetter die Tiere untergebracht werden konnten. Dieser war mit Stroh ausgestreut, und auch eine Futterkrippe stand dort.

Ich frühstückte mit der Familie, so, wie es uns später zur Gewohnheit werden sollte: Gunnar und sein Sohn saßen auf einer Bank auf der dem Herd zugewandten Seite des Tisches, und ich selbst hockte auf der anderen, dem Stall zugewandten Seite auf einem dreibeinigen Schemel und hielt eine hölzerne Schale auf den Knien. Währenddessen eilten Karin und Ylva zwischen dem Feuer und dem Tisch hin und her und wachten eifersüchtig über ihre Verrichtungen. Ich lernte, daß die Dänen unglaublich heiß aßen und fast jede Mahlzeit mit einem dicken Gerstenschleim begannen, den sie aus großen Holzschalen schlürften, gelegentlich mit einem hölzernen Löffel, doch meistens ohne.

Wenn der Brei gegessen und die Schüsseln weggeräumt waren, kamen Brot, Fleisch und weißer Käse auf den Tisch. Im Sommer wurde auch Obst angeboten. Ganz besonders liebte Gunnar die herben schwarzen Johannisbeeren und eine Art runzliger roter Beerchen, die sie Lingön nannten und aus denen Karin ein Kompott kochte, das Gunnar auf sein Brot strich. Diese Tunke war so sauer, daß ich sie ohne Honig nicht genießen konnte.

Manchmal aßen wir Fisch, frischen, wenn er zu bekommen war, obwohl er für gewöhnlich gesalzen oder in einer Lake aus Salz und Essig eingelegt wurde. Dieser eingemachte Fisch oder Lütfisk stank derart zum Himmel, daß einem die Tränen in die Augen traten. Diese Abscheulichkeit aßen sie in Milch gekocht und bekundeten, sie zu lieben. Mir jedoch ließ allein der Geruch die Galle in die Kehle steigen, und ich konnte dieses Gericht um keinen Preis herunterbringen.

Wenn kein Fisch da war, wurden Würste, gekocht oder gebraten, aufgetragen. Gelegentlich gab es eine Art Fleisch, das bereitet wurde, indem man ganze Schweineschinken für mehrere Monate in Salzlauge legte und sie dann in die Dachbalken über dem Herd hängte, um sie zu räuchern. Durch diese Behandlung wurde das Fleisch hellrot, so wie rohes Rindfleisch, doch der Geschmack war überwältigend, süß, saftig und salzig zugleich. Mir mundete das Rökt skinka sehr, und ich aß so oft und soviel davon, wie ich konnte.

Die Dänen liebten ihr Fleisch, und sie liebten ihr Brot. Schwer und dunkel war es und kam noch warm vom Herd oder aus dem Backofen auf den Tisch. Dieser seltsame Brauch gefiel mir bald sehr. Karins Bier war genau wie ihr Brot: dunkel, schwer und sättigend und mit einem süßlichen Beigeschmack, der mich an Nüsse erinnerte. Einmal gab Karin Wacholderbeeren daran und stellte so ein höchst ungewöhnliches Gebräu her. Ich mochte es überhaupt nicht, doch Gunnar hielt es für eine wunderbare Abwechslung. Bedauerlicherweise verschmähten sie Wein, den sie sich ohnehin nur schwierig hätten beschaffen können, doch ich machte diesen Mangel wett, indem ich Geschmack an Karins dunkelbraunem Bier fand.

So nahm ich also die Mahlzeiten mit der Familie ein. Zu Gunnars Ehre muß ich sagen, daß er mich beim Essen niemals knapphielt, und ich bekam auch keine mindere Speise. Ich aß das gleiche wie mein Herr, und in ähnlichen Mengen. Und noch heute schäme ich mich zuzugeben, daß ich sündhaft schwelgte, unter vollständiger Mißachtung der Regel der Mäßigung. Wie oft bat ich um mehr!

Immer noch sehe ich Karins breites, freundliches Gesicht vor mir, das vor Freude – und von der Kochhitze – glühte, während sie das Essen auf den Tisch stellte. Ihre Hände waren vom Arbeiten gerötet, aber ihr Haar war ordentlich geflochten und ihr Kleid so fleckenlos rein wie ihre Küche.

Karin erschien mir als sehr gründliche Frau, die schwer arbeitete und nichts mehr liebte, als wenn man die Früchte ihrer Arbeit bewunderte und wortreich lobte. Fürwahr, dies fiel keinem schwer, der das Glück hatte, sich an ihren Tisch setzen zu dürfen, denn ihre Gaben waren zwar einfach, aber niemals weniger als köstlich.

Auf dem Gehöft lebten jedoch noch zwei weitere Menschen, die in dieser Hinsicht nicht so vom Glück begünstigt waren – wenn sie vielleicht auch auf anderem Gebiete besser daran waren als ich. Dabei handelte es sich um Odd, den Knecht, und Helmuth, den Schweinehirten.

Beide waren Sachsen, und beide hielt Gunnar als Sklaven. Odd war ein kräftiger Bursche, geduldig, unermüdlich und fast gänzlich stumm. Helmuth, ein Mann von schon reiferen Jahren, war eine gleichmütige Seele von angenehmem, höflichem Wesen und besaß glücklicherweise, wie ich bald entdeckte, entgegen allem Anschein eine gewisse Bildung.

Infolge des Schweinegestanks, der in seiner Kleidung und an seinem Körper haftete, durfte der arme Helmuth das Haus nicht betreten. Bei Regen oder Schnee schlief er im Stall, doch an schönen und warmen Tagen übernachtete Helmuth im Freien, mit dem weiten Sternenhimmel als einzigem Dach. Das war ihm lieber so, doch auch sonst hätte er so gehandelt, um seine kostbaren Schweine vor den Wölfen zu behüten. Odd war, wenn er nicht arbeitete, immer an Helmuths Seite.

Daß ich die Mahlzeiten mit der Familie einnahm, während meine Mitsklaven im Freien oder gemeinsam im Stall aßen, bekümmerte mich ein wenig. Aber da niemand sonst sich daran zu stören schien und Odd und Helmuth anscheinend zufrieden waren, gewöhnte ich mich sehr bald an diese Regelung.

An jenem ersten Tag ging Gunnar nach dem Frühstück, begleitet von dem jungen Ulf und seinen beiden Hunden, hinaus, um nach seinem Gut zu sehen. Ein ansehnlicher Besitz war das, sorgfältig angelegt und gut instand gehalten. Zu Recht war mein Herr stolz auf das, was er dem rauhen Nordland abgerungen hatte. Und der kleine Ulf war stolz auf seinen Vater. Ich beobachtete, daß er ihm den ganzen Tag nicht von der Seite wich.

Zusammen wanderten wir durch die Felder. Gunnar und Ulf schwätzten ohne Unterlaß, und ich hielt mich ein wenig hinter ihnen. Immer wieder hielt mein Herr an, um diesen oder jenen Teil seines Besitztums näher in Augenschein zu nehmen: ein gepflügtes Feld, ein neugeborenes Kalb, eine eiserne Türangel, den Stand des Getreides im Kornspeicher, den Fischteich oder ein Stück neuen Zaun aus Weidengeflecht – eben alles, was ihm unter die Augen kam. Ein Blinder hätte sehen können, daß dieser rauhe, vierschrötige Däne sein Land liebte und sich um jede Einzelheit seiner Bestellung kümmerte.

Den ganzen ersten Tag über durchschritten wir Gunnars Reich. Sein Gehöft schien mir wie eine einsame Inselfestung, die in einem immergrünen Meer lag, abgeschnitten vom ganzen Erdkreis. Als die Tage vergingen, fühlte ich mich der Welt, die ich gekannt hatte, immer ferner. Im Vergleich dazu war unsere kleine Abtei ein belebter Hafen an einer vielbereisten Route, nur daß dort nicht Silber, sondern Worte gehandelt wurden.

Ich will nicht abstreiten, daß Gunnar mich vor dem sicheren Tode bewahrt hatte. Doch wahrhaftig, der Preis für meine Rettung war hoch. Ich fühlte mich verlassen und sehr, sehr einsam. Daher begann ich die Stundengebete herzusagen und Psalmen zu beten, wenn ich die Möglichkeit dazu hatte. Eines Abends beim Essen sprach ich laut ein Tischgebet, und mein Herr und seine Familie sahen staunend zu.

So bestürzt waren sie über dieses eigenartige Gebaren, daß ihnen nicht einfiel, mich zu hindern. Mit der Zeit gewöhnten sie sich daran und warteten schon darauf, daß ich vor dem Mahl mein Gebet sprach. Ich vermute, dieses Ritual gefiel ihnen, obwohl ich keine Vorstellung habe, wofür sie das hielten.

An jenem ersten Abend jedoch bemerkte ich, als ich nach dem Gebet aufblickte, wie Gunnar mich anstarrte. Karin stand dicht neben ihm, sah mich ebenfalls an und stieß ihren Gatten heftig in die Rippen. Er sagte ein paar Worte zu ihr, und sie hörte auf.

Am nächsten Morgen brachte mein Herr mich zu Helmuth und bedeutete mir mit einer Reihe verwickelter Gesten, ich solle noch einmal so beten wie am vorigen Abend.

Das tat ich.

Die Wirkung, die mein Gebet bei dem Schweinehirten erzielte, war außerordentlich. Er warf seinen Stecken fort, fiel auf die Knie, schrie auf und faltete die Hände. Seine Lippen zitterten voller Dankbarkeit, und dicke Tränen traten in seine Augen und rollten ihm die Wangen hinab. Dann sprang Helmuth auf, umfaßte meine Arme und rief: »Halleluja! Halleluja!«

Gunnar verfolgte das Ganze mit verwirrter Miene. Nach einer Weile ließ Helmuth von mir ab und brabbelte nur noch vor sich hin. Gunnar sagte ein paar Worte zu ihm, worauf der Schweinehirte, aufgeregt plappernd, die Hand seines Herrn ergriff und sie küßte. Der verdutzte Däne nickte seinem Sklaven knapp zu, wandte sich ab und ließ uns bei den Schweinen zurück.

»Meister Gunnar sagt, ich soll ...« Helmuth unterbrach sich und suchte in seiner verstaubten Erinnerung nach dem richtigen Wort. »Heja! Ich soll dein Schüler ... nein, nicht Schüler, scólere, nein ... Lehrer! Halleluja!« Er strahlte entrückt, und mich beschlich das ungute Gefühl, den übereifrigen Bruder Diarmot in anderer Gestalt vor mir zu sehen.

»Ich soll Lehrer für dich sein«, fuhr Helmuth fort. »Du sollst mein Schüler sein.« Er beobachtete mich, um zu sehen, was ich dazu sagen würde.

»Verzeih mir, Freund«, entgegnete ich, »ich möchte dir nicht zu nahe treten, aber wie kommt es, daß hier jeder Skalde und jeder Schweinehirt so gut Latein spricht?« Darauf erzählte ich ihm von Scop.

»Der Wahrsänger!« schrie Helmuth. »Scop hat mich gelehrt. Ein großer Mann, dieser Scop. Als Kind hat man mich geschickt, zu seinen Füßen zu sitzen und die mirabili mundi zu lernen! Ich war unter seinen besten Schülern.«

»Damals war er wohl noch Priester.«

»Ja, Priester war er«, bekräftigte Helmuth, »und sein Name war Ceawlin – ein heiliger und gerechter Mann und Sachse wie ich. Er lehrte mich, Jesus zu lieben, die Heiligen zu verehren und vieles andere. Ich wollte selbst Priester werden ...« Er unterbrach sich, um traurig den Kopf zu schütteln. »Doch das sollte nicht sein.« Der Mann sah mich an. »Obwohl ich lange keine Messe gehört habe, glaube ich immer noch. Und oft spreche ich mit dem Allvater. Ich bitte Ihn, mir jemanden zu senden, mit dem ich reden kann. Ich denke, Er hat dich geschickt.«

Wir unterhielten uns, so gut wir konnten, denn obwohl ich ihm etwas anderes gesagt hatte, war Helmuths Latein keinesfalls gut und mit vielen fremden Wörtern aus verschiedenen Sprachen durchsetzt. Trotzdem begannen wir einander in den folgenden Tagen besser zu verstehen, und ich reimte mir die Geschichte, wie er in Gunnars Dienste gekommen war, zusammen.

Mit vielem Zögern und zahlreichen Mißverständnissen auf beiden Seiten setzte mir Helmuth schließlich auseinander, wie der alte Ake, der den Beinamen »der Schweiger« getragen hatte, und sein kampflustiger Sohn Svein in einem Krieg umgekommen waren und Rapp, »der Hämmerer«, den Thron bestiegen hatte. »Rapp glaubte an nichts, bloß an den Streithammer in seiner Hand«, meinte Helmuth verbittert. »Rapp machte alle Untoten zu Sklaven. Nein, äh ... er machte Sklaven aus allen, die noch lebten ...«

»Den Überlebenden.«

»Heja, den *Überlebenden*! Ein paar verkaufte er, ein paar behielt er. Sachsen dünkten ihn nützlich, daher behielt er Ceawlin und mich. Rapp dachte, wir würden gute Geiseln abgeben, wenn die Sachsen ihn angriffen. Wir dienten in seiner Halle, bis er starb.«

»Was ist dann geschehen?«

»Er hatte zwei männliche Kinder ...«

»Zwei Söhne. Rapp hatte zwei Söhne.«

»Heja. Thorkel, den älteren, und Rägnar, den jüngeren. Als Rapp starb – er erstickte bei einem Gelage in seiner Halle an einem Knochen –, stieg Thorkel auf den Thron. Er war kein schlechter Jarl, aber er war auch kein Christ.«

»Was wurde aus ihm?«

»Er ging auf Wikingerfahrt«, erklärte Helmuth traurig, »und kehrte nie zurück. Sie haben zwei Jahre gewartet und dann Rägnar zum Kung gemacht.«

»König?«

»Heja. Seither ist Gelbhaar der Kung.« Der Schweinehirte zuckte die Achseln. »Das Volk liebt ihn, weil er großzügiger ist als sein Vater und Bruder vor ihm. Was er hat, schenkt er mit allem Bedauern – ich meine, ohne jedes Bedauern – her.«

»Einschließlich seiner Sklaven.«

Helmuth seufzte. »Auch seine Sklaven, heja. Er gab mich Grönig, Gunnars Vater, der mich zu seinem Schweinehirten machte – und dabei kann ich lesen *und* schreiben –, und seitdem lebe ich hier. Ich beklage mich nicht, ich werde gut behandelt.«

»Hast du nie versucht zu fliehen?«

Helmuth breitete ohnmächtig die Hände aus und sah mich aus großen Augen an. »Wohin sollte ich gehen? Im Wald sind Wölfe, und überall sonst wilde Männer.« Er lächelte ein wenig verlegen. »Mein Platz ist hier. Ich habe meine Schweine zu hüten.« Helmuth blickte sich um und zählte sie rasch durch, um sich zu vergewissern, daß alle noch in Sichtweite waren.

»Was ist mit Odd?« fragte ich.

»Gunnar hat ihn gekauft, damit er auf dem Hof arbeitet«, sagte Helmuth und erklärte, ein Schlag auf den Kopf bei seiner Gefangennahme habe Odd aller Geisteskräfte beraubt. Er könne nur noch einfachste Worte sprechen. »Schwer von Begriff ist er ja, aber Odd ist ein fleißiger Arbeiter und sehr stark.« Er hielt inne und meinte: »Ich möchte wissen, Aedan …«

»Aidan«, verbesserte ich ihn.

»Ich möchte wissen, wie du herkommst. Hat Gunnar dich beim Spiel gewonnen, oder hat er dich in Jütland auf dem Sklavenmarkt gekauft?«

»Er hat mich gefangen«, antwortete ich und berichtete ihm von dem nächtlichen Überfall auf das Dorf, wobei ich es sorgfältig unterließ, die Pilgerreise oder unseren Schatz zu erwähnen. »Als wir dann die Siedlung erreichten, bezahlte er Gelbhaar drei Goldstücke für mich.«

»Gunnar ist ein guter Herr, heja«, versicherte Helmuth. »Er schlägt mich selten, nicht einmal, wenn er betrunken ist. Und Karin ist eine Frau, die in allen Sprachen des Lobes würdig ist. Sie ist die Gebieterin über die Küche und alles, was in ihrem …« Er zögerte. »Augenlicht?«

»Blicke«, regte ich behutsam an. »Über alles, das unter ihren Blicken geschieht.«

»Heja. Sie sind gute Menschen«, meinte er und setzte nachdenklich hinzu: »Gunnar sagt, er schneidet uns beiden die Zunge heraus, wenn ich dich nicht bis zum nächsten Vollmond lehre, wie ein Däne zu reden.«

Angesichts dieser freundlichen Aussicht fingen wir noch am selben Morgen mit meiner Ausbildung an. Helmuth, der zuerst stockend gesprochen und manchmal keinen Ton herausgebracht hatte, wurde in dem Maße sicherer, in dem die Erinnerungen an seine Kinderzeit und seine Lehre bei Ceawlin ans Licht kamen. Nach einem unsicheren Beginn kamen wir schnell auf eine Lehrmethode, bei der ich auf einen Gegenstand zeigte und dazu das lateinische Wort sagte, womit ich Helmuth half, sich an das Gelernte zu erinnern. Darauf antwortete er mit dem treffenden Wort in der Sprache der Nordländer. Dann sprach ich dieses Wort so oft laut nach, bis es sich in meine Erinnerung einprägte.

Nachdem wir viele Tage so geübt hatten, erwarb ich ein grobes Verständnis der Sprache – falls man das so nennen kann – und war in der Lage, einen ganzen Teil der alltäglichen Dinge, die mich umgaben, mit Namen zu nennen. Nach und nach führte Helmuth Wörter ein, die eine Tätigkeit bezeichneten: hacken, graben, pflanzen, Feuer machen und so fort. In ihm fand ich einen bereitwilligen Lehrer und angenehmen Gefährten, gutmütig, geduldig und hilfsbereit. Und noch besser, ich nahm seinen Geruch nach Schweinedung gar nicht mehr wahr.

Wenn Odd sein Tagwerk vollbracht hatte, saß er für gewöhnlich da und betrachtete uns staunend und verwundert. Nie erfuhr ich, was er sich dabei dachte; denn in der ganzen Zeit, die ich mit ihm zusammen war, vernahm ich von ihm nur ein Grunzen.

Während dieser Tage verlangte Gunnar nur wenig von mir. Ich hackte Holz für den Wintervorrat, fütterte die Hühner, holte Wasser vom Brunnen und half Odd, die Kühe zu füttern und die Zäune, die das Vieh oft umtrat, wieder instand zu setzten. Helmuth leistete ich Beistand mit den Schweinen, ich kratzte die Asche aus den Feuerstellen, wechselte das Stroh im Stall, brachte Dung auf den Feldern aus und rodete Baumstümpfe. Ich half Ylva, Gänse zu rupfen und Unkraut zu jäten ... Kurz gesagt, ich tat jede Arbeit, die notwendig war, aber mein Tagwerk war nicht beschwerlicher oder mühsamer, als ich dies aus dem Kloster kannte. Tatsächlich behielt mein Herr die schwerere Arbeit häufig Odd und sich selbst vor. Und auf jeden Fall schaffte niemand unermüdlicher als

Karin. So gelangte ich zu dem Schluß, daß Gunnar eigentlich keinen weiteren Sklaven brauchte. Warum auch immer er mich Rägnar abgekauft hatte, meine Arbeitskraft hatte nichts damit zu tun.

Ich nahm meine Mahlzeiten weiter im Haus ein und begann, mich ebenso zur Familie gehörig zu fühlen wie Ylva oder Ulf. Wahrhaftig, ich wurde nicht schlechter behandelt als die beiden.

Und als ich dann lernte, ein Wort ans andere zu setzen und einfache, häufig spaßige Sätze zu bilden, lobte mein Herr mich über alle Maßen und tat kund, mit meinem Fortschritt zufrieden zu sein – so sehr in der Tat, daß der Tag meiner Prüfung nur kurz auf mein erstes stockendes Gespräch mit ihm folgte.

In der Hoffnung, meine Seele möge endlich Ruhe finden, hatte ich beschlossen, ihn zu fragen, was in der Nacht des Überfalls geschehen sei. »Weißt du, was mit meinen Brüdern ist?« fragte ich, um Worte ringend.

»In jener Nacht war es sehr dunkel«, bemerkte Gunnar nachsichtig.

»Sind sie tot?«

»Möglicherweise«, gestand mein Gebieter zu, »kamen einige Männer um. Wie viele, weiß ich nicht.« Darauf erklärte Gunnar, er könne sich auf Grund der Verwirrung, die auf das plötzliche Eintreffen des Fürsten und seiner Männer gefolgt sei, nicht genau erinnern. »Der dortige Jarl erschien, und wir liefen fort und nahmen nur mit, was wir tragen konnten. Wir haben viele Schätze zurückgelassen«, endete er betrübt. »Aber von deinen Freunden weiß ich nichts.«

Am nächsten Morgen kam mein Herr in den Stall, um mich zu wecken, und machte mir begreiflich, Helmuth und er wollten einige Schweine nach Skansun bringen. »Da ist ein Markt«, erklärte er. »Einen Tagesmarsch entfernt. Wir werden über Nacht dort bleiben und dann nach Hause zurückkehren. Verstehst du?«

»Heja«, gab ich zurück. »Gehe ich mit euch?« fragte ich, in der Hoffnung, wieder einmal etwas von der Welt zu sehen.

»Nein.« Gunnar schüttelte den Kopf. »Du sollst bei Karin und Ylva bleiben. Ulf wird mit mir gehen, und auch Helmuth. Odd bleibt bei euch. Heja?«

»Ich verstehe.«

»Garm nehme ich mit und Surt lasse ich hier, um das Vieh zu hüten«, fuhr er in bezug auf seine Hunde fort.

Kurz darauf standen wir im Hof und sagten den Reisenden Lebewohl. Gunnar sprach mit seiner Frau, um sie, wie ich glaubte, mit der Obhut über den Hof zu betrauen.

Dann rief er Garm, einen der schwarzen Hunde, und verließ den Hof, ohne zurückzublicken. Ulf fiel hinter ihm in Gleichschritt, und Helmuth erwartete die beiden mit den Schweinen am Ausgang des Hofes. Wir sahen ihnen hinterher, bis sie außer Sicht waren, und kehrten dann an unsere Pflichten zurück.

Der Tag war schön und hell und die Luft voller Mücken, denn der Sommer war eingekehrt. Odd und ich verbrachten den Morgen auf dem Rübenfeld, und nach dem Mittagsmahl füllten Ylva und ich einen kleinen Kessel mit der Milch, die vom vorherigen Tag übrig war und die wir hatten abstehen lassen. Wir zündeten ein kleines Feuer im Hof an und begannen, Käse zu machen. Als die Milch schließlich leicht brodelte, überließen wir es Karin, den Topf zu hüten, und ich kehrte aufs Feld zurück.

Den ersten Hinweis darauf, daß sich nicht alles so verhielt, wie ich glaubte, bekam ich, als ich bei Sonnenuntergang beim Rübenjäten zufällig aufblickte und Gunnar und Ulf über die Wiese auf mich zuschreiten sah. Helmuth und seine Schweine zockelten in einiger Entfernung hinter ihnen her. In der Annahme, ihnen müsse etwas Schreckliches zugestoßen sein, ließ ich meine Hacke fallen und rannte ihnen entgegen.

»Was ist geschehen?« keuchte ich, atemlos nach meinem Lauf. »Stimmt etwas nicht?«

»Alles ist in bester Ordnung«, erwiderte Gunnar mit einem verhaltenen, hinterlistigen Lächeln. »Ich bin zurück.«

»Aber ...« Ich deutete auf Helmuth, »was ist mit dem Markt ... den Schweinen? Hast du deinen Kopf ... äh, deine Meinung geändert?«

»Ich bin nicht zum Markt gegangen«, teilte mein Herr mir mit. Ulf lachte laut, als hätten die beiden mir einen herrlichen Streich gespielt.

Ich blickte zwischen den beiden hin und her. »Das verstehe ich nicht.«

»Das war die Probe durch Beobachtung«, erklärte Gunnar einfach. »Ich wollte sehen, was du tust, wenn ich nicht hier bin, um auf dich aufzupassen.«

»Du hast mich beobachtet?«

»Ich habe dich beobachtet.«

»Du wolltest sehen, ob ich weglaufe, ja?«

»Ja, und ...«

»Du hast mir nicht vertraut.« Ich erkannte, daß ich – obgleich auf freundliche und gutmütige Weise – geprüft worden war, und ich fühlte mich töricht und enttäuscht. Gewiß, überlegte ich, hat ein Herr das gute Recht, die Treue seiner Sklaven auf die Probe zu stellen. Trotzdem kam ich mir hintergangen vor.

Gunnar betrachtete mich mit tief verwirrter Miene. »Mach nicht so ein Gesicht, Aedan. Du hast dich gut geschlagen«, sagte er. »Ich bin zufrieden.«

»Aber du hast mich nie aus den Augen gelassen«, beklagte ich mich.

Gunnar holte tief Luft und richtete sich zu voller Größe auf. »Ich verstehe dich nicht«, meinte er und schüttelte den Kopf. »*Ich*«, er schlug sich an die Brust, »ich bin sehr erfreut.«

»Aber ich bin nicht erfreut«, erklärte ich ihm unumwunden. »*Ich* bin zornig.«

»Das ist deine Sache«, gab er zurück. »Ich für meinen Teil bin zufrieden.« Seine Miene nahm einen überheblichen Ausdruck an. »Du hältst dich für einen gelehrten Mann, heja? Nun, wenn du unsere Bräuche hier in Skane kennen würdest, wärst du ebenfalls zufrieden.«

Mit diesen Worten schlenderte er selbstgefällig grinsend davon. Als ich später auf meinem Strohsack lag, bereute ich mein schmähliches Benehmen. Fürwahr, Gunnar war ein guter Herr. Er gab mir genug zu essen, und seit ich auf sein Anwesen gekommen war, hatte er nie die Hand gegen mich erhoben. Meine Verbitterung war durchaus nicht gerechtfertigt. Ich beschloß, Gunnar am folgenden Tag um Vergebung zu bitten. Aber ach, dazu sollte ich nicht mehr kommen.

17

Ich erwachte durch ein Geräusch im Hof. Noch herrschte Dunkelheit, doch die Sonne ging auf, als ich aus dem Stall trat. Eben nahm Gunnar Abschied von Karin, die dem jungen Ulf kleine Brotlaibe in die Hände legte. Helmuth stand bereits, den Stecken in der Hand, wartend auf dem Pfad. Seine Schweine durchwühlten den Boden nach Pilzen. Nachdem er Lebewohl gesagt hatte, wandte Gunnar sich ab, rief Garm, den größeren der beiden schwarzen Hunde, zu sich und schritt aus dem Hof. Sein Sohn und sein Hund folgten ihm eilig.

»Wohin ist Gunnar gegangen?« fragte ich, indem ich neben Karin trat.

»Gunnar und Helmuth sind zum Markt unterwegs«, antwortete sie. »Sie wollten gestern gehen, aber da war die Probe.«

»Ich verstehe«, sagte ich zu ihr. Ein wenig fühlte ich mich um die Gelegenheit betrogen, mein gestriges Benehmen gutzumachen.

»Ja«, bekräftigte sie und nickte. »Sie kommen morgen zurück. Du holst Holz.«

Also machte ich mich an meine Pflichten. Zuerst brachte ich Holz in die Küche, dann schleppte ich Wasser herbei. Odd erschien mit der Hacke in der Hand und schlurfte zum

Feld, wo ich mich bald zu ihm gesellte. In freundschaftlichem Schweigen arbeiteten wir zusammen, bis Karin uns zur ersten Mahlzeit des Tages rief. Wir saßen im Hof in der warmen Sonne, vor unseren Holzschalen voll mit dampfendem Haferbrei, den wir mit hartem braunem Brot löffelten.

Nach dem Frühstück kehrte Odd aufs Feld zurück, und ich besserte den Griff seiner Hacke aus, der sich gelöst hatte. Ich schärfte die Klinge, und auch Karins Küchenmesser. Dann half ich Ylva, drei Hasen abzuziehen, die sie in der Nacht mit einer Schlinge gefangen hatte. Wir teilten die Körperchen in vier Teile und spannten die Felle auf kleinen Holzrahmen zum Trocknen aus. Dann führte ich die Kühe zum Wasser, ließ sie saufen und hütete sie den Rest des Vormittags über.

Nach dem Mittagsmahl ging ich wieder aufs Feld, wo ich das Unkraut zwischen den Rüben jätete, bis die Sonne hinter den Bäumen zu sinken begann. Als ich ans Ende der letzten Reihe kam, richtete ich mich auf und blickte zurück. Ich war zwar jetzt Sklave, doch ich widmete mich meiner Arbeit so gewissenhaft, als wäre ich noch im Kloster. Dies tat ich, um Gunnar zufriedenzustellen, und, noch wichtiger, um Gott zu gefallen. Denn die Heilige Schrift lehrt uns, daß ein Sklave seinem Gebieter wohl dienen und ihn auf diese Weise für das himmlische Königreich gewinnen soll. Dies zu vollbringen, schickte ich mich an.

Ich bewunderte gerade meine Arbeit, als Odd mir von der anderen Seite des Feldes aus etwas zugrunzte. Ich drehte mich um und blickte in die Richtung, in die er wies: Zwei dunkle Gestalten kamen näher. Unverfroren traten sie aus dem Schutz des Waldes und schritten auf das Haus zu.

Ich packte die Hacke fest und rannte so schnell ich konnte auf das Haus zu. »Karin! Karin!« schrie ich. »Da kommt jemand! Schnell, Karin! Da ist jemand!«

Die Herrin hörte mich und kam aus dem Haus gelaufen.

»Was veranstaltest du da für einen Radau?« wollte sie wissen und nahm mich schnell von Kopf bis Fuß in Augenschein.

»Da kommt jemand«, wiederholte ich. »Dort!« Ich deutete hinter mich, auf die Wiese. »Zwei Männer.«

Karin kniff die Augen zusammen und blinzelte in Richtung Wald. Sie legte die Stirn in noch tiefere Falten. »Ich kenne sie nicht«, sagte Karin, vor allem zu sich selbst, und brach dann in einen Redeschwall aus, von dem ich kein Wort verstand. Ich sah sie an und zuckte mit den Achseln, weil mein Wortschatz noch nicht groß genug war, um ihr meine Not zu erklären.

Karin wurde unruhig. »Ah!« rief sie. »Ylva! Am Teich ... hol sie. Eil dich!« stieß sie hervor und rannte bereits auf das Haus zu. »Bring Surt! Schnell!«

Über den Hof und hinter den Stall rannte ich. Meine Füße hämmerten auf dem Pfad aus gestampfter Erde, welcher zu dem Fischteich, der in dem kleinen bewaldeten Tal nördlich des Hauses lag, führte. Der Weg war nicht weit. Ich traf die junge Ylva mit an die Hüften geschürztem Kleid im Wasser watend an. Sie kehrte mir den Rücken zu und drehte sich um, als ich über das schlammige Ufer zum Wasser hinunterschlidderte.

»Aedan, heja!« rief sie fröhlich. »Komm schwimmen.«

Beim Anblick ihrer weißen Schenkel, die so rund und fest waren, sich so fein verjüngten und in ihre wohlgestalteten Knie übergingen, blieb ich wie angewurzelt stehen. Einen Moment lang vergaß ich, warum ich hergekommen war. Ich starrte ihre bloße Haut an und versuchte mühsam, die Sprache wiederzuerlangen. »Da ist ... da ...« Ich zwang mich, den Blick von ihren Beinen zu wenden. »Da kommt jemand. Schnell!«

Ich drehte mich um und kletterte die steile Uferbank hinauf. Als ich oben ankam, blickte ich mich um, aber sie stand immer noch im Wasser und machte keine Anstalten, mir zu folgen. »Komm, Ylva!« schrie ich und blickte mich an den Ufern des Teichs um. »Surt! Heja, Surt!«

Endlich hatte die junge Frau mich verstanden. Leichtfüßig und unter viel Gespritze kam sie aus dem Wasser und ließ im Gehen ihr Gewand herunter. Als sie das Steilufer erklomm, erhaschte ich einen letzten Blick auf ihre liebreizenden Beine. »Surt!« rief sie dem Hund zu. »Heja, Surt! Hierher, Surt!«

Aus dem Unterholz ertönte ein Krachen, und dann sprang der große schwarze Hund hinter uns auf den Pfad, blieb dort stehen und sah uns erwartungsvoll und mit offenem Mund hechelnd an. Ylva rannte zu ihm und legte die schmale Hand auf sein Kettenhalsband. »Nach Hause, Surt!«

Zu dritt rannten wir zum Haus zurück. Dort stand Karin, die Fäuste in die Hüften gestemmt. Die Fremden betraten gerade den Hof. Odd erschien, mit der Hacke bewaffnet, an der Hausecke. Surt warf einen Blick auf die beiden Männer und stieß ein warnendes Knurren aus, das tief aus seiner Kehle aufstieg. Er riß sich von Ylva los und rannte an Karins Seite, wo er stehenblieb und knurrte. Ich hörte Karin sagen: »Wer seid ihr?«

Sie gaben ihr keine Antwort und traten noch ein paar Schritte näher. Surt grollte, und sein Nackenfell sträubte sich derart, daß es senkrecht hochstand. »Haltet ein«, rief Karin, und dann noch etwas, das ich nicht verstand.

Die Männer blieben stehen und blickten sich auf dem Besitz um. Der eine war hellhaarig, der andere dunkel, und beide trugen Bärte. Sie waren hochgewachsene, muskelbepackte Kämpfer. Dem Dunklen hing ein langer Zopf über die Schulter, und der Blonde hatte das Haar über den Schultern abgeschnitten. Sie waren mit Speeren bewaffnet, trugen Schwerter an der Hüfte und hatten dazu noch lange Messer in ihren Schwertgürteln stecken. Ich bemerkte, daß keiner einen Umhang angelegt hatte. Einer war mit einem ledernen

Hemd bekleidet und der andere mit einem ärmellosen Siarc. Ihre hohen Lederstiefel wirkten abgetragen.

»Grüße, gute Frau«, antwortete der blonde Fremde schließlich und warf uns einen gelassenen Blick zu. »Ein warmer Tag, heja?«

»Im Brunnen ist Wasser«, entgegnete Karin. Die Eiseskälte in ihrer Stimme konnte es mit der kühlen Arroganz des Barbaren mehr als aufnehmen.

Der kalte Blick des Fremden huschte zu Ylva und verweilte dort. »Wo ist dein Gatte?« verlangte er zu wissen.

»Mein Ehemann geht seinen Geschäften nach.«

Die Männer sahen einander an. »Und wohin führen diese Geschäfte deinen Mann?« fragte der Dunkelhaarige, der zum erstenmal das Wort ergriff. Seine Stimme klang im Gegensatz zu seiner Erscheinung freundlich und einnehmend. »Weit weg?«

»Nicht weit«, gab Karin zurück. »Er ist in der Nähe.«

Der Fremde sagte etwas, das ich nicht verstand. Er lächelte begütigend und tat, während er sprach, einen weiteren Schritt nach vorn. Odd trat unruhig von einem Fuß auf den anderen, und Surt knurrte.

Karins Antwort fiel kurz und, wie mir schien, abwehrend aus. Aber was sie sagte, weiß ich nicht. Ich stellte mich neben Odd und wünschte mir, Gunnar wäre heute geblieben, um mich zu prüfen, und nicht gestern. Karin sprach noch etwas, das in meinen Ohren wie eine Herausforderung klang.

Der Hellhaarige erwiderte etwas, und ich verstand die Worte »König Harald Stierbrüller«, »eine Botschaft« und »freie Männer von Skane«. Die Mitteilung schien mir also von einiger Wichtigkeit zu sein, und ich verwünschte den Umstand, daß meine Kenntnis der dänischen Sprache so dürftig war und sich bloß auf meine Pflichten auf dem Hof beschränkte.

Ich glaube, Karin fragte den Mann jetzt nach dieser Botschaft. Ihre Stimme klang scharf und argwöhnisch.

Der Fremde erklärte ihr etwas. »Für Gunnars Ohren ...«, hörte ich ihn sagen, und dann: »Wir wollen jetzt mit ihm sprechen.«

»Wir schulden niemandem Lehnstreue außer Rägnar Gelbhaar«, beschied Karin die Männer knapp.

»Aber Rägnar Gelbhaar«, entgegnete der blonde Barbar höhnisch, »ist Harald Stierbrüllers Vasall.«

»Ohne Zweifel«, fuhr sein dunkler Kumpan kühl fort, »würde Gelbhaar dir dasselbe sagen, wenn er hier wäre. Doch leider ...« Er breitete die leere Hand zu einer hilflosen Geste aus. Ich bemerkte jedoch, daß er zugleich die Rechte auf das Heft seines Schwertes legte.

»Wenn du dich weigerst ...« – die folgenden Worte verstand ich nicht – »... jetzt Gunnar«, sagte der andere, »sonst wird es dir schlecht ergehen.«

»Mein Gatte ist nicht hier«, erklärte Karin. »Gebt mir die Nachricht oder wartet auf seine Rückkehr.«

Der Dunkelhaarige schien zu überlegen. Sein Blick huschte noch einmal zu Ylva, die schweigend neben mir stand. »Wir werden warten«, entschied er.

Karin nickte kurz angebunden und bemerkte etwas über den Brunnen und den Stall. Dann wandte sie sich ab, ging hocherhobenen Hauptes zum Haus zurück und rief dabei Ylva zu sich. Die Männer des Königs sahen ihr nach. Sie sagten zwar nichts, doch ihr Schweigen schien mit Zorn geladen. Und mir gefiel nicht, wie sie Ylva musterten, denn ihre zudringlichen Blicke wirkten bedrohlich auf mich.

Odd und ich kehrten an unsere Pflichten zurück. Die Kühe waren noch auf der Weide. Mit Surts Hilfe trieb ich sie schnell in die Einfriedung zurück. Als ich mit dem Melken fertig war, gab ich dem Hund zu trinken und wollte dann die Milch ins Haus bringen.

Ich wollte eben den Hof betreten, da hörte ich Stimmen. Ein Streit schien im Gange zu sein. Rasch beschleunigte ich meine Schritte, bog um die Hausecke und sah, daß Ylva vor dem Stall stand, zwischen den beiden Barbaren. Der Blonde hatte ihren Arm umfaßt. Sie versuchte, sich ihm zu entziehen, doch er hielt sie zu fest gepackt. Die Männer scherzten und redeten Ylva lächelnd zu. Ylva jedoch schien sie zu beschwören – ich glaube, sie bat, sie loszulassen –, und ihre Miene war furchterfüllt.

Ich stellte die Milchkanne neben der Tür ab und ging in den Hof. »Ylva«, rief ich, als hätte ich nach ihr gesucht. »Karin wartet«, setzte ich hinzu, während ich auf sie zu schritt. »Geh ins Haus.«

Als sie ihren Namen hörte, drehte Ylva sich um und blickte mich flehend an. »Ich muß gehen«, sagte sie zu den Männern.

»Nein«, erwiderte der hellhaarige Fremde. »Bleib und rede mit uns.«

»Zwanzig Silberstücke«, meinte der Dunkle und tat, als bemerke er mich nicht. »Ich gebe zwanzig.«

»Zwanzig!« spottete sein Begleiter. »Das ist mehr, als du …«

Was er weiter sagte, verstand ich nicht, doch sein Freund entgegnete: »Du hast ja keine Ahnung, Eanmund.« Dann wandte er sich wieder an Ylva. »Für eine gute Ehefrau gebe ich fünfundzwanzig Silberstücke. Bist du eine gute Frau?«

»Bitte«, bettelte Ylva leise und verzagt. »Ich muß gehen.« Sie fügte noch etwas hinzu, das ich für eine Bitte hielt, sie freizugeben.

»Heja!« rief ich und trat kühner, als ich mich fühlte, auf die Männer zu. Ich wies auf Ylva und sagte: »Sie soll ins Haus kommen.«

Der Blonde ließ Ylva los und kam auf mich zu. Er legte mir die flachen Hände auf die Brust und warf mich zu Boden. »Mach dich davon, Sklave«, rief er.

Ylva war für den Augenblick frei und wollte weglaufen. Sie hatte jedoch erst drei Schritte getan, als der Dunkelhaarige sie von neuem zu fassen bekam. Grob zerrte er sie auf den Stall zu und redete barsch auf sie ein.

Ich versuchte, auf die Beine zu kommen, und wollte eben losrennen, um Karin zu holen, als ich einen seltsamen, erstickten Ruf vernahm.

Ich drehte mich um und sah, daß Odd, seine Hacke fest umklammert, kurzen, schnellen Schritts auf uns zukam. Sein Gesicht war vor Zorn gerötet. »Nein, Odd!« schrie ich ihm zu. »Bleib zurück.«

Zu den Barbaren sagte ich: »Laßt sie gehen. Bitte! Odd kann nicht ...« Meine kümmerlichen Sprachkenntnisse ließen mich im Stich. »Er denkt nicht ...« Das war nicht das Wort, das ich suchte. *Verstehen!* »Bitte, er versteht nicht.«

»Odd!« kreischte Ylva. »Geh weg!« Sie beschwor ihn, richtete jedoch nichts aus. Er ging weiter und hielt seine Hacke wie eine Waffe gepackt. Noch einmal stieß er dieses eigenartige Maunzen hervor, und ich erkannte, daß er versuchte, Ylvas Namen auszusprechen.

Voller Angst vor dem Zusammenstoß, der kommen mußte, drehte ich mich um, rannte zum Haus und schrie nach Karin. Ob sie meinen Ruf gehört oder das Geschrei auf dem Hof sie aufmerksam gemacht hatte, jedenfalls erschien Karin gerade in der Tür, als ich beim Haus ankam. »Schnell!« sagte ich und wies auf den Stall, wo die Fremden, die Ylva immer noch festhielten, Odd gegenüberstanden.

»Nein! Nicht!« rief sie und rannte schon auf den Stall zu.

Ein Gedanke schoß mir durch den Kopf: *Surt!*

Ich hastete zur Einfriedung und schrie im Laufen nach dem Hund. Surt hörte mich und sprang mir auf dem Weg entgegen. Ich faßte ihn am Halsband und sagte: »Komm mit, Surt!«

Darauf eilte ich zum Hof zurück, wo Ylva und Karin auf Odd einschrien, der den blonden Fremden umklammert hielt, während der andere Bote des Königs mit dem Knauf seines Schwertes auf seinen Rücken eindrosch. Als ich näher kam, sah ich, daß Odd den Mann in einer erdrückenden Umklammerung vom Boden hochhob.

Der Hellhaarige kniff die Augen vor Schmerz zusammen und trat um sich, um sich zu befreien. Schließlich gelang seinem Freund ein Schlag auf Odds Nacken. Der riesige Sklave stieß ein Grunzen aus und ließ seinen Gefangenen fallen. Der Mann stürzte auf die Erde, wo er keuchend liegenblieb, und Odd taumelte rückwärts und ging zu Boden. Der Dunkle beugte sich über seinen Freund, und Karin nahm Ylvas Arm und zog sie fort.

Als Surt sah, wie seine Leute mißhandelt wurden, knurrte er und zog nach vorn. Da der Kampf vorüber zu sein schien, faßte ich ihn fest am Halsband und hatte alle Mühe, ihn zurückzuhalten. Wir hatten Karin und Ylva fast erreicht, als der hellhaarige Barbar mühsam auf die Füße kam. Er stand da und hielt sich die Rippen. Aus seinem Mundwinkel rann Blut.

Dann riß er seinem Gefährten das Schwert aus der Hand und fuhr zu Odd herum, der auf dem Boden saß, sich den Kopf rieb und stöhnte. Ohne ein einziges Wort rammte der Blonde Odd die Schwertspitze in die Brust.

Verwundert blickte der arme Odd auf. Er griff nach der blanken Schwertschneide und versuchte, sie herauszuziehen. Aber der hellhaarige Fremde zwang die Klinge noch tiefer hinein. Sein Gesicht war zu einem hämischen, brutalen Grinsen verzogen.

Ylva kreischte. Karin schrie etwas und schob das Mädchen hinter ihren Rücken.

Ich sah, wie die häßliche Klinge rot und tropfend herausfuhr, und ich sah, wie der Barbar ausholte, um noch einmal zuzustechen. Odd wich zurück und versuchte fortzukriechen. Ehe ich recht wußte, was ich tat, hatten meine Finger sich vom Halsband des Hundes gelöst.

»Faß, Surt!« rief ich.

Ein wogender, schwirrender Laut war zu hören. Der Blonde blickte auf und sah den Tod in Gestalt eines schwarzen Hundes auf sich zurasen. Der dunkle Fremde versuchte ungeschickt, nach dem verschwommenen Schatten zu greifen, der an ihm vorüberhuschte.

Der Bote des Königs fuhr herum. In seiner ausgestreckten Hand glitzerte das Schwert.

Surt bleckte die Zähne. Als das Tier sprang, war es noch drei Schritte entfernt. Die Wucht, mit der der Hund gegen seine Brust prallte, ließ den Fremden rücklings zu Boden gehen. Ein Schrei hallte über den Hof und brach dann ab, als Surts Kiefer über der Kehle des Mannes zuschnappten.

Sein Kumpan stürzte herbei, aber Surt rüttelte sein Opfer bereits zu Tode. Schreiend befahl Karin dem Hund aufzuhören, doch das Tier hatte Blut geschmeckt und wollte seine Beute nicht fahrenlassen.

Der Dunkelhaarige riß das Schwert, das zu Boden gefallen war, an sich und führte einen schnellen Schlag auf den Nacken des Hundes. Das gewaltige Tier brach zusammen und sank zur Seite, die Fänge immer noch in die Wunde seines Opfers geschlagen.

Der Barbar wälzte sich auf der Erde. Aus seiner zerfetzten Kehle drang ein eigenartiges Gluckern. Mit einemmal hustete er laut und gurgelnd und spie einen scharlachroten Blutnebel aus. Seine Glieder verkrampften sich. Sein Rücken hob sich und spannte sich wie ein Bogen, und dann sank er zurück, während die Luft pfeifend aus seinen Lungen wich.

Karin und ich rannten zu Odd. Seine Miene war heiter und gedankenvoll, als betrachte er den wolkenlosen Himmel. Aber seine Augen blickten bereits in ein Reich, das nicht von dieser Welt ist. Aus seinen Wunden rann kein Blut mehr, und kein Atem regte sich mehr in seiner Brust.

Düsteres Schweigen senkte sich über den Hof. Mein Kopf

war von einem dumpfen Pochen erfüllt, und das Blut rauschte mir in den Ohren. Ich wandte mich von dem Anblick des Todes ab und sah Ylva, die die Hände vor den Mund geschlagen hatte, an allen Gliedern zitterte und schluchzte. Mein erster Gedanke war, zu ihr zu stürzen und sie zu trösten. Doch kaum hatte ich mich umgedreht und einen Schritt auf sie zu getan, da ließ mich ein wütendes Grollen einhalten: »Sklave!«

Der dunkle Fremde, der neben seinem toten Freund gekniet hatte, erhob sich. Mit gezücktem Schwert kam er langsam auf mich zu, wobei er Worte ausstieß, die ich nicht verstand. Was er meinte, war jedoch eindeutig: Er hatte vor, mich umzubringen. Und gewiß hätte er auch mich erschlagen, und dies ebenso gedankenlos wie den Hund, hätte Karin nicht rasch eingegriffen.

»Aufhören!« rief sie und gebot dem Fremden mit ausgestreckter Hand Einhalt. »Das ist Gunnar Streithammers Land, und du hast seinen Sklaven und seinen Hund getötet ...« Sie sagte noch etwas, das ich nicht verstand, aber sie wies dabei auf Ylva, und ich vermutete, sie teilte ihm mit, daß sie nicht nur Odds und Surts Ermordung, sondern auch die Bedrängung der armen Ylva vor den König bringen werde.

Schäumend vor Wut kam der dunkle Barbar näher. Die Klinge in seiner Hand schob sich an meine Kehle. Ich sah den Haß in seinem Blick, doch ich fühlte mich eigenartig ruhig, so, als sei all dies vor langer Zeit einem ganz anderen Aidan widerfahren.

Die Schwertspitze schwang immer dichter vor mir.

Der Schlag traf mich an die Schläfe. Kein Schwertstreich, sondern ein Hieb mit der Faust, die das Heft umklammerte. Sofort ging ich zu Boden. Geblendet durch den Schmerz lag ich da und wartete auf den letzten Streich, der meine Seele vom Körper scheiden würde. Dunkel war ich mir bewußt, daß Ylva laut jammerte. Sie heulte und schrie, das Blutvergießen solle aufhören.

Von neuem hörte ich, wie Karin kreischte. Ich blickte auf und sah, daß sie den Schwertarm des Fremden ergriffen hatte und ihn daran hinderte, seinen Schlag zu führen. »Genug!« rief sie. »Willst du *zwei* von Gunnars Sklaven töten?«

Der Abgesandte des Königs zögerte, und die Schwertspitze schwankte, als er seine Möglichkeiten abwog. Karin, die Stirn in finstere, drohende Falten gelegt, stieß leise eine Warnung aus, und langsam sank der Schwertarm hinab. Mit düsterem, mordlustigen Blick steckte der Krieger die Klinge in die Scheide zurück und wandte sich, einen Fluch knurrend, ab. Mein Kopf schmerzte. Ich stand auf und klopfte mir den Staub von den Kleidern.

Karin ging zu Ylva und sprach eindringlich auf sie ein. Das laute Geheul der jungen Frau sank zu einem dünnen Wimmern herab. »Komm«, sagte Karin und legte den Arm um Ylva. Zu dem Fremden und zu mir sagte sie: »Begrabt die beiden.«

Langsam und würdevoll schritten die zwei Frauen zum Haus zurück und überließen mir und meinem Feind die Aufgabe, die Leichen wegzuschaffen. Gemeinsam schleiften wir die Toten hinunter zum Ententeich und hoben mit Gunnars hölzerner Schaufel und einem Teil von einer eisernen Pflugschar in dem weichen Boden am Ufer zwei Gräber aus. Das heißt, eigentlich grub ich sie, denn sobald wir zum Teich kamen, ließ der Abgesandte des Königs sich auf dem Boden nieder und rührte keinen Finger mehr, so daß ich die Arbeit allein tat.

Als ich fertig war, entfernte der Fremde alle Wertgegenstände vom Körper seines Freundes, sogar den Schwertgürtel, die Stiefel und das Lederwams. Dann setzte er sich wieder und sah zu, wie ich die Körper in die Gräber wälzte. Mit bedrohlichem Gemurmel und Gesten gab der dunkelhaarige

Fremde mir zu verstehen, wenn es nach ihm ginge, würde ich mich bald zu ihnen gesellen.

Der Gedanke, Odd zur Ruhe zu legen, ohne ihm die letzte Ehre zu erweisen, gefiel mir nicht. Gewiß, er war kein Christ gewesen, doch ich dachte bei mir, trotzdem sei er ein Kind des ewigen Vaters und verdiene, daß man solchermaßen mit ihm verfuhr. Fürwahr, wäre ich ein besserer Mönch gewesen, hätte ich ihm von Gottes unsterblichem Sohn erzählt, und er hätte vielleicht zum Glauben gefunden.

Daher sprach ich ein Gebet für ihn. Während ich die Erde über seinen Körper schaufelte, sagte ich diese Worte:

»Großer Gott im Himmel, Du ergießt Deine Gaben über alle, die unten auf Deiner Erde wandeln, gleich, ob Heide oder Christ. Hier liegt Odd. Er war Sklave und hat fleißig für seinen Herrn gearbeitet. Ich glaube, er hatte Ylva gern, und er ist gestorben, als er versuchte, sie zu beschützen. Jesus sagte einmal, keine Liebe sei größer als die eines Menschen, der sein Leben für einen Freund hingibt. Wahrhaftig, ich kenne Christen zuhauf, die nicht einmal dies tun würden. Halte Odd also dies zugute, Herr. Und falls Du in Deinem Festsaal noch Platz für einen Mann hast, der sein Leben so aufrichtig, wie er vermochte, gelebt hat, dann erlaube Odd, an dem himmlischen Mahl teilzuhaben. Nicht nur seinetwegen, sondern um Deines lieben Sohnes willen. Amen, so sei es.«

Während ich betete, starrte der königliche Abgesandte mich wütend an, und als ich fertig war, packte er mich bei meinem Sklavenhalsband und spie mir ins Gesicht. Dann spuckte er in das Grab. Er riß an meinem Halsband und zwang mich auf die Knie, worauf er mich in den Leib trat, einmal und dann noch einmal. Beim zweiten Tritt ließ er mich los, so daß ich rückwärts in das Grab stürzte und auf dem Körper des armen Odd zu liegen kam. Der Bote des Königs begann, Erde auf mich zu häufen, als wolle er mich lebendig begraben.

Nach kurzer Zeit wurde er jedoch müde und setzte sich wieder. Erschöpft kletterte ich aus dem Erdloch und fuhr mit meiner Arbeit fort. Ich hielt inne, um auch für den Fremden ein Gebet zu sprechen. »Lieber Gott«, sagte ich, »ich bringe Dir einen Mann, der durch das Schwert lebte. Seine Taten kennst Du, seine Seele steht jetzt vor Dir. Wenn Du über ihn richtest, o Herr, vergiß nicht die Barmherzigkeit. Amen.«

Der dunkelhaarige Krieger betrachtete mich verblüfft. Ich weiß nicht, was er so staunenswert fand, doch dieses Mal spie er mich nicht an. Ich schaufelte die Erde über die Leichen, stampfte das Ganze fest und bezeichnete die Gräber mit einem runden Stein, den ich aus dem Teich holte. Als ich fertig war, blickte ich mich um, aber des Königs Mann war fort. Auch als ich zum Haus zurückging, bekam ich ihn nicht zu Gesicht.

An diesem Abend lag ich lange schlaflos da. In meiner Brust regte sich eine seltsame, aufstörende Empfindung. Es war dies nicht Angst vor dem Boten des Königs noch Sorge, er könne uns im Schlaf ein Leid antun, nein, sondern der Gedanke, daß ich den Tod eines Mitmenschen verursacht hatte, gleich, ob er ein Heide und Barbar gewesen war. Im einen Moment hatte er gelebt und im nächsten nicht mehr, und ich war der Grund dafür gewesen.

Dennoch spürte ich keine Reue über meine Tat. Was ich getan hatte, war geschehen, um Odd zu retten. Zu meiner Schande muß ich zugeben, daß ich nur bedauerte, mich so lange zurückgehalten zu haben. Mein Herz und meine Seele, mein ganzes Wesen wurden von dem Wissen verzehrt, daß Odd noch am Leben sein könnte, hätte ich Surt nur früher losgelassen.

Gewiß, mir war klar, daß ich um eine Sünde von so ungeheuerlicher Tragweite tiefen Gram und Schuld fühlen sollte. Doch Christus helfe mir, ich konnte einfach keine Reue empfinden. So lag ich auf meinem Bett aus Stroh und versuchte, ein ehrliches Gefühl der Zerknirschung über meine abscheuliche Tat zustande zu bringen. Ach, der Trotz hielt mich in seinen Klauen gefangen: Ich wußte bar jeden Zweifels, daß ich nicht zögern würde, müßte ich alles noch einmal tun. Endlich gab ich jeden Gedanken an Schlaf auf und ging zum Fischteich hinunter, wo ich mich entkleidete und, bis zur Hüfte im Wasser stehend, die Psalmen rezitierte – die Buße, die ich früher stets bevorzugt hatte.

Doch weh mir, das Wasser war nicht kalt genug, um eine echte Strafe darzustellen. Statt dessen merkte ich, wie das kühle, stille Naß meine Haut erfrischte, und die tiefe Ruhe der Nacht war Balsam für meine Seele. Schließlich mußte ich mir meine Niederlage eingestehen. Ich schleppte mich aus dem Wasser, und als die bleiche Mondsichel hinter den Bäumen unterging, schlief ich ein.

18

Gunnar kehrte am frühen Morgen des nächsten Tages zurück. Der Bote des Königs hatte den ganzen langen Sommertag gewartet und mit mürrischer, verdrossener Miene im Wald ausgeharrt. Einige wenige Male konnte ich in der Frühe beim Angeln einen Blick auf ihn erhaschen. Später, als ich gerade die Fische entschuppte, vernahm ich Gunnars Ruf, mit dem er seine Ankunft ankündigte. Der Herr des Gehöfts marschierte auf den Hof und verlangte, sein Weib zu sehen und seinen gefüllten Krug gereicht zu bekommen. Ich ließ meine Arbeit liegen und eilte ihm entgegen. Mein Magen zog sich in düsterer Vorahnung zusammen.

Die Familie stand vor dem Haus. Der kleine Ulf zappelte, während seine Mutter ihn im Arm hielt. Ein neues Messer steckte in seinem Gürtel. Und wie ich gleich sah, trug Helmuth neue Lederstiefel und ein Bündel Kleider auf den Armen.

»Wo ist der Fremde?« wollte Gunnar gerade erfahren, als ich die Gruppe erreichte. Die Freude über das Wiedersehen mit der Familie war ihm vergällt, und er setzte eine argwöhnische Miene auf.

»Ich habe ihn seit dem Blutvergießen nicht mehr gesehen«, antwortete Karin.

Der Hofherr verzog das Gesicht und wandte sich an mich.

»Er hat mir geholfen, sie zu …« Es mangelte mir immer noch an vielen dänischen Worten.

»Begraben«, führte Karin meinen Satz zu Ende. »Der Bote hat Aedan geholfen, die Leichen zu beerdigen.«

»Ja, sind denn mehrere Boten gekommen?« entfuhr es Gunnar, und sein Ärger wuchs noch mehr.

»Zwei sind erschienen. Der eine hat Odd ermordet, und dann hat Surt ihn getötet«, erklärte ich holprig. »Der andere hat daraufhin den Hund erschlagen.«

»Surt hat einen von ihnen getötet?«

»Heja«, antwortete ich.

»Sie haben gesagt, sie seien Männer von König Harald«, erklärte Karin ihm, »und sie wollten dich sprechen, Gemahl …« Die Frau erzählte ihm noch mehr, von dem ich aber nur wenig verstehen konnte, und schloß mit den Worten: »Und sie betonten immer wieder, nur Gunnar dürfe ihre Botschaft hören.«

Die beiden redeten jetzt so rasch miteinander, daß ich beim besten Willen nicht mehr mitkam. Ich glaube aber, sie sprachen über die Tode und wie es so weit hatte kommen können. Jedenfalls hörte ich Ylvas Namen heraus und auch den meinen. Einmal sah Gunnar mich streng an und verlangte etwas von mir, dessen Sinn mir ebenfalls verborgen blieb. Ich konnte nur hilflos den Kopf schütteln.

Helmuth, der neben mir stand, erklärte: »Der Herr will wissen, ob es stimmt, daß du den Hund losgelassen hast.«

An ihn gewandt entgegnete ich: »Sag ihm, daß es mir dabei nur darum ging, Odd zu schützen. Doch leider tat ich das zu spät und konnte den Angriff auf ihn nicht mehr abwehren.«

Mein Herr sagte nun noch etwas und stellte dann wieder seine Frage. Helmuth übersetzte sie mir: »Gunnar will wissen, ob wirklich du es warst, der den Hund losgelassen hat. Sag ihm die Wahrheit.«

»Herr, das habe ich getan«, sprach ich, und Jesus sei mein Zeuge, ich spürte in mir nicht die geringste Schuld.

»Gut«, meinte Gunnar nur.

Helmuth hob jetzt seinen Schweinehirtenstab und deutete zum Hofeingang. »Herr, dort kommt er schon.«

Gunnar drehte sich zu dem Boten um, betrachtete ihn kurz und erklärte dann Karin und Ylva: »Ihr beiden geht jetzt ins Haus und bleibt dort.«

Karin nahm den kleinen Ulf an die Hand und zog ihn mit sich, obwohl er doch lieber bei uns geblieben wäre. Als die Frauen im Haus waren, schritt der Herr auf den Fremden zu. »Ihr kommt mit«, befahl er und winkte Helmuth und mir zu, ihm zu folgen. »Ist das der Mann?« fragte Gunnar mich, als ich zu ihm aufgeschlossen hatte.

»Ja, Herr.« Ich nickte.

Als uns nur noch ein Dutzend Schritte voneinander trennten, blieb der Hofherr stehen und wartete darauf, daß der Bote zu ihm kam. Man konnte dem Mann ansehen, daß er die Nacht im Wald verbracht hatte, auch wenn ihn das nicht ganz so arg wie erwartet mitgenommen hatte. Seine Hände waren schmutzig, und die Ränder unter den Augen zeigten an, daß er nur wenig Schlaf gefunden hatte. Der Bote kam tatsächlich auf Gunnar zu, und dieser rief ihn an. Ich verstand kaum die Hälfte von dem, was die beiden miteinander beredeten, aber später hat mir Helmuth alles übersetzt.

»Du sagst, du bist ein Mann von König Harald«, begann Gunnar knapp. »Ich frage mich, wie dein König wohl mit Männern verfährt, die seine Frau vergewaltigt und seinen Sklaven und Hund erschlagen haben?«

Der Hauskerl erbleichte. »Niemand hat eine deiner Frauen auch nur angerührt«, entgegnete er leise. »Wir wollten nur mit ihr reden.«

»Und was war mit Odd? Als er eure Worte nicht verstand, dachtet ihr wohl, die Sprache des Schwertes würde er eher begreifen, was? O ja, ich glaube, die hat er zu gut verstanden, oder?«

»Eanmund hat ihn getötet«, erklärte der Dunkelhaarige und deutete anklagend mit einem Finger auf mich. »Und der da hat Eanmund getötet, indem er den Hund losließ. Und was die Frau angeht, so wußten wir nicht, daß sie zu deiner Familie gehört. Wir hielten sie für eine Sklavin.«

»Wegen euch ist jetzt mein guter Sklave tot«, erwiderte Gunnar. »Und mein Hund ebenso. Was hast du dazu zu sagen?«

»Wenn du glaubst, dir sei ein Schaden entstanden, dann wende dich mit deiner Klage an den König. Und was mich betrifft, so will ich nur soviel sagen: Man nennt mich Hrethel, und ich bin es gewohnt, an den Ratssitzungen von Jarls und Königen teilzunehmen. Aber du läßt mich hier wie einen Sklaven oder einen Fremden stehen.«

»Erwartest du wirklich, daß man dir hier den Willkommenstrunk reicht? Nachdem du Tod und andere schlimme Dinge über mein Haus gebracht hast, glaubst du, daß ich da für dich meinen besten Met herausholen werde?« Gunnar lachte bitter. »Sei den Göttern lieber dafür dankbar, daß ich dir nicht dein eigenes Blut zu trinken gebe.«

»Ich stehe beim König in der höchsten Achtung«, erklärte der Bote leise. »Daran will ich dich dringend erinnern.«

»Gut, das hast du jetzt getan, also brauchst du dir darum keine Sorgen mehr zu machen.« Der Hausherr grinste spöttisch. »Glaub mir, ich weiß sehr gut, was für eine Art Mann vor mir steht.«

Hrethel runzelte die Stirn, verzichtete dann aber darauf, sich weiter mit Gunnar herumzustreiten. »Die Botschaft, die ich dir überbringen soll, lautet so: König Harald Stierbrüller ruft ein Thing ein, das am ersten Vollmond nach dem nächsten beginnen soll. Als freier Mann und Landbesitzer in Skane bist du dem König verpflichtet, daran teilzunehmen.«

Gunnar verzog das Gesicht. »Aber ich bin ein Mann von Jarl Rägnar.«

»Rägnar Gelbhaar hat Harald den Treueid geleistet. Deshalb wirst du zusammen mit deinem König zum Einkönig Harald gerufen. Wenn du dich weigern solltest, verlierst du dein Land, das dann an den König fällt.«

»Verstehe«, brummte der Hausherr und strich sich nachdenklich übers Kinn. »Und hast du mir noch mehr zu sagen? Diese Botschaft hättest du auch meinem Weib oder meinem Sklaven ausrichten können. Ich kann mich des Eindrucks nicht erwehren, wenn du das getan hättest, könnten mein Sklave und mein guter Hund noch am Leben sein.«

»Der König hat mir aufgetragen, die Nachricht den Jarls und freien Männern von Skane persönlich zu überbringen, nicht aber ihren Weibern oder Sklaven«, entgegnete der Hauskerl höhnisch. »Diese Aufgabe habe ich hiermit erfüllt und werde dich daher jetzt verlassen.«

»Ja, geh du nur«, meinte Gunnar, »ich will dich nicht daran hindern. Auch kannst du dir sicher sein, daß ich auf dem Thing erscheinen werde; denn ich bin fest entschlossen, dein Verbrechen vor den König zu bringen.«

Hrethel nickte und entgegnete mit beleidigtem Gesicht: »Das ist natürlich dein Recht als freier Mann.«

Er machte auf dem Absatz kehrt, verließ den Hof, lief über die Wiese und verschwand im Wald. Der Hausherr blickte dem Boten hinterher, bis der nicht mehr zu sehen war, und wandte sich dann an mich: »Wir gehen zu dieser Ratsversammlung, du und ich«, erklärte mein Herr und tippte mir auf die Brust. »Du bist Zeuge dessen, was geschehen ist, und du wirst Harald alles wahrheitsgemäß berichten.«

Ob die Botschaft ihn erfreute oder bedrückte, war ihm nicht anzumerken, weder an diesem noch an den folgenden Tagen. Das Leben auf dem kleinen Hof ging so weiter wie bisher, nur daß wir ohne Odd alle etwas mehr zu tun hatten. Ich übernahm die meisten seiner Pflichten und war gar nicht traurig darüber, erhielt ich damit doch Gelegenheit, öfter mit Helmuth zusammenzusein und mit ihm zu reden. So widmete ich mich wie bisher der Arbeit, aber noch mehr als zuvor meinen Sprachübungen. So oft es mir möglich war, übte ich mich mit der Hilfe Helmuths in dieser groben, mir so fremden Sprache, und auch, wenn ich allein war, verknotete ich mir die Zunge mit den ungelenken Worten des Dänischen.

Dank dieser Unterstützung wuchs mein Selbstbewußtsein, und ich sagte mir, wenn ich schon vor den Einkönig treten mußte, um ihm Bericht zu erstatten, sollte ich mich auch einer flüssigen Redeweise befleißigen. Das spornte meine Bemühungen noch mehr an. Helmuth stand mir unermüdlich zur Seite und ging mit mir das durch, was ich Harald Stierbrüller vortragen würde. Er setzte sich wie der König aller Dänen hin und stellte mir die Fragen, die ich beim Thing zu erwarten hätte. Und ich antwortete ihm wieder und wieder; zuerst radebrechend, doch im Lauf der Zeit immer flüssiger, bis ich einen verständlichen und vollständigen Bericht von den Umständen abliefern konnte, die zu Odds Tod geführt hatten.

Wenn ich mich gerade nicht im Gebrauch des Dänischen übte, betete ich, weil mir das ein großes Bedürfnis war. Und ich fragte mich wieder und wieder, was aus den Brüdern geworden war, mit denen ich die Pilgerreise angetreten hatte. Oft ertappte ich mich beim Nachsinnen darüber, was sie wohl gerade taten oder wo sie abgeblieben waren. Natürlich schloß ich sie in meine täglichen Gebete ein und erflehte für die Brüder auch den Schutz des Erzengels Michael und seiner himmlischen Heerscharen.

Der Sommer ging ins Land, und bald war es nicht mehr lange bis zur großen Ratsversammlung. Eines Tages erschien der Herr eines benachbarten Hofes, um mit Gunnar zu sprechen. Er hörte auf den Namen Tolar und befand sich gerade auf dem Weg zum Markt. Der Däne nahm mit uns eine Mahlzeit ein, blieb aber nicht über Nacht. Ich weiß nicht, was die beiden freien Männer zu bereden hatten, aber als Tolar fort war, wirkte Gunnar sehr nachdenklich.

Von dem Tag an verhielt sich mein Herr sehr kurz angebunden und verschlossen. Nichts konnte man ihm recht machen, und in jeder Arbeit spürte er einen Fehler auf. Ein- oder zweimal hat er sogar Ulf angebrüllt. Und wenige Abende vor dem Tag, an dem wir aufbrechen wollten, wurde es mit ihm so arg, daß ich das Haus verließ und mich draußen auf einen Baumstamm setzte, um dort in Ruhe mein Abendbrot verzehren zu können und sein ständiges Genörgel nicht mehr hören zu müssen.

Ich genoß den warmen Sommerabend und das lange Zwielicht in den Nordlanden. Nach dem Essen sprach ich meine Vespergebete, und irgendwann bemerkte ich, daß sich mir jemand leise genähert hatte.

Sofort öffnete ich die Augen und drehte den Kopf, um Ylva zu entdecken, die nicht weit von mir stand. Sie hatte die Hände so gefaltet, wie ich das zum Gebet zu tun pflegte.

»Du sprichst wieder mit deinem Gott, heja?« bemerkte das Mädchen.

»Ja.«

»Vielleicht kann dein Gott unserem Gunnar helfen?«

Ich wußte nicht, was ich darauf antworten sollte, und so beließ ich es bei einem: »Schon möglich.«

»Irgend etwas nagt an ihm«, sagte sie leise. Ylva hockte sich neben dem Baumstumpf ins Gras. »Das Thing bereitet ihm große Sorgen, und er fürchtet, daß ihn dort Unheil erwartet.«

Ich sah dem Mädchen ins Gesicht. Sie war auf ihre Weise durchaus schön zu nennen mit ihren feinen Zügen, den freundlichen dunkelbraunen Augen und der kleinen, geraden Nase.

Auch nach eines ganzen Tages Arbeit sahen ihre Zöpfe

immer noch adrett aus. Ylva strich ihr Gewand glatt. In ihren Kleidern steckten die Gerüche der Küche.

»Erzähl mir doch bitte, was es mit diesem *Ding* auf sich hat«, bat ich das Mädchen, um sie von ihren trüben Gedanken abzulenken.

»Nein, es heißt *Thing*«, verbesserte sie mich. »Und dabei handelt es sich um einen ...« Ylva suchte nach einer passenden Beschreibung. »Einen Ort, an dem die Jarls und die freien Männer zusammenkommen und über alles mögliche reden.«

»Aha, eine Ratsversammlung also.«

»Heja«, nickte sie. »Ein Kreis, in dem sie sich treffen.«

»Hat Gunnar denn eine Aussicht ... nein, das ist das falsche Wort.« Ich dachte angestrengt nach. »Grund! Ja, so heißt es richtig. Hat Gunnar denn einen Grund, diese Ratsversammlung zu fürchten?«

Das Mädchen schüttelte den Kopf und starrte auf die Hände, die sie in den Schoß gelegt hatte. »Ich kann mir jedenfalls keinen denken. Früher hat er sich immer darauf gefreut, zu einem Thing reisen zu können. Der König stiftet dort ein paar Fässer Bier, und alle betrinken sich auf seine Kosten. Deswegen glaube ich, daß die Männer gern zu der Ratsversammlung gehen.«

Mir kam ein plötzlicher Einfall. »Ylva, würdest du etwas für mich tun?«

Sie sah mich erschrocken an. »Was wünschst du denn von mir?«

»Würdest du mich ...« Wieder wollte mir das vermaledeite Worte nicht einfallen. »... würdest du mich schneiden? Hier?« Ich klopfte mir auf den Kopf.

»Ach so«, lachte das Mädchen, »ich soll dich rasieren.«

»Ja, ich möchte auf dem Schädel rasiert werden. Denn wenn ich vor dem König stehe, will ich wie ein ... wie ein ...«

»Wie ein Geschorener aussehen«, half sie mir mit dem Dänenwort für einen christlichen Priester weiter.

»Ja, ich möchte als Geschorener erscheinen. Wirst du das für mich tun?«

Ylva stimmte zu und besorgte rasch Gunnars Rasiermesser und eine Schüssel Wasser. Sie hockte sich nun auf den Baumstumpf, und ich nahm davor Platz. Auf meine Anweisungen hin erneuerte sie meine Tonsur mit raschen und geschickten Handbewegungen. Nach einer Weile kam Karin heraus, weil sie sich schon Sorgen machte, wo das Mädchen so lange blieb. Als sie entdeckte, was Ylva und ich da trieben, rief sie rasch Gunnar und Ulf heraus, damit sie dieses Schauspiel nicht verpaßten. Der Anblick eines Mannes, der sich den Kopf scheren ließ, versetzte die drei in die größte Heiterkeit, und sie lachten lange und laut.

Wohlan denn, wenn die Tonsur eines Mönchs sie belustigte, dann sei's drum. Ausgelacht zu werden, sagte ich mir, ist noch die läßlichste Prüfung, die ein Priester der heiligen Kirche erdulden muß. Davon abgesehen lag weder Spott noch Gemeinheit in ihrem Lachen.

An dem Tag, bevor es losgehen sollte, erschien Tolar wieder auf unserem Hof. Ich stellte rasch fest, daß Gunnar und er alte Freunde waren. Oft begaben sie sich gemeinsam zum Markt, und wenn ein Thing anstand, zogen sie ebenfalls zusammen dorthin. Am nächsten Morgen stellten sich Karin, Ulf und Ylva vor dem Haus auf, um uns Lebewohl zu sagen.

Karin wünschte ihrem Gemahl alles Gute und reichte ihm einen Beutel mit Nahrungsmitteln, den er sich an den Gürtel hängte. Auch Ylva wünschte ihm eine glückliche Reise. Doch dann wandte sie sich an mich und sagte rasch: »Die habe ich als Wegzehrung für dich gemacht.«

Sie drückte mir einen kleinen Ledersack in die Hand, beugte sich vor und küßte mich geschwind auf die Wange. »Möge Gott mit dir sein, Aedan. Eine gute Reise, und kehr gesund und heil wieder heim.«

Dann war es mit ihrer Kühnheit vorbei. Sie senkte den Kopf und stürmte ins Haus zurück. Wie vom Donner gerührt stand ich da und starrte ihr noch hinterher, als das Mädchen schon längst durch die Tür verschwunden war. Meine Wange brannte noch eine ganze Weile an der Stelle, wo ihre Lippen sie berührt hatten. Und ich spürte, wie mir die Röte ins Gesicht stieg.

Gunnar war schon losmarschiert, aber Tolar stand noch da und lächelte über meine Verlegenheit. »Die habe ich für dich gemacht«, grinste er und klopfte dabei beziehungsreich auf das Säckchen.

Ulf begleitete uns bis an den Waldrand. Dort schickte Gunnar ihn auf den Hof zurück. Wir betraten daraufhin den Waldpfad, und nun ging es richtig los. Garm, der Hund, lief uns voraus, hatte ständig die Nase am Boden, erschnüffelte den Pfad und verschwand immer wieder nach links oder rechts in den Büschen.

Gegen Mittag legten wir eine Rast an einem Bach ein und tranken. Während die anderen sich zu einem kurzen Schläfchen niederlegten, nutzte ich die Gelegenheit, den Inhalt des Beutels zu untersuchen, den Ylva mir in die Hand gedrückt hatte. Fünf harte und flache Küchlein befanden sich darin, die nach Walnüssen und Honig rochen. Ich brach ein Stück vom ersten ab und schob es mir in den Mund. Der Kuchen schmeckte wunderbar und süß. Ich aß mehr von dieser Köstlichkeit und machte es mir zur Gewohnheit, jeden Tag der Reise ein halbes Küchlein zu verdrücken.

Und so marschierten wir immer weiter. Nur zwei- bis dreimal täglich rasteten wir. Sobald es dunkel wurde, lagerten wir zur Nacht, um dann in aller Herrgottsfrühe wieder aufzubrechen. Am Ende des dritten Tages sollte ich dann erfahren, warum Gunnar die ganze Zeit so schlechte Laune gehabt hatte.

Wir lagerten wieder an einem Bach, und er hockte am Ufer

und hielt die Füße ins Wasser. Ich zog meine Stiefel aus und ließ mich in respektvoller Entfernung von ihm nieder. »Ah, das tut gut nach eines langen Tages Marsch«, seufzte ich, als ich ebenfalls die Füße ins Naß steckte. »Auch bei mir zu Hause haben wir große Wälder, aber keinen wie diesen.«

»Ja, dieser Wald ist wirklich ziemlich groß«, entgegnete mein Herr und sah sich um, als erblicke er ihn zum erstenmal. »Aber andere sind noch viel ausgedehnter.«

Gunnar senkte den Kopf, und seine Miene verfinsterte sich wieder. Nach einem langen Moment atmete er tief ein. »Man erzählt sich, Harald wolle schon wieder die Abgaben erhöhen. Rägnar muß ihm einen sehr hohen Tribut entrichten, und wir freien Männer, die wir Gelbhaar unterstehen, haben daran Anteil. Jedes Jahr wird es für uns schwieriger, genug aufzubringen.« Er schien das nicht mir, sondern sich selbst zu erzählen. »Der König ist ein sehr gieriger Mann. Soviel wir ihm auch geben, es scheint Harald nie genug zu sein. Unser Oberherr kann den Hals nicht voll genug kriegen.«

»So sind eben die Könige«, bemerkte ich.

»Ihr habt in Hibernia also auch gierige Herrscher?« fragte er und benutzte dabei den alten lateinischen Namen für meine Heimat. Gunnar schüttelte den Kopf. »Aber ich glaube, niemand ist so ein Nimmersatt wie Harald Stierbrüller. Wegen seiner Gier gehen wir auf Wikingerfahrt. Wenn die Ernte einmal schlecht ausfällt oder wir einen strengen Winter haben, müssen wir von anderswo Silber herbeischaffen.«

Mein Herr schwieg wieder und starrte seine Füße im Wasser an, als seien sie schuld an all seinem Ungemach. »Die Fahrten sind anstrengend und auch sonst nicht leicht für jemanden, der Weib und Sohn hat«, seufzte er so schwer, daß ich seine Last auf meinen Schultern zu spüren glaubte. »Für die jungen Männer ist das alles nicht so schlimm; denn sie haben ja noch nichts. Außerdem erlernen sie auf den Fahrten viele Dinge, die man als Mann braucht. Und wenn genug

Beute gemacht wird, bekommen die Jünglinge ihren Silberanteil und können sich davon eine Frau und ein eigenes Stück Land kaufen.«

»Verstehe.«

»Doch heute ist alles nicht mehr so einfach wie damals, als mein Großvater noch ein junger Mann war«, fuhr Gunnar fort. »In jenen Tagen zogen sie nur in Kriegszeiten auf Wikingerfahrt. Oder um sich ein Eheweib zu suchen. Doch heutzutage müssen wir ausziehen, um den Silberhunger unserer nimmersatten Fürsten zu stillen. Nein, das ist gar nicht gut.«

»Heja, gar nicht gut«, pflichtete ich ihm mitfühlend bei.

»Es gefällt mir nicht, Karin und Ulf zurückzulassen. Mein Hof ist gut und das Land fruchtbar. Aber in der Gegend leben nicht viele Menschen, und wenn während meiner Abwesenheit etwas geschehen sollte …« Er schien diesen Gedanken nicht zu Ende aussprechen zu wollen. »Die Jüngeren kennen solche Sorgen nicht; denn sie haben noch keine Frauen. Aber wer wird sich um Karin kümmern, wenn ich nicht zurückkehre? Und wer wird Ulf das Jagen beibringen?«

»Vielleicht hat Harald ja gar nicht vor, in diesem Jahr die Abgaben zu erhöhen«, bemerkte ich törichterweise.

»Nein«, entgegnete er leise und sah mich traurig an. »Ich habe noch nie von einem Jarl gehört, der auf höheren Tribut verzichtet hätte.«

19

Nach vier Tagen Marsch, an denen wir uns grob in Richtung Osten bewegt hatten, erreichten wir einen breiten Fluß, der zu beiden Seiten von großen Wiesen eingerahmt wurde. Mitten auf dem Grün auf der anderen Seite erhob sich ein gewaltiger Stein – der Mittelpunkt des Versammlungsplatzes, des Thingrunds. Auf den weiten, flachen Auen und entlang der sanften Hänge hatte man etliche Lager errichtet. Meist standen dort schilfgedeckte Hütten, gelegentlich aber auch Zelte aus Ochsenhäuten.

Wir überquerten die Wiese und wanderten bis zur Furt am Ufer entlang. »Sieh nur, Tolar«, machte Gunnar seinen Freund aufmerksam, »dort drüben steht Rägnars Zelt.«

Der andere nickte, war er doch kein Freund vieler Worte.

»Vielleicht erfahren wir ja dort, warum dieses Thing einberufen worden ist.«

Nun überquerten wir den Fluß, und Gunnar wie auch Tolar wurden von mehreren Feuerstellen Grüße zugerufen. Die beiden blieben hier und da stehen, um ein paar Worte mit einem alten Bekannten zu wechseln. Einige Dänen warfen mir scheele Blicke zu, einige starrten mich sogar feindselig an, aber niemand hielt mich auf oder bot mir Schläge an. Vielleicht half mir ja der Umstand, daß ich Garm am Halsband hielt und darauf zu achten hatte, daß er sich nicht mit den anderen Hunden, die zahlreich die Lager bevölkerten, auf eine Rauferei einließ. Dennoch war ich heilfroh, daß niemand mich ansprach und mich fragte, was ich hier verloren hätte. Und so konnte ich in aller Ruhe den Blick wandern lassen und mir alles ansehen.

Da ich nun schon einige Zeit unter diesen Barbaren lebte, achtete ich wahrscheinlich nicht mehr so stark auf ihre Sitten und Gebräuche. Doch hier wurde ich eines Besseren belehrt. Das, was sich meinen Augen bot, als wir von einem Lager zum nächsten liefen, ließ mich aus dem Staunen nicht mehr herauskommen. Da waren Männer – und auch Frauen, denn viele hatten ihre Weiber mitgebracht –, die in nichts als Felle von wilden Tieren gekleidet waren. Sie wirkten auch mich noch grimmiger als die Raubtiere, deren Pelz sie sich übergeworfen hatten. Dann gab es da noch solche, die überhaupt gar nichts an-, dafür aber ihre Haut mit merkwürdigen blauen oder braunen Mustern und Zeichen bemalt hatten.

Überall gab es nur Riesen zu erblicken, denn die Dänen sind ein Volk von Hünen. Viele Männer waren zwar schwer und kräftig, hatten aber helles Haar wie ein Mädchen. Und gleich, ob dunkel oder blond, so gut wie alle hatten sich das Haar zu dicken Zöpfen geflochten und diese mit Federn, Blättern, Muscheln oder geschnitzten Holzstückchen verziert.

Wie schon gesagt, ich kam aus dem Staunen überhaupt nicht mehr heraus.

Einige Wikinger, die erst jetzt eintrafen, begrüßten ihre Bekannten und Verwandten mit viel Gebrüll und Getue. Viele waren damit beschäftigt, an den Hütten und sonstigen Schlafstellen zu bauen. Alle schwatzten durcheinander, und so entstand viel Geschrei, weil man sich anders kaum verständlich machen konnte. Ach, die Dänen sind ein lärmendes Volk, und bei diesem Getöse konnte ich kaum meinen eigenen Gedanken folgen.

Die verschiedenen Gerüche, die von den Kochstellen heranwehten, ließen mir das Wasser im Mund zusammenlaufen, auch wenn der viele Rauch mir gelegentlich in den Augen brannte. Wir kamen an einer ganzen Reihe von Lagern vorüber, und ich starrte immer verlangender auf das Fleisch am Spieß und die brodelnden Kessel.

Endlich erreichten wir das Zelt von Rägnar Gelbhaar, das aus einer weißgescheckten Ochsenhaut bestand. Zehn oder mehr Männer lagen rings herum auf dem Boden, dösten in den Tag hinein und warteten darauf, daß das Thing endlich begann. Als sie uns kommen sahen, hob einer die Hand und rief jedem, den es interessierte, zu, daß Gunnar und Tolar endlich eingetroffen seien.

»Heja, Gunnar.«

»Heja, Bjarni, hast du schon jemanden bezwungen?«

»Wir haben uns hier bislang ganz gut geschlagen.« Der Mann gähnte. »Der König ist fort. Er sitzt bei König Heoroth und trinkt mit ihm und den anderen Jarls.«

»Wo können wir uns denn niederlassen?«

»Hinter dem Zelt soll ein ganz guter Platz sein, habe ich mir jedenfalls sagen lassen.«

»Gut, dann nehmen wir den«, erklärte mein Herr, und Tolar nickte zum Zeichen seiner Zustimmung. »Aber bitte, mach dir keine Umstände, wir wollen deine wohlverdiente Ruhe wirklich nicht stören.«

»Kommt später zu uns, dann trinken wir einen«, lud Bjarni uns ein und schloß die Augen. Ich glaube, wir waren noch keine sechs Schritte weit gelaufen, da war der Mann schon wieder eingeschlafen.

Wir drei verbrachten den Rest des Tages damit, unsere Hütte aufzubauen. Ich sammelte am Ufer Steine, um eine Feuerstelle zu errichten. Gunnar besorgte Pfähle von dem riesigen Haufen gefällter Stämme, den Harald zur Verfügung gestellt hatte, und schlug sie zu. Tolar schnitt am Fluß Schilfrohr. Wir waren fast mit unserer Unterkunft fertig, als Rägnar zu seinem Zelt zurückkehrte. Mein Herr und sein Freund begaben sich sofort zu ihm, um ihn zu begrüßen. Damit blieb es dann mir überlassen, das übriggebliebene Reet auf dem Boden aufzuschichten, damit wir zur Nacht nicht auf der blanken Erde liegen mußten.

Ich sagte mir, daß es bald für uns Zeit wurde, ans Abendbrot zu denken. So begann ich, Rindenstreifen von den Hölzern zu reißen, um sie als Zunder für das Feuer zu benutzen. Ein Schatten huschte dabei über mich, und ich drehte mich um.

Ein selbst für einen Dänen riesenhafter Mann stand da und starrte mich aus seiner enormen Höhe finster an. Mir wurde das Herz schwer.

»Sei gegrüßt, Hrothgar«, sagte ich in der Hoffnung, den Mann zu beschwichtigen, der versucht hatte, mich im Bierfaß des Königs zu ersäufen. Ich legte das Stück Holz beiseite, an dem ich gerade gearbeitet hatte, und hockte mich auf die Fersen.

»Sklaven haben hier nichts verloren«, knurrte er und stieß dann noch einiges hervor, daß ich jedoch beim besten Willen nicht verstehen konnte. Dafür ging seine Zunge viel zu schwer. Selbst ein Däne hätte wohl Mühe gehabt, ihm zu folgen.

Da ich nicht wußte, was ich darauf entgegnen sollte, lächelte ich nur freundlich und nickte.

Der Riese streckte eine Hand aus, riß mich an meinem Sklavenkragen hoch und hielt mein Gesicht ganz dicht an das seine. »Sklaven haben hier nichts zu suchen.« Sein Atem roch fürchterlich, und sein ganzer Körper dünstete Schweiß und Bier aus.

»Gunnar hat mich mitgebracht.«

Er sah mich noch strenger an. »Du bist ein Sklave und ein Lügner.«

»Bitte, Hrothgar, ich will keinen Ärger haben.«

»Nein«, grinste er boshaft, und sein aufgeschwemmtes Gesicht verzerrte sich, »du wirst mir bestimmt keinen Ärger machen.« Der Wikinger stieß mich fort, und ich landete unsanft auf dem Allerwertesten. »Jetzt zeige ich dir einmal, wie es Sklaven ergeht, die ihre Zunge dazu mißbrauchen, über andere Lügen zu verbreiten. Steh gefälligst auf, damit ich dir eine Lehre erteilen kann.«

Ich erhob mich langsam und fühlte mich gar nicht wohl in meiner Haut. Rasch sah ich mich um in der Hoffnung, Gunnar möge zurückkehren. Aber ich wußte ja gar nicht, aus welcher Richtung er kommen würde, und davon abgesehen war von ihm sowieso nichts zu entdecken.

Dann fiel mir ein, daß ich ja um Hilfe rufen könnte. Als ich aber den Mund öffnete, sah ich Hrothgars Faust auf mich zufliegen, und ich konnte mich nur noch ducken und einen Schritt beiseite treten. Der Riese drehte sich schwerfällig um und hob noch einmal die Rechte. Wieder konnte ich ihm rechtzeitig ausweichen.

»Hör doch auf, bitte«, flehte ich ihn an und mußte mich wieder einen Schritt zur Seite drehen.

»Bleib stehen, verdammter Kerl!« erregte er sich.

Sein Gebrüll weckte die Neugier derer in den umliegenden Zelten und Hütten. Ich hörte, wie die Wikinger einander zuriefen, daß da drüben eine Schlägerei im Gange sei, und binnen kurzem waren wir von einem Zuschauerkreis umgeben. Rasch bildeten sich unter ihnen zwei Parteien. Während die einen Hrothgar anfeuerten, riefen die anderen mir zu, ich solle ihm nur weiter ausweichen. Dieser Rat schien mir vernünftig zu sein, und so entfernte ich mich stetig und tänzelnd von dem Riesen.

Jedesmal, wenn Hrothgar ausholte, bog ich den Oberkörper zurück oder unterlief seinen Hieb. So kam es, daß er mich nicht einmal traf, was seine Stimmung natürlich nicht verbesserte. Der Däne fluchte und schimpfte in einem fort.

Bald stand er schwer atmend da. Der Schweiß lief ihm in Strömen herunter, und sein Gesicht war so stark gerötet, daß man schon fürchten mußte, es würde platzen.

»Laß uns jetzt aufhören«, schlug ich ihm zur Güte vor. »Wir zwei haben keinen Streit. Nun soll Schluß mit dem Gerangel sein, und wir beide gehen unserer Wege.«

»Bleib stehen, Schweinekerl, und kämpfe!« brüllte er. Die Wut und das viele Bier drohten ihn um den Verstand zu bringen.

Wieder hob er die Faust, und ein weiteres Mal duckte ich mich. Doch ich hatte wohl einmal zuviel auf mein Glück vertraut, denn inzwischen hatte auch der Riese dazugelernt. Als seine Rechte wiederum ins Leere ging, schob er seine Linke von unten hoch. Und auf die war ich nicht vorbereitet.

Die Faust traf mich am Kinn, doch in seiner Trunkenheit hatte Hrothgar ihr nicht genug Wucht mit auf den Weg geben können. Ich fiel zurück, doch mehr aus Überraschung, und landete wieder auf dem Hintern. Der Riese glaubte jedoch, er habe mich gefällt, und ich war klug genug, ihn in diesem Glauben zu bestärken.

»Du hast mich besiegt, Hrothgar. Ich kann nicht mehr gegen dich kämpfen.«

»Steh auf, du Hund!« wütete er. »Ich will dich noch einmal auf den Boden schicken.«

»Meine Beine sind zu schwach und können mich nicht mehr tragen. Du hast es mir zu tüchtig gegeben.«

»Hoch mit dir!« Er bückte sich und hob ein Stück Holz auf, eines von denen, die ich eben entrindet hatte. Schwerfällig warf er den Klotz auf mich. Ich brauchte mich nur zur Seite zu rollen, um ihm zu entgehen.

Umständlich – so als sei ich von dem Schlag noch geschwächt – erhob ich mich und richtete meine verrutschten Gewänder. Mit tiefem Grollen holte der Riese wieder nach mir aus. Ein Schritt zur Seite erlöste mich auch aus dieser

Gefahr. Hrothgar wurde vom Schwung seiner Geraden mitgerissen und landete auf den Knien. Das löste bei den Umstehenden lautes Gelächter und bei meinem Gegner rasende Wut aus.

»Bitte, nun ist es wirklich genug«, erklärte ich. »Mir ist es nicht länger möglich, gegen dich anzutreten.«

Er wuchtete seinen massigen Körper hoch und sprang mich mit weit ausgebreiteten Armen an. Da es mir ein leichtes war, auch diesem Angriff auszuweichen, bekam er nur die Wiese zu fassen. Wieder grölten die Wikinger, und ich hörte, wie sie jetzt alle mich anfeuerten und verlangten, ich solle mit ihm Schluß machen. Ich sah mich in dem Kreis um und entdeckte Gunnar und Tolar, die mit den anderen schrien und johlten.

»Gunnar, was soll ich denn tun?« rief ich, kaum laut genug, das Getöse zu übertönen.

»Verpaß ihm eine!« riet er mir. »Aber richtig.«

Fluchend und ächzend rappelte Hrothgar sich wieder auf und wankte auf mich zu. Die Zuschauer gerieten in höchste Erregung, jeder schien den anderen an Lautstärke übertreffen zu wollen. In diesem Moment bemerkte ich aus dem Augenwinkel ein Funkeln.

Gerade noch rechtzeitig fuhr ich herum, um die Klinge zu entdecken, die durch die Luft heransauste. Ich konnte nicht mehr tun, als den Kopf zurückkreißen, und die Schneide ritzte mein Kinn. Ich prallte vor Schreck zurück, und zum drittenmal an diesem Tag setzte ich mich unfreiwillig. Aber auch Hrothgar hatte sich wieder zuviel zugemutet, geriet aus dem Gleichgewicht und landete auf mir. Sein breiter Brustkorb lag auf meinen Beinen. Er brauchte sich nur umzudrehen, und eine rasche Bewegung würde genügen, mir die Kehle aufzuschlitzen oder mich wie einen Fisch auszuweiden.

In meiner Verzweiflung wollte ich nur noch von ihm fort, trat und schob und konnte doch sein Gewicht nicht von mir bringen. Der Riese hielt immer noch das Messer in der Rechten und stach jetzt nach mir, aber aus einem falschen Winkel. Dennoch ließ ich den Oberkörper nach hinten fallen, hörte den Stahl durch die Luft singen und knallte mit dem Hinterkopf auf etwas Hartes.

Das Stück Holz, das der Wikinger eben nach mir geworfen hatte.

Sofort schlossen sich meine Hände darum, und in dem Moment wußte ich nicht so recht, was ich eigentlich mit dem Klotz wollte. Am ehesten wohl den nächsten Stich abwehren.

Hrothgar, der immer noch bäuchlings auf mir lag, verdrehte den Arm, um mich jetzt mit dem Messer zu treffen. Die Klinge fuhr ins Leere, und vor mir lag groß und einladend sein Hinterkopf. Ich schlug mit dem Holz zu. Der Knüppel prallte mit einem dumpfen Knall von seinem Schädel ab, ein Geräusch, wie ich es noch nie gehört hatte. Und in meiner Verwunderung ließ ich den Klotz noch einmal bei ihm anklopfen.

Der Wikinger grunzte und blieb dann reglos mit dem Gesicht im Dreck liegen.

Einen Moment später rollten Gunnar und Tolar ihn von mir, und auch die restlichen Dänen stürmten vor, um mir anerkennend auf den Rücken zu schlagen und mir zu versichern, was für ein gewitzter Kämpfer ich doch sei.

»Ich wollte ihn nicht so fest schlagen«, erklärte ich meinem Herrn. »Glaubst du, ich habe ihn schwer verletzt?«

»Wen, Hrothgar?« Er lachte laut. »Ach wo, sein Schädel wird ihm morgen viel mehr von dem vielen Bier brummen als von deinem kümmerlichen Hieb.«

Ich betrachtete den dahingestreckten Riesenleib zweifelnd. »Wahrscheinlich habe ich jetzt alles nur noch schlimmer gemacht. Hrothgar wird mich nun erst recht mit seinem Zorn verfolgen.«

Gunnar winkte ab. »Nein. Wenn er aufwacht, wird er den

ganzen Vorfall vergessen haben. Dennoch glaube ich, daß du großes Glück gehabt hast.« Diese Worte klangen fast wie die eines Freundes.

Tolar der Schweiger nickte nur zustimmend.

»Vielleicht sollte ich dir beibringen, wie man richtig kämpft. Dann bist du nicht mehr darauf angewiesen, dich auf dein Glück zu verlassen. Die Schicksalsgöttin hat sich nämlich schon oft als sehr untreue Bettgefährtin erwiesen.«

»Heja«, bestätigte Tolar. Seinem Tonfall nach sprachen Jahre bitterer Erfahrung aus ihm.

Rägnar Gelbhaar erschien nun mit sorgenvoller Miene. Scop, sein Wahrsänger, flatterte wie ein Bussard um ihn herum. Der Jarl blieb vor uns stehen, und sein Blick wanderte von Gunnar zu mir. Ich machte mich auf das Allerschlimmste gefaßt. Doch dann gab er meinem Herrn ein Silberstück, welches dieser rasch in seinem Gürtel verschwinden ließ. Damit und mit einem letzten finsteren Blick auf mich schritt Rägnar wieder fort. Scop sprang und hüpfte hinter ihm her.

In diesem Moment ertönte ein so lauter und eigentümlicher Schrei, daß zum erstenmal alle Dänen den Mund hielten. Die Männer hielten in ihrer Arbeit inne und starrten sich an.

»Das muß Harald Stierbrüller sein«, sagte Gunnar und schaute in Richtung Fluß.

»Da kommt er!« rief Bjarni. Er war vors Zelt getreten. »Der König ist angelangt!«

Ich starrte dorthin, wohin der Däne aufgeregt zeigte, und entdeckte ein rot und weiß gestreiftes Segel, das hinter den Bäumen und Büschen vorbeizog. Wie ein Mann stürmten alle Wikinger los und eilten zum Fluß, wo einen Moment später wieder das tiefe und laute Geräusch ertönte. Ein Langboot segelte dort heran.

Das Schiff besaß einen scharfen Kiel und war sehr lang. Der Bug stieg hoch auf und lief in einem grimmigen Drachenkopf mit feurigen Augen aus. Das Heck erhob sich ebenfalls und endete in einem gespaltenen Drachenschwanz. Man hatte die beiden Enden rot und gelb gestrichen, während die Seiten schwarz gehalten waren. Alles wurde jedoch von dem riesigen Segel mit seinen rot-weißen Längsstreifen überragt. Frisch bemalte Schilde hingen von der Reling, und darunter ragten Reihen von Rudern heraus. O ja, bei diesem Anblick klopfte auch mein Herz schneller und raste das Blut in meinen Adern.

Die Wikinger, die sich bereits am Uferrand befanden, riefen den Neuankömmlingen fröhliche Rufe entgegen. Einige konnten es gar nicht mehr aushalten, sprangen ins Wasser, schwammen dem Boot entgegen und kletterten über den Rand, um sich zu ihren Kameraden zu stellen. Zum drittenmal ertönte jetzt der eigenartige tiefe Ton, der den Boden unter unseren Füßen zum Beben brachte, und ich erkannte endlich, wie er erzeugt wurde. Zwei riesige Schlachthörner waren auf Deck angebracht, an denen je zwei Wikinger standen, die sich darin abwechselten, aus voller Lunge hineinzublasen. Für einen Mann wäre eine solche Aufgabe zuviel gewesen, und er hätte leicht dabei ohnmächtig werden können.

Rägnar stand von seinen Getreuen umringt da und schaute auf den Fluß hinunter. »Ein wirklich feines Boot«, bemerkte er. »Besäße ich ein nur halb so gutes Schiff, würde Harald heute mir Tribut entrichten, und nicht ich ihm.«

Gunnar zeigte mit einer Hand auf das Gefährt, das nun am Ufer längs ging, und meinte: »Ein Schiff? Ich sehe dort kein Schiff, Jarl Rägnar. Nein, nur unser Silber vermag ich zu erkennen, zwar mit einem Drachenkopf und einem gestreiften Segel versehen, aber immer noch unser Silber.«

»Das ist wahr gesprochen«, stimmte Gelbhaar bitter zu. »Und nun, da ich erkenne, welche Reichtümer wir Stierbrüller überlassen haben, wird mir das Herz schwer.«

Tolar nickte, und um dem noch mehr Inbrunst zu verleihen, spuckte er aus.

Die Männer beschwerten sich noch eine ganze Weile, und

jeder von ihnen hatte eine Klage vorzubringen, aber die ganze Zeit über starrte jeder einzelne auf die geschwungenen Formen des Langboots und das große, beeindruckende Segel. Langsam bewegten sie sich Schritt für Schritt in Richtung Ufer, wo die anderen Wikinger nun Holzpfähle in den Boden rammten und festklopften, an denen die Seile des Schiffes befestigt werden sollten. Ich ging mit ihnen und fand mich plötzlich an Scops Seite wieder.

»So, so, das Mönchlein ist nun Krieger geworden«, höhnte der Sänger. »Womöglich schwingen von nun an Krieger lieber die Feder.«

»Das viele Bier hat Hrothgar bezwungen«, entgegnete ich, »und ich habe ihm nur eine weiche Stelle zur Verfügung gestellt, auf der er landen konnte.«

Der Mann schnaubte, als habe er eine verstopfte Nase, und klopfte mir dann mit seiner verdreckten Hand auf die sauber rasierte Tonsur. »Geschorener!« rief er keckernd, als handele es sich dabei um einen besonderen Spott.

Ich bemühte mich, seine schlechte Laune nicht weiter zu beachten, und sagte: »Ich hätte nicht gedacht, dich wiederzusehen.«

»Ha!« machte er. »Und, ist das für dich eine freudige Überraschung?«

»Ja«, antwortete ich und ärgerte mich langsam doch über seine Unleidlichkeit. »Und ich danke Gott dafür.«

Der Wahrsänger sah mich scheel von der Seite an. Dann packte er mich plötzlich am Arm und riß mich zu sich herum. »Sieh dich um, Ire. Befindest du dich hier etwa in deiner wunderschönen Abtei? Sind diese Männer hier vielleicht deine Mitbrüder?«

Bevor ich etwas darauf antworten konnte, legte er mir seine ungewaschene Rechte in den Nacken. »Gott hat mich verstoßen, mein Freund«, flüsterte er in erstickter Wut. »Und jetzt, Aidan der Unschuldige, hat Er auch dich verlassen.«

Damit stampfte er rasch davon und verzog sich irgendwo im Lager. Ich sah ihm nach und ärgerte mich über seine Unverschämtheit und seine düsteren Mahnungen. Dann schüttelte ich die Erinnerung an seine Äußerungen ab und eilte den anderen hinterher, die bereits die Anlegestelle erreicht hatten.

König Harald reiste mit all seinen Hauskerlen und drei seiner fünf Ehefrauen an. Einige der Weiber, die ihre Männer zum Thing begleitet hatten, bemerkten das sofort und fingen gleich an, darüber zu tratschen.

Die ersten Krieger sprangen über die Reling und schwammen ans Ufer. Während sie an Land wateten, schafften andere Planken heran, für die sie Nadelbäume längs gespalten hatten, und legten sie zwischen Schiff und Land. Männer am Ufer liefen ihnen entgegen und halfen ihnen, die Stege zu sichern.

Erst jetzt hielt Harald Stierbrüller es für geboten, sich der Menge zu zeigen. Und als die Wikinger ihn zu Gesicht bekamen, schwiegen sie beglückt und ergriffen.

20

Einkönig Harald Stierbrüller, der Jarl des Dänenvolks von Skane, stand wie Odin selbst auf seinem Schiff. Ganz in das Blau einer nordischen Mitternacht gewandet, erhob er sich in die Sonne und erstrahlte am ganzen Leib von dem vielen Gold und Silber, das er trug. Scharf zeichnete sich der lange rote Bart ab, den er ausgebürstet und an den Enden zu kleinen Zöpfen geflochten hatte. Geschmeide hing an seiner Brust, an seinem Hals und an beiden Handgelenken. Sieben silberne Reife zierten jeden seiner Arme, und sieben silberne Broschen hielten seinen Umhang an Ort und Stelle.

Der Fürst stieg auf die Reling, und ich sah, daß er barfuß war. Ringe aus Edelmetall klirrten an seinen Knöcheln. Der Riese von einem Mann besaß eine äußerst breite Brust, muskelbepackte Arme und lange, starke Beine. Wie ein Berg erhob er sich vom Schiffsrand und wirkte wie ein König in seinen besten Jahren. Der Blick aus seinen flinken, intelligenten Augen flog über das versammelte Aufgebot.

Ein wahrer König fällt überall als solcher auf, sagte ich mir. Harald strahlte die königliche Würde aus, wie ich sie auch bei anderen Herrschern entdeckt hatte. Trotz ihres verschiedenen Äußeren waren Lord Aengus und Harald aus dem gleichen Holz geschnitzt. Wenn sie sich irgendwo über den Weg gelaufen wären, daran hegte ich nicht den geringsten Zweifel, hätten sie im anderen sofort einen Mann von ähnlicher Gesinnung erkannte.

Der Jarl hob die Hände zum Gruß, und als er den Mund zu einer Ansprache öffnete, sah ich, daß die vielen Schlachten ihm eine rote Narbe beschert hatten, die vom Kinn bis zum Hals verlief.

Seine Stimme klang tief und laut, beim Reden drehte er sich hierhin und dorthin, und er breitete immer wieder die Arme weit aus, so, als wolle er alle an seine Brust nehmen, die sich unter ihm am Ufer versammelt hatten.

In seiner Ansprache ging es darum, während der Ratsversammlung allen Zank und Hader zu schlichten oder zu vergessen. Wenn ich ihn recht verstanden habe, rief er alle auf, sich als freie Männer in Frieden zusammenzusetzen und dann zu beschließen, was am besten zu tun sei – und ähnliches mehr. Eine der Reden, wie sie alle Fürsten von sich geben, wenn sie wollen, daß alles in ihrem Sinne entschieden wird. Mit meiner Einschätzung war ich offenbar nicht allein, denn ich hörte so manches skeptische Grunzen und Räuspern.

Dann hob der König einen seiner bloßen Füße und trat, ohne zu zögern, einen Schritt vor – in die leere Luft. Einige der Weiber hielten entsetzt den Atem an oder schrien leise. Doch dazu bestand kein Anlaß; denn schon tauchte eine Rechte auf und stützte den Fuß. Eine zweite Hand kam der ersten zu Hilfe, und Harald hob den anderen Fuß, um ihn auf das nächste Händepaar zu stellen. All die Männer, die vorher die Planken zwischen Schiff und Ufer gelegt hatten, standen für ihren Fürsten bereit.

Auf diese Weise gelangte der Jarl an Land. Aufrecht schritt er über die Hände seiner Hauskerls und bot ein höchst imposantes Bild. Noch den ganzen Tag über schien es kein anderes Gesprächsthema zu geben: »Habt ihr gesehen, wie sie ihn getragen haben?« – »Heja, die Füße des Königs haben nicht einmal den Boden berührt!«

Denn damit war es noch nicht getan, Harald Stierbrüller nur an Land zu befördern. Man trug ihn weiter bis zu der Stelle, wo sein Zelt errichtet werden sollte. Dort lag eine rote Ochsenhaut auf dem Boden ausgebreitet, und darauf setzte sich der König, um die Ehrungen seines Volks entgegenzunehmen.

Alle traten vor ihn. Einige warfen sich ihm zu Füßen, andere überreichten ihm Willkommensgeschenke. Der Jarl nahm alle Gaben und Ehrenbezeugungen huldvoll entgegen. Ich mochte den Mann, weil er den anderen Achtung entgegenbrachte – trotz der Zweifel, die Gunnar und Rägnar ihm gegenüber hatten. Allerdings war ich auch der Ansicht, daß ihre Befürchtungen aus tiefstem Herzen kamen und zu Recht bestanden.

Wie dem auch sei, dieser König besaß ein gewinnendes Wesen. Er hatte für alle ein Lächeln übrig, strahlte Vertrauen aus und wußte, einen jeden mit einer Geste oder einem Wort auf seine Seite zu ziehen.

Ich beobachtete ihn, wie er da auf der Ochsenhaut hockte, die Edelmänner beim Namen nannte und sie mit Lob und Schmeichelei einwickelte. Noch bevor das Thing, die große Ratsversammlung, überhaupt begonnen hatte, war der König schon längst damit zugange, für seine Sache zu werben. Die meisten näherten sich ihm steif und voller Mißtrauen, und sie verließen ihn wenig später lächelnd und heiter. Mit einer Berührung oder einem aufmunternden Wort hatte Harald ihnen den Mut und den Glauben an ihn zurückgegeben.

O ja, dieser Jarl war ein wahrer Meister des Königshandwerks: geschickt, verschlagen und voller Überredungskraft konnte er die Einwände der vor ihn Tretenden schon entkräften, ehe diese wußten, wie ihnen geschah, und danach auf jeden Widerspruch verzichteten.

Solcher Macht über Menschen war ich schon einige wenige Male zuvor begegnet. Trotz all des Goldes und Silbers, mit dem dieser Mann sich behangen hatte, erinnerte er mich doch sehr an Bischof Tudwal von Tara, der weithin für seine Gefaßtheit, sein Gottvertrauen und seinen gewandten Umgang mit Menschen bekannt ist.

Selbst Gunnar und Tolar konnten sich trotz aller Vorbehalte nicht dem beträchtlichen Charme des Königs entziehen. Ich beobachtete die beiden, wie sie an der Reihe waren, dem Jarl ihren Respekt entgegenzubringen, und wie sie dann frohgemut und voller Vertrauen von ihm zurückkehrten.

Als ich Gunnar später fragte, was Harald gesagt oder getan habe, um bei ihm einen solchen Sinneswandel hervorzurufen, antwortete er: »Habe ich je gegen den König gesprochen? Aedan, du mußt wirklich lernen, den Menschen mehr Vertrauen entgegenzubringen.«

Diesen Ratschlag bestätigte Tolar mit einem kräftigen Nicken.

Von allen Fürsten und Freien, die ich vor den Jarl treten sah, ließ sich nur Rägnar nicht von dem Herrscher einwickeln. Als König wußte er vielleicht zu gut Bescheid, um sich von Kniffen und Worten täuschen zu lassen, die er selbst wohl schon einige Male eingesetzt hatte. Möglicherweise empfand er es aber auch unter seiner Würde, sich vor einem Gleichen so zu entblößen. Seine Stammesangehörigen verließen sich auf ihn und sein Urteil. Gleich, was andere taten oder dachten, Rägnar war in seinen Gedanken und Handlungen abhängig von dieser Verpflichtung. Deshalb konnte Jarl Rägnar Gelbhaar sich nicht vollkommen einem anderen Fürsten unterwerfen und gleichzeitig darauf hoffen, mehr als nur dem Namen nach König zu bleiben.

Stolze Männer sind überall auf der Welt gleich. Ohne Zweifel wurmte es ihn, Harald über sich zu haben. Dem Einkönig Tribut zahlen zu müssen, war schon schlimm genug, da wollte er nicht auch noch vor ihm den Nacken beugen. Vermutlich hatten einige der anderen Kleinkönige ähnliche Vorbehalte, doch davon habe ich nichts mitbekommen, denn ich hatte keine Gelegenheit, die ganze Zeremonie zu verfolgen.

Dann war der Grußzug abgeschlossen. Diese Schlacht war geschlagen, und Harald hatte sich hervorragend behauptet. Mir kam es so vor, als habe er den Samen der Hoffnung unter seinem Volk ausgestreut und zöge sich nun zurück, um die Saat in Ruhe aufgehen und Wurzeln bilden zu lassen.

Und tatsächlich brodelte es in dieser Nacht im Lager vor aufgeregter Erwartung. Überall auf der Wiese saßen die Männer am Feuer zusammen und hegten die wildesten Vermutungen über die morgen stattfindende Ratsversammlung. Dabei ging es vor allem um eine Frage: Was würde der König auf dem Thing vorschlagen?

Obwohl ich mit diesem Treffen wenig zu schaffen hatte – ganz gleich, was der Rat der freien Männer beschließen würde, es würde mich nicht betreffen –, nahm ich doch die gewaltige Anspannung im Lager wahr, die dieses Ereignis mit sich brachte. Lange konnte niemand Schlaf finden, und erst in den dunkelsten Stunden legten sich die meisten nieder.

Früh am Morgen rief eine einzelne Trommel die Fürsten und die Freien zum Thingstein. Wir saßen gerade beim Frühstück, als das Donnern ertönte. Gunnar und Tolar sprangen sofort auf. »Es ist soweit«, meinte ersterer und warf den Knochen fort, den er gerade abgenagt hatte. »Beeilt euch, damit wir in der ersten Reihe sitzen können.«

Zu seinem Pech schien jeder andere im Lager die gleiche Vorstellung zu haben. So brachen die Männer nicht im Bewußtsein des würdigen Ereignisses von den Feuerstellen auf, sondern es setzte ein zügelloser Wettlauf ein. Aus allen Ecken des weit auseinandergezogenen Lagers kamen sie herbeigeeilt. Die wenigen Frauen schauten ihnen sehnsüchtig nach, und einige von ihnen waren kühn genug, den Männern zu folgen und sich so nah wie möglich an den Rand zu stellen, einen Kreis, den man aus Steinen gebildet hatte.

Ermutigt vom Beispiel des Weibsvolks begab ich mich ebenfalls bis an die Grenze, während Gunnar und Tolar sich mit Hilfe der Ellenbogen weiter nach vorn zu kämpfen versuchten. Die besten Plätze waren natürlich längst vergeben, und so suchte ich nach einer Stelle, von der aus ich wenigstens noch ein wenig sehen könnte.

Zunächst tat sich für eine ganze Weile nichts. Doch dann hüpfte ein alter Mann um den Thingstein herum und schüttelte dabei eine Kürbisflasche, die wohl mit Kieselsteinen gefüllt war. Er murmelte unablässig vor sich hin und stakste steifbeinig immer wieder um den Fels.

»Skirnir«, flüsterte jemand in meiner Nähe, und ich schloß, daß dies wohl der Name des Männleins sein mußte. Vermutlich handelte es sich bei ihm um einen dieser ebenso merkwürdigen wie wunderlichen Skalden, eine Art Priester, der zugleich Ratgeber von König Harald war.

Der Alte trug ein eingerissenes Langhemd und eine Hose aus gegerbter Hirschhaut und ließ für einige Zeit seinen leisen Singsang ertönen. Endlich legte er die Flasche beiseite, nahm statt dessen eine Holzschüssel in die Hand und fing an, mit einem abgenutzten Birkenzweig eine dicke Flüssigkeit – vermutlich irgendein Öl – auf den Stein zu spritzen. Jedesmal, wenn Skirnir den Stab eintunkte, rief er den Namen seines Gottes, und wann immer das Öl auf dem Fels landete, nieste er dazu.

Als der Skalde den Stein auf solche Weise mehrmals umschritten hatte, stellte er die Schüssel auf den Boden, tauchte abwechselnd die Rechte und die Linke in die Flüssigkeit und bedeckte den Fels mit seinen Handabdrücken. Manchmal umarmte er das Heiligtum auch und brachte es solcherart zustande, den Fels einzuölen. Während der Priester noch damit beschäftigt war, trat der König aus dem Kreis der Umstehenden. Er hielt etwas unter dem Arm, das ich aber nicht genau erkennen konnte.

Nachdem Skirnir den Stein eingerieben hatte, wandte er sich an den Jarl und verlangte von ihm das Mitbringsel, und ich erkannte, daß es sich dabei um ein Huhn handelte. Noch während ich überlegte, warum der Fürst mit einem Federvieh erschienen war, hob der König das Tier hoch in die Luft, auf daß alle es sehen konnten, und reichte es erst dann dem Skalden. Dieser hielt das Huhn ebenfalls in die Höhe, und das dreimal, ehe er es dem Herrscher hinhielt, worauf dieser sich Schnabel und Kopf des Tiers in den Mund schieben ließ.

Was für ein absonderlicher Anblick: Der König der Dänen mit dem Kopf eines Huhns im Mund.

Jetzt stieß der Skalde einen lauten Schrei aus und begann, am ganzen Leib zu beben. Seine Hände und Schultern zuckten, seine Beine schüttelten sich, und sein Körper zuckte. Plötzlich entriß er dem Jarl das Huhn, hielt es über seinen Kopf, drehte sich um sich selbst und hörte nicht auf zu wackeln. Immer schneller wirbelte er herum, und unvermittelt sauste sein Arm herab. Ein scharfes Knacken ertönte, und dem armen Tier trennte sich der Kopf vom Rumpf. Das Huhn fiel zu Boden, wo es gleich anfing, aufgeregt zu laufen, zu hüpfen und zu flattern.

Skirnir folgte den verrückten Bewegungen des Vogels auf Händen und Knien und studierte jede Regung des Tiers genau. Dabei spritzte Blut auf ihn und den Fels.

Alle hielten den Atem an und beugten sich vor, während die Zuckungen des Huhns allmählich erlahmten. Endlich fiel es hin und rührte sich nicht mehr. Nur einige seiner Federn bebten noch ein paar Momente lang. Der Skalde sprang wieder auf und erklärte mit lauter Stimme, daß die Götter günstige Vorzeichen geschickt hätten. Doch redete er dabei so eigenartig, daß ich nicht alles verstehen konnte. Die Freien und Fürsten schienen jedoch damit zufrieden zu sein, stießen sie sich doch an und nickten leise.

An dieser Stelle möchte ich deutlich bekunden, daß ich

weder in Omen noch Orakel großes Vertrauen setze und erst recht nicht an die alten Götter glaube. Deren Macht, falls sie denn überhaupt welche besitzen, rührt vom Willen derjenigen her, die hartnäckig einem solchen Glauben anhängen. Ich will gar nicht so weit gehen zu behaupten, bei den alten Göttern handele es sich lediglich um Dämonen; obwohl viele weisere Häupter mir versichern, daß es sich genau so verhalte. In meinen Augen sind sie eher leere Gefäße, die nicht in der Lage sind, wahren Glauben der Menschen in sich aufzunehmen. In früheren Zeiten haben die Völker sich an alle Götter geklammert, die sie finden konnten. Aber damals herrschte Finsternis, und die Menschen suchten in ihrer Ahnungslosigkeit nach etwas, woran sie sich in der grimmigen Nacht festhalten konnten.

Aber seit der Kreuzigung unseres Herrn ist Licht über die Erde gekommen, und es wurde endlich Tag. So lautet ja auch die Frohe Botschaft. Deshalb darf man es nicht länger hinnehmen, daß die Wesen der Dunkelheit weiter verehrt werden. So sieht mein Glaube aus. Wenn ich die Barbaren nicht für ihren fehlgeleiteten Götzendienst verdammte, würden die eifrigen Brüder mich sicher noch mehr für meinen sündhaften Mangel an Frömmigkeit und Glaubenseifer schelten. Wenn die nämlich an meiner Stelle hier gestanden hätten, hätten sie die Erde selbst mit dem Feuer ihrer Rechtschaffenheit verbrannt.

Aber ich bin nur ein schwacher und sündenbeladener Mönch, wie ich hier freimütig gestehe. Außerdem habe ich ja beschlossen, die Wahrheit und nichts anderes als sie zu berichten. So mag ein jeder mich verurteilen, wie er möchte.

Nachdem das Omen also für günstig erkannt worden war, erklärte Skirnir das Thing für eröffnet. Er sammelte Flasche, Schüssel und Huhn wieder ein und zog sich zurück. An seiner Stelle trat Harald vor und brachte seine Freude darüber zum Ausdruck, daß so viele seinem Ruf gefolgt waren.

»Meine Verwandten und Stammesbrüder«, donnerte er mit seiner Stierstimme und breitete die Arme weit aus, als wolle er die ganze Ratsversammlung umfassen, »es erfüllt mein Herz mit Glück, euch vor mir stehen zu sehen, denn wir sind wahrlich ein mächtiges Volk.

So frage ich euch: Wer vermag, dem Dänenmann zu widerstehen, in dem heißer Rachedurst brennt? Unser Kampfesmut ist ebenso schrecklich wie unüberwindlich, und auf der ganzen Welt fürchtet man die Kraft unserer Arme. Wer könnte sich dagegen schon zur Wehr setzen?«

Der König stieß einen Arm in die Luft, als hole er mit einem Schwert aus, und rief: »Wer würde sich den Dänen in den Weg stellen, in deren Adern Odins Zorn lodert?«

Die Männer murmelten zustimmend und versicherten einander, daß niemand es mit der Wut der Dänen aufnehmen könne.

Der Jarl beschrieb nun in einer langen Rede, wie die ganze Erde zittere, wenn die Kiele der Langschiffe das Wasser der Meere durchpflügten; und wie alle Menschen sich in die hintersten Winkel verkröchen, wenn die Seewölfe wieder unterwegs seien. Diese Ausführungen begleitete er mit mehreren imaginären Schwerthieben und Speerstößen gegen ebenso eingebildete Schilde.

Die Männer wurden immer lauter, und keiner von ihnen war mit den Darstellungen des Königs unzufrieden. Einige spendeten ihm sogar offen Beifall und forderten ihn zu weiteren starken Worten auf. Selbst die unter ihnen, die schwiegen, standen angespannt da, hatten die Ohren gespitzt und konnten es gar nicht abwarten, endlich zu erfahren, was den großen Jarl bewogen hatte, diese Versammlung einzuberufen.

Ich habe schon von Kriegern gehört, die im vollen Galopp von einem Pferd auf das nächste springen können. Eine solche Tat führte Harald nun vor, natürlich bildlich gesprochen.

»Brüder, ich weiß, daß der jährliche Tribut schwer auf

euren Schultern lastet, und mir ist auch bewußt, daß eine solche Bürde vielen unerträglich vorkommt.«

Der König brachte das mit unglaublicher Überzeugungskraft vor, so, als habe ein anderer Fürst dem Dänenvolk diesen Mühlstein um den Hals gebunden. Dann erklärte er auch noch, als sei dies seine größte Sorge, daß er ein schlechter Herrscher wäre, wenn er nur untätig dastünde und nichts unternähme, um seinen Landsleuten die vom Gesetz aufgebürdete Last etwas zu lindern.

Nun kam es erst recht zu Unruhe unter den Anwesenden, weil viele sich fragten, was der Jarl damit wohl meine.

»Daher habe ich mir einen Weg einfallen lassen, wie man diese Steuern ...« Er legte eine Kunstpause ein, und alle beugten sich vor, um auch ja nichts zu verpassen, »diesen Tribut erlassen könnte.«

Diese Ankündigung löste einiges Getöse in den Reihen der Dänen aus, so daß Harald sich gezwungen sah, seine Worte zu wiederholen, und das nicht nur ein-, sondern sogar dreimal.

»Ihr habt mich gehört, heja«, versicherte der Jarl ihnen schließlich und reckte die Fäuste. »Eure Abgaben sollen euch erlassen werden.«

Nun schwieg der König für einen Moment, damit die hinteren Reihen von den vorderen über diese erstaunliche Ankündigung in Kenntnis gesetzt werden konnten. Und natürlich sollten auch die, welche außerhalb des Steinkreises standen, davon erfahren. Währenddessen stand er aufrecht da, hatte die Fäuste in die Hüften gestemmt und lächelte breit. Sein rotes Haar glänzte in der Sonne, und er strahlte Selbstvertrauen wie ein Feuer Hitze aus.

Nachdem die Gemüter sich etwas beruhigt hatten, berichtete Harald, was er sich überlegt hatte. Er wollte ein Unternehmen starten, das Reichtum und große Schätze über alle freien Männer im Dänenland bringen würde. Wieder mußte er die Arme heben, um weiterreden zu können. Die Wikinger schrien und brüllten aber weiter alle durcheinander, und er mußte sie donnernd um Ruhe bitten.

Jetzt erklärte er, daß er entschlossen sei, nach Miklagård zu fahren, wo es mehr Gold und Silber gebe, als man nach Hause tragen könne, und wo selbst der niederste Sklave reicher sei als der mächtigste König von Skane.

Zuerst starrten ihn alle ob eines so kühnen Planes an. Dann erzählten sie sich staunend, was Harald gerade verkündet hatte. »Hast du das gehört?« – »Miklagård!« – »Der König will nach Miklagård!« – »Das muß man sich mal vorstellen!«

»Nun frage ich euch, meine Brüder«, brüllte der Fürst, um sich Gehör zu verschaffen, weil sein Volk immer aufgeregter wurde, »ist es etwa recht, wenn die Sklaven im Süden mehr Reichtum besitzen als die Könige im Norden? Ist es etwa richtig, daß wir, Odins Lieblingskinder, uns den Buckel krumm arbeiten müssen – mit Säen, Ernten, Holzschlagen und Wasserholen –, während dunkelhäutige Sklaven im Schatten unter den Obstbäumen liegen und nicht einmal aufstehen müssen, um sich eine saftige Frucht zu pflücken?«

Diese Frage ließ er unbeantwortet in der Luft hängen, auf daß sie sich in alle Richtungen ausbreite.

»Nein!« schrie auch schon bald einer. Ich glaube, das war Hrothgar. »Das ist empörend!« brüllte ein anderer. Und nicht lange, da stimmten alle ein Geschrei an und verlangten, daß dieser himmelschreienden Ungerechtigkeit ein Ende gemacht werde.

Der König hob die Hände, höher und höher, bis endlich wieder Ruhe eingekehrt war. Dann fuhr er fort und sprach diesmal sachlicher und auch zögernder, so, als erschrecke ihn das Bild, das er jetzt zeichnete, am allermeisten. Oder als sei es ihm zuwider, sich zu lange damit auseinanderzusetzen.

Harald teilte seinem Volk mit, daß er sich geschworen habe, die Last der Dänen zu erleichtern. Und wenn seine Brüder das von ihm verlangten, würde er nach Miklagård ziehen und mit dem Reichtum der südlichen Sklaven zurückkehren. Ja, all diese Schätze wolle er dort erbeuten, und das allein zu dem Zweck, das Los der freien Männer im Norden zu verbessern und ihnen zu ermöglichen, keinen Tribut mehr zahlen zu müssen. So viel Gold und Silber sei in Miklagård zu holen, daß selbst der Gierigste zufriedengestellt würde. All dies und noch viel mehr wolle er tun, wenn die Fürsten und Freien seines Volks dies von ihm forderten.

Dabei zeigte er zum Fluß, wo sein großes neues Schiff vor Anker lag. Seht nur auf dieses Boot, forderte er sie auf und erklärte, es sei das schnellste, das je in ganz Skane gebaut worden sei. Dieses Schiff wolle er besteigen und seine Kriegerschar zur Stadt aus Gold führen. Und er, Harald Stierbrüller, werde das große Boot mit so vielen Schätzen füllen, daß alle anderen Könige grün vor Neid würden, wenn sie entdecken müßten, welchen Reichtum seine Fürsten und Freien genießen konnten.

Wenn ein solches Glück über einen kommen soll, hält es selbst den Friedlichsten nicht mehr an seinem Platz. Die Dänen fielen sich in die Arme, ließen ihren Glückstränen freien Lauf oder sprangen vor Freude darüber, in Kürze zu gewaltigem Reichtum zu kommen, immer wieder in die Luft. Natürlich lobten sie auch den Jarl für seine Weisheit und Voraussicht. Ja, dies sei wahrlich ein König, der wisse, was für sein Volk das Beste sei!

»Aus diesem Grund«, fuhr Harald fort, als die Wikinger leiser geworden waren, weil sie wieder zu Atem kommen wollten, »erlasse ich euch die jährlichen Abgaben, die mir als eurem Herrn zustehen.«

Und noch einmal brandete Jubel auf, und vor lauter Hochrufen kam der Herrscher erst einmal nicht dazu, seine Rede fortzusetzen.

»Ich erlasse den jährlichen Tribut«, konnte er eine Weile

später erklären, »aber nicht nur für ein Jahr. Auch nicht für zwei. Und auch nicht für drei. Nicht einmal für vier ..., sondern auf fünf Jahre sollen jedem Mann die Abgaben erlassen werden, der sich rüstet und mir nach Miklagård folgt!«

Oh, was für ein mit allen Wassern gewaschener Fürst! Ich glaube, in diesem Moment hat niemand die kleine Falle herausgehört, die Harald in seine Ankündigung eingeflochten hatte. Die Männer hatten nur verstanden, daß er ihnen auf fünf Jahre den Tribut erlassen wollte. Vermutlich würde es noch eine Weile dauern, bis sich unter den Dänen herumgesprochen hatte, daß, um diese Befreiung zu erlangen, sie ihm bis nach Miklagård folgen und ihm dort mit Raub und Plünderung die Schatztruhen füllen mußten.

Harald hatte sie seine Verwandten und Brüder genannt. Er bat sie, ja richtig, er bat darum, mit ihm nach Süden zu segeln, wo sie Reichtümer jenseits aller Vorstellungskraft erwarteten. Aus dem Munde des Königs klang das so, als bräuchten sie nur eine Schaufel zu nehmen und all das Gold und Silber vom Boden aufzusammeln.

Wieder breitete er die Arme weit aus. »Wer kommt mit mir?« rief er, und alle brüllten, daß sie dabeisein wollten. Die Wikinger stürmten nach vorn und stießen sich gegenseitig aus dem Weg, um nur ja der erste zu sein, der den König seiner Unterstützung versicherte.

Harald hatte sein Ziel erreicht und verkündete nun rasch, daß das Thing für heute beendet sei. Ich vermute, er wollte auf diese Weise verhindern, daß diejenigen sich Gehör verschaffen konnten, die Bedenken gegen diese Unternehmung vorzubringen hatten oder sich gar völlig dagegen aussprachen.

Doch als ich mich umsah, entdeckte ich niemanden, der sich nicht von der allgemeinen Begeisterung hatte anstecken lassen. Selbst Rägnar machte kein finsteres Gesicht mehr, sondern verließ die Versammlung nachdenklich und sogar mit einem zufriedenen Lächeln.

Der König gab nun bekannt, daß den Rest des Tages gefeiert werden solle. Er ließ drei Riesenwannen Bier in die Mitte des Lagers schaffen und gab Anweisung, daß diese ständig von den Vorräten im Lagerraum seines Schiffes nachgefüllt werden sollten – und das für die verbleibenden Tage und Nächte der Ratsversammlung. Außerdem stiftete er drei Ochsen und Schweine, die über Feuern gebraten werden sollten, auf daß sich sein Volk daran labe.

Das Fest, das nun folgte, erwies sich den Plänen des Jarls durchaus als förderlich. In jener Nacht wurde so gut wie jeder Becher auf das Wohl Haralds gehoben, und man pries ihn als kühnen Planer mit visionären Kräften. An jedem Feuer glänzten die Gesichter der Männer vom triefenden Fett der Rippen und anderen Fleischbrocken. Während sie an den Knochen nagten, versicherten sie sich gegenseitig immer wieder, daß Harald Stierbrüller der beste König sei, der je auf zwei Beinen über die Erde geschritten sei. Die Männer priesen ihn als wahren und edlen Herrscher. Als gütigen Führer, dessen einzige Sorge das Wohl seiner Untertanen und die Mehrung deren Reichtums sei. Als Ersten unter den Männern. Als Born der Weisheit und allen anderen weit voraus. Als Tapfersten der Mutigen, der gleichwohl voller Mitgefühl für seine Stammesbrüder sei. Als König, der von großen Taten träumte und die zum Wohl seines Volkes auch in Angriff nahm.

Natürlich sorgte der Skalde Skirnir dafür, daß die Männer das nicht vergaßen. Er war ständig auf der weiten Wiese unterwegs, hüpfte von einem Feuer zum nächsten und sang dort seine Lieder zum Ruhme seines Herrn. Überall fand er willige Zuhörer, wenn auch teilweise stieren Blicks, für seine geradezu religiösen Lobpreisungen.

Als das Gelage für diesen Tag zu Ende ging und auch der letzte Zecher auf seinem Lager neben dem Feuer zusammengebrochen war, stand allgemein fest, daß dieses Thing das beste gewesen sei seit der Versammlung vor vielen Jahren, als Olaf Nasenbruch einen Ochsen mit bloßen Fäusten erschlagen hatte.

Und in dieser Nacht, als die tiefe Stille des Sommers schwer über den schlafenden Dänen lag, kam mir wieder ein Traum.

21

Eine hellbraune Eule schwebte auf geräuschlos schlagenden Schwingen über die Wiese und riß verwundert die Augen weit auf, als sie so viele Menschen verstreut auf ihrer Jagdwiese liegen sah. Mit einem ärgerlichen Schrei bog das Tier ab und flog am Fluß entlang.

Ein Wind kam auf, wehte bald heftiger, schuf Muster im hohen Gras und erzeugte eine eigentümliches flatterndes Zischen. Dieses Geräusch weckte mich. Ich erhob mich von meiner selbstgemachten Schilfmatte und schaute mich um. Verschwunden waren die Zelte, vergangen die Feuer, verloren die schlafenden Menschen und in nichts aufgelöst Thingstein und Versammlungsplatz.

Noch während ich hinsah, verwandelte sich die Wiese und wurde zu einem Meer. Das leicht wogende Gras hob und senkte sich in Wellen, und die wenigen Blumen verteilten sich wie einzelne Schaumkronen auf der aufgewühlten See.

Ich fragte mich noch, wie es möglich sein könnte, daß ich auf Wasser stand, als der Boden unter meinen Füßen schon die Form eines Schiffsdecks annahm. Das Boot selbst konnte ich in der Finsternis nicht ausmachen, aber ich hörte, wie der Wind das Segel zum Knallen brachte und wie der scharfe Bug durch die Wellen pflügte.

Der Himmel zeigte sich vollkommen schwarz. Weder

Sonne noch Mond ließen sich an ihm sehen, und die wenigen Sterne schienen aus ihrer Bahn geraten zu sein. Das Schiff trug uns rasch über die dunklen, unbekannten Wasser; denn ich war nicht allein. Die anderen Seefahrer konnte ich zwar nicht sehen, aber bei der Arbeit hören, wie sie leise miteinander murmelten. So stand ich an der Reling, starrte hinaus in die dunstverhangene Ferne und suchte nach dem unsichtbaren Horizont.

Wie soll ich sagen, wie lange wir unterwegs gewesen sind? Einen Tag, eine Woche oder viele Jahre ... ich weiß es einfach nicht. Der Wind ließ nicht einen Moment nach, und das Schiff änderte nicht einmal seinen Kurs. Nur der Himmel wandelte sich vom kalten Grau der Nordlande zu einem tiefen, klaren Nachtblau.

Hier konnte man den fernen Horizont ausmachen, und ich suchte den flachen Streifen nach Anzeichen von Land ab. Einem Fels, einer Insel, dem Buckel von einem Hügel oder einem Berg. Doch nichts wollte sich meinen Augen zeigen. Das Meer, das Firmament und die eigenartigen Sterne schienen aus einer anderen Welt zu stammen. Nur das Boot ließ sich unbeirrt vom Wind davontragen und glitt wie eine tief fliegende Möwe über die Wellen.

Doch irgendwann änderte sich der Himmel. Das Blau verlor sein Glühen und wurde heller. Schon tauchte darin das Halblicht in der Farbe von Rosenblüten auf. Dieses Rot bemächtigte sich des Firmaments, und an seinen Rändern bildete sich die Farbe von Gold. Ein unruhiges Wirbeln, das stetig heller wurde und sich in einem Halbbogen von strahlendstem Glanz vereinigte. Dieser leuchtende Kreis ließ sich eher erahnen denn sehen, steckte er doch noch halb verborgen unter dem Horizont. Jetzt wußte ich, daß ich gen Osten blickte und wir der aufgehenden Sonne entgegenstrebten.

Weiter und weiter schnellte das Schiff dahin. Der Himmelsstern stieg höher, und seine Strahlen durchdrangen den

Himmel in Richtung Morgen mit seinen Flammenschwertern. So hell funkelte das Licht, daß ich davor die Augen schließen mußte.

Als ich wieder hinsah, mußte ich erkennen, daß ich nicht die Sonne, sondern einen gewaltigen goldenen Dom vor mir hatte. Besser gesagt die Rundung eines unermeßlich großen Palastkuppeldachs, das von weißen Marmorsäulen getragen wurde, die so groß und breit waren wie die allerhöchsten Bäume. Ich wunderte mich, wie ein so mächtiger Bau auf der unruhigen See treiben konnte, ohne in ihr unterzugehen.

Doch als wir näher kamen, entdeckte ich, daß dieses phantastische Gebilde sich auf einem Landvorsprung erhob. Die Flügel und die Hallen mit ihren vielen Kammern verteilten sich auf einem buckeligen Hügel. Dieser stieg aus dem Meer und teilte drei Ströme, an denen drei machtvolle Völker wohnten.

Geräusche stiegen von dieser Landzunge auf. Zuerst hielt ich das für die Brandung des Meers an den Klippenküsten, denn das leise Donnern hob und senkte sich wie das Anschlagen von Wellen. Doch dann kamen wir näher, und die Brandung verwandelte sich in menschliche Stimmen, die ebenso wunderbar wie wunderlich ein Lied sangen.

Und plötzlich stand ich in einer ungeheuren Halle, die aus vielfarbigen Steinen errichtet und deren Decke so riesig war, daß sich unter ihrer Kuppel der Himmel selbst mit Sonne und Sternen ausbreitete. Licht fiel wie Vorhänge herab, und ich löste mich aus dem Schatten einer schweren Säule, um ins Helle zu gelangen. Ich bewegte mich über einen Boden, dessen Platten von den langsamen und ehrfürchtigen Schritten vieler Generationen ganz glatt poliert waren.

Während ich ebenso feierlich und gemessen ging, hörte ich jemanden meinen Namen rufen. Ich hob den Kopf und blickte in das blendende Licht, wo ich das Gesicht eines Mannes ausmachen konnte. Er sah mich aus großen, traurigen

Augen an, und auf seiner Miene standen grenzenlose Liebe und tiefer Kummer zu lesen.

»Aidan«, sagte er leise, und mein Herz schlug schneller, weil ich erkannte, daß Christus selbst das Wort an mich gerichtet hatte. »Aidan, warum läufst du vor mir davon?«

»Herr, ich habe Dir mein ganzes Leben lang gedient«, entgegnete ich.

»Aus meinen Augen, du falscher Diener!« donnerte Er mit einer Stimme, als wolle Er den Weltuntergang ausrufen.

Ich schloß die Augen ganz fest, und als ich es endlich wagte, sie wieder zu öffnen, umgab mich wieder eine ganze normale Nacht, und ich lag neben einem Feuer, das fast vollkommen herabgebrannt war.

Das Fest, welches Haralds wunderbarer Ankündigung gefolgt war, fand auch am nächsten Tag seine Fortsetzung und zeigte keine Anzeichen, so bald sein Ende zu finden. Seit Hrothgars gescheitertem Versuch, mich zu töten, kam und ging ich, ohne das irgend jemand auch nur eine Braue gehoben hätte. Selbst mein massiger Plagegeist, der mir nach dem Kampf noch einige Male begegnet war, schien mich überhaupt nicht mehr wahrzunehmen. Vielleicht verhielt es sich ja wirklich so, wie Gunnar gesagt hatte, daß der Mann nämlich ein so miserables Gedächtnis besaß, daß er sich an diesen Vorfall nicht mehr erinnern konnte.

Gunnar war, wie im übrigen alle anderen auch, vollauf mit Essen und Trinken beschäftigt. Da kam er kaum dazu, viel von seinem Sklaven zu verlangen, und ich durfte mir die Freiheit nehmen, überall herumzuwandern. Heute wollte ich die Gelegenheit beim Schopf ergreifen und mir einen stillen Ort zum Beten suchen. Der war zunächst gar nicht so leicht zu finden, bis ich am Fluß entlanglief und eine Birkenlaube entdeckte, die mir als Kapelle wie geschaffen schien. Eine ruhige und friedliche Stelle mit weichem Gras zum Hinknien … Ich verbrachte fast den ganzen Tag dort und war froh, mich weit genug vom Lager entfernt zu haben, um nicht von dem Gelärme der Dänen in meiner Andacht gestört zu werden.

Ich sang Psalmen, vollführte den Lúirch Léire, die Meditation im Bauchliegen mit ausgebreiteten Armen, und weil ich mich schuldig und zerknirscht fühlte, die tägliche Andacht so sträflich vernachlässigt zu haben, sang ich den Lobgesang der drei Jünglinge. Die Qualen, die diese drei im Feuerofen erlitten haben, erfüllten mich stets mit neuer Liebe und Begeisterung für unseren Herrn und seine Verehrung.

So verbrachte ich den Tag, und am Abend fühlte ich Herz und Seele gestärkt. Um auch etwas fürs leibliche Wohl zu tun, gönnte ich mir etwas von Ylvas Naschwerk. Als ich darauf herumkaute und den herrlichen Geschmack genoß, mußte ich unweigerlich an sie denken. Und die Erinnerung an sie war mir ebenso süß wie dieser Honigkuchen.

Als ich von meiner Zelle im Grünen zurückkehrte, kam ich zufällig an der Stelle vorbei, an der das Schiff des Königs vor Anker lag. An Bord regte sich etwas, und das erweckte meine Neugier. Zwei Frauen traten aus dem Zelt hinter dem Mast, und ihnen folgte ein Dritter, Harald selbst. Er sagte etwas zu den Frauen und verließ dann das Boot. Diesmal jedoch über die Planke. Heute hielten sich hier keine Hauskerle auf, die ihn wieder auf ihren Händen hätten tragen können.

Der Jarl entdeckte mich und blieb stehen. Da er vorzuhaben schien, mich anzusprechen, hielt ich ebenfalls inne. Doch der König starrte mich nur mit gerunzelter Stirn und einer bedrohlichen Miene an. Dann wandte er sich abrupt ab, so als beleidigte ihn mein Anblick. Er marschierte zurück ins Lager, schien tief in Gedanken versunken und schwang dabei den rechten Arm, als kämpfe er mit einem unsichtbaren Schwert.

Auch ich machte mich auf den Weg zu den Feuerstellen und traf an einer Gunnar, Tolar, Rägnar und einige andere, die mit ihren Bechern um eine leere Wanne saßen und gerade darüber diskutierten, wer aufstehen und Nachschub holen sollte.

»Ich glaube, Jarn und Leif müssen jetzt gehen«, erklärte mein Herr gerade. »Tolar und ich haben nämlich das letzte Mal neues Bier besorgt.«

Tolar starrte in seinen leeren Becher und nickte.

»Du sprichst die Wahrheit, Gunnar, aber dabei scheinst du zu vergessen, daß Jarn und ich davor schon zweimal losgegangen sind«, erklärte Leif.

»Ja, ich glaube auch, daß du das vergessen hast«, bestätigte Tolar.

Rägnar leerte sein Trinkhorn. »Dann scheine ich ja wohl an der Reihe zu sein.« Er machte Anstalten, sich zu erheben.

»Nein, Jarl!« rief Leif und legte seinem Herrn eine Hand auf die Schulter. »Das können wir nicht zulassen. Uns obliegt es, eine neue Wanne zu holen.«

»Dann kann ich nur hoffen, daß ihr bald zu einem Entschluß gelangt«, brummte der Fürst, »sonst fürchte ich, zu alt und gebrechlich geworden zu sein, um mein Trinkhorn ein weiteres Mal heben zu können.«

Leif seufzte schwer, so, als habe man ihm eine gewaltige und drückende Last aufgebürdet. »Dann komm mit, Jarn«, forderte er den Kameraden auf, doch ohne sich von seinem Platz zu erheben. »Das Glück ist uns heute nicht hold. Allem Anschein nach haben wir schon wieder den schwarzen Stein gezogen.«

In diesem Moment trat ich an das Feuer, und sofort richteten alle hoffnungsvoll den Blick auf mich. »Aedan wird uns neues Bier bringen!« verkündete Gunnar und deutete auf die leere Wanne. »Bring uns Nachschub. Spute dich.«

Ich nickte gehorsam, beugte mich über das Behältnis und hob es auf.

»Nein, nein, er kann sie nicht allein tragen«, brummte mein Herr und suchte die Runde ab. »Tolar wird ihn begleiten.«

Der Angesprochene hob den Kopf und starrte Gunnar an. Doch dann zuckte er mit den Achseln, stellte seinen Humpen ab und erhob sich.

»Komm, Tolar«, lächelte ich ihn an. »Wollen wir hoffen, daß noch ein oder zwei Tropfen übriggeblieben sind.«

»Ja, wir sollten uns beeilen.« Er nahm mir die Holzwanne ab und trug sie auf der Schulter. »Hier entlang«, wies Tolar mich an und setzte sich mit Riesenschritten in Bewegung.

Ich konnte mich nicht erinnern, so viele Worte auf einmal von ihm vernommen zu haben, und auch nicht daran, ihn so geschwind zu erleben. Daher hatte ich Mühe, mit ihm Schritt zu halten, während wir zu der Stelle am Rande des Steinkreises hasteten, wo die Kochfeuer des Königs brannten. Neue Schweine brutzelten an Spießen, und über einem Feuer wurde ein ganzer Ochse gebraten. Dahinter hatte man die Fässer aus Haralds Schiff aufgebaut. Etliche von ihnen waren bereits aufgeschlagen worden, damit ihr Inhalt die Wannen füllte. Tolar und ich stellten uns zu den anderen Wartenden und verfolgten, wie die goldbraune Flüssigkeit schäumend in die Wannen strömte. Der leicht süßliche Hefegeruch drang uns wunderbar in die Nase.

»Ah«, seufzte ich, »davon könnte ich einen ganzen See leer trinken.«

Tolar lächelte und zwinkerte mir wissend zu.

»Wenn ich einen ganzen See voll Bier hätte«, erklärte ich jetzt und hob die Hand wie ein Barde vor einer wichtigen Ankündigung, »dann würde ich ein großes Fest geben für den König der Könige und Herrn der Herrlichkeit. Ja wirklich, für mich wäre es das Schönste, bis in alle Ewigkeit mit dem Herrn der Heerscharen anzustoßen.«

Mein Begleiter lächelte immer noch, und so fuhr ich damit fort, das Gebet der Brauer zu sprechen: »Ich wünsche mir, die Früchte des Glaubens kämen in mein Haus geflogen, auf daß alle sich daran laben könnten. Ich wünsche mir, die Heiligen in Christo würden in meiner Halle Einkehr halten. Ich wünsche mir, die Fässer voller Seelenerquickung würden in stetem Fluß vor sie gestellt. Ich wünsche mir, die Becher der Barmherzigkeit würden ihren Durst stillen. Ich wünsche mir einen Humpen der Gnade für jeden einzelnen dieser engelsgleichen Gesellschaft. Ich wünsche mir, daß die Liebe in ihrer Mitte nimmerdar darben muß. Ich wünsche mir, daß unser Herr Jesus auf dem Ehrenplatz sitzt.

Und, Mo Croi, ich wünsche mir, ein immerwährendes Bierfest für den Hochkönig des Himmels auszurichten, und daß Jesus auf immer mit mir trinkt.«

Ich weiß nicht, ob Tolar dieses Gebet gefiel, und wahrscheinlich hat er kaum die Hälfte davon verstanden, weil ich seine Sprache noch nicht recht beherrschte und das Brauerlied nur unbeholfen von mir geben konnte. Wie dem auch sei, er ließ alles mit gleichbleibendem Lächeln über sich ergehen.

Als neue Fässer geöffnet wurden, kämpften wir uns in die erste Reihe vor und hielten unsere Wanne unter den schäumenden Sturzbach. Dann machten wir uns auf den Weg zurück und mußten beide Hände an die Haltestricke legen, weil der offene Behälter so schwer war. Und wir bewegten uns vorsichtig, um keinen Tropfen des wertvollen Nasses zu verschütten.

Die anderen priesen unseren Eifer und unsere Klugheit, während sie uns mit Becher, Humpen oder Horn umringten.

»Der Geschorene«, sagte Tolar und meinte damit mich, »hat dieses Bier mit einigen geheimnisvollen Worten an seinen Gott gesegnet.«

»Wirklich?« fragte Rägnar.

»Ich habe ein Gebet meines Volks gesprochen«, antwortete ich.

»Dein Gott scheint dir ja sehr wichtig zu sein, was?« meinte Leif und legte den Kopf schief.

»Ja, er erweist ihm oft seinen Respekt«, verkündete Gunnar voller Stolz darüber, daß er viel mehr wußte als die anderen. »Aedan hat seit dem Tag, an dem er zu uns gekommen ist, nicht aufgehört, zu seinem Gott zu beten. Er wendet sich sogar beim Essen an ihn.«

»Wirklich?« fragte Rägnar wieder. »Scop tut das aber nicht, dabei hat er doch auch einmal zu den Geschorenen gehört. Verlangt dein Gott denn diese vielen Gebete von dir?«

»Nein, das verlangt er nicht«, entgegnete ich, »vielmehr verhält es sich so, daß ...« Verzweifelt suchte ich nach einem passenden Wort, um diesen Menschen Frömmigkeit oder Gottergebenheit zu erklären. »Wir beten aus Dankbarkeit, weil er sich so um uns kümmert.«

»Dein Gott gibt dir zu essen und zu trinken?« rief der, den sie Jarn nannten. »Das glaubst du ja wohl selbst nicht!«

Und schon entstand ein neues Streitgespräch. Diesmal um die Frage, ob es nicht pure Zeitverschwendung sei, irgendwelche Götter zu verehren, und wenn man das doch tue, bei welchen dieser höheren Wesen sich das am ehesten lohne.

Leif vertrat den Standpunkt, es mache keinen Unterschied, ob man alle Götter verehre oder gar keinen. Dieser Meinungsaustausch beschäftigte die Zecher eine geraume Weile. Glücklicherweise bot ja die Wanne Hilfe, wenn einer sich heiser geredet hatte, wie auch dabei, die eigene Meinung mit Entschiedenheit von sich zu geben.

Schließlich wandte sich der Fürst an mich: »Geschorener, was hast du denn dazu zu sagen? Müssen die Menschen den Göttern gehorchen, oder können sie die vergessen?«

»Die Götter, von denen du sprichst«, antwortete ich, vom Bier ermutigt, »sind wie das Streu, welches man den Schweinen vorwirft. Sie besitzen nicht mehr Bedeutung als das trockene Gras, das man zusammenknotet und zum Feueranzünden benutzt. Und sie sind den Atem nicht wert, ihren Namen auszusprechen.«

Alle in der Runde starrten mich an, aber das gute Bier stärkte in mir das Gefühl von Weisheit und Wichtigkeit, und so plapperte ich munter weiter: »Die Sonne ihrer Zeit ist längst untergegangen, um sich nie wieder über den Horizont zu schieben.«

»Ho! Ho!« rief Jarn erbost. »Hört euch den Burschen nur an! Wir haben ja einen richtigen Gelehrten, einen Thul, unter uns!«

»Schweig«, gebot Rägnar Gelbhaar ihm. »Ich möchte seine Antwort hören, denn diese Frage treibt mich schon seit Jahren um.« Als alle den Mund hielten, wandte er sich an mich. »Sprich weiter, ich höre dir zu.«

»Der Gott, dem ich diene, ist der Allermächtigste«, stellte ich fest. Jarn schnaubte wieder, aber ich beachtete ihn nicht und schwadronierte drauflos, soweit es mir mein bescheidener Wortschatz an Dänisch erlaubte. »Dieser höchste Gott ist der Schöpfer von allem, was kreucht und fleucht, der Beherrscher des Himmels und der Erde und auch der unsichtbaren Reiche über und unter der Welt. Man verehrt ihn nicht durch solche Dinge wie Abbilder aus Stein oder Holz, sondern im Herzen und im Geist von allen, die sich vor seiner Pracht beugen. Sein größtes Streben ist es, freundlich den Menschen zu begegnen, die seinen Namen verbreiten, und er heißt sie bei sich willkommen.«

»Woher willst du das wissen?« fragte Leif. »Hat irgendwer deinen Gott schon einmal gesehen? Hat schon einmal jemand mit ihm gesprochen, mit ihm gegessen oder getrunken?« Er trank einen großen Schluck aus seinem Becher. Die anderen hielten es für geboten, in dieser Frage erst einmal seinem Beispiel zu folgen.

»Aber ja«, antwortete ich kühn. »Vor vielen Jahren hat sich nämlich folgendes zugetragen. Gott selbst stieg herab aus seiner großen Halle, nahm fleischliche Gestalt an und wurde als Säugling geboren. Er wuchs zu einem Mann heran und erstaunte jedermann mit seiner Weisheit und seinen mannigfaltigen Wundern. Viele glaubten an ihn und folgten ihm.«

»Wunder?« fragte Jarn höhnisch. »Was waren das denn für Wunder?«

»Er hat Tote zum Leben erweckt, Blinde sehend und Taube hörend gemacht. Gott brauchte Kranke nur mit seiner Hand zu berühren, und schon waren sie geheilt. Und einmal hat er auf einer Hochzeitsfeier sogar Wasser in Bier verwandelt –«

»So einen Gott würde ich auch anbeten!« rief Leif begeistert.

»Doch aufgepaßt, die Jarls und Skalden jenes Landes, in dem er wirkte, konnten seine Anwesenheit nicht ertragen«, fuhr ich fort. »Trotz aller guten Werke, die er getan hat, und all der klugen Worte, die er gesagt hat, fürchteten ihn die Sänger und Mannen des Königs. So haben sie ihm in einer dunklen Nacht aufgelauert, ihn ergriffen und vor den römischen Oberherrn geschleppt. Dort haben sie falsche Beschuldigungen gegen ihn vorgebracht und für ihn die Todesstrafe verlangt.«

»Holla!« rief Gunnar, den die Geschichte zu fesseln begann. »Aber dann sind die Gefolgsleute dieses Gottes zusammengeströmt, haben die Waffen ergriffen, sind über die Römer hergefallen und haben sie bis auf den letzten Mann niedergemacht. Den Toten haben sie dann noch die Hände und Köpfe abgeschnitten und den Krähen ein Festmahl bereitet!«

»Aber seine Gefolgsleute waren keine Kriegsmänner«, mußte ich ihn leider berichtigen.

»Waren sie nicht? Ja, was denn dann? Etwa Jarls?«

»Nein, sie waren auch keine Fürsten, sondern Fischer«, belehrte ich ihn.

»Fischer?« prustete Jarn los, als habe er in seinem ganzen Leben noch nie etwas so Komisches gehört.

»Jawohl, Fischer, Hirten und dergleichen«, bestätigte ich.

»Als also die Römer Gott einsperrten, flohen seine Gefolgsleute in die Hügel und Berge, damit man sie nicht fangen, foltern und hinrichten konnte.«

»Ha!« lachte Rägnar. »Ich wäre niemals vor den Römern davongerannt, sondern hätte mich mit meinem Speer und meiner Schlachtaxt auf sie geworfen. Wie ein Wirbelwind wäre ich zwischen sie gefahren und hätte ihnen gezeigt, wie ein richtiger Mann zu kämpfen versteht!«

»Was wurde denn nun aus diesem Gottmenschen?« wollte Gunnar wissen.

»Die Skalden und die Römer haben ihn hingerichtet.«

»Was sagst du da!« brüllte Leif und konnte es gar nicht fassen. »Dein Gott hat sich von den Römern töten lassen? Wenn er der Schöpfer der Welt gewesen ist, wie du behauptest, hätte er sich doch in alles mögliche verwandeln können. Warum hat er sich nicht zu einem Feuer gemacht und die Römer und Skalden verbrannt? Gewiß besaß er als Gott doch genug Kräfte, um all seine Feinde zu packen und zu zerquetschen? Hätte er nicht einen Todeswind in ihre Häuser fahren und sie so alle im Schlaf töten lassen können?«

»Ihr scheint vergessen zu haben, daß er die Form eines Menschen angenommen hatte und deswegen nur das tun konnte, wozu ein Mensch in der Lage ist.«

»Dein Gott hat also erlaubt, daß man ihn hinrichtet?« spottete Leif. »Nicht einmal mein Hund würde das mit sich machen lassen!«

»Vielleicht ist dein Hund ja großmächtiger als dieser Gott, den Aedan anbetet«, warf Jarn boshaft ein. »Womöglich würden wir besser alle Leifs Köter verehren.«

»Ist das wirklich wahr?« fragte Rägnar. Er hatte die Stirn in Falten gelegt. »Hat dein Gott sich tatsächlich von den Römern hinrichten lassen? Wie konnte es denn soweit kommen?«

»Die römischen Krieger haben ihn in Ketten gelegt und auf

den Hof geführt. Dort rissen sie ihm die Kleider vom Leib, banden ihn an einen Pfahl und schlugen ihn mit einer Peitsche, deren Enden mit Eisenspitzen besetzt waren. So hart haben sie ihn ausgepeitscht, daß das Fleisch von seinen Knochen fiel und sein Blut den Boden bedeckte. Doch selbst unter solchen Qualen hat er nicht geschrien und nicht einmal gestöhnt.«

»Das nenne ich wahrhaft Mannesmut«, warf Gunnar beeindruckt ein. »Ich wette, Leifs Hund könnte das nicht.«

»Und als sie ihn schließlich halb totgeschlagen hatten«, fuhr ich mit meinem Bericht fort, »haben sie ihm einen Türpfosten auf die Schultern gelegt und ihn gezwungen, diesen entblößt durch die Stadt zu tragen, den ganzen Weg bis zum Schädelberg.«

»Die Römer waren immer schon feige Hunde!« Rägnar spuckte aus. »Aber das weiß ja jeder.«

»Auf dem Berg angekommen, haben die Römer ihn gepackt und zu Boden geworfen. Er mußte auf den Pfosten nieder, an dem man einen Querbalken befestigte.« Ich stellte meinen Becher ab, legte mich hin und streckte die Arme aus. »So lag er da. Ein Krieger hat sich auf seine Arme gekniet, ein anderer auf seine Beine, und ein dritter nahm Hammer und Nägel und hat ihn an Händen und Füßen an das Holz genagelt. Dann haben die Soldaten den Pfosten hochgehoben, in den Boden gerammt und Gott daran hängen lassen, bis alles Leben in ihm verloschen war.«

Alle starrten mich mit offenen Mündern an.

»Und während er an diesem Kreuz hing, verfinsterte sich der Himmel. Ein furchtbarer Wind kam auf, und Donner ließ das Himmelsgewölbe erbeben.«

»Er hat sich also in einen Sturm verwandelt und all seine Peiniger mit Blitzen erschlagen?« freute sich Gunnar schon.

»Nein«, entgegnete ich.

»Was hat er denn dann getan?« fragte Jarn argwöhnisch.

»Er ist gestorben.« Ich schloß die Augen und ließ meine Glieder erschlaffen.

»Habe ich mir ja gleich gedacht«, schnaubte Jarn. »Wenn dein Gott sich vorher schon nicht gewehrt hat, war er auch dann zu schwach. Ich weiß nicht, wozu ein solcher Gott zu gebrauchen sein soll.«

»Odin hat sich einmal auf ganz ähnliche Weise geopfert«, widersprach Rägnar. »Neun Tage und Nächte hing er am Weltenbaum und ließ es zu, daß Raben und Eulen sein Fleisch fraßen.«

»Wozu soll ein toter Gott eigentlich gut sein?« sagte Leif. »Das habe ich mich immer schon gefragt.«

»Damit hast du einen ganz wichtigen Punkt angesprochen«, lobte ich ihn. »Nachdem Gott ganz und gar tot war, haben die Skalden befohlen, ihn von dem Kreuz zu nehmen. Man hat ihn in eine Höhle gelegt und einen gewaltigen Stein davorgeschoben. Der war so groß, daß die Kraft von zehn Männern nicht gereicht hat, ihn von der Stelle zu bewegen. Dies befahlen die Skalden, weil sie ihn selbst tot noch fürchteten. Sie haben sogar römische Soldaten davorgestellt, weil sie sich ängstigten, er könne immer noch etwas bewirken.«

»Und, ist was passiert?« fragte Rägnar in einem Tonfall, als rechne er nicht ernstlich damit.

»Ja, er ist ins Leben zurückgekehrt!« Zur Untermalung meiner Worte sprang ich auf, und das verblüffte meine Zuhörer. »Drei Tage, nachdem er am Kreuz gestorben war, ist er auferstanden und hat die Höhle verlassen. Doch nicht, ohne zuvor in die Unterwelt hinabgestiegen zu sein und alle Sklaven aus Hel befreit zu haben.« Ich benutzte ihr Wort für diesen Ort, denn er symbolisierte das gleiche wie die Hölle, eine Stätte, an der Seelen gequält werden.

Das rief großes Staunen unter den Wikingern hervor. »Heja!« rief der Jarl. »Aber dann hat er sich bestimmt an den Skalden und den Römern gerächt!«

»Nein. Er hat nicht einmal einen Blutpreis verlangt. Und auf diese Weise bewies er seine wahre Größe; denn er ist der Gott der Rechtschaffenheit und nicht der Rache. Der Herr des Lebens, nicht des Todes. Schon vor der ersten Zeit der Welt hat er Liebe und Güte als Wurzeln seiner Halle eingepflanzt. Seitdem lebt er wieder und wird leben immerdar. Wer sich also auf ihn beruft, wird vom Tod und den Qualen Hels verschont werden.«

»Wenn er wirklich wieder lebt«, wandte Jarn verächtlich ein, »wo steckt er denn jetzt? Hast du ihn vielleicht gesehen?«

»Viele haben ihn gesehen«, antwortete ich, »denn oft zeigt er sich denen, die ihn voller Demut und Hingabe suchen. Doch sein wahres Königreich liegt im Himmel, wo er an einer riesigen Halle baut, die alle Menschen aufnehmen kann, welche seines Glaubens sind. Dort soll dann die Hochzeitsfeier stattfinden, wenn er auf die Erde zurückkehrt, um sich eine Braut zu holen.«

»Wann soll das denn sein?« wollte Gelbhaar wissen.

»Schon bald«, entgegnete ich. »Und wenn er zurückkehrt, werden die Toten aus ihren Gräbern aufstehen, und er wird über alle Gericht halten. Diejenigen, die Böses getan und ihn verraten haben, werden nach Hel geschickt, wo sie auf ewig heulen und darüber jammern werden, ihm nicht in der Zeit gehorcht zu haben, als sie noch Gelegenheit dazu hatten.«

»Und was geschieht mit denen, die zu ihm gehalten haben?« fragte Leif.

»Diejenigen, die in Treue zu ihm gehalten haben«, antwortete ich, »belohnt er mit dem ewigen Leben. Und diese dürfen auch zu ihm in die Himmelshalle, wo sie auf ewig feiern und trinken werden.«

Das gefiel meinen Zuhörern außerordentlich.

»Die Halle muß aber wirklich sehr groß sein, wenn so viele Menschen darin Platz finden sollen«, bemerkte Gunnar.

»Walhalla ist auch sehr groß«, erklärte ihm Rägnar.

»Aber die Himmelshalle ist noch gewaltiger«, stellte ich klar.

»Doch wenn sie so riesig ist, wie kann Gott sie dann ganz allein bauen?« wunderte sich Leif.

»Er ist doch ein Gott, Mann.« Gunnar schüttelte den Kopf. »Wie wir alle wissen, sind Götter zu solchen Taten in der Lage.«

»Außerdem stehen ihm sieben Heerscharen von Engeln zur Seite«, fügte ich hinzu.

»Was sind denn Engel?« fragte der Jarl.

»Die Helden des Himmels«, antwortete ich. »Sie werden angeführt von einem großen Häuptling mit Namen Michael, welcher ein Flammenschwert trägt.«

»Von dem habe ich schon gehört«, bemerkte Gunnar. »Mein Schweinehirt Helmuth spricht oft von ihm.«

»Das kann ja wohl kein besonderer Gott sein, wenn sich Fischer und Schweinehirten an ihn wenden«, murrte Jarn.

»Jeder darf auf ihn vertrauen«, erwiderte ich. »Ob König oder Fürst, Freier oder Weib, Kind oder Sklave.«

»Ich wende mich doch nicht an denselben Gott, den mein Sklave anbetet«, beschwerte sich Jarn.

»Hat dieser Gott denn auch einen Namen?« fragte Leif.

»Er heißt Jesus«, antwortete ich, »wird aber auch Christus genannt, und das bedeutet in der Sprache der Griechen Jarl.«

»Du sprichst gut für deinen Gott«, bemerkte Rägnar, und Gunnar und Tolar nickten. »Ich muß gestehen, daß diese Angelegenheit einer weiteren gründlichen Aussprache würdig ist.«

Dem konnten alle in der Runde zustimmen, und jeder meinte, darüber müsse unbedingt noch einmal geredet werden. Und da Nachdenken bekanntlich durstig macht, stärkten sie sich erst einmal tüchtig. Bis dann einer anmerkte, daß solche schwierigen Gedankengänge nur mit einem vollen Magen zu verfolgen seien. Es wäre doch Narretei, sich so schwierigen Dingen ohne die rechte leibliche Grundlage zuzuwenden.

Und so verlagerte sich das Gespräch rasch auf die Frage, wer denn nun an der Reihe sei, die Fleischstücke zu holen; die nächsten Tiere am Spieß müßten doch längst fertig sein.

Am Ende fanden Gunnar, Leif und ich uns auf dem Weg zu den Feuerstellen wieder. Wir alle tranken und aßen in dieser Nacht noch reichlich. Ich schlief schließlich mit dem beruhigenden Gedanken ein, daß ganz gleich, was mich in den nächsten Tagen noch erwarten würde, meine Zeit bei diesen Barbaren doch nicht vollkommen vergeudet gewesen war.

22

Am nächsten Morgen hielt König Harald im Steinkreishof. Jeder, der eine Beschwerde vorzubringen hatte oder in einer Angelegenheit Hilfe suchte, durfte vor ihn treten, um seinen Fall vorzutragen und ein Urteil zu hören. Diese Sitte ähnelt in vielfältiger Weise der Art, wie die irischen Könige bei ihren Völkern Recht sprechen. Möglicherweise wird das ja im ganzen Erdenrund ähnlich gehandhabt, aber das vermag ich natürlich nicht zu beweisen.

Doch ich verstand die Vorgänge sehr gut, und das allein aus meiner Beobachtung der Menschen. Sie traten vor den König, einige allein, andere zu zweit, und ihre Freunde stellten sich hinter sie, um sie zu unterstützen. Dann trug der Betreffende sein Anliegen vor und ersuchte den König, der auf einem Brett hockte, das man auf zwei Steine gelegt hatte, um Rat und Hilfe.

Harald schien die Vorgänge zu genießen. Er saß interessiert vorgebeugt da, stützte die Hände auf die Knie, hörte sich alles genau an, dachte dann über den Fall nach und kam oft schon nach wenigen Rückfragen zu einem Schluß. Diejenigen, die vor ihn traten, wirkten meist ernst oder bedrückt; doch wenn sie den König wieder verließen, zeigten sie eine befriedigte oder glückliche Miene. Offenbar verstand der Jarl es, jedem Bittsteller Gerechtigkeit widerfahren zu lassen.

Doch, und wie könnte es auch anders sein, einige verließen ihn mit finsterer Miene und murmelten vor sich hin, um sich an einem anderen Ort die Wunden zu lecken. So etwas kann man auch daheim in Irland beobachten; denn selbst bei der größtmöglichen und unparteiischsten Gerechtigkeit ist es ein Ding der Unmöglichkeit, stets ein Urteil zu fällen, das beide Seiten zufriedenstellt. Und natürlich gibt es da auch noch diejenigen, denen man es einfach nie recht machen kann.

Während wir darauf warteten, an die Reihe zu kommen, fragte ich mich, welches Urteil wohl Gunnar erwarten würde, denn schließlich verlangte er vom König selbst Wiedergutmachung. Wie würde der Stierbrüller in diesem Fall entscheiden?

Als wir endlich aufgerufen wurden, trat Gunnar kühn vor den König und zerrte mich mit sich, damit ich neben ihm stehen mußte. Harald sah mich lange an, und dabei fiel mir unsere kurze Begegnung vom Vortag ein. Wieder trat diese neugierige Nachdenklichkeit in seine Züge.

Der König hielt Gunnar die Rechte hin, anerkannte ihn damit als freien Mann und fragte ihn, was sein Begehr sei.

Mein Herr antwortete ohne Umschweife, daß er eine Angelegenheit vorbringen wolle, die ihm sehr schwer auf der Seele laste, ginge es dabei doch um nichts Geringeres als den Mord an einem vertrauenswürdigen und langjährigen Sklaven.

Harald mußte ihm beipflichten, daß es sich dabei in der Tat um ein ernstes Vergehen handele. »Wahrscheinlich werde ich sehr gründlich über diesen Fall nachsinnen müssen.« Er schwieg lange genug, um den Umstehenden Gelegenheit zu geben, den Scharfsinn seiner Worte zu bewundern, und fuhr dann fort: »Wie kommst du darauf, daß dein Sklave durch Mord gestorben ist?«

Gunnar entgegnete, man müsse es wohl mit Fug und Recht Mord nennen, wenn ein Sklave von bewaffneten Männern, dazu auch noch Kriegern des Königs, ohne Grund angegriffen und erschlagen werde. »Odd besaß nie eine Waffe«, schloß mein Herr, »und an jenem Tag hatte er nicht einmal einen Stein in der Hand.«

»Jetzt, wo du es sagst«, entgegnete Harald, »fällt mir ein, daß ich vor einiger Zeit zwei Hauskerle in deine Gegend geschickt habe, von denen jedoch nur einer zurückkehrte. Vielleicht kannst du mich ja darüber aufklären, was dem anderen zugestoßen ist.«

Gunnar war auf diese Frage vorbereitet und konnte gleich mit einer Antwort dienen: »Während des Angriffs deiner Krieger hat mein guter Hund den Mann angesprungen, der meinen Sklaven gemeuchelt hatte, und ihn getötet. Dafür wurde der Hund dann ebenfalls getötet. Du siehst also, daß ich ohne guten Grund einen Hund und einen Sklaven verloren habe. Einen solchen schweren Schicksalsschlag vermag ich kaum zu verkraften.«

Der König hatte es nicht eilig damit, diesem freien Mann zuzustimmen, gestand ihm aber zu, daß ein Hund nur dann einen Krieger angreife, wenn er sich provoziert fühle. »Wer hat den Hund provoziert?« wollte Harald daher wissen.

»Der Hauskerl«, antwortete mein Herr.

»Und wer hat den Hund losgelassen?« fragte der König gleich weiter, und ich ahnte, daß er mehr über diesen Vorfall wußte, als es bislang den Anschein gehabt hatte.

»Dieser Mann hier, der Sklave, der neben mir steht«, erklärte Gunnar und zeigte auf mich. »Er hat den Hund losgelassen.«

Haralds Züge erstarrten, und seine Augen verwandelten sich zu Stein, als er mich anblickte: »Hat es sich so verhalten?«

Ich glaube, er erwartete von mir, daß ich alles abstritt oder mich anderswie aus der Sache herauszureden trachtete. Als ich dann entgegnete: »Ja, so ist es gewesen«, schaute der König für einen Moment doch etwas verdutzt drein.

»Wußtest du am Ende, daß der Hund den Krieger umbringen würde?«

»Nein, Herr«, antwortete ich.

»Aber du hast für möglich gehalten, daß es dazu kommen könnte?«

»Ja, Herr.«

»Dir war klar, daß der Hund einen der Königsmannen töten könnte«, donnerte der Jarl wütend, »und dennoch hast du ihn losgelassen?«

»Ich dachte mir, es wäre sicher nicht verkehrt, wenn der Hund die Hauskerle daran hindern würde, weiter auf den armen Odd einzuschlagen.«

Der König setzte nun tatsächlich eine nachdenkliche Miene auf. Ich glaube, er hatte schon vorher gewußt, wie er diese Angelegenheit regeln würde. Aber meine Einlassung ließ den Fall jetzt in einem etwas anderen Licht erscheinen, und nun wußte er nicht so recht, wie er entscheiden sollte.

Schließlich wandte er sich wieder an Gunnar. »Du hast einen Sklaven verloren, und ich einen Krieger. Ich werde dich also für deinen Sklaven bezahlen –«

»Und den Hund nicht zu vergessen«, warf mein Herr eilig, aber respektvoll ein.

»Ich werde dich für den Verlust eines Sklaven und eines Hundes entschädigen«, verkündete Harald, »und du wirst mir den Preis für einen Hauskerl bezahlen. Nun höre, ein guter Krieger ist zwanzig Goldstücke wert, ein Sklave hingegen nicht einmal halb soviel.«

»Nein, Herr«, stammelte Gunnar. Alle Farbe war aus seinem Gesicht gewichen, und er war jetzt auch nicht mehr so begierig darauf wie vorhin, Gerechtigkeit zu erhalten.

»Wieviel war dein Sklave denn dann wert?« wollte der König wissen.

»Acht Silberstücke«, antwortete mein Herr.

»Na, sagen wir eher fünf«, entgegnete Harald.

»Sechs«, widersprach Gunnar, »und noch einmal soviel für den Hund.«

»Das wären dann zwölf Silberstücke. Wenn wir davon ausgehen, daß ein Dutzend Silberstücke zwei Goldmünzen wert ist, würdest du mir demnach noch achtzehn Goldstücke für meinen toten Hauskerl schulden. Bezahl mir die Summe gleich, und der Fall ist abgeschlossen«, verkündete der Fürst.

»Herr«, entgegnete Gunnar zerknirscht, »obschon ich ein freier Mann bin, habe ich eine solche Menge Goldes doch nie besessen. Auch nicht mein Vater oder meines Vaters Vater. Selbst in Jarl Rägnar Gelbhaars Schatztruhe dürften nicht so viele Münzen zu finden sein.« Dann kam ihm ein rettender Einfall, und er fügte hinzu: »Herr, alles, was wir besitzen, geben wir dir doch als Tribut.«

Harald wehrte diesen Einwand mit einer unwilligen Handbewegung ab. »Das schert mich jetzt nicht. Wir haben beide Verluste erlitten und die eben aufgerechnet. Jetzt mußt du einen Weg finden, deine Schuld zu begleichen, heja.«

»Selbst wenn ich alles verkaufen würde, was mir gehört, würde ich doch nie eine solche Summe zusammenbringen«, erklärte mein Herr.

Der König schien sich davon erweichen zu lassen, umschloß mit einer Hand sein Kinn und erweckte auch sonst den Eindruck, daß er verzweifelt nach einer Möglichkeit suchte, den armen Gunnar aus seiner mißlichen Lage zu befreien. Schließlich sei es nicht gut, solche Angelegenheiten ungeklärt zu lassen, meinte er, und außerdem hätten seine Krieger den Angriff auf den Sklaven anscheinend ohne zwingenden Grund begonnen.

»Wenn man das alles bedenkt«, schloß er schließlich, »kann ich wohl kaum den vollen Blutpreis von dir verlangen. Gib mir deinen Sklaven, und wir reden nicht mehr darüber.«

Gunnar konnte sein Glück kaum fassen, war klug genug, nicht zu widersprechen, und stimmte sofort zu, ehe der

König es sich anders überlegen konnte. Harald rief nun einen seiner Männer zu sich. Der trat vor den Behelfsthron und legte seinem Herrn eine Lederbörse in die Hand. Der Fürst zog eine Handvoll Silbermünzen heraus und erklärte: »Ich möchte nicht, daß du Groll gegen deinen König hegst.« Er winkte meinen Herrn und mich näher heran.

»Dies hier soll dich für den Verlust deines Sklaven entschädigen«, sagte Harald und ließ sechs Silberstücke in Gunnars ausgestreckte Rechte fallen. Dann besann er sich und gab noch drei Silbermünzen dazu. »Für deinen Hund.«

Und endlich fügte er ein weiteres halbes Dutzend Silberlinge mit Blick auf mich hinzu. »Heja?«

Gunnar schaute mich kurz an, zuckte mit den Achseln und entgegnete: »Heja.« Damit war mein vormaliger Herr entlassen. Er zog sich zurück und verstaute das Silber in seinem Gürtel. Der Krieger von vorhin näherte sich nun mir und zog mich am Arm direkt vor Haralds Thron. Stierbrüller legte eine Hand auf meinen Sklavenring und zog mich hinab auf die Knie.

»Du bist jetzt mein Sklave«, verkündete er. »Verstehst du, was ich sage?«

Ich tat meine Unterwerfung durch Kopfbeugen kund. Schon riß man mich wieder hoch und stieß mich grob hinter den Thron, wo ich zwischen den anderen Dienern des Königs zu stehen hatte. Noch während ich mich bemühte, diese verwunderliche Wendung meines Schicksals zu verarbeiten, kam mir der Gedanke, daß Harald seine Gerechtigkeit sehr weit im voraus zu planen pflegte. Seit dem Moment, als er mich gestern am Flußufer gesehen hatte, hatte er wohl darüber nachgesonnen, wie er mich Gunnar abluchsen und in seinen Besitz bekommen könnte, und war schließlich auf dieses Vorgehen verfallen.

Ich reihte mich also in Haralds Gefolge an Dienern und Sklaven ein. Sobald die Angelegenheit geregelt war, verlor der

König jegliches Interesse an mir, und da niemand mir irgendeine Arbeit auftrug, ging ich, soweit wie möglich, allem und jedem aus dem Weg und verlegte mich darauf, Ordnung und Art seines Hofstaats zu studieren. Doch dabei lernte ich wenig, denn so etwas wie ein festgelegte Rangfolge schien es hier nicht zu geben.

Am nächsten Tag kam das Thing zu seinem Ende. Alle verabschiedeten sich von ihren Freunden und Verwandten; denn man würde einander erst dann wieder sehen, wenn zum nächstenmal alle freien Männer zur Ratsversammlung gerufen wurden. Die Waldwege hallten wider von den Abschiedsrufen der heimziehenden Dänen, und es flogen viele Scherzworte zwischen diesen und denjenigen hin und her, die zurückblieben und sich schon sehr darauf freuten, unter Harald Stierbrüller zu Ruhm und Reichtum zu segeln.

Denn bevor der König die Wikinger in ihre jeweilige Heimat entließ, hatte er sich auf den Drachenbug seines schönen Schiffes gestellt und sein Angebot von vor zwei Tagen wiederholt: Jeder Mann, der ihm nach Miklagård folge, würde auf fünf Jahre von der Tributzahlung befreit und einen Anteil an den Schätzen erhalten, die man ohne Zweifel erringen werde. Viele der Freien und der Fürsten ließen sich nicht lange bitten und versicherten dem König, ihm auf der Stelle folgen zu wollen.

Ja, etliche Dänen waren dazu bereit, aber eben nicht alle. Rägnar Gelbhaar verweigerte Harald seine Unterstützung, und so konnten auch Gunnar und Tolar nicht mit auf die Reise, weil sie ihrem Jarl folgen mußten. Auch Rägnars Hauskerle mußten im Lande bleiben, und unter denen wurmte es viele, daß ihr Fürst nicht mitmachen wollte.

Als die letzten Dänen abgezogen waren, bestieg der König sein Schiff, und wir fuhren den Fluß hinunter. Ich fand einen freien Platz an der Reling und schaute zurück, wo der Thingplatz hinter uns verschwand. Trauer befiel mich bei dem

Gedanken, Ylva, Karin, Helmuth, Gunnar oder den kleinen Ulf nie wiederzusehen, denn diese Menschen waren immer sehr gut zu mir gewesen, und ich hatte nicht einmal die Gelegenheit erhalten, ihnen Lebewohl zu wünschen. So tat ich das einzige, was mir zu tun übrigblieb, und betete für diese Dänen. Außerdem bat ich Gott, ihnen einen Schutzengel zu schicken, der auf sie aufpassen sollte. Da ich nicht wußte, wie mein neuer Herr mich behandeln würde, sandte ich gleich noch ein Gebet für mich hinterher und gelobte, mich meiner Berufung als würdig zu erweisen.

Nach drei Tagen, wir waren auch die Nächte hindurch gesegelt, erreichten wir eine Flußmündung, und nach einer weiteren Tagesfahrt entlang der Küste in Richtung Norden und Osten, gelangten wir zu einem Fort, das der König in der kleinen Bucht Björwika errichtet hatte. Es handelte sich dabei um kaum mehr als ein Lager, das aus einem guten Dutzend schilfgedeckter Erdhütten bestand und von einem Torfwall umgeben wurde. Eine feste, aus dicken Balken gebaute Anlegestelle für die Schiffe war ebenfalls vorhanden. Die Flotte bestand aus drei Booten: das des Königs, das größte, und zwei kleinere, die aber immerhin noch jeweils zwanzig Ruderbänke aufweisen konnten.

Ich erfuhr, daß Harald drei solcher festen Plätze besaß. Neben diesem Hafen hier gab es da noch seine Sommersiedlung, in der Ackerbau und Viehzucht betrieben wurden, und ein Winterfort, wo er seine Feste feierte und während der kalten Jahreszeit auf die Jagd ging. Da der König beim nächsten Vollmond von Skane aus lossegeln wollte, hatte er nur die Männer in diese Bucht bestellt, die zum Erhalt der Anlage nötig waren. Der Rest seiner Gefolgschaft hielt sich wohl in den beiden anderen Festen auf.

Während der folgenden Tage erhielt ich reichlich Gelegenheit, nach Belieben in der kleinen Siedlung herumzuwandern. Selbst darüber hinaus durfte ich meine Schritte lenken und die Bucht erkunden, ohne daß jemand etwas dagegen einzuwenden hatte. Nur hin und wieder gab man mir eine niedere Arbeit zu tun, wie Holz tragen, Wasser holen oder Schweine füttern.

Doch eines Morgens erschienen zwei Männer des Königs und tauschten meinen Lederkragen gegen einen aus Eisen aus. Kaum hatten sie dies vollbracht, schien es ihnen zu gefallen, mich zu verprügeln. Sie traten und schlugen so fest auf mich ein, daß ich die Besinnung verlor und noch drei Tage später nicht richtig laufen konnte. Aber bis auf diesen Vorfall ließ man mich weitgehend in Ruhe. Und das trotz des Umstands, daß alle von Sonnenauf- bis Sonnenuntergang damit beschäftigt waren, Vorräte an Bord zu bringen und auch andere Vorkehrungen für den großen Raubzug ihres Herrn zu treffen.

Um mir die Langeweile zu vertreiben, beschloß ich, meine Kenntnisse der dänischen Sprache zu vertiefen, und ich übte mich in diesen groben und zungenverrenkenden Lauten, bis mir der Schädel brummte und meine Lippen ganz taub geworden waren. Doch auch so wurde mir die Zeit lang. Ich dachte oft an Gunnar und seine Familie und wünschte mir, wieder bei ihnen zu sein.

Eine neue Jahreszeit begann, und der Sommer verging rasch zu einem kühlen und feuchten Herbst. Der Wind kam jetzt meist aus Richtung Mitternacht und Morgen, und die Sonne stieg jeden Tag ein wenig niedriger in den Himmel. Ich verfolgte die Wechsel in der Natur, beschäftigte mich, so gut es ging, und achtete im übrigen darauf, den Kriegern nicht über den Weg zu laufen, auf daß sie nicht wieder ihr Mütchen an mir kühlen konnten.

Zwei Tage vor der Abreise erinnerte der König sich wieder an mich, und ein Hauskerl führte mich in seine Halle.

Haralds Halle ähnelte der von Rägnar sehr und war höchstens ein wenig größer. Auch schien sie den gleichen Zwecken zu dienen. Eine große, einladende Feuerstelle, lange Bänke und ein großer Tisch, an dem zu jeder Tages- und Nachtzeit Männer saßen und aßen und tranken. Anders als der Jarl hatte Stierbrüller jedoch einen Thron aus Eichenholz an der Wand aufstellen lassen, die nach Mittag wies und an der sich auch der Herd befand. Die Rückseite seines mächtigen Herrscherstuhls war wie ein Schild geschnitzt. Man hatte ihn sogar mit einem Buckel und Beschlagnägeln aus Bronze versehen, und sein Rand war mit Silber eingefaßt, in das man goldene Nägel getrieben hatte. Die bloßen Füße des Königs ruhten auf einem niedrigen Bänkchen, das mit dem weißen Winterpelz einer Jungrobbe beschlagen war.

Der Hauskerl stieß mich vor den Thron und ließ mich in meinem Bemühen allein, das Gleichgewicht nicht zu verlieren. Der König unterhielt sich gerade mit einem seiner Ratgeber, die sich ständig um seinen Thron drängten, nahm mich aus dem Augenwinkel wahr und schickte seinen Vertrauten fort. Nun legte er die Hände auf die Knie, sah mich grimmig an und blinzelte langsam, so, als würde ihm das, was das vor ihm stand, nicht allzusehr gefallen.

»Man hat mir berichtet«, begann Harald nach einem Moment, »daß du mir dir selbst zu sprechen pflegst. Warum tust du das?«

»Auf diese Weise hoffe ich, die Sprache des Dänenvolks zu erlernen«, antwortete ich geradeheraus.

Er schürzte die Lippen und ging nicht weiter auf meine Erklärung ein. Dann bemerkte der König, als sei ihm das gerade erst aufgefallen: »Du gehörst zu den Geschorenen.«

Diese Beobachtung erforderte meiner Meinung nach keine Antwort, und so schwieg ich.

»Verstehst du, was ich dir sage?« fragte der Herrscher.

»Ja, Jarl«, entgegnete ich, »ich verstehe Euch.« Als Sklave war mir nicht gestattet, ihn mit dem allgemein üblichen Du anzureden.

»Warum sprichst du dann nicht?«

»Es ist wahr, Herr, ich gehöre zu den Geschorenen.«

»Und verstehst du dich auch auf fremde *Runen*?«

»Vergebung, Jarl, aber dieses Wort ist mir unbekannt. Was sind Runen?«

»Runen, Runor ... eben Runen!« Er blies hilflos die Wangen auf. »Wie diese hier.« Harald schnippte ungeduldig mit den Fingern, und einer seiner Diener erschien mit einer zusammengerollten Tierhaut. Diese breitete der König aus und stieß sie mir in die Hand.

Ich blickte auf das Leder und erkannte, daß es sich dabei um eine krude gezeichnete Landkarte handelte. Neben jedem Ort fand sich eine knappe Beschreibung der Menschen, die dort lebten, und der Waren und Güter, die man in der jeweiligen Gegend erwerben konnte. Das Ganze war auf lateinisch verfaßt, und ich erklärte dem Jarl, wenn er das unter Runen verstehe, könne ich die sehr wohl und ohne die geringste Mühe lesen.

Eigentlich hätte ich erwartet, Harald damit zu erfreuen, aber da täuschte ich mich gründlich. Unwirsch schnippte er wieder, und eine weitere Karte wurde ihm gebracht.

»Und diese Runen?« Er warf mir die Rolle zu.

Ich breitete sie aus und brauchte nur einen Blick auf das alte Dokument zu werfen. »Auch das kann ich lesen, Herr.«

»Dann sag mir, was dort geschrieben steht«, befahl der König, als wolle er mich auf die Probe stellen.

Nun besah ich mir den Text genauer. Er war in griechisch verfaßt und stellte eine Art Liste dar, vermutlich die Bestandsaufnahme eines Lagerhauses. Genau dies teilte ich dem Jarl mit.

»Nein, nein, lies es mir vor.«

Das tat ich auch, doch ich hatte kaum ein halbes Dutzend Worte in griechisch vorgetragen, als Harald mich unterbrach.

»Trag es mir in meiner Sprache vor.«

»Vergebung, Herr«, entschuldigte ich mich und begann von neuem: »Gerste, sechs Sack ... Geräucherter Speck, drei Seiten ... Olivenöl, drei kleine Flaschen ...«

»Genug«, unterbrach der König mich und sah mich streng an, so, als müsse er entscheiden, ob er mehr von mir hören oder mich aus seinen Augen verbannen wollte. Einen Moment später schien Harald für sich zu einem Schluß gelangt zu sein, denn er hob die Hand und rief zwei seiner Hauskerle. Die kamen heran und trugen zwischen sich eine Holzkiste, die mit Eisenbändern beschlagen war und einen merkwürdig spitzen Deckel besaß, der an das Dach eines Hauses erinnerte.

Die beiden öffneten die Schatzkiste, nahmen einen viereckigen Gegenstand heraus, der in Stoff gewickelt war, und reichten ihn ihrem Herrn. Harald legte das Bündel in seinen Schoß und schnürte die Bänder auf. Als eine Stoffecke zurückfiel, erblickte ich etwas Silbernes. Dann hielt der Jarl den Gegenstand in den Händen und bedeutete mir näher zu treten.

Ich weiß nicht mehr, was ich zu sehen erwartet hatte, aber als mein Blick auf das Objekt fiel, blieb mir vor Schreck das Herz stehen. Ich konnte nur hinstarren, während sich alles in mir verkrampfte; denn bei dem, was der König mir da zum Greifen nah hinhielt, handelte es sich um den Cumtach unseres Colum Cille.

Nein, nicht um das ganze Buch, das meine Brüder in so mühe- wie liebevoller Arbeit hergestellt hatten – warum sollten Seewölfe an so etwas Interesse haben –, sondern nur um den mit Edelsteinen und Silber verzierten Einband des Werks. Oh, ich konnte mir gut vorstellen, wie der ihre Gier geweckt hatte.

Kyrie eleison, betete ich im stillen, *Herr erbarme Dich, Christo eleison, Christus erbarme Dich!*

Harald drehte den Umschlag herum, und ich entdeckte, daß noch ein paar Seiten daranhingen, aber höchstens drei oder vier. Der plündernde Wikinger hatte den Deckel wohl so hastig abgerissen, daß die Blätter mitgekommen waren.

Zu meinem unbeschreiblichen Entsetzen schnitt der König nun eine der Seiten mit einem Messer vom Rest ab. Ich mußte mit aller Kraft an mich halten, um nicht laut zu schreien. Wie konnte das Buch von Colum Cille nur so schrecklich entweiht werden?

»Sprich es mir vor«, forderte der Herrscher mich auf und gab mir das Blatt.

Aber meine Kehle hatte sich zugeschnürt, und ich brachte kein Wort hervor. Mit zitternden Fingern hob ich das Blatt vor meine Augen. Es handelte sich um eine der ersten Seiten des Matthäusevangeliums, und ich konnte nur auf die wunderbar kräftigen Farben und die Verschnörkelungen der Kreuze, der Spiralen, der Schlüssel und Triskelen schauen – und dabei denken: *Großer Vater, vergib ihnen ihre Schuld, denn sie wissen nicht, was sie tun.*

»Sprich es mir vor«, verlangte der König noch einmal, doch jetzt deutlich strenger.

Ich bezwang unter seinem Blick meine Seelenpein und verlieh mir ein ruhiges Äußeres. Niemandem wäre damit gedient, sagte ich mir, wenn Harald mir anmerkte, daß mir dieses Buch bekannt war. Auch wenn es mir das Herz zerriß, dachte ich mir, daß ich nur dann darauf hoffen durfte, in der Nähe dieses Schatzes zu bleiben, wenn ich durch nichts zu erkennen gab, was dieses Werk mir bedeutete.

Ich drehte das Blatt, studierte die Zeilen – diese Seite war tatsächlich in unserem Kloster beschrieben worden – und fing an zu sprechen. Gewiß trug ich nicht vor, was dort zu lesen stand, denn die Worte verschwammen mir vor den Augen, und es kostete mich schon alle Kraft, nicht am ganzen Leib zu zittern. Und während ich redete und den Text von mir gab, der mir so vertraut war, klangen die Sätze hohl in meinen Ohren wider.

»Und als Jesu nun geboren ward zu Bethlehem, welches liegt in Judea, und zwar zur Zeit der Herrschaft des Königs Herodes, begab es sich, daß Weise aus dem Osten gezogen kamen nach Jerusalem – «

»Schluß damit!« brüllte Harald, als würden diese heiligen Worte ihm Ohrenschmerzen bereiten. Er starrte mich an, und das Schweigen rollte sich wie ein Seil zu seinen Füßen zusammen. Alle in der Halle schwiegen jetzt, und ein jeder wollte sehen, was der Jarl nun tun würde.

Unsicher stand ich vor ihm und versuchte zu ermessen, ob ich die Verbindung zwischen mir und dem Buch unwissentlich doch verraten hatte. Doch obwohl Haralds Blick mich zu durchbohren schien, beschäftigten sich seine Gedanken wohl doch nicht so sehr mit mir. Vielmehr gewann ich den Eindruck, daß eine andere Sache ihn viel dringender in Anspruch nahm. Der Text, den ich ihm vorgetragen hatte, schien der Auslöser dafür gewesen zu sein, spielte bei seinen weiteren Überlegungen aber nur eine untergeordnete Rolle.

Endlich hob er eine Hand und gab mir mit einem kurzen Winken zu verstehen, daß ich mich zurückziehen solle. Ich zwang alle verbliebene Kraft in die Beine und wandte ihm den Rücken zu, um die Halle zu verlassen. Doch ich war noch keine drei Schritte weit gekommen, als er mich anrief.

»Geschorener!« donnerte er, als sei ihm das, was er mir jetzt mitzuteilen hatte, gerade erst eingefallen. »Du wirst mich nach Miklagård begleiten.«

23

Der Wind blies kräftig, und der Tag war angenehm, als wir den finsteren Landvorsprung der Bucht umrundeten und hinaus aufs graue und windbewegte offene Meer fuhren. Ich hatte keine Ahnung, wo wir uns befanden, geschweige denn, wohin die Reise ging. Auch hatte ich den Namen Miklagård noch nie gehört und konnte mir darunter auch nichts vorstellen. Doch das störte mich wenig. Wenn es nach mir gegangen wäre, hätten wir auch auf geradem Wege in die Hölle segeln können. Selbst wenn mir der Teufel höchstpersönlich auf dem Rücken gesessen hätte, wäre mir das gleich gewesen.

Ich stand auf dem Deck von König Haralds Schiff und hatte mich zu einem Entschluß durchgerungen. Die Entscheidung hatte ich mir nicht leichtgemacht, und eine unruhige Nacht hatte vergehen müssen, bis mir klargeworden war, daß ich nicht beiseite stehen durfte, wenn der heilige Cumtach von den Händen dieser Barbaren besudelt wurde. Komme, was da wolle, ich würde alles riskieren, um diesen Schatz zu bewahren, für den meine Brüder ihr Leben gegeben hatten.

Doch weh mir, um diesen gesegneten Gegenstand bewahren zu können, mußte ich mich auf Haralds verderbte Pläne einlassen. Herr, laß Gnade walten!

Aber ein Mann vermag nur das zu bewirken, was ihm gegeben ist. Nun war mir diese Aufgabe zugefallen, und ich würde sie nach besten Kräften zu lösen versuchen, wenn auch auf meine Weise. Harald, so sagte ich mir, würde nur so lange meine Hilfe erhalten, wie damit sichergestellt war, daß ich in seiner und damit der Nähe des Bucheinbands bliebe. Und wenn ich ihn dabei in seinen schurkischen Plänen unterstützen mußte, dann sei's drum. Ich würde für meine Sünden büßen müssen, wie das allen Menschen blüht, aber indem ich meine Seele des ewigen Friedens beraubte und in die Flammen immerwährender Qualen verbannte, würde ich doch wenigstens den silberbeschlagenen Umschlag des Colum-Cille-Buchs bewahrt haben.

Zu schade, daß von dem kostbaren Werk nicht mehr übriggeblieben war – Höllentorturen über diejenigen, die dieses kostbare Gut so beschädigt hatten! –, aber der Cumtach hatte das Wüten der Barbaren überdauert. Und Glück im Unglück, die Buchdeckel befanden sich in meiner Nähe. Harald hatte die Kiste mit dem Spitzdachdeckel, in dem sich diese Kostbarkeit befand, an Bord bringen lassen. Warum er das getan hatte, blieb mir ein Rätsel. Die beiden anderen Kisten voller Gold und Silber, die er ebenfalls mitführte, erschienen mir verständlich. So eine Reise kostete eben viel Geld.

Die Münzen und Barren waren mir unwichtig, aber ich war festen Willens, mit den Augen eines rachsüchtigen Adlers die seltsame Truhe im Blick zu behalten.

Mochte meine Lage auch schlimm sein, ihre Mißlichkeit bestärkte mich nur in meinem Entschluß. Alles andere, mein früheres Leben wie auch das, welches mir noch bevorstand, bedeutete nichts angesichts der neuen Aufgabe, welcher von nun an mein ganzes Streben gelten würde. Wenn das Schicksal für mich nun Festigkeit vorgesehen hatte, würde ich hart wie Stein sein, wie ein Fels der Entschiedenheit inmitten aller Unwägbarkeiten des Lebens.

An dem Tag, an dem unsere mittlerweile auf vier Langschiffe angewachsene Flotte von Björwika absegelte, band ich mir meine neue Aufgabe fest aufs Herz: Ich würde der Berater eines plündernden und raubenden Seewolfs sein, dessen Goldgier viele Menschen das Leben kosten würde. Harald Stierbrüller wollte alles an sich bringen, dessen er habhaft werden konnte, und was das betrifft, waren seine Hände sehr groß und reichten besonders weit.

Ob Haralds Plan nun schiere Verrücktheit oder kluge Planung zugrunde lag, vermochte niemand an Bord zur allgemeinen Befriedigung zu klären. Die wilden Krieger schwankten in dieser Frage bald dieser und bald jener Antwort zu. Je nach Tageszeit oder Windrichtung änderten sich ihre Ansichten. Wenn die Böen besonders kalt und rauh aus Norden pfiffen, beschwerten sich alle, es sei pure Narretei, so spät im Jahr die Wärme und Geborgenheit der heimischen Hütten verlassen zu haben. Aber wenn die Sonne warm vom Himmel schien und eine frische Brise aus Westen oder Süden kam, stimmten alle zu, daß niemand so kurz vor dem Wintereinbruch mehr mit einem Wikingerüberfall rechne und man daher bei den sorglosen Bewohnern von Miklagård um so mehr Beute machen könne.

Doch ob Regen fiel oder die Sonne schien, davon bekam ich wenig mit. Mein Platz blieb in der Nähe des Königs. Ich befolgte alle seine Befehle gewissenhaft, drängte mich ihm aber nicht gerade auf. Alles, was von einem Sklaven erwartet wurde, beachtete ich, aber ich versuchte nicht, auf ihn einzureden. Wenn den verbrecherischen Plänen des Königs Einhalt geboten werden sollte, so lag das nicht in meiner Hand, sondern in der Gottes. Ich hingegen war das Gefäß, auf das nur Zerstörung wartete. Der hoffnungsvolle Topf, den der Meister so wunderschön geformt, der aber im Brennofen einen Riß bekommen hatte und nun nur noch vom Schöpfer zerschlagen und fortgeworfen werden konnte.

Doch Gottes Güte ist unendlich. Ich dauerte Ihn, und so

schickte Er mir Freunde, um mir in meiner Not Trost zu spenden.

Gunnar und Tolar hatten, getrieben von der Hoffnung, fünf Jahre lang keine Abgaben mehr leisten zu müssen, sich doch dazu entschieden, mit uns nach Miklagård zu reisen, und waren in das Fort des obersten Jarls gekommen. Da ihr eigener König, Rägnar Gelbhaar, sich weigerte, den Raubzug des Einkönigs mit Schiffen oder Männern zu unterstützen, fanden sie auf Haralds Langboot Platz. Das Wiedersehen erfreute mich sehr, denn ich hatte sie mehr vermißt, als mir bewußt geworden war. Und da ich nicht mehr Gunnars Sklave war, behandelte er mich wie seinesgleichen.

Wir befanden uns den zweiten Tag auf hoher See, und ich lehnte gerade mit dem Rücken an der Reling. Das Gesicht hatte ich zum Himmel gewandt, um die letzten Sonnenstrahlen nach vielen Regenstunden in mich aufzusaugen, als hinter mir eine Stimme sagte: »Du siehst bekümmert aus, Aedan.«

»Tue ich das?« Ich öffnete die Augen und erkannte Gunnar, Tolar und einen dritten Krieger, die sich vor mir aufbauten. Der Fremde war groß und blond. Viele Falten zerfurchten sein stark gerötetes Gesicht, und seine wäßrigen Augen schienen unaufhörlich zu blinzeln, was auf einen Mann schließen ließ, der bei jedem Wetter den Horizont absucht.

»Ja, du wirkst, als hättest du gerade deinen besten Freund verloren«, meinte mein ehemaliger Herr nun zur Bestätigung seiner Beobachtung.

»Vermutlich liegt das daran, daß ich mein schönes trockenes Lager in deiner Scheune vermisse. Man braucht lange, um sich daran zu gewöhnen, sich auf bloßen Planken an Bord eines schaukelnden Boots zu betten.«

Gunnar wandte sich an den dritten. »Siehst du, ich habe dir doch gesagt, daß er Ire ist.«

»Ja, er scheint wirklich von dort zu stammen«, bemerkte der Mann gelassen. »Mein Vetter Sven hatte einmal eine irische Frau. Hat sie in Birka für sechs Silberstücke und ein Kupferarmband erworben. Sie war ihm eine gute Frau, hat sich aber über alles beschwert und Sven nicht erlaubt, noch andere Frauen zu haben. Immer wieder hat sie ihm gedroht, ihn wie einen Fisch auszunehmen, wenn er jemals auf den Gedanken käme, eine andere in sein Haus zu führen. Das hat ihm sehr großen Kummer bereitet. Die Frau ist nach fünf Jahren gestorben, ich glaube, ein Wolf oder eine Wildkatze hat sie gerissen, und das war ein großes Unglück für meinen Vetter, denn so eine teure Frau konnte er sich so leicht nicht noch einmal leisten.«

»Ja, das ist fürwahr Pech«, bestätigte ich. »Du bist der Steuermann des Königs. Ich habe dich mit ihm gesehen. Übrigens nennt man mich Aidan.«

»Dann mußt du der neue Sklave des Jarls sein«, brummte der Steuermann. »Du bist mir auch schon aufgefallen. Willkommen an Bord, Aedan. Ich heiße übrigens Thorkel.«

»Wir sind schon zusammen gesegelt«, teilte Gunnar mir mit, »Thorkel, Tolar und ich. Dies ist unsere dritte Wikingerfahrt, und jedermann weiß ja, daß das dritte Mal immer Glück bringt, denn aller guten Dinge sind drei.«

Tolar nickte weise.

»Die beiden sagen, du seist Christ«, wandte der Steuermann sich wieder an mich. »Und einige an Bord behaupten, es bringe Unglück, wenn der König einem Christen vertraue. Sie fürchten, wir würden deshalb in Miklagård nur wenig Beute machen.« Thorkel schwieg einen Moment, um anzuzeigen, daß er mit solchen Gerüchten nichts im Sinn habe. »Nun ja, Menschen sagen viel, wenn der Tag lang ist, und meist kommt nur Unsinn dabei heraus.«

»Aedan ist Priester«, erklärte Gunnar munter und legte eine Hand auf meine mittlerweile überwachsene Tonsur. »Er ist seinem Gott sehr zugetan. Du solltest es dir einmal anhören, wenn er über ihn spricht.«

»Wirklich?« staunte der Steuermann. »Also ein Christenpriester? So einen habe ich noch nie gesehen.«

»Ja, das stimmt«, bestätigte ich ihm und schwor in Gedanken, mir bei nächster Gelegenheit ein Rasiermesser zu finden, um die Tonsur zu erneuern.

Thorkel betrachtete mich für einen Moment und schien dann zu der Erkenntnis zu gelangen, daß an den Gerüchten nicht viel dran sein könnte. »Na ja, ich kann mir nicht vorstellen, daß einem Christen zu trauen schlimmer sein sollte, als sich dem Mond oder den Sternen anzuvertrauen, und das tun schließlich sehr viele Menschen. Deswegen denke ich, daß du schon ganz in Ordnung bist.«

Von diesem Moment an wurden Thorkel und ich Freunde. Da ich an Bord des Schiffes nur wenige Pflichten zu erfüllen hatte, verbrachte ich oft den halben Tag in der Gesellschaft des Steuermanns. Manchmal saß ich mit auf seiner Bank am Ruder, dann wieder stand ich neben ihm an der Reling, während er die See mit seinen scharfen Augen absuchte.

Der große Wikinger nahm es auf sich, mir soviel wie möglich über unsere Reise und unser Vorankommen beizubringen. Allerdings gab es da oft genug nicht viel zu berichten. Abgesehen von ein paar Hügeln, Klippen, Flußmündungen, Gehöften und dergleichen bot die Landschaft nur wenig Abwechslung.

So pflügten wir unverdrossen durch das oft rauhe Meer. Die Herbststürme versammelten sich am Himmel, und die Tage wurden hier, so weit oben, zunehmend kühler und kürzer. Thorkel hielt einen stetigen Kurs an diesen fremden Gestaden, und der König weigerte sich strikt, eine der wenigen Siedlungen, an denen wir vorbeikamen, zu überfallen und unsere Vorräte zu ergänzen. Dazu bot sich auch nur selten Gelegenheit, denn an dieser dunklen, bewaldeten Küste hatten sich kaum Menschen niedergelassen.

Wir befuhren nämlich die wenig bekannte und auch recht

unbeliebte obere Route zu unserem Ziel. Sie galt als schwieriger als der Weg, der von Süden nach Miklagård führte. Der einzige Vorteil unseres Kurses bestand darin, daß die Reise etwas schneller vonstatten ging. Doch wie viele Tage wir auf diese Weise einsparen würden, wußte niemand so genau zu sagen. Einige wetteten bereits, daß wir zum Julfest, dem Tag der längsten Nacht, wieder in Haralds Halle Bier trinken würden. Die weniger Zuversichtlichen befürchteten, es würde wohl Hochsommer werden, bis wir von neuem aus dem Keller des Königs trinken dürften.

Und so segelten wir uns von Landzunge zu Insel zu Felsvorsprung immer weiter in Richtung Morgen voran. Dieses östliche Meer kann man nur als freudlose Salzwassermasse bezeichnen. Die kalte schwarze Fläche wird nur hin und wieder von einem Wal oder einem anderen Seemonster durchbrochen, das aus ihren Tiefen aufsteigt. Bis auf die drei Boote, die dem unseren folgten, bekam ich nie ein anderes Schiff zu sehen.

Zwölf Tage nach unserem Aufbruch erreichten wir den Ort, nach dem Thorkel schon seit drei Tagen Ausschau hielt: die Mündung des Flusses Düna. Er hielt hier nur lange genug an, daß die anderen Langboote zu uns aufschließen konnten, verließ dann das Meer und setzte die Fahrt auf dem Strom fort.

Von nun an ging es nicht mehr über die See, sondern nur noch Flüsse hinunter, zuerst die Düna und dann den Dnjepr hinab, und so kamen wir immer weiter in Richtung Süden. Wir gelangten durch Lande mit so merkwürdigen Namen wie Gårdarike oder Curled, allesamt Wikingersiedlungen, die auf keiner Karte der Welt festgehalten waren, und durch die Gebiete der Radimitschen, Dregowitschen, Sewerjanen, Petschenegen und Chasaren, all der Völkerschaften eben, die dieses endlose Land bevölkern oder durchstreifen.

Unterwegs griff man uns zweimal an. Beim erstenmal am

hellichten Tag, während wir unter vollem Segel auf dem Fluß standen. Unsere Feinde tauchten wie aus dem Nichts aus dem Schilf auf, stießen schrille Schreie aus und warfen Steine und primitive Speere nach uns. Als wir uns davon nicht aus der Ruhe bringen ließen und unsere Fahrt unbekümmert fortsetzten, folgten sie uns ein gutes Stück weit das Ufer entlang, und zwar auf kleinen, zottigen Pferden. Der Anblick brachte die Seewölfe zum Lachen, und noch Tage später erheiterten sie sich über diese Wilden auf ihren komischen Reittieren.

Der zweite Angriff erfolgte des Nachts, und zwar in der Zeit, in der wir die Schiffe über Land tragen mußten. Wir befanden uns gerade in den Hügeln zwischen der Düna und dem viel breiteren Dnjepr. Die Schlacht wurde hart und wild geschlagen und währte bis zum Mittag des folgenden Tages. Auf Haralds Befehl hin zogen sich Thorkel, ich und fünf andere zu den Schiffen zurück, um die Segel und die Vorräte zu bewachen.

So nahm ich nicht an den Kämpfen teil, was ich auch nicht bedauerte, verfolgte aber vom Deck aus den Fortgang des Ringens. Und ich betete um Erzengel Michaels Beistand für Gunnar und Tolar, die ich manchmal zwischen den Kämpfenden ausmachen konnte, wie sie inmitten von Rauch, Blut und Getümmel ihre Waffen schwangen.

Was für ein wunderliches Wesen ist doch der Mensch, launisch und wankelmütig wie der Wind. Etliche dieser Seewölfe dort hatten meine armen Brüder angegriffen und eine mir unbekannte Anzahl von ihnen erschlagen, unseren Pilgerzug zunichte gemacht und unseren größten Schatz gestohlen. Und dennoch stand ich jetzt auf einem ihrer Schiffe, klammerte die Hände in eifrigem Gebet zusammen, vergoß mein Herz für sie und erflehte himmlischen Beistand, damit sie die Angreifer überwinden würden. Wahrscheinlich wollte Gott mir damit zeigen, wie tief ich schon aus der himmlischen

Gnade gefallen war. Und ich weiß, daß es eines weiteren Beweises nicht mehr bedurft hätte.

Harald verlor siebzehn seiner Krieger. Elf waren erschlagen und sechs gefangengenommen worden, um irgendwohin als Sklaven verkauft zu werden. Der Feind hatte jedoch mehr Verluste zu beklagen. Ich glaube, es müssen Dutzende gewesen sein, doch Genaueres kann ich nicht sagen, weil wir uns nicht die Zeit nahmen, ihre Leichen zu zählen, und auch keine Gefangenen machten. Sobald die Schlacht vorüber war, eilten die Dänen zu ihren Schiffen zurück, nahmen die Seile wieder auf und zogen weiter, bis wir eine geschützte Stelle in einem Eichenwald erreichten. Dort warteten wir einen Tag, um wieder zu Kräften zu kommen und die Wunden zu versorgen.

Als der nächste Morgen graute, setzten wir diese merkwürdige Reise fort und trugen die Boote über Land, als sei nichts geschehen. Fast wollte es mir so vorkommen, als hätten die Wikinger die gestrige Schlacht vollkommen vergessen.

Wieder im Wasser passierten wir nur wenige Siedlungen, die unserer Aufmerksamkeit wert gewesen wären. Von einer aber gilt es zu berichten: ein großes Holzfort mit Namen Kiew. Dieser Handelsstützpunkt gehörte einem Wikingerstamm, der Rus genannt wurde. Vielleicht habe ich mich da aber auch verhört. Hier wollte Harald jedenfalls für einige Silbermünzen Frischfleisch und andere Vorräte erstehen.

»Kiew liegt vielleicht zwei Tage hinter diesen Untiefen«, teilte der Steuermann uns einige Zeit nach dem zweiten Angriff mit. Wir hatten den ganzen Tag damit zugebracht, mit unseren Booten durch schlammiges Wasser zu staken, eine ebenso anstrengende wie ermüdende Arbeit.

Thorkel, Gunnar, Tolar und ich saßen an einem kleinen Feuer am Ufer neben dem Schiff zum Abendbrot beisammen. Wir brachen unser Brot und tunkten es in den einzigen Topf. Warum Harald keinen Anstoß daran nahm, daß hier sein Sklave zusammen mit freien Männern saß, wird mir wohl ewig ein Rätsel bleiben. Aber zu jenem Zeitpunkt wußte ich ja nicht einmal, warum er mich unbedingt hatte haben wollen. Seine Pläne blieben mir ein Buch mit sieben Siegeln. Doch abgesehen davon genoß ich die Gesellschaft von Gunnar und den anderen, und ich schäme mich nicht zuzugeben, daß ich sie als meine Freunde ansah.

Obwohl Thorkel noch nie so weit nach Süden gekommen war, schien er sich doch in diesen Gefilden einigermaßen auszukennen. Das fiel auch Gunnar auf, und auf dessen Frage hin beugte sich der Steuermann vor und grinste. »Weißt du, ich habe da meine Haut«, vertraute er uns an und tippte sich an die Nasenseite. Was er damit meinte, sollte ich bald darauf erfahren, denn Thorkel besaß eine gegerbte und geölte Schafshaut, auf der jemand eine krude Karte gezeichnet hatte.

»Hier liegt Kiew«, sagte der Steuermann und rollte die Karte vor mir aus, die er für gewöhnlich unter dem Hemd trug. Die Flüsse waren als krakelige schwarze Linien dargestellt und die Ortschaften als braune Flecke. Thorkel zeigte zur Verdeutlichung auf einen dieser Punkte und fuhr dann an einer der schwarzen Linien entlang, bis der Finger an einem weiteren braunen Klecks anhielt. »Und dort liegt Miklagård. Siehst du, wir haben es also nicht mehr weit.«

»Das sieht mir aber doch noch nach einer sehr langen Wegstrecke aus«, widersprach ich.

»Nein«, meinte er und schüttelte den Kopf. Mein völliges Unwissen schien ihn doch zu verwundern. »All dies hier«, er deutete auch eine dunkle Fläche oberhalb unseres Ziels, »ist ruhiges Wasser, das wir bei günstigem Wind in drei oder vier Tagen durchqueren können.«

Der Steuermann reichte mir seine Haut. Ich hielt sie nahe ans Feuer und beugte mich darüber. Die Karte war voller Runzeln und Falten, sehr schmutzig und an einigen Stellen abgenutzt, aber ich konnte dennoch einige Buchstaben und sogar Worte in Latein ausmachen. »Wie bist du an dieses Stück gekommen?«

»Mein Vater war Thorolf, der Steuermann von Jarl Knut dem Schieler. Er hat sie seinerzeit einem Steuermann in Jomsburg abgekauft.« Stolz sprach aus seiner Stimme. »Und dieser andere hatte sie wohl aus dem Frankenland. Oder war es das Land der Wenden? So genau weiß ich das leider nicht mehr. Auf jeden Fall ist sie sehr wertvoll.«

Thorkels Karte sollte sich für uns noch als sehr nützlich erweisen. Zwei Tage später erreichten wir den befestigten Handelsplatz Kiew.

24

Kiew liegt am Ufer des mächtigen Dnjepr und ist aus einem kleinen Dänen-Handelsstützpunkt entstanden. Mittlerweile hat der Ort sich zu einer Marktstadt entwickelt, die sich immer weiter in die Birken-, Buchen- und Eichenwälder ringsherum ausdehnt. Ursprünglich hatte man auf einem Hügel ein Holzfort errichtet, in dem, wie es hieß, die Herren von Kiew das Silber lagerten, das sie durch ihren Handel einnahmen. Nerz-, Marder-, Biber- und Schwarzfuchsfelle nebst Seidentuch kamen aus dem Osten, und über den Fluß gelangten Schwerter und Messer, Glaswaren, Perlen, Leder, Bernstein, Elfenbein von Walroßzähnen und Horn von Elch- und Rentiergeweihen heran. Jedes Schiff, das von Süden oder Norden kam, mußte hier anlegen, und die Handelsherren von Kiew ließen sich den Zoll in silbernen Denarii oder goldenen Solidi entrichten.

Als wir ankamen, lagen am Ufer schon sieben Schiffe vor Anker, und etwas später trafen zwei weitere ein. Letztere reisten von Süden heran und hatten den ganzen Sommer über mit den slawischen Volksstämmen und den Bulgaren Handel getrieben. Bei ihnen handelte es sich ebenfalls um Dänen – die einen stammten aus Jütland, die anderen aus Seeland, das sie Själland nannten –, und sie gingen schon seit Jahren auf Handelsfahrt. Wie ich hier erfuhr, waren es Wikinger aus Skane gewesen, die sich als erste hier am Dnjepr niedergelassen hatten, und so sprach man hier auch noch vorwiegend dänisch, wenn auch mit einem eigenartigen Akzent.

Harald befahl, daß unsere vier Schiffe zusammengebunden wurden, und ließ auf jedem Boot zehn Mann als Wache zurück; denn er traute seinen Stammesbrüdern nicht und fürchtete, sie würden seine Flotte berauben. Erst als all diese Sicherheitsvorkehrungen zu seiner Zufriedenheit erfolgt waren, erlaubte er den anderen, an Land zu gehen. Doch vorher mußten sie dem König bei ihrem Blut schwören, niemandem gegenüber auch nur ein Sterbenswörtchen über unser Ziel zu verlieren; denn es wäre doch zu dumm, wenn andere Seewölfe auf die Idee kämen, Miklagård, die Stadt aus Gold, vor uns zu überfallen und uns so um unsere schöne Beute zu bringen.

Dann versammelte Harald seine Leibwache, die Hauskerle, um sich und marschierte mit ihnen zum Markt. Als erstes kaufte er eine Ziege, ein Schaf und vier Hühner, und mit diesen Tieren begab er sich zu einem Platz mitten auf dem Markt, der an einer Seite von einem Halbkreis von Pfählen umgeben war. Der Boden hier war feucht, es stank entsetzlich nach Blut und Fäulnis, und Schädel von den unterschiedlichsten Viechern lagen verstreut in dem Halbrund.

Der König trat auf diesen Platz und warf sich vor einem der Pfähle, der so geschnitzt war, daß er einen Mann darstellte, auf den Boden. »Fürst Odin!« brüllte Harald so laut, daß auch jeder im Ort ihn hören konnte. »Ich bin von weit her gekommen, mit vier Langschiffen und vielen guten Kriegern. Wir suchen nach gutem Handel und noch mehr Plünderung. Und jetzt bringe ich Dir dieses feine Opfer!«

Damit richtete er sich wieder auf, zog sein Messer und schnitt den Tieren, die seine Kerle festhielten, mit geschicktem Schnitt die Kehle auf. Zuerst Schaf und Ziege. Deren Blut spritzte auf den Boden, und er fing einiges davon in einer

Holzschüssel auf. Diese Flüssigkeit schmierte er an den Odin und spritzte den Rest an die übrigen Pfähle. Danach enthauptete er die Hühner und wirbelte die kopflosen Tiere durch die Luft, so daß ihr Blut sich gleichmäßig auf den Halbkreis verteilte. Ich erfuhr, daß es sich bei den geschnitzten Stämmen um den Götzen Odin und dessen Frauen und Kinder handelte. Als alle Opfer tot waren, zerteilte Harald sie, brachte die besten Fleischstücke den Göttern dar und ließ den Rest auf sein Schiff zurückbringen; das würde heute sein Abendessen sein.

Diese Vorstellung diente meiner Ansicht nach weniger der Ehrung von Odin, Thor und Freya, sondern eher dazu, die Kaufleute von Kiew zu beeindrucken. Doch trotz Haralds Gebrüll und der Tötung der Tiere rief das Blutopfer nicht einmal flüchtiges Interesse bei den Bewohnern dieser großen Stadt hervor. Offenbar hatten sie solch ein Spektakel schon so oft gesehen, daß es sie mittlerweile nur noch langweilte.

Nachdem der König seinen religiösen Pflichten genüge getan hatte, wanderte er über den Markt und sorgte dafür, daß Wasser, Getreide, Pökelfleisch und andere Waren auf seine Schiffe geschafft wurden.

Seine Mannschaft hatte indes anderes im Sinn und suchte jene andere Form von Handel, die zwar wenig mit Tugend zu tun hat, dafür aber nicht weniger beliebt ist. An einer Seite des Marktgeviertes, genauer gegenüber des Hügelforts, erhoben sich einige größere Gebäude, und vor diesen hatte man lange Bänke aufgestellt. Darauf hockten einige junge Frauen, die – wie eigentlich alles in Kiew – käuflich waren. Man mußte nur zu ihnen gehen und nach ihrem Preis fragen, und meistenteils war der Handel dann perfekt. Nicht wenige Wikinger haben auf diese Weise schon eine Ehefrau gewonnen. Zu einem Bruchteil dieses Preises kann man sich allerdings schon für eine gewisse Frist weibliche Gesellschaft erwerben.

Vor allem nach letzterem strebten Haralds Kriegsmannen;

schließlich hatte der König verboten, ein Frauenzimmer an Bord zu bringen, und außerdem hatten die meisten dieser Dänen eine brave Ehefrau zu Hause.

Der Jarl verspürte allerdings weniger fleischliche Gelüste. Er suchte nicht nach inniger Gesellschaft, sondern nach Information. Thorkel hatte ihm nämlich berichtet – und seine Karte bestätigte dies –, daß südlich von Kiew riesige Stromschnellen und Wasserfälle auf alle Segler warteten, in denen selbst die stärksten Schiffe zerschellten. Harald wollte nun mehr über diese Gefahren wissen und auch darüber, wie man sie umschiffen konnte. Am liebsten wäre ihm gewesen, auf einen Lotsen zu stoßen, und wenn sich das als unmöglich erweisen sollte, dann doch zumindest zu hören, was die Kaufleute erzählen konnten, die schon den Dnjepr weiter südlich befahren hatten.

Daher spazierte der König über den ganzen Marktplatz, tat überall so, als würde er die Waren bewundern, und verwickelte die Händler in ein Gespräch. Auf seinen Befehl hin hatten der Steuermann und ich ihn zu begleiten; denn es war ja denkbar, daß unsere besonderen Kenntnisse vonnöten sein würden.

Wie ich schon berichtet habe, sprachen die meisten hier Dänisch oder konnten sich in dieser Zunge zumindest verständlich machen. Doch alle Mühe schien vergebens, und die Händler schienen mehr am Verkauf ihrer Waren interessiert zu sein. Jede unserer Fragen lenkten sie geschickt auf den Wert und die Qualität der Güter um, die sie gerade feilboten. Bei allen anderen Themen befleißigten sie sich einer Zurückhaltung, die in manchen Fällen an Unverschämtheit grenzte.

»Jetzt habe ich Durst«, brummte Harald schließlich. Wir hatten den Markt in seiner ganzen Länge und Breite durchschritten und außer Achselzucken, Schweigen und gelegentlich einer Beleidigung, weil wir nichts kaufen wollten, keine

Antwort erhalten. »Ein Becher Bier hilft uns jetzt sicher zu entscheiden, wie wir weiter vorgehen sollten.«

Wir begaben uns zu den großen Gebäuden an der Nordseite des Platzes, wo ein kleiner Berg von leeren Fässern uns anzeigte, hier das Gewünschte zu finden. Einige Frauen saßen auf der Bank davor, beobachteten das Markttreiben und genossen ansonsten die Sonne. Als sie uns näher kommen sahen, fingen sie gleich an, sich zu putzen und auch auf schamlose Weise ihre Vorzüge herzuzeigen. Frauen von ihrem Aussehen waren mir mein Lebtag noch nicht begegnet. Ihr pechschwarzes Haar war feiner als Spinnweben, die dunklen, schlitzartigen Augen steckten in Gesichtern von der Rundheit des Mondes, und die kurzen, aber festen Gliedmaßen besaßen die Farbe von Mandeln.

Harald blieb kurz stehen, um die Schönen zu begutachten, aber als keine seinem Geschmack zu entsprechen schien, betrat er das Wirtshaus. Unten befand sich eine große Halle, der Schankraum, und darüber eine Galerie, die an Schlafkammern in der Größe von Marktbuden entlangführte. Einige lehnten aus diesen Zellen und betrachteten das Treiben unter ihnen.

An den Wänden standen lange Bänke, und rings um den großen, klobigen Herd hatte man Tische und Sitzböcke aufgestellt. Ein paar Männer hockten dort und aßen oder tranken. Auf den Bänken herrschte schon mehr Gedränge. Dort hielt jeder einen Humpen in der Hand. In dieser Halle war es laut, verraucht und düster; denn der Raum besaß weder ein Fenster noch einen Rauchabzug in der Decke, und alle schrien durcheinander, als gelte es, die anderen zu übertönen. Ich hatte die Schankstube noch gar nicht richtig betreten, da wurde mir schon speiübel von dem Gestank nach Erbrochenem, Mist und Urin. Schmutziges Stroh bedeckte den Boden, und ein paar magere Hunde schlichen an den Wänden entlang oder hatten sich in den hintersten Winkeln zusammengerollt.

Stierbrüller hatte noch nie Schwierigkeiten gehabt, auf sich aufmerksam zu machen, und hier verhielt es sich nicht anders. Er marschierte kühn mitten in den Raum und rief: »He da, Wirt, bring mir Bier!« Das ganze Gebäude erbebte unter seiner Stimme, und schon eilten drei zerzauste und liederlich gekleidete Burschen mit Krügen und großen Bechern herbei. Sie füllten die Becher mit starkem Dunkelbier und stießen uns diese in die Hand. Auch ich bekam ein solches Gefäß, aber Thorkel und Harald derer zwei. Sie leerten diese auf der Stelle; eine Aufforderung, welche die Kellner sofort verstanden. Diese Wirtsgehilfen schienen sogar darum zu wetteifern, unsere Becher stets von neuem aufzufüllen.

Ich trank den ersten auf einen Zug aus, ging beim zweiten aber deutlich langsamer zu Werk und beschränkte mich darauf, mich umzusehen. Männer von den verschiedensten Stämmen und unterschiedlichsten Völkern waren hier eingekehrt, und viele davon hatte ich noch nie gesehen. Große, kräftige Burschen mit hellem Haar, die ganz in Felle gekleidet waren; kleine dunkelhaarige Männer mit schmalen, flinken Händen und Schlitzaugen über Nasen, die mich an Adlerschnäbel erinnerten; schlanke und hellhäutige Riesen mit langen Gliedmaßen, die lange, lose Kleider und weiche Stiefel aus gefärbtem Leder trugen; und dann wieder Gestalten, die wohl nur von den Wüstenlanden kommen konnten. Die einzigen aber, die mir vertraut erschienen, waren die Krieger von unseren Schiffen oder andere Wikinger. Nur Briten oder Iren ließen sich hier nirgends ausmachen.

Der König und der Steuermann schlenderten umher und tranken einen Becher nach dem anderen. Die Leutseligkeit und gute Laune Haralds lockten die Nordmänner an, und bald hatte sich ein dichter Ring von Seeleuten und Flußhändlern um ihn versammelt. Diese begann er nun mit Freibier und wohlgesetzten Worten zu locken, ihm das Wissen preiszugeben, nach dem er suchte.

»Ihr müßt wirklich mutige Männer sein«, bemerkte er, »wenn ihr schon so weit im Süden gewesen seid, heißt es doch, daß nur die Tapfersten der Tapferen die Stromschnellen südlich von Kiew zu bezwingen wagen.«

»Ach, so schlimm sind die gar nicht«, wehrte ein großer Däne mit beeindruckender Mähne ab, dessen Rauschebart nach getrocknetem Bier stank. »Ich bin in diesem Sommer schon zweimal bis ins Schwarze Meer gekommen.«

»Von wegen, Snorri!« rief einer seiner Kameraden. »Zweimal bist du im Süden gewesen, aber einmal auf dem Rücken eines Pferdes.«

»Doch das erste Mal auf einem Schiff«, wehrte sich der Riese, »und wer vermag schon zu entscheiden, welche Art die gefahrvollere ist?«

»Es heißt auch«, fuhr der König fort, während er die Becher und Krüge seiner neuen Freunde wieder füllte, »daß der Dnjepr zehn Wasserfälle aufweise, von denen jeder noch gewaltiger als der vorangegangene sein soll. Und schon der kleinste sei so riesig, daß er ein ganzes Schiff verschlingen könne.«

»Das ist wahr«, bestätigte Snorri.

»Ach was«, widersprach sein Kamerad, »so viele sind es nun auch wieder nicht, höchstens vier.«

»Na gut, aber es sind mindestens sieben«, beharrte Snorri.

»Einigen wir uns auf fünf«, warf ein anderer ein. »Aber drei davon sind wirklich so groß, daß ein Schiff darin untergeht.«

»Woher willst du das denn wissen, Gutrik?« fuhr der Riese ihn an. »Du bist doch den ganzen Sommer über wegen Zahnschmerzen in Nowgorod geblieben.«

»Ich bin aber schon vor sieben Sommern dort unten gewesen«, verteidigte sich Gutrik. »Damals sind wir auf vier Wasserfälle gestoßen, und ich glaube nicht, daß der Fluß sich seitdem sehr verändert hat.«

»Wenn doch dein Gedächtnis nur halb so zuverlässig wäre wie der Strom«, erklärte ein vierter. »Ich habe mit eigenen Augen sechs Fälle gesehen.«

»Natürlich kommt man auf sechs«, höhnte Snorri, der sich von den anderen nicht ständig dazwischenquatschen lassen wollte, »wenn man all die kleinen mitzählt. Als ich den Fluß hinuntergefahren bin, haben wir die gar nicht beachtet.«

Thorkel hielt zwar noch in jeder Hand einen großen Becher, trank aber nichts mehr, sondern hörte lieber aufmerksam einem jeden zu, um zu ergründen, wo inmitten all dieser Prahlereien und Behauptungen die Wahrheit verborgen lag. Schließlich beugte er sich zu Harald und flüsterte: »Ich glaube nicht, daß einer von denen jemals den südlichen Dnjepr befahren hat.«

»Dann sollten wir das möglichst rasch herausfinden«, gab der König ebenso leise zurück und wandte sich wieder an die Dänen, deren Zahl mittlerweile auf sieben angewachsen war. »Ihr alle sprecht wie Männer von großer Erfahrung. Doch sagt mir, wer außer Snorri ist in diesem Sommer den Fluß hinuntergesegelt?«

Die sieben sahen sich an, und als niemand sich meldete, starrten sie lieber in ihre Becher. Schließlich ergriff Gutrik das Wort: »Njord ist im Süden gewesen und gerade heute mit seinen Schiffen zurückgekehrt.«

»Ja«, stimmten die anderen zu, »Njord ist dein Mann.«

»Finde ihn«, versicherte Gutrik, »und schon erfährst du alles, was es über den Dnjepr zu wissen gibt. Keiner kennt sich auf dem Fluß besser aus.«

»Ein Silberstück für denjenigen, der mir diesen Njord herbeischafft.« Der König zog eine Münze aus seinem Gürtel. »Und noch ein Silberstück, wenn das rasch geschieht.«

Drei der Dänen setzten sich auf der Stelle in Bewegung, und wir ließen uns auf einer Bank nieder und warteten. Thorkel und Harald unterhielten sich noch immer mit den anderen, aber ich sah mich lieber weiter um.

Offenbar hatte dieses Wirtshaus mehr zu bieten als Speise und Trank. Von Zeit zu Zeit kam eine der Frauen von draußen mit einem Schiffer herein. Manchmal stiegen sie hinauf auf die Galerie und zogen sich in eine der Zellen zurück, doch noch öfter ließen sie sich hier unten auf einer der Bänke an den Wänden nieder und trieben es dort vor aller Augen auf die viehischste Weise.

Das alles schien in diesem Haus ganz selbstverständlich zu sein und erweckte nicht die geringste Neugier. Die Pärchen hätten genausogut brünstige Schweine oder Hunde sein können, bei denen ja auch niemand hinsieht.

Ich sah einen Mann hereinkommen, der sich schnurstracks zu seinem Freund begab, welcher gerade einer der Dirnen beilag. Die beiden Männer begrüßten sich freundlich und unterhielten sich für einen Moment. Dann hockte der erste sich daneben, während der zweite sein Treiben fortsetzte. Als er fertig war, tauschten sie die Plätze, und der zweite machte dort weiter, wo der erste aufgehört hatte.

Solcher Frevel raubte mir den Atem, und ich konnte nur verzweifelt den Kopf schütteln. Doch dann sagte ich mir, daß es sich bei diesen Menschen um Barbaren handelte. Für mein Seelenheil war es wohl besser, mich dessen immer wieder zu erinnern.

Wie es sich ergab, war Njord gerade auf ähnliche Weise beschäftigt, wenn auch ein Haus weiter. Als er mit der Frau und mit seinem Humpen fertig war, folgte er Gutrik in unsere Schänke. Gutrik führte den Steuermann vor den König, verlangte seine zwei Silberstücke und erklärte: »Dies hier ist der beste Ruderlenker vom Weißen bis zum Schwarzen Meer. An meiner Seite steht Njord der Tiefsinnige.«

Der Däne an Gutriks Seite sah nun wirklich ganz und gar nicht wie ein großer Kriegsrecke aus. Ein verdorrter Stock hätte mehr Aufmerksamkeit hervorgerufen. Njord hatte einen Buckel, zu lange Arme und Segelohren. Seine Haut war von Wind und Wetter gegerbt. Wie Thorkel hielt er die Augen ständig zusammengekniffen, und ein langer Schnurrbart verdeckte den Mund fast zur Gänze. Seine Hände waren rauh vom jahrelangen Umgang mit Seilen und dem Ruder, und er bewegte sich breitbeinig wie jemand, der es gewohnt ist, auf den Planken eines auf- und abtanzenden Schiffes nicht aus dem Gleichgewicht zu geraten. Die meisten Haare waren ihm ausgefallen, und was sich davon noch auf dem Kopf befand, war von der Sonne zu einem stumpfen Grau ausgebleicht worden. Insgesamt wirkte der Steuermann wie ein alter Knochen, über den sich kein Hund mehr hermachen wollte.

»Ich grüße dich, mein Freund«, sagte der König. »Wir haben von deinen Kameraden erfahren, über welch erstaunliches Wissen und große Erfahrung du verfügen sollst. Sie loben deine Schiffslenkkunst in den höchsten Tönen.«

»Wenn sie mich so preisen, will ich mich bei ihnen bedanken«, entgegnete der Steuermann mit einem leichten Nicken in die Runde. »Doch wenn sie mich beleidigen, soll mein Fluch sie treffen. Ich bin Njord, Jarl Harald, und ich erbiete dir meinen respektvollsten Gruß.«

»Guter Freund«, erklärte der König leutselig, »es würde mich sehr freuen, wenn du mit mir einen Becher leertest. Schankkellner, auf, auf, an die Arbeit. Wir wollen mehr Bier. Unsere Mägen sind leer und unsere Kehlen ausgedörrt.« Er drehte sich zu dem Steuermann um. »Bei all dem Reden habe ich auch großen Hunger bekommen. Komm, setz dich zu mir, auf daß wir zusammen essen können, und dabei erzählst du mir alles von deinen Reisen.«

»Ein Mann sollte auf der Hut sein, wenn er sich an der Tafel eines Königs niederläßt«, bemerkte der Steuermann, »denn oft genug muß er die Zeche zahlen, manchmal in Form eines Arms, gelegentlich aber auch mit dem Leben.«

Jetzt begriff ich, warum man ihn den Tiefsinnigen nannte, und uns allen wurde rasch klar, daß dieser Mann sich für einen Philosophen hielt, den die Vorhersehung mit der besonderen Gabe ausgestattet hatte, seine Einsichten in Form von launigen bis witzigen Sinnsprüchen von sich zu geben.

Die Dänen starrten ihn jetzt entsetzt an, aber Harald warf den Kopf in den Nacken und lachte schallend. »Dies ist nur zu wahr, mein Freund«, bestätigte er ihm dann gutgelaunt. »Doch laß es uns wagen, Gesundheit und Glück aufs Spiel zu setzen, heja? Wer weiß, vielleicht zahlt es sich ja noch für uns beide aus, dieses Risiko eingegangen zu sein.«

Thorkel und ich suchten dem Jarl und seinem merkwürdigen neuen Freund einen freien Tisch, und Snorri, Gutrik und die anderen ließen sich ebenfalls bei uns nieder. Sie schoben diejenigen beiseite, die ebenfalls herandrängten, um sich nicht von den Fleischplatten und den Bierkrügen wegdrängen zu lassen, die nun in großer Zahl aufgetischt wurden.

So saßen wir also zu einem Mahl zusammen, das sich bis zum Einbruch der Abenddämmerung hinziehen sollte. Am Ende leisteten der König und der Steuermann sich gegenseitig ernsthafte, wenn auch mit schwerer Zunge vorgebrachte feierliche Schwüre: Njord würde uns um die gefährlichen Stromschnellen und Wasserfälle herumführen, und Harald wollte ihn dafür großzügig aus dem entlohnen, was er während seiner geschäftlichen Unternehmungen einzunehmen erwartete. Mir fiel auf, daß Harald sorgfältig vermied, Näheres über diese »Geschäfte« preiszugeben.

Nun galt es noch eine Angelegenheit zu regeln, die angesichts der Kühnheit unseres Unternehmens von mindergroßer Bedeutung war. Njord stand nämlich noch seinem eigentlichen Jarl im Wort, dessen Schiffe auch das letzte Stück der Heimreise sicher zu steuern. Diese Frage konnte rasch geklärt werden, als Harald sich nämlich erbot, ihm den Anteil am Gewinn aus den Geschäften im Sommer zu erstatten, auf daß ihm kein Schaden daraus entstehe, sich in unseren Dienst gestellt zu haben. Dann ließ der König Njords Schiffsmeister herbeirufen, mit dem er rasch handelseinig wurde. Damit war das Geschäft abgeschlossen, und Njord gehörte jetzt zu uns.

Nachdem Harald nun alles, wozu er hierhergekommen war, erledigt hatte, wollte er recht abrupt zu den Schiffen zurückkehren. Er sprang vom Tisch auf, strebte dem Ausgang zu und zog einen ganzen Schwarm von Dienern mit sich, die alle Bezahlung verlangten und miteinander um die Wette brüllten, um sich bei dem hohen Gast Gehör zu verschaffen. Kurz vor der Tür kam der Jarl dann endgültig nicht mehr weiter. Er drehte sich zu den Kellnern um, griff in seinen Gürtel und zog eine Handvoll Silberlinge hervor. Die gab er dem Mann, der direkt vor ihm stand, und erklärte: »Teil das unter deinen Brüdern auf, und gib jedem den Anteil, den er verdient hat.«

Die Diener starrten entsetzt auf das halbe Dutzend Münzen, fragten sich in Gedanken, wie sie den kargen Lohn untereinander aufteilen sollten, und fingen gleich wieder an, durcheinanderzuschreien. »Das soll der Dank für unsere Mühe sein?« kreischten sie ungläubig. »Für dieses Almosen haben wir dir den ganzen Tag Speise und Trank gebracht?«

Der König hob abwehrend die Hand, trat durch die Tür und verabschiedete sich mit den Worten: »Nein, nein, ich will kein Wort des Dankes hören; denn die Freude lag ganz auf meiner Seite. Lebt wohl, liebe Freunde.«

Njord nickte angesichts des selbstbewußten Auftretens Haralds vor dieser gierigen Bande anerkennend. »So spricht ein wahrer König«, bemerkte er leise.

Obwohl ich, was den strengen Geruch betraf, vom Regen in die Traufe gelangte, tat es mir doch wohl, die Schänke hinter mich gebracht zu haben, dachte ich, als wir an Odins Pfählen mit seinen faulenden Opfergaben vorbeikamen. Einen ganzen Tag lang hatten die geschlachteten Tiere in der Sonne gelegen und stanken nun zum Himmel. Doch insgesamt zog ich diesen höllischen Duft dem Gemenge aus Rauch, Schweiß, menschlichen Exkrementen, verschüttetem Bier und Erbrochenem in der Trinkhalle eindeutig vor.

An Bord der Schiffe hielten sich nur die Wachen auf. Nicht dieselben zehn Männer, die der König dort zurückgelassen hatte, denn die waren von ihren Freunden und Verwandten abgelöst worden, nachdem diese ausgiebig Bier und lose Dirnen genossen hatten. Diese Kriegsmannen waren an Bord zurückgekehrt, doch nicht nur, um ihren Brüdern Gelegenheit zu geben, sich ebenfalls fleischlichen und anderen Vergnügungen hinzugeben; nein, auch Eigennutz hatte ihre unsicheren Schritte zurückgelenkt, wollten sie doch auf den Planken ihren Rausch ausschlafen.

Harald ließ diese Männer gleich unsanft wecken und befahl ihnen, die anderen ausfindig zu machen und zurückzubringen.

Doch eine Bande von echten Seewölfen von den Freuden loszureißen, die Kiew zu bieten hatte, erwies sich beinahe als ein Ding der Unmöglichkeit. Die Freudenhäuser gehörten zu den größten im Ort und enthielten unzählige Räume und Kammern. Manche davon waren sogar von innen zu verriegeln und standen denjenigen zur Verfügung, die sich bei ihrem verderbten Treiben nicht so gern den Blicken der anderen zur Schau stellten. Die zehn mußten in jedes einzelne dieser Häuser und dort alle Kammern absuchen. Und je länger sie unterwegs waren, desto öfter kam es vor, daß sie einen gefundenen Kameraden zu den Schiffen tragen mußten.

Der Mond war längst aufgegangen und stand schon hoch am Himmel, als alle tapferen Krieger des Königs sich wieder an Bord befanden und die Boote endlich ablegen konnten. Glücklicherweise mußte bei dieser Fahrt nicht gerudert werden, denn die Strömung des mächtigen Dnjepr trug uns wie von selbst voran. Somit mußte keiner der Volltrunkenen auf seine Bank – nicht auszudenken, zu welchen Katastrophen das andernfalls geführt hätte.

Doch schon der nächste Tag bescherte uns ein weniger günstiges Schicksal. Unterhalb Kiews strömt der Dnjepr durch felsiges Hügelland, das sein Bett erheblich verengt. An manchen Stellen wollte es einem vorkommen, als sei der Fluß zwischen den hohen Klippen kaum breit genug, um auch nur einem Schiff die Durchfahrt zu gestatten. Außerdem herrschte hier eine furchtbare Strömung. Wenn jemand an der Seite ein Ruder hinausgeschoben hätte, so wäre dies über kurz oder lang zu Splittern zerschmettert worden.

Thorkel hatte alle Hände voll damit zu tun, den Kiel in der Flußmitte zu halten, dort, wo das Wasser am tiefsten war. Die Runzeln auf seiner Stirn wollten den ganzen Tag über nicht vergehen, und seine Miene ließ darauf schließen, daß er jeden Moment mit einem Unglück rechnete. Njord hingegen verbrachte diese Stunden unter seinem Umhang, wo er sich schlafend von den Strapazen des zurückliegenden Tages erholte.

Als er schließlich geruhte aufzustehen, hatten wir das Schlimmste bereits hinter uns und befanden uns wieder in ruhigerem Wasser.

»Na bitte«, erklärte unser neuer Freund, während er sich umsah, »das ist doch großartig gelaufen. Ich glaube, du bist ein wirklich guter Steuermann, Thorkel. Deine Fähigkeiten lassen sich wirklich mit den meinen vergleichen, bis auf eine entscheidende Kleinigkeit.« Er schwieg sich über diesen wesentlichen Unterschied aus und fuhr lieber damit fort, die Seetüchtigkeit unseres Drachenboots zu bewundern. »Bei allem, was recht ist, dies ist wirklich ein prachtvolles Schiff, heja? Doch, das muß ich feststellen. Ein fester, starker Mast, und dennoch leicht zu steuern. Ein durch und durch großartiges Langschiff.«

»Ja, so haben wir das auch immer schon gesehen«, entgegnete Thorkel ein wenig steif. »Aber es freut mich, aus deinem Mund eine Bestätigung dafür zu erhalten.«

»Bedenke aber, daß in drei Tagen die eigentliche Bewährungsprobe beginnt«, erinnerte Njord ihn. »Die ersten Fälle sind gar nicht so schlimm. Bessere Stromschnellen, so würde ich sie bezeichnen. Die ersten vier dürften uns keine große Mühe bereiten, denn zu dieser Jahreszeit fließt das Wasser dort nicht so rasch. Wenn der Frühlingsregen fällt und die Flußtäler auffüllt, sieht die Sache hingegen ganz anders aus. Wollen wir den Sternen dafür danken, daß wir jetzt nicht Frühling haben.«

»Was erwartet uns denn bei dem fünften und den folgenden Fällen?« wollte unser Steuermann wissen.

»Jedermann sieht sich hin und wieder gezwungen, eine Schuld aufzunehmen«, antwortete Njord rätselhaft, »doch nur ein Narr borgt freiwillig Ungemach.« Damit ließ er Thorkel stehen und spazierte an der Reling entlang.

»Ich wollte die Wasserfälle nicht borgen, sondern nur einen Eindruck von ihnen vermittelt bekommen«, murmelte unser Steuermann.

Unser Herr Christus hat gesagt, daß die Nöte eines Tages für diesen vollauf ausreichen und man die Sorgen des nächsten Tages am besten bis dahin warten lasse. Dies erklärte ich Thorkel, der für diesen weisen Rat nur ein Schnauben übrig hatte und den ganzen restlichen Tag kein Wort mehr mit mir wechselte.

25

Die ersten drei Fälle bewältigten wir mit Hilfe der Ruder. Wie Njord vorausgesagt hatte, stand das Wasser nicht allzu hoch in den Rinnen und Senken, durch die der Dnjepr hier seine Massen zum Schwarzen Meer wälzt. Die Männer hoben die Ruder und hielten sie gegen die Felsen, um schiebend, stoßend oder abwehrend die Klippen zu umschiffen. Nachdem wir den dritten Fall hinter uns gebracht und wieder ruhigeres Wasser erreicht hatten, wünschte sich der König schon, er hätte nicht so viele Schiffe mit auf die Reise genommen, denn die Durchfahrt, die nur für jedes Boot einzeln in Angriff genommen werden konnte, nahm doch sehr viel Zeit in Anspruch. Nach dem vierten Katarakt erwog Harald bereits ernsthaft, zwei der Schiffe bis zur Rückkehr zurückzulassen.

Doch die Goldgier erwies sich als stärker und vermochte ihn in der Überzeugung zu bestärken, daß er wohl alle vier Boote benötigen würde, um die gewaltigen Reichtümer Miklagårds fortzuschaffen. Und daß er ein Narr sei, nicht noch mehr und vor allem größere Schiffe mitgenommen zu haben.

Der fünfte wie auch der sechste Wasserfall erforderten die ganze Kraft und Ausdauer jedes einzelnen Dänen. Nur nicht die des Königs und zehn seiner Hauskerle, die am Ufer blieben und die ausgeladenen Vorräte gegen feindliche Angriffe bewachten. In dieser Gegend sollten sich nämlich die räuberischen Stämme der Petschenegen herumtreiben. Laut Njord liebten die nichts mehr, als an solchen Stellen, wo durchziehende Boote am verwundbarsten waren, auf der Lauer zu liegen und zuzuschlagen.

Ich beteiligte mich an der Arbeit und schuftete genausoviel wie die anderen. Vor einem Katarakt mußte jedes einzelne Boot ans Ufer gesteuert und dort entladen werden. Jeder einzelne Sack Getreide, jedes Wasserfaß, alle Speere, Schwerter und Schilde, der Kochtopf, das Segel, die Ruder und die Seile – kurzum, alles wurde von Bord geschafft. Wenn von dem Schiff dann nichts mehr als die leere Hülle übriggeblieben war, entledigten sich die Wikinger ihrer Kleider und wateten nackt in das hüfthohe Wasser, nahmen die langen Taue auf – die am Bug und mittschiffs befestigt waren – und zogen ihr Schiff mit bloßer Körperkraft durch den Fluß.

Einige andere bewaffneten sich mit Rudern und liefen mit, um das Boot abzulenken, wenn es gegen eine Klippe zu prallen drohte. Der ganze Zug kam nur langsam voran, und die Männer hielten sich so nah wie möglich am Ufer, um nicht abzurutschen, in tieferes Wasser zu geraten und von der Strömung gegen einen Fels geschleudert zu werden. Sobald das Gefährt dann durch die Gefahrenstelle gebracht war, kehrten die Wikinger zurück, nahmen die Vorräte und das andere Zubehör auf, trugen es über Land am Katarakt vorbei und beluden das Schiff wieder damit.

Für jeden Wasserfall benötigten wir auf diese Weise zwei volle Tage. Waren der fünfte und der sechste schon schlimm, so erwies sich der siebte als geradezu unbezwinglich. Nicht nur galt es hier die Klippen und die Strudel zu bedenken, sondern auch noch dem Umstand Rechnung zu tragen, daß der siebte Katarakt eigentlich aus zwei Fällen bestand. Njord, der sich bislang nicht unbedingt mit der Hilfe und Sachkenntnis hervorgetan hatte, die der König eigentlich erwartet hatte, sprühte auch vor dem siebenten Wasserfall nicht unbedingt vor Einfällen.

»Was machen wir jetzt?« verlangte Harald von ihm zu erfahren. Die Ungeduld angesichts dieses kaum zu bewältigenden Hindernisses war ihm deutlich anzumerken.

»Ein Mann kann viele Wege beschreiten«, antwortete der Tiefsinnige, »aber nur einer davon führt ihn zum Ziel.«

»Ja, danke«, knurrte der Jarl. »Aus diesem Grunde habe ich dich ja mitgenommen. Zeig uns nun den Weg, der uns zum Ziel führt.«

Njord nickte, seine Augen verengten sich zu schmalen Schlitzen, und er nagte an der Unterlippe, als arbeite er an einer ebenso klugen wie bis dahin nie gehörten Lösung. »Das ist schwierig«, meinte der Grauhaarige schließlich. »Deine Schiffe sind zu groß.«

»Was?« brüllte Harald, und seine Stimme machte seinem Beinamen alle Ehre. »Habe ich dich angeworben, nur damit du mir erzählst, meine Schiffe seien zu groß?«

»Ist doch nicht meine Schuld, wenn du keine kleineren Boote hast«, entgegnete der Tiefsinnige verschnupft.

Wenn je ein Mann auf unsicherem Boden gestanden hatte, dann Njord in diesem Moment. Doch er schien nichts davon zu ahnen, daß sein Kopf gerade sehr lose auf seinen Schultern saß. »Wenn du mich vorher gefragt hättest, hätte ich dir das schon früher sagen können.«

»Gibt es denn noch irgend etwas anderes, das du mir jetzt mitteilen kannst?« fragte der König mit bedrohlich leiser Stimme. Ich spürte schon, wie er seinen Dolch aus der Scheide zog.

Der Fachmann für die Dnjepr-Fälle schob die Unterlippe vor und legte die Stirn in Falten. Man konnte ihm nicht ansehen, was hinter ihr vor sich ging. »Wenn ein Berg zu steil ist, um erklommen zu werden«, erklärte Njord dann unvermittelt, »so muß man um ihn herumlaufen.« Er wandte sich dem

König zu. »Du hast mich um Rat gebeten, und so gebe ich ihn dir: Trag deine Schiffe über Land am Katarakt entlang.«

Harald keuchte und starrte ihn fassungslos an.

»Unmöglich!« schrie Thorkel, der nicht länger an sich halten konnte, und baute sich vor seinem Jarl auf. »Schlag ihm den wertlosen Schädel vom Hals, und wirf seinen Kadaver in die tiefste Schlucht. Wenn du das nicht tun möchtest, so nehme ich dir diese Arbeit gern ab.«

Die Runzeln auf Njords Stirn gruben sich noch tiefer ein. »Wenn du auf diese Weise den besten Rat belohnen willst, den man dir am ganzen Fluß geben kann, dann zahl mir meinen Anteil jetzt gleich aus, und du wirst mich nie wiedersehen.«

»Nein, du bleibst«, verkündete Harald mit fester Stimme. »Die Schiffe sind so weit gekommen, auch wenn dein Verdienst daran sehr gering ist. Nun ist für dich der Zeitpunkt gekommen, etwas für das vereinbarte Silber zu tun. Schaff die Boote sicher über den Katarakt, denn das hast du mit Handschlag versprochen. Wenn du aber scheitern solltest, wirst du dennoch deinen Lohn erhalten, und zwar den, den du verdienst.«

Auf solche Weise vor die Wahl gestellt, schien der verwachsene Steuermann sich endlich zu bequemen, etwas für seinen Lohn zu tun. Schon begann er, die nötigen Vorbereitungen für die Überquerung dieses Hindernisses zu treffen. »Tretet beiseite«, befahl er, »und seht zu, was ich tue.«

Wie zuvor mußten wir die Boote bis auf das letzte Seil ausräumen. Danach bewies Njord seine besonderen Fähigkeiten, für die er weithin gerühmt wurde, von denen wir bislang aber nur so wenig hatten erleben dürfen. Er wies uns an, die Ruder ebenfalls zu entfernen und den Mast umzulegen und herauszunehmen. Dann befahl er, im Wald hohe Fichten zu fällen und von allen Ästen zu befreien. Weitere Stämme wurden geschlagen, um als Hebel genutzt zu werden. Schließlich mußten wir die leeren Schiffe aus dem Dnjepr ziehen. Der

Tiefsinnige hieß uns, die Stämme quer zueinander am Ufer aufzureihen, um dann das Boot mit Seilen über diese Rollen zu ziehen.

Man muß Njord zugute halten, daß er sich hervorragend machte, sobald er seine anscheinend angeborene Trägheit erst einmal überwunden hatte. Der verwachsene Mann schien immer genau die Stelle zu wissen, an der ein Hebel angesetzt werden mußte, und über die Gabe zu verfügen, Schwierigkeiten schon zu erkennen, noch ehe sie aufgetreten waren, und dann auch gleich die geeigneten Gegenmaßnahmen zu ergreifen, auf jeden Fall aber die Folgen abzumindern. Am Ende des ersten Tages hatten wir ein Schiff an den Fällen vorbei und das zweite auf halben Weg dorthin gebracht.

In dieser Nacht lagerten wir am Ufer, und der nächste Morgen erwartete uns mit einem kühlen Dauerregen, der schon in der Dämmerung einsetzte, was uns die Arbeit aus vielerlei Gründen erschwerte. Der Boden weichte auf, die Pfade wurden schlüpfrig, die Männer rutschten immer wieder aus, und die Stangen, Rollen und Hebel wurden so naß, daß man sie viel schwerer greifen konnte. Doch zu unserem Glück waren die verbleibenden Schiffe deutlich kleiner als das Langboot des Königs und ließen sich daher schneller und mit etwas weniger Aufwand bewegen. Am Abend des zweiten Tages hatten wir das dritte und das vierte Schiff ein gutes Stück auf den Weg gebracht.

Im Morgengrauen griffen die Petschenegen an.

Harald spürte als erster, daß etwas in der Luft lag, und sein Stierbrüllen riß die erschöpften Wikinger aus ihrem Schlaf. Wenn der König nicht so wachsam gewesen wäre, hätten die Angreifer uns zweifellos dort erschlagen, wo wir gerade lagen. So aber sprangen alle auf und hielten den Speer schon in der Hand, denn Seewölfe auf großer Fahrt schlafen immer mit den Waffen an ihrer Seite, besonders, wenn sie an Land lagern müssen.

Die Petschenegen waren klein und dunkel, und sie kämpften mit einiger Verschlagenheit. Zuerst stürmten sie mit wildem Geschrei heran, warfen ihre Speere und Äxte und zogen sich dann gleich wieder zurück. Gerade, wenn man glaubte, sie würden sich jetzt zum Kampf Mann gegen Mann stellen, waren sie auch schon fort. Diese ständigen Täuschmanöver und Rückzüge machten es den Dänen natürlich schwer, den Gegner zu fassen zu bekommen. Unsere Verdrossenheit wuchs, ziehen die Wikinger es doch vor, sich mit einem Feind zu schlagen, der brav stehenbleibt und sich wehrt. Aber die Petschenegen schienen früher schon Dänen begegnet zu sein und wußten daher, daß man mit Nadelstichen viel mehr gegen diese Hünen bewirkte, als sich ihnen zum Zweikampf zu stellen.

Harald erkannte, daß die Pfeile, Speere und Äxte der Feinde seinen Männern ebenso schwer zu schaffen machten wie der Umstand, daß die Petschenegen-Krieger sich einfach nicht fassen ließen. Der König spürte auch, daß seine Dänen in ihrer Wut kurz davor standen, einen fatalen Fehler zu begehen. Sie machten nämlich Miene, ungeordnet auf den Feind loszustürmen, und das hätte für die Angreifer leichtes Spiel bedeutet, konnte man dann doch einzelne Wikinger vom Rest absondern und erschlagen.

So befahl Harald den Rückzug zu den Schiffen. Am Ufer sollte eine neue Schlachtlinie errichtet werden. Mit den Bootshüllen im Rücken und einem festen Schildwall zur Abwehr der Wurfgeschosse erwarteten wir nun die trickreichen Petschenegen.

Als die Feinde erkennen mußten, daß die Seewölfe sich nicht länger in eine Falle locken ließen, verloren sie rasch das Interesse daran, diesen festen Wall anzugreifen, wo sie sich doch nur blutige Köpfe geholt hätten. Doch die Schlacht selbst gaben sie noch lange nicht verloren, die Petschenegen änderten nur ihre Taktik. Sie zogen sich ein Stück weit zurück, hielten Rat und schickten dann eine Gesandtschaft aus, die zum Zeichen ihrer friedlichen Verhandlungsabsichten deutlich sichtbar einen Weidenzweig schwang.

Als die Boten sich näherten, winkte der König mich zu sich heran. »Wir beide werden mit ihnen reden«, erklärte er mir, »obwohl ich nicht glaube, daß wir viel Angenehmes zu hören bekommen werden.«

Fünfzig Schritte vor unserer Schlachtreihe blieben die Petschenegen stehen und warteten auf unsere Verhandlungsdelegation. Der König nahm zusätzlich zu mir noch zehn seiner Hauskerle mit. Er betrachtete mit gerunzelter Stirn unsere Gegenüber und verzog verächtlich den Mund.

Der Führer der Gesandtschaft gab nun einen unverständlichen Schwall von Kauderwelsch von sich. Als wir ihn nur anglotzten, versuchte er es in einer anderen Sprache, die uns noch unbekannter war als die vorhergehende. Der Petschenege erkannte, daß er damit bei uns nicht weiterkam, und bemühte jetzt seine recht mäßigen Lateinkenntnisse: »Ich entbiete euch unsere freundlichen Grüße.«

Dies konnte ich nun verstehen und teilte meinem Herrn mit, was der Mann gesagt hatte.

»Wir haben gesehen, daß ihr echte Männer seid und euch vor einem Kampf nicht fürchtet«, fuhr der Bote fort. »Dies hat meinem König so sehr gefallen, daß er euch den unbehelligten Weiterzug durch unser Land erlaubt.«

Auch dies übersetzte ich Harald, und der wußte darauf auch gleich eine Antwort: »Dein König hat eine recht eigenwillige Art, seine Freude zu zeigen«, entgegnete der Dänen-Jarl. »Aber ich bin schon mit schlimmeren Hindernissen fertig geworden. Zum Glück für deinen Herrn und dein Volk habe ich auf meiner Seite keinen Toten zu beklagen; denn in dem Fall würden wir jetzt nicht mit Worten, sondern mit Klingen fechten.«

»Das mag wohl so sein, großmächtiger Fürst. Und auch

dafür kannst du meinem König dankbar sein, der noch nie seine brüderliche Hand denen verweigert hat, die seine Freundschaft suchen.« Der Gesandte, ein schlanker, dunkelhaariger Mann, dem der Großteil des rechten Ohrs fehlte, lächelte wieder süßlich und fügte nach einer kleinen Pause hinzu: »Natürlich kann man ein wenig nachhelfen, diese wunderbare Freundschaft zu festigen.« Er streckte die Rechte aus und rieb mit den Fingern der Linken über die Handfläche.

Als ich dies dem König übersetzt hatte, meinte der: »Mir deucht, dein Fürst scheint es bei brüderlicher Freundschaft allein nicht bewenden lassen zu wollen und nach einem handfesteren Beweis unseres guten Willens zu verlangen.«

Der Petschenege lächelte breit und zuckte mit den Achseln. »In diesen ruhigen Zeiten kann man Freundschaft nicht hoch genug einschätzen. Nun ist sie aber nicht nur ein Nehmen, sondern auch ein Geben, und indem man sie schließt, geht man mancherlei Verpflichtungen ein. Ein Mann von deiner Vornehmheit wird dem sicher zustimmen und wissen, was zu tun ist.«

Als Harald dies aus meinem Munde vernommen hatte, schüttelte er den Kopf und meinte zu mir: »Diese Petschenegen sind ein wahres Diebsgesindel, wenn auch ein fröhliches. Frag ihn, wieviel Silber es bedarf, um das Band der Freundschaft zwischen uns zu schmieden.«

Dies gab ich an den Boten weiter, und der antwortete: »Mir steht es nicht zu, dir eine Summe zu nennen, großzügiger König. Laß doch lieber den Blick über deine Schiffe und deine Männer wandern, und ermeß dann selbst, wieviel dir dein Gefolge wert ist. Da du ein Mann von höchstem Stand bist, wirst du keine Mühe haben, das richtige zu entscheiden.«

Harald dachte lange darüber nach und schickte dann einen der Hauskerle zu seinem Langschiff. Dieser kehrte mit einem

Lederbeutel zurück. Der König griff hinein und zog einen silbernen Armreif heraus.

»Dies soll das Pfand für die Freundschaft zwischen zwei Herrschern sein«, erklärte er dem Boten durch mich und legte ihm das Stück in die wieder ausgestreckte Hand. »Dies soll die Freundschaft anzeigen, die meine Männer für euch hegen.« Er ließ dem Reif einen kleinen gelben Edelstein folgen. »Und dies möge den guten Willen zwischen unseren beiden Völkern sicherstellen für den Fall, daß es uns noch einmal in diese Gegend verschlägt.« Harald legte einen grünen Edelstein dazu und ließ den Lederbeutel dann wieder an Bord schaffen.

Der Bote blickte enttäuscht auf die magere Ausbeute und erklärte: »Ich hätte gedacht, einem König von deinem Ruf und Reichtum sei die Freundschaft zwischen unseren Völkern etwas mehr wert.«

»Nun, mir schwebt eher eine lose Bekanntschaft zwischen euch und uns vor«, entgegnete der Jarl. »Schließlich will ich deinen König oder jemand aus deinem Volk nicht heiraten, auch wenn ihr, dessen bin ich gewiß, mir eine hübsche Braut vorführen könntet.«

Der Petschenege schien sich in seiner Haut nicht wohl zu fühlen. Wahrscheinlich wagte er es nicht, seinem Herrn mit so wenig unter die Augen zu treten. So strich er sich mit der Linken über das Kinn, seufzte, betrachtete das bißchen in seiner Rechten und schüttelte den Kopf, als sei er der Ansicht, der Dänenfürst habe einen großen Fehler begangen.

»Ich kann einfach nicht glauben«, meinte er schließlich und ließ den kümmerlichen Schatz in der Tasche an seiner Seite verschwinden, »daß dir deine neuen Freunde nicht einen höheren Preis wert sind. Ach, es ist ein Jammer. Wenn mein König sieht, wie gering du ihn und sein großzügiges Angebot schätzt, wird er sicher nicht leicht zu beruhigen sein und Wiedergutmachung verlangen.«

»Wie töricht von mir!« rief Harald, nachdem ich ihm diese Klage übersetzt hatte. »Da hätte ich doch beinahe ganz vergessen, daß ich euch zusätzlich zu dem Silber und dem Geschmeide, das du gerade so flink hast verschwinden lassen, noch ein besonderes Geschenk mache: das eures Lebens.«

Der König wartete nun darauf, welche Wirkung diese Worte bei dem Petschenegen auslösen würden, und als dieser darob wütend Klage führte, entgegnete Harald: »Wie? Meßt ihr euren Köpfen so wenig Wert zu?«

Damit nahm er seine Axt wieder an sich und ließ sie langsam über seinen Kopf steigen, wie um seinen Kriegern den Befehl zum Angriff zu geben. Der Bote starrte ihn erschrocken an und erklärte rasch: »Nun, da wir uns kennengelernt haben und ich euch jetzt besser verstehe, bin ich überwältigt von der Ernsthaftigkeit deines Wunsches nach unserer Freundschaft. Deswegen werde ich meinem Herrn gern dein großzügiges Angebot unterbreiten.« Er lächelte wieder. »Doch möchte ich dir ins Gedächtnis zurückrufen, daß ihr auf dem Rückweg nach Hause wieder hier vorbeikommen werdet. Und bei aller gebotenen Höflichkeit muß ich darauf verweisen, daß es an euch liegt, auf welche Weise man euch dann empfängt.«

»Das werden wir ja sehen, wenn es soweit ist«, knurrte der Jarl, der dieses Geplänkels mittlerweile überdrüssig war.

»Dann zieht eures Weges«, sagte der Gesandte. »Ich werde meinen Herrn bitten, euch bei eurer Rückkehr den gebührenden Empfang zu bereiten.«

»Das ist auch mein größter Wunsch«, entgegnete Harald und strich mit dem Daumen über die Axtschneide.

»Gehabt euch wohl.« Der Bote gab seinen Begleitern ein Zeichen, und die ganze Gruppe zog sich rasch und wie ein Mann zurück.

»Das war wohlgetan, Fürst«, lobte einer der Hauskerle. »Glaubst du, sie werden uns noch einmal angreifen?«

»Nein, für dieses Mal haben wir uns eine sichere Passage erkauft«, antwortete der König. »Doch seien wir gewarnt, beim nächstenmal werden wir einen höheren Preis entrichten müssen.«

Wir kehrten zu den anderen zurück und fuhren gleich mit der Arbeit fort. Am Abend dieses Tages befanden sich alle vier Schiffe wieder im Wasser und trieben friedlich den Dnjepr hinunter. Der Mond stand hell am Himmel, und so rasteten wir nicht, sondern setzten auch in der Nacht die Reise fort.

Bei Tagesanbruch hatten wir das Gebiet der Petschenegen hinter uns gelassen, und damit war das letzte Hindernis zwischen König Harald Stierbrüller und der goldenen Stadt überwunden.

*Möge der immerwährende Christus
Vor dir herschreiten an all deinen Tagen
Und dich in seine liebenden Arme nehmen.
Gleich, ob du in den stürmischen Westmeeren segelst,
Oder Handel treibst in den dunklen Straßen
Und Gefahren der goldenen Städte des Ostens.*

26

Das Schwarze Meer war, zumindest soweit ich das beurteilen konnte, auch nicht dunkler als andere Gewässer, die ich befahren habe. Und wenn die Sonne draufschien, glänzte die See wie polierte Jade. Doch der Himmelsstern war uns ein seltener Besucher, und die meisten Tage zeigten sich grau. Der Frühnebel, der dicht auf dem Wasser lag, hielt sich manchmal bis zum Mittag. Dennoch war es hier wärmer, als man das gemeinhin bei solcher Witterung erwarten durfte. Mochte es nachts auch sehr kalt werden, wenn am nächsten Tag die Sonne wieder schien, war es geradezu angenehm.

Allzuviel konnte ich von meinem Platz an der Reling des Langboots nicht erkennen, doch nach meinem Eindruck zogen wir jetzt an einem Land vorbei, das eng mit Hügeln bestanden war. Die Kuppen erhoben sich nicht allzu hoch über den Küstenklippen und waren dicht mit kleinen, krummen Bäumen und stachelbewehrten Büschen bewachsen. Manchmal erspähte ich knochige Schafe, die sich durch die Sträucher schoben und nach Nahrung suchten, aber Menschen erblickte ich dort nie.

Harald war der Ansicht, daß kein Feind es mit seiner Flotte aufnehmen könne, und ließ nun keine Vorsicht mehr walten. Wir segelten offen bei Tag und zogen uns zur Nacht in irgendeine Bucht zurück. Eines Abends kehrten die Holzsammler mit einigen von den Schafen zurück, die ich vorher beobachtet hatte. Hochgewachsene Tiere mit dürren Gliedern, langen Hälsen und grau-braun geflecktem Fell. Wenn man sie aus der Nähe sah, erschienen sie einem eher wie Ziegen. Wir schlachteten die Tiere und brieten sie über dem Feuer. Ihr Fleisch war zäh, und das Fett, das im Feuer verbrannte, trieb uns das Wasser in die Augen. Niemand aß viel von dieser Beute. Selbst Hrothgar gab nach einer Weile auf und bemerkte, da wäre ja sein Gürtel noch leichter zu kauen und schmecke auch noch besser. Nach diesem vollständigen Reinfall haben wir die Schafe tunlichst in Ruhe gelassen.

Dieses Erlebnis rief mir ein Gleichnis unseres Herrn ins Gedächtnis zurück. Keinem fiel es leicht, diese Schafe von Ziegen zu unterscheiden, und es bedurfte schon eines Hirten, der seine Herde genau kannte und jedes Tier beim Namen rufen konnte. Ja, das mußte schon ein besonders guter Hirte sein.

Morgens sahen wir des öfteren Fischerboote, kleine Gefährte, die nur zwei oder drei Männer an Bord hatten. Diese bewegten ihre Kähne mit langen Stangen durch das Wasser und zeigten keinerlei Interesse an den Seewölfen. Und wir segelten an ihnen vorüber, darum bemüht, sie nicht zur Kenntnis zu nehmen. Was gäbe es bei denen auch schon zu holen?

Nach drei Tagen kamen wir in Reichweite der ersten Ortschaft. Der König gab aber strikte Anweisung, niemand solle sich zum Plündern und Rauben dorthin begeben. Da der unvorstellbare Reichtum unseres Ziels jetzt fast zum Greifen nahe war, wollte er seine Kräfte nicht mit solchen Nebensächlichkeiten vergeuden.

»Da findet sich sowieso nichts, was der Mühe wert wäre«, erklärte Harald und verzog den Mund. »Außerdem können wir sie uns auf der Rückreise immer noch einverleiben.«

Danach entdeckten wir immer öfter menschliche Ortschaften, und das sagte uns, daß Miklagård nicht mehr weit sein konnte. Der König hielt es nun doch für geboten, daß wir uns etwas vorsichtiger annäherten. Von jetzt an verbargen wir uns tagsüber in einer Bucht und wagten uns erst des Nachts wieder aufs neblig-dunstige Meer hinaus.

Ich nahm wieder meinen Platz neben Thorkel am Ruder ein und beobachtete den Himmel. Obwohl das Wasser unter einem weißen Mantel lag, der so dicht wie Wolle zu sein schien, zeigte sich der Himmel klar, und man konnte abertausend Sterne an ihm funkeln sehen.

Die ganze Nacht hindurch betrachteten wir das leuchtende Firmament, an dem sich so viele unbekannte Sterne tummelten. Eingedenk dieses Wunders mußte ich an Dugals Worte denken, der mir gesagt hatte, daß im Süden sogar die Sterne anders ausschauten.

Ach, Dugal, was würde ich drum geben, wenn du sie dir mit mir ansehen könntest, dachte ich. Ja, wirklich, es wäre mir sehr viel wert gewesen, ihn in diesem Moment an meiner Seite zu wissen, während er nach oben starrte und das Sternenlicht sein anmutiges Gesicht bestrahlte.

»Wir sind nicht mehr weit entfernt«, machte der Steuermann mich aufmerksam und zeigte nach Westen.

Ich erblickte die Lichter einer ansehnlichen Ortschaft. Das Glühen von Herdstellen, Kerzen und Fackeln. Wohl an die hundert Häuser waren dort zu sehen, die einen direkt am Ufer, und die anderen an den Hügelhängen.

Dennoch vermochte ich nicht zu erkennen, warum ausgerechnet diese zugegeben größere Ansammlung von Häusern unser Ziel darstellen sollte. »Kennst du diese Stadt denn?« fragte ich den Dänen.

Nein, antwortete Thorkel, er sei noch nie hier gewesen. Erst recht verwundert, wollte ich nun erfahren, warum dieser Ort seiner Ansicht nach anzeige, daß wir nahe bei unserem Ziel seien.

»Wenn du ein Seewolf werden willst, mußt du aber noch gehörig viel lernen«, entgegnete der Steuermann. »Menschen lassen sich nur dann so nahe am Wasser nieder, wenn sie sich hinter einer hohen Mauer sicher fühlen.«

Ich spähte ans Ufer, bis mir die Augen tränten. »Du mußt dich irren, Freund, da steht kein Wall.«

Thorkel lächelte. »Miklagård ist der Schutz dieser Menschen.«

Und damit hatte er recht. Schon in der nächsten Nacht segelten wir zwischen zwei nah beieinander liegenden Landzungen hindurch und gelangten in eine Meeresstraße mit hohen Wänden an den Seiten. Und als das Tageslicht sich im dunstigen Osten Bahn brach, breitete sich eine riesige Stadt vor unseren Blicken aus. Wir alle standen jetzt an der Reling und starrten ergriffen auf diesen Anblick. Da draußen erstreckte sich eine ungeheuer große Stadt über sieben Hügel. Gewaltige Palastkuppeln schoben sich über weiße Gebäude hinaus und wirkten wie Berggipfel, die aus der Wolkenschicht ragen. Und in dem Ort funkelte und glänzte alles, als seien die Sterne hier herabgeregnet.

Ein eigenartiges Gefühl bemächtigte sich meiner, während ich den Blick nicht abwenden konnte. Dumpfe Furcht entstand in mir, und mein Herz klopfte schneller.

Ich wandte mich an Thorkel und sagte: »Das ist doch nie und nimmer Miklagård.«

»Warum nicht?« entgegnete er. »Auf der ganzen Welt gibt es keine zweite Stadt wie diese.«

»Aber ich habe von diesem Ort schon erfahren«, beharrte ich, und tatsächlich kam er mir immer bekannter vor.

»Das mag schon sein«, meinte der Steuermann weise, »denn er trägt viele Namen.« Er hob eine Hand und zog mit ihr einen weiten Bogen, als wolle er ganz Miklagård umfassen. »Man nennt ihn Stadt des Goldes oder Stadt des Konstans –«

»Konstantinopel«, verbesserte ich ihn und erstarrte gleichzeitig vom Scheitel bis zur Sohle.

»Ja, genau«, bestätigte Thorkel.

»Byzanz«, flüsterte ich mit ebenso furchtsamen wie ungläubigen Lippen.

»Den Namen habe ich noch nie gehört«, meinte mein Freund. »Bei den Dänen heißt dieser Ort jedenfalls Miklagård.«

Ich fuhr mir mit einer zitternden Hand durchs Gesicht. Nun stand es fest, daß ich verdammt war. Und ein Einfaltspinsel obendrein, hatte ich mir doch eingebildet, der furchtbaren Bedeutung meines Traums entkommen zu können. Statt dessen war ich vom Regen in die Traufe geraten und mitten hinein in mein Unheil gesegelt.

Doch mir blieb keine Zeit, mein Schicksal zu beweinen. Harald hatte die Stadt natürlich ebenfalls erblickt, geriet ob der Nähe unendlicher Reichtümer in begreifliche Erregung und befahl seinen Kriegern, sich zum Kampf bereit zu machen. Mit seiner Stierstimme erteilte er einen ganzen Schwall von Anordnungen, die auf den drei anderen Schiffen wiederholt wurden. Innerhalb weniger Momente rannten die Wikinger auf den vier Decks durcheinander, um sich zu wappnen und ihre Waffen für die Schlacht zurechtzulegen. Das Klappern und Klirren ließ sich mit Worten nicht beschreiben.

Inmitten des Getümmels entdeckte ich Gunnar und rief ihn an.

»Aedan«, brüllte er zurück, »heute füllen wir unsere Truhen mit Schätzen, heja!«

Ja, und ich finde heute den Tod, dachte ich bei mir. In Byzanz wartete schon mein Ende auf mich. Dann wandte ich mich wieder an meinen ehemaligen Herrn: »Aber der König kann doch unmöglich die Stadt am hellichten Tag angreifen. Wäre es nicht besser, damit bis zum Einbruch der Nacht zu warten?«

»Nein«, entgegnete er und zog die Riemen seines Kettenhemds stramm. »In der Dunkelheit würden wir uns in einer so großen Stadt nur verirren. Und wie sollten wir im Finstern die Schatzhäuser finden? Nein, es ist besser, jetzt anzugreifen, da die meisten Bürger noch nicht aufgestanden sind.«

»Aber dann können uns doch die Wachen sehen«, wandte ich mit angstvoll schriller Stimme ein.

»Der Anblick einer so riesigen Schar Seewölfe wird sie vor Angst schlottern lassen, und dann öffnen sie uns freiwillig die Stadttore.«

»Klar, wenn sie Gunnar Streithammer entdecken«, meinte ein Barbar, der neben ihm stand, »werden sie sicher sofort Wagen, beladen mit ihren Schätzen, herausschicken.«

Die beiden gerieten sofort in Streit darüber, wer von ihnen an einem Tag die meiste Beute aus der Stadt tragen könne, wer der einzig wahre Held und wer ein Angsthase sei, wer sich heute unsterblichen Ruhm erwerben und wer Schimpf und Schande über sich bringen werde, und was wohl schwerer sei, ein Helm aus Eisen oder eine Krone aus Gold. Sie blieben natürlich nicht lange damit allein, und bald prahlten alle um die Wette, und jeder versuchte, die anderen mit seinem Gebrüll zu übertönen. Mir fiel auf, daß sie sich mehr und mehr in eine Erregung steigerten, und nach einer Weile wurde mir klar, daß die Wikinger sich auf diese Weise gegenseitig zur Schlacht anstachelten und sich Mut machten. Wenn wir erst die Küste erreicht hatten, würden die Dänen sich in wilde Bestien verwandelt haben.

Ich zog mich an den Mast zurück und hockte mich dort hin; schließlich wußte ich nicht, was ich sonst mit mir anfangen sollte. Selbstredend würde ich nicht an den Kämpfen teilnehmen und mich auch nicht an den Plünderungen beteiligen. Mein bißchen Verstand riet mir dringend, an Bord des Schiffes zu bleiben und mich möglichst unsichtbar zu machen. Vielleicht, möglicherweise und unter Umständen könnte ich meinem Schicksal ja entrinnen, wenn ich keinen Fuß auf byzantinischen Boden setzte.

Doch selbst diese auf äußerst wackligen Beinen stehende Hoffnung wurde mir genommen, als Stierbrüller aus dem Zelt auf der Plattform schritt, prächtig in seiner angelegten Rüstung anzuschauen, und mich am Mast erblickte. »Du da, Aedan!« rief er. »Komm her!«

Ich erhob mich und begab mich gehorsam zu ihm. Oh, Harald sah wahrhaft königlich aus: Auf seinem Haar thronte eine Lederkappe, Eisenbänder zierten seine Arme, und sein Kettenhemd funkelte in der Sonne. An seinem Gürtel trug er ein Schwert und einen langen Dolch, und dort hing auch eine Schlachtaxt herab. In der Rechten hielt er einen kurzen Stoßspeer und in der Linken einen reichgeschmückten Eisenhelm.

»Du bleibst an meiner Seite«, befahl Harald knurrig, »denn wenn der Beherrscher Miklagårds gebunden vor mir liegt, mußt du meine Forderungen an ihn übersetzen.«

Mir sank das Herz in die Hose, und Übelkeit breitete sich in mir aus. Nicht nur mußte ich Byzanz betreten, man zwang mich auch noch, in der ersten Reihe zu stehen. Und schlimmer noch, als einziger von den Angreifern würde ich keine Waffen tragen und noch nicht einmal zu meinem Schutz einen Schild mitführen.

Auf diese Weise werde ich also mein Ende finden, machte ich mir klar. Man würde mich schon gleich beim ersten Zusammenprall der Streitkräfte töten. Wenn die Speere und Pfeile der Verteidiger wie Wolken auf uns niedergingen, würde ich ganz ohne Zweifel getroffen werden, und wahrscheinlich als einer der ersten.

Der König sah in den Himmel. »Ein prachtvoller Tag für eine Schlacht«, stellte er fachmännisch fest und setzte sich den Helm auf. »Auf, Männer!« rief er und trat an den Mast. »Legt euch in die Riemen! An die Ruder! Mögen die Schwachen in ihren Betten zittern und den Tag ihrer Geburt verfluchen!

Mögen die Starken schon damit beginnen, ihre Gräber auszuheben! Und alle gemeinsam sollen unter dem Schlachtruf der Seewölfe erbeben!«

Alle waren nun von der Goldgier befallen. Die Wikinger sprangen auf die Ruderbänke und ruderten, was das Zeug hielt, aufs Ufer zu. Ich hockte mich wieder an den Mast, lehnte mich an das massive Eichenholz, um von ihm Stärke zu beziehen, und betete das Kyrie unablässig vorwärts und rückwärts: »Herr, erbarme Dich meiner, Christus, erbarme Dich meiner, Herr, erbarme Dich meiner, Christus erbarme Dich meiner ...«

Überall um mich herum hingen die wildesten und meiner Ansicht nach unbezwinglichsten Krieger auf Gottes Erdenrund über ihre Ruder gebeugt und trieben ihre Schiffe im Rhythmus unserer schlagenden Herzen voran. Mit jedem Pullen rückten die Hügel von Byzanz näher.

Harald Stierbrüller befand sich jetzt wieder auf seiner Plattform. Breitbeinig stand er da, schwang die Streitaxt über dem Kopf und feuerte die Ruderer im Takt zu ihren Bemühungen an. Seine tiefe Stimme dröhnte wie eine Trommel, erweckte den Mut der Dänen und entflammte ihre Mordlust mit unfaßbaren Übertreibungen:

»Kalte Planken schneiden durch Wellen! Der Axtschwinger schnellt rasch dahin! Runde Hülle schiebt Wogen fort! Schwertschneiden flugs zum Waffengang!«

Seine Brust schwoll noch mehr an, als er weitere grausige Verse hinausdonnerte: »Untergang sind Schädel geweiht! Abgetrennte Glieder zucken! Hunger des Todes wird gestillt!«

Und noch immer fand er kein Ende, die schrecklichen Freuden des Kampfes auszumalen: »Komm, Wolf, komm, Rabe, zum Festschmaus! Leert den roten Kelch mit Genuß! In der Halle des Wurmkönigs!«

Er erschien mir wie ein Wahnsinniger, wie er da sich selbst

und seine Wikinger in Kampfrausch versetzte. Und bald dröhnte er nur noch Grimmiges:

»Goldgeber, Meteinschenker, Silbergewährer, ich bin Jarl Harald Stierbrüller! Bring mir die Leichenmacher, die Menschenschlächter, denn ich will Reichtum in deine Hände legen. Ströme von Gold sollen über die Füße der Helden fließen, und Schauer von Silber soll es von den Himmeln regnen!

Schwertschwinger, Klingenzerbrecher, Witwenmacher, eilt, eilt hin zum Ruhm! Folgt eurem Reichtumgewährer an den Heldenherd, wo kühles Gold den Schlachtendurst stillt. Fliegt dahin, fliegt, fliegt!«

Die Langboote glitten tatsächlich noch schneller dahin, und die Drachenköpfe am Bug schnitten wie scharfe Klingen durch das ruhige Wasser. Ist je ein Mann so rasch seinem Tod entgegengeeilt?

Das noch ahnungslos im Morgennebel daliegende Konstantinopel kam rasend schnell näher, so, als würde die Stadt auf uns zufliegen und nicht umgekehrt. Mir kam es so vor, als würde der Tod mit jedem Atemzug näher kommen, und doch konnte ich den Blick nicht von diesem wundersamen Ort wenden.

Je rascher wir ruderten, desto gewaltiger breitete sich Byzanz vor uns aus – ein wahrer Koloß mit sieben Hügelrücken auf einer riesigen Halbinsel, die weit ins Meer hineinragte. Bald konnte ich schon die dunklen Fäden der Straßen ausmachen, die sich wie ein unentwirrbares Knäuel zwischen den Massen von weißen Gebäuden wanden. Schmutziger Dunst hing über dem Ort. Der Rauch von so vielen Herdfeuern, daß man sie nicht mehr zählen konnte, trieb gen Himmel und ballte sich zu einer dicken braunen Wolkenbank zusammen.

Wir ruderten immer noch wie verrückt und steuerten direkt auf das nächste Landstück zu. Doch selbst aus dieser

Entfernung konnten wir den hohen Wall erkennen, der die Stadt umgab und direkt aus dem Wasser zu wachsen schien.

Der König ließ sich davon nicht entmutigen, sondern lenkte seine Schiffe darauf zu, um sich die Sache aus der Nähe anzusehen. Als die Stadtmauer dann vor uns aufragte, kühlte sich die Kampfeslust der Wikinger aber doch, und es war ihnen, als hätte man ihnen kaltes Wasser ins Gesicht geschüttet.

Wie eine Klippenwand ragte der Wall rot empor und erstreckte sich zu beiden Seiten weiter, als man mit bloßem Auge erkennen konnte. Um die gesamte Stadt schien dieser Steinvorhang aus Ziegeln und Steinbrocken gezogen zu sein, der höher war als zehn aufeinandergestellte Männer. Auf dem Wasser davor kreuzten die Kähne ungerührt hin und her und beförderten alles mögliche an Land oder von dort zu einem Schiff.

Ein Blick auf die Höhe und Ausdehnung von Byzanzens Schutzmauer reichte, um die Seewölfe zum Schweigen zu bringen. Ich spürte geradezu den kalten Schock, der die Männer durchschüttelte, als habe eine große Welle das Schiff getroffen. Harald befahl unwillig den Langbooten, die Sturmfahrt einzustellen, und die Männer zogen rasch die Ruder ein. Geradezu verzweifelt schienen sie plötzlich darum bemüht, die Schiffe zu verlangsamen.

Auf dem letzten Boot hatten sie wohl zu lange ungläubig gestaunt. Jedenfalls bekam man dort Haralds Befehl nicht mit und kam in voller Fahrt dem dritten Schiff zu nahe. Ein Dutzend oder mehr Ruder gingen dabei zu Bruch, und die Männer fluchten, wanden sich vor Schmerzen oder rieben sich die Glieder, die einen derben Stoß empfangen hatten. Die daraus folgende allgemeine Verwirrung rief das mir mittlerweile vertraute Geschrei und Gebrüll hervor.

Der König hielt sich nicht damit auf, sich um diesen Streit zu kümmern. Er stand immer noch beeindruckend auf seiner Plattform und ließ den Blick über den Wall wandern.

Einige der Leichter und Kähne strebten nun auf uns zu, und die Männer an Bord riefen uns auf griechisch an. Ach, wie lange war es her, seit meine Ohren diese Sprache zum letztenmal vernommen hatten? Zuerst klang sie mir fremd, doch dann erkannte ich erste Worte und schließlich ganze Sätze, was gar nicht so einfach war, weil auch die Schiffer alle durcheinanderschrien.

Stierbrüller wandte sich plötzlich wütend an mich: »Was wollen sie?«

»Sie bieten an, unsere Schiffe zu entladen und die Fracht ans Ufer zu bringen«, antwortete ich und stellte mich, um besser verstehen zu können, an die Reling. »Und das für nur fünfzig Nomismi.«

»Die Schiffe entladen? Fracht an Land bringen?« Harald lief rot an und stand kurz vor einem Wutanfall. »Was um alles in der Welt sind Nomismi?«

»Keine Ahnung. Vermutlich Geld.«

»Dann sag den Burschen auf der Stelle, wer wir sind«, befahl mir der König. »Sag ihnen, daß wir gekommen sind, ihre Stadt zu erobern; denn hier erwarten uns große Reichtümer.«

Ich beugte mich über die Reling und wandte mich an das erstbeste Boot, das uns umringte. Zwei Männer mit weißen Wollkappen befanden sich darin und priesen uns lautstark ihre Dienste an. Diesen erklärte ich nun, daß diese vier herrlichen Schiffe dem Fürsten Harald gehörten, der ein weithin gefürchteter Krieger sei. Wir kämen von weit her, genauer aus dem Dänenland, um hier große Reichtümer zu finden.

Darüber mußten die beiden Schiffer laut lachen. Sie drehten sich zu ihren Freunden und Kameraden um, riefen ihnen etwas zu und versetzten auch sie damit in Gelächter. Die Nachricht flog von einem Kahn zum nächsten und löste überall große Heiterkeit aus. Ich verstand nicht viel davon, was die Männer sich mitzuteilen hatten. Nur das Wort Barbari hörte ich mehrmals deutlich heraus. Dann bequemten sich die ersten beiden, mir zu erklären, wie es im Hafen des Kaisers zuginge.

»Was reden sie?« wollte Harald ungeduldig wissen.

»Die Männer sagen, *jeder* komme nach Byzanz, um hier große Reichtümer zu erlangen«, antwortete ich. »Dann meinten sie, im Hafen gäbe es keine freien Liegeplätze mehr, und wir dürften nicht weitersegeln, weil wir es sonst mit den Soldaten des Hafenmeisters zu tun bekämen.«

»Zur Hel mit diesem Hafenmeister«, knurrte der König. Er wandte sich von mir ab und befahl den Wikingern, die Fahrrinne hinauf zum Nordufer zu rudern.

So setzten wir unseren Weg fort, doch jetzt wesentlich langsamer als vorhin. Und nun befanden wir uns auch in Begleitung. Gut zwanzig Leichter und Kähne umgaben uns, und jeder einzelne darauf schrie uns unentwegt an oder versuchte sonstwie, unsere Aufmerksamkeit zu erregen. Doch diese Boote waren noch die kleinere Plage. In dem Kanal wimmelte es von Gefährten verschiedenster Arten und Größen, und Thorkel hatte alle Hände voll damit zu tun, uns durch Lücken zu steuern, ohne mit einem anderen Boot zusammenzustoßen. So kamen wir mit viel Geschrei, Fluchen und Armeschwenken voran, und oft genug mußten wir die Ruder einsetzen, um ein anderes Gefährt aus dem Weg und uns Platz zu schaffen. Daher war unsere Fahrt von einem Getöse umgeben, das seinesgleichen suchte.

Wir waren noch nicht allzuweit gekommen, als wir auf ein enormes Hindernis in Form einer massiven Eisenkette stießen. Diese war an gigantischen Ringen an den Kaimauern befestigt und spannte sich – jedes Glied so groß wie ein Ochse – von einem Ufer des Kanals zum anderen. Kleinere Boote fuhren unter dieser Sperre hinweg, aber alle anderen kamen nicht weiter. So auch unsere Langboote, die im Angesicht vieler prachtvoller Häuser und wunderbarer Paläste ihre große Wikingerfahrt beenden mußten.

Verwirrt und frustriert starrte Harald Stierbrüller, König aller Dänen, mit offenem Mund auf diese unfaßbare Kette. Ihm fiel nichts Besseres ein, als seinen Mannen zu befehlen, dieses Hindernis zu zerschlagen. Die braven Wikinger fingen auch gleich an, sich über das Geländer zu beugen und mit ihren Äxten auf die Eisenglieder einzuhauen. Die Hiebe zeigten an der Barriere nicht die geringste Wirkung, und bald gaben die Männer erschöpft auf. Danach versuchten andere, die Kette mit den Rudern zu heben. Es gelang ihnen nicht einmal, sie zum Schwingen zu bringen.

Dem Jarl blieb nichts anderes übrig, als dem Steuermann zu befehlen, das Schiff zu wenden und Richtung Süden weiterzufahren. Irgendwo mußten die Verteidigungseinrichtungen dieser Stadt doch eine Schwachstelle aufweisen. Die Wikinger legten sich wieder in die Riemen, wenn auch mit noch weniger Begeisterung und Freude. Außerdem tummelten sich immer mehr Schiffe und Boote in dem Gewässer. Sich zwischen diesen Mengen einen Weg zu bahnen, kam nackter Folter gleich, doch den Seewölfen gelang diese Großtat, und schließlich umrundeten wir die Halbinsel und entdeckten dahinter nicht nur einen, sondern gleich drei Häfen. Der größte davon war, wie auch die Stadt, von hohen Wällen umgeben.

Harald befahl Thorkel, den ersten anzulaufen. Bald kam auch schon die Kaimauer in Sicht, aber hier gab es endgültig kein Durchkommen mehr, denn ein wahres Gewirr von Schiffen und Booten verstopfte die Hafeneinfahrt.

Der König rätselte immer noch über eine neue Taktik, als sich uns ein großes, klobiges Boot näherte. Zehn oder mehr Männer in feinen roten Umhängen waren darauf zu erkennen, die Speere und kleine runde Schilde trugen. Reichverzierte, polierte Bronzehelme saßen auf ihren Köpfen, und sie trugen rote Hosen, die über den hohen Lederstiefeln endeten.

Der Mann, der an der Spitze dieser Gruppe stand, war zwar kleiner als die anderen, machte dies aber durch einen hohe Helmzier mit langem Pferdeschwanz wett. Er befand sich am Bug des Schiffes und hielt einen Stab mit einer Bronzekugel am vorderen Ende in der Hand. Damit zeigte er nun auf uns und gab Zeichen. Die anderen begannen daraufhin, uns wütend Befehle zuzurufen.

Einige Seewölfe fingen angesichts der Wichtigtuerei dieser Rotgewandeten an zu lachen und glaubten, diese Männer seien gekommen, um uns zu bekämpfen. »Seid ihr das gewaltige Heer von Miklagård?« riefen sie, und: »Ihr seht aus wie Weiber! Stellt ihr die Ehrenjungfrauen dar, die uns mit Küssen empfangen sollen?«

Harald hingegen beäugte die Truppe mißtrauisch, schob mich unsanft an die Reling und befahl: »Finde heraus, was sie von uns wollen.«

Ich begrüßte den Anführer auf griechisch, und er antwortete ebenso freundlich. Darauf bedankte ich mich bei ihm, und bat, langsam und mit einfachen Worten zu sprechen, denn meine Zunge sei das Griechische nicht mehr gewöhnt. Und ich teilte ihm mit, daß ich alles, was er sagte, meinem König übersetzen würde.

»Ich bin der Quaestor des Hormisdas-Hafens«, erklärte er nun gewichtig und trug mir dann auf, was ich meinem König mitteilen solle.

»Und?« grollte Harald. Schweiß strömte ihm das Gesicht und den Hals herunter, denn mittlerweile hatten wir Vormittag, und die Sonne stand hoch und heiß als schmutziggelbe Scheibe am grauweißen Himmel.

»Dieser Mann sagt, wir müssen Hafengebühren entrichten«, antwortete ich und erklärte ihm, daß es sich bei den Soldaten auf dem Boot um die Hafenwache handele, deren Aufgabe darin bestehe, die Abgaben einzukassieren und die Ordnung aufrechtzuerhalten.

»Aber hast du ihm denn nicht gesagt, wer ich bin?« knurrte der Jarl.

»Doch, aber der Hafenmeister meinte, das spiele keine Rolle. Du müßtest den Zoll ebenso bezahlen wie jeder andere auch.«

»Zur Hel mit ihm und seinen Gebühren!« donnerte Harald und hatte endlich eine Möglichkeit gefunden, seinem Unmut Luft zu machen. »Wir werden einen Belagerungsring um diese Stadt ziehen und sie aushungern, bis ihre Bewohner sich uns reumütig unterwerfen!«

Diese Ankündigung löste bei den Wikingern viel zustimmendes Gemurmel aus. Sie waren genauso frustriert wie ihr König. Die Größe Konstantinopels machte ihnen doch gehörig zu schaffen, und sie suchten dringend nach einem Weg, ihrer Niederlage doch noch einen kleinen Triumph abzutrotzen, und sei es durch eine ebenso kühne wie törichte Tat.

»Natürlich wäre eine richtige Belagerung eine feine Sache«, bemerkte jedoch der besonnene Steuermann. »Nur haben wir es hier mir einer wirklich enorm großen Stadt zu tun, Jarl Harald. Wir sind nur hundertsechzig Krieger. Selbst wenn wir zehnmal so viele bei uns hätten, würde es uns, so fürchte ich, doch einigermaßen schwerfallen, ganz Byzanz mit einem Belagerungsring zu umgeben.«

Der König starrte ihn wütend an und machte Miene, Thorkel über Bord werfen zu lassen, als einer seiner Hauskerle vorsichtig die Stimme erhob: »Vielleicht würden wir besser daran tun, wenn wir erst einmal die Hafensteuer entrichteten und dann nach einer anderen Möglichkeit suchten, in die Schatzhäuser zu gelangen.«

»Ich bin der König!« brüllte Harald. »Ich erhalte Abgaben von den Jarls und freien Männern, aber ich entrichte selbst niemandem Tribut.«

Thorkel nickte heftig und trat zu ihm. »Nein, Jarl, aber ich würde diese Gebühr auch nicht als Tribut bezeichnen. Sehen wir sie doch lieber als etwas zusätzliches Getreide, um die Gans für das Julfest noch fetter werden zu lassen.«

Der König warf einen langen Blick auf die hohen Wälle und betrachtete dann für einen Moment das geschäftige Treiben im und vor dem Hafen. Doch dann ertönte das Geräusch von etwas Schwerem, das an die Schiffswand geschlagen wurde. Ich blickte über die Reling und sah den Hafenmeister, der mit seinem Amtsstab anklopfte.

»Wir haben nicht den ganzen Tag Zeit«, erklärte er. »Bezahlt die Abgaben, oder ich lasse das große Wachschiff kommen.«

Ich antwortete ihm, daß wir noch darüber beratschlagten, auf welche Weise wir ihn am besten bezahlen könnten. Wenn er uns noch ein paar Momente gäbe, würden wir zu einem Schluß finden. Dann drehte ich mich wieder zu Harald um. »Die Wache verlangt eine Entscheidung, Jarl. Was willst du nun tun?«

Der König stand wie erstarrt da und rang heftig mit sich. Immerhin war er der Einkönig aller Dänen. Doch dann fiel sein Blick wieder auf die Mauern, die hoch wie ein Gebirge aufragten und ihn und die Seinen von ihrer Lieblingsbeschäftigung abhielten.

Wieder klopfte der Hafenmeister bei uns an. In Wahrheit hämmerte er jetzt, als wolle er uns ein Leck in die Hülle schlagen. Dabei rief er uns einiges zu, von dem ich nur das Wesentliche wiedergeben will. Wir erzürnten den Kaiser, und wenn wir weiterhin säumten, würden die Abgaben drastisch erhöht. Dies hielt ich für wichtig genug, um es meinem Herrn mitzuteilen.

»Arrgh!« machte Harald in unterdrückter Wut. »Wie soll ein Mann denn bei einem solchen Radau nachdenken können? Also gut, wieviel? Wieviel kostet es mich, ihn endlich loszuwerden?«

Ich beugte mich wieder über die Reling und erkundigte mich, wie hoch die Gebühr denn sei. »Vierhundertundfünfzig Nomismi«, antwortete der Beamte. »Einhundert für jedes der kleineren Schiffe und einhundertfünfzig für das große hier.«

Der König erklärte sich widerwillig einverstanden, zog eine Silbermünze aus dem Gürtel und gab sie mir. »Frag ihn, wieviel die wert ist«, befahl er und schickte einen seiner Hauskerle los, einen Beutel aus der Schatzkiste zu holen.

Ich zeigte dem Hafenmeister das Geldstück. »Wir sind jetzt bereit zu bezahlen«, erklärte ich ihm. »Sag du mir doch, welchen Wert dieses Silberstück bei euch hat.«

Der Quaestor verdrehte erschöpft die Augen und entgegnete: »Ich glaube, es ist wohl besser, ich komme zu euch aufs Schiff.« Damit kletterte er mit zwei anderen über die Reling, ließ sich von den restlichen Soldaten dabei helfen, und stand wenig später vor dem Barbarenkönig.

»Gib mir die Münze«, verlangte der Mann und streckte die Hand aus.

Ich legte sie in seine Handfläche und erklärte: »Der Mann, den du dort siehst, ist Harald, König aller Dänen in Skane. Er ist angereist, um dem Kaiser seinen Respekt zu bezeigen.«

Der Hafenmeister schnaubte, als wolle er etwas aus seine Nase loswerden. »Dem Kaiser mag er bezeigen, was ihm in den Sinn kommt«, entgegnete er, während er die Münze untersuchte, »aber zuerst wird bei mir bezahlt.« Dann hielt er das Silberstück hoch. »Dieser Silberdenar ist zehn Nomismi wert.«

Ich gab ihm die zwanzig Münzen, die Harald mir aus dem Ledersack überlassen hatte, und wandte mich dann an den König. »Herr, das hat nur für zweihundert der geforderten vierhundertfünfzig gereicht. Wir müssen ihm also noch mehr geben.«

Harald verzog das Gesicht, als hätte man ihm sein schönes

Schiff gestohlen, überließ mir dann aber die gewünschten weiteren fünfundzwanzig Silberstücke. Der Lederbeutel hatte sich bereits geleert, ehe die Summe beisammen war, und zu seinem großen Verdruß mußte der König einen zweiten Sack holen lassen. Die Seewölfe verfolgten den Vorgang fassungslos und mit Entsetzen. Wie konnte ihr Herrscher diesem aufgeblasenen Kerl eine solche Menge Silber aushändigen?

Als ich dem Quaestor die Summe abgezählt hatte, erklärte dieser: »Noch zwei Denarii.«

»Zwei weitere?« fragte ich. »Sollte ich mich verzählt haben?«

»Nein, du hast richtig gerechnet.« Er griff in meine Hand, in der sich noch einige Münzen befanden, und nahm sich eine. »Die hier ist dafür, mich so lange warten zu lassen.« Dann bediente er sich noch einmal in dergleichen Weise. »Und die hier dafür, daß ihr den Hafenbetrieb gestört habt.«

»Dafür entschuldige ich mich von Herzen«, entgegnete ich. »Aber leider sind wir mit den hiesigen Sitten und Gebräuchen nicht vertraut.«

»Na, jetzt wißt ihr ja Bescheid.« Er steckte das Geld in eine große Tasche, griff dann in den Beutel, der an seinem Gürtel hing, und zog eine Kupferscheibe hervor. »Nagelt das hier an euren Bug«, erklärte er. »Damit zeigt ihr an, daß ihr die Hafengebühr entrichtet habt.«

Mit diesen Worten drehte er sich um und ließ sich von seinen beiden Begleitern von Bord helfen. Ich starrte auf die beschlagene Scheibe, die ein Schiff unter Segel zeigte, und fragte: »Bitte, ich möchte gern erfahren, wann wir wieder Gebühren entrichten müssen.«

»Bis zum Ende des Jahres dürft ihr, wann immer ihr wollt, in den Hafen einlaufen und ihn wieder verlassen«, antwortete der Quaestor, ohne sich umzudrehen. »Sollte euer Weg euch danach noch einmal nach Konstantinopel führen, müßt ihr erneut bezahlen.«

Nachdem ich den König davon informiert hatte, setzte er eine grimmige Miene auf und schwor vor seinen Kriegern, daß er noch vor Ablauf des Jahres wieder in seiner Halle sitzen und die Reichtümer genießen würde, die er aus Miklagård mitgebracht habe. Die Plünderung der Stadt würde nun ohne weitere Verzögerung in die Wege geleitet.

Dann legte er mir eine Hand auf den Arm, und sein verschwitztes Gesicht kam dem meinen sehr nahe. »Und du, Geschorener«, grollte er mit einer Stimme, bei der einem angst und bange werden konnte, »wirst uns zum nächsten Schatzhaus führen.«

27

Um ein Schatzhaus erobern und ausräumen zu können, ist es nun einmal unabdingbar, in die Stadt zu gehen und eines zu finden. Dieser Umstand verlangte natürlich nach einer umfangreichen Debatte, und die verschiedensten Strategien wurden abgewogen. Am Ende fand allgemein der Vorschlag Anklang, daß nur drei oder vier Krieger an Land gehen sollten, um in der hiesigen Bevölkerung keinen Argwohn aufkommen zu lassen. Dieser Gruppe oblag es, die Örtlichkeiten auszukundschaften und die Häuser zu erkunden, die einen Überfall lohnten.

Des weiteren beschloß man, daß ich unbedingt die Landpartie begleiten solle, sprach ich doch als einziger der ganzen Schar Griechisch, wenn auch nur recht bescheiden, wie einige anmerkten.

Seltsamerweise hat die Vorstellung, Byzanz betreten zu müssen, mir nicht übermäßig den Angstschweiß auf die Stirn getrieben. Der erste Schock darüber, an die Stätte meines Todes gelangt zu sein, war längst verflogen und hatte dem Gefühl Platz gemacht, sich eben ins Unvermeidliche zu ergeben. Auch hatte ich den Eindruck, in einen Strudel von Ereignissen gezogen worden zu sein, die ich nicht verstehen und gegen die ich mich auch nicht zur Wehr setzen konnte. Wie ein Blatt in einem Sturmwind kam ich mir vor, oder wie eine

Feder in einer aufgewühlten See. Ich konnte nichts anderes tun, als das Ende des Unwetters abzuwarten.

So betete ich zum himmlischen Vater, das mit mir zu tun, was er für mich vorgesehen habe, und das, bitte schön, rasch. Auch bat ich ihn, mir zu ersparen, an Haralds verderblichen und verwerflichen Plänen von Plünderung, Brandschatzung, Schändung und was sonst noch teilnehmen zu müssen. Da ich so lange hart darum gerungen hatte, ein guter Mönch zu sein, der sich den Céle Dé würdig erwies, wollte ich jetzt nicht das Leben eines Gewalttäters beginnen. Immerhin sollte ich ja in dieser Stadt mein Ende finden, und so kurz vor dem Jüngsten Gericht wollte ich lieber jede Schandtat vermeiden. In diesem Sinne wäre es sicher günstiger für mich, so dachte ich bei mir, wenn ich dabei stürbe, dem Dänenkönig gegen seine Verbrechen Widerstand zu leisten. Dann brauchte ich wenigstens nicht mit dem Gestank der Sünde behaftet und womöglich noch mit dem Blut Unschuldiger an den Händen vor den Gottesthron zu treten.

Dann kam mir in den Sinn, daß ich höchstwahrscheinlich mit einer Wikingerklinge an der Kehle mein Ende finden würde, weil ich mich hartnäckig und standhaft weigerte, mit der Gruppe an Land zu gehen. Diese Gewißheit, denn es war mehr als eine bloße Vermutung, rief in mir weniger Furcht als vielmehr Verdruß hervor, erschien es mir doch als grausam sinnlos, so vom Leben in den Tod zu treten. Doch Gott sei Dank währte dieser Zustand der Seelenpein nicht lange.

Harald erachtete es als unter seiner Würde, persönlich bei einer solchen Kundschafterunternehmung mitzumachen, und zog es vor, statt dessen auf dem Schiff zu bleiben und unsere Rückkehr abzuwarten. »Drei von meinen Hauskerlen werden an Land gehen«, verkündete der Jarl und suchte in der Truppe seiner engsten Gefolgsleute, wen er wohl am besten für diese Aufgabe auswählte.

Er entschied sich für Hnefi, den Mann, der ihm geraten

hatte, lieber die Hafensteuer zu entrichten, denn damit hatte der doch Klugheit bewiesen. Dann für einen Dänen mit Namen Orm der Rote, der sich sowohl auf den Umgang mit Schwert und Speer verstand, als auch sehr flink und geschickt im Anschleichen war. Während der König noch nach dem dritten Ausschau hielt, trat ich vor ihn und schlug vor, der Gruppe wenigstens einen Kriegsmann mitzugeben, den ich kannte und dem ich vertraute; und sei es auch nur aus dem Grund, daß er beschwichtigend auf die anderen einzureden vermöge, falls sich die Notwendigkeit dazu ergeben sollte.

Der König, der solche Störungen nicht liebte, fragte mich mit erzwungener Geduld, ob ich denn einen solchen Mann kenne. Ich nannte ihm Gunnar. »Sehr gut«, stimmte Harald sofort zu, »dann geht Gunnar Streithammer mit euch.«

Damit war die Erkundungstruppe zusammengestellt, und wir gingen von Bord und stiegen in eines der kleinen Boote, die unsere Schiffe belagerten und einander wegschubsten, um von uns in Dienst genommen zu werden. Als ich darauf einen Platz gefunden hatte, erklärte ich dem Bootsführer, daß wir an Land gebracht zu werden wünschten, möglichst bei einem Stadttor.

»Du hast eine gute Wahl getroffen, mein Freund«, lobte er gleich. »Lehn dich zurück, genieß die Fahrt und sorge dich um nichts. Schon bald wirst du an Land sein. Mein Name lautet Didimus Pisidia, und ich stehe dir in allem zu Diensten. Du hast dir mit scharfem Blick den besten Kahn von ganz Byzanz ausgesucht. Ich werde zu Gott beten, dir deine Weisheit hundertfach zu vergelten.«

»Danke dafür, Freund Didimus«, entgegnete ich, faßte Vertrauen zu ihm und gestand, daß wir noch nie in Konstantinopel gewesen und darum dankbar seien, wenn er uns an seinen vorhandenen Ortskenntnissen teilhaben ließe.

»Oh, du magst dich als den glücklichsten aller Menschen preisen«, strahlte der Bootslenker, »denn du befindest dich in der Gesellschaft des Mannes, der sich in dieser Stadt, die in Wahrheit ein Garten der Freuden ist, wie kein zweiter auskennt. Verlaß dich voll und ganz auf mich, denn von mir sollst du die beste Führung erhalten, die du dir nur vorstellen kannst.«

In diesem Moment kamen Hnefi und Orm ins Boot. Letzterer schien wohl zu glauben, mir zeigen zu müssen, welche Stellung ich in dieser Gruppe einnahm, und stieß mich grob beiseite. Da ich mich nirgends festhalten konnte, prallte ich gegen den Bootsrand. »Wag es jetzt ja nicht, etwas zu sagen«, warnte der Wikinger mich. »Und vergiß nie, daß ich dich die ganze Zeit im Auge behalte.«

Gunnar, der als letzter einstieg, verwandte sich für mich und knurrte: »Laß ihn in Ruhe, Orm. Er ist nicht dein Sklave, sondern der des Königs.«

»Sag dem Mann hier, er soll uns zum nächsten Tor befördern«, erklärte Hnefi und hockte sich auf den Bootsboden.

»Das habe ich gerade getan«, entgegnete ich, »vielmehr wollte ich es gerade sagen, als Orm mich geknufft hat.«

Hnefi nickte knapp. »Ich bin hier der Anführer, und du wirst tun, was ich dir auftrage.« Er zeigte auf Didimus, der interessiert zusah, und meinte: »Und jetzt sag dem zerlumpten Kerl da, er soll endlich abfahren, sonst nehmen wir ihn aus wie einen Fisch.«

An den Bootslenker gewandt erklärte ich: »Wir sind jetzt soweit, wenn du bitte ablegen würdest.«

»Es ist mir ein Vergnügen«, sagte der Grieche und stieß uns und das Boot mit bloßen Händen vom Drachenschiff ab. »Setzt euch, liebe Freunde, und macht es euch bequem, ihr befindet euch im besten Kahn von ganz Byzanz.« Er stellte sich auf die Heckbank, nahm das dort befestigte lange Ruder auf, wackelte mit Leib und Stange einige Male hin und her, und sein Schiffchen setzte sich tatsächlich in Bewegung und entfernte sich von Haralds Flotte.

Die Dänen hatten sich alle an der Reling versammelt und riefen uns hinterher, nicht alle Schätze selbst zu rauben, sondern ihnen noch etwas übrigzulassen. Orm antwortete mit einem unanständigen Geräusch, das er mit Mund, Nase und Hand erzeugte. Hnefi hingegen rief zurück, sie würden besser daran tun, ihre Waffen in Ordnung zu bringen, statt sich wegen uns den Kopf zu zerbrechen.

Gunnar nahm neben mir auf der Bank Platz und fragte: »Warum hast du gerade mich erwählt?«

»Nun, ich dachte mir, es könne hilfreich sein, jemandem an meiner Seite zu wissen, dem ich vertrauen kann.« Als er daraufhin nichts sagte, fragte ich meinerseits: »Warum? Wärst du lieber an Bord geblieben?«

»Nein«, antwortete er mit einem Achselzucken, »das ist mir gleich.« Er warf einen Blick auf die Stadt und sah mich dann von der Seite an. »Aber ich hatte den Eindruck, ein anderer Grund hätte dich dazu bewogen.«

»Klappe halten«, grollte Orm und trat mich.

»Orm, ich bin hier der Anführer«, erklärte Hnefi. »Wenn du das immer wieder vergißt, lasse ich dich gleich im Boot zurück, und wir machen uns ohne dich auf Schatzsuche.«

Der Wikinger murmelte Unverständliches und fing an, die Klinge seines Dolches an den Hosenbeinen zu polieren. Der Anführer wandte sich an mich. »Und du hältst den Mund. Wenn ich etwas von dir hören will, lasse ich es dich früh genug wissen.«

So wandte ich meine Aufmerksamkeit der Stadt zu, die dank Didimus' Stakbemühungen stetig näher kam. Von hier aus ließ sich noch nicht allzuviel von Konstantinopel erkennen. Nur dort war etwas von der Stadt zu erblicken, wo die Hügel über die Mauer hinausragten. Doch selbst der Wall war das Hinschauen durchaus wert. Abwechselnd hatte man Ziegel und behauene Steine aufeinandergeschichtet und so eine ebenso hohe wie feste Mauer geschaffen. Aufgrund des unterschiedlichen Baumaterials wirkte sie rot und gelb gestreift, und solch einen Wall hatte ich noch nie zu Gesicht bekommen. Oben auf der Krone bewegten sich Menschen. Ich vermutete, das seien die Wächter, konnte mir aber nicht sicher sein, weil wir noch zu weit entfernt waren. Hie und da ragten Baumwipfel über den Mauerrand, meist Nadelgewächse, aber auch einige nackte Laubbäume, die bereits ihr Blattwerk abgeworfen hatten.

Das Meer schlug direkt an der Stadtmauer an, und dort zog sich ein Damm entlang, von dem mehrere Kais aus Steinen oder Holz abgingen. Einige waren neu errichtet, anderen sah man ihr Alter an. Und um diese Anlegestellen drängten sich Schiffe wie Ferkel an den Zitzen ihrer Mutter.

Und was für Gefährte man hier zu sehen bekam. Ich erblickte Schiffe mit mehr als einem Mast, und sogar solche, die über ein zweites Deck verfügten! Segel in allen Farben konnte man bestaunen, und ich wußte gar nicht mehr, wo ich hinsehen sollte.

Das alles war aber noch nichts gegen die Bandbreite der Waren, die diese Boote herantrugen. Kisten, Säcke, Kasten, Krüge und Körbe in allen erdenklichen Formen. Bald war ich überzeugt, daß alles, was sich auf einem Schiff befördern ließ, hier in Konstantinopel zu finden sein müsse.

Didimus steuerte behende, wenn auch einem verschlungenen Kurs folgend durch den überfüllten Hormisdas-Hafen. Wir fuhren an dem anscheinend endlosen Damm entlang, wichen größeren Booten aus und suchten nach einer freien Stelle, an der wir anlegen konnten. Je näher wir den Kais kamen, desto unangenehmer wurde mir der Gestank bewußt. Das Hafenwasser glich einer Brühe aus Müll, menschlichen Ausscheidungen und allem möglichen sonstigen Unrat; denn hier pflegte man alles, was man nicht mehr brauchte, einfach über Bord zu kippen. Dieses ekelhafte Gebräu erzeugte einen Geruch, der auch dem Abgebrühtesten die Tränen in die Augen trieb.

Nur unser Bootslenker schien sich daran nicht zu stören. Er bewegte mit beiden Händen die Stange, lachte unentwegt, sang, wenn ihm der Sinn danach stand, und gab uns gelegentlich einen Hinweis auf diese oder jene Sehenswürdigkeit, an der wir gerade vorüberkamen. Orm und Hnefi beäugten ihn die ganze Zeit voll offensichtlichem Mißtrauen und schwiegen darüber hinaus beharrlich, so, als fürchteten sie, schon die harmloseste Äußerung würde den Plan ihres Königs verraten.

Endlich gelangten wir an eine Steintreppe, die hinauf aufs Ufer führte. Dahinter erhob sich ein imposantes Tor. Ich war froh, endlich dem üblen Gestank entrinnen zu können, und wollte mich eben bei Didimus bedanken, erinnerte mich aber rechtzeitig an Hnefis Ermahnung und hielt gehorsam den Mund. Orm verließ als erster das Boot, und Gunnar folgte ihm dichtauf. Beide schienen unseren Fährmann schon vollkommen vergessen zu haben, der mit ausgestreckter Hand dastand und seine Bezahlung einforderte.

Hnefi beachtete Didimus ebenfalls nicht und sagte nur: »Komm schon, Geschorener, du gehst uns voraus. Ich will nicht, daß du irgendwo stehenbleibst, um etwas zu bestaunen, und darüber das Weiterlaufen vergißt.«

»Verzeih mir, Herr«, entgegnete ich, »aber wir müssen den Bootslenker bezahlen.«

Der Anführer warf nur einen abschätzigen Blick auf den Griechen und meinte: »Nein.« Dann stieg er vor mir aus, ohne sich noch einmal umzudrehen. Mir blieb nichts anderes übrig, als ihm hinterherzueilen.

»Bitte! Meine Freunde, bitte!« rief Didimus. »Ich habe alles getan, was ihr verlangt habt, und euch auch sonst treulich gedient. Deswegen müßt ihr mich jetzt auch bezahlen. Nicht so schnell, meine Freunde. Bitte! Hört mich an, ihr müßt bezahlen. Zehn Nomismi. Das ist doch nicht zuviel.«

Ich blieb auf halber Treppe stehen und drehte mich kurz zu

ihm um: »Tut mir leid, Didimus, ich würde dir ja gern etwas geben, aber ich besitze nichts.«

Nun begriff der Bootslenker, daß er leer ausgehen würde, schrie uns die schlimmsten Verwünschungen hinterher und drohte, die Hafenwache zu rufen, auf daß sie uns eine Tracht Prügel verabreiche. Ich eilte die Stufen hinauf, während mich sein »Diebsgesindel! Elende Bande!« verfolgte.

Die drei Dänen warteten oben auf mich. »Das war falsch«, warf ich Hnefi vor, »wir hätten ihn bezahlen sollen.«

Der Anführer drehte sich um und marschierte los.

»Der Mann hätte uns noch hilfreich sein können«, beharrte ich. »Aber jetzt ist er wütend und will die Hafenwache rufen, damit sie uns züchtige. Wir hätten ihm wenigstens etwas geben müssen.«

Ich hatte Orms Hand gar nicht kommen sehen, spürte aber, wie sie meinen Mund traf. »Du hast nur das zu tun, Sklave, was man dir aufträgt«, knurrte er und stieß mich heftig. Ich fiel hin und wäre womöglich über den Rand ins Hafenbecken gestürzt, wenn Gunnar mich nicht am Arm gepackt und festgehalten hätte.

Sofort rappelte ich mich auf und folgte den Wikingern. Sie bewegten sich vorsichtig auf die Mauer zu und hielten ständig die Hand am Schwertknauf. Vor dem Tor blieb Hnefi stehen und befahl mir: »Du gehst als erster. Wir kommen hinter dir.«

Das Tor bestand aus zwei Flügeln aus dickem Holz, das mit Eisenbändern beschlagen war. Menschen strömten in Scharen hindurch. Viele trugen Lasten von der vielfältigsten Art auf dem Rücken, einige zogen Wagen, und wieder andere schoben zweirädrige Karren vor sich her. Über dem Tor hing ein dreieckiges rotes Banner, auf das man ein weißes Symbol genäht hatte. Ich kannte das Zeichen nicht, und es wollte mir auch trotz angestrengten Nachdenkens nicht einfallen.

Wir schlossen uns dem Zug an, der in die Stadt hineinströmte, und hatten das Tor gerade erreicht, als ein Mann in einem grünen Umhang, der eine schwarze Wollkappe trug und einen kurzen bronzenen Amtsstab in der Hand hielt, uns aufhielt. »Disca!« rief er uns an und streckte die freie Hand aus.

»Verzeihung, Herr«, erklärte ich ihm, »aber ich weiß nicht, was du von uns willst.«

Er sah mich eigenartig an und warf dann einen wenig begeisterten Blick auf die Dänen. Wenn deren kriegerisches Äußeres ihn erschreckte, so wußte er das gut zu verbergen. Dann bemerkte der Mann mein Sklavenhalsband und fragte: »Wer von diesen ist dein Herr?«

Ich zeigte auf Hnefi. »Der da.«

»Sag deinem Herrn, daß von Barbari verlangt wird, beim Betreten der Stadt eine Erlaubnis vom Präfekten vorzuzeigen.«

»Das will ich gern tun«, entgegnete ich, »aber würdest du wohl zuvor so freundlich sein und mir sagen, wo wir diesen Präfekten finden können?«

Er gähnte hinter vorgehaltener Hand und zeigte mit dem Stab auf einen Kiosk, der im Schatten des Tors stand. »Dort.«

Ich bedankte mich bei dem Beamten und teilte den Seewölfen mit, was ich erfahren hatte. So begaben wir uns also zu dem Kiosk, wo wir einen kleinen, glatzköpfigen Mann antrafen, der auf einem gepolsterten Stuhl hinter einem Tisch saß. Darauf befanden sich eine Waage und ein Berg kleinerer Kupfermünzen. Ich stellte mich vor den Tisch und wartete eine Weile, ohne seine Aufmerksamkeit zu erregen. Der Mann war gerade sehr beschäftigt, versuchte er doch, mit einem langen Fingernagel einen braunen Fleck auf seiner grünen Hose zu entfernen.

»Bitte«, sprach ich ihn schließlich an, »man hat uns gesagt, wir benötigten eine Erlaubnis, um die Stadt betreten zu dürfen.«

»Zehn Nomismi«, brummte er, ohne aufzusehen.

Ich drehte mich zu Hnefi um und erklärte ihm, was der Präfekt verlangte. Der Anführer knurrte nur unwirsch und marschierte wieder fort. Orm und Gunnar zögerten einen Moment und folgten ihm dann achselzuckend. Das versetzte den Präfekten in unerwartete Aktivität.

Er sprang auf und schrie den Barbaren hinterher, die im Begriff waren, in die Stadt zu laufen: »Stehenbleiben!« Als sie nicht anhielten, kam der Beamte aus seiner Bude und rannte zu Hnefi. »Ihr müßt bezahlen!« kreischte der Glatzköpfige. »Zehn Nomismi!« Er wedelte mit einer Kupferscheibe vor dem Gesicht des Dänen herum.

Hnefi, der natürlich kein Wort verstand, nahm dem Beamten die Scheibe einfach ab, schob sie in seinen Gürtel und setzte seinen Marsch fort.

Der Präfekt starrte ihm fassungslos hinterher und schrie dann: »Wache! Wache!«

Die Seewölfe störten sich nicht daran und liefen weiter. Mir blieb nichts anderes übrig, als ihnen zu folgen. Wir waren jedoch noch keine zehn Schritt weit gekommen, als wie aus dem Nichts acht Soldaten mit roten Umhängen vor uns auftauchten. Jeder von ihnen trug einen Bronzehelm und einen dicken, kurzen Speer. Ihr Offizier hielt einen Bronzestab in der Hand, der genauso aussah wie der des Hafenmeisters, nur daß sich an der Spitze keine Kugel, sondern ein Löwenhaupt befand.

»Halt!« rief der erste Wächter, ein Jüngling mit Flaum auf den Wangen, der dennoch bereits eine Aura der Autorität zu verbreiten wußte.

»Sie wollen nicht bezahlen!« kreischte der Präfekt. »Diese Barbaren haben nichts für die Scheibe gegeben.«

Der junge Soldat sah zuerst die Wikinger und dann mich an. Irgend etwas an mir schien ihm zu verraten, daß ich der einzige sei, der ihm Antwort geben könne, und er fragte: »Stimmt das?«

»Ich bitte um Verzeihung«, erklärte ich, »aber wir sind gerade erst in eurer Stadt angelangt und kennen uns mit den hiesigen Vorschriften noch nicht aus. Gut möglich, daß wir durch unser Unwissen unabsichtlich –«

»Bezahlt den Mann«, unterbrach der Soldat meine lange Erklärung.

»Zehn Nomismi«, rief der Glatzköpfige uns ins Gedächtnis zurück und streckte die Hand aus.

Ich wandte mich an Hnefi. »Die Männer hier sagen, wir müssen für die Kupferscheibe bezahlen. Sie stellt unsere Erlaubnis dar, die Stadt betreten zu dürfen. Ohne Scheibe nehmen sie uns gefangen und sperren uns in eine Grube.« Ich wußte nicht, ob die Barbaren überhaupt so etwas wie ein Gefängnis kannten, und ich wußte erst recht nicht, ob uns ein solches Schicksal wirklich blühte, aber ich dachte, daß diese Aussicht die Dänen am ehesten dazu bewegen konnte, die Gebühr zu entrichten.

»Wenn wir bezahlen«, fragte der Anführer, »sind wir dann frei?«

»Ja.«

Er runzelte die Stirn, griff in seinen Beutel und legte mir einen Silberdenarius in die Hand. Den gab ich dem Präfekten, der die Wangen aufblies und schnaufte. »Habt ihr nichts anderes?« fragte er.

»Bitte, ich verstehe nicht«, entgegnete ich, »ist das vielleicht nicht genug?«

Bevor der Beamte etwas sagen konnte, erklärte der junge Soldat: »Das ist viel zuviel.« Er deutete auf die Münze. »Dieser Silberdenarius ist einhundert Nomismi wert.« Damit wandte er sich an den Präfekten: »Sorg dafür, ihnen das Wechselgeld herauszugeben, aber nicht zuwenig!«

Der Glatzköpfige warf dem Wächter einen vernichtenden Blick zu und zog mich am Ärmel mit sich. »Komm hierher.«

Er kehrte mit mir zu seinem Kiosk zurück und machte sich

mit großem Getue daran, die Silbermünze auf die Waage zu legen und deren Gewicht festzustellen. Als er endlich zu seiner Zufriedenheit überprüft hatte, daß der Denarius einen ausreichend hohen Sibergehalt besaß, griff der Beamte unter den Tisch und zog einen Lederbeutel hervor, der Münzen aus Gold, Silber, Kupfer und Bronze enthielt. Umständlich zählte er mir nun Kupfer- und Bronzestücke ab. Die Münzen waren mit griechischen Buchstaben beschlagen. Ich entzifferte E, K, M und I. Mir blieb nur die Vermutung, daß die Lettern verschiedene Werte darstellten, denn der Präfekt legte sie mir so hurtig in die Hand, daß ich kaum mitkam.

Die Seewölfe, die trotz aller Waffenverliebtheit auch gewiefte Händler waren, verfolgten die Wechselgeldübergabe mit großem Interesse. Als der Beamte fertig war, verlangte Hnefi mit einer Geste, ihm die Münzen auszuhändigen, und meinte: »Zuerst entspricht ein Silberstück zehn und dann hundert Nomismi. Anscheinend gewinnt unser Geld hier laufend an Wert. Der Jarl wird sich freuen, davon zu erfahren.«

Ich dachte an den großen Betrag, den wir dem Hafenmeister ausgehändigt hatten, beschloß aber, lieber nichts zu sagen. Orm hingegen kannte derartige Rücksichtnahme nicht. »Und Harald wird daraufhin sicher dem Hafenmeister eine Freude bereiten wollen.«

Der Präfekt händigte uns nun zwei weitere Kupferscheiben aus, die er Orm und Gunnar reichte. Als ich auch eine haben wollte, meinte der Beamte, die sei nur für die Barbari und erlaube ihnen, bis zum Ende des Jahres die Stadt so oft zu betreten, wie sie beliebten. »Aber«, schloß er und hob den Zeigefinger, »sie dürfen nur durch das Magnaura-Tor hinein. Alle anderen Tore sind für sie verboten.«

»Verstehe«, entgegnete ich. »Doch sag mir bitte noch, wo dieses Magnaura-Tor steht.«

Der Beamte starrte mich an, als habe er den allerblödesten

Menschen vor sich. »Das da!« ächzte er und zeigte auf das Bauwerk, durch das wir vorhin hatten schreiten wollen. »Nur dieses Tor dürft ihr benutzen. Und jetzt fort mit euch, ich habe noch anderes zu erledigen.«

Der Präfekt nickte knapp und ließ sich wieder hinter seinem Tisch nieder. Wir traten unseren Weg von neuem an und kamen ungehindert an den Wachen vorbei, die uns allerdings mißtrauisch beäugten. Nachdem die Wikinger nun freien Zutritt nach Byzanz erworben hatten, waren sie ganz begierig darauf zu erfahren, wie frei sie hier sein durften.

28

Kaum waren wir durch das Tor, hatten wir uns nach wenigen Momenten schon verlaufen. Ein Umstand, der uns erst sehr viel später bewußt werden sollte. Wir gingen die engen und gewundenen Gassen hinauf und hinab, traten dorthin, wohin die Neugier uns gerade trieb und hielten unentwegt nach dem Hauptschatzhaus von Byzanz Ausschau. Bis vorhin noch hatten wir diese Aufgabe für ziemlich einfach gehalten, doch wenn wir dann mitten auf einer Straße standen, auf der sich Menschenströme wie die Gezeiten hin und her bewegten, stellte sich die Angelegenheit doch ein wenig schwieriger dar. Unsere ersten Bemühungen, einfach stehenzubleiben und uns zurechtzufinden, riefen wütende und unflätige Beschimpfungen hervor.

»Macht schon! Weitergehen!« forderte uns ein Wächter auf, der gerade des Wegs kam. »Ihr könnt hier nicht einfach anhalten. Immer schön weitergehen.«

»Er sagt, wir sollen uns wieder in Bewegung setzen«, informierte ich die Dänen.

»Wohin denn?« fragte Gunnar.

»Wir folgen einfach dem Burschen dort«, schlug Orm vor und zeigte auf einen dicken Mann mit einem purpurfarbenen Umhang. »Er wird uns sicher zum Schatzhaus führen.«

»Ich bin der Anführer«, erinnerte ihn Hnefi, »und ich sage, daß wir in die andere Richtung laufen.«

Und so wurde es dann auch gemacht. Wir gelangten tiefer und tiefer in die Stadt, bis wir uns schließlich in einer ziemlich breiten Straße wiederfanden. An ihr erhoben sich Häuser von einer Größe und Weitläufigkeit, wie ich sie noch nie gesehen hatte. Das konnten nur Paläste sein.

»Seht ihr«, triumphierte Hnefi, »ich weiß, wo man Schätze findet. Folgt mir, Männer.«

Die goldgierigen Seewölfe schritten ganz ungeniert umher und unterhielten sich in ihrer gewohnten Lautstärke darüber, welcher dieser Paläste als erster ausgeplündert werden sollte und welchen man auf keinen Fall auslassen dürfte. Ich muß ihnen zugestehen, daß diese Entscheidung nicht leicht war, denn jedes neue Gebäude, an dem wir vorbeikamen, wirkte noch prachtvoller als die vorangegangenen.

Die Wikinger blieben vor jedem Anwesen stehen, starrten auf die offensichtlichen Wunder und versicherten sich jedesmal von neuem gegenseitig, daß dies aber nun ganz gewiß das Hauptoberschatzhaus von ganz Konstantinopel sei. Die Zufriedenheit darüber, das Ziel endlich gefunden zu haben, reichte jeweils nur bis zum nächsten Palast.

In der folgenden Straße erblickten wir Häuser, die unfaßbare zwei oder gar drei Stockwerke hoch waren. Das unterste Geschoß bestand bis auf den Eingang ringsum aus Mauerwerk. In den oberen Stockwerken zeigten sich hingegen viele Windlöcher, die man mit Glasscheiben gefüllt hatte. Ich war sprachlos, hatte ich doch noch nie richtige Fenestrae gesehen. Und hier gab es nicht nur eins oder zwei, sondern unvorstellbar viele zu bestaunen. Jedes einzelne Haus besaß solchen unglaublichen Luxus.

Die meisten Häuser verfügten darüber hinaus über verzierte Türen und bemalte Oberschwellen, und neben einigen dieser Fenster hatte man Statuen im Mauerwerk angebracht, die auf Plinthen standen. Die Mehrzahl der Paläste besaß ein schräges Dach, das man mit Schindeln belegt hatte, aber die prächtigsten der prachtvollen wiesen ein flaches Dach auf, über dessen Ränder Grünzeug wuchs. Ich hatte schon davon gehört, daß reiche Römer sich einen Dachgarten anlegten, aber begegnet war ich solchen Wundern noch nie. Und als sei das alles noch nicht genug, war beinahe jedes Haus mit einer weiteren Besonderheit ausgestattet: ein Auswuchs aus dem obersten Geschoß, der in die Straße hineinragte. Diese Anbauten, von denen nicht wenige bemerkenswert stabil errichtet waren, wiesen hölzerne Läden auf. Ich vermute, sie ließen sich öffnen, um abends kühle Luft in die oberen Räumlichkeiten strömen zu lassen.

Daß eine Stadt von der Größe Konstantinopels über einige Prachthäuser verfügte, ließ sich ja erwarten, aber daß man hier Hunderte davon antraf, nein, das hätte ich vorher nie für möglich gehalten. Ich bewegte mich wie im Traum durch die Straßen und konnte soviel Luxus und Reichtum nicht fassen. Auch vermochte ich mir nicht zu erklären, wie jemand in der Lage sein sollte, an soviel Geld zu gelangen, das es kosten mußte, ein solches Haus erbauen zu lassen.

Meine Wikinger waren vor Begeisterung nicht wiederzuerkennen. Sie stritten sich immer noch, welcher Palast die meisten Reichtümer enthielte und welchen sie zuerst ausplündern sollten. Orm wäre am liebsten gleich in jeden hineingestürmt und hätte dort alles zusammengerafft, was ihm des Raubens wert erschien. Hnefi hielt dem entgegen, daß König Harald die Entscheidung darüber wohl sich selbst vorbehalten wolle.

»Aber der Jarl ist nicht hier«, beschwerte sich Orm und brachte damit in der von ihm gewohnten Weise einen unwiderlegbaren Einwand vor.

»Dann warten wir eben, bis er kommt.« Der Anführer bestand darauf, daß wir unter den Bewohnern dieser Stadt keinen Verdacht erregen durften. Er erklärte, wenn wir in jedes Haus eindrängen, an dem wir vorbeikämen, würden die Byzantiner sicher gewarnt sein und damit rechnen, daß wir mit der ganzen Mannschaft zurückkehrten. »Unsere Aufgabe besteht darin, uns hier umzusehen und herauszufinden, wo die meisten Schätze zu finden sind. Morgen kommen wir dann wieder und holen uns alles, was uns gefällt.«

Orm mußte dem widerwillig zustimmen, meinte aber: »Wir sollten trotzdem etwas mitnehmen, um es Harald vorlegen zu können.«

Gunnar gab aber Hnefi recht und erklärte, daß es uns schlecht ergehen würde, wenn wir den Zorn der Menschen hier weckten. Von den dreien schien er der einzige zu sein, der die gewaltige Größe Konstantinopels zumindest erahnte. Mein ehemaliger Herr war überhaupt der ruhigste unter den drei Dänen. Von Straße zu Straße war er schweigsamer geworden, so, als würde er sich viel lieber in den Schatten verkriechen.

Wir stolzierten weiter durch das Villenviertel, betrachteten die Häuser und beobachteten die Menschen. In diesem Stadtteil begegneten wir nicht vielen Einwohnern, und diejenigen, welche uns entgegenkamen, schienen zu irgend etwas Dringendem zu hasten und eilten fort, als sei der Leibhaftige hinter ihnen her. Vielleicht hat sie aber auch nur der Anblick von einigen wilden Barbaren in Schrecken versetzt, aber das kann ich natürlich nicht mit Gewißheit sagen.

Dennoch bekam ich bei unseren Wanderungen genug von diesen Menschen mit, um festzustellen, daß die Byzantiner in jeder Hinsicht ein durchschnittliches Völkchen waren. Sie erschienen in ihrer Mehrheit weder besonders groß noch auffallend klein. Ihre Hautfarbe fiel weder durch Dunkelheit noch durch Helligkeit auf. Und man konnte wirklich nicht sagen, sie seien sehr schön oder aber sehr häßlich. Sie besaßen insgesamt kräftige Körper mit kurzen, starken Gliedern und festen Muskeln, die allerdings mehr auf Ausdauer als überlegene Stärke schließen ließen. Grazie war unter ihnen ein nur seltenes Wesensmerkmal.

Die Frauen trugen das Haar offensichtlich am liebsten lang und hatten die Strähnen zu lockigen Zöpfen geflochten. Die Männer bevorzugten wohl Vollbärte, die sie reichlich einölten und zu Locken zwirbelten. In der Regel trug der Byzantiner einen einfachen Umhang über einem langen Hemd, seltener einer Tunika, und darunter hatten die Männer weite Hosen und die Frauen Röcke an. Helle Stoffe waren viel öfter zu sehen als dunkle, und man trug gern Broschen und anderen Schmuck zur Schau.

Und ein jeder, gleich ob Mann oder Frau, schien verrückt nach einer Kopfbedeckung zu sein.

Ich habe noch nie ein Volk kennengelernt, das so viel auf einen Hut, eine Kappe oder sonst einen Kopfputz gab wie die Bewohner von Konstantinopel. Jedermann, der es sich leisten konnte, trug etwas auf dem Haupt, und sei es nur ein Stück Wollstoff, das zu einem Spitzhut zusammengefaltet war, oder eine Handvoll Strohhalme, die zu einem Sonnenschutz geflochten und mit Stoffetzen im Haar befestigt waren. Einige dieser Kappen schienen auch eine offizielle Bedeutung zu haben und wurden als Amtsinsignien getragen. Wieder andere schienen irgendwelchen Modetorheiten zu folgen, deren Sinn und Bedeutung sich mir jedoch nicht erschließen wollte.

So taumelten wir wie im Rausch weiter, gafften alles an, bis Gunnar plötzlich zischte: »So hört doch!«

Die Wikinger blieben wie ein Mann stehen, hielten den Atem an und lauschten angestrengt. »Was hörst du denn?« wollte Orm dann nach einem Moment wissen.

»Hört sich an wie ein Tier«, flüsterte Hnefi. »Muß ziemlich groß sein.«

»Nein«, widersprach Gunnar, »das stammt von Menschen.«

»Das müssen aber ziemlich viele sein«, brummte Orm.

»Eine Schlacht!« kam dem Anführer die Erkenntnis. »Da drüben. Auf, Kameraden!«

Schon stürmten sie los, umschlossen ihre Waffen und ergaben sich der Hoffnung, doch noch Beute machen zu können. Ich lief ihnen hinterher, weil ich sie ja schließlich nicht verlieren durfte. Vor uns weitete sich die Straße, und ich bemerkte an ihrem Ende viel Bewegung und ein Meer von Farben.

Und dann fand ich mich plötzlich mitten auf einem Marktplatz wieder, dem größten, lärmigsten und geschäftigsten, der mir je untergekommen war. Horden von Menschen bildeten hier dichte Knäuel, und jeder schrie, was seine Lunge hergab. Händler standen unter prächtig bestickten Markisen und brüllten die Vorzüge ihrer Waren jedem entgegen, der sie hören wollte oder auch nicht. Oh, sie verstanden sich auf sechs Sprachen, um mögliche Kunden anzulocken. Die schlenderten langsam vorüber, sahen sich hier oder dort etwas an, und wenn es ihnen gefiel, fingen sie an zu feilschen, als hinge ihr Seelenheil davon ab. Die Heftigkeit, mit der diese Preisverhandlungen von beiden Seiten geführt wurden, erinnerte mich nicht direkt an eine Schlacht, so doch an ein Scharmützel. All dieses Geschrei und Gelärme zusammengenommen erzeugte auch dieses Geräusch, das wir vorhin vernommen und für den Ausbruch eines wilden Tiers gehalten hatten.

Die Dänen ließen sich sofort von diesem Treiben vereinnahmen und stolperten geradezu in den Mahlstrom, vergaßen darüber aber ganz, die Hand vom Schwertgriff zu nehmen. Ich war nur ein halbes Dutzend Schritte weit gekommen, als meine Augen zu brennen begannen und ich niesen mußte. Direkt vor mir befand sich ein Stand, auf dem Gewürze feilgeboten wurden. Viele davon hatte ich mein Lebtag noch nicht zu Gesicht bekommen: dunkelrote und gelbe Pulver, daneben schwarze, orangefarbene, hellgrüne und weiße.

Doch auch als Früchte lagen sie aus, jeweils zu wahren Pyramiden aufgetürmt.

Ein braunes Pulver fiel mir auf, das wie scharfer, nicht süßer Honig roch. Wie ich später erfuhr, handelte es sich dabei um Zimt. Dann kleine schwarze Stengel, die äußerst streng rochen, und das waren Gewürznelken. Daneben konnte man hier verschiedene Arten von Pfeffer, Gelbwurz, Kreuzkümmel, Koriander, kleine Pfefferschoten, die aus Indien stammen sollten und zu einem roten Pulver zermahlen waren, kleingehackte Mandeln und kleine runde Gebilde von heller Farbe erstehen, die Kichererbsen genannt wurden. Die Aromen all dieser Berge und Haufen erzeugten ein so durchdringendes Gemisch, daß ich den Stand fluchtartig verlassen mußte.

Direkt daneben bot ein Händler frisches Gemüse an. Wie ich später feststellen sollte, fand man auf diesem Markt mehrere solcher Stände. Ich blieb verwundert stehen und starrte die Auslage an, in der man in langen Reihen Waren aus allen Ecken des Erdenrunds erblicken konnte: Lauch, Zwiebeln, Knoblauch, Linsen, Pfefferschoten aus Spanien, Gurken, grüne fingerförmige Gebilde, die Okra genannt wurden (sowohl aus einheimischem wie auch aus indischem Anbau, wie der Händler mir versicherte), Kopfsalat und unzählige Arten von Bohnen, Melonen und Kürbissen. Und das waren nur die Früchte, die ich erkannte. Noch viel mehr war mir fremd. Es kam mir so vor, als hätte die ganze Welt ihre Erzeugnisse auf diesen Markt geschickt. Angefangen von Gold und Silber, über Pfeffer und Salz, lebende Tiere, ägyptisches Leder, makedonische Töpferwaren, syrischen Wein und Zaubertränke für jede Gelegenheit bis hin zu heiligen Ikonen, die vom Bischof von Antiochien persönlich gesegnet worden waren, konnte man hier alles kaufen. Kam einem irgend etwas in den Sinn, würde man hier sicher einen Stand entdecken, wo man es fand.

Eine Bude verkaufte nur Oliven, und das in fünfzehn oder zwanzig Sorten. Dieses Angebot erstaunte mich mehr als alles andere. Natürlich hätte ich im Dunkeln nicht eine Olive von der anderen unterscheiden können, was vor allem daran lag, daß ich noch nie eine probiert hatte. Doch während ich an den Schüsseln mit grünen, schwarzen, dunkelroten und anderen Oliven vorbeischritt, kam mir der Gedanke, daß ein Land, in dem man selbst die Arten einer so kleinen und unbedeutenden Frucht auseinanderhalten konnte, über wahrlich unvorstellbare Macht und Kraft verfügen dürfte.

Zwanzig verschiedene Olivensorten, das muß man sich mal vorstellen!

Kein König von Irland, gleich wie reich oder bedeutend, hatte je eine Olive zu Gesicht bekommen. Allein schon der Transport einer Handvoll dieser Früchte hätte sicher alles Gold und Silber verschlungen, das sich in meiner Heimat aufbringen ließ. Aber hier in Byzanz konnten sich selbst Bettler Oliven leisten, wuchsen sie in diesem Reich doch überall. Mir rauchte der Kopf vor lauter Fragen, und vor allem beschäftigte mich, wie man all diese Waren hierherschaffte. Meine Phantasie reichte nicht aus, mir vorzustellen, wie viele Schiffe und Arbeiter notwendig waren, um diesen Transport regelmäßig durchzuführen.

Da ich solche Zurschaustellung von einem überreichen Warenangebot nicht gewohnt war, erschien mir der Markt auch weniger als Stätte, an der man einkaufte und handelte, sondern vielmehr als prunkvolle Offenbarung einer Größe, mit der es kein anderes Reich auf der Welt aufnehmen konnte. Ich hatte den Markt noch längst nicht durchschritten, als mein armes Gehirn sich weigerte, noch weitere Eindrücke aufzunehmen. Dennoch lief ich weiter und ließ den Blick über alle Auslagen wandern, freilich ohne noch zu erfassen, was dort feilgeboten wurde.

Als wir vier an einer Bude vorbeikamen, wo Messingschüsseln, -kelche und andere Gegenstände aus diesem Material aufgetürmt waren, rief uns der Händler unvermittelt in der Sprache der Dänen an: »Heja, heja! Kommt her, meine Freunde!«

Die Wikinger blieben sofort stehen und drehten sich nach dem Mann um. »Dieser dort ist ein Däne!« sagte Orm.

»So einen Dänen habe ich aber noch nie gesehen«, erwiderte Gunnar.

»Doch, er ist ganz bestimmt einer, das kannst du mir glauben«, beharrte Orm, marschierte auf den Händler zu und ließ einen ganzen Wortschwall auf ihn ab. Sein Gegenüber aber breitete nur entschuldigend die Arme aus und lächelte.

»Gunnar hat recht«, erkannte Hnefi. »Der Mann ist kein Däne.«

Angewidert von solch schäbigem Betrugsversuch stapften die Seewölfe weiter. Doch der Messinghändler sollte nicht der einzige bleiben, der die Wikinger in ihrer Sprache anrief. Zuerst ärgerten sie sich darüber, doch dann fühlten sie sich von der häufigen Wiederkehr dieser Worte geschmeichelt. Daß man hier Dänisch sprach, erstaunte sie noch weit mehr als die überreiche Fülle des Warenangebots. Bald blieben sie regelmäßig stehen, wenn ein Händler sie solcherart anlockte, und versuchten, ihn in ein Gespräch zu verwickeln. In der Regel kamen sie jedoch nicht über einen Gruß hinaus, woraufhin der Warenanbieter dann meist im gewohnten Griechisch fortfuhr, manchmal auch in Latein und gelegentlich in einer Sprache, die mir vollkommen unbekannt war.

Wie wir so an den Fleisch-, Brot-, Gemüse- und anderen Ständen mit Köstlichkeiten vorbeischlenderten, bekamen wir natürlich schon vom Hinsehen Hunger. Orm beschwerte sich lautstark, daß ihm vom Anblick so vieler Nahrungsmittel ganz schwummerig im Kopf würde. Gunnar verwies darauf, daß tapfere Krieger wie wir einen gefüllten Bauch benötigten, um bei Kräften und Verstand zu bleiben. Unser Anführer aber hielt dagegen, daß die fremden Speisen uns womöglich schlecht bekämen. Orm und Gunnar aber widersprachen so heftig, daß Hnefi sich schließlich geschlagen geben mußte. Bauchschmerzen zu bekommen, erklärte er, sei immer noch dem ständigen Gejammere der anderen darüber vorzuziehen, daß sie großen Hunger hätten.

Unser weiser Anführer beschloß aber, daß wir nichts Fremdartiges zu uns nehmen würden, höchstens geräucherten Fisch. Die anderen erklärten sich einverstanden, und so suchten wir einen Stand mit Meeresgetier. Unterwegs gelangten wir an eine große Pfanne, in der über glühenden Kohlen lange Fleischstreifen gebraten wurden, die man um Holzstäbchen gewickelt hatte. Die Spieße brutzelten so herrlich, und der Duft, der davon aufstieg, ließ uns das Wasser im Mund zusammenlaufen.

Orm weigerte sich, sich auch nur einen Schritt von dieser Bude zu entfernen. Gunnar blieb ebenfalls stehen und starrte wie gebannt auf die dunkelbraunen Fleischstreifen. Der Koch, dessen Gesicht von der aufsteigenden Hitze glühte, bemerkte natürlich das Interesse der Wikinger, und rief uns »Heja, heja!« zu.

»Wieviel?« fragte Hnefi und zeigte auf die Spieße.

Der Verkäufer zuckte mit den Achseln.

»Wieviel?« verlangte der Anführer lauter zu erfahren.

Der Händler lächelte nur und entgegnete auf griechisch: »Vergebung, mein Freund, aber ich verstehe dich nicht.«

»Er will wissen, wieviel du für eines dieser Stöckchen verlangst, die hier über dem Feuer braten«, erklärte ich dem Mann in seiner Sprache.

»Ah«, er lachte, »ein gebildeter Sklave ist an meinen Stand getreten. Willkommen in der Stadt des großen Konstantin, mein Freund.«

»Woher weißt du, daß wir gerade erst angekommen sind?«

Der Mann lachte wieder und antwortete, daß alle Welt

wisse, wieviel ein Spieß koste, nämlich zwei Nomismi. »Wie viele von diesen Köstlichkeiten hättest du denn gern, mein Freund?«

»Vier«, antwortete ich, und da ich nicht wußte, wieviel zwei Nomismi waren, bat ich Hnefi, mir eine Handvoll der kleineren Kupfermünzen zu geben.

Die hielt ich dem Koch hin. Er suchte sich das Passende heraus und forderte uns auf, uns selbst einen Spieß auszusuchen. Meine Freunde verschlangen das Fleisch schneller, als man hinsehen konnte, und verlangten gleich nach mehr. Der Koch hatte natürlich nichts dagegen, uns noch einmal zugreifen zu lassen, und weil ich gut aufgepaßt hatte, konnte ich nun selbst acht Nomismi heraussuchen und ihm reichen.

Mit den Fleischstöckchen bewaffnet spazierten wir weiter durch das Labyrinth der Marktstände, bissen immer wieder ein Stück ab und betrachteten die Wunder dieser Welt. Die Dänen strahlten, als sei ihnen die höchste Seligkeit zuteil geworden.

Wir bewegten uns gerade durch eine Gasse, in der hauptsächlich Weihrauch und Parfüm angeboten wurden, und blieben plötzlich wie angewurzelt stehen. Eine wahrhaft königlich anzusehende Frau wurde auf einem Stuhl über den Marktplatz getragen. An dem Sitz waren vier Stangen angebracht, und die hielten ebenso viele Sklaven hoch. Ein fünfter schritt hinterher. Er trug einen breiten, stoffbespannten Fächer an einer langen dünnen Stange und wedelte seiner Herrin damit Frischluft zu. Die Frau, bei der es sich unzweifelhaft um eine Königin handelte, trug ein Gewand aus schimmernder blauer Seide und hatte das Haar in elegante Locken gelegt und hoch über ihren vornehmen, angemalten Zügen aufgetürmt. Ihre Miene ließ erkennen, daß das Treiben unter ihr sie nicht im mindesten interessierte.

Die Seewölfe faßten sofort den Plan, ihr zu folgen, um festzustellen, wohin sie sich tragen ließ; denn das müßte unzweifelhaft ein Palast sein. Den Ort wollten sie sich einprägen, um ihn später wiederzufinden und ausplündern zu können.

Also folgten wir der Sänfte über eine der Straßen, die sternförmig von dem Marktplatz abgingen. Der Weg verengte sich bald zu einer Gasse, in der es recht finster war. Die Häuser standen einander so dicht gegenüber, daß man kaum den Himmel erkennen konnte und nur wenig Sonnenlicht auf den Boden drang. Dennoch herrschte auch hier das übliche Gedränge, und an einigen Stellen standen Männer in Gruppen zusammen und unterhielten sich. Einige warfen uns beim Vorüberkommen scheele Blicke zu, doch die meisten schienen uns nicht einmal zu bemerken. Anscheinend war eine Gruppe von Wikingern, die durch die Straßen spazierte, nichts Ungewöhnliches, obwohl uns an diesem Tag hier keine Seewölfe begegneten.

Die Häuser, von denen ich eben gesprochen habe, schienen nicht von Reichen bewohnt zu sein. Schmale Gebäude mit hohen, spitzen Dächern, deren Fassaden längst nicht soviel Schmuck und Kunstwerk besaßen wie die Paläste in den Straßen heute morgen. Kaum eine Statue zierte die Außenwände, und die Windlöcher wiesen nur selten Glas auf. Auch hatte man diese Gasse nicht gepflastert, nur ein schmaler Plattenweg verlief in seiner Mitte. Wir liefen unverdrossen weiter und gelangten schließlich an eine Stelle, wo sich zwei Straßen kreuzten. Karren und Träger drängten hier so dicht an dicht aneinander vorbei, daß wir die Königin auf dem Hochstuhl rasch aus den Augen verloren.

Verwirrt blieben wir stehen und überlegten, in welcher Richtung wir suchen sollten. Hnefi kam auf die Idee, daß die Dame sicher in dem Reichenbezirk zu Hause war, den wir vor Stunden durchwandert hatten. Er glaubte, wir müßten uns nach rechts wenden, und das taten wir dann auch, gelangten aber in eine noch dunklere und schmalere Gasse als zuvor.

Nach einigen Schritten wurde vor uns eine breite Tür aufgeworfen, und heiße Luft strömte uns entgegen, gefolgt von zwei Männern, die einen zweirädrigen Karren schoben. Ihre Oberkörper waren nackt, und sie schwitzten, was das Zeug hielt. Der Wagen war hoch mit frischgebackenem Brot beladen, und der Duft, der uns entgegenwehte, ließ uns alles andere vergessen.

»Bröd!« brüllte Orm und rannte hinter dem Karren her. Er erreichte ihn rasch und griff sich einfach einen Laib. Die beiden Bäckerburschen schrien ihn an, nahmen ihm das Brot wieder ab und setzten ihre Fahrt fort, nicht ohne den Seewolf noch mit einigen Schmähungen zu bedenken.

Nachdem Hnefi verfolgt hatte, wie es Orm ergangen war, wandte er sich an mich. »Besorg uns von diesem Brot«, befahl er mir.

Ich lief hinter dem Wagen her und erreichte die Männer. »Bitte schön«, sprach ich sie an und trabte neben ihnen her, »wir würden euch gern etwas von eurem Brot abkaufen.«

»Nein, nein!« wehrte der eine mich ab. »Diese Ware ist nicht zum Verkauf bestimmt.«

»Aber wir haben Geld«, entgegnete ich.

»Unmöglich«, schnaufte der andere. »Dies ist *Themenbrot.*«

»Verzeiht bitte, was für ein Brot?«

»Themenbrot!« wiederholte der erste. »Für die Soldaten! Wir backen für die Kasernen und dürfen dieses Brot nicht auf der Straße verkaufen. Bitte, geh weg. Du bringst uns nur in Schwierigkeiten.«

»Tut mir leid«, sagte ich, »aber wir haben Hunger. Vielleicht könnt ihr mir ja mitteilen, wo wir so gutriechendes Brot erwerben können.«

»Hau endlich ab«, knurrte der zweite.

Aber der andere Bäcker drehte sich zu mir um und meinte: »Versuch es doch dort drüben.« Er zeigte auf einen offenen Torweg ein Stück die Straße hinauf.

Ich rief den beiden meinen Dank zu und kehrte zu meinen Wikingern zurück, die noch immer vor der offenen Tür warteten. »Sie haben gesagt, ihr Brot sei unverkäuflich, aber vielleicht haben wir dort mehr Glück.« Ich zeigte auf das Haus, das der Bäcker mir bezeichnet hatte. Wir begaben uns also dorthin. Hnefi zog eine Anzahl Münzen aus seinem Beutel, suchte eine kleine heraus, auf der ein K prangte, und reichte sie mir. »Kauf uns Brot«, befahl er.

Ich betrachtete das kleine Geldstück voller Zweifel, entgegnete aber, daß ich mein Bestes tun wolle, und trat dann in den dunklen Torweg. In dem Haus, in das ich gelangte, herrschte große Wärme, die von einem riesigen Ofen stammte, von dem auch das einzige Licht im Innern entsprang. Ein dicker Mann mit einer Lederschürze und ein dürrer Junge schoben Holzscheite in den Ofen. An der Wand erhob sich auf dem Boden ein Berg von Brotlaiben, die gerade herausgezogen worden waren und noch dampften.

Ich grüßte die Bäcker und fragte, ob ich ihnen etwas von ihrem Brot abkaufen könne. Der Dicke wischte sich die Hände an der Schürze ab, nahm meine Kupfermünze und fragte: »Dafür?«

»Ja«, antwortete ich und befürchtete schon das Schlimmste.

Der Bäcker zuckte mit den Achseln, beugte sich über das Brett mit den ofenwarmen Laiben, nahm drei und reichte sie mir. Ich nahm sie entgegen, dankte ihm und wollte schon gehen, als er mir noch drei Brote gab. Ich dankte noch einmal und erhielt drei weitere. Die byzantinischen Laibe sind nicht besonders groß, aber neun davon lassen kaum Platz für mehr, selbst wenn man sie auf ausgebreiteten Armen trägt. Ich dankte dem Mann für seine Großzügigkeit, und es gelang ihm, noch zwei Brote auf den anderen unterzubringen. Erst dann wünschte er mir Lebewohl. Leicht schwankend kehrte ich auf die Straße zurück und trat vor die erstaunten Wikinger.

»So viel für nur eine kleine Kupfermünze?« wunderte sich der Anführer.

»Ja«, antwortete ich, »und wenn ich mehr hätte tragen können, hätte der Bäcker mir wohl noch weitere Brote überlassen.«

»An diesem Ort könnten wir wie Könige leben«, bemerkte Orm. Damit stürzten die Seewölfe sich auf mich. Jeder von ihnen nahm sich drei Laibe, womit für mich zwei übrigblieben, doch die waren mehr als genug. Wir schlenderten glücklich und zufrieden weiter und ließen uns unterwegs das Brot munden.

Die Sonne sank immer tiefer, und die Wärme des Tages ließ deutlich nach. In den engen Gassen wurde es richtig finster, und auch auf den Straßen bildeten sich Schatten, während der Himmel sich purpurn verfärbte.

Hnefi meinte, daß wir uns auf den Rückweg machen sollten, um dem König Bericht zu erstatten. Also wendeten wir und versuchten, auf dem Weg zurückzukehren, den wir gekommen waren. Doch weh und ach, schon bald mußten wir erkennen, daß wir uns verirrt hatten. Wir waren heute so tief in die Stadt eingedrungen und so weit gelaufen, daß wir uns einfach nicht mehr zurechtfanden.

»Du wirst jemanden nach dem Weg zum Hafen fragen«, befahl der Anführer mir. Wir waren auf einem gepflasterten Platz stehengeblieben, wo in mehreren Buden Wollgewänder und gefärbte Stoffe angeboten wurden. Zwei Straßen führten von diesem Platz ab. Die eine verlief in westlicher Richtung einen Hügel hinauf, während die andere hügelabwärts nach Norden abging. Keine von beiden schien im Hafen zu münden; denn wir waren nach eingehender Beratung zu dem Schluß gekommen, daß der im Süden liegen müsse. Gunnar allerdings meinte, der Hafen sei in östlicher Richtung zu suchen, während Orm ihn im Westen vermutete.

»Frag den Mann dort«, befahl Hnefi deshalb und deutete

auf einen Alten, der mit einem Bündel Stöcke auf dem Rücken an uns vorbeilief.

Ich eilte zu ihm und hielt ihn an. »Verzeih, Vater, aber vielleicht kannst du mir den Weg zum Hafen zeigen.«

Der Alte rannte sogleich weiter und meinte nur: »Folg einfach deiner Nase.«

»Was für eine sonderbare Antwort«, meinte der Anführer, als ich ihm das berichtet hatte. »Da wirst du wohl jemand anderen fragen müssen.«

So näherte ich mich dem nächsten Passanten und erfuhr von ihm, daß wir den Weg beschreiten sollten, der hügelaufwärts führte. Wir legten große Eile vor, doch als wir die höchste Stelle erreicht hatten, brach die Nacht herein. Hier oben befand sich ein weiterer Platz, der an zwei Seiten von Häusern bestanden war. Doch nach Süden und Osten hatte man einen weiten Ausblick. »Heja!« rief Orm. »Gunnar hat recht gehabt. Da unten liegt ja der Hafen.«

Doch der Däne reagierte nicht darauf, und als ich mich zu ihm umdrehte, entdeckte ich, daß er wie gebannt auf ein großes weißes Bauwerk hinter uns starrte. »Sieh nur«, sagte er zu mir und deutete aufs Dach.

Ich folgte seinem Fingerzeig, und mir blieb fast das Herz stehen. Ein großes goldenes Kreuz wuchs aus der höchsten Stelle und glänzte im letzten Licht der untergehenden Sonne.

Kaum konnte ich mich davor zurückhalten, in das Gotteshaus zu laufen und vor dem Altar niederzuknien. Ich starrte ebenso ergriffen wie Gunnar, doch mehr auf das Kreuz, und dachte: *Endlich bist du angelangt. So viele Meere hast du gekreuzt, um diesen Ort zu erreichen, und endlich stehst du am Ziel.*

In mir erwachte der Wunsch, jemandem von meiner Pilgerreise zu berichten. Die anderen Priester in Konstantinopel sollten von meiner und meiner Brüder Reise erfahren. Und wer, außer mir, sollte ihnen davon erzählen?

Und dann schritt ich, ohne lange nachzudenken, auf die Kirche zu. Ich kam jedoch kaum drei Schritte weit, da riß Hnefi mich schon hart zurück. »Hiergeblieben!« knurrte er mich an.

Orm mißverstand Gunnars Interesse an dem Bauwerk. »Das ist bestimmt kein echtes Gold«, meinte er.

»Wohl eher Messing«, stimmte der Anführer zu. »Das lohnt nicht die Mühe.«

Aber mein ehemaliger Herr beachtete diese Einwände nicht und sagte zu mir: »Das ist sein Zeichen, so, wie du es uns erzählt hast, nicht wahr, Aedan?«

»Ja, ein Kreuz auf dem Dach weist auf ein Gotteshaus hin«, bestätigte ich ihm. »Einen Ort, an dem man unseren Herrn Jesus verehrt.«

Wir waren noch mitten ins Gespräch vertieft, als die große Doppeltür der Kirche mit einemmal aufgestoßen wurde. Aus dem Innern ertönte der Klang heller Glocken, und dann erschien eine Prozession von Priestern, die Kerzen in den Händen hielten. Vorneweg trug man Stoffbanner an langen Stangen. Die Gottesmänner hatten lange Gewänder an, zogen hinaus auf die Straße und sangen leise und ergreifend ein Lied. Ihre Tonsur entsprach der lateinischen Art und unterschied sich von meiner, doch ihre Kleidung ähnelte stark derjenigen, die von den Mönchen des Westens getragen wurde, auch wenn die hiesigen Gewänder reicher verziert waren. Einige von ihnen hatten sich ein Orarion, einen langen Seidenschal, um den Nacken gelegt, auf den man goldene Kreuze gestickt hatte. Und ihre Ärmel waren länger und kostbarer bestickt als die unseren.

Ein Bischof führte den Zug an und trug einen Krummstab, an dessen Spitze sich ein Adler befand, und auf seinem Haupt saß eine Mitra. Ihm folgte eine Gruppe Mönche in langen Meßgewändern. Einer von ihnen hielt ein großes Holzkreuz, ein anderer ein Bildnis Jesu, das auf ein Holzbrett gemalt war.

Darauf war unser Herr ans Kreuz genagelt zu sehen, wie Er, den Blick himmelwärts gerichtet, für die um Gnade bat, die Ihm dieses Unrecht angetan hatten.

Der Gesang der Priester erfüllte mich mit einer Freude, wie ich sie schon lange nicht mehr erlebt hatte. Ein halbes Menschenalter schien vergangen zu sein, seit ich zum letztenmal einen Psalm vernommen hatte, auch wenn diese Gottesmänner in Griechisch sangen. Dennoch durchzuckte es mich heftig, als ich die vertrauten Worte hören durfte: »Preiset den Herrn in der Höhe, ihr Menschen alle! Alles, was da kreucht und fleucht, preise den Herrn der himmlischen Heerscharen.«

Gunnar beugte sich zu mir. »Ist er das?« flüsterte der Däne. »Ist das der gekreuzigte Gott, von dem du uns erzählt hast? Sag es mir, heja.«

Ich bestätigte ihm, daß es sich um ebendiesen Gott handele und daß das Kreuz zum Symbol unseres Herrn Christus geworden sei.

»Selbst hier in Miklagård verehrt man ihn?« wunderte sich Gunnar. »Wie kann das sein?«

»Er ist eben überall«, antwortete ich, »und wird an allen Orten gleichermaßen gesehen.«

»Dann ist es also wahr«, entfuhr es ihm beeindruckt. »Alles, was du uns erzählt hast, entspricht der Wahrheit!«

Orm, der die letzten Worte mitbekommen hatte, beschloß, uns an seinem gewaltigen Wissen über die religiösen Angelegenheiten dieser Welt teilhaben zu lassen. »Du täuschst dich, Gunnar. Laß dich von dem Geschorenen nicht verwirren. Er hat sicher einen anderen Gott gemeint, denn wie kann es möglich sein, daß ein Gott an zwei Orten gleichzeitig wohnt?«

»Nein, zwei solche Götter kann es nicht geben«, widersprach mein ehemaliger Herr. »Aedan hat gesagt, die Römer hätten ihn ans Kreuz geschlagen. Und da siehst du ihn doch am Kreuz.«

»Papperlapapp, die Römer schlagen haufenweise Männer ans Kreuz«, entgegnete Orm und schien Freude daran zu haben, uns mit seinen überlegenen Kenntnissen zu beeindrucken, »aber nicht jeder von ihnen ist gleich ein Gott geworden.«

Hnefi wurde langsam ungeduldig. »Die Geschorenen ziehen die Hügel hinunter«, unterbrach er uns mit Blick auf die Prozession. »Wir werden ihnen folgen. Vielleicht führen sie uns ja zum Hafen.«

Die Priester bewegten sich langsam, und wir folgten ihnen in nur wenigen Schritten Entfernung. Ihre brennenden Kerzen wiesen uns den Weg. Während ich mit den Wikingern zog, grübelte ich darüber nach, wie ich es vermöchte, mit den Gottesmännern zu sprechen. Wir waren immerhin alle Brüder in Christo, und nachdem ich eine so lange Reise hinter mich gebracht hatte, sollte ich mich doch den Oberhäuptern der hiesigen Kirche erklären. Dann befiel mich die Vorstellung, daß diese Priester vielleicht Nachricht von meinen Brüdern hatten. Bei dieser Idee klopfte mir das Herz ein wenig schneller in der Brust.

Wir zogen den ganzen langen Weg der Prozession hinterher und kamen an vielen Häusern vorbei. Aus den glaslosen Fenstern drang der sanfte Schein von brennenden Kerzen. Dann überquerten wir einen anderen Marktplatz, auf dem sich jetzt aber nur noch ein paar herrenlose Hunde um einige Reste balgten. Einmal liefen wir ein Stück an einem wirklich großen Aquädukt entlang. An dessen Säulen lehnten ein paar elende Hütten, die man aus irgendwelchen Holzteilen und anderem unbrauchbar gewordenem Gerät zusammengefügt hatte. Vor einigen dieser Schuppen hockten Menschen um ein kleines Feuer, das sie mit Zweigen nährten. Sie sahen der Prozession schweigend zu, wie sie vorüberzog.

Als die Priester an ihrem Ziel angekommen waren, standen bereits die Sterne am Himmel. Sie hielten vor einer Kirche, die noch größer war als die erste, ein rundes Dach besaß und hoch oben glasbestückte Windlöcher aufwies. Hinter diesen Fenestrae flackerten Kerzen und schienen mir zuzuwinken, doch einzutreten. Die größte Sehnsucht befiel mich, und ich wollte nichts lieber, als in die Kirche und der Abendmesse lauschen. Nur in der Nähe meiner Brüder zu sein, hätte mir schon den größten Segen bedeutet.

Aber die Seewölfe hatten bereits den Gestank des Hafens in der Nase und wollten nicht für einen Moment innehalten, um mir zu ermöglichen, die Kirche von innen zu sehen.

»Vielleicht sollte ich jemanden nach dem Weg zu den Schiffen fragen«, schlug ich Hnefi listig vor, obwohl auch ich den gräßlichen Gestank deutlich wahrnahm. »Ich könnte rasch in das Gotteshaus und mit einem der Priester sprechen. Möglicherweise erklärt sich sogar einer der Brüder bereit, uns zu führen, damit wir uns nicht noch einmal verirren.«

»Nein«, beschied mich der Anführer und marschierte einfach los. »Ich finde den Hafen jetzt auch allein. Hier entlang.«

»Aber die Nacht ist hereingebrochen, und wir können nichts mehr sehen.«

Er grunzte nur, und Orm trat hinter mich, stieß mich wieder vorwärts und knurrte: »Beweg dich, Sklave.«

»Laß ihn doch endlich in Ruhe«, machte Gunnar sich für mich stark und meinte dann zu mir: »Komm schon, Aedan, verärgere sie nicht. Ich fürchte ohnehin, daß Jarl Harald nicht erfreut sein wird, wenn er erfährt, wie es uns heute ergangen ist.«

Hnefis Nase führte uns auf geradem Weg zum Hafen. Das Stadttor war bereits geschlossen, aber vier Wächter standen vor einer Seitentür, und als wir unsere Kupferscheiben vorzeigten, ließ man uns hinaus. Die Bucht lag dunkel und still da. Das Wasser schimmerte von den Laternen und Kochfeuern auf den Schiffen, die hier vor Anker lagen. Nur von den kleinen Fährschiffen war nichts zu sehen. Wir liefen am

Damm auf und ab und hielten nach einem Kahn Ausschau, der uns zum Langschiff übersetzen konnte, aber nirgends ließ sich einer blicken.

»Wir werden wohl schwimmen müssen«, meinte der Anführer schließlich.

»Aber wir wissen doch gar nicht, wo unser Schiff liegt«, widersprach Orm. »Wir können doch nicht von einem Boot zum anderen schwimmen.«

Wieder fingen sie an zu streiten, diesmal darüber, wie jetzt am besten vorzugehen sei, als Gunnar plötzlich einwarf: »Still! Da ruft uns doch jemand.«

Tatsächlich ertönte vom Wasser eine Stimme. Wir liefen auf die Kaimauer, starrten hinaus auf den Hafen und erblickten einen Kahn, in dem ein Mann am Bug stand und eine Laterne schwenkte. Das Gesicht kam mir gleich bekannt vor.

Als er bemerkte, daß wir ihn entdeckt hatten, rief er wieder, und ich schrie zurück: »Sei gegrüßt, Didimus, erinnerst du dich an uns?«

»Ich vergesse nie jemanden, mein Freund. Besonders nicht diejenigen, welche versäumt haben, mich zu bezahlen.«

»Das war leider eine unglückliche Verkettung von Mißverständnissen«, entgegnete ich, »und die ganze Geschichte tut mir ehrlich leid. Aber vielleicht können wir uns ja jetzt besser verständigen. Bist du gewillt, uns zu unserem Schiff überzusetzen?«

Hnefi schob sich neben mich. »Was will er?«

»Er sagt, er bringe uns gern zurück, aber nur, wenn wir ihn bezahlen.«

»Wieviel?« wollte der Anführer mit argwöhnischer Miene wissen.

»Zwanzig Nomismi«, antwortete der Schiffer auf meine Anfrage.

»Zwei Kupfermünzen«, teilte ich Hnefi mit. »Aber diesmal verlangt er Vorkasse.«

»Immer noch besser als schwimmen«, freute sich Orm.

»Heja«, sagte der Anführer, »sag ihm, daß wir vorab bezahlen. Aber er bekommt eine Münze jetzt und die zweite, wenn wir am Ziel sind.«

»Dann steigt ein«, forderte der Fährmann uns auf, nachdem ich ihm unsere Bedingungen mitgeteilt hatte. Er ruderte das Boot heran, und wir stiegen wieder die Steinstufen hinab. Hnefi zog einige Kupfermünzen aus dem Beutel, suchte die zwei kleinsten heraus und gab sie mir, um den Schiffer zu entlohnen.

»Hier die versprochene vorab«, teilte ich Didimus mit und legte ihm das Kupferstück in die ausgestreckte Rechte. »Die andere bekommst du dann, wenn wir bei unserem Schiff sind.«

Er hielt sie ins Laternenlicht, entdeckte das K darauf und entgegnete: »Aber das ist viel zuviel.«

»Ich bin mir sicher, daß unser Anführer dir genau das geben wollte«, bog ich die Wahrheit zurecht. »Hnefi dankt dir damit für dein langes Warten.«

»Möge Gott dich segnen, Freund«, rief der Fährmann, und etwas sagte mir, daß er meinen Schwindel durchschaut hatte.

Wir stiegen ins Boot und ließen uns wie schon am Morgen auf dem Boden und der Bank nieder. Den Seewölfen war nicht wohl in ihrer Haut, und so schwiegen sie lieber. Nur Didimus war so begeistert von dem fürstlichen Lohn, daß er sich verpflichtet fühlte, uns mit einem Gespräch zu unterhalten. »Ich wußte, daß ich euch wiedersehen würde. Euer erster Tag in der goldenen Stadt, ich hoffe, euch ist es wohl ergangen.«

»Konstantinopel ist wirklich sehr groß«, antwortete ich ausweichend.

»Nun ja, auch in Byzanz ist nicht alles Gold, was glänzt.«

»Kann gut sein«, entgegnete ich. »Doch sag mir, hast du etwa den ganzen Tag auf uns gewartet?«

»Nein, nicht den ganzen«, antwortete er und lächelte, weil seine Pfiffigkeit ihm doch noch den entgangenen Lohn beschert hatte. »Aber ich wußte, daß ihr früher oder später zu eurem Schiff zurückkehren wolltet. Deswegen habe ich mich in der Nähe des Tores aufgehalten und gewartet, bis es geschlossen wurde.«

Wieder schob er das lange Ruder hin und her, und es dauerte nicht lange, bis das Drachenschiff vor uns auftauchte. Hnefi rief die Wachen an Bord an, und schon erschienen ein paar Seewölfe an der Reling und halfen uns, aufs Schiff zu steigen. Während meine drei Wikinger an Bord gingen, gab ich Didimus den Rest seiner Bezahlung mit den Worten: »Möge Gott dir deine Geduld und deine Ausdauer und deine Weitsicht vergelten.«

Er hielt auch diese Münze ins Laternenlicht und grinste von einem Ohr zum anderen. »Keine Sorge«, strahlte der Fährmann, »das hat er bereits getan.«

Ich hob die Arme, wurde hoch- und über die Reling gezogen. »Bis morgen, meine barbarischen Freunde!« hörte ich Didimus rufen, während ich mich vor einem außerordentlich grimmig dreinblickenden König wiederfand.

29

Jarl Harald Stierbrüller, König aller Dänen in Skane, wollte einfach nicht verstehen, warum er den ganzen Tag lang untätig auf seinem Schiff warten mußte, während wir durch die Stadt gezogen seien und frohgemut sein Geld unter die Leute gebracht hätten. Wie schwierig könne es denn für ein paar ausgewachsene Dänen sein, donnerte er, ein Schatzhaus ausfindig zu machen?

Umrahmt vom Zischen und Flackern vieler Fackeln stand er da, hatte die Arme vor der Brust verschränkt und die Stirn in Falten gelegt und verlangte von uns, ihm dieses Rätsel aufzulösen. Gunnar und ich schwiegen unter Haralds loderndem Zorn, während Hnefi und Orm sich um eine Antwort bemühten.

»Das ist gar nicht so einfach, Jarl«, begann der Anführer. »Dieses Miklagård ist nämlich um einiges größer, als wir uns das vorgestellt haben. Und darin muß man lange suchen, bis man ein Schatzhaus gefunden hat.«

»Da war es sicher einfacher, eine Schänke zu entdecken, heja?«

»Wir haben kein Wirtshaus aufgesucht, Jarl«, entgegnete Orm. »Und in der Stadt gibt es auch nur Wein.«

»Aha! Dann habt ihr euch also lieber mit Wein vollaufen lassen!« glaubte der König, uns überführt zu haben.

»Nein, Jarl«, erwiderte Hnefi rasch. »Wir haben nach dem Hauptschatzhaus gesucht, so, wie du es uns aufgetragen hast, und wir haben bei unseren Erkundungen auch eine Menge schöner Dinge entdeckt, darunter etliche Paläste, in denen sich bestimmt viel zu plündern finden läßt.«

Das gefiel Harald sichtlich, und so war Orm klug genug, ihm diese Vorstellung noch auszumalen. »Das stimmt, Jarl. Wir haben mindestens hundert dieser Prachtbauten gesehen, wenn es nicht sogar tausend waren. Darin sind mehr Schätze gelagert, als man mit zehn Schiffen davonschleppen könnte.«

»Habt ihr diese Schätze mit eigenen Augen gesehen?« fragte der König mißtrauisch. »Habt ihr diese Mengen an Gold und Silber selbst erblickt?«

»Das nicht gerade, Jarl«, mußte Orm zugeben, »aber wenn du diese Häuser sehen könntest, würdest du sofort wissen, daß dort nur Könige wohnen können.«

»Könige?« wetterte Harald. »Und dann gleich noch Hunderte oder deren tausend? Verratet mir doch bitte, wie es möglich ist, daß sich so viele Könige in Miklagård niedergelassen haben!«

»Na ja, vielleicht sind nicht alle von ihnen Könige«, wich Hnefi aus, »aber auf jeden Fall handelt es sich bei ihnen um reiche Männer. Denn wer sonst könnte sich solche Paläste errichten?«

Der Dänenkönig starrte seine Kundschafter argwöhnisch an und zupfte dann an den Enden seines Barts, während er darüber nachdachte, wie er jetzt entscheiden sollte. Dann fiel ihm ein, daß er uns beide noch gar nicht befragt hatte. »Nun, Gunnar, und auch du, Sklave, was habt ihr denn dazu zu sagen?«

»Es verhält sich alles so, wie Orm und Hnefi es dir berichtet haben, Jarl«, antwortete mein ehemaliger Herr. »Paläste, mehr, als man mit den Fingern beider Hände zählen kann, haben wir gesehen, und einige davon beherbergen sicher große Schätze.«

»Aha, also einige, heja«, knurrte der König – ein sicheres Anzeichen dafür, daß sein Interesse geweckt war. »Das hört sich schon deutlich wahrscheinlicher an. Und was war noch?«

»Wir haben weder Bier noch Wein getrunken, Jarl«, erklärte Gunnar. »Allerdings haben wir ein wenig Brot und ein paar Stücke gegrilltes Fleisch an Stöckchen gegessen. Und wir waren auf einem Markt, gegen den die in Jomsburg und Kiew wie Schweinesuhlen aussehen.«

»Tatsächlich?« murmelte der König. »Nun, den will ich mir aber anschauen.«

»Miklagård ist wahrlich die größte Stadt der Welt«, begeisterte sich Orm. »Kein Ort auf dieser Erde kann sich mit ihr messen.«

Der König brachte ihn mit einem grimmigen Blick zum Schweigen, weil er lieber Gunnars sachlicheren Bericht hören wollte. So wandte er sich an ihn und sagte: »Selbst ich, der ich nicht durch Byzanz geschlendert bin und mich mit Brot und Fleischspießen vollgestopft habe, kann erkennen, daß es sich um eine große Stadt handelt. Stehen denn viele Soldaten an den Toren?«

»Jarl, in Miklagård laufen Menschen aus mehr Völkerschaften umher, als ich zählen kann, und überall herrscht ein Riesengedränge. Jedes Tor wird von Soldaten bewacht, von mindestens acht, und ich hege keinen Zweifel daran, daß in der Stadt selbst noch viel mehr Bewaffnete stecken.«

»Wie seid ihr dann überhaupt hineingekommen?«

»Wir mußten für den Eintritt eine Gebühr entrichten«, antwortete Gunnar und zeigte Harald die Kupferscheibe, die er für das Geld bekommen hatte. Der König nahm sie und beäugte sie intensiv.

»Sie hat zehn Nomismi gekostet«, fügte mein ehemaliger Herr hinzu.

»Und das solltest du auch erfahren«, fiel Hnefi plötzlich alles wieder ein. »Wie sich herausstellte, sind die Silberdenarii, mit denen wir bezahlen, nicht zehn, sondern *hundert* Nomismi wert.«

Harald starrte kurz Hnefi an und dann Gunnar, um von ihm eine Bestätigung dafür zu erhalten. »Das ist wahr, Jarl«, sagte dieser. »Man hat es uns am Tor so erklärt. Frag den Geschorenen, er hat mit den Wächtern darüber gesprochen.«

Der König bebte am ganzen Körper, als ihm dämmerte, um welch ungeheure Summe man ihn betrogen und bestohlen hatte. »Stimmt das?« krächzte er mit vor aufbrodelnder Wut heiserer Stimme.

»Ja, Herr«, antwortete ich und berichtete ihm, was der Soldat am Tor und der Präfekt mir gesagt hatten.

»Ich nagle den Schädel dieses gemeinen Diebs an den Mast meines Schiffes«, donnerte der Dänenkönig. »Ich, Harald Stierbrüller, schwöre das bei allem, was mir heilig ist!«

Alle Gedanken an Raubzüge und Plünderungen waren vergessen, als die Männer erregt darüber stritten, wie der König am besten Rache an dem unehrlichen Hafenmeister nehmen könne. Entgegen aller Gewohnheit fanden sie rasch zu einem Plan, der zwar nicht durch Eleganz glänzte, aber durchaus erfolgversprechend schien, vor allem, weil er genau dem Wesen der Seewölfe entsprach. Mochte das Vorhaben auch für einen guten Christenmenschen Anlaß zu Abscheu sein, den Wikingern war es Grund genug zum Feiern. Der König spendierte ein Faß Bier, und jeder trank, soviel er mochte. Ich aber wollte daran keinen Anteil haben, verzog mich in den Winkel unter dem Drachenkopf und sah zu, wie die Barbaren ihren Mut stärkten, der mit jedem Becher anwuchs.

Kurz nach Sonnenaufgang kam Leben in den Hormisdas-Hafen, und einer der Seewölfe bestieg den Mast, hockte sich auf den Querbalken des Segels und hielt Ausschau nach

Schiffen, die einlaufen wollten. Aber nichts dergleichen ließ sich ausmachen, und so kletterte er nach einer Weile wieder herunter. Wir warteten. Harald schickte den Mann etwas später wieder nach oben, aber auch diesmal konnte der Ausguck nichts vermelden.

Nachdem der Wikinger ein drittes Mal ohne Erfolg Ausschau gehalten hatte, erklärte der König: »Wir warten nicht länger.« Er gab Befehl, den Anker zu lichten, und die Dänen steuerten per Ruderkraft auf eines der anderen hier liegenden Schiffe zu, das Harald vorher ausgesucht hatte. Die Männer ruderten vorsichtig, so daß ein Unbeteiligter den Eindruck gewinnen könnte, das Boot treibe von selbst dahin. Schließlich wollten die Wikinger nicht vorzeitig Aufmerksamkeit erwecken; denn was sie beabsichtigten, war ebenso hinterhältig wie grausam.

Als wir dem anderen Schiff nahe genug gekommen waren, warfen sie Eisenhaken darauf, um beide Gefährte miteinander zu vertäuen. Dann sprangen sechs Seewölfe an Deck dieses Boots und setzten mit mitgeführten Fackeln dessen Segel in Brand.

Gott sei Dank hielten sich dort nur wenige Seeleute auf. Der Kauffahrer, sein Steuermann und der Großteil der Mannschaft hatten sich am Vortag mit der Ladung an Land begeben. Natürlich konnten die Flammen und der Rauch nicht verborgen bleiben, und die zurückgebliebene Besatzung erwachte aus ihrem Nachtschlaf. Sie mußten entdecken, daß ihr Segel brannte und das Schiff von Barbaren geentert worden war. Da sie sich einer solchen Streitmacht hoffnungslos unterlegen fühlten, verging ihnen rasch die Lust darauf, Widerstand zu leisten. Die Seeleute ließen sich einfach auf dem Deck nieder und ergaben sich in ihr Schicksal.

Das freute Harald, denn er hatte nicht vor, eigene Männer zu verlieren. Der blakende Rauch von dem brennenden Segel stieg hoch in den Himmel, und das begeisterte den König geradezu. »Heja!« rief er. »Da kommen sie schon! Löst die Haken und die Seile.«

Die Wikinger hatten sich nämlich überlegt, daß die Hafenwache sofort herbeieilen würde, wenn sie das Feuer bemerkte. Und tatsächlich trafen die Soldaten in dem Moment ein, in dem die letzten Wikinger an Bord ihres Schiffes sprangen und ablegten. Die Seeleute entdeckten die Wachen ebenfalls, sprangen gleich auf und fingen an zu schreien, die Soldaten sollten die Wikinger festnehmen und ihr Schiff beschlagnahmen.

Der König nun tat umständlich so, als wolle er sein Drachenboot wenden und fliehen, wurde aber erwartungsgemäß rasch von dem Schiff der Hafenwache eingeholt. Sie gingen längsseits, schwangen ihre Speere und erhoben ein Geschrei.

»Geschorener, was wollen die Wachen?« fragte Harald mich.

»Sie befehlen uns, sofort anzuhalten, oder wir würden es mit der gesamten Flotte des Kaisers zu tun bekommen.«

Der König grinste und erklärte: »Nun, dann sollten wir wohl besser tun, was sie sagen.« Er befahl Thorkel, die Ruder einziehen zu lassen, und donnerte seinen Männern entgegen, daß fremde Soldaten an Bord kommen würden. Zu mir aber meinte er leiser: »Teil unserem diebischen Freund mit, daß wir anhalten.«

Ich stellte mich wieder an die Reling und wandte mich an den Hafenmeister, der am Bug seines Schiffes stand. »Wir fahren nicht weiter«, teilte ich ihm mit, »und der König erlaubt dir, an Bord zu kommen.«

»Dann macht euch auf etwas gefaßt«, entgegnete der Quaestor wütend und gab seinen Soldaten ein Zeichen. Sie stiegen an unserer Schiffswand hoch, und als sie oben auf dem Deck standen, folgte er ihnen. Acht Wachen standen nun vor uns, jeder mit einem Speer und einem breiten Kurzschwert bewaffnet.

Der Hafenmeister stolzierte gleich wichtigtuerisch auf den König zu und verlangte von ihm zu erfahren, warum er das andere Boot angegriffen habe. Nachdem ich seine Worte übersetzt hatte, antwortete Harald ganz ruhig, und als sei das tatsächlich ein Grund: »Weil sein Anblick mein Auge beleidigt hat.«

»Weißt du denn nicht, daß es ein großes Verbrechen darstellt, im Hafen des Kaisers ein anderes Schiff anzugreifen oder zu beschädigen?« fuhr der Quaestor fort.

Wieder entgegnete der König nach der Übersetzung ganz gefaßt: »Und gilt es im Hafen des Kaisers auch als Verbrechen, einem Mann sein Silber zu stehlen?«

»Aber natürlich«, entgegnete der Hafenmeister. »Willst du damit sagen, die Männer auf jenem Schiff dort hätten euch bestohlen?«

»Nein«, sagte der Jarl, »die sind ganz harmlos. Vielmehr bist du es gewesen, der mir mein Silber genommen hat.« Kaum hatten diese Worte Haralds Mund verlassen, da warfen sich auch schon die Barbaren mit dem allerfurchterregendsten Kriegsgeschrei auf die Soldaten. Der Kampf währte nur kurz, und es gelang den Seewölfen mit wenig Mühe und ohne Blutvergießen, die Wachen zu entwaffnen und gefangenzunehmen.

Harald stieß nun den Quaestor zu Boden und stellte ihm einen Fuß auf den Hals. Die Wächter wollten ihrem Herrn zu Hilfe eilen, aber der eiserne Griff, in dem die Dänen sie festhielten, hinderte sie erheblich daran, und so stellten sie jeden weiteren Widerstand ein.

Der Hafenmeister kreischte, schlug um sich und verlangte, auf der Stelle freigelassen zu werden. Aber der Jarl blieb ganz ruhig. Er hätte dem Mann ohnehin mit einem einzigen Tritt den Kehlkopf zerschmettern können. Doch danach stand ihm nicht der Sinn, und er verlangte nach seinem Schwert. Einer der Wikinger reichte ihm die Klinge.

»Was soll das?« krächzte der Quaestor angstvoll vom Deckboden. Dann entdeckte er mich und flehte nach Luft schnappend: »Sag ihm ... daß er uns sofort freilassen soll ... weil ihn sonst der Zorn des Kaisers trifft ... sag ihm, daß ...«

Harald wollte wissen, was der Wurm von sich gegeben habe. Ich konnte ihn davon überzeugen, den Fuß vom Hals des Mannes zu nehmen, damit er sich deutlicher äußern könne. Dann wiederholte ich dem Jarl, welche Drohung der Hafenmeister ausgestoßen hatte. Der König lachte nur darüber. »Gut. Ich habe schon lange keinen Dieb mehr erschlagen. Und seinem Herrn werde ich gern erklären, warum ich das getan habe.« Und damit hob er sein Schwert.

»Warte!« kreischte der Quaestor und wand sich unter Haralds Fuß.

»Sag ihm, er soll stillhalten«, knurrte der Jarl, »sonst wird es kein sauberer Hieb.«

»Was? Was sagt er?« keuchte der Hafenmeister.

»Er meint, du sollst still liegen, sonst muß er ein zweites Mal zuschlagen.«

»Sag ihm, alles war nur ein Mißverständnis«, rief der Mann mit schriller Stimme. »Und teil ihm mit, daß er alles zurückerhalten soll.«

Natürlich hatte ich genaue Anordnungen erhalten, wie ich mich verhalten sollte. »Zu spät. Der Dänenkönig ist fest entschlossen, sich an dir zu rächen, weil du ihn gestern so betrogen hast. Das Silber spielt für ihn keine Rolle mehr.«

»Aber was will er denn dann?«

»Dir den Kopf abschlagen und ihn an den Mast seines Schiffes nageln«, antwortete ich. »Und ich fürchte, genau damit will er jetzt beginnen.«

Harald nahm den Fuß von seinem Gefangenen und legte die Schneide seines Schwerts auf dessen Kehle, so, als wolle er Maß nehmen. Ob beabsichtigt oder nicht, er drückte etwas zu fest mit der Klinge. Die weiche Haut des Hafenmeisters riß auf, und ein paar dicke Blutstropfen quollen heraus und liefen aufs Deck.

»Weiß er denn nicht, wer ich bin?« ächzte der Quaestor.

»Er hält dich für den Mann, der ihn vor seinen Kriegern zum Narren gehalten und ihm viel Silber gestohlen hat«, erklärte ich.

»Er begeht einen großen Fehler!«

Der König stellte dem Mann den Fuß auf den Kopf und holte mit dem Schwert weit aus.

»Nein! Nein!« kreischte der Hafenmeister. »Warte! Hör mich an! Ich bin ein bedeutender Mann! Ein reicher Mann! Er kann für mich viel Lösegeld bekommen!«

»Was will er denn jetzt schon wieder?« fragte der König in gespieltem Überdruß, während er sich gleichzeitig über den Mann beugte, um festzustellen, wo die Schneide am besten treffen sollte.

»Er meint, er sei ein wichtiger Mann, und du könntest für ihn Lösegeld verlangen.«

Harald zog eine Braue hoch. »Wer würde denn für ihn etwas geben?«

Diese Frage stellte ich dem Quaestor, und der antwortete gleich: »Der Kaiser! Ich bin ein Vertrauter des Kaisers, und er wird für meine Befreiung bezahlen.« Tränen rannen ihm jetzt über das stark gerötete, aufgequollene Gesicht, und der Gestank seiner Angst drang allen Umstehenden in die Nase.

Der Jarl hörte aufmerksam zu, als ich ihm berichtete, welche Stellung der Steuereintreiber bei Hof genoß und welche Möglichkeiten sich daraus ergäben. »Wieviel wird der Kaiser geben?« wollte Harald wissen.

»Der König möchte erfahren, wieviel Lösegeld er erwarten kann«, teilte ich dem Hafenmeister mit, der jetzt so stark schwitzte, daß sich rund um seinen Kopf eine Lache bildete.

»Zweimal soviel, wie ich gestern von ihm verlangt habe«, antwortete der Gefangene.

Nach meiner Übersetzung schüttelte der Jarl heftig den Kopf. »Sag diesem Einfaltspinsel, daß ich Sklaven besitze, die mehr wert sind. Davon abgesehen hole ich mir hier soviel Silber, wie ich nur tragen kann, wenn wir erst einmal damit angefangen haben, die Stadt zu plündern. Nein, ich werde seinen Kopf an den Mast schlagen als Warnung an alle, die glauben, sie könnten das Silber von Harald Stierbrüller stehlen!«

Dies teilte ich dem Hafenmeister mit, der ebenso entsetzt wie fassungslos entgegnete: »Aber das ist unmöglich! Versteh doch, kein Barbar hat jemals diese Stadt überfallen und ausplündern können. Ihr werdet alle tot sein, noch ehe ihr das erste Tor überwinden konntet. Laßt uns sofort frei, dann werde ich den Kaiser um Gnade für euch bitten.«

»Bitte besser um Gnade für deine Männer«, erwiderte ich, »denn wenn der König der Dänen keine besseren Gründe hört als die, welche du bisher vorgebracht hast, werden du und deine Soldaten schon tot sein, bevor die Flotte des Königs das erste Ruder ins Wasser getaucht hat.«

Die Wachen, die diese Worte mitbekommen hatten, wurden unruhig und bedachten ihren Vorgesetzten mit Verwünschungen. Doch ich bemerkte, daß meine Rede noch nicht ganz ausgereicht hatte, den Quaestor zu überzeugen, und so fügte ich hinzu: »Vertrau mir, denn ich spreche die Wahrheit. Ich bin nur ein Sklave, und ich werde in dieser Stadt ohnehin mein Ende finden. Mein Leben liegt in Gottes Hand, Er hat es so entschieden, und ich will es zufrieden sein. Aber bei dir verhält es sich anders, und es liegt in deiner Macht, dein Leben und das deiner Soldaten zu retten.«

Der Hafenmeister schloß die Augen. »Der Kaiser wird bezahlen, gleich, wieviel ihr verlangt. Glaubt mir, aber verschont mich.«

Ich berichtete Harald, was der Gefangene gesagt hatte, und meinte dann: »Bedenk doch nur, Jarl, der Kaiser selbst zahlt

Harald, dem König der Dänen, Tribut. Wenn man das nicht ein Wunder nennen soll!«

Nach einem Moment lächelte er und stimmte zu, daß es wirklich eine wunderbare Sache wäre, wenn der römische Kaiser sich vor ihm verbeugte und ihm das Lösegeld aushändigte. Dann dauerte es nicht mehr lange, bis Harald sich entschieden hatte: »Gut, genau so werden wir es tun.«

Damit zog er den Fuß vom Hals des Mannes, riß ihn hoch, nahm ihm Gürtel und Stiefel ab und zog ihm den Ring vom Finger. Dann befreite er ihn auch noch von dem Helm mit dem Pferdeschwanz an der Helmzier und dem Stab mit der Bronzekugel. Das alles packte er in den roten Umhang des Quaestors und erteilte dann den Dänen den Befehl, wenn er nicht bis Sonnenuntergang zurück sei, sollten sie allen Gefangenen die Kehle durchschneiden, ihre Köpfe an den Mast schlagen und ihre Körper ins Hafenbecken werfen.

Nun bestimmte er zwölf Krieger, die ihn begleiten sollten. Hnefi, Gunnar und Orm waren selbstverständlich dabei, weil sie ja schon über einige Ortskenntnis verfügten, und natürlich ich als Dolmetscher. Als der König von Bord ging, wandte ich mich noch einmal an den Hafenmeister: »Ist es wahr, daß du dem Kaiser selbst rechenschaftspflichtig bist?«

»Ja«, antwortete er leise und verdrossen.

»Dann bete darum, daß der Kaiser dein Leben für wert hält, gerettet zu werden.«

30

Harald sonnte sich in seinem Triumph. Die Vorstellung, den Kaiser zu etwas zu zwingen, verzückte ihn geradezu. Der Ausgang der Unternehmung befriedigte sowohl sein Gerechtigkeitsempfinden, als er auch seiner Eitelkeit schmeichelte. Er glaubte nämlich, indem er einen Beamten des Beherrschers dieses Reiches beim Diebstahl erwischt und gefaßt hatte, würde er damit den Kaiser in seiner Hand haben, müßte der sich doch schon allein aufgrund seiner Ehre verpflichtet fühlen, dieses Unrecht wiedergutzumachen.

Daß Harald aber mit seinen Seewölfen allein zu dem Zweck nach Konstantinopel gekommen war, um den Kaiser und viele seiner Untertanen zu berauben, war ein Umstand von so minderer Bedeutung, daß der Jarl sich auch nicht einen Moment damit aufhielt. Nun muß man aber selbst den Dänen zugestehen, ein starkes, wenn auch eigenwilliges Ehrgefühl zu besitzen. Ich selbst hatte mich einige Male davon überzeugen können. Doch ehrlich gesagt, ich hatte keine Vorstellung, wie dieses Unternehmen ausgehen würde. Wenn damit jedoch Blutvergießen vermieden wurde, schätzte ich mich glücklich, daran teilnehmen zu dürfen.

Der Jarl befahl den anderen drei Schiffen, sich vor sein Drachenboot zu setzen und es für den Fall abzuschirmen, daß jemand mit Gewalt versuchen wollte, die Gefangenen zu befreien. Er holte sogar Krieger von den anderen Schiffen auf sein Boot, um die Geiseln besser bewachen zu können, und befahl seinen Mannen, sich für die Schlacht zu rüsten und bis zu seiner Rückkehr höchste Wachsamkeit an den Tag zu legen.

»Ich gehe nun an Land«, verkündete er seinen Dänen, ehe er endgültig von Bord stieg, »um eine Ehrenschuld einzufordern. Danach werde ich der erste König des Dänenvolks sein, der Tribut vom Kaiser von Miklagård empfangen hat.« Wahrlich, der Mann litt nicht an einer verkümmerten Selbsteinschätzung.

Der Jarl hatte sich in seine besten Gewänder gekleidet, stieg in das Boot des Hafenmeisters, stellte sich wieder an den Bug und befahl seinen Männern loszurudern. Wir brauchten nicht lange, um den überfüllten Hafen hinter uns zu bringen, machten doch viele Boote uns bereitwillig Platz. Dann landeten wir beim Magnaura-Tor und schritten darauf zu.

Unsere Unternehmung hätte beinahe ein vorzeitiges Ende gefunden, noch ehe wir einen Fuß in die Stadt gesetzt hatten, als der Präfekt beim Anblick von einem Dutzend Barbari sofort aus seinem Kiosk gelaufen kam und unsere Scheiben zu sehen verlangte. Harald, der auf dem Weg war, eine Ehrenschuld einzutreiben, befand sich nicht in der Stimmung, für das Betreten der Stadt etwas bezahlen zu wollen.

Als der König unbeeindruckt von dem Geschrei des Beamten weiterlief, rief der Präfekt sofort die Wachen: »Haltet sie auf! Aufhalten!« Und schon tauchte ein Trupp Soldaten mit gesenkten Speeren auf und versperrte uns den Weg. Harald machte Miene, sich den Weg mit Waffengewalt zu erzwingen. Aber da entdeckte ich unter den Griechen den Jüngling, der mich gestern freundlich behandelt und mir weitergeholfen hatte, und ich bat den Jarl, sich zurückzuhalten, während ich die Angelegenheit mit dem Soldaten bereden würde.

»Oh, du schon wieder«, sagte der Jüngling, »und ich

dachte, du hättest gestern gelernt, wie man sich hier zu benehmen hat.«

»Heute ist die Lage aber viel ernster«, entgegnete ich und berichtete ihm rasch von der Gefangennahme des Hafenmeisters und seiner Soldaten, um für sie Lösegeld zu erhalten.

»Kannst du das beweisen?« fragte der Soldat. Ich winkte Gunnar zu, mit dem zusammengebundenen Umhang herzukommen. Unter dem wachsamen Auge Haralds öffnete der Wikinger das Bündel und gestattete dem Wächter, einen Blick hineinzuwerfen. Als der Jüngling die Besitztümer des Quaestors wiedererkannte, meinte er: »Ihr habt ihn also wirklich. Würdest du mir wohl erklären, warum ihr ihn ergriffen habt?«

»Das ist eine Angelegenheit, die nur für das Ohr das Kaisers bestimmt ist«, entgegnete ich, weil ich mir aufgrund meiner Erfahrungen in dieser Stadt sagte, daß wir am ehesten eine Chance besäßen, vor den Herrscher geführt zu werden, wenn wir auf dem Weg zu ihm so wenig wie möglich zu anderen sagten. Alle Menschen, auch die Byzantiner, sind nämlich von Natur aus neugierig und möchten Geheimnisse aufgedeckt bekommen.

»Aedan!« donnerte der König, der, wie ich ihm ansehen konnte, allmählich die Geduld angesichts der kleinlichen Hindernisse verlor, welche diese Stadt ihm in den Weg zu stellen beliebte. Rasch trat ich vor ihn, verbeugte mich und bat um die Möglichkeit, freies Geleit zum Palast des Kaisers aushandeln zu dürfen. Dafür möge er mir aber die Gunst erweisen, mich noch einige wenige Momente mit den Soldaten sprechen zu lassen. Harald grunzte nur, was ich, der ich ihn ja schon einigermaßen gut kannte, als Zeichen seiner Zustimmung deutete. So verbeugte ich mich nochmals vor ihm und eilte dann zu den Wachen zurück.

»Mein Herr wird langsam ungeduldig. Er beabsichtigt, wie schon gesagt, Lösegeld im Tausch für den Quaestor und seine

Soldaten zu erlangen. Und zu diesem Behuf will der König der Dänen sofort vor den Kaiser geführt werden.«

»Das wird euch niemals gelingen«, entgegnete der Jüngling. »Die Palastwachen lassen euch nicht einmal in einen der Vorhöfe durch. Und wenn ihr mit Gewalt einzudringen versucht, wird man euch erschlagen.«

»Dann hilf uns bitte«, sagte ich.

»Ich?« entfuhr es ihm. »Was habe ich denn mit eurem Begehr zu schaffen?«

»Wenn du uns nicht hilfst, wird der Hafenmeister zusammen mit acht seiner Soldaten sterben, bevor die Sonne untergegangen ist. Harald Stierbrüller hat entschieden, seinen Mast mit den Köpfen dieser Männer zu zieren, wenn er nicht mit dem Lösegeld zurückkehrt. Vier seiner Schiffe voll mit Kriegern warten da draußen, um seinen finsteren Plan durchzuführen. Gut möglich, daß die Soldaten dieser Stadt sie bezwingen werden, aber bis dahin wird auf beiden Seiten viel Blut fließen, und für den Quaestor käme dennoch jede Hilfe zu spät.«

»So verhält es sich also«, stellte er fest und betrachtete die Barbaren nachdenklich. Dann überlegte er kurz. »Der Hafenmeister Antonius ist ein aufgeblasener Pfau, der sich selbst zu wichtig nimmt«, meinte der Jüngling. »Ich kann mir gut vorstellen, daß ihr gute Gründe hattet, ihn zu ergreifen. Dennoch sollte ich dir wohl mitteilen, daß der Quaestor über einigen Einfluß an höchsten Stellen verfügt. Wenn ihr euch also nicht geschickt verhaltet, findet ihr euch eher, als euch lieb sein kann, in Ketten wieder. Oder ein noch schlimmeres Schicksal erwartet euch.«

Bevor ich widersprechen und erklären konnte, daß wir sehr gute Gründe für ein solches Vorgehen hätten, hob er abwehrend die Hand. »Sag jetzt nichts mehr; denn, wie du gesagt hast, ist dies wohl eine Angelegenheit allein für das Ohr des Kaisers. Als Freund rate ich dir allerdings, daß ihr dem Herrscher eine Bürgschaft leisten müßt, weil ihr sonst nicht darauf hoffen dürft, sein Ohr zu gewinnen.«

»Ich verstehe nicht, was denn für eine Bürgschaft?«

»Ein Unterpfand eures guten Willens«, antwortete er, »oder ein Zeichen für den hohen Rang deines Herrn, das eurem Anliegen das nötige Gewicht zu verleihen vermag.«

»Warum sollten wir denn so etwas vorlegen?« fragte ich in meiner Ahnungslosigkeit. »Wir haben den Ring, den Amtsstab und den Helm des Antonius dabei, das dürfte doch wohl reichen, um anzuzeigen, wie ernst wir es meinen. Und wie du selbst sehen kannst, ist Harald ein wirklicher König. Niemand könnte ihm seinen Rang absprechen.«

»Was du da vorbringst, ist natürlich alles richtig«, gestand mir der Soldat zu, »aber der Hafenmeister ist bei Hof hoch geachtet und wohlbekannt. Ihr seid weder das eine noch das andere. Solltet ihr wirklich zum Kaiser vorgelassen werden – was ich, ganz ehrlich, stark bezweifle – und dann von Seiner Majestät Lösegeld für einen so hochstehenden Beamten verlangt, wäre es eurer Sache durchaus dienlich, wenn ihr euch als Männer von Reichtum und Macht ausweisen könntet. Und dies gelingt einem am ehesten durch ein Unterpfand, ein Symbol. So geht es nun einmal in dieser Stadt zu.«

»Aber wir halten doch den Hafenmeister und seine Männer als Geiseln«, wandte ich, immer noch nicht überzeugt, ein.

»Ja, richtig, und je weniger ihr darüber verlauten laßt, um so besser für euch«, erklärte der Jüngling mir. »Ihr wollt doch schließlich vor den Kaiser, oder?«

Allmählich verstand ich. »Mit anderen Worten, je größer der Wert unserer ›Bürgschaft‹, desto mehr Gewicht mißt man auch unseren Aussagen zu.«

»Du hast es erfaßt.«

»Und wenn der Kaiser für Antonius kein Lösegeld bezahlen will?« fragte ich naiv.

»Dann gnade euch Gott«, entgegnete der Jüngling. »Und auch dem Hafenmeister.«

Die Schwere unseres Wagnisses wurde mir jetzt erst so richtig bewußt: Wir wollten den Kaiser des Römischen Reiches um Lösegeld angehen. Und um mir die Mißlichkeit unserer Lage noch mehr zu verdeutlichen, fügte der Jüngling hinzu: »Fordert die Geduld des Herrschers nicht zu sehr heraus, mein Freund. Gefängnis ist noch die geringste Bestrafung für jemanden, der ein falsches Zeugnis ablegt.« Er betrachtete mich einen Moment lang zweifelnd. »Ihr geht ein hohes Risiko ein, gewiß, aber du weißt jetzt, wie Angelegenheiten von solcher Natur in dieser Stadt behandelt werden. Und es war mir ein Bedürfnis, dich darauf hinzuweisen.«

Ich sah ihm offen ins Gesicht. »Warum tust du das? Warum hilfst du uns gegen einen deiner eigenen Landsleute?«

Der Wächter senkte die Stimme, wich aber meinem Blick nicht aus. »Sagen wir einmal so, im Gegensatz zu vielen anderen in Byzanz gebe ich noch etwas auf solche Dinge wie Ehrlichkeit und Gerechtigkeit.«

»Freund, wie lautet dein Name?«

»Justinian«, antwortete er, »und ich bin der Hauptmann der Scholarii am Magnaura-Tor. Wenn es euch mit eurem Vorhaben immer noch ernst ist, so will ich euch durch den Hof des Kaisers führen, auch wenn ich immer noch stark bezweifle, daß man euch vorlassen wird.«

»Überlassen wir es einfach dem Willen Gottes«, schlug ich vor.

»So sei es.«

Ich kehrte zum Jarl zurück, der mittlerweile kochte, weil er warten mußte, während zwei Männer, die weit unter ihm standen, einen Schwatz hielten. »Nun?« fuhr er mich gleich an. »Sprich! Was hatte der Soldat zu sagen?«

»Dieser Mann ist der Hauptmann der Wache an diesem Tor, und er will uns zum Hof des Kaisers führen. Doch wir sollten gewarnt sein: Um unsere Sache wird es schlecht bestellt sein, wenn du dem Herrscher nicht einen Beweis für deinen Rang vorlegst. Dieser unterstreicht dann die Bedeutung deines Anliegens und belegt deine Vertrauenswürdigkeit.«

»Einen Beweis? Einen Beleg? Ich werde ihm das Haupt dieses Diebes vor die Füße werfen!« ereiferte sich Harald.

»Nein, Jarl«, widersprach ich, »das dürfte wohl kaum ausreichen.« Und ich begann ihm nach bestem Wissen und Verständnis zu erklären, was Justinian mir über die Wege der Gerechtigkeit in dieser Stadt mitgeteilt hatte. Und ich verschwieg Harald auch nicht, was mit uns geschehen würde, wenn der Kaiser nicht bereit war, das Lösegeld zu bezahlen. Einer plötzlichen Eingebung folgend fügte ich noch hinzu, daß auch, wenn der Kaiser vielleicht nicht geneigt wäre, seinen Beamten mit einer hohen Summe Geldes zu befreien, er sich womöglich doch bereit fände, dem Dänenkönig den entstandenen Schaden wiedergutzumachen und ihm das Silber zu ersetzen.

Der Jarl zog die Stirn in immer tiefere Falten. Die Formalitäten dieser Stadt verwirrten ihn eindeutig, und so war er um so stärker geneigt, die viel einfachere Möglichkeit eines Schadensersatzes in Betracht zu ziehen. »Ich glaube«, versicherte ich ihm, »daß wir wenig zu befürchten haben, steht die Wahrheit doch hinter unseren Worten.«

Harald zögerte. Bis eben hatte er noch geglaubt, die Dinge wie in seiner Heimat regeln und eine einfache Ehrenschuld eintreiben zu können. Doch daraus schien jetzt ein Rechtshändel von Ausmaßen zu erwachsen, die er nicht mehr überblicken konnte.

»Jarl«, meldete sich Gunnar zu Wort, »wäre es dir denn lieber, ein anderer König wäre der erste Däne, der aus der Hand des Kaisers einen Tribut empfinge? Das solltest du wirklich bedenken.« Er schwieg für einen Moment, damit dem König zu Bewußtsein kommen konnte, was er da womöglich aufs Spiel setzte, und fuhr dann fort: »Handele so, wie Aedan es dir rät, und dann wird die Geschichte von deiner Tat in allen Hallen des Dänenlandes erzählt werden. Du wirst berühmter werden als Erich Haarhose. Solcher Ruhm dürfte wertvoller sein als alles Silber Miklagårds!«

»Ich werde es tun!« donnerte Harald überzeugt und wandte sich an Hnefi: »Kehre mit vier Männern zum Schiff zurück und bring die Schatztruhe her.«

Wäre ich in diesem Moment bei klarerem Verstand gewesen, hätte ich ahnen können, was der König beabsichtigte. Doch ich war so damit beschäftigt, unser sorgenbefrachtetes Schiff sicher durch die Klippen zu steuern, die sich vor uns auftaten, daß die Bedeutung von Haralds Worten mir vollkommen entging.

Ich erklärte Justinian nun, daß der Jarl einige Männer zum Schiff zurücksende, um das geforderte Unterpfand zu besorgen, und der Soldat entgegnete: »Dann laßt uns aufbrechen. Ich stelle einige Wachen hier am Tor ab, welche die Barbaren bei ihrer Rückkehr weitergeleiten sollen. Der Palast liegt nicht weit von hier. Dort können wir auf sie warten; doch wir wollen hier nicht länger für Aufsehen sorgen.«

Der Hauptmann der Magnaura-Wache bestimmte einige seiner Männer, den Dänen weiterzuhelfen, und winkte uns anderen, ihm zu folgen. Und so geschah es, daß die Unseren in die Stadt gelangten, ohne daß auch nur eine Kupfermünze den Besitzer gewechselt hätte. Justinian und ich führten den Zug, der aus einer Gruppe stolzer, aber doch ein wenig beeindruckter Barbaren in der Mitte und einigen Soldaten am Schluß bestand. Wie der Hauptmann versprochen hatte, lag der Palast wirklich nicht allzu weit – allerdings in der entgegengesetzten Richtung zu der, in welcher wir uns gestern bewegt hatten, was ich daran erkannte, daß ich unterwegs eben nichts wiedererkannte.

Harald besaß zwar immer noch seine königliche Ausstrahlung, wirkte aber ein wenig verwirrt, hatte er eine so riesige Stadt doch noch nie von innen gesehen, und alles kam ihm groß und gewaltig vor. Dennoch bemühte er sich, wie ein Eroberer durch die Straßen zu schreiten. Zwar wanderten seine Augen hin und her, aber er hielt den Mund fest geschlossen, um sich nicht mit Erstaunens- oder Begeisterungsausrufen eine Blöße zu geben. Ganz im Gegensatz zu seinen tapferen Kriegern, die sich laut über jede neue Sehenswürdigkeit verwunderten. Die mehrstöckigen Häuser lösten bei ihnen die wildesten Spekulationen darüber aus, welche Reichtümer wohl hinter den Mauern lagern mochten. Und als wir dann des Amphitheaters ansichtig wurden, wollten die Entzückenschreie kein Ende nehmen. Sehr zur Belustigung der Einwohner von Byzanz übrigens, die sogar stehenblieben, um darüber zu lachen und unserem wunderlichen Zug hinterherzusehen.

Hätte jemand von ihnen auch nur geahnt, worüber die Wikinger sich unterhielten, ich glaube, das Lachen wäre ihnen rasch vergangen. Die Seewölfe interessierten sich nahezu ausschließlich für die Reichtümer, von denen sie glaubten, die seien hier in unerschöpflicher Menge vorhanden. Und sie erörterten ganz ungeniert die Möglichkeiten, wie man am schnellsten und besten daran kommen könne: Sei es nun besser, in einen solchen Palast einzudringen und jeden auf der Stelle zu erschlagen, der die Dummheit besaß, sich blicken zu lassen, oder sollte man einfach hineinmarschieren, alles unter den Arm nehmen, was des Stehlens wert sei, und nur die umbringen, die so blöde waren, sich ihnen in den Weg zu stellen. Eine dritte Gruppe vertrat sogar die Ansicht, gleich die ganze Stadt in Brand zu stecken, und ... Ich wollte lieber nichts mehr hören und dankte meinem Schöpfer dafür, daß die Bürger, die sich so über die staunenden Dänen amüsierten, keinen Schimmer davon hatten, welches Schicksal diese Wilden ihnen angedeihen lassen wollten.

Als wir dann auf die Palastmauern zuhielten, fingen die Seewölfe sofort an zu überlegen, wie man einen so verlockenden Ort einnehmen könne. Aus der Sicht eines Barbaren stellte sich dabei jedoch ein erhebliches Problem: Der Palast bestand nicht nur aus einem Haus, sondern aus etlichen Gebäuden, die über ein weites, von den Wällen umschlossenes Areal verteilt waren und somit eine Stadt innerhalb der Stadt darstellten. Die Mehrheit der Wikinger vertrat die Ansicht, man solle ihn so erobern wie jede x-beliebige Siedlung, will heißen, überall Feuer legen und die Bewohner erschlagen, sobald sie vor den Flammen flohen. Danach könne man die ganze Anlage in aller Ruhe ausplündern und müßte sich nicht so abhetzen. Jemand warf ein, daß es da noch ein Problem gebe: die Soldaten. Die Seewölfe hatten keine Ahnung, wie viele Soldaten dem Befehl des Kaisers unterstanden. Aber wenn die alle so wären wie die Wachen am Tor, dann würden die tapferen Dänen dank ihrer überlegenen Stärke und Statur sicher mit jeder Anzahl dieser kleineren und schlechter gewappneten Verteidiger fertig. Daß diese Wachen mit den roten Umhängen uns freundlich behandelten und uns sogar den Weg zeigten, spielte in diesem Zusammenhang für sie nicht die geringste Rolle.

Mir fiel etwas Eigenartiges auf: Je näher wir dem Palast kamen, desto schäbiger und gewöhnlicher wirkten die Häuser. Die großartigen und prachtvollen Villen der Reichen verschwanden und machten einfacheren Gebäuden Platz, und diese wiederum Hütten, bis wir endlich im Schatten der Palastwälle nur noch Erbärmliches zu Gesicht bekamen: Bretter, die man an die Mauer gelehnt und mit Ästen und Lumpen belegt hatte. Der Wall schien in seiner gesamten Länge und auch in beiden Richtungen solcherart bebaut zu sein, und davor trieb sich eine Horde verdreckter Bettler herum.

Bevor wir wußten, wie uns geschah, hatte uns die Masse dieser Elenden schon umringt, streckte uns die schmutzigen Hände entgegen und bettelte um Almosen. Einige dieser Gestalten reckten uns ihre verwitterten Glieder und Gliedstümpfe entgegen. Andere präsentierten uns schwärende Wunden, aus denen Eiter rann. Die Barbaren, die sonst nichts so leicht umhauen konnte, entsetzten sich über soviel Armut und schlugen nach den stinkenden Bettlern, wenn diese zu nahe drängten. Die Soldaten, die an soviel Not und Krankheit gewohnt waren, übernahmen die Spitze und drängten die Menge mit ihren Schilden und Speerstangen zurück.

Endlich fanden wir uns vor einem Tor wieder, vor dem einige Soldaten in blauen Umhängen postiert standen. Kaum wurden sie der Wikinger ansichtig, da richteten sie sofort die Waffen auf uns.

»Halt, oder ihr seid des Todes!« rief ihr Hauptmann.

Die Dänen sahen die auf sie gerichteten Speerspitzen, zückten augenblicklich ihre Waffen und schienen sich auf den Kampf zu freuen. Als unsere Soldaten dessen ansichtig wurden, stellten sie sich sofort neben ihre Kameraden. Nur Justinian stellte sich zwischen beide Parteien und erhob die Stimme: »Scholarae Titus, laß uns durch. Diese Männer gehören zu mir. Ich geleite sie zu einer Audienz beim Kaiser.«

Der Hauptmann befahl seinen Männern, sich wieder auf ihre Posten zu begeben, und verlangte von Justinian zu erfahren, was dieser Zug zu bedeuten habe.

»Wir befinden uns auf einer ... diplomatischen Mission. Es geht um eine Angelegenheit von allerhöchster Dringlichkeit.«

Titus warf den Wikingern einen argwöhnischen Blick zu. »Ich kann die da nicht durchlassen.«

»Jetzt hör mir mal gut zu«, sagte Justinian und trat zu ihm. »Es geht hier um Leben und Tod. Der Quaestor des Hafens Hormisdas schickt uns, und man muß uns sofort passieren lassen.« Verblüfft stellte ich fest, wie gut der Mann lügen konnte. Er winkte mich heran und bedeutete mir, das Umhangbündel vorzuzeigen. Ich besorgte es mir von Gunnar, und Justinian knotete es auf, damit Titus einen Blick hineinwerfen konnte. »Ich kann nur darum beten, daß es bei der Durchführung dieses Auftrags nicht doch noch zu Blutvergießen kommt.«

Der Hauptmann der Palastwache besah sich die einzelnen Gegenstände. »Aber diese Barbaren führen Waffen mit sich«, erklärte er schließlich, »und ich darf keine Bewaffneten durchlassen. Erst recht keine Barbaren. Denn sonst ist mein Kopf in Gefahr, und *der* hat für mich die allergrößte Wichtigkeit, wie du sicher verstehen wirst.«

Justinian wandte sich an mich. »Dein König muß sich einverstanden erklären, eure Waffen hier zurückzulassen.«

Ich gab Harald ein Zeichen, sich zu uns zu gesellen, und klärte ihn über die Sachlage auf. Er legte die Stirn in tiefe Falten und schüttelte dann heftig den Kopf. »Nein, ich werde diesen Ort nicht waffenlos betreten. Lieber brennen wir ihn nieder. Sag ihnen das.«

So erklärte ich Justinian: »Der König will wissen, welche Sicherheiten ihm gewährt werden, wenn er und seine Männer ihre Waffen ablegen. Schließlich möchten sie im Palast nicht angegriffen werden.«

Der Tor-Hauptmann sah die grimmige Miene des Jarls und trat wieder zu Titus. Die beiden Offiziere redeten eine Weile miteinander, dann gab Justinian mir ein Zeichen, zu ihnen zu kommen. »Mein Freund Titus hier bittet dich, deinem Herrn beizubringen, daß auf dem Palastgelände Unterredung und Verhandlungsgeschick längst die Anwendung von roher Gewalt abgelöst haben. Wir hier in Byzanz sind keine Barbaren. Wenn dein König wirklich mit dem Kaiser reden will, muß er ohnehin die Waffen ablegen, um seine friedlichen Absichten kundzutun.«

Dies teilte ich nun Harald mit, der eine Weile das Für und Wider abwog und dann fragte: »Ist das eine Falle?«

»Bestimmt nicht, Jarl«, antwortete ich. »Davon abgesehen hältst du ja immer noch den Hafenmeister als Geisel. Sein Leben und das seiner Männer bleiben in deiner Hand, ob du nun ein Schwert umgegürtet hast oder nicht. Herr, ich fürchte, dir bleibt gar nichts anderes übrig, als diesen Soldaten zu gehorchen; denn sonst kommst du nicht vor den Kaiser und kannst keine Ehrenschuld einfordern.«

»Gut, dann machen wir es eben so«, sagte Harald, kaum daß ich geendet hatte.

»Sehr schön«, meinte Titus, nachdem ich ihn über den Sinneswandel des Königs in Kenntnis gesetzt hatte. »Dann sollten sie aber auch gleich damit beginnen.«

Harald befahl seinen Kriegern, Äxte, Schwerter und Streitkolben abzulegen und den Soldaten zur Verwahrung zu überlassen. Dieser Aufforderung kamen die Wikinger zwar nach, aber nur mit viel Grummeln und Verwünschungen. Mir entging allerdings nicht, daß sie ihre Dolche bei sich behielten. Jeder Seewolf führt eine solche Klinge mit sich, entweder unter dem Gürtel oder im Stiefel, und gibt sie wohl niemals her. Justinian erklärte dem Palasthauptmann nun, daß noch weitere Barbaren unterwegs seien, um die Bürgschaft zu bringen. Nachdem damit alle Fragen geklärt waren, befahl Titus seinen Soldaten, beiseite zu treten und uns das Tor zu öffnen. Rasch huschten wir hindurch und ließen Gestank und Bettlerschar hinter uns.

Jenseits des Tores fanden wir uns in einem riesigen Garten wieder, durch den eine baumbestandene Straße führte. Hohe Mauern teilten das Gelände in mehrere kleinere Teile auf. Wohin man auch sah, überall hatte man ein Stück Wall im Blickfeld. Über die Mauerkronen ragten an manchen Stellen Baumwipfel oder Kuppeln von Gebäuden hinaus, von denen einige an ihrer Spitze ein Kreuz trugen.

Der Boden stieg leicht an, befand sich der Palast des Kaisers doch auf einem Hügel, der das Marmarameer überblickte. Richtung Süden konnte man das Wasser dunkelblau schimmern sehen.

Geführt von Justinian zog unsere gemischte Gesellschaft – die sich nun aus acht Barbaren, neun Wachen, den beiden Hauptleuten und meiner Wenigkeit zusammensetzte – über die Straße und gelangte schließlich, wie hätte es auch anders sein können, vor eine Mauer. In diese war ein breites Tor eingelassen, durch das vier Reiter bequem nebeneinanderher reiten konnten. Noch wunderbarer erschien mir aber, daß man oben auf den Torbogen ein Haus gebaut hatte, in dem die Wachen lebten.

Dahinter gelangten wir in einen weiteren Garten, durch den sich mehrere baumgesäumte und mit Marmorplatten belegte Wege ausbreiteten. Gebäude standen dort in Gruppen und ohne erkennbare Ordnung auf dem Gelände verteilt: Küchen, Lagerhäuser, Bauten, deren Zweck ich auf den ersten Blick nicht erkennen konnte, und Kapellen. Das meiste davon hatte man aus Stein errichtet – in der Regel bunter und hübsch gemaserter Marmor, den man aus Steinbrüchen aus allen Winkeln des Reiches herangeschafft hatte –, und selbstverständlich waren die Windlöcher mit Glas versehen. Darüber hinaus hatte man die oberen Geschosse mit blauen und grünen Kacheln verschönt. Je nachdem, wie das Sonnenlicht hereinfiel, wirkten die oberen Stockwerke wie eine einzige Ansammlung von funkelndem Geschmeide.

Sechs schöne schwarze Pferde grasten auf den Wiesen. Man hatte sie nicht angepflockt, und niemand schien auf sie aufzupassen. Als ich Justinian von meiner Beobachtung berichtete, erklärte er mir, der Kaiser sei früher Stalljunge gewesen und habe sich ein Herz für Pferde bewahrt.

Der Himmel selbst muß diesen Ort gesegnet haben, dachte ich bei mir. Die Großartigkeit und Pracht dieses Palastes mußte die Bewunderung und den Neid der ganzen Welt auf sich ziehen, und mir war die Gnade beschieden, in ihm zu wandeln.

Innerhalb dieser Mauern fanden sich nicht weniger als vier Paläste und drei Kirchen. Während wir an ihnen vorbeikamen, klärte Justinian mich über die Gebäude auf. »Dort drüben steht das Oktagon«, erklärte er und zeigte auf das Haus, »in dem sich die Privatgemächer des Kaisers befinden. Und hier vorn erhebt sich das Pantheon«, er wies auf einen beeindruckenden Palast, »wohin sich die Kaiserin mit ihren Hofdamen zurückzieht. Da hinten, das ist der Daphne-Palast, und in dem Gebäude daneben erkennst du die St.-Stephans-Kirche.«

»Und was ist das dort für ein beeindruckender Bau?« wollte ich wissen und zeigte auf ein hohes Haus mit drei Kuppeldächern aus roten Brandziegeln, das sich weit über die Bäume erhob.

»Den nennen wir Triconchus-Palast«, antwortete der Hauptmann. »Theophilus, der Vorvorgänger des jetzigen Kaisers, hat ihn als neues Staatshaus errichten lassen. Ein moderner Thronsaal befindet sich dort drin. Aber unser jetziger Herrscher bevorzugt den alten Thronsaal im Chrysotriclinium.« Er zeigte auf ein ebenso imposantes Gebäude aus gelbem Stein. »Dorthin sind wir auch unterwegs.«

»Und was verbirgt sich hinter jener hohen Mauer dort?« wollte ich wissen und deutete auf den Wall hinter dem Thronsaalhaus.

»Das, mein Freund, ist unser Hippodrom«, lächelte Justinian. »Wenn du den heutigen Tag überlebst, erhältst du sicher Gelegenheit, dort ein Rennen zu sehen. Wie ich schon sagte, liegen dem Kaiser Pferde sehr am Herzen, und ebenso liebt er es, sie beim Wettrennen zu sehen.«

Der König fühlte sich wieder ausgeschlossen und fuhr mich knurrig an, ihm entweder alles zu übersetzen oder den

Mund zu halten. Also erklärte ich ihm, daß der Hauptmann mir gerade von der Vorliebe des Kaisers für Pferde- und Wagenrennen berichtet habe. Dazu schnaubte der Jarl nur und meinte: »Pferde kosten zuviel und fressen zuviel.«

Die Ansammlung wunderschöner Gebäude und Gärten in dieser Anlage konnte einem wirklich den Atem nehmen. Der Innenbezirk allein war schon viel größer als die ganze Abtei von Kells, und von so vielen verschiedenen Gebäuden umgeben verlor ich rasch die Orientierung. Weiter und weiter zogen wir, kamen durch viele Tore und Türen – schon bald kam ich mit dem Zählen nicht mehr nach –, und irgendwann fiel mir etwas ins Auge, das vorher meiner Aufmerksamkeit entgangen war: Unter all dieser Pracht und hinter dem allgegenwärtigen Prunk *verfiel* der große Palast.

Trotz allen Reichtums ging von dieser Anlage eine Aura der Erschöpfung oder des Überdrusses aus – so, als seien die Gebäude unter der Patina der Opulenz alt und müde geworden. Das helle Feuer ihrer ersten Großartigkeit war zu einem matten Glühen verblaßt. Wir schritten auf weißen Marmorplatten, doch die waren stumpf geworden und gesprungen. Und zwischen den Ritzen wuchsen kleine Grasbüschel. Die Bronzekreuze auf den Kirchen und Kapellen glänzten nicht mehr golden, sondern hatten Grünspan angesetzt, und in den bunten, fröhlichen Fassaden fehlte so mancher Klinkerstein. Auch waren einige der Bäume in den Gärten sehr krank oder bereits abgestorben.

Doch an einigen Stellen schien man der Altersschwäche zu Leibe zu rücken. Gebäude zeigten sich eingefaßt in Baugerüste, und auf denen arbeiteten Maurer. Sie besserten schadhafte Stellen aus, deckten an anderen Gebäuden Dächer neu oder setzten neue Fliesen in Fassaden ein. Und wenn ich einmal stehenblieb und richtig zuhörte, entdeckte ich, daß man hier vor allem das Klingen von Hammer und Meißel zu hören bekam.

Der Marmorweg endete vor einem großen, viereckigen

Bauwerk aus gelbem Stein. Obendrauf saß eine große Kuppel, umrahmt von zwei kleineren. Auf beiden Seiten des Eingangs wuchs ein Baum, und diese warfen im schwachen Herbstlicht des Gartens blaue Schatten. Unmittelbar vor der Tür befand sich ein steinerner Wassertrog, und hier hielten wir an.

»Sag deinem König, daß er zwei Männer auswählen soll, die ihn begleiten«, befahl Titus und erklärte weiter, daß der Rest des Zuges vor der Tür zu warten habe. »Wenn die anderen mit der Bürgschaft eintreffen, wird man mir Bescheid geben.«

Dies teilte ich dem König mit, und der suchte Hnefi und Gunnar zu seinen Begleitern aus. Dem Rest seiner Männer gab er den Befehl, die Soldaten anzugreifen und den Palast zu verwüsten, sollten sie vom Innern dieses Gebäudes den Schlachtruf der Dänen hören. Dies schworen sie ihm bei ihrem Leben und legten sich dann ins Gras, um die Rückkehr ihres Jarls abzuwarten.

Justinian sah mich ernst an. »Seid ihr euch sicher, daß ihr euren Weg immer noch zu Ende beschreiten wollt? Bedenkt, daß ihr viel zu verlieren habt, wenn ihr jetzt nicht einhaltet.«

Ich warf einen Blick auf Harald, der sein Staunen endlich unter Kontrolle gebracht hatte und jetzt wie ein Herrscher aussah, bei dem es zu Hause mindestens ebenso prachtvoll zuging wie hier. Es würde nicht allzu lange dauern, bis er wieder damit beginnen würde, sich hier alles allein unter dem Gesichtspunkt anzusehen, wieviel Beute sich in diesem Palast machen ließ. »Wir haben aber auch viel zu gewinnen«, antwortete ich dem Hauptmann. »Deswegen gehen wir weiter, wohin uns der Weg auch führen mag.«

»Nun, er führt erst einmal hier hinein«, erklärte Justinian und zeigte auf die schwere Tür unter einem hohen Steinbogen. »Hinter diesem Eingang schlägt das Herz des Reiches.«

31

Titus trat auf die Schwelle und klopfte mit seinem bronzenen Stab an. Wenig später öffnete sich eine kleine, in die größere eingelassene Tür, und ein Torwächter spähte heraus. »Scholarae Titus, Anführer der Garde des Bucolischen Tores«, stellte sich Titus vor. »Ich bringe Abgesandte zum Kaiser.«

Der Wächter betrachtete kurz die Barbaren, zuckte dann mit den Achseln und öffnete die Tür. Der Hauptmann bedeutete uns, ihm zu folgen, und wir wurden in einen mit Steinplatten belegten Hof geführt, der auf allen vier Seiten von hohen Mauern umschlossen war. Diese Wände waren dicht mit Wein bewachsen, dessen Blätter sich herbstlich verfärbt hatten und zu fallen begannen. Der Wind wirbelte über den Platz und trieb das trockene Laub knisternd über das gepflasterte Geviert. Das Rascheln ließ diesen Ort trostlos und leer erscheinen.

Nachdem der Torwächter die Tür hinter uns verriegelt hatte, führte er uns zu einer weiteren in einer der Mauern. Auch diese Tür bestand aus Holz, doch die Bohlen waren durch dicke Eisenbänder von der Breite einer Männerhand zusammengefügt und dicht mit langen Bronzenägeln besetzt. Zu beiden Seiten standen Wachen mit blauen Umhängen, die Lanzen mit langen Spitzen trugen und uns mit einer Mischung aus Langeweile und Neugierde betrachteten. Der

Pförtner ergriff einen eisernen Ring und schob eines der dicken Bretter zurück. Er trat beiseite und wies uns an, hindurchzugehen.

Titus hatte sein Wort gehalten und überließ uns jetzt unserem Schicksal. »Ich werde zum Tor zurückkehren und das Unterpfand herbringen lassen, sobald es eintrifft«, erklärte er Justinian und entfernte sich.

Der Saal, in den wir traten, erschien uns gewaltig. Das Licht fiel durch vier runde Fenster an der Decke ein und beleuchtete vier großformatige Gemälde, von denen eines den heiligen Petrus abbildete und eines den heiligen Paulus. Die beiden anderen zeigten, nach den purpurnen Gewändern zu urteilen, Personen königlichen Geblüts, einen Mann und eine Frau – einen Kaiser und seine Kaiserin, vermutete ich, obwohl ich nicht hätte sagen können, wer dort dargestellt war. Die Wände waren in einem blassen Rot gehalten, und der Boden bestand aus weißem Marmor.

Außer einigen niedrigen Bänken, die an der nördlichen und südlichen Wand aufgestellt waren, befanden sich keine Möbel in dem Raum. Doch dies hieß nicht, daß er verlassen gewesen wäre. Eine ansehnliche Anzahl von Männern, die auf verschiedenste Weise gekleidet waren, standen hier und da herum. Einige sprachen leise miteinander, andere starrten einfach vor sich hin. Mit scharfem, abweisenden Blick beobachteten sie unser Eintreten. Einige sahen matt und niedergedrückt aus wie Männer, die lange Jahre in Knechtschaft verbracht haben, andere wirkten verschlagen und berechnend und schienen unseren möglichen Handelswert abzuschätzen. Aber der Anblick dreier Barbaren und eines reisemüden Mönches, hinter denen ein Wachsoldat herschritt, reizte die Höflinge und Supplikanten nicht, und bald wandten sie sich wieder ihren eigenen Angelegenheiten zu.

Trotz seiner Weitläufigkeit kam mir der Saal eng vor. Die Luft war stickig und abgestanden und hatte einen säuerlichen

Beigeschmack. Wenn Ehrsucht einen Geruch ausströmt, so dachte ich, dann nehme ich ihn jetzt wahr.

Im Zentrum dieses Vorraums befand sich ein Paar massiver Bronzetüren von doppelter Manneshöhe, die mit Jagdszenen bemalt waren. In der Mitte jeder Tür hing ein riesiger Bronzering, unter dem ein Mann stand, der an einem langen Stab eine Doppelaxt trug. Ihr Heft war mit rotgefärbten Pferdeschweifen geschmückt, und diese Wächter trugen kleine runde Schilde an den Schultern und ärmellose rote Tuniken mit breiten schwarzen Gürteln. Ihre Schädel waren kahlgeschoren bis auf eine einzige Strähne, die über ihre Schläfen hinabhing. Wahrhaftig, sie zeigten der Welt ein grimmiges Gesicht, und jeder, der in diesem Saal ein Gespräch führte, tat dies unter ihren erbarmungslosen, prüfenden Augen.

Justinian, der meinen Blick verfolgt hatte, erklärte: »Dies sind die Farghanesen. Sie gehören zur Leibwache des Kaisers.«

Er hatte kaum ausgesprochen, da näherte sich uns ein Mann, der ein Wachstäfelchen und einen Griffel in Händen hielt. Geringschätzig nahm er mich und die Barbaren in Augenschein, bevor er sich an den Wachhauptmann wandte. »Wer sind diese Männer, und was tun sie hier?«

»Dieser hier ist ein König bei seinem Volk, und er wünscht eine Audienz beim Kaiser.«

»Der Kaiser gewährt heute keine Audienz«, entgegnete der Höfling hochtrabend.

»Bei allem Respekt, Präfekt, im Hafen hat es Unannehmlichkeiten gegeben.«

»Und diese Unannehmlichkeiten«, fragte der Präfekt naserümpfend, »erfordern die Aufmerksamkeit des Kaisers? Ich hätte gedacht, so etwas sei eine Angelegenheit für die kaiserliche Garde.«

»Man hat den Quaestor des Hafens von Hormisdas und seine Männer als Geiseln gefangengesetzt«, gab Justinian zurück. »Ein Eingreifen der Garde würde den Tod aller Beteiligten nach sich ziehen. Ich bin nur ein Scholarae, und mir steht es nicht zu, das Leben des Quaestors zu gefährden. Doch wenn du die Verantwortung übernehmen willst, Präfekt, beuge ich mich gern deiner überlegenen Autorität.«

Der Hofschranze, der eben etwas auf sein Täfelchen hatte kritzeln wollen, hob den Blick und sah Justinian an. Ruckartig wandte er den Blick und betrachtete die Wikinger. Er wog seine Möglichkeiten ab und faßte sogleich einen Entschluß. »Wachen!« kreischte er.

Als sie den Schrei des Präfekten vernahmen, stürzten die beiden Farghanesen herbei. Harald brüllte einen Befehl, und die Seewölfe zogen ihre Messer und schickten sich an, dem Angriff zu begegnen. Die Höflinge in unserer unmittelbaren Umgebung warfen die Hände in die Höhe und liefen unter großem Tumult auseinander.

»Aufhören!« rief Justinian. Er packte mich bei den Schultern und schrie: »Sorg dafür, daß sie aufhören! Sag ihnen, daß ein Irrtum vorliegt!« Den Präfekten fuhr der Hauptmann an: »Wollt Ihr uns alle umbringen? Ruft die Wachen zurück!«

Ich warf mich dem König in den Weg und beschwor ihn: »Warte! Warte! Das ist ein Mißverständnis! Steck deine Klinge weg, Jarl Harald.«

»Ich sagte dir doch, daß sie es ernst meinen«, knurrte Justinian gereizt. »Um Gottes willen, Mann, soll sich doch der Kaiser mit ihnen befassen.«

Der Präfekt schien sein vorschnelles Handeln noch einmal zu überdenken. Er sprach ein Wort, und die Farghanesen zogen sich zurück. Von neuem schulterten sie ihre Äxte, und die Gefahr war vorüber.

Aufgeregt schüttelte der Beamte seine Gewänder und blickte sich giftig um wie ein Hausherr, der seine Diener beim Zanken erwischt hat. »Ich muß dich tadeln, Scholarae. Du bedienst dich ja feiner Methoden«, wies er Justinian scharf zurecht. »Ich brauche dich wohl nicht daran zu erinnern, daß das Hofprotokoll für genau solche Gelegenheiten existiert. Ich rate dir dringend, dich jetzt zu entfernen und deine Barbaren gleich mitzunehmen.«

»Gern, Präfekt. Und was wird dann aus dem Quaestor?«

Der Höfling senkte den Blick auf seine Tafel und drückte den Stylus in das weiche Wachs. »Wie ich dir schon sagte, empfängt der Kaiser niemanden. Er bereitet eine diplomatische Mission nach Trapezunt vor und hat sich für die nächsten paar Tage mit seinen Ratgebern zurückgezogen. Alle Hofangelegenheiten ruhen. Daher rate ich dir, dein Anliegen vor den Magister officiorum zu bringen.«

»Soweit ich weiß, hält der Magister sich in Thrakien auf«, erklärte Justinian. »Ich glaube, vor dem Weihnachtsfest wird er nicht in der Stadt zurückerwartet.«

»Das ist nicht zu ändern«, entgegnete der Präfekt und setzte mit dem Griffel flinke Striche in das Wachs. »Jedenfalls ist dies die beste Vorgehensweise, die ich empfehlen kann.« Mit einem Blick auf mich und die Dänen setzte er hinzu: »Dies verschafft den Barbaren wenigstens Zeit, sich zu säubern und ordentlich zu kleiden.«

Ich übermittelte Harald die Rede des Präfekten, doch dieser knurrte bloß: »Ich werde nicht warten.« Mit diesen Worten trat er vor und zog eine Goldmünze aus dem Gürtel.

Der Jarl nahm die Tafel und drückte das Goldstück in das weiche Wachs. Der Hofschranze warf einen Blick auf das Gold, dann auf Harald, und strich mit seinen langen Fingern über die Münze. Als er die Hand über der Münze schloß, packte der König ihn am Gelenk und drückte fest zu. Der Präfekt stieß einen verblüfften Schrei aus und ließ seinen Griffel fallen. Gelassen wies Harald auf den Eingang.

»Ich glaube, er möchte jetzt den Kaiser sehen«, bemerkte Justinian.

Die Farghanesen-Leibwache wollte dem Präfekten von

neuem beispringen, doch dieser wedelte abwehrend mit der freien Hand. »In Christi Namen, macht einfach die Türen auf!«

Die beiden Axtträger traten beiseite und zogen an den bronzenen Ringen. Die Türen schwangen auf, und Harald ließ die Hand des Höflings fahren. Der Präfekt führte uns in einen kleinen, durch Wandschirme abgetrennten Raum, das Vestibulum, wo uns sogleich ein Mann in einer langen weißen Robe mit einem schmalen Silberstöckchen in der Hand entgegentrat, der Magister sacrum, wie er genannt wurde. Hochgewachsen, grau und hager war er, von pockennarbigem Antlitz, und er nahm uns streng in Augenschein. An den Präfekten gerichtet, fragte er: »Was hat diese ungebührliche Störung zu bedeuten?«

»Im Hafen von Hormisdas sind Schwierigkeiten aufgetreten«, antwortete der Präfekt. »Diese Männer sind dafür verantwortlich. Es ist erforderlich, daß der Kaiser sich damit befaßt.«

Der Magister zog ein Gesicht, als röche er etwas Verdorbenes. »Ihr werdet nicht sprechen, ohne dazu aufgefordert zu sein«, erklärte er an seine ungeschliffenen Besucher gerichtet, »und falls ja, werdet ihr mit so wenigen Worten wie möglich antworten. Wenn ihr den Kaiser ansprecht, könnt ihr ihn mit seinem offiziellen Titel ›Basileus‹, anreden, oder mit ›allergnädigster Herr‹, beides ist annehmbar. Der übliche Brauch gebietet, den Blick vom Kaiser abgewandt zu halten, solange ihr nicht zu ihm sprecht. Habt ihr verstanden?«

Harald sah mich Aufschluß heischend an, und ich übermittelte dem König die Vorschriften des Magisters. Zu meiner äußersten Verblüffung zeigte der Jarl ein breites Grinsen, als er über das byzantinische Protokoll aufgeklärt wurde. Mit einem herzhaften »Heja!« klopfte er dem nichtsahnenden Magister mit seiner riesigen Pranke auf den Rücken.

Der Höfling behielt jedoch seine steife Würde bei und ließ

uns ohne ein weiteres Wort in den Thronsaal des Kaisers ein. Aus dem Vestibül traten wir in einen Raum, der in der Welt nicht seinesgleichen hatte: Hoch und weitläufig war er, und der ungeheure Saal unter der Kuppeldecke wurde von dem Licht von zehntausend Kerzen erhellt. Die Wände, Böden und Decken bestanden aus sattfarbigem Marmor, der so glatt poliert war, daß man sich darin spiegelte wie in der Oberfläche eines ruhigen Wassers. Allenthalben fiel der Blick auf schimmerndes Gold: Die Gewänder der Höflinge waren mit Goldfäden durchwirkt, Gold glitzerte in den Wandmosaiken, kurz, sämtliche Gerätschaften und Möbel waren golden oder vergoldet – die Kerzenhalter, Truhen, Stühle und Tische, die Schalen, Wasserkrüge und Kessel und der Thron selbst. Der ganze Raum war in den honigfarbenen Schimmer jenes kostbarsten aller Metalle getaucht.

Wie soll ich die wundersame Pracht dieses Saales und ihres illustren Bewohners beschreiben? In der Mitte des gewaltigen Raumes erhob sich auf einem gestuften Podium ein goldener Thron, über den sich ein Baldachin aus Goldstoff spannte. Drei Stufen – wie man mir sagte, aus Porphyr gehauen und glatt wie Glas poliert – führten zu der Plattform empor, und auf der obersten Stufe stand der Fußschemel des Kaisers. Der Sitz des Herrschers selbst schien mehr ein Diwan als ein Thron zu sein. Mit Lehnen auf beiden Seiten war er so breit, daß zwei große Männer bequem darauf hätten lagern können, und er stand unmittelbar unter der riesenhaften Mittelkuppel. In der Apsis des Gewölbes erblickte ich das größte Bildnis, das ich je gesehen hatte, ein Mosaik, das den auferstandenen Christus in seiner strahlenden Herrlichkeit darstellte. Unter seinen Füßen standen in griechischer Sprache die Worte »König der Könige« geschrieben.

Um den Thron hatte sich in dichtgedrängten Reihen eine wahre Menschenmenge versammelt, die verschiedenen Arten von Höflingen, wie ich annahm. Beinahe alle waren entweder grün, weiß oder schwarz gewandet, ausgenommen die Männer, welche dem Thron am nächsten standen. Diese waren Farghanesen, die wie die Krieger, welche an der Tür Wache standen, mit langstieligen Äxten und Schilden bewaffnet waren.

Als wir die ersten Schritte taten, erhob sich ein Brausen, und im nächsten Augenblick durchzog die allerherrlichste Musik die Luft. Das klang wie Pfeifen und Flöten und Windesrauschen. Und Donner war da, ja, und alles, was sonst noch unter dem Himmelszelt singt. Noch nie hatte ich etwas dergleichen vernommen, noch habe ich seither ähnliches gehört. Ich glaube, dies war der Schall himmlischer Majestät, hörbar gemacht für irdische Ohren, und er schien aus einem großen goldenen Schrein zu dringen, der ein wenig nach hinten versetzt neben dem Thron stand.

Ich hätte mich vielleicht bemühen können, mehr über den Ursprung jener wunderbaren Musik herauszubringen, doch ich hatte nur Augen für den Thron und den Mann, der darauf saß. Denn auf einer Seite des breiten Sitzes thronte, in dunkelstes Purpur gewandet, das im Lichte schimmerte und glänzte, Kaiser Basileios und blickte uns offen entgegen.

Angesichts der Pracht des Saales und all des Reichtums, der uns umgab, wurde mir mit einemmal meine eigene Erscheinung bewußt. Ich blickte an mir hinab und bemerkte zu meiner Beschämung, daß mein einst guter Umhang fleckig und zerrissen war, mein Gewand schmutzig und an den Säumen ausgefranst. Als ich die Hand zum Kopfe hob, fühlte ich, daß mein Haar gewachsen war und meine Tonsur hätte erneuert werden müssen, und mein Bart war verfilzt und ungepflegt. Um meinen Hals hing der eiserne Sklavenreif. Kurz gesagt, ich wirkte eher wie einer der Bettler, die um die Mauern des großen Palastes wimmelten, denn wie ein Abgesandter der Kirche von Irland. Doch trat ich hier nicht als Botschafter auf, fürwahr, ich war genau das, wonach ich aussah: ein Sklave.

So gelangte ich also vor den Kaiser: Nicht in die weiße Kutte und den ebensolchen Mantel der Peregrini gewandet, sondern mit meiner zerlumpten Reisekleidung und meinem Sklavenhalsband; nicht umgeben von meinen Brüdern in Christo, sondern in der Gesellschaft ungeschliffener Barbaren; nicht unter der Führung des seligen Bischofs Cadoc, sondern an der Seite eines heidnischen Dänenkönigs. Kein Geschenk von unschätzbarem Wert brachte ich, sondern ich kam, um über eine Geisel zu schachern.

O Eitelkeit! Gott, der nichts von Stolz hält, hatte dafür gesorgt, daß ich demütig vor seinen Statthalter auf Erden hintrat.

Als ich von neuem den Blick hob, erschaute ich das Antlitz des mächtigsten Mannes der Welt – ein Gesicht wie von einem listigen und weisen Affen. Ehe ich richtig hinsehen konnte, hob der Magister sacrum seinen Amtsstab und pochte laut auf den Boden.

Im selben Moment begann sich der goldene Thron in die Lüfte zu schwingen. Der Erzengel Michael helfe mir, ich sage die Wahrheit! Der Sessel des Kaisers, der aussah wie ein römischer Feldstuhl, nur daß er größer und aus Gold gefertigt war, erhob sich in die Lüfte und schwebte vor uns, als werde er von der herrlichen Musik getragen, die aus jener goldenen Orgel, denn so hieß dieses Instrument, drang.

Ehe ich mir einen Reim darauf machen konnte, wie dieses Wunder bewerkstelligt wurde, klopfte der weißgewandete Magister ein weiteres Mal mit seinem Stab auf den Boden und vollführte eine Geste mit der flachen Hand. Justinian sank auf die Knie und warf sich dann der Länge nach auf den Boden. Ich folgte dem Beispiel des Hauptmanns, aber die Barbaren blieben stehen. Sie waren sich nicht einmal bewußt, daß sie den Kaiser beleidigten. Die Musik schwoll an und brach dann ab. Ich weiß nicht, warum, doch ich hielt den Atem an.

Als nächstes vernahm ich die Stimme des Kaisers selbst.

»Wer stört die Ruhe dieser Beratungen mit so unschicklichem Gepolter?« verlangte er zu wissen. Seine Stimme klang gelassen und tief und kam von einem Ort hoch über uns.

Zu meinem Erschrecken flüsterte Justinian: »Das ist deine Gelegenheit, Aidan. Sag ihm, wer du bist.«

Schnell rappelte ich mich auf, reckte die Schultern, schluckte heftig und antwortete: »Herr und Kaiser, vor Euch steht Jarl Harald Stierbrüller, König der Dänen von Skane, zusammen mit seinem Sklaven und zweien seiner zahlreichen Krieger.«

Bei meiner Begrüßung kam unter den Höflingen leises Lachen auf, doch dies verklang, als der Kaiser murmelte: »Schweigt.«

»Basileus, sie haben sich anscheinend mit einer List Einlaß verschafft«, erklärte der Magister sacrum, bemüht, sich reinzuwaschen, ohne zugleich so dazustehen, als habe er seine Pflichten vernachlässigt.

»Das scheint in der Tat so.« Prüfend betrachtete der Kaiser die Wikinger und sagte dann: »Der König darf näher treten. Wir werden von Angesicht zu Angesicht mit ihm sprechen.«

Der Hofbeamte ließ seinen Stab knallen und bedeutete dem König, der Aufforderung nachzukommen. Ich begab mich zu Harald. »Der Kaiser will mit dir reden«, erklärte ich ihm, und gemeinsam traten wir vor.

Der schwebende Thron sank langsam auf seinen Sockel zurück, und vor uns saß Kaiser Basileios, ein kleiner, kahlköpfiger Mann mit der olivenfarbenen Haut seiner mazedonischen Landsleute. Er besaß die kurzen Gliedmaßen und die kompakte Gestalt eines Reitersoldaten. Sein Blick aus dunklen Augen war flink, und seine Hände, die auf den Lehnen des Thrones ruhten und unter dem Gewicht seiner Patriarchenringe herabhingen, waren klein und gepflegt.

»Im Namen Christi, des himmlischen Herrschers, heißen wir dich willkommen, Herr der Dänen«, begann der Kaiser und reichte Harald, der sich mit königlicher Würde betrug, seine edelsteingeschmückte Hand.

Justinian tippte mir auf die Schulter und bedeutete mir, dem Jarl die Worte des Kaisers zu übersetzen, was ich tat und noch hinzusetzte: »Er möchte, daß du ihm die Hand küßt, zum Zeichen deiner Freundschaft.«

»Nichts da!« erwiderte Harald. »Das werde ich nicht tun.« Dann befahl er mir, den Kaiser zu fragen, ob er jetzt das Leben seines diebischen Dieners auslösen oder lieber zusehen wolle, wie dieser ohne Kopf in das Hafenbecken geworfen würde.

»Was sagt er?« fragte der Kaiser an mich gerichtet. »Du darfst für ihn sprechen.«

»Erhabener Herr und Kaiser«, antwortete ich schnell, »Harald Stierbrüller, Jarl von Dänemark und Skane, bedauert, Euch seine Freundschaft nicht erweisen zu können, ehe er den Grund seiner Vorsprache dargelegt hat.«

»Dann möge er dies tun«, entgegnete Basileios sofort. Er klang freundlich, doch an seinem Gebaren erkannte ich, daß er kein weiteres höfliches Geplänkel an diese ungehobelten Barbaren vergeuden wollte. »Welcher Art ist seine Sorge?«

»Er will wissen, was dein Anliegen an ihn ist«, teilte ich Harald mit.

»Dann sag es ihm«, befahl der König zornig. »Erklär ihm, daß wir ihm Gelegenheit geben, das Leben seines schurkischen Hafenmeisters zu retten.«

»Kaiser und Herr«, begann ich, »der König möchte kundtun, daß er Quaestor Antonius und seine Männer in Geiselhaft genommen hat und nun erwartet, daß Ihr ein Lösegeld für ihr Leben bietet.« Darauf berichtete ich, wie wir unmittelbar nach unserer Ankunft in Konstantinopel durch den Quaestor betrogen worden waren. »Harald, mein Herr, nahm den Hafenmeister gefangen und wollte ihm und seinen Männern den Kopf abschlagen«, erklärte ich, »aber der

Quaestor beschwor uns, der Kaiser werde gewiß eine hohe Belohnung zahlen, wenn der König ihm das Leben lasse. Also ist mein Herr, Harald, Jarl der Dänen von Skane, gekommen, um das Lösegeld des Kaisers einzufordern.«

Basileios gab keine Antwort, und seine Miene verriet nicht, was er dachte. Also bedeutete ich Gunnar, das Bündel noch einmal herbeizubringen. Ich legte es auf den Boden, löste den Knoten und schlug den roten Umhang auseinander. Da lagen vor aller Augen der Helm, der Amtsstab und der Siegelring des Quaestors. Der Kaiser beugte sich ein wenig nach vorn und nahm blinzelnd die vorgelegten Beweise in Augenschein. Erregt stieß er die Luft aus und lehnte sich dann zurück.

»Wo ist Quaestor Antonius?«

»Er befindet sich an Bord von König Haralds Langschiff, Basileus, und seine Männer ebenso.«

Basileios wandte leicht das Haupt und befahl, der Präfekt möge sich an den Verhandlungen beteiligen. Der Magister beeilte sich, den Präfekten zu rufen, der sich dann gleich dem Thron näherte. An mich gerichtet, befahl der Kaiser: »Sag dem König, daß ich diesen Mann schicken werde, um den Quaestor zu holen. Er muß ihm dem Präfekten übergeben, damit wir diese Frage klären können.« Darauf wies er Justinian an, den Präfekten zu begleiten.

Als ich Harald die Worte des Kaisers übersetzte, widersprach der heftig: »Nein!« brüllte er. »Der Kaiser muß das Lösegeld zahlen, wenn er die Freilassung dieses Mannes wünscht. Dieser Brauch ist doch wohl überall in der Welt gleich!«

Also setzte ich dem Basileus auseinander, Haralds Männer würden ihren Gefangenen erst freigeben, wenn sie Nachricht von ihrem Jarl hätten, daß das Lösegeld bezahlt worden sei. Wahrhaftig, ich sprach kühner, als ich mich wirklich fühlte, und dann trat ich zurück, um zu sehen, was als nächstes geschehen würde.

Der Kaiser bekundete keinesfalls sein Mißfallen, sondern nickte nur und befahl dem Präfekten, ihm eine Schale von einem der Tische zu bringen. Dies tat der Hofbeamte und holte eine schöne goldene Schüssel, die er vor den Thron stellte. »Gib sie dem König«, sagte Basileios, worauf der Präfekt dem Anführer der Barbaren die Schale in die Hände legte.

Hochzufrieden mit dem Gewicht und der Handwerksarbeit der Schüssel, gab Harald seine Zustimmung. Er rief Hnefi zu sich und erteilte ihm den Auftrag, mit dem Präfekten zu gehen und den Quaestor zu holen. »Sag dem Hauskerl, daß das Lösegeld bezahlt worden ist«, befahl Harald und flüsterte hinterher: »Aber laß die Begleiter des Diebes nicht frei – *ihr* Leben ist mir dieser Schale nicht erkauft.« Die drei brachen sofort auf, und der Magister führte uns in den Vorraum zurück, um dort zusammen mit den anderen, die der Kaiser nach seinem Belieben warten ließ, auszuharren.

Während wir dort standen, erschien Titus mit den vier Barbaren, die Harald geschickt hatte, um die Bürgschaft zu holen. Die Neuankömmlinge waren voller Bewunderung für den ganzen Reichtum, den sie auf dem Weg gesehen hatten und wollten wissen, wieviel der Kaiser für das Leben des Quaestors geben würde. »Schwer zu sagen«, meinte Harald verlegen. Seinen Goldschatz verbarg er unter dem Mantel. »An diesem Ort ist nichts einfach, glaube ich.«

Schließlich kam der Magister, uns wieder hineinzuführen. Wir betraten erneut den Thronsaal und sahen Justinian und den Hafenmeister vor dem Kaiser stehen. »Quaestor Antonius«, erklärte der Kaiser feierlich, als wir unsere Plätze wieder eingenommen hatten, »wir haben von einigen deiner Umtriebe in letzter Zeit gehört. Hast du dazu etwas zu sagen?«

»Erlauchtester Herr«, sprach Antonius sogleich, und seine Stimme sowie seine Miene drückten beleidigten Trotz aus, »diese Männer haben einen schweren Fehler begangen. Da sie keine Kenntnisse über die Währung in Konstantinopel besitzen, haben sie den Wert ihrer Münzen falsch eingeschätzt und glauben daher, sie seien betrogen worden.«

»Eine einsichtige Erklärung«, antwortete der Kaiser milde. Er schürzte die Lippen, als denke er nach, verschränkte die Finger und legte die Hände ans Kinn. Nach einer kurzen Unterbrechung sprach Basileios weiter und richtete eine Frage an Harald. »Die Hafensteuer wird in Silber entrichtet. Besitzt du noch andere Münzen als die, die du dem Quaestor Antonius gezahlt hast?«

»Das tue ich«, antwortete Harald durch mich. Er zog den Beutel, den er unter seinem Gürtel trug, hervor, öffnete ihn und schüttete ein paar Silberdenarii in seine Handfläche. Diese reichte er dem Kaiser, der sie kurz untersuchte und dann eine nahm, wobei er bemerkte: »Diese wurden nicht in Konstantinopel geprägt, doch Wir glauben, daß solche Münzen hier und anderswo reichlich im Umlauf sind.« Er zeigte Harald die Münze und fragte: »Wie hoch ist ihr Wert?«

»Einhundert eurer Nomismi«, antwortete der dänische König, nachdem ich ihm die Frage übermittelt hatte.

»Wer hat euch das gesagt?« fragte der Kaiser milde erstaunt.

»Dieser Mann.« Ich übersetzte die Worte des Königs, und Harald deutete auf Justinian. »Wahrhaftig, ich zweifle nicht daran, daß es ohne die Hilfe des Scholarae Blutvergießen gegeben hätte und Tote zu beklagen gewesen wären.« Letzteres setzte ich aus eigenem Antrieb hinzu, denn mir war daran gelegen, den Beitrag des Hauptmanns hervorzuheben.

Der Kaiser nickte nur und fuhr mit seiner Untersuchung fort. Basileios hielt eine Silbermünze in die Höhe und fragte: »Was meinst du, Quaestor Antonius? Sag mir, wieviel diese Münze wert ist.«

»Einhundert Nomismi, Basileus«, gab der Hafenmeister steif zurück.

»Aha«, meinte Basileios lächelnd. »Die Frage des Wertes hätten wir damit geklärt.« Wieder an den Hafenmeister gerichtet, sagte er: »König Harald von Skane hat Anklage gegen dich erhoben, Antonius. Er behauptet, du hättest nur zehn Nomismi auf einen Denarius gerechnet. Stimmt das?«

»Erhabener Basileus«, erwiderte der Quaestor, »dem ist *nicht* so. Ein solcher Fehler ist unmöglich. Gewiß befindet sich der Barbar im Irrtum.«

Basileios verzog den Mund. »Dann liegt die Schuld allein beim König.«

»Herr und Kaiser«, entgegnete der Hafenmeister jetzt in einem zugänglicheren Tonfall, »ich sage nicht, daß jemand schuld hat. Ich meine nur, daß die Gepflogenheiten Konstantinopels vielleicht für jemanden, der erst vor so kurzer Zeit hier angekommen ist, verwirrend sind. Ich habe dies dem König bereits erklärt, doch er zieht es vor, etwas anderes zu glauben.«

»So«, rief der Kaiser und breitete die Hände aus, als sei er zufrieden, endlich zum Kern des Rätsels vorgedrungen zu sein. »Ein einfacher Rechenfehler. Da kein Schaden entstanden ist, freuen wir uns, die Angelegenheit hiermit beizulegen und dich wieder an deine Pflichten zu schicken.« Er unterbrach sich, um die Wirkung seiner Worte zu beobachten. »Wir entschuldigen euer Unwissen und vergeben euch zugleich, daß ihr Unsere Ruhe gestört habt. Gebt die Schale zurück, und wir sprechen nicht mehr über die Sache. Was meinst du dazu?«

Haralds Miene färbte sich purpurn, als ich ihm übersetzte, was der Hafenmeister gesagt hatte und ihm die Worte des Kaisers erklärte. »Bei allem Respekt, Jarl Harald«, meinte ich, »er gibt dir Gelegenheit, deine Klage zurückzunehmen, ohne den Zorn des Imperiums auf dich zu ziehen. Anscheinend ist das Urteil gegen dich ausgefallen.«

»Erzähl ihm von dem Geschenk«, befahl Harald.

»Herr und Gebieter«, sagte ich, und eine Vorahnung beschlich mich, »der König möchte Euch ein Gastgeschenk übergeben, das er im Hinblick auf seine Klage gern vor Euch bringen will.«

Dies ließ das Interesse des Kaisers neu aufleben.

»Im Vorraum warten noch mehr Barbaren, Basileus«, warf der Präfekt ein. »Soll ich sie hereinholen lassen?«

»Selbstverständlich, Präfekt«, sagte der Kaiser. »Mir scheint, wir werden noch von Barbari überrannt, ehe diese Angelegenheit geregelt ist.«

Ein paar Höflinge lachten pflichtschuldig, und der Präfekt eilte davon, um die übrigen Dänen zu rufen. Kurz darauf öffneten sich die Bronzetüren, und vier Seewölfe traten aus dem Vestibulum in die Halle. Zwei von ihnen trugen die Schatztruhe mit dem spitzen Deckel zwischen sich. Als ich die Schatulle sah, schlug mein Herz schneller. Die Dänen traten zu Harald und setzten den Schatz zu seinen Füßen ab.

»Nun?« fragte der Kaiser ungeduldig.

»Basileus«, begann ich. Ich konnte kaum den Blick von der Truhe mit dem Spitzdeckel losreißen. »König Harald versichert Euch hiermit seiner Ehrenhaftigkeit in dieser Sache.«

»Tut er das, ja?« Mit einer kaum wahrnehmbaren Handbewegung gab Basileios dem Magister ein Zeichen. Dieser öffnete den Deckel der Schatzkiste, und ans Licht kam – Jesus steh mir bei! – das silberne Cumtach. Natürlich mußte Harald *ausgerechnet das* als Unterpfand für seine Aufrichtigkeit und Ehre beibringen. Das Buch war fort, doch sein gesegneter Einband hatte trotzdem seinen Weg zum Kaiser gefunden. Aber ach, nicht auf die Weise, auf die ich ihm das Buch gern überbracht hätte.

Der Hofbeamte kniete nieder, nahm den unschätzbar kostbaren Einband von seinem Platz und legte ihn, immer noch mit gebeugtem Knie, dem Kaiser zu Füßen. Basileios beugte sich nach vorn und ließ seinen erhabenen Blick auf dem feinen Silberfiligran und den Edelsteinen des Einbands ruhen. Dann trat Harald vor und setzte die Goldschale des Kaisers neben den silbernen Buchdeckel. »Wir sehen, daß du deinem Wort hohen Wert beimißt, König der Dänen.«

Der Quaestor starrte den Schatz ungläubig an, und ich vermutete, daß er kurz davor stand, seine Darstellung der Ereignisse zu widerrufen. Doch der Augenblick ging vorüber, und der Hafenmeister hüllte sich weiter in Schweigen.

»Magister«, rief der Kaiser und winkte den Beamten zu sich. Er flüsterte ihm etwas ins Ohr, worauf der Höfling nickte und, rückwärts gehend, den Raum verließ. »Nun werden wir die Wahrheit erfahren«, erklärte Basileios und setzte dann hinzu, als sei ihm das gerade erst eingefallen, »wenn Gott will.«

32

Kaiser Basileios befahl, Musik zu spielen, und von neuem erklang die wundersame Orgel, die wir bei unserem Eintreten vernommen hatten. Wir warteten und lauschten dabei den himmlischen Melodien dieses höchst außergewöhnlichen Instrumentes. Die Dänen wurden unruhig. Sie waren es nicht gewöhnt, so lange Zeit zuzubringen, ohne zu schreien, zu trinken oder zu kämpfen, und traten in zunehmender Erregung von einem Fuß auf den anderen. »Wie lange sollen wir denn noch so herumstehen?« verlangte Harald laut zu wissen.

»Friede, Jarl Harald«, beruhigte ich ihn. »Ich glaube, der Kaiser überlegt sich einen Plan.«

Knurrend lenkte der König ein und gab sich damit zufrieden, eingehend das überall zur Schau gestellte Gold zu mustern. Hnefi und Gunnar sprachen ganz offen darüber, wie sehr es sie in den Fingern juckte, daß sie so nahe vor solchen Reichtümern standen und dennoch nicht in der Lage waren, etwas davon für sich zu stehlen. Dies hätte mich vielleicht in Verlegenheit bringen sollen, aber da niemand sonst verstand, was sie sagten, durfte ich die Worte der Wikinger wohl ebenfalls überhören.

Der Kaiser seinerseits ließ sich nicht dazu herab, das ungebührliche Benehmen seiner barbarischen Gäste zu bemerken. Er lehnte sich auf seinem Thron zurück, faltete die Hände über dem Bauch und schloß die Augen. Gerade, als ich glaubte, er sei eingeschlummert, fuhr er hoch und rief: »Komm her, Sklave.«

Soweit ich sehen konnte, befanden sich keine Sklaven in der Umgebung. Daher war ich überrascht, als er die Hand hob und mich heranwinkte. »Vergebt mir, Basileus«, murmelte ich und schob mich zögernd einen Schritt heran.

Der Kaiser bedeutete mir näher zu treten und hielt mir die Hand hin, auf daß ich sie küßte. Dies tat ich und blieb dann mit gesenktem Blick vor ihm stehen, wie ich es bei dem Magister gesehen hatte.

»Wir erkennen, daß du ein gebildeter Mann bist«, meinte Basileios. »Wie bist du als Sklave unter diese Barbaren geraten?«

»Erhabener Kaiser, ich befand mich mit meinen Brüdern in Christo auf einer Pilgerfahrt, als unser Schiff von Seewölfen angegriffen wurde.« Kurz schilderte ich, wie wir den Schiffbruch überlebt und das gallische Dorf entdeckt hatten, und schloß, indem ich sagte: »In derselben Nacht wurde die Siedlung angegriffen, und ich geriet in Gefangenschaft.« Ich wies auf das Cumtach, das in der Schatulle am Fuß des Thrones lag, und erklärte: »Der silberne Bucheinband, den man dir als Unterpfand angeboten hat, gehörte einmal uns.«

»Wahrhaftig?« wunderte sich der Kaiser. »Und deine Mitbrüder? Was ist aus ihnen geworden?«

»Hoher Herr«, sagte ich, »ich wünschte, ich wüßte das.« Tatsächlich hatte ich gehofft, der Kaiser könnte mich darüber aufklären.

Basileios betrachtete mich mit gespieltem Erstaunen. »Du meinst, Wir könnten dir das verraten?« Er lachte. »Das Wissen des Kaisers über das, was in seinem Reich vorgeht, ist zwar umfassend, doch keinesfalls unbegrenzt. Wie kommt ein Mann von deiner Bildung darauf, Wir könnten dir eine Erklärung über ein so unbedeutendes Ereignis liefern?«

»Vergebt mir meine Anmaßung, Basileus«, sagte ich, »doch die Pilgerfahrt, von der ich spreche, ging nach Konstantinopel. Tatsächlich wollten wir um eine Audienz bei Euch, erhabener Herrscher, nachsuchen, und Euch diese einzigartige und kostbare Gabe darbringen.«

»Wirklich?« Der Kaiser gab sich beeindruckt und befahl mir, die Sache weiter auszuführen. »Du hast das Ohr des Kaisers, kühner Priester – zumindest, bis der Magister zurückkehrt. Erzähl Uns mehr von dieser wundersamen Geschichte.«

In all meinen Tagen der Knechtschaft hätte ich nicht einmal im Traum daran zu denken gewagt, ich würde einmal vor dem Kaiser stehen und ihn mit der Erzählung meiner Mißgeschicke ergötzen. Doch ich war begierig, das Schicksal meiner Brüder zu erfahren, daher ergriff ich das Wort und ließ alle Bangigkeit fahren. Ich erzählte dem Basileus von dem Kloster in Kells und der Anfertigung des Buches, berichtete ihm von der Auswahl der dreizehn, die die Pilgerfahrt unternehmen sollten, den Reisevorbereitungen und dem Sturm, der uns über das Meer und den Seewölfen vor die Füße geweht hatte. »Ich nahm an, sie würden die Pilgerreise ohne mich fortsetzen«, schloß ich. »Doch wenn der Kaiser mir sagt, er habe sie nicht gesehen, muß ich schließen, daß meine Freunde entweder umgekehrt sind, oder, wie ich eher befürchte, bei jenem Überfall getötet wurden.«

Kaiser Basileios saß einen Augenblick nachdenklich da und fragte dann: »Wie ist dein Name, Priester?«

»Erhabener Gebieter«, antwortete ich, »ich bin Aidan mac Cainnech.«

»Aidan«, erklärte der Kaiser, »zu Unserem Kummer müssen Wir dir mitteilen, daß deine Mitbrüder nicht in Konstantinopel eingetroffen sind. Sie sind nicht vor Uns getreten. Von Herzen wünschten Wir, es wäre anders, denn allein nach dem Einband zu urteilen, wäre dieses Buch eine bewunderungswürdige Gabe gewesen und ein Zeugnis für die Ergebenheit eures Klosters. Wir bedauern dies aufrichtig.«

Gerade da kehrte der Magister sacrum zurück, und der Kaiser rief ihn zu sich. Ich wollte wegtreten, doch der Kaiser sagte: »Geh noch nicht, Priester.« Daher blieb ich neben dem Thron stehen.

»Basileus«, meldete der Magister, »die Komes sind zurück.«

»Sie dürfen eintreten«, gestattete Basileios, und der Magister zog sich zurück. Das Lächeln des Kaisers nahm einen verschlagenen Ausdruck an, als er sagte: »Nun wollen wir einmal sehen, auf was für ein Schlangennest wir da gestoßen sind.«

Der Magister erschien von neuem. Hinter ihm schritten drei junge Männer, die alle gleich gekleidet waren. Sie trugen lange, enganliegende Tuniken in Gelb und Blau mit weiten Ärmeln und gelbe Hosen, deren Beine in ihre hohen Stiefelschäfte gesteckt waren. An ihren Gürteln hingen Schwerter mit goldenem Heft. Der erste der drei – schlank wie eine Gerte, mit dunklem Haar und feinen, scharfen Zügen – näherte sich rasch dem Thron und warf sich nieder. »Steh auf, Nikos«, erklärte der Kaiser, der den Höfling offensichtlich kannte. »Erhebe dich und erkläre vor dieser hohen Versammlung, was du entdeckt hast.«

»Basileus«, antwortete der mit Nikos angesprochene Mann, als er wieder stand, »mir will scheinen, unser Quaestor ist ein äußerst umtriebiger Mann und in allen seinen Geschäften von Gott gesegnet.«

»Kläre Uns weiter auf.« Der Kaiser wandte seinen Blick von dem Höfling ab und sah den Hafenmeister an, der mit besorgter Miene dastand.

Komes Nikos streckte die Hände aus. Zwei der Höflinge, die mit ihm eingetreten waren, kamen mit einem großen irdenen Krug heran. Nikos nahm das Behältnis und hielt es in die

Höhe. »Gott und diese Männer sind meine Zeugen, daß dieser Krug im Hause des Quaestors Antonius gefunden wurde, Gebieter und Kaiser«, erklärte er mit vor Anstrengung leicht bebender Stimme, denn der Krug schien schwer zu sein. »Mit Eurer Erlaubnis, Basileus.«

Der Kaiser nickte, und Nikos ließ den Krug fallen. Das Tongefäß schlug auf dem Marmor auf, zerbarst in zahlreiche Scherben und entließ eine wahre Kaskade von Gold und Silber. Hunderte goldener Solidi und Silberdenarii klirrten auf den Boden.

Nikos hockte sich nieder, füllte seine Hände mit den Münzen und ließ sie durch seine Finger rinnen. »Mir will scheinen, daß unser geschätzter Hafenmeister entweder äußerst sparsam ist oder zutiefst unlauter. Ich bin fasziniert, Basileus.« Er sah den Quaestor an, dessen Gesicht aschgrau geworden war. »Ich möchte zu gern wissen, wie er zu solchem Reichtum gelangt ist.«

»Quaestor Antonius«, rief der Kaiser, »tritt vor und erkläre, wie du an dieses Vermögen gekommen bist. Denn Wir sind überzeugt, daß ein Beamter mit einem Jahresgehalt von zwei Solidi unmöglich solche Summen anhäufen kann. Vielleicht hast du ja Eigentum verkauft?« meinte Basileios. »Oder beim Rennen gewonnen? Haben dir möglicherweise die Grünen ihr Festtagsgeld in Verwahrung gegeben?«

Antonius starrte die Münzen auf dem Boden verdrossen an. »Dazu hattest du kein Recht«, knurrte er den Höfling an.

»Das Dekret des Kaisers hat mir das Recht gegeben«, entgegnete Nikos lakonisch. Der Beamte gab sich außerordentlich beherrscht, doch mir war offenkundig, daß er diesen Auftritt ungeheuer genoß.

»Wir warten, Hafenmeister Antonius«, meldete sich der Kaiser jetzt lauter zu Wort. »Wie hast du dir dieses Geld erworben? Wir verlangen eine Antwort.«

Antonius wirkte erschüttert und verängstigt, aber dennoch

reckte er den Kopf. »Erhabener Herr, die Münzen, die in meinem Haus gefunden wurden, stellen das Erbe meiner Familie dar. Sie sind beim Tod meines Vaters vor acht Jahren in meinen Besitz übergegangen.«

»Du stammst gewiß aus einer sehr reichen Familie, Quaestor Antonius«, bemerkte Nikos in einem Ton, der zugleich anzüglich und vorwurfsvoll war. »Nach diesem Berg von Geld zu urteilen, muß deinem Vater halb Pera gehört haben.«

»Mein Vater war ein geschickter Geschäftsmann«, räumte Antonius ein. »Das ist überall bekannt. Du kannst jeden fragen, der mit ihm gehandelt hat.«

»Gewitzt war er allerdings«, meinte Nikos, ging noch einmal vor dem Haufen in die Knie und hob eine Handvoll heraus. »Anscheinend hat er gut für die Zukunft vorgesorgt – sogar *über seinen Tod hinaus*. Seht her!« Er hielt eine Goldmünze in die Höhe. »Dieser Solidus wurde erst letztes Jahr geprägt. Und dieser im Jahr davor.« Er schob die Münzen, die er in der Hand hielt, umher und betrachtete sie eingehend. »Tatsächlich kann ich, wenn ich mir die Münzen ansehe, keine finden, die älter ist als drei Jahre. Trotzdem behauptest du, sie vor acht Jahren geerbt zu haben.«

»Ich habe sie eingewechselt, alte in neue«, entgegnete der Hafenmeister selbstzufrieden. »Ich ziehe neuere Münzen vor; denn ihr Gewicht ist einheitlicher.«

Der gerissene Quaestor schien sich aus der Sache herauszuwinden. Seine Erklärung war zwar kaum glaublich, doch zumindest im Bereich des Möglichen und vor allem nicht zu widerlegen. Bestimmt hatte er diesen Tag tausendmal vorhergesehen und sich seine Geschichte gut zurechtgelegt.

Ich betrachtete die Münzen auf dem Boden und sah vor mir diejenigen liegen, die der Hafenmeister dem Dänenkönig abgeknöpft hatte. Das Silber! »Allerhöchster Herr«, sagte ich, selbst verwundert über meinen plötzlichen Mut, »darf ich sprechen?«

Der Kaiser nickte langsam. Sein Blick ruhte auf dem Quaestor.

»Zwischen dem Gold befinden sich auch Silbermünzen. Vielleicht sollte man sie ebenfalls untersuchen.« Mit diesen Worten beugte ich mich herab und streckte die Hand nach den aufgehäuften Münzen aus.

Komes Nikos gebot mir Einhalt. Er faßte mich am Handgelenk und meinte: »Erlaube mir, dir zu helfen, mein Freund.« Obwohl seine Stimme höflich klang, hielt er meine Hand unerbittlich fest, und sein Blick war alles andere als freundlich.

Ich zog mich zurück und überließ es dem Höfling, den Haufen durchzusehen und die Silberdenarii herauszulesen. Binnen kurzem hatte er eine Handvoll beisammen und wandte sich dann an mich. »Die Silbermünzen sind weniger zahlreich vorhanden als die goldenen«, meinte er, »doch ihre Anzahl ist ebenfalls stattlich. Was willst du damit?«

»Nur dies hier«, erklärte ich, ging zu dem König, der schweigend und leicht verwirrt dastand, und streckte ihm die Hand entgegen. »Dein Silber, Jarl Harald«, sagte ich auf dänisch. »Gib mir ein paar Münzen.«

»Was geht hier vor sich?« fragte Harald und zog zugleich den Beutel aus seinem Gürtel. »Was reden diese Leute?«

»Geduld, Herr. Bald ist die Sache erledigt, und dann erkläre ich dir alles.«

Widerstrebend gab der König mir seinen Geldbeutel in die Hand, und ich kehrte an meinen Platz neben dem Thron zurück. Nikos hatte bereits begriffen, was ich vorhatte, und sagte: »Greif in den Beutel und zieh eine Münze heraus. Ich nehme ebenfalls eine. Nun zeig sie dem Kaiser.«

Beide streckten wir die Hände mit den Münzen aus. Einen nach dem anderen untersuchte Kaiser Basileios die Denarii. »Sie sind gleich.«

Nikos nahm noch mehrere Münzen, die er herausgesucht

hatte, und betrachtete jede einzelne. »Sie sind alle gleich, Basileus.«

»Wir möchten wissen, Quaestor Antonius«, sagte der Kaiser, »wie die Münzen dieses dänischen Königs in deinen Besitz gelangt sind. Willst du behaupten, daß sie ebenfalls aus dem Nachlaß deines geschäftstüchtigen Vaters stammen?«

»Herr und Kaiser«, erwiderte der Hafenmeister, »solche Denarii sind, wie jedermann weiß, die geläufigste Münze im ganzen Imperium. Frag lieber diesen Barbarenkönig, wie er zu Münzen gekommen ist, die in Konstantinopel geschlagen wurden.«

»Diese hier sind nicht in Konstantinopel geprägt, Quaestor Antonius«, bemerkte der Komes, »sondern in Rom, und alle zum Gedenken an Theophilus.« Er beugte sich wieder über den Geldhaufen, durchkämmte die Münzen und sortierte die aus Silber heraus, bis er sie alle gefunden hatte. Darauf zählte er sie. »Basileus«, erklärte er, »ich kann dir mitteilen, daß sich hier fünfundvierzig römische Denarii befinden.«

Der König starrte seinen Hafenmeister aufgebracht an. »Uns scheint, daß du hier, bis auf die Münze genau, die Anzahl Denarii hast, deren Diebstahl dich dieser König beschuldigt hat. Und mehr noch, allesamt handelt es sich um römische Münzen mit exakt derselben Prägung – wie die aus dem eigenen Beutel des Barbaren. Wenn du das erklären kannst, dann nur zu.«

Dreist bis zum Schluß, zuckte der Hafenmeister mit den Achseln. »Dies ist nur ein unglücklicher Zufall, Basileus«, entgegnete er, »nichts weiter.«

»Oh, Wir meinen, daß hier mehr als ein Zufall vorliegt«, erklärte Basileios scharf. Mit grausamer Befriedigung betrachtete der Kaiser den unseligen Hafenmeister und fuhr fort: »Wenn du gestattest, möchte ich eine andere, insgesamt logischere Erklärung vorschlagen: Du hast diese Männer um das Silber betrogen und die Münzen in deinen Krug gelegt, in der Absicht, die Denarii später in Solidi umzutauschen – so wie all die anderen Denarii, die du während der Ausübung deiner Pflichten gestohlen hast. Darüber hinaus, Quaestor Antonius, sind Wir nach der beträchtlichen Menge an Beweisstücken, die vor uns liegen, überzeugt, daß du deine Stellung als Hafenmeister von Hormisdas schon seit recht langer Zeit mißbrauchst.« Kaiser Basileios richtete sich auf seinem breiten Thron auf. »Das wird ein Ende haben.«

»Erhabener Herr«, rief Antonius rasch, »das Gold gehört mir, das schwöre ich bei allem, was heilig ist. Ich sage die Wahrheit; dies ist mein Erbe. Mit allem Respekt, du wirst doch diesen Barbari keinen Glauben schenken.«

»Respekt?« versetzte Basileios. »Wir sind verwundert, daß du ein solches Wort in den Mund nimmst. Uns, oder Unserer Stellung, hast du wenig Achtung erwiesen. Allerdings ist noch nicht bewiesen«, sagte der Kaiser, »daß du das Gold gestohlen hast, wenn auch das Silber nicht mehr zur Debatte steht.«

Mit diesen Worten winkte der Kaiser den Magister heran. Der Hofbeamte brachte ihm ein Wachstäfelchen von der Art, wie der Präfekt es mit sich geführt hatte, und reichte es seinem Gebieter. Basileios nahm den Griffel und begann zu schreiben.

»Basileus«, wagte der Quaestor zögernd einzuwenden, »mein Vergehen war geringfügig. Ihr wollt mich doch gewiß nicht ins Gefängnis werfen.«

»Wir stimmen mit dir überein, Quaestor Antonius, daß du nicht ins Gefängnis gehörst. Einen Mann von deinen beeindruckenden Talenten dort hinzustecken, wäre eine entsetzliche Vergeudung und ein Verlust für das Imperium. Uns ist jedoch klar, daß deine gegenwärtige Stellung dich, wie sollen Wir sagen, zu stark einengt.«

Der Kaiser blickte von der Schreibtafel auf und gestattete sich ein verhaltenes Lächeln. »Die kaiserlichen Minen können Menschen wie dich stets gut gebrauchen – Männer mit dem Verlangen nach Reichtum und einem Blick für das Glitzern von Silber. Wir sind uns sicher, daß du die Gesellschaft Gleichgesinnter höchst anregend finden wirst.«

Dem vormaligen Hafenmeister blieb der Mund offenstehen. Er schloß ihn wieder und schluckte heftig. »Nein ... nein ... bitte, heiliger Jesus, nein«, flüsterte er.

Nachdem Basileios zu seiner Zufriedenheit Recht gesprochen hatte, war die Angelegenheit für ihn beendet. »Für deine Reise ist gesorgt. Bis das Schiff segelt, bist du Gast des Kaisers.« Mit der Hand gab er ein Zeichen, und sogleich traten fünf der Farghanesen vor. Basileios reichte dem Magister das Wachstäfelchen und winkte in Richtung Tür. »Bringt ihn von hier fort.«

»Mein Geld!« schrie der Quaestor und versuchte, sich dem Griff der Wachen zu entwinden. »Das gehört mir!«

»Dein Gold bleibt hier«, erwiderte Basileios. »Dort, wo du hingehst, würde ein solches Vermögen dich nur in Gefahr bringen. Wir erweisen dir in dieser Sache mehr Wohlwollen, als du Uns jemals bezeigt hast.«

Die Bronzetüren öffneten sich, und der Gefangene wurde in den Vorraum geschleift. Er unternahm einen letzten Versuch, mit dem Kaiser zu rechten, doch der Anführer der Farghanesen brachte ihn mit einem harten Schlag auf den Mund zum Schweigen, worauf er sich in sein Schicksal ergab und abführen ließ.

Mit einer Handbewegung befahl Kaiser Basileios, das Gold und die Tonscherben fortzuräumen. Komes Nikos trat vor König Harald und reichte ihm die wiedergefundenen Silberstücke. »Deine Denarii, Herr«, fertigte er den König kurz ab.

Harald nahm das Silber, trat an den Fuß des Throns und tat dann etwas, über das ich seither viele Male nachgedacht habe. Er wies mich an, seine Worte zu übersetzen, und begann: »Hoher Kaiser, ich sage Euch die Wahrheit. Ich bin hergekommen, um Eure Schatzkammern zu plündern und alles, was ich würde tragen können, mit mir nach Skane zu nehmen.«

Der Kaiser nahm dieses Geständnis gutmütig auf. »Du bist nicht der erste, der solche Gedanken hegt, König Harald.«

Nachdem ich Basileios' Worte weitergegeben hatte, fuhr der Anführer der Seewölfe fort: »Nun stehe ich vor Euch und schaue mich um«, sagte er und blickte mit staunend aufgerissenen Augen umher. »Und ich sehe eine Pracht, die die Menschen in meinem Lande sich nicht einmal vorstellen können.« Harald wies auf den Haufen Goldmünzen, die am Boden lagen, und fügte hinzu: »Mehr noch, ich sehe, daß Männer, die in Euren Diensten stehen, über alle Maßen reich belohnt werden.«

Der Kaiser nickte befriedigt. »Du hast nur einen winzigen Blick auf den Reichtum und die Macht des Heiligen Römischen Reiches erhascht, und du erkennst, wie sinnlos es ist, gegen diese Macht anzukämpfen. Darin zeigst du dich weise, König Harald.«

»Ihr sprecht wahr«, pflichtete Harald ihm bereitwillig bei, als ich die Worte des Kaisers übersetzt hatte. »Und ich frage mich, wenn ein einfacher Diener solche Reichtümer anhäufen kann, was mag dann erst ein König vollbringen? Ich habe vier Schiffe und einhundertsechzig Männer bei mir. Wir sind gekommen, um Beute zu suchen, doch wir werden bleiben, um in Freundschaft mit Euch, großer Jarl, Reichtum und Ansehen zu gewinnen. Daher, allerhöchster Kaiser, stelle ich mich, meine Männer und meine Schiffe in Euren Dienst.«

Noch während ich diese Rede wiedergab, staunte ich über Haralds Verwegenheit. War er wirklich so sehr von sich überzeugt, so überheblich, daß er glaubte, all seine Männer würden ihm in dieser großen Geste nachfolgen? Oder so einfältig anzunehmen, der Kaiser würde seinen Vorschlag annehmen und ihn auch noch dafür belohnen?

Doch in dieser Sache war ich zu unwissend. Denn, Wunder über Wunder, der heilige Kaiser, der allerhöchste Beherrscher der ganzen Christenheit, nahm Harald Stierbrüller, Barbarenführer und Räuber, eingehend in Augenschein wie ein Mann, der den Wert eines Pferdes abschätzt, und kam sogleich zu einem Entschluß. »Wir nehmen dein Angebot an, König Harald. Du wirst bemerkt haben, daß beherzte Männer in meinen Diensten willkommen sind, und sie werden tatsächlich gut bezahlt. Daß ihr Seefahrer seid, spricht für euch. Gerade jetzt haben wir Bedarf an schnellen Booten; denn die Meere im Süden sind aufgrund der arabischen Überfälle gegenwärtig äußerst unsicher geworden.

Daher wollen wir eure Treue auf die Probe stellen. Wir bereiten eine Gesandtschaft nach Trapezunt vor, für die eine Eskorte benötigt wird. Wenn ihr mir diesen Dienst erweist, werde ich euch in die kaiserliche Flotte aufnehmen. Zufällig erlauben unsere Kriegsbräuche dem Sieger, die Beute, die ihm beim Kampf gegen einen Feind möglicherweise in die Hände fällt, für sich zu behalten. Dieses Privileg würden wir natürlich auch euch gewähren und sogar um gutes Gelingen für euch beten.«

Sobald Harald die Ausführungen des Kaisers vernommen hatte, stimmte er diesem Plan von ganzem Herzen zu. »Wir werden Eure Probe bestehen, Hoher Kaiser«, rief er. »Eure Feinde werden unsere Feinde sein. Unsere Siege sollen Eure Siege werden. Dies gelobe ich, Jarl Harald Stierbrüller, bei meinem Leben und dem meiner Männer.«

Vielleicht war König Harald, selbst ein Mann von Rang, einer Macht begegnet, die weit größer war als seine eigene, und hatte den Weg der Vorsicht eingeschlagen. Er mochte erkannt haben, daß die Macht des Oströmischen Reiches gegen ihn stehen würde, wenn er weiter seine Vorstellung von einem Raubzug verfolgte, und sein gewitzter Barbarenverstand hatte die bestmögliche Lösung gefunden. Vielleicht hatte ja auch Gott, unsichtbar und unmerklich, den fruchtbaren Boden von Haralds unsterblicher Seele gepflügt und die Saat gelegt, die nun so unerwartete Früchte trug. Wie auch immer, das Ergebnis verwirrte und erstaunte mich.

»Wir nehmen deinen Eid an, König Harald«, entgegnete der Kaiser gnädig. »Und wir werden zum himmlischen Vater beten, er möge deine Treue reich belohnen. Kehrt nun auf eure Schiffe zurück und haltet euch bereit.« Der Kaiser gab dem Magister ein Zeichen, und dieser holte wieder seine Wachstafel hervor. Basileios nahm den Griffel und begann zu schreiben. »Morgen werden wir euch den Protosphatharius schicken, damit er für den Proviant sorgt. Der Gesandte segelt in drei Tagen.« Er reichte seinem Magister sacrum die Tafel zurück und streckte dem König die Hand hin, auf daß er sie küsse.

Diesesmal beugte Jarl Harald Stierbrüller das Haupt und besiegelte seinen Treueschwur mit einem Kuß. Der Kaiser erhob sich von seinem Thron, nahm die goldene Schale, die zu seinen Füßen lag, und reichte sie dem listigen Dänen. Darauf stieg er von der Empore, bückte sich und schaufelte höchstselbst eine Handvoll Goldmünzen aus dem Haufen auf dem Boden, die er laut klappernd in Haralds Schale rinnen ließ wie ein reicher Kaufmann, der seinem Lieblingsbettler ein Almosen gibt. Der Barbarenkönig grinste so breit und freudig, daß der Kaiser dasselbe noch einmal wiederholte. Mir entging jedoch nicht, daß von dem silbernen Cumtach, das vergessen auf den Stufen des Thrones lag, keine Rede mehr war.

Darauf entließ Basileios seinen frischgebackenen Lehnsmann, indem er sagte: »Diene Uns gut, König von Skane, dann sollen dir, wenn Gott will, der Ruhm und die Schätze, die du suchst, zuteil werden.«

Harald dankte dem Kaiser und nahm mit der Versicherung Abschied, er werde auf seine Schiffe zurückkehren und dort die Befehle des Kaisers erwarten. Dann folgten wir dem Magister und verließen den Kaiser. Mit abgewandtem Blick entfernten wir uns, rückwärts gehend, langsam vom Thron. An der Tür hielt ich inne, um noch einen letzten langen Blick in den herrlichen Saal zu tun, als der Magister mir dir Hand auf die Schulter legte.

»Der Basileus möchte allein mit dir sprechen«, sagte er, und wies auf den Thron. Ich blickte auf und sah, daß Kaiser Basileios mich zu sich winkte. »Sag deinem König, daß du zu ihm zurückgebracht wirst, wenn der Kaiser mit dir fertig ist.«

Harald, der glücklich über sein Gold war, erteilte mir mit einem barschen Knurren seine Zustimmung, und ich ging auf dem Weg, den ich gekommen war, zum Thron zurück, wobei ich mich fragte, was Gottes Statthalter auf Erden wohl von mir wollte.

33

»Wie du heute gesehen hast, Bruder Aidan«, begann der Kaiser vertraulich und gebieterisch zugleich, »leben Wir in unsicheren Zeiten: Hofbeamte, die das Vertrauen genießen, nutzen ihre Macht, um zu ihrem eigenen Vorteil zu stehlen und zu betrügen, und räuberische Barbaren sprechen für Gerechtigkeit und geloben Uns ihre Treue.«

Der Kaiser hatte bis auf seine Leibwache alle Höflinge aus dem Thronsaal geschickt. Mit ausdruckslosen Mienen umstanden diese Männer den Thron, den Blick weder auf uns gerichtet noch abgewandt. Niemand sonst konnte vernehmen, was der Kaiser zu mir sagte.

Er hob die Hand, wies auf die Farghanesen-Leibwache, die seinen Thron umgab, und meinte: »Sieh dich gut um und sag mir dann, wer dem Kaiser am nächsten steht.«

Basileios schien eine Antwort zu erwarten, daher fragte ich: »Sind das Barbaren, erhabener Herr?«

»Dein Gebieter ist ein Barbar, und wir haben schon viele seinesgleichen gesehen. Wir machen Uns keine Illusionen, Bruder Aidan; denn Wir wissen, daß Wir einem Feind gegenüberstanden, der gekommen war, um zu rauben und zu töten. Darin hat er die Wahrheit gesprochen, ja, aber das war Uns ohnehin klar. Und doch, als er Gelegenheit hatte – und wir wissen sehr wohl, wer ihm diese verschafft hat, scharfsinniger

Priester –, als er jedenfalls in der Lage dazu war, hat dieser rauhe Barbar sich vertrauenswürdiger gezeigt als der Mann, der durch seine Geburt und seine Erziehung auf sein Amt vorbereitet worden war.

Vertrauen, das ist hier der Kern der Sache. Wem kann der Kaiser trauen? Seinen Freunden? Freunden, die krank vor Neid und Bosheit sind und ihm lieber die Kehle aufschlitzen würden, als das Knie vor ihm zu beugen? Vertraut er seinen Beamten? Hunderten namenloser, habgieriger Staatsbediensteter, die seinen Ring küssen, ihm aber zu gern den Wein vergiften würden? Vielleicht schenkt er ja seinen Söhnen Vertrauen? O nein, denn die sind entweder zu jung, um die Bürde des Staates mitzutragen, oder Männer, die selbst ehrgeizig sind und mehr als begierig nach der Krone schielen.«

Basileios hielt inne, um zu sehen, welche Wirkung seine Worte auf mich hatten, und nickte mit grimmiger Zufriedenheit. »Du beginnst die Dinge richtig zu sehen. Für jeden Dienst, dessen das Imperium bedarf, muß der Kaiser die Treue des Mannes, den er mit dieser Arbeit betraut, abwägen. Für die meisten Pflichten ist nicht allzuviel Treue erforderlich, und ein Mann dient uns so gut wie der andere. Für manche Aufgaben jedoch ist ein großes Maß an Loyalität notwendig – und dann gestaltet sich die Wahl weit schwieriger.«

Während er sprach, breitete sich ein eigenartiges Gefühl in meiner Magengrube aus, Angst oder Furcht ähnlich und doch keines von beidem, so, als hätte ich eine ungeheure Wette abgeschlossen und würde nun entdecken, ob ich gewonnen oder verloren hatte.

»Komes Nikos ist, wie du gesehen hast, ein getreuer und vertrauenswürdiger Diener«, fuhr Kaiser Basileios fort. »Er steht dem Thron sehr nahe. Scholarae Justinian kann mit einem raschen Aufstieg rechnen. Sein Diensteifer und seine Ehrlichkeit werden besonders belohnt werden. Derartiger

Männer bedürfen Wir stets, und darum bemächtigen Wir Uns ihrer, wann immer und wo immer Wir sie finden.

Bruder Aidan«, sagte er und schaute mich aus seinen schlauen dunklen Augen an, »Wir sehen jetzt einen solchen Mann vor uns stehen, und Wir möchten ihn ungern wieder aus unserem Gesichtskreis entschwinden lassen.«

»Ihr dürft nicht vergessen, erhabener Herr«, erklärte ich und legte die Hand an den Eisenring, der um meinen Hals hing, »daß ich nur ein Sklave bin.«

Die Antwort des Kaisers fiel scharf und verächtlich aus. »Du enttäuschst Uns, Priester. Wenig begreifst du die Macht eines Kaisers, wenn du glaubst, das wäre ein Hindernis. Erlaube Uns, dir zu versichern, Mönch, daß Wir durchaus über die Möglichkeit verfügen, die Freunde des Imperiums zu belohnen.«

»Verzeiht mir, hoher Herr«, sagte ich. »Ich bin unerfahren in Dingen des Hofes und habe ungebührlich gesprochen.«

Der Kaiser lehnte sich in die Kissen seines Thronsessels zurück. »Keine Sorge, Wir werden nicht gegen deinen Willen über dich verfügen. Uns ist vor allem an deiner Treue gelegen, nicht an deinem Gehorsam.« Der Kaiser strich die purpurfarbene Seide seines Gewandes glatt.

»Deine Pilgerfahrt ist nicht vergeblich gewesen, Bruder Priester. Du bist in der richtigen Position, um Uns zu Diensten zu sein. Mag sein, daß der Auftrag, an den Wir denken, genau die Aufgabe ist, zu der Gott dich berufen hat. Glaube Uns, Bruder Aidan, dein Werk hat eben erst begonnen.«

»Erhabener Herr«, entgegnete ich, während meine Gedanken sich vor Verwirrung überschlugen, »befehlt mir nach Eurem Belieben, ich bin Euer Diener.«

Basileios lächelte kurz und wirkte halbwegs zufrieden. »Gut. Wir sind erfreut, Bruder Mönch.« Er winkte mich näher heran und sagte: »Hör gut zu. Wir möchten, daß du folgendes tust.«

Ich lauschte gespannt, während der Kaiser mir auseinandersetzte, daß sich derzeit seine ganze Aufmerksamkeit auf die Gesandtschaft nach Trapezunt richtete. Diese sei, wie er erklärte, eine äußerst heikle Angelegenheit. »Natürlich hat das Imperium alle Arten von Feinden, deren Ziele nicht immer leicht erkennbar sind. Daher müssen Wir uns zum Besten des Reichs auf jede nur mögliche Weise schützen.« Er sah mich mit entwaffnender Offenheit an und fügte hinzu: »Verschwiegenheit hat manchmal ihren Nutzen, Bruder Priester. Wenn du ein Geheimnis zu wahren weißt, würde Uns deine Anwesenheit in Trapezunt sehr freuen. Mehr noch, Wir würden sie dir lohnen.«

Ich antwortete, Diskretion sei eine Tugend, und zwar eine, die mir im Kloster sehr zustatten gekommen sei. Darauf teilte mir der Kaiser sein geheimes Anliegen mit und bat mich, in der Stadt am Schwarzen Meer sein Auge und sein Ohr zu sein, alles, was vor sich ging, zu beobachten und ihm bei meiner Rückkehr nach Byzanz Bericht zu erstatten. Als er zu Ende gesprochen hatte, fragte er, ob ich alles verstanden habe. Nachdem ich dies bejaht hatte, erhob er sich abrupt. Die Farghanesen wichen alle einen Schritt zurück. Der Kaiser bedeutete mir mit einer Handbewegung, daß ich entlassen sei und sagte: »Komm zu mir, wenn deine Reise vorüber ist.«

»Wie Ihr wünscht, Basileus.« Ich beugte das Haupt und entfernte mich rückwärts, wie ich es bei den anderen gesehen hatte.

Der Kaiser rief den Magister, auf daß er mich aus dem Palast geleitete. »Der Torwächter«, fragte Basileios, »ist der noch bei Uns?«

»Er befindet sich im Vorraum und erwartet Eure Befehle, Basileus«, antwortete der weißgewandete Höfling.

»Sag ihm, er soll diesen Mann zu seinem Schiff zurückbringen«, befahl der Kaiser und setzte dann impulsiv hinzu, »aber dies hat keine Eile, glauben Wir, also teile dem Hauptmann mit, er soll Unserem Diener alles zeigen, was er in Unserer Stadt sehen oder tun will.« Mit einem Blick auf mich meinte er: »Und er soll dem Mann auf jeden Fall etwas zu essen besorgen. Gib ihm zu diesem Zweck einen Solidus, Magister.«

»Wie Ihr befehlt, erhabener Herr«, antwortete der Höfling.

Wieder war ich entlassen und wurde aus dem Saal geführt. Basileios ließ mich bis zur Tür kommen, ehe er rief: »Gott schenke dir eine sichere Reise, Bruder Priester, und eine schnelle Rückkehr. Bis dahin wollen wir uns beide auf das Vergnügen freuen, gemeinsam zu erörtern, was du mit deiner Freiheit anzufangen gedenkst.«

Als ich von meiner Audienz zurückkehrte, fand ich Justinian allein im Vorraum wartend. Alle anderen waren fort. Der Magister winkte ihn zu uns, drückte ihm ein Goldstück in die Hand und übermittelte ihm die Befehle des Kaisers. Darauf wandte der Beamte sich ab und verschwand im Vestibulum, und wir hatten allein aus dem Palast hinauszufinden.

»Also!« rief Justinian aus, als wir endlich nach draußen traten, »den heutigen Tag werde ich wahrhaftig so bald nicht vergessen.«

Ich pflichtete ihm aus tiefstem Herzen bei, daß ich so etwas noch nicht erlebt hätte.

»Du bist ein bemerkenswerter Bursche, mein Freund.« Er betrachtete mich mit aufrichtiger Bewunderung. »Der Quaestor in die Bergwerke geschickt, und der Barbar als Söldner angeheuert – das werden mir meine Scholarii niemals glauben.« Er blieb stehen und blickte auf die Münze, die der Magister ihm gegeben hatte. »Ein ganzer Solidus«, sagte er und holte tief Luft, »und es ist noch fast heller Tag! Nun denn, welche Zerstreuungen ordnest du für den heutigen Abend an? Auf Befehl des Kaisers stehe ich dir zu Diensten.«

»Es ist sehr lange her, daß ich einen Fuß in eine Kapelle gesetzt habe. Falls dies nicht zu schwierig ist, würde ich gern in eine Kirche gehen und beten.«

»Die einzige Schwierigkeit wird darin liegen, zu entscheiden, welche wir mit unserer Gegenwart beehren – in Konstantinopel stehen Hunderte von Kirchen. Wir könnten nach St. Stephan gehen«, er wies auf das nächste Kreuz, das sich jenseits der Mauer erhob, »wo an manchen Tagen der Kaiser und seine Familie beten. Oder ich könnte dich in die Hagia Sophia führen – jeder Besucher in der Stadt möchte sie sehen.«

»Bitte, wenn das nicht zu viele Umstände macht, würde ich gern dorthin gehen, wo du betest.«

»Wo *ich* bete?« wunderte sich Justinian. »Das ist nur eine kleine Kirche in der Nähe meiner Wohnung. Sie ist in keiner Hinsicht bemerkenswert. Du kannst aus ganz Konstantinopel auswählen, mein Freund.« Doch obgleich er widersprach, entdeckte ich, daß mein Wunsch ihm schmeichelte. »Laß dich zur Hagia Sophia bringen.«

»Ich möchte lieber deine Kirche sehen. Wirst du mich dorthin führen?«

»Wenn du durchaus willst, natürlich.« Gemeinsam traten wir aus dem großen Palast, ließen den ummauerten Palastbezirk hinter uns und glitten durch eines der kleinen Tore in der Nähe des Hippodroms hinaus. Wir folgten einer schmalen, gewundenen Gasse, die neben der hohen Mauer jenes gewaltigen Bauwerks verlief, und kamen auf einer breiten, baumbestandenen Allee heraus. »Dies ist die Mese«, erklärte mir Justinian. »Sie ist die längste Straße der Welt und beginnt dort am Milion.« Er wies auf eine hohe, freistehende Säule, die nicht weit entfernt auf einem Platz stand.

»Und wo endet sie?«

»Auf dem Forum in Rom«, antwortete er stolz. »Hier entlang, meine Kirche ist nicht weit.«

Wir wandten uns nach Westen und gingen die breite Straße entlang, die, wie Justinian mir sagte, der wichtigste Weg in der Stadt für Prozessionen und sonstige Umzüge sei. »Alle Kaiser und Armeen marschieren die Mese hinunter und gehen durch das Goldene Tor hinaus, wenn sie in den Krieg ziehen. Und siegreich oder geschlagen, sie kehren auf demselben Weg zurück.«

Der Abend war kühl. Die Mese wimmelte von Menschen, als befinde sich nun, da ihr Tagwerk getan war, die gesamte Bevölkerung der Stadt auf dem Heimweg. Die meisten trugen Zutaten für ein einfaches Abendessen mit sich: einen Laib Brot, ein paar Eier, eine oder zwei Zwiebeln und öldurchtränkte Päckchen mit gewürzten Oliven. Die mehr vom Glück begünstigten jedoch hielten unterwegs an und genossen ein Mahl an einem der unzähligen Orte, wo man aß und trank. Justinian nannte sie Tabernas, und die ganze Mese war von ihnen gesäumt. Man konnte sie an den buntfarbigen Standarten erkennen, auf die Namen gemalt waren wie »Haus des Bacchus«, »Der Grüne Wagenlenker« oder »Zur springenden Lerche«. Vor diesen Tavernen standen Statuen griechischer und römischer Götter neben rauchenden Pfannen auf Dreifüßen.

Für den Fall, daß der Anblick glühender Holzkohle an einem kühlen Abend nicht ausreiche, um Hungrige anzuziehen, hatten sich die Eigentümer der Eßlokale neben ihren Feuerstellen postiert, brieten Fleischspieße und bestürmten die Vorübergehenden, ihre Gastfreundschaft anzunehmen. »Tritt ein, tritt ein«, riefen sie zum Beispiel. »Mein Freund, drinnen ist es warm. Der Wein hier ist gut. Heute abend gibt es gebratenes Schwein und Feigen. Das Essen wird dir schmecken. Komm doch herein, wir haben gerade noch Platz für dich.«

Das Aroma, das von den Kohlepfannen und aus den verborgenen Küchen aufstieg, zog sich zu üppigen, dichten

Duftwolken zusammen, die uns umfluteten, während wir die längste Straße der Welt entlanggingen. Nachdem wir eine Anzahl dieser Tavernen passiert hatten, begann mir das Wasser im Mund zusammenzulaufen, und mein Magen knurrte.

Justinian allerdings schienen weder der Essensduft noch die Rufe der Tavernenwirte zu beeindrucken. Alles außer dem Weg, der vor uns lag, außer acht lassend, eilte er weiter. Wir kamen an einer herrlichen Kirche vorbei – der Kirche der heiligen Märtyrer, wie Justinian mir erklärte –, und dann, auf einmal, begannen die Glocken zu läuten. Zuerst war da nur eine, vielleicht von der Hagia Sophia, doch dann fiel rasch eine von einer weiter entfernten Kirche ein, und dann noch eine und weitere, nah und fern, bis ganz Konstantinopel davon widerhallte. Sogar als jemand, der das tägliche Stundenläuten gewöhnt war, konnte ich über diese Vielzahl von Klängen nur staunen: Da waren Glocken in jeder Klangfarbe, von hohen, klaren Himmelsstimmen bis zu tiefen Tönen, die die Erde erzittern ließen. Aus jedem Winkel der Stadt erschallte der himmlische Klang, ein Geschenk des Friedens zum Ende des Tages.

Wir bogen in eine enge Gasse ab und mischten uns unter die Menge, die der Kirche, die am Ende der Straße aus gestampftem Lehm lag, zuströmte. Die Türen des Gotteshauses standen offen, und Kerzenlicht fiel auf die Straße und auf die Häupter derer, die sich durch den Eingang drängten. »Dies ist die Kirche St. Nikolaus, wo ich die Messe höre. Viele Kirchen sind schöner, doch nur wenige sind voller.«

Wir stürzten uns in das Gewühl an der Tür und schoben uns hindurch, um einen Platz in der Nähe einer der Säulen zu ergattern. In jedem Winkel brannten Kerzen, und von kunstvoll gearbeiteten Eisengestellen, die über den Köpfen der Menge angebracht waren, hingen Lampen herab. Tatsächlich waren hier so viele Menschen so dicht zusammengedrängt, daß ich kaum hören konnte, was die Priester sagten. Auf jeden Fall verstand ich, daß sie zahlreiche Gebete sprachen, und die Lesung erkannte ich als einen Abschnitt aus dem Lukasevangelium.

Darin war diese Messe den Gottesdiensten im Kloster sehr ähnlich, doch das änderte sich, als die Gläubigen zu singen begannen. Ihr Gesang unterschied sich von allem, was ich je gehört hatte. Ich habe keine Vorstellung, wie diese Wirkung erzielt wurde, doch die Musik schien das gesamte Gotteshaus mit einem lebendigen, erhebenden Klang aus vielen Einzelstimmen zu erfüllen, die auf irgendeine Weise zusammenfanden und sich zu einem einzigen Gesang von staunenswerter Kraft vereinten. Ich war tief bewegt und beeindruckt, und in meinem Herzen stieg Sehnsucht nach den Mönchen von Cenannus na Ríg auf. Die Kinder von DeDanaan erfreuen sich der besten Stimmen der Welt, und ich hätte viel darum gegeben zu hören, wie sie diese neue Art zu singen versuchten.

Abgesehen von der Musik gestaltete sich, wie ich schon sagte, der Gottesdienst ziemlich so, wie ich ihn kannte, nur daß die Gläubigen zum Gebet nicht niederknieten oder sich zu Boden warfen, sondern stehen blieben. Und statt die Hände zu falten, hoben sie sie in die Höhe. Außerdem gebrauchten die Priester weit mehr Weihrauch, als wir im Kloster erlaubt hätten. Tatsächlich schienen sie darauf bedacht, die Kirche mit duftenden Rauchwolken vollkommen zu erfüllen.

Am Ende wurde mir alles zuviel. Mag sein, daß die aufrührenden Erlebnisse dieses Tages, zusammen mit dem Licht, den Klängen, dem Rauch und dem Druck der Menge mich schließlich überwältigten. In einem Moment stand ich noch neben Justinian und lauschte dem Priester, der den Segen sprach, und im nächsten war ich am Fuß der Säule niedergesunken, und Justinian hockte mit besorgter Miene neben mir.

»Mir war ein wenig schwindlig«, erklärte ich ihm, sobald

wir wieder auf der Straße standen. Inzwischen war es dunkel, und vom Meer her wehte ein kühler Wind. »Aber jetzt fühle ich mich besser. Die frische Luft hat mir gutgetan.«

»Daß du ohnmächtig geworden bist, wundert mich nicht«, entgegnete Justinian. »Du bist heute durch die halbe Stadt gewandert, und das mit leerem Magen.« Tadelnd runzelte er die Stirn. »Höchste Zeit, etwas zu essen.«

Wieder auf der Mese angekommen, gingen wir ein kurzes Stück Richtung Westen und erreichten dann eine Kreuzung. Justinian bog in die Straße zur Rechten ein, die abschüssig, dunkel und still war, und führte mich ein paar Dutzend Schritte bis zu einem kleinen Haus mit niedriger Tür und hoher Schwelle. Im Näherkommen vernahm ich Gelächter von drinnen. Über dem Türrahmen hing ein hölzernes Schild, auf dem ein gebratener Vogel und eine Weinamphore abgebildet waren.

Justinian polterte mit der flachen Hand an die Tür. »Ich stamme aus Zypern«, erklärte er mir und ließ von seinem Sturmangriff auf die Tür ab. »Auch der Mann, dem dieses Haus gehört, kommt aus Zypern. Das allerbeste Essen stammt von dort. Dem ist wirklich so. Du kannst fragen, wen du willst.«

In diesem Moment öffnete sich die Tür, und wir erblickten einen Mann mit schwarzem Bart und einem Goldring im Ohr. »Justinian!« rief er aus. »Du hast uns also nicht vergessen! Möchtest du essen? Das sollst du haben.« Darauf zeigte Justinian dem Bärtigen die Münze, die der Präfekt ihm gegeben hatte. Der Wirt setzte ein breites Grinsen auf. »Sagte ich essen? Du sollst ein *Festmahl* bekommen! Ich werde euch einen herrlichen Schmaus auftischen.« An mich gewandt erklärte der Grieche: »Willkommen in meinem Haus. Ich kenne dich nicht, mein Freund, aber ich sehe bereits, daß du zweifach vom Glück begünstigt bist.«

»Wie denn das?« fragte ich verwundert, ebenso beeindruckt von seiner überschwenglichen Begrüßung wie von den köstlichen Düften, die aus dem warmen Hausinnern zu uns drangen.

»Ganz einfach. Du hast beschlossen, die beste Taverne in ganz Konstantinopel aufzusuchen, und dies in Gesellschaft des hervorragendsten Soldaten im ganzen Imperium. Oh, die Nacht ist kalt. Tretet ein, meine Freunde!« rief er aus und zog uns fast über die Türschwelle.

Schnell schloß der Wirt die Tür hinter uns und sagte zu mir: »Ich bin Theodorus Zakis, und ich fühle mich geehrt, euch in meinem Hause zu begrüßen. Hier könnt ihr die Mühen des Tages hinter euch lassen. Bitte, folgt mir.«

Der Wirt führte uns über eine schmale Treppe in einen weitläufigen Raum. In der Mitte glühte eine bronzene Kohlenpfanne wie ein Herdfeuer, und rundherum stand eine Anzahl niedriger Diwane verteilt. Auf einigen davon lagerten Männer, die sich zu zweit oder zu dritt über große Platten beugten, die mit verschiedenen Gerichten gefüllt waren. Auch ein paar kleine Tische standen in Nischen, die durch hölzerne Wandschirme abgeteilt waren. Einer stand in dem Teil des Gastraums, der über die Straße hinausragte, und zu diesem geleitete Theodorus uns.

»Du siehst, Justinian, ich habe diesen Platz für dich freigehalten. Ich weiß ja, daß er dir am liebsten ist.« Zu mir gewandt setzte er leise, als verrate er ein Geheimnis, hinzu: »Soldaten ziehen es immer vor, an Tischen zu sitzen. Warum, weiß ich nicht.« Er zog den Tisch von der Wand weg und schob uns die beiden niedrigen dreibeinigen Schemel hin. »Setzt euch! Nehmt Platz. Ich bringe den Wein.«

»Und Brot, Theodorus. Berge von Brot«, sagte Justinian. »Wir haben den ganzen Tag nichts zu essen bekommen.«

Unser Eintreten erregte bei den anderen Speisenden nur wenig Aufmerksamkeit. Sie setzten ihre Mahlzeit fort, als ob wir gar nicht vorhanden wären. Ich fand dies höchst ungewöhnlich, doch dann erklärte mir Justinian, dies sei durchaus üblich und werde nicht als unhöflich betrachtet. »Habt ihr denn in Irland keine Tavernen?« erkundigte er sich.

»Nein. Mir ist so etwas ganz neu. Aber andererseits ist alles in dieser Stadt neu für mich.«

»Als ich vor vier Jahren nach Konstantinopel kam, hatte ich hier noch keine Freunde, daher bin ich häufig hergekommen, obwohl ich mir das eigentlich nicht leisten konnte. Damals war ich bloß Legionär.«

»Hast du Familie?«

»Nur Mutter und Schwester«, antwortete er. »Sie leben noch auf Zypern. Seit sieben Jahren habe ich sie nicht gesehen. Aber ich weiß, daß es ihnen gutgeht. Wir schreiben uns häufig. Das ist einer der großen Vorteile, wenn man in der Armee des Kaisers dient – ein Soldat kann Briefe an jeden Ort der Welt senden und sicher sein, daß sie auch ankommen.«

Theodorus kehrte zurück und brachte einen Krug mit zwei Henkeln von der Form einer Amphore, doch mit flachem Boden. »Für euch, meine Freunde, habe ich das Beste aufgespart. Wein aus Chios!« verkündete er und stellte zwei hölzerne Becher neben den Krug auf den Tisch. »Trinkt das, und vergeßt jeden Wein, den ihr bis heute gekostet habt.«

»Wenn wir das da austrinken«, meinte Justinian grinsend, »vergessen wir auch alles andere.«

»Wäre das so schrecklich?« Lachend zog Theodorus sich zurück, nur um einen Augenblick später mit vier Laiben Brot in einem Flechtkorb zurückzukehren. Das Backwerk war noch warm.

»Sag mir, Aidan«, fragte Justinian, während er Wein in die Holzbecher goß, »was hältst du vom Kaiser?«

»Er ist ein bedeutender Mann«, antwortete ich, nahm einen der Laibe und reichte ihn Justinian.

»Fürwahr, fürwahr«, pflichtete er mir gutmütig bei und

brach das Brot in zwei Teile. »Das versteht sich von selbst. Er hat viel Gutes für die Stadt und das Imperium getan.«

Nach dem Brauch der Bewohner von Konstantinopel betete Justinian vor dem Essen. Sein Gebet war dem, das man vielleicht bei einem Essen im Kloster hätte hören können, nicht unähnlich. Als er fertig war, nahm ich ebenfalls einen Laib und brach ihn entzwei. Ein Hefeduftschwaden stieg auf, der mir das Wasser im Mund zusammenlaufen ließ. Eine Zeitlang aßen und tranken wir, genossen das köstliche Brot und sprachen dem Wein zu.

Nach einer Weile bemerkte Justinian: »Dies mag eine römische Stadt sein, doch in ihr schlägt ein byzantinisches Herz, und ein byzantinisches Herz ist vor allem eines, nämlich argwöhnisch.«

»Warum argwöhnisch?«

»Brauchst du da zu fragen?« meinte Justinian und lächelte geheimnisvoll und listig. »Nichts ist einfach, mein Freund. Hinter jedem Handel lauert Verrat, und in jeder freundlichen Geste verbirgt sich Tücke. Jede Tugend wird bis ins kleinste berechnet und mit dem größtmöglichen Gewinn verschachert. Hüte dich! In Byzanz ist nichts, wie es scheint.«

Dies schien mir kaum glaublich, und das sagte ich ihm auch. Doch Justinian blieb hartnäckig.

»Sieh dich um, Mönch. Wo großer Reichtum und Macht wohnen, ist das Mißtrauen allgegenwärtig. Selbst Rom auf dem Höhepunkt seines Glanzes war nicht mächtiger und wohlhabender als Konstantinopel heute. Argwohn ist in dieser Stadt lebenswichtig, er ist das Messer in deinem Ärmel und der Schild, der deinen Rücken schützt.«

»Aber wir sind Christen«, erklärte ich. »Wir haben solchen weltlichen Eitelkeiten entsagt.«

»Du hast natürlich recht«, gestand mir Justinian zu und leerte zum zweiten- oder drittenmal seinen Becher. »Zweifellos lebe ich schon zu lange in dieser Stadt. Trotzdem hören sogar Christen die Gerüchte.« Er beugte sich über den Tisch und sprach leiser. »Man behauptet, unser vorheriger Kaiser, Basileus Michael, sei an den Folgen eines Sturzes gestorben. Aber ... schlägt ein Mann sich beide Hände an den Gelenken ab, wenn er im Bad ausgleitet? Selbst die Freunde des Kaisers sagen, Basileios der Makedonier sei eher mittels einer gutgeführten Klinge denn durch göttliche Berufung auf den Thron gelangt.« Justinian schwieg und zog den Zeigefinger quer über seine Kehle.

Der König der Könige, Christi Auserwählter, Gottes Statthalter auf Erden sollte in ein Mordkomplott verwickelt sein? Wie konnte man so etwas nur denken, geschweige denn laut aussprechen? Verbrachten so die Bürger von Konstantinopel ihre Zeit, mit gehässigen Mutmaßungen und lästerlichen Verunglimpfungen? Aber ach, mein Freund hatte bereits eine beträchtliche Menge starken Weines getrunken, daher vergab ich ihm seine Schmähungen und maß seinem Gerede keine Bedeutung bei.

Der Tavernenwirt kehrte zurück und setzte uns zwei Tonschalen mit einer milchigweißen Suppe und zwei hölzerne Löffel vor. Ohne ein Wort verschwand er wieder und gesellte sich zu einer Dreiergruppe, die auf Diwanen ruhte. Kurz darauf lachten alle vier laut. Ich setzte meine Schüssel an die Lippen, um zu trinken, doch Justinian rührte seine Brühe mit einem Löffel um, und ich wurde daran erinnert, wie sehr ich die Lebensart der Barbaren schon angenommen hatte.

»Jegliche Trauer über Michaels Hinscheiden wurde zusammen mit seiner blutüberströmten Leiche zur Ruhe gebettet, würde ich meinen«, sagte Justinian leichthin, hob den Löffel an die Lippen und blies auf die heiße Suppe. »Er war ein lasterhafter Mensch und ein Hurenbock und Säufer, der die Stadt mit seiner Maßlosigkeit und seiner Verschwendungssucht fast in den Ruin getrieben hätte. Allenthalben war bekannt, daß er Basileios' Frau verführt und ihr beigelegen hatte, nicht einmal, sondern oft, und daß Basileios dies wußte. Tatsächlich behaupten manche Leute, einer der Söhne unseres Kaisers stamme nicht von ihm. Nur, weil die Gattin dieses Hahnreis einen königlichen Bastard geboren hat, habe man dem unglücklichen Basileios erlaubt, den Purpur zu tragen und Mitregent zu werden.«

Rasch blickte ich mich um, um mich zu vergewissern, ob jemand Justinian gehört hatte, doch zu meiner Erleichterung schienen die anderen Speisenden sich nicht für unser Gespräch zu interessieren. »Wie kannst du nur so etwas sagen?« flüsterte ich heiser und erschrocken.

Justinian zuckte die Achseln und schluckte die dicke Suppe hinunter. »Ich meine ja nicht, daß Basileus Michael boshaft war, er war einfach nur schwach.«

»Schwach!« keuchte ich.

Mein Gefährte verzog einen Mundwinkel zu einem grimmigen Lächeln. »Wir haben Päpste und Patriarchen kennengelernt, neben denen der arme geistesschwache Michael wie ein Heiliger dastehen würde. Man sagt, Phocus habe sich zwei abessinische Lustknaben gehalten und Häretiker gefoltert, um seine Essensgäste zu unterhalten. Theophilus, so heißt es, hat zwei seiner Brüder und einen seiner Söhne umgebracht, um den Thron zu besteigen. Basileios hält in diesem Augenblick seinen Sohn Leo im Gefängnis fest.«

Justinian hob die Schale an und löffelte die Suppe hinein. Ich saß mit offenem Mund und ungläubig staunend da. »Du ißt ja nicht, Aidan«, bemerkte mein Freund über den Rand der Schale hinweg. »Schmeckt dir die Suppe nicht?«

»Nicht aus Mangel an Appetit halte ich mich zurück«, erwiderte ich streng. »Ich bin entsetzt über die leichtfertige Weise, in der du den übelsten Tratsch nachplapperst. Auch wenn nur ein Körnchen von dem, was du sagst, wahr wäre, sollte uns das eher dazu bewegen, um Vergebung und Verzeihung für unseren gefallenen Monarchen zu beten, denn dazu, bösartiges Geschwätz weiterzutragen.«

Justinian senkte die Schale. »Ich habe dich gekränkt. Meine Worte waren schlecht gewählt. Verzeih mir, Bruder, so reden wir hier nun einmal. Bei meinem Leben, ich wollte dir nicht zu nahe treten. Es tut mir leid.«

Seine Zerknirschung besänftige meinen Zorn, und ich gab zurück: »Vielleicht habe ja auch ich meine Einwände überzogen. Ich bin schließlich fremd hier. Wenn ich spreche, wo ich doch zuhören sollte, dann ist es an dir, mir zu vergeben.«

»Nein, du bist im Recht, wenn du mich an meinen Mangel an Barmherzigkeit erinnerst«, antwortete Justinian und stellte die Suppenschale beiseite. Er nahm die Becher und reichte mir einen davon. »Komm, laß uns um dieses herrlichen Mahles willen all diese Unstimmigkeiten vergessen und einen Trinkspruch ausbringen.« Er drückte mir meinen Becher in die Hand und rief: »Laß uns auf unsere junge Freundschaft trinken!« Der Hauptmann hob den Becher, und ich tat es ihm nach. »Auf die Freundschaft unter Christen!« sagte er.

»Auf die christliche Freundschaft«, entgegnete ich und setzte den Becher an die Lippen.

Eine Zeitlang aßen wir schweigend weiter, nippten von unserem Wein und tunkten Brot in die goldene Brühe. Ich begann, mich gründlich wiederhergestellt zu fühlen. Justinian füllte eben unsere Becher ein weiteres Mal, als die Ehefrau des Besitzers mit einer Holzplatte an den Tisch trat, auf dem ein gebratenes Hähnchen lag – ich meine, eines für jeden von uns beiden! Der Teller nahm den ganzen Tisch ein, so daß Justinian gezwungen war, die Becher und den Krug auf den Boden zu stellen. Die gute Frau stellte die Platte vor uns hin, blieb dann stehen und bewunderte ihr Werk, bevor sie uns drängte, zu essen und es uns wohl sein zu lassen.

»Und nun«, meinte Justinian heiter, »wollen wir diesen armen Vögeln unseren Respekt erweisen. Es wäre eine Sünde, dieses Essen kalt werden zu lassen.« Justinian zog sein Messer aus dem Gürtel, begann das Huhn, das vor ihm lag, zu zerteilen und bedeutete mir, das gleiche zu tun. Als ich zögerte, meinte er: »Hast du kein Messer?« Ehe ich antworten konnte, setzte er hinzu: »Natürlich nicht. Hier, nimm meines.« Er reichte mir seine Klinge. »Vergib mir, Aidan, ich vergesse immer wieder, daß du ein Sklave bist.«

Die Vögel waren gefüllt mit Mandeln und Zuckerwerk, das mit Kreuzkümmel und Honig gewürzt war, und umlegt mit kleinen, aus Blättern gewickelten Päckchen, in denen sich gehacktes Lammfleisch, Linsen und Gerste befanden. Jeder Bissen, jeder Krümel schienen mir wie ein Wunder. Jeder Mundvoll war eine Köstlichkeit, die ich, wie ich zu meiner Schande gestehen muß, gierig hinunterschlang. Ich schwelgte in unbekannten Aromen. Vergiß nicht, lieber Leser, daß ich nie zuvor Zitronen gekostet hatte, und nun entdeckte ich ihren herrlichen Duft und Geschmack in den meisten Gerichten, sogar an der Suppe. Weinblätter, Anis oder Oliven, ach, die Hälfte der Gewürze, die für dieses Mahl verwendet worden waren, hatte ich noch nie probiert.

Ich bin fest davon überzeugt, daß ich nie wieder eine so reichhaltige, köstliche Mahlzeit zu mir genommen habe, und in Gesellschaft eines anderen Christen zu essen, erschien mir als Segen. Ich dachte zurück an die Mahlzeiten am Tisch des Klosters und tadelte mich für all die Gelegenheiten, bei denen ich Unwillen gegenüber den anderen Mönchen, insbesondere Diarmot, empfunden hatte.

Der Gedanke rief Erinnerungen an Éire wach, und der Kummer um meine Brüder versetzte meinem Herzen einen Stich. Ich vermißte meine Freunde und das beständige, sich langsam drehende Rad der täglichen Pflichten. Mir fehlten die Psalmen und Gebete und die Lesung aus dem Evangelium beim Abendessen. Ich vermißte Abt Fraoch, Ruadh und Cellach, ich entbehrte das Skriptorium und das Gefühl, einen

Griffel in der Hand zu halten. Und mir fehlte Dugal, Gott segne ihn.

Ah, Mo croi, dachte ich, was ist wohl aus dir geworden?

»Seit meiner Abreise aus Kells habe ich nicht mehr so gut gegessen, und nicht in so angenehmer Gesellschaft«, erklärte ich Justinian, als wir den ärgsten Hunger gestillt hatten.

»Da ist eine Sache, die mich verwundert hat«, meinte er. »Wie bist du als Priester aus Hibernia als Sklave unter diese wilden Wikinger geraten?«

So berichtete ich ihm, während wir die besten Bissen von der Platte, die vor uns stand, suchten, von meiner Zeit unter den Seewölfen von Skane. Ich erzählte ihm vom Kloster, von meiner Arbeit dort und darüber, wie ich für die Pilgerfahrt ausgewählt worden war, und auch von dem Buch, das wir für den Kaiser geschaffen hatten und dessen Einband er am heutigen Tag erblickt hatte. »Er wurde von den Mönchen von Hy gefertigt«, sagte ich. »Das Buch selbst haben die Barbaren zerstört.«

»Gehörst du einem besonderen Orden an?«

»Ich bin ein Célé Dé. Das Wort bedeutet ›Diener Gottes‹«, erklärte ich und setzte ihm auseinander, daß wir eine kleine Gemeinschaft von Mönchen waren, die einfach lebten, beständig beteten, mit ihrer Arbeit sich selbst und das Kloster unterhielten und den Menschen in der Umgegend auf verschiedene Arten behilflich waren.

Justinian hörte sich aufmerksam alles, was ich erzählte, an. Gelegentlich stellte er Fragen, doch größtenteils gab er sich damit zufrieden, mir zu lauschen. Der Wein löste meine Zunge, und ich redete den ganzen Rest der Mahlzeit hindurch und noch darüber hinaus, weit mehr, als ich mir je zugetraut hätte. Als die Zeit zum Aufbruch kam, bezahlte Justinian den Tavernenwirt, der uns eine gute Nacht und Lebewohl wünschte und uns noch kleine süße Kuchen mitgab, die wir auf dem Heimweg essen sollten.

»Aber du hast mir immer noch nicht erzählt, wie es kam, daß du Sklave bei Harald geworden bist«, sagte Justinian, als wir wieder auf der Mese waren. »Das ist eine Geschichte, die ich gern hören würde.«

Also berichtete ich ihm auf unserem Weg über die inzwischen fast verlassene Straße von dem gemeinsamen Unternehmen der drei Klöster, der Fertigung des Buches und seines silbernen Einbands, dem unseligen Ende der Pilgerfahrt nach Konstantinopel und schloß mit den Worten: »Ich habe Glück gehabt, denn ich bin zumindest hier angekommen. Was aus den anderen geworden ist, ahne ich nicht, doch ich befürchte das Schlimmste.«

»Was dies angeht«, antwortete Justinian, »so besitze ich Freunde unter den Scholarii an den Stadttoren. Ich werde mit ihnen sprechen. Innerhalb und außerhalb unserer Stadt geht wenig vor, das die Torgarden nicht erführen. Möglicherweise hat jemand aus einer meiner Kohorten etwas von deinen Brüdern gehört.« Er wandte sich um und wies mit erhobener Hand auf das Magnaura-Tor, das sich vor uns erhob. »Wir sind am Ziel. Komm, wir wollen ein Boot für dich finden.«

Justinian sprach mit dem Torwächter, und der Soldat ließ uns durch die Seitentür treten, die auch nachts geöffnet war. Am Fuß der Treppe warteten noch ein paar kleine Boote, und Justinian handelte mit einem der Bootsleute und bezahlte ihn. »Er bringt dich zum Schiff. Gute Nacht, Aidan«, sagte mein Freund und half mir ins Boot.

»Ich danke dir, Justinian«, gab ich zurück. »Hab Dank für alles, was du an diesem Tag für mich getan hast. Ich werde zu Gott beten, er möge dir deine Freundlichkeit tausendfach vergelten.«

»Bitte, sprich nicht weiter«, entgegnete er. »Ich bin schon reicht belohnt: Der Kaiser beschenkt mich mit Gold, ich habe mit einem Bruder Brot gegessen und Wein getrunken ... dies war ein guter Tag für mich.« Der Hauptmann hob zum

Abschied die Hand und sagte: »Denk daran, ich werde Erkundigungen über deine Freunde einziehen. Bis morgen oder übermorgen müßte ich etwas erfahren haben. Komm mich besuchen, sobald du kannst.«

»Wie soll ich dich wiederfinden?« rief ich, als das Boot vom Kai abstieß.

»Ich stehe immer am Tor«, sagte er. »Leb wohl, mein Freund. Gott schütze dich.«

»Und dich auch. Leb wohl, Justinian.«

34

Am nächsten Vormittag schickte König Harald sich an, den Protospatharius an Bord des Langschiffs zu empfangen. Staunend sah ich zu, mit welchem Eifer dieser rotbärtige Plünderer sich den Mantel der Zivilisation umlegte. Ich beobachtete, wie er mit großen Schritten auf dem Deck umherstolzierte, Befehle brüllte und das Schiff auf die Inspektion durch den Oberaufseher der Flotte vorbereitete, und dachte bei mir: Gestern war er noch ein Seeräuber, und heute ist er ein treuer Verteidiger des Imperiums.

Gegen Mittag traf in einem kleinen Boot der erwartete Beamte ein, begleitet von vier Männern in blauen Umhängen. Alle trugen braune Gürtel und flache schwarze Hüte mit breiter Krempe. An der Seite des Protospatharius baumelte an einem Lederriemen, der über seine Schulter führte, ein schwarzer Stoffbeutel. Als kaiserlicher Hofbeamter trug er einen Stab aus Ebenholz mit einem Bronzeknopf an beiden Enden.

Der Aufseher und seine Männer kamen an Bord und überbrachten Grüße des Basileus sowie ein Pergament, das den Jarl und seine Männer als Söldner im Dienste des Kaisers bezeichnete. »Ich bin Jovianus, Protospatharius der imperialen Flotte«, erklärte er uns und überreichte Harald das gesiegelte Pergament, der es aufrichtig dankbar entgegennahm und freudestrahlend dasaß, während ich es ihm vorlas. Darauf setzten die beiden Männer sich zu einem Mahl aus schwarzem Brot, Fisch und Bier nieder. Sie aßen, unterhielten sich höchst angeregt und widmeten sich dann dem anstehenden Geschäft, nämlich den Verhandlungen darüber, wie hoch und auf welche Weise Haralds Dienste entgolten werden sollten.

Der Kaiser, so wurde ruchbar, hatte den Wert von Haralds Dienst mit eintausend Nomismi pro *Monat* festgesetzt. Dies rief allerdings einige Verwirrung hervor, ehe den Barbaren erklärt wurde, daß unter einem Monat der Zeitraum zwischen einem Vollmond und dem nächsten zu verstehen war.

»Das sind einhundert Silberdinare jeden Monat«, sagte ich zum König. »Ich finde, das ist ein sehr guter Preis, Jarl Harald.«

Hnefi und Orm, die in der Nähe saßen, hörten die Zahl und konnten ihr Glück kaum fassen. »Jarl Harald«, riefen sie aus, »das ist mehr, als wir den ganzen letzten Sommer durch Raub und Plünderung gewonnen haben!«

Doch der habgierige Däne war nicht gewohnt, gleich das erste Angebot anzunehmen. »Das reicht vielleicht für mich und als Entschädigung für den Gebrauch meiner Schiffe«, gestand er listig zu. »Aber ich habe einhundertundsechzig Männer auf meinen vier Schiffen. Was soll ich ihnen geben?« Während ich seine Worte übersetzte, starrte der König den Höfling unerbittlich an.

»Daß du so viele Krieger hast, wußte ich nicht«, entgegnete Jovianus. »Vielleicht könnte man für sie noch eine Zulage gewähren.« Nachdem er sich kurz mit seinen Untergebenen besprochen hatte, schlug er vor: »Sollen wir zweitausend Nomismi sagen? Tausend für dich und deine Schiffe, und weitere tausend für deine Männer. Was meinst du dazu?«

»Das heißt weniger als zehn Denarii für jeden Mann«, mäkelte Harald.

»Das ist aber mehr, als jeder einzelne von ihnen je auf einmal in Händen gehalten hat«, mischte sich Hnefi ein.

»Nein«, erklärte Harald und schüttelte langsam und verstockt den Kopf. »Zehn für jeden Mann.« Ich übermittelte dem Protospatharius die Antwort des Königs.

»Acht vielleicht«, meinte der Aufseher vorsichtig. »Und ich werde deinen Männern einen Anteil an dem Themenbrot zugestehen.«

Harald hörte sich das Angebot an, dachte darüber nach und streckte dann nach Art der Wikinger die Rechte aus. Der Protospatharius betrachtete verwirrt die Hand des Königs.

»Das bedeutet, daß er einverstanden ist«, erklärte ich dem Beamten. »Wenn du zustimmst, fasse seine Hand so …« Ich schüttelte meine Linke mit der Rechten, um ihm zu zeigen, wie dies bewerkstelligt wurde.

Jovianus ergriff die Hand des Seefahrerkönigs und besiegelte damit den Handel. Nachdem dies erledigt war, wandten die beiden sich einer Debatte über die Rechte, Privilegien und Pflichten der Dänen als neu hinzugekommene Untertanen des Reiches zu. Schließlich einigten sie sich darüber, wie, wann und wo Proviant für die Reise aufgenommen werden würde und auf welche Weise die Seewölfe zu den anderen Schiffen der kaiserlichen Flotte, die sich bereits auf dem Weg nach Trapezunt befanden, stoßen sollten. Überflüssig zu sagen, daß ich den Tag damit zubrachte, für die beiden zu übersetzen. Dies war ermüdend, doch auf der anderen Seite erfuhr ich vieles, das mir von Nutzen sein mochte, sowohl über die Flotte des Kaisers als auch über die Art der bevorstehenden Reise.

Ich erkannte, daß uns mehr als eine einfache Handelsfahrt bevorstand, obwohl der Handel auch Bestandteil des Unternehmens sein würde, denn Trapezunt versorgte Byzanz auf Grund seiner Lage am äußersten Zipfel der östlichen Grenze seit langem mit Seide, Edelsteinen und anderen unentbehrlichen Luxusgütern. Diese Waren stammten aus Persien und noch weiter östlich gelegenen Landen, die allesamt von den Arabern beherrscht wurden.

Jedes Jahr brach eine ausgedehnte Flotte von Handelsschiffen nach Trapezunt auf, um an der Messe teilzunehmen, die im Frühling abgehalten wurde. Gesandtschaften aus der ganzen Welt kamen zu diesem Markt.

In letzter Zeit jedoch hatten die byzantinischen Delegationen Schwierigkeiten mit arabischen Piraten gehabt, die Schiffen, welche vom Markt kamen oder dorthin fuhren, auflauerten. Dies hatte die Entsendung einer Eskorte von Kriegsschiffen erforderlich gemacht, um die Händler zu schützen – ein kostspieliges Unterfangen und eines, auf das die kaiserliche Marine gern verzichtet hätte, um so mehr, da die Schiffe dringend andernorts benötigt wurden. Aus diesem Grund nahm der Kaiser die gefahrvolle Seereise im Winter in Kauf, um einen Abgesandten zu schicken, der eine Zusammenkunft mit einem Herrscher, welcher der Kalif von Samarra genannt wurde, arrangieren sollte. Sollten diese Verhandlungen erfolgreich verlaufen und die Überfälle unter Kontrolle gebracht werden, würden dadurch bei dem Markt im folgenden Jahr hohe Kosten und viel Blutvergießen vermieden.

Der Tag war schon weit fortgeschritten, als der Protospatharius seine Gespräche beendete und aufbrach. Ich bat um die Erlaubnis, noch einmal in die Stadt gehen zu dürfen, denn ich dachte, ich könnte wieder in einer der Kirchen von Konstantinopel beten oder vielleicht sogar von Justinian etwas über das Schicksal meiner Brüder erfahren. Aber Jarl Harald mochte dies nicht gestatten. Er verlangte, daß ich ihm berichtete, was am vergangenen Tag zwischen dem Kaiser und mir gesprochen worden war.

Ich hatte gehofft, er werde nicht danach fragen, aber falls

doch, hatte ich bereits beschlossen, ihm die Wahrheit zu sagen – jedenfalls den Teil davon, den ich erzählen konnte, ohne das Vertrauen des Kaisers zu mißbrauchen.

»Du bist erst spätabends zum Schiff zurückgekehrt«, hielt mir der König vor. »Ich frage mich, was der Kaiser wohl mit meinem Sklaven anfangen wollte.«

»Jarl Harald«, gab ich zurück, »es ist wahr, daß ich lange nicht an deiner Seite war. Der Kaiser wünschte mit mir über die Seereise nach Trapezunt zu sprechen.«

»Ich verstehe«, antwortete der König, jedoch in einer Weise, die nahelegte, daß er ganz und gar nicht verstand, warum der Kaiser sich mit mir abgab.

»Ich glaube, er war dir dankbar, daß du den Hafenmeister entlarvt hast«, meinte ich, um ein wenig vom Thema abzulenken.

»Ach ja«, entgegnete Harald, als könne er sich nur mit größter Mühe erinnern, »der Hafenmeister. Sonst nichts?«

»Der Kaiser glaubt, daß er vielen seiner Hofbeamten nicht trauen kann«, brachte ich hervor. »Dies ist der Grund, aus dem er so häufig Söldner anwirbt, Männer, die durch seinen Erfolg zu Wohlstand gelangen können, aber durch sein Ableben nichts zu gewinnen haben. Er ist sehr geneigt, die, welche sich sein Wohlwollen erwerben, zu belohnen.«

»Dieser Basileios ist klug, glaube ich. Er gebraucht die Werkzeuge seiner Macht gut«, meinte Harald. »Hat er nach mir gefragt?«

»Nach dir, Jarl Harald? Nein, der Kaiser wollte nichts über dich oder deine Angelegenheiten wissen. Aber ich kann dir sagen, daß er sehr zufrieden über den Handel zwischen euch beiden schien. Wie dem auch sei, der Basileus hat nichts weiter darüber gesagt, nur daß er solche Bündnisse nützlich finde, weil er anderen kaum vertrauen könne.«

»Heja«, bemerkte Harald abwesend. Offenkundig sagte ich nicht das, was er hören wollte. Einen Moment schwieg er und befahl dann: »Du wirst auf dem Schiff bleiben, bis wir absegeln. Das habe ich beschlossen.«

Darauf entließ er mich, und ich begab mich zum Bug des Schiffs, wo ich mich in dem spitzen Winkel, den der hochgezogene Kiel und die Seiten bildeten, niederließ. Dort, unter dem wilden, buntbemalten Drachenhaupt, wandte ich mein Gesicht den Planken zu, schloß die Augen und versuchte, eine gewisse Ordnung in meine chaotisch umherfliegenden Gedanken zu bringen. Fürwahr, die letzten Tage waren äußerst verwirrend für mich gewesen, und ich spürte die Anstrengung, die es mir bereitete, gegen diesen Strom schnell fließender Ereignisse anzuschwimmen.

Erstens: Ich hatte die Stadt erreicht, in der ich sterben würde. Merkwürdigerweise ängstigte mich der Gedanke nicht mehr. Ich vermute, ich lebte schon so lange mit diesem Wissen, daß Angst und Schrecken nachgelassen hatten. Und nun, da ich hier war, fühlte ich nichts mehr, nur eine zwiespältige Neugierde. Meine prophetischen Träume sagten jedoch nie etwas Falsches voraus. Die Erfahrung hatte mich schon vor langer Zeit gelehrt, daß das, was ich darin sah, unweigerlich eintraf. Dennoch war ich in Konstantinopel angekommen und in der Stadt umhergegangen, und ich lebte noch. Ich wußte nicht, was ich davon halten sollte.

Ebensowenig wußte ich, wie ich Justinians Andeutung einschätzen sollte, er werde vielleicht bald Nachricht von meinen Brüdern erhalten. Denn wenn sie Byzanz erreicht hätten, hätte der Kaiser das bestimmt gewußt. Selbst ohne das Buch als Gabe hätten sie um eine Audienz bei ihm nachgesucht. Die Vernunft sprach dafür, daß die Pilgerfahrt fehlgeschlagen war, doch die Hoffnung sagte mir etwas anderes.

Und dann war da noch das Geheimnis des Kaisers. Wie sollte ich darüber denken?

»Wir haben jetzt die Gelegenheit, Frieden mit den abbasidischen Mohammedanern zu schließen«, hatte der Kaiser mir erklärt, sobald wir allein waren. Der Friede ist immer ein lobenswertes Ziel und würdig, zu jeder Zeit verfolgt zu werden, aber wer oder was diese Mohammedaner waren, wußte ich nicht. Doch dies war der Grund, aus dem der Kaiser wünschte, daß ich an der Gesandtschaft nach Trapezunt teilnahm: »Wir bedürfen eines unparteiischen Zeugen, listiger Priester«, hatte der Kaiser gesagt. »Wir brauchen jemanden, der alles, was dort geschieht, beobachtet und sich merkt, jemanden, den man nicht verdächtigen wird, jemand Unbekannten.«

Weiter hatte der Basileus angedeutet, wenn ich bereit sei, über den Verlauf der Begegnung zwischen seinen Gesandten und denen dieses Kalifen zu berichten, würde er mich aus meiner Knechtschaft bei Harald befreien. Natürlich führte mich das in große Versuchung. Welcher Mensch hätte sich entschieden, auch nur einen Augenblick länger ein Sklave zu bleiben, wenn man ihm die Gelegenheit böte, diesen Zustand mit einem Wort zu beenden?

Oh, aber ich war auch argwöhnisch. So sehr ich mich auch bemühte, kam ich um alles in der Welt nicht darauf, was den Kaiser in dieser Sache bewog. Vielleicht wollte er mir ja nur helfen, mich, sagen wir einmal, mit meiner Freiheit belohnen, weil ich den diebischen Quaestor der Gerechtigkeit zugeführt hatte. Wenn er das allerdings im Sinn hatte, hätte er mich gleich auf der Stelle zum freien Mann machen können.

Ich grübelte über die Worte des Kaisers nach und drehte und wendete sie hin und her. Besonders gab ich daher auf alles acht, das zwischen Harald und dem Flottenaufseher beredet worden war, hoffte ich doch, einen wenn auch noch so kleinen Hinweis darauf zu erhalten, was oder wen der Kaiser so fürchtete, daß er solche geheimen Vorsichtsmaßnahmen traf. Ich hatte viel gelernt und erfahren, aber nichts, das Anlaß zu Befürchtungen hätte geben können, noch etwas, das die Frage, die mich am meisten umtrieb, beantwortet hätte:

Warum hatte der Kaiser gerade mich ausgewählt? Vielleicht konnte der Basileus, wie er angedeutet hatte, keinen seiner Vertrauten für diese Aufgabe entbehren, und da ich als Haralds Sklave ohnehin mit den Schiffen aufbrechen würde, hatte er einfach beschlossen, daß ich ihm einen nützlichen Dienst leisten könnte. Trotzdem fragte ich mich: War es wirklich so schwierig, treue Männer zu finden?

Wahrscheinlich war das Ganze eine impulsive Handlung von ihm gewesen und nichts weiter. Das sagte ich mir, aber ich konnte mich des Gedankens nicht erwehren, daß sich dahinter etwas Schlimmeres verbarg. Zweifellos hatte Justinians bösartiger Klatsch mich über Gebühr beeinflußt. Ich bekenne, daß sein Gerede mich tatsächlich tief beunruhigte. Gewiß war es höchst leichtsinnig von ihm gewesen, so zu sprechen. Wäre ich ein besserer Priester gewesen, hätte ich ihm eine Buße auferlegen müssen, damit er sich enthielt, Gerüchte nachzureden, sollte er zukünftig in diese Versuchung geraten.

Diese Gedanken kreisten in meinem rastlosen Hirn, ohne jemals Ruhe zu geben. Am Ende jedoch lief alles auf das eine hinaus: Der heilige Kaiser selbst hatte mir befohlen, ihm zu dienen. Als Priester war ich durch Eid verpflichtet, ihm zu gehorchen.

Argwohn, hatte Justinian gesagt, *ist das Messer in deinem Ärmel und der Schild, der deinen Rücken schützt.* Ich versuchte, den Gedanken beiseite zu schieben. Doch von neuem vernahm ich die Worte des Hauptmanns: *Wo großer Reichtum und Macht wohnen, ist das Mißtrauen allgegenwärtig.*

Solcherart waren die Gedanken, die wie Wespen durch mein Hirn schwärmten. Schließlich gab ich den Versuch auf, sie zu ordnen, und schüttete einfach Gott mein Herz aus. Ich betete geraume Zeit, doch mir wurde kein Trost zuteil. Daher gab ich irgendwann auf, blieb einfach ruhig sitzen und hörte den Gesprächen der Männer um mich herum zu. Nach einiger Zeit erhob ich mich und beschäftigte mich mit anderen Dingen.

Am nächsten Tag schickte der Flottenaufseher einen Mann mit einer Karte, auf der unser Ziel und die Route, auf der wir es erreichen würden, verzeichnet waren. Der König und der Steuermann studierten die Karte und fragten den Mann über mich als Dolmetscher des langen und des breiten aus. Die Zeichnung enthielt mehr Einzelheiten und war genauer als alles, was Thorkel je gesehen hatte. Sie zeigte einen ganzen Teil der südlichen Meere, die den Dänen bis dahin unbekannt gewesen waren. Als sie alles, was sie wissen wollten, erfahren hatten, entließ Harald den Beamten, und kaum war er von Bord gegangen, da befahl der König mir, für ihn eine Kopie der Karte anzufertigen. Obwohl mir nur die einfachsten Gerätschaften zur Verfügung standen – ich gebrauchte die Feder eines Seevogels als Schreibkiel –, blieb ich bei der Sache und fand sogar Freude an meiner Arbeit. Ich konnte dem Drang, die neue Karte mit einigen Triskelen und einem Schnörkelband an einer der Längsseiten zu verzieren, nicht widerstehen. Der Federkiel war zwar grob, aber durchaus brauchbar, und ich wurde gewahr, wie sehr ich mich an der Ausübung meines früheren Handwerks erfreute, als ich über das leere südliche Meer hinweg eine Wildgans zeichnete, das Symbol des Heiligen Geistes – als Segen für alle, die die Karte in den kommenden Jahren zu Gesicht bekommen würden. Meine Arbeit beschäftigte mich für den Rest des Tages und lenkte mich von meinem Wunsch ab, an Land zu gehen.

Am folgenden Morgen wurden die Schiffe in den Theodosius-Hafen verlegt, der, da er näher an den kaiserlichen Vorratshäusern und Kornkammern lag, von der Reichsflotte genutzt wurde. Den ganzen trüben, regnerischen Vormittag über beobachtete ich, wie die Wagen auf die Landungsbrücke rumpelten und Säcke und Körbe mit Vorräten in die wartenden Schiffe verladen wurden. Ich sah zu und wartete auf jede mögliche Gelegenheit, das Schiff zu verlassen, denn trotz Haralds Befehl hoffte ich immer noch, kurz mit Justinian sprechen zu können. Nach einer Weile hörte der Regen auf, und stumpf und dunstverhangen erschien die Sonne. Möwen zogen ihre Kreise in der Luft und tauchten im Hafenbecken nach Abfällen. Als die Mittagsstunde näher rückte, begann ich zu befürchten, daß Harald bei seiner Meinung bleiben und ich keine weitere Gelegenheit mehr finden würde, in die Stadt zu gehen.

Glücklicherweise kam, als eben die letzten Säcke verstaut wurden, Gunnar auf mich zu. »Heja, Aedan«, begrüßte er mich. »Jarl Harald sagt, Hnefi und ich sollen gehen und unseren Teil Brot holen.« Er reichte mir ein kleines Stück Pergament, auf dem eine Zahl geschrieben stand. Der Zettel trug ein kaiserliches Siegel. »Der König sagt, du sollst mit uns kommen für den Fall, daß wir von denjenigen, die die Brotlaibe verwalten, befragt werden.«

Dies war die Gelegenheit, auf die ich gehofft hatte. Ich steckte das Pergament in meinen Gürtel und meinte: »Wenn der Jarl befiehlt, müssen wir gehorchen. Komm, laßt uns eilen.«

»Heja«, pflichtete Gunnar bei und betrachtete mich mißtrauisch.

Wir riefen zwei von den Dutzenden kleiner Fährboote, die im Hafen unterwegs waren, und brachen mit einer zehnköpfigen Gruppe auf, um Brot für alle vier Schiffe zu holen. Eines der kleinen Privilegien des Dienstes in der kaiserlichen Flotte stellte diese Brotration dar, die man bei einer der zahlreichen kaiserlichen Bäckereien der Stadt einfordern konnte. Haralds vier Schiffe waren zwar sämtlich hoch mit Vorräten beladen, doch der König war darauf bedacht, alles zu bekommen, was ihm zustand. Brot war ein Teil seines Handels mit dem Flottenaufseher gewesen, und wenn der Kaiser verfügte, daß seine

Diener kostenloses Brot erhielten, dann wollte Harald jeden einzelnen Laib davon eintreiben.

Ungeachtet des Umstands, daß wir nun im Sold des Kaisers standen, waren wir immer noch Barbaren und mußten weiterhin das Magnaura-Tor benutzen. Dies bedeutete, daß wir in den Hafen von Hormisdas zurückfahren mußten, doch die Bootsleute hatten nichts dagegen, konnten sie dadurch doch einen höheren Fahrpreis einnehmen. Wir kamen dort an, und ohne Verzug ging ich zum Tor. Ich ließ Gunnar und Hnefi beim Präfekten des Tores zurück, damit sie Eintrittsmarken für die anderen erwarben, und rannte zu den Wachen, die auf ihrem Posten standen. Justinian befand sich nicht unter ihnen, noch war er irgendwo zu sehen.

»Wo ist Scholarae Justinian?« fragte ich, indem ich den nächstbesten Soldaten ansprach.

Der Wachmann warf mir einen wütenden Blick zu und musterte mich verächtlich. »Verschwinde«, knurrte er.

»Bitte«, rief ich, »es ist wichtig. Ich sollte ihn hier treffen. Ich muß wissen, wohin er gegangen ist.«

»Das geht dich nichts an«, versetzte der Soldat und wollte mich schon mit Gewalt vertreiben, als eine der anderen Wachen eingriff.

»Sag ihm, was er wissen will, Lucca«, meinte der andere. »Was kann es schaden?«

»Dann sag du es ihm«, erwiderte der erste. Er schnaubte herablassend und wandte mir den Rücken zu.

»Wenn du weißt, wo er ist«, sagte ich bittend an den zweiten Soldaten gerichtet, »wäre ich dir für deine Hilfe dankbar.«

»Scholarae Justinian ist auf einen anderen Posten versetzt worden«, antwortete der Soldat. Er sah mich genauer an und fragte: »Bist du der Priester namens Aidan?«

»Der bin ich.«

Der Soldat nickte. »Er hat mir aufgetragen, dir mitzuteilen, daß er im großen Palast zu finden sei.«

»Aber wo dort?« Bei der Aussicht, ihn in diesem Fuchsbau aus Mauern, Sälen, Wohnquartieren und Schreibstuben suchen zu müssen – vorausgesetzt, ich würde überhaupt Einlaß finden, – sank mir der Mut. »In welchem Teil des Palastes?«

Der Wachsoldat zuckte die Achseln. »Das hat er nicht gesagt. Wahrscheinlich steht er an einem der Tore.«

Ich dankte dem Wachmann und entfernte mich, wobei ich mich fragte, wie ich es jemals fertigbringen sollte, noch einmal zum großen Palast zu gehen. Und selbst wenn mir dies gelang, wie sollte ich es anstellen, dort Justinian zu finden?

35

Als ich zum Schalter des Präfekten zurückkehrte, warteten Gunnar und Tolar schon auf mich. »So«, meinte Gunnar und blickte die belebte Straße entlang, »jetzt müssen wir ein Haus finden, wo Brot gemacht wird.«

Ich blickte mich um und sah, daß die Menschen in beiden Richtungen durch das Tor gingen. Viele trugen Lasten, und einige von ihnen wurden von anderen geführt, die vorangingen und ihnen den Weg bahnten. Aus einer plötzlichen Eingebung heraus sagte ich: »Leichter gesagt als getan. Wir alle wissen, was das letzte Mal geschehen ist, als wir in dieser Stadt auf Beutezug gegangen sind.«

»Jarl Harald war nicht so zufrieden mit uns, wie ich dachte«, gestand Gunnar zu. Tolar nickte grimmig.

»Nein, das war er nicht«, pflichtete ich ihm bei. »Das beste, um nicht den Zorn des Königs auf uns zu ziehen, wäre, jemanden zu finden, der uns führt.«

»Du hast gute Einfälle, Aedan«, meinte Gunnar. »Aber ich glaube nicht, daß Hnefi uns dies erlauben würde.«

Schnell dachte ich nach und fragte: »Wieviel Silber hast du bei dir?«

Gunnar betrachtete mich mißtrauisch. »Nicht mehr als zehn Münzen«, antwortete er.

»Gut«, sagte ich. »Das sollte ausreichen. Vielleicht werden

wir sie gar nicht brauchen.« Ich warf einen Blick zu den anderen, die in ein paar Schritten Entfernung warteten, und meinte: »Jetzt laßt uns Hnefi fragen.«

Eine kurze Beratung folgte, in deren Verlauf Gunnar und Hnefi über die Idee, einen Führer anzuheuern, stritten. »Dieses Miklagård ist, wie du weißt, eine weitläufige und verwirrende Siedlung«, gab Gunnar zu bedenken. »Ich glaube, wenn der König hier wäre, würde er sich gewiß eines Führers bedienen.«

»Jarl Harald würde niemals einen Führer mieten«, beharrte Hnefi. »Und ich werde auch keinen brauchen. Wir sind Seewölfe, wir finden unseren Weg allein.«

Die umstehenden Dänen nickten zustimmend. Ich sah schon, daß die allgemeine Meinung sich stark in Hnefis Richtung neigte.

»Du irrst dich, Hnefi. An diesem Ort kommen wir viel besser zurecht, wenn wir jemanden haben, der uns den Weg zeigt«, beteuerte ich.

»Allzu gut ist es uns beim letztenmal allein nicht ergangen«, setzte Gunnar hinzu. »Der Jarl war sehr zornig auf uns. Daran sollte man denken, meine ich.«

»Dann nimm *du* dir doch einen Führer«, höhnte Hnefi, als sei dies bereits eine Beleidigung. »Mir würde so etwas Würdeloses nie in den Sinn kommen.«

»Nun gut. Wir werden einen Führer mieten«, erklärte ich, »und das Brot vor euch zu den Schiffen bringen.«

»Du vergißt wohl deine Stellung«, knurrte Hnefi. »Ich höre mir das Gestammel von Sklaven nicht an.«

Ich ergriff die Gelegenheit beim Schopfe und forderte ihn heraus. »Dann laß uns eine Wette abschließen und sehen, wer recht behält.«

»Es war deine Schuld, daß der Jarl sich erzürnt hat«, erwiderte Hnefi unbekümmert. »Ich höre dir gar nicht zu.«

»Das sagst du nur, weil du dich nicht von deinem Silber

trennen willst«, bemerkte ich und fürchtete schon fast, er werde mich schlagen. »Du weißt, daß ich im Recht bin, doch du magst es vor deinen Freunden nicht zugeben.« Ich wies auf die Dänen, die mit wachsender Aufmerksamkeit zuhörten.

Wie erwartet schluckte Hnefi den Köder. »Ich wette nicht mit Sklaven.« Hochmütig richtete er sich zur voller Größe auf. »Außerdem besitzt du gar kein Silber.«

»Das stimmt«, gab ich zu. »Doch Gunnars Börse ist gut gefüllt.«

»Sie ist nicht so voll, daß nicht noch mehr hineinpassen würde«, entgegnete Gunnar großspurig. »Los, Hnefi, laß uns wetten, wenn du keine Angst hast. Drei Silber –«

»*Zehn* Silberstücke«, warf ich schnell ein. »Zehn Denarii für den ersten, der mit der Hälfte der Brotration das Schiff erreicht.«

Gunnar zögerte und warf mir einen zweifelnden Blick zu.

»Ha! Jetzt bist du dir nicht mehr so sicher, was, Gunnar Großprahler?« brüstete sich Hnefi hochfahrend. »Zehn Silbermünzen sind zuviel für dich, heja?«

»Ich habe bloß überlegt, wie ich meinen Gewinn am besten anlege«, antwortete Gunnar gewandt. »Es ist schwer zu entscheiden, was man mit soviel Silber auf einmal anfangen soll. Ein Mann sollte solche Dinge planen. Ich glaube, vielleicht muß ich mir eine größere Geldbörse kaufen.«

Tolar kicherte.

»Dann geh deiner Wege«, höhnte Hnefi. »Wir werden ja sehen, wer zuerst zum Schiff zurückkommt.« Der Anführer wandte sich an die umstehenden Barbaren. »Ihr Männer dürft frei wählen. Wer wird mit Gunnar gehen, und wer kommt mit mir?«

Diese Aufforderung führte zu einer kurzen Debatte über die Verdienste der beiden Gegner. Ein paar der Wikinger waren neugierig geworden und hätten sich vielleicht auf

Gunnars Seite geschlagen, doch sie hielten Hnefis Position bei dieser Wette für sicherer. Die Barbaren trauten anscheinend ihrem Kriegshäuptling mehr zu als einem Sklaven und einem dahergelaufenen Führer.

»Vielleicht solltest du mir dein Silber jetzt schon geben«, spottete Hnefi, »denn mir scheint, du stehst mit deinem Sklavenfreund allein.«

»Tolar hält zu mir«, entgegnete Gunnar.

»Aber die anderen werden mit mir gehen.«

»Wie wollt ihr soviel Brot tragen? Ihr seid bloß zu dritt«, rief einer der Barbaren.

»Keine Sorge«, lachte Hnefi. »Sie werden niemals welches finden!« Er bedeutete dem Landungstrupp, ihm zu folgen, und alle zogen gutgelaunt davon, wobei sie debattierten, wie sie Hnefi helfen könnten, seinen Gewinn auszugeben.

»Er hat recht«, bemerkte Gunnar düster. »Selbst wenn wir das Backhaus zuerst finden, werden wir allein nie soviel Brot tragen können. Eine sehr törichte Wette habe ich da abgeschlossen.«

»Sei guten Mutes, Gunnar«, erwiderte ich unbekümmert. »Sorge dich nicht und hab keine Angst. Gott ist stets bereit, denen zu helfen, die Ihn in der Zeit der Not anrufen.«

»Dann tu dies jetzt, Aedan«, drängte mich Gunnar. »Wir stehen zu dritt gegen zehn.«

Ich stellte mich auf die Straße und betete zu Gott, er möge uns rasch zur nächsten Bäckerei führen und dafür sorgen, daß wir Erfolg hatten. Mein Gebet gefiel Gunnar außerordentlich. Er meinte zu mir, ein Gott, der den Menschen helfe, Wetten zu gewinnen, sei wert, daß man sich näher mit ihm beschäftige.

»Nun denn«, sagte ich, »jetzt brauchen wir nur noch einen Führer zu finden.«

Ich rannte zur Landungsbrücke zurück. Ein Blick über den Hafen bescherte mir rasch das gewünschte Ergebnis.

»Da! Dort ist Didimus«, rief ich. »Schnell, helft mir, ihn herbeizurufen.«

Gunnar, Tolar und ich stellten uns an den Rand des Kais, wedelten mit den Armen und brüllten wie Wahnsinnige, und kurz darauf stand der kleine Fährmann vor uns. »Grüße, Didimus«, begann ich. »Wir benötigen einen Führer. Kannst du so jemanden für uns auftun?«

»Mein Freund«, entgegnete Didimus fröhlich, »du sagst ›such mir einen Führer‹, und ich antworte dir: Du hast ihn schon gefunden. Vor euch steht der beste Fremdenführer von ganz Byzanz. Für Didimus birgt diese Stadt kein Geheimnis. Ihr könntet mir voll und ganz vertrauen, meine barbarischen Freunde. Ich werde euch sogleich führen, wohin ihr möchtet.«

Er huschte die Stufen zu seinem Boot hinunter, vertäute es an einem in die Hafenmauer eingelassenen Eisenring und kehrte sofort zurück, begierig, uns voranzugehen. »Also, wohin wollt ihr? Vielleicht möchtet ihr die Hagia Sophia sehen, ja? Die Kirche der heiligen Weisheit, ja? Ich bringe euch hin. Das Hippodrom? Ich kann euch hinführen. Folgt mir, meine Freunde, ich werde euch alles zeigen, was in dieser Stadt der Aufmerksamkeit wert ist.«

Hätte ich ihm nicht Einhalt geboten, wäre er sogleich aufgebrochen. »Einen Augenblick, bitte, Didimus«, warf ich ein. »Wir haben dringende Geschäfte zu erledigen, bei denen wir deiner Hilfe bedürfen.«

»Ich bin euer Diener. Eure Angelegenheiten sind schon so gut wie erledigt.« Er lächelte und blickte von mir zu Gunnar und wieder zurück. »Wohin soll ich euch bringen?«

»Zur nächsten kaiserlichen Bäckerei.«

»Zur Bäckerei!« Der kleine Bootsmann zog ein langes Gesicht. »Die ganze Stadt liegt vor euch! Ich werde euch zur Hagia Sophia führen! Dies wird euch außerordentlich gefallen.«

»Natürlich gehen wir zur Kirche der heiligen Sophia«, entgegnete ich, »aber zuerst ist es für uns von höchster Wichtigkeit, die Bäckerei aufzusuchen, um die Brotration für unsere Schiffe zu holen.«

Didimus zuckte mit den Achseln. »Wenn dies euer Wunsch ist, so ist er leicht zu erfüllen. Folgt mir.«

Forsch schritt er aus und rief den Vorübergehenden zu, uns den Weg freizumachen. Gunnar schien besorgt. »Keine Angst«, sagte ich zu ihm, als wir aufbrachen. »Wir werden gewinnen. Siehst du? Gott hat unser Gebet bereits erhört.«

Wir folgten unserem ohne Unterlaß schwatzenden Fremdenführer, der anscheinend beschlossen hatte, uns auf dem Wege so viele Sehenswürdigkeiten wie möglich zu zeigen, und schlängelten uns durch schmale, dichtbevölkerte Gassen. Zufällig befand sich die nächste kaiserliche Bäckerei in unmittelbarer Nähe der Kornhäuser, die ihrerseits nicht weit vom Hafen entfernt lagen. Nach einem kurzen Fußmarsch waren wir angelangt. »Hier, meine Freunde, steht die Bäckerei«, sagte Didimus und wies auf das weißgetünchte Gebäude vor uns.

Bis auf die Rauchwolke, die aus dem tönernen Kamin im Dach stieg, hätte das Haus einen Stall darstellen können. Unser Führer trat zu der blaugestrichenen Tür und polterte mit der flachen Hand dagegen. Von drinnen antwortete eine Stimme. »Er sagt, wir sollen warten«, teilte uns der Fährmann mit.

Wir standen auf der Straße und beobachteten die Menschen, die an uns vorbeieilten. Von neuem versetzte die Kleidung und äußere Erscheinung der wohlhabenderen Byzantiner mich in Staunen. Mir schien außerordentlich, wie sie jeder Einzelheit ihrer Kleidung, jeder Haarlocke eingehende Aufmerksamkeit widmeten. Ich sah drei Männer vorübergehen, die tief in eine hitzige Debatte versunken waren. Der vorderste schlug eben mit der Faust in seine Handfläche. Alle drei trugen lange Umhänge über reichbestickten Gewändern in leuchtenden Farben. Die Schultern waren mit Stoff ausgepolstert, um sie breiter aussehen zu lassen, übertrieben breit, wie mir schien. Ihre Haare waren lang, dick eingeölt und zu wohlgeordneten Locken gelegt, ebenso wie ihre Bärte. Im Vorübergehen erblickten die drei Gunnar und Tolar. Sie reckten die Nasen in die Luft, wandten die Gesichter ab und eilten weiter, als nähmen sie einen abstoßenden Geruch wahr. Ich fühlte mich leicht beleidigt, doch Gunnar lachte nur über ihr pompöses Gebaren.

Nach einiger Zeit wurde die blaue Tür geöffnet. »Hier bin ich«, schrie ein fetter Mann in einem engsitzenden braunen Gewand. Sein Haar und seine Kleidung waren so dick mit Mehl bepudert, daß sie fast weiß wirkten. Er warf uns einen Blick zu und brüllte: »Verschwindet! Fort mit euch!« Ehe wir uns rühren oder etwas sagen konnten, zog er den Kopf wieder ein und schlug die Tür hinter sich zu.

»Ein äußerst unfreundlicher Mensch«, bemerkte Didimus. Er wollte noch einmal an die Tür klopfen, doch Gunnar trat vor und winkte ihn beiseite. Er bedeutete Tolar, sich an die Tür zu stellen, und pochte energisch.

Wir warteten, und Gunnar hämmerte weiter, wobei er sich dieses Mal seines Messergriffs bediente und beinahe die Tür aus den Angeln riß. Einen Augenblick später steckte der Mann aufgebracht den Kopf nach draußen. »Du! Hör auf damit! Ich habe euch doch gesagt, ihr sollt verschwinden!« Er wedelte mit der Hand, um uns zum Gehen zu bewegen.

Blitzschnell packte Gunnar den Bäcker an seinem fetten Handgelenk und zerrte ihn aus der Tür auf die Straße. Der Dicke geiferte vor Zorn und fuhr herum, aber Tolar war rasch hinter ihm in die Tür getreten und schnitt ihm den Rückzug ab.

»Mein Freund«, sprach ich ihn an, »wir haben Geschäfte mit dir zu tätigen.«

»Lügner!« knurrte der Mann. »Ich backe nur für den Kaiser. Weder Pagani noch Barbari bekommen mein Brot zu kosten. Jetzt macht euch fort, bevor ich die Scholarae hole!«

»Diese Männer dienen ebenfalls dem Kaiser«, erklärte ich ihm kurz angebunden. »Er hat sie geschickt, um unsere Brotration abzuholen.«

»Ich nenne dich einen Lügner«, höhnte der Bäcker wieder. Sein Gesicht war hochrot angelaufen, und er schien kurz davor zu sein zu platzen. »Ich habe dich noch nie gesehen. Meinst du, es ist so einfach, mir mein Brot zu stehlen? Ich bin nicht wie die anderen, die das Politikoi jedem geben, der danach fragt, und dann dem Staat überhöhte Preise abverlangen. Mein Brot ist anständiges Brot, und ich bin ein ehrlicher Mensch!«

»Du hast von uns nichts zu fürchten«, erklärte ich in dem Versuch, ihn zu beruhigen. »Die Krieger, die du vor dir siehst, dienen bei den Barbaren der Leibwache. Sie sind gekommen, um das Politikoi, wie du es nennst, für die Schiffe zu holen, die die Handelsgesandtschaft nach Trapezunt begleiten.«

Der dicke Bäcker starrte mich an. »Ich bin Constantinus«, sagte er etwas ruhiger. »Wenn ihr vom Kaiser kommt, wo ist dann euer Sakka?« Er streckte mir die flache Hand entgegen.

»Was ist das?« fragte ich.

»Diebe!« kreischte der Bäcker. »Dachte ich es mir doch! Ich wußte es! Macht euch von hinnen, ihr Räuber.«

»Bitte«, wiederholte ich, »was ist dieses Sakka?«

»Ha! Du weißt nicht, was Politikoi ist, du kennst das Sakka nicht! Wenn ihr wirklich Farghanesen wäret«, spottete er, »wüßtet ihr, was das ist. Ich bräuchte es euch nicht zu sagen.«

Gunnar verfolgte diesen Wortwechsel mit verwirrtem Stirnrunzeln. Die Hand kampfbereit ans Messer gelegt, beobachtete er uns genau.

»Wir sind *tatsächlich* Männer des Kaisers«, beharrte ich,

»aber wir haben diesen Auftrag noch nie erledigt. Die Gepflogenheiten von Byzanz sind uns noch unbekannt.«

»Das Sakka gibt euch der Logothete, um mir mitzuteilen, wieviel Brot ich zu liefern habe«, sagte der Bäcker. »Ihr habt keines, also bekommt ihr kein Brot. Nun geht mir aus dem Weg. Ich habe genug Zeit mit euch vergeudet.«

Da verstand ich. Ich griff in meinen Gürtel und zog das kleine Stück Pergament hervor, das Gunnar mir gegeben hatte. »Dies ist das Sakka, das du brauchst, oder?«

Constantinus entriß mir den Zettel, warf einen Blick darauf und drückte ihn mir wieder in die Hand. »Das ist unmöglich. So viel Brot habe ich nicht. Kommt morgen wieder.«

»Wir brauchen es heute«, sagte ich. »Gibt es eine andere Bäckerei, an die wir uns wenden können?«

»Andere Bäcker gibt es schon«, entgegnete Constantinus steif. »Aber das wird euch nichts nützen. Niemand hat soviel Brot fertig, um es sofort mitzunehmen.«

»Kannst du das Brot backen?«

»Natürlich kann ich backen!« rief er. »Aber ich schaffe nicht alles auf einmal. Wenn ihr so viele Laibe wollt, müßt ihr warten.«

»Das macht uns nichts aus«, gab ich zurück.

»Dann wartet eben«, knurrte der Dicke. »Aber bleibt nicht hier stehen. Ich will nicht, daß Barbaren vor meinem Backhaus herumlungern. Das schickt sich nicht.«

»Natürlich«, pflichtete ich ihm bei. »Sag uns, wann wir wiederkommen sollen, und wir kehren zurück, wenn du fertig bist.«

»Ihr vier?« wunderte er sich. »So viel könnt ihr gar nicht tragen.«

Mein Herz wurde schwer. »Warum? Wieviel Brot steht uns zu?«

Der Bäcker warf noch einmal einen Blick auf das Pergament uns sagte: »Dreihundertundvierzig Laibe.«

»Wir bringen noch mehr Barbaren mit, die uns helfen«, gab ich zurück. »Wir werden sie jetzt holen.«

»Ihr sagt, ihr habt Schiffe«, meinte Constantinus. »Wo liegen sie?«

»Im Theodosius-Hafen«, antwortete der Fährmann.

»Das ist nicht weit«, bemerkte der Bäcker. »Ich bringe euch das Brot, wenn ich fertig bin.«

»Das ist nicht notwendig«, erklärte ich. »Wir würden sehr gern selbst ...«

»Nein, ich bestehe darauf. Überlaßt das mir«, sagte der Dicke. »So weiß ich wenigstens, daß ihr die Laibe nicht auf dem Rückweg zu euren Schiffen verkauft.«

»Nun gut, ich wollte dir nur Arbeit ersparen. Wir sind dir äußerst dankbar für den Dienst, den du uns erweist. Es handelt sich um dänische Boote – vier Langschiffe.«

»Die müßten leicht zu finden sein.« Er zog den Kopf ein und wandte sich plötzlich um. Tolar schickte sich an, ihm den Weg zu vertreten.

»Laß ihn durch«, sagte ich. »Dieser Mann hat für uns zu arbeiten.« Tolar trat beiseite und ließ den Bäcker vorbei.

Constantinus verschwand wieder in dem Backhaus und rief noch: »Ich bin ein ehrlicher Mann, und ich backe ehrliches Brot. Ihr werdet mich am Hafen sehen – aber erwartet mich nicht vor Sonnenuntergang!« Mit diesen Worte schlug er die Tür hinter sich zu.

»Was hatte das alles zu bedeuten?« fragte Gunnar.

Ich setzte ihm das Ganze auseinander. Kopfschüttelnd hörte er mich an. »Ich hätte nicht soviel Geld verwetten sollen«, meinte er düster. »Bis Sonnenuntergang ist noch viel Zeit. Hnefi und die anderen werden mit Sicherheit vor uns wieder bei den Schiffen sein.«

»Du vergißt, daß wir das Sakka haben.« Darauf erklärte ich ihm den Zweck des kleinen, aber hochwichtigen Stücks Pergament, das er mir gegeben und welches ich eben dem Bäcker weitergereicht hatte. »Ohne das Sakka wird ihnen niemand Brot geben.«

»Heja!« rief Gunnar. Seine finstere Miene wich, und er grinste über das ganze Gesicht. »Ich hätte mehr setzen sollen.«

»Gunnar Großprahler«, lachte Tolar.

»Wenn Hnefi nicht ganz schnell Griechisch lernt«, setzte ich hinzu, »werden sie ihren Irrtum so bald nicht erkennen. Bis sie darauf kommen, nach uns zu suchen, haben wir das Brot schon auf die Schiffe verladen.«

»Sehr geschickt, mein Freund«, bemerkte Didimus. »Du bist ein wahrer Herkules des Geistes. Ich verneige mich vor dir.« In einer groben Nachahmung des kaiserlichen Grußes streckte er die Hand in die Luft. »Nun denn. Da wir hier nicht länger verweilen dürfen, führe ich euch, wohin ihr möchtet.«

»Bitte, könntest du uns zum großen Palast bringen? Ich muß dort jemanden treffen.«

»Ich bringe euch schon hin, keine Sorge«, antwortete Didimus, »und dann führe ich euch zur Hagia Sophia, und ihr werdet eine Kerze für mich anzünden, auf daß Gott, der Allwissende, mir ebensolche Klugheit verleihe wie dir. Folgt mir.«

36

Die Wächter am großen Palast wiesen uns ab. Niemand hatte je von Justinian gehört, aber sie wußten immerhin, daß er nicht zu den Torwachen gehörte, denn sie hatten seit einem Jahr keine Neuzugänge gehabt. Einer der Männer meinte jedoch, er könne zu den Scholarae gehören, die im Inneren des Palastes dienten. »Du könntest dort nach ihm suchen«, erklärte mir der Soldat.

»Wenn du mir freundlicherweise sagst, wohin ich mich wenden soll, werde ich tun, was du mir rätst«, entgegnete ich und erhielt prompt die Antwort, dies sei unmöglich, falls ich keine offiziellen Geschäfte auf der anderen Seite des Tores hätte.

»Aber ich habe ein persönliches Anliegen an den Scholarae«, erklärte ich.

»Niemand, der nicht in aller Form vorgeladen ist, darf den inneren Palastbezirk betreten«, beharrte der Torwächter. Ich dankte ihm für seine Hilfe und fand mich damit ab, die Stadt verlassen zu müssen, ohne Justinian wiederzusehen.

»Nun werden wir zur Kirche der göttlichen Weisheit gehen«, sagte Didimus und führte uns durch die Schwärme von Bettlern zurück, die sich ihren Unterschlupf entlang der Palastmauern errichtet hatten. »Wir werden eine Kerze für deinen Freund entzünden. Vielleicht werden wir viele Kerzen anstecken.«

Gunnar schien durchaus geneigt, noch ein letztes Mal die Sehenswürdigkeiten der Stadt zu betrachten, ehe wir absegelten, und Tolar hatte noch überhaupt nichts von Konstantinopel zu sehen bekommen, so daß er uns gern folgte, wo immer wir hingehen mochten. »Mir ist gleich, wo wir herumlaufen«, sagte Gunnar, »solange ich rechtzeitig zurück bin, um meinen Gewinn von Hnefi einzustreichen.«

»Es ist gar nicht weit«, meinte Didimus. »Ich bringe euch früh genug zu eurem Schiff zurück, keine Angst. Ihr sprecht mit dem besten Fremdenführer in ganz Byzanz. Kommt mit mir, meine Freunde, und ich will euch auf dem Weg das Hippodrom und das Forum des Augustus zeigen.«

Das Hippodrom war eindrucksvoll. Das Forum erwies sich als vertieft angelegter Platz, umgeben von zweihundert Säulen, die, wie Didimus uns erklärte, größtenteils aus griechischen Tempeln stammten, weil heutzutage niemand mehr wüßte, wie sie angefertigt würden. Das glaubte ich nicht, aber die Säulen waren eindeutig weit älter als das Forum, daher lag vielleicht ein Körnchen Wahrheit in seinen Worten. Doch so beeindruckend diese Bauwerke waren, sie schienen winzig und unbedeutend neben der ehrfurchteinflößenden Hagia Sophia.

Gott stehe mir bei, die Kirche der heiligen Weisheit ist eine sichtbar gemachte göttliche Offenbarung, ein Zeugnis des Glaubens in Stein und Mörtel, ein Gebet aus Glas, Kacheln und kostbarem Metall. Sie steht als ein Weltwunder da, das die vielgerühmten Meisterwerke der antiken Baumeister in den Schatten stellt. Gewiß hat Gott selbst diese Kirche inspiriert und jeden einzelnen Arbeiter geleitet, diejenigen, welche die Hand an Kelle und Balken gelegt, nicht weniger als den Mann, der die Baupläne erdacht und gezeichnet hatte.

Gleich hinter dem Forum reihten wir vier uns in die Menge, die in die Kirche strömte, und kamen unmittelbar in den ersten von zwei Sälen. Wie viele andere blieben wir vor dem Stand eines Kerzenmachers stehen, damit Didimus Wachslichte und Weihrauch erwerben konnte, und gingen dann schnell in die zweite, größere Halle, die mit riesigen Platten aus rotem und grünem Marmor ausgelegt war. Die Kuppeldecke war mit Myriaden in Gold eingelegter Sterne und Kreuze geschmückt. Über den hohen Bronzetüren vor uns befand sich ein Mosaik, das die Muttergottes und das Kind darstellte. Gottes Sohn hielt ein kleines Kreuz in der Hand, als wolle Er alle segnen, die unter seinem milden Blick hindurchschritten.

Die Menge riß uns mit, und wir wurden unter dem Mosaik durch das Tor, das man das »Schöne« nennt, in das Hauptschiff der Kirche gespült. Von außen gesehen erscheint die imposante, rötlich gedrungene Gestalt der Hagia Sophia gewichtig, ein wahrhaftes Gebirge aus Ziegel und Stein, dessen massive Hänge sich über die umstehenden Bäume erheben, ein gewaltiger Berg voller Kuppeln und Hügel, umgeben von dicken Mauern und riesigen Stützpfeilern. Aber drinnen ist sie ganz Licht und Luft.

Durch die hohen Bronzetüren tritt man wie in einen Saal des Himmels selbst. Durch tausend Fenster fällt goldenes Licht und läßt jede Oberfläche glitzern und leuchten. Der helle Schein strömt aus einer Kuppel, die so weit und offen wie der Himmel ist, denn, Wunder über Wunder, unter der gewölbten Decke der Hagia Sophia verlaufen keine Dachbalken. Nichts stört das Auge oder hindert den Blick, der sich unendlich weit in die höchsten Höhen schwingt. Majestätisch schwebt die Kuppel hoch über dem Marmorboden, als werde sie von Engelshänden in der Luft gehalten.

Der Boden, der sich weit wie eine Ebene ausdehnt, besteht ganz aus feinem, polierten Marmor. Auch die doppelstöckigen Galerien hoch über dem Grund sind aus sattfarbigem Marmor, der das Auge verblüfft. Marmorne Trennwände und Tafeln sind zu feinsten Reliefs bearbeitet: komplizierte geometrische Muster, Kreuze, Sonnen, Monde, Sterne, Vögel, Blumen, Pflanzen, Tiere und Fische, alles, was im Himmel und auf Erden kreucht und fleucht. Entlang der Galerien erheben sich gewaltige Porphyrsäulen, deren Kapitelle in Form von Pflanzen gestaltet sind. So geschickt haben die Bildhauer ihr Handwerk getan, daß das Ganze wirkt, als trügen die Säulen ein Meer von üppig belaubten Weinranken.

Die Galerien und Korridore schienen endlos, und die auf hohen Säulen ruhenden Gewölbe erhoben sich in nicht enden wollenden Reihen. Darüber lagen Hunderte und Aberhunderte hoher Bogenfenster, die das Licht des Himmels einließen. Obwohl sich Tausende von Menschen im Inneren der Kirche aufhalten mußten, war sie so riesig, daß sie bequem noch zwei- oder dreimal so viele hätte aufnehmen können.

Beinahe jede Decke und jeder Ziergiebel waren mit kunstvoll ausgeführten Mosaiken bedeckt. Die Mönche unseres Skriptoriums verstehen sich wunderbar darauf, die Feinheiten kompliziertester und feinster Muster herauszuarbeiten, doch selbst unser guter Meister in Kells hätte durch ein eingehendes Studium der Decken und Wandtafeln der Hagia Sophia viel zu seinem Vorteil lernen können. Wahrhaftig, die Majestät dieses Gotteshauses raubte uns buchstäblich den Atem. Mit Stummheit geschlagen, vermochten Gunnar, Tolar und ich bloß mit offenem Mund zu starren. Wie benommen vor ehrfürchtigem Staunen stolperten wir von einem Wunder zum nächsten. Mit weit aufgerissenen Augen sogen wir jeden unglaublichen Anblick ein, als sei er das letzte, das wir in diesem Leben zu Gesicht bekämen.

Gunnar war immer stiller geworden, doch keineswegs, weil er sich gelangweilt oder keinen Sinn für diese Schönheit gehabt hätte. Ganz im Gegenteil! Staunend blickte er auf alles, was er sah, und wies mich von Zeit zu Zeit auf handwerkliche Einzelheiten hin, die mir entgangen waren. Doch seine Bemerkungen fielen zunehmend seltener, und obwohl er immer noch begierig alles, was vor ihm lag, aufzusaugen schien, nahm seine Freude immer mehr die Gestalt schwärmerischer Verzückung an. Einmal wandte ich mich um, weil ich mich überzeugen wollte, ob er noch hinter mir ging, und sah ihn vor einer der gewaltigen, aus Stein gehauenen Trennwände stehen. Er hatte die Hand zu einem Kreuz erhoben, das als Teil des Reliefs aus dem Paneel herausgearbeitet war, und zog ein ums andere Mal den Umriß mit dem Finger nach.

Das Kreuz schien Gunnar ganz besonders zu faszinieren. Als wir unter der Kuppelmitte hindurchschritten, spürte ich, wie jemand meine Schulter berührte. Ich drehte mich um und sah den unerschrockenen Barbaren zu einem goldenen Mosaik aufstarren, welches das größte Kreuz darstellte, das ich je gesehen hatte. »Sein Zeichen«, flüsterte Gunnar mit vor Ehrfurcht verhaltener Stimme. »Es ist überall.«

»Ja«, antwortete ich und erklärte, das Kreuz werde sogar im fernen Éire, am äußersten Ende der Christenheit, verehrt. »Das Kreuz der Byzantiner unterscheidet sich zwar um ein weniges von dem Kreuz der Kelten, und dieses wiederum von dem der Römer, doch alle ehren dasselbe Opfer, welches Christus, unser Herr, für alle Menschen gebracht hat.«

»Soviel Gold«, bemerkte Gunnar. Tolar nickte bedächtig.

Didimus führte uns zur linken Seite des Kirchenschiffs, wo ein frei stehendes Paneel errichtet worden war, an dem eine Anzahl großer, auf flache Holzplatten gemalter Gemälde hing. Diese Ikonen stellten Christus sowie verschiedene Apostel und Heilige dar, denen die besondere Verehrung des Volks von Byzanz galt. Vor der Bildwand, die Didimus Iconostasis nannte, erhoben sich eine Reihe treppenförmig angelegter Bretter, auf welche die Gläubigen ihre Kerzen stellten. Didimus holte seine Kerzen hervor, entzündete eine davon an einem bereits brennenden Licht und setzte sie in eine der wenigen freien Vertiefungen im Holz. Einen Augenblick stand er, sich leicht vor- und zurückwiegend, dann nahm er eine Prise Weihrauch und streute ihn über die Flamme, wo er zu einem duftenden Rauchwölkchen aufging.

»So«, meinte er und wandte sich zu uns um, »ich habe zu Elias gebetet, der gesegnete Jesus möge mir deine Klugheit schenken, und zu Barnabas, daß Gott mir die Kraft deines Barbarenfreundes gewährt.«

Ich übersetzte seine Worte für Gunnar, den dieser Vorgang tief zu beeindrucken schien. Er streckte Didimus die Hand hin und ließ sich eine seiner Kerzen geben. Staunend sahen Tolar und ich zu, wie Gunnar das Licht entzündete und sich, den Fährmann nachahmend, leicht vor- und zurückwiegte. Ich fragte mich, was ihn wohl bewogen hatte zu beten und was der Inhalt seines Gebets gewesen sei, doch ich hielt es für unhöflich, zu fragen.

Gunnar und Tolar waren gleichermaßen geblendet von der Erhabenheit dieses Gotteshauses, insbesondere durch den allgegenwärtigen verschwenderischen Gebrauch von Gold und Silber, der nicht aufhörte, sie zu erstaunen. Ich übertreibe nicht, wenn ich sage, daß der Blick überall auf den Glanz und Schimmer dieser edlen Metalle fällt, vor allem, wenn man sich dem Altarraum nähert, wohin Didimus uns jetzt führte. Dort erhebt sich eine kreisrunde Plattform, der Ambo, aus dem Boden, der über zwei breite Treppen mit flachen Stufen zu erreichen ist. Der Ambo wird umgeben von einer Reihe Säulen mit vergoldeten Kapitellen, die einen Absatz stützen, auf dem wiederum eine Vielzahl von Lampen und Kreuzen steht, einige aus Silber, andere aus Gold und viele verziert mit Perlen und Edelsteinen.

»Weiter können wir nicht gehen«, erklärte Didimus, als wir uns bis zum Rand der Plattform durchgedrängt hatten. »Jenseits des Ambo sind nur Kirchenmänner und hohe Beamte zugelassen.«

»In Éire«, meinte ich, »kann jedermann zum Altar treten. Er ist Gottes Tisch, an dem alle Menschen willkommen sind.«

Der kleine Fährmann sah mich neugierig an, als habe er noch nie so etwas Seltsames vernommen. »Der Chorraum liegt dort«, fuhr er fort. »An Festtagen ist immer ein Chor anwesend.« Er deutete hinter den Ambo und wies auf eine Art erhöht angelegten Fußpfad. »Dies ist die Solea«, sagte er zu mir. »Darüber nähern sich die Priester und der Kaiser dem Altar. Der Wandschirm, der den Altarraum einschließt, besteht aus massivem Silber, so sagt man jedenfalls.«

Der Chorraum war auf drei Seiten von einem strahlend hellen Schirm aus durchbrochenem Gitterwerk umgeben, der im Licht all der Lampen und Kerzen leuchtete. Der Altarschirm wies eine Reihe von Säulen auf, die eine niedrige Brüstung stützten. Darauf standen eine Anzahl Priester und Hofbeamter, alle gekleidet in den Farben ihres Amtes: die Priester in weiße Roben und die Höflinge in Rot und Schwarz. Die Säulen und die Brüstung waren mit Silber verkleidet, und das Licht der herabhängenden Kerzen und Lampen gestattete dem Auge, sich an der herrlichen Schmiedearbeit zu erfreuen, die Christus, die Muttergottes, Propheten, Heilige, Engel, Seraphim oder auch die Monogramme von Kaisern zeigte.

Der Chorraum mit dem Wandschirm und der Brüstung bildete das innere Heiligtum für den Altar, der sich unmittelbar dahinter erhob. Die Gläubigen durften nicht weiter vordringen als bis zum Ambo und zu der Solea, doch die Brüstung war recht niedrig und der Altar erhöht angelegt, so daß die versammelte Gemeinde die Zeremonie, die am Altar stattfand, gut verfolgen konnte.

Der Altar bestand aus tiefrosa Marmor und war von einer Art Zelt aus Gold umgeben. »Das ist das Ciborium«, antwortete Didimus auf meine Frage. »Der Stein kommt aus Damaskus«, fuhr er fort, überlegte und setzte dann hinzu: »... oder aus Athen.«

Der Stoff dieses zeltartigen Schutzschirms war mit Goldfäden durchwirkt und mit Edelsteinen – Rubinen, Smaragden, Topasen und Saphiren – übersät, die sich zu Mustern zusammensetzten. Der Schein all der Lampen und Kerzen fiel, zusammen mit dem Sonnenlicht, das von oben durch die Fenster einströmte, auf das Ciborium und tauchte den Altar in himmlischen Glanz. Das ganze Heiligtum schien ein reines, goldenes Licht auszustrahlen, das nicht nur den Altar überflutete und einhüllte, sondern auch die Menschen, die dort zugegen waren.

Denn auf einem goldenen Thron neben dem Altar saß der Basileus. Er hielt eine brennende Kerze in Händen und wirkte gelangweilt und bedrückt. Flankiert wurde er auf beiden Seiten von zwei Jünglingen in langen Purpurroben, neben denen zwei weitere, in priesterliches Weiß gekleidete Männer standen. Gunnar zeigte Tolar den Kaiser, doch dieser schien ein wenig enttäuscht über den Anblick von des Jarls neuem Herrn. Aber er behielt seine Meinung für sich.

Am Altar stand ein Priester, der eine lange, mit Kreuzen bestickte Stola trug und an einer Kette ein Weihrauchgefäß hin- und herschwenkte. Als dies getan war, verneigte er sich vor dem Altar und zog sich zurück. Darauf trat ein anderer Geistlicher – ein älterer Mann, auf dessen weißem Haar eine kleine, flache Haube saß – an den Altar, verbeugte sich dreimal, erhob die Hände und begann, sehr schnell und leise zu sprechen. Immer noch murmelnd, begann er dort irgendeine Zeremonie zu vollziehen. Jedermann schien das Gebaren des Priesters aufmerksam zu verfolgen, aber ich konnte nicht erkennen, was er da tat.

Nach einiger Zeit trat auch dieser Priester zurück, und ein heller Glockenton erklang. »Jetzt sollten wir gehen«, sagte Didimus mit einemmal, »sonst geraten wir mitten in die Menge und kommen nicht mehr rechtzeitig zum Schiff.«

Ich warf einen letzten langen Blick zum Altar und sah, daß der Gottesdienst beendet war und diejenigen, welche den Altar umstanden hatten, sich über die Solea zurückzogen.

Um uns herum strömten die Menschen bereits wieder in das Kirchenschiff. Wir schritten so schnell wie möglich aus, doch die Menge war so dicht, daß wir bald an den Türen, wo sich alles drängte, zum Halten gezwungen waren.

»Ich kenne noch einen anderen Weg«, rief Didimus. »Rasch!«

Er führte uns quer durch das Schiff zu einer der großen Galerien, in die wir einbogen und den langen Korridor entlangrannten, um an einer langen, geneigten Rampe herauszukommen. Wir mischten uns unter die Menschen, die diese Rampe hinabgingen, und stolperten schließlich auf eine schmale Straße hinter der Kirche. Gleich vor uns erhob sich eine hohe Mauer, an der entlang Bäume gepflanzt waren. Soldaten in Doppelreihen hatten sich in der Mitte der Straße zu einer Reihe aufgestellt, die sich nach rechts und links fortsetzte. Ihre bronzebeschlagenen Stäbe quer vor die Brust haltend, sperrten sie die rechte Straßenseite ab, damit die Menge dem Kaiser und seinen Höflingen, die in einer Prozession zurück zum großen Palast zogen, nicht nachsetzte.

Die meisten reckten den Hals, um den Kaiser zu sehen. Viele riefen ihn an und versuchten, zu einer Audienz im Vorübergehen zu kommen. Doch nicht der Kaiser erregte meine Aufmerksamkeit, als die Menge nach vorn drängte. Ich warf einen Blick auf die Reihe der Soldaten und wandte mich Gunnar und Tolar zu. »Bleibt hier, alle beide. Wartet auf mich.« Zu Didimus sagte ich: »Ich habe meinen Freund gefunden. Bleib hier.«

Ich schob mich durch das Gedränge und bahnte mir mit den Ellenbogen einen Weg in die vordere Reihe der Menge, wobei ich viele Püffe und Flüche einsteckte. So eingekeilt ich auch stand, ich brachte es fertig, einen Arm in die Höhe zu recken, und begann zu winken und zu rufen. »Justinian! Ich bin hier!«

Er drehte sich um, erblickte mich und winkte mich zu sich.

Die Menschen, die zwischen uns standen, stieß er mit dem stumpfen Ende seines Speeres aus dem Weg. »Ich habe dich gesucht«, sagte ich, als ich vor ihm stand.

Justinian nahm meinen Arm und zog mich beiseite. »Wir können jetzt nicht reden. Komm morgen zu mir, zum östlichen Tor. Ich werde Ausschau nach dir halten.«

»Aber wir segeln morgen bei Sonnenaufgang«, erklärte ich. »Ich hatte schon Angst, ich würde dich nicht mehr sehen.«

Er nickte und sah sich um, als fürchte er, jemand beobachte ihn. »Tu so, als würdest du mir Widerstand leisten«, raunte er mir zu.

»Was?« Ich verstand nicht. »Warum sollte ich ...«

»Gib vor, du wolltest an mir vorbeikommen«, beschwor er mich, hob seinen Stab und hielt ihn mit beiden Händen quer von sich. »Weg mir dir!« rief er und stieß mich mit dem Holz zurück. »Zurücktreten!«

Ich wich einen oder zwei Schritte zurück, und Justinian folgte mir und trieb mich noch weiter nach hinten. Als er mich fünf oder sechs Schritte rückwärts geschoben hatte, sagte er: »Aidan, hör mir zu: Ich habe Kunde von deinen Freunden.«

Mein Herz zog sich schmerzhaft zusammen. »Was? Sag es mir. Was hast du gehört?«

»Sprich leise. Man darf uns nicht zusammen sehen.« Rasch blickte er sich um und sagte: »Sie sind hiergewesen ...«

»Hier! In Byzanz!«

»Psst!« zischte er. »Schweig still, und hör mich an. Sie waren hier – man hat sie gesehen.«

»Wann?«

»Kurz nach der ersten Ernte, glaube ich. Sie ...«

»Wie viele waren es?«

»Acht oder zehn vielleicht, genau kann ich es nicht sagen. Ihr Anführer war ein Bischof, und nach ihrer Ankunft brachte man sie zum Kloster Christus Pantocrator. Die Mönche dort nahmen sie auf.«

»Aber was ist mit ihnen geschehen?«

»Sie sind wieder abgereist.«

»Ohne den Kaiser zu sehen? Das glaube ich nicht.«

Justinian zuckte die Achseln. »Man hat beobachtet, wie sie aufgebrochen sind.«

»Wer hat sie gesehen? Woher weißt du das?« Ich spürte, wie ich langsam die Fassung verlor.

»Leise!« zischte der Hauptmann und stieß mich mit dem Stab zurück. »Ich besitze gewisse Freunde.«

Einer der Scholarii war auf den Wortwechsel zwischen Justinian und mir aufmerksam geworden und kam auf uns zu. »Gibt es Schwierigkeiten?« rief er.

»Ach, nichts«, antwortete Justinian über die Schulter hinweg. »Dieser Bursche ist betrunken. Ich werde schon mit ihm fertig.« Er versetzte mir einen weiteren Stoß und sagte leise: »Paß auf, Aidan: Der Komes weiß von dieser Sache.«

»Der Komes ... Nikos?«

»Der, welcher geholfen hat, den Quaestor in die Falle zu locken, ja«, gab Justinian zurück. »Mein Freund sagte, Nikos habe deine Brüder zweimal getroffen, das letzte Mal am Tag ihrer Abreise. Das ist alles, was ich herausbringen konnte.« Rasch blickte er sich um. »Ich muß gehen. Wenn ich kann, versuche ich, mehr zu erfahren.«

Von neuem rief der Wachkommandant. Die anderen Soldaten rückten bereits ab. »Traue niemandem, Aidan«, warnte Justinian und entfernte sich rasch von mir. »Hüte dich vor Nikos – er hat sehr mächtige Freunde. Er ist gefährlich. Halte dich von ihm fern.«

Ich wollte ihm danken und Lebewohl sagen, doch er rannte bereits die enge Straße entlang, um die anderen Soldaten einzuholen. Ich drehte mich um und ging zu der Stelle zurück, wo Didimus und die Wikinger auf mich warteten.

Während ich mich durch die Menge drängte, dachte ich: *Sie leben! Meine Freunde sind noch am Leben! Jedenfalls haben sich die meisten von ihnen gerettet, und sie haben Konstantinopel doch noch erreicht.*

»Das war der Krieger vom Stadttor«, meinte Gunnar, als ich zu ihnen trat. »War er der Mann, den du gesucht hast?«

»Ja, das war er.«

»Und er hat dir berichtet, was du wissen wolltest?«

»Ja«, antwortete ich knapp. Mir stand der Sinn nicht danach, weiter darüber zu debattieren – erst recht nicht mit Seewölfen, die an der vereitelten Pilgerfahrt und allen anderen Problemen in meinem Leben schuld waren. Statt dessen wandte ich mich ab und ging mit großen Schritten die Straße entlang. »Kommt«, rief ich, »wir müssen uns beeilen, wenn wir auf dem Kai sein wollen, um das Brot in Empfang zu nehmen.«

»Heja!« pflichtete Gunnar mir bei. »Je eher wir unseren Gewinn einstreichen, desto froher werde ich sein.«

»Didimus«, befahl ich, »führe uns zu den Schiffen zurück, und zwar schnell! Wir wollen Constantinus nicht verpassen.«

»Ihr seid vom Glück auserkoren«, rief der kleine Fährmann fröhlich, »denn ihr befindet euch in der Begleitung eines Mannes, der jeden eurer Wünsche erahnt. Ich habe bereits daran gedacht und mir einen besonderen Weg einfallen lassen, über den ich euch hinbringen will. Dieses Mal fahren wir nicht mit dem Boot, aber keine Angst, wir werden am Hafen sein, ehe die Sonne untergeht.«

Didimus stand zu seinem Wort und brachte uns zum Hafen, als eben die Sonne hinter den Hügeln im Westen versank. »Seht ihr!« sagte er. »Da liegt euer Schiff, hier steht ihr, und die Sonne geht gerade erst unter. Und nun muß ich heim zu meinem Abendessen. Lebt wohl, meine Freunde. Ich verlasse euch jetzt. Ich bin froh, daß ich euch zu Diensten sein konnte. Mehr verlange ich nicht.« Bei dem Gedanken an seinen Lohn lächelte er und fügte hinzu: »Natürlich, wenn sich jemand erkenntlich zeigen möchte ...«

»Du hast uns gute Dienste geleistet, Didimus«, erklärte ich. »Dafür sind wir dir dankbar.«

Ich wandte mich an Gunnar und setzte ihm auseinander, daß wir den Fährmann für seine Hilfe bezahlen mußten. Ohne Didimus, erinnerte ich ihn, hätten wir die Wette nie gewinnen können.

»Sag nichts weiter«, antwortete Gunnar gutgelaunt. »Ich bin großzügig gestimmt.« Er öffnete seinen Lederbeutel, nahm eine Handvoll Nomismi heraus und begann sie abzuzählen.

Didimus zog ein langes Gesicht, als er die Münzen sah. Ich stieß Gunnar an und sagte: »Er ist wirklich eine große Hilfe gewesen.«

Gunnar wählte einen Silberdenarius aus und reichte ihn dem Fährmann. Augenblicklich kehrte das Lächeln des Bootsführers zurück. »Möge Gott euch reich segnen!« stieß er hervor, schnappte sich die Münze und steckte sie schnell weg, so daß Gunnar sie nicht mehr sehen konnte. Er nahm meine Hand, hob sie an die Lippen und küßte sie. Auch Gunnar küßte Didimus die Hand und verabschiedete sich dann, indem er sagte: »Wenn ihr das nächste Mal einen Fremdenführer braucht, wendet euch an Didimus, und ihr bekommt den besten Führer von ganz Byzanz, keine Sorge!«

»Leb wohl«, rief ich. Didimus verschwand schnell zwischen den Arbeitern und Bootsleuten, die auf dem Weg in die Stadt waren, und wir eilten zu der Stelle, wo das Langschiff immer noch am Landungssteg vertäut lag.

Wir waren eben beim Schiff angekommen und wollten an Bord gehen, als wir Hnefi rufen hörten: »Ho! Es hat keinen Sinn, euch zu verstecken. Wir haben euch gesehen.«

»Heja«, entgegnete Gunnar freundlich. »Und ich sehe, daß du zurück zum Schiff gefunden hast. Das ist schon ein Sieg für dich, Hnefi. Du mußt sehr erfreut sein.«

»Wenn ich froh bin«, meinte Hnefi und schlenderte auf uns zu, als gehöre ihm der ganze Hafen, »dann, weil ich sehe, daß ihr mit leeren Händen dasteht. Ihr hättet bei uns bleiben sollen.« Einige der anderen Seewölfe kamen dazu. Sie schwankten leicht und wirkten nach den Erlebnissen des Tages sichtlich mitgenommen.

»Ich sehe, daß ihr eine Bierhalle aufgespürt habt«, bemerkte Gunnar. »Zweifellos hat das Gebräu euch geholfen, eure Niederlage zu verwinden.«

»Wein!« brüllte Hnefi. »Wir haben Wein getrunken, und zwar, um unseren Sieg zu feiern! Ich werde jetzt mein Silber an mich nehmen.«

Einige der Dänen auf dem Schiff hatten sich an der Reling versammelt, um diesem Wortwechsel beizuwohnen. Sie riefen ihre Schiffskameraden auf dem Steg an und erfuhren von der Wette über das Brot, die Gunnar und Hnefi abgeschlossen hatten.

»Ich muß mich über dich wundern, Hnefi«, entgegnete Gunnar und schüttelte betrübt den Kopf. »Du hast wohl den wichtigsten Teil unserer Wette vergessen. Ich schaue mich um, doch ich sehe kein Brot.«

»Bist du blind, Mann?« erwiderte Hnefi. »Mach die Augen auf.«

Mit diesen Worten drehte er sich um und rief den restlichen fünf Seewölfen aus seiner Gruppe, die eben herbeiwankten, etwas zu. Ich sah, daß sie große Stoffsäcke auf dem Rücken trugen. Auf das Zeichen ihres Anführers kamen sie heran und warfen ihre Säcke auf die Landungsbrücke. »Seht doch!« rief Hnefi und öffnete den Beutel, der ihm am nächsten lag. Er steckte die Hand hinein und zog einen kleinen braunen Laib hervor. »Ich bringe euch Brot.«

Gunnar trat zu dem Sack und spähte hinein. Er war tatsächlich voll kleiner brauner Brotlaibe. »Das ist Brot«, bestätigte Gunnar. »Aber ich frage mich, wie ihr daran gekommen seid.«

Die Seewölfe auf dem Kai und an Bord des Schiffes begannen lautstark zu fordern, die Wette solle beglichen werden. Wie ich schon vermutet hatte, waren noch zahlreiche zusätzliche Wetten abgeschlossen worden, und nun verlangten die Gewinner ihren Anteil.

»Das verstehe ich nicht«, meinte Gunnar kopfschüttelnd. »Wie haben sie das fertiggebracht?«

Wir hatten jedoch nicht lange Zeit, uns zu wundern, denn in diesem Augenblick erscholl von der Landungsbrücke her ein Schrei. Ich wandte mich um und erblickte Constantinus, den Bäcker. Er schob einen Karren, der hoch mit großen, runden, duftenden Laiben frischen Brotes beladen war. Hinter ihm kam ein junger Mann mit einem zweiten Wagen, der ebenso bepackt war. »Hier!« rief er. »Da seid ihr ja! Ich habe euch gefunden.«

Er drängte sich mit dem Karren mitten zwischen den Barbaren hindurch und brüllte sie an, ihm Platz zu machen. »Wie versprochen«, verkündete er mit lauter Stimme, »habe ich das Politikoi gebracht. ›Keine Sorge‹, sagte ich, ›ich bin ein Mann, der zu seinem Wort steht.‹ Und nun seht, he? Ich habe die Wahrheit gesagt. Ich bin ein ehrlicher Mann. Hier ist euer Brot.«

Ich dankte ihm und sagte: »Diese Dänen verstehen deine Sprache nicht. Wenn du gestattest, werde ich ihnen deine Rede übersetzen.«

»Das mußt du auf jeden Fall. Auf daß wir uns besser verstehen mögen.«

Zu Hnefi und den anderen sagte ich: »Wie ihr seht, hat Constantinus, der hier steht, die Brotration gebracht, und zwar nicht nur die Hälfte, sondern alles.«

»Heja«, stimme Hnefi mir zuversichtlich zu, »nur schlecht für euch, daß er zu spät gekommen ist.«

»Wie das?« rief Gunnar herausfordernd. »Ihr seht doch das Brot vor euch.«

»Wir haben ebenfalls Brot gebracht, und *wir* sind damit vor euch eingetroffen«, erwiderte Hnefi. »Daher habe ich die Wette gewonnen.«

»Das ist keineswegs sicher«, meinte Gunnar. »Ich weiß nicht, was du da in deinen Säcken hast, aber das ist nicht das Brot, das zu holen wir ausgeschickt wurden.«

»Du weißt, daß es Brot ist!« ging Hnefi auf ihn los. »Du hast es mit eigenen Augen gesehen.«

König Harald trat an die Reling und verlangte zu wissen, warum so viele Männer müßig herumstanden, während der Proviant darauf wartete, aufs Schiff gebracht zu werden. Rasch berichtete Hnefi ihm von der Wette und schloß: »Tatsache ist, daß ich gewonnen habe. Aber dieser nichtswürdige Däne weigert sich, seine Niederlage einzugestehen und mir meinen Gewinn auszuzahlen.«

»Stimmt das?« fragte der König.

»Ich weigere mich, Jarl Harald«, antwortete Gunnar trotzig, »weil ich nicht gewöhnt bin zu bezahlen, wenn ich eine Wette gewinne. Ich zahle nur, wenn ich verliere. Hnefi besteht darauf, daß die Sache umgekehrt sein soll, glaube ich.«

Diese Antwort erfreute die zuschauenden Wikinger, von denen viele lachten und begannen, Gunnar anzufeuern.

»Worum geht es bei diesem Spektakel?« fragte Constantinus verwirrt, der sich mit einemmal von laut brüllenden Barbaren umgeben wiederfand.

Während ich ihm den Streit erklärte, machte der König sich auf den Weg zum Landungssteg, um den Disput selbst beizulegen. »Natürlich könnt ihr nicht beide die Wette gewonnen haben«, meinte Harald bedächtig. »Einer von euch hat gewonnen, und der andere hat verloren. So geht es auf der Welt nun einmal zu.« Der König sah, daß er allgemeine Einigkeit über diesen grundlegenden Punkt hergestellt hatte, und fuhr fort. »Nun, anscheinend ist Hnefi als erster mit dem Brot zurückgekehrt.«

»Hnefi war tatsächlich der erste«, gestand Gunnar zu. »Aber er hat nicht das Brot gebracht, das zu holen er ausgeschickt wurde.«

»Aber trotzdem sehe ich Säcke voller Brot vor mir«, versetzte Harald gleichmütig.

»Nein, Jarl, das stimmt nicht. In diesen Säcken mögen sich Laibe befinden, doch das ist nicht das Brot, das der Kaiser uns schenkt. Nur ich bin mit den richtigen Laiben zurückgekehrt, wie dieser Bäcker gewiß bezeugen wird. Daher habe ich gewonnen, und es ist an Hnefi, mich auszuzahlen.«

»Richtige Laibe?« heulte Hnefi, und sein bereits gerötetes Gesicht lief noch dunkler an. »Brot ist Brot. Ich war als erster zurück, und ich habe gewonnen.«

»Jeder kann altbackene Laibe in einen Sack stecken und hoffen, den Preis einzuheimsen«, beharrte Gunnar mit kühler Verachtung. »Das heißt gar nichts.«

Der König zögerte. Nachdenklich betrachtete er die Karren voller Brote und die Säcke, die auf dem Kai lagen. Die Angelegenheit, die noch kurz zuvor so einfach erschienen war, hatte eine unerwartete Wendung genommen, und er war nicht mehr sicher, was zu tun war.

Constantinus, der neben mir stand, deutete das Zögern des Königs fälschlich als Weigerung, das Brot anzunehmen. Flüsternd unterbreitete er mir einen Vorschlag. Ich hörte ihm zu, und mir kam ein Einfall, wie aus diesem Dilemma vielleicht herauszufinden war.

»Wenn ich sprechen darf, Jarl Harald«, sagte ich und trat vor. »Ich glaube, wir können möglicherweise auf einem einfachen Weg feststellen, wer die Wette gewonnen hat.«

»Dann rede«, forderte der König mich ohne Begeisterung auf.

»Koste das Brot«, riet ich ihm. »Da wir alle viele Tage lang dieses Brot essen werden, erscheint es mir richtig, nur das beste an Bord bringen zu lassen. Es gibt nur einen Weg zu beweisen, welches Brot geeignet ist – probiere es und überzeuge dich.«

Gunnar nahm den Vorschlag beifällig auf. »Das ist ein ausgezeichneter Rat.« Er nahm einen Laib von der Brotpyramide auf dem Karren und reichte ihn dem König. »Bitte, Jarl Harald. Wir werden uns deiner Entscheidung beugen.«

Während Harald sich ein Stück Brot abzupfte, erklärte ich Constantinus, worum es bei dieser Probe ging. »Das hatte ich eigentlich nicht im Sinn«, meinte der Bäcker. »Aber mir soll es recht sein. Ich backe ehrliches Brot, wie jedermann sehen kann.«

Der König zog einen Laib aus Hnefis Sack, brach ihn und riß ein Stück ab, was ihm ein wenig schwerfiel. Er kaute eine Weile darauf herum und schluckte dann – deutlich schwerer, denn das Brot war zäh und alt.

»Nun?« verlangte Hnefi ungeduldig zu wissen. »Welches ist besser?«

»So wahr ich König bin«, erklärte Harald und hielt den braunen Laib aus Hnefis Sack in die Höhe, »dieses Brot ist gut genug für Männer auf See. Tatsächlich habe ich häufig weit schlimmeres gegessen.«

»Heja!« stimmte Hnefi ihm mit stolzgeschwellter Brust zu. »Das sage ich euch doch die ganze …«

»Aber«, unterbrach ihn Harald und fuhr fort, »dieses Brot übertrifft deines auf jede Weise.« Er brach ein weiteres Stück von dem weißen Brot ab, steckte es in den Mund und kaute genüßlich. »Ja, dies ist Speise für Könige und Edelleute. Also frage ich mich, was ich wohl lieber essen möchte.«

An Hnefi gewandt, meinte er: »Die Laibe, die du gebracht hast, können nur die Fische fressen.« Mit diesen Worten warf er die Reste des braunen Laibes ins Wasser. Zu Gunnar sagte er: »Bring deine Laibe auf das Schiff. Das ist das Brot, das wir auf unserer Reise essen werden.«

Rasch wurden die frischgebackenen Laibe von den Karren

geladen, an die Männer an der Reling weitergegeben und verstaut. Andere Seeleute scharten sich um uns, um zuzusehen, wie Gunnar und Hnefi ihre Wette beglichen. »Laß den Kopf nicht hängen«, sagte Gunnar, »du hast dich gut geschlagen. Ich bin überrascht, daß du überhaupt Brot aufgetrieben hast. Das Schicksal war gegen dich.«

»Schicksal, pah!« brummte Hnefi und zog seinen ledernen Geldbeutel hervor. Er begann, Gunnar die Silberdenarii in die ausgestreckte Hand zu zählen. »Nächstes Mal nehme ich den Geschorenen mit«, knurrte er unwirsch, »und dann werden wir ja sehen, wie es *dir* ergeht.« Dies war das erste Mal, daß Hnefi mir irgendeine Art Respekt oder Beachtung zollte, und ich war hoch erfreut.

»Nicht Aedan hat mir geholfen«, entgegnete Gunnar und ließ die Münzen eine nach der anderen in seinen Beutel fallen. »Es war sein Gott. Ich habe eine Kerze für diesen Herrn Jesus angezündet und zu ihm gebetet, er möge mir helfen zu gewinnen. Nun siehst du selbst, wie die Sache ausgegangen ist.«

»Du hast Glück gehabt, das ist alles«, meinte Hnefi. Er und seine Begleiter stampften davon, um sich so gut sie konnten über ihre Niederlage hinwegzutrösten.

»Selbst wenn ich mir kein weiteres Stück Silber verdiene«, bemerkte Gunnar, »ist dies eine äußerst lohnende Reise gewesen. Von dem, was ich jetzt schon besitze, können meine Karin und mein Ulf drei oder vier Jahre leben.«

»Mit soviel Silber in deinem Beutel«, meinte Tolar, »werden wir dich von jetzt an Gunnar Silbersack nennen.«

Als die Karren abgeladen waren, hatte Constantinus es eilig, fortzukommen, denn es wurde dunkel. Ich sagte ihm Lebwohl und dankte ihm für seine Hilfe. Gunnar, um so großzügiger geworden, seit er die Wette gewonnen hatte, gab dem Bäcker zehn Nomismi.

»Sag deinem Freund, er soll sein Geld behalten«, meinte Constantinus. »Der Kaiser bezahlt mich gut für meine Arbeit.«

Ich übersetze dies Gunnar, doch dieser schüttelte den Kopf und drückte dem Bäcker das Geld in die Hand. »Für den Karren und für den Jungen«, sagte Gunnar, und ich übermittelte dem Bäcker seine Worte. »Gönne dir nach deiner schweren Arbeit einen oder zwei Becher Wein. Oder du kannst eine Kerze für deinen Jesus anzünden und dabei an mich denken.«

»Mein Freund«, antwortete Constantinus höflich, »sag ihm, daß ich gewiß beides tun werde.« Er sagte uns Lebwohl und eilte mit dem Jungen schnell davon. Die leeren Karren zogen sie hinter sich her.

Überwältigt von seinem Glück, drückte Gunnar auch mir einen Silberdinar in die Hand. »Ohne dich, Aedan«, meinte er, »hätte ich die Wette nicht gewonnen.«

»Wäre ich nicht gewesen«, verbesserte ich ihn und steckte meinen gesamten irdischen Reichtum in den Saum meines Umhangs, »hättest du die Wette nie abgeschlossen.«

»Heja«, lachte er, »das stimmt ebenfalls.«

Ich kletterte an Bord und sah zu, wie die Sonne als matt glühende rote Scheibe unterging. Violette Schatten senkten sich über die sieben Hügel und entzogen sie dem Blick. Erst dann fiel mir auf, daß ich in der größten Kirche der ganzen Welt gestanden und nicht ein einziges Gebet gesprochen, nicht einen flüchtigen Gedanken an Gott verschwendet hatte. Im Kloster wäre dies niemals geschehen. Was war mit mir los? Der Gedanke ließ mich fast die ganze Nacht nicht schlafen.

Am nächsten Morgen, bei Sonnenaufgang, wurden die Ruder ausgefahren, und die Langschiffe glitten lautlos aus dem Hafen. Ich stand an der Reling und warf einen letzten Blick auf die Stadt, in der ich hätte sterben sollen.

Aber ich lebte noch.

Aidans Abenteuer sind noch lange nicht zu Ende. Kann unser junger Held – Mönch, Sklave und kaiserlicher Geheimgesandter – seine Mission in Trapezunt am Schwarzen Meer erfüllen? Wird er sich seine Loyalität Basileios gegenüber bewahren? In welche fremden Länder wird Gott ihn noch führen, welchen Gefahren und Versuchungen mag er ihn weiter aussetzen? Wird Aidan die goldene Stadt Byzanz je wiedersehen, jemals in seine irische Heimat zurückkehren? Was ist aus dem kostbaren Buch geworden? Und wird sich Aidans Traum eines Tages bewahrheiten?
Die spannende Reise geht weiter ...

Glossar

Anamcara	(keltisch) Seelenfreund
Armorica	keltischer Name für die Bretagne
Bán Gwydd	(keltisch) Wildgans; Schiff der Pilgermönche
Basileus	(griechisch) offizielle Anrede des Kaisers
Bulga	(keltisch) lederne Büchertasche
Cambutta	irischer Bischofsstab mit Adler an der Spitze
Céle Dé	vulgärlatinisierte Form von Culdees (keltisch), soviel wie Diener Gottes; Name von Aidans Mönchsorden
Cennanus na Ríg	Aidans Heimatkloster (Irland)
Colum Cille	(keltisch) mit Silber und Edelsteinen geschmückte kostbare Handschrift; steht im Roman für das berühmte Book of Kells

Coracle	keltisches Rundboot, bestehend aus einem Holz- oder Knochengerüst, das mit Leder bespannt ist
Cumtach	(keltisch) Bucheinband des Colum Cille, s. o.
Dána	(keltisch) der Kühne
Denarius	römisch/byzantinische Silbermünze
Farghanesen	Leibwache des Kaisers
Grüne	Fan-Club des Wagenrennen-Teams, das unter dieser Farbe fährt; die Grünen sorgen sich auch um soziale Belange ihrer Mitglieder (Arbeitsplätze/Wohnung) und haben zeitweise solche Menschenmassen an sich binden können, daß der jeweilige Kaiser gezwungen war, sich mit ihnen gut zu stellen; ihre schärfste Konkurrenten sind die Blauen, mit denen die Grünen sich sogar einen Bürgerkrieg geliefert haben
Hauskerle	das waffentragende Gefolge eines Jarls, seine Getreuen oder Elitetruppe; bestehen aus kleineren Fürsten, immer aber freien Bauern; wohnen bei ihm oder halten sich zu seiner Verfügung; auch Huskarls, Huskarlar oder Huskeorle genannt; Ursprung für unseren Vornamen Karl
Hel	die Hölle der germanischen Mythologie
Horen	christliche Stundengebete, die den Tagesablauf regeln – Matutin, Laudes, Prim, Terz, Sext, Non, Vesper, Komplet –; diese Zeiteinteilung ist nicht

	exakt auf unsere Uhr übertragbar, da sie sich nach dem Tagesbeginn bzw. Sonnenaufgang richtet; danach ist die Non die neunte Stunde des Tages, also je nach Jahreszeit zwischen 14.00 und 16.30 Uhr
Jarl	(germanisch) Fürsten aller Art, aber auch König; aus Jarl entstand der englische Earl
Julfest	Tag der Wintersonnenwende (21. Dezember), die längsten Nacht, die von nichtchristlichen Germanenvölkern gefeiert wurde; die Missionare haben diesen Brauch ins Weihnachtsfest übernommen
Komes	byzantinischer Beamter, unterhalb Ministerebene, einem Abteilungsleiter vergleichbar
Konstantinopel	anderer Name für Byzanz; nach Konstantin dem Großen, der das Fischerdorf Byzanz zur Residenz ausbaute
Leighean	(keltisch) Heiler
Logothete	byzantinischer Finanzbeamter
Magister	byzantinischer Beamter; in mehreren Funktionen gebräuchlich, als Stadtpräfekt oder als Magister officiorum Kanzler des Kaisers
Mese	längste Straße der Welt; führt von Konstantinopel bis nach Rom
Miklagård	dänischer Name für Byzanz; soviel wie große oder prächtige Stadt
Mo croi/Mo anam	keltischer Ausruf: Bei meiner Seele! Meiner Seel'
Muir Manach	(keltisch) seefahrender Mönch

Namnetum	(lateinisch) Nantes (s. Karte)
Nomisma	eigentlich byzantinische Silbermünze (Plural: Nomismi), aber auch als Oberbegriff für alle Geldstücke verwendet
Pagani	(lateinisch) Heiden
Peregrini	(lateinisch) Pilger
Protospatharius	byzantinischer Flottenaufseher
Quaestor	byzantinischer Hafenmeister
Sakka	offizieller Bestellzettel aus Pergament
Scholarae	kaiserliche Wache
Secnab	(keltisch) Stellvertreter des Abtes
Siarc	Kittel aus dickem Webstoff; langes Hemd, das über der Hose getragen wird
Skalde	(germanisch) Wahrsager, Sänger
Skane	Landstrich in Schweden, eines der Stammländer der Wikinger
Solidus	byzantinische Goldmünze
Stylus	Schreibgerät; Griffel oder Federkiel
Themenbrot	Brotverpflegung für Soldaten; benannt nach den Militärbezirken (Themen), in die das byzantinische Reich aufgeteilt war
Thing	germanische Ratsversammlung, an der alle teilnehmen durften, bei der aber nur die freien Männer stimmberechtigt waren
Trédinus	(lateinisch) dreitägiges Fasten
Triskele	aus der Symbolik/Ornamentik: drei gebogene oder gerade Linien, die von einem Zentrum ausgehen
Vigilia	(lateinisch) Nachtwache

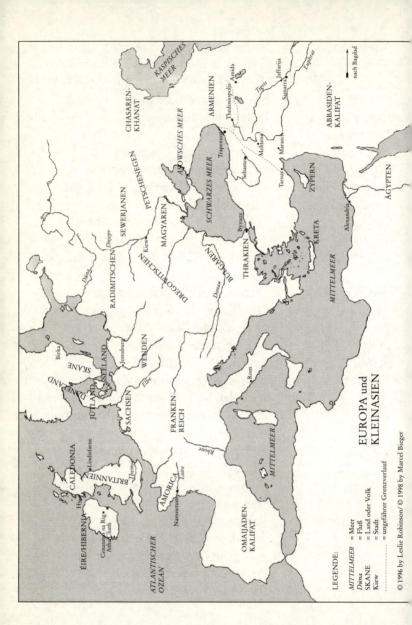